S.F.
V.

Anne Tyler

Kleine Abschiede

Roman

Aus dem Amerikanischen
von Christine Frick-Gerke

S. Fischer

Die amerikanische Originalausgabe erschien 1995
unter dem Titel »Ladder of Years«
bei Alfred A. Knopf, New York.

Deutsche Ausgabe:

Satz: Fotosatz Froitzheim, Bonn
Druck und Einband: Clausen & Bosse, Leck
Printed in Germany 1995
ISBN 3-10-080013-3

Gedruckt auf chlor- und säurefreiem Papier

FRAU AUS BALTIMORE
IN DEN FERIEN VERSCHWUNDEN

Die Polizei des Staates Delaware gab heute früh bekannt, daß Cordelia F. Grinstead, 40, Ehefrau eines Arztes in Roland Park, als vermißt gemeldet wurde, während sie mit ihrer Familie in Bethany Beach Ferien machte.

Mrs. Grinstead wurde zuletzt gegen Mittag am vergangenen Montag gesehen, als sie den Strand zwischen Bethany und Sea Colony in südlicher Richtung entlangging.

Zeugen ihres Weggangs – ihr Ehemann, Dr. Samuel Grinstead, 55, und ihre drei Kinder, Susan, 21, Ramsay, 19, und Carroll, 15 – können sich an keinerlei verdächtige Personen in der Nähe erinnern. Sie gaben zu Protokoll, daß – soweit sie sich erinnerten – D. G. einfach fortging. Die Tatsache, daß sie nicht zurückkam, wurde erst am späten Nachmittag bemerkt.

Mrs. Grinstead ist eine schlanke, zart gebaute Frau mit blonden bis hellbraunen Locken; sie ist zwischen 1,58 m und 1,65 m groß und wiegt 50 bis 60 kg. Augen blau, grau oder auch grün; auf der Nase ein leichter Sonnenbrand und Sommersprossen.

Wahrscheinlich trug sie eine große Strohtasche mit rosa Schleife. Über ihre Bekleidung weichen die Aussagen der Familienmitglieder voneinander ab. Ihr Ehemann gibt an, daß sie mit aller Wahrscheinlichkeit Rosa oder Hellblau trug, Rüschen, Spitzen oder ein Hängerkleidchen.

Offizielle Stellen schließen Tod durch Ertrinken aus, weil Mrs. Grinstead, wann immer möglich, Schwimmen mied und eine erklärte Abneigung gegen Wasser hatte. Ihre Schwester, Eliza Felson, 52, erklärte den Reportern, die vermißte Frau wäre »in ihrer letzten Inkarnation womöglich eine Katze gewesen«.

Wer über den gegenwärtigen Aufenthaltsort Mrs. Grinsteads Auskunft geben kann, wird dringend gebeten, sich an die Polizei des Staates Delaware zu wenden.

* * *

1

Alles begann an einem Samstagmorgen im Mai, einem jener warmen Frühlingstage, an denen es nach frischer Wäsche riecht. Delia war zum Supermarkt gefahren, um für die kommende Woche einzukaufen. Sie stand in der Gemüseabteilung, griff lustlos einen Bund Stangensellerie. Lebensmittelläden brachten sie immer ins Grübeln. Wieso, überlegte sie, hieß Stangensellerie nicht »Samtrippengemüse«? Das klang viel plastischer. Und Knoblauchknollen »Geldbeutel« – die Rundungen erinnerten sie an die prallen Münzsäcke im Märchen.

Zu ihrer Rechten suchte ein Kunde grüne Zwiebeln aus. Es war noch früh, der Laden war fast leer, und dennoch kam ihr dieser Mann ein wenig zu nah. Ein-, zweimal hatte sein Hemdsärmel den Ärmel ihres Kleids gestreift. Außerdem schob er die Zwiebeln eigentlich nur hin und her. Er hob ein Bündel hoch, ließ es fallen und nahm das nächste. Seine Finger waren sehr lang und behende, fast wie Spinnen. Die Manschetten seines Hemds waren aus gelbem Popeline.

Er sagte: »Wissen Sie, ob das Frühlingszwiebeln sind?«

»Kann schon sein«, sagte Delia. Sie griff den nächstbesten Selleriebund und ging weiter zu den Plastiktüten.

»Oder sind es Schalotten?«

»Nein, Frühlingszwiebeln«, gab sie ihm zur Antwort.

Unnötigerweise hielt er die Plastikrolle oben fest, als sie eine Tüte abriß. (Er überragte sie um gute dreißig Zentimeter.) Sie ließ den Sellerie in die Tüte fallen und griff nach der Schale mit den Verschlüssen, aber er hatte schon einen für sie herausgenommen. »Was sind eigentlich Schalotten?« fragte er.

Sie befürchtete schon einen Annäherungsversuch; doch als sie sich umdrehte, stellte sie fest, er war sicher zehn Jahre jünger als sie und sah außerdem sehr gut aus. Sein Haar war glatt und dunkelblond; die milchigblauen Augen gaben ihm etwas Verträumtes, Friedfertiges. Er lächelte auf sie herab und stand für einen Fremden ein wenig zu dicht.

»Hm …« sagte sie verwirrt.

»Schalotten«, erinnerte er sie.

»Schalotten sind dicker«, sagte sie. Sie legte den Sellerie in ihren

Einkaufswagen. »Ich glaube, sie stehen über der Petersilie«, rief sie über die Schulter; doch er ging neben ihr, hielt mit ihr Schritt, als sie ihren Wagen zu den Zitrusfrüchten schob. Er trug Jeans, sehr verblichene, und Mokassins, Leisetreter, die von »King of the Road« aus der Lautsprecheranlage übertönt wurden.

»Zitronen brauche ich auch«, erklärte er.

Sie sah ihn noch einmal verstohlen an.

»Hören Sie«, sagte er plötzlich. Er sprach ganz leise.

»Darf ich Sie um einen großen Gefallen bitten?«

»Hm …«

»Meine Exfrau steht da vorn bei den Kartoffeln. Oder nicht Ex, sondern … eher getrennt, und sie hat ihren Freund dabei. Darf ich einfach so tun, als gehörten wir zusammen? Nur bis ich hier wieder raus bin?«

»Ja, natürlich«, sagte Delia.

Und ohne auch nur mit der Wimper zu zucken, fiel sie begeistert zurück in alte High-School-Zeiten; romantisches Katz- und Mausspiel, Lug und Trug. Sie kniff die Augen zusammen, reckte das Kinn und sagte: »Wir werden es ihr zeigen!«, umsegelte das Obst und machte zum Wurzelgemüse kehrt. »Welche ist es?« artikulierte sie wie eine Bauchrednerpuppe.

»Beiges Hemd«, flüsterte er. Da zuckte sie zusammen, weil er plötzlich lauthals lachte. »Ha, ha!« rief er. »Sie sind ganz schön pfiffig!«

Doch »beiges Hemd« war absolut nicht die passende Beschreibung. Die Frau, die sich auf seine Stimme hin umdrehte, trug eine eierschalfarbene Seidentunika über einer schwarzen Seidenhose mit Beinen, so schmal wie zwei Bleistifte. Ihr Haar war tiefschwarz, an einer Seite kürzer, und ihr Gesicht bildete ein perfektes Oval. »Ach, Adrian«, sagte sie. Die Person neben ihr – irgendein Mann – drehte sich auch um, in der Hand eine Kartoffel. Ein dunkler, breiter Mann mit einem uneben teigigen Gesicht und Augenbrauen, die in der Mitte zusammengewachsen waren. Er konnte der Frau eigentlich nicht das Wasser reichen; aber wer konnte das schon?

Delias Begleiter sagte: »Rosemary. Dich habe ich ja gar nicht gesehen. Also, vergiß bloß nicht«, erklärte er Delia, ohne sein Tempo zu verringern. Er griff ihren Wagen und steuerte auf Gang drei zu. »Du hast mir versprochen, heute abend machst du mir wieder deinen Flammeri.«

»O ja, meinen ... Flammeri«, wiederholte Delia schwach. Was immer ein Flammeri war, es klang, wie sie sich gerade fühlte: mager, farb- und geschmacklos; sie mit ihren Sommersprossen und den krausen braunen Locken, ihrem rosa Rüschenkleid mit dem braven runden Krägelchen.

Sie hatten die Milch- und Käsegondel und den Gang mit den Säften ausgelassen, wo Delia eigentlich verschiedenes besorgen wollte, doch darauf wies sie nicht hin, weil dieser Adrian immer noch redete. »Deinen Flammeri und dann dein, na was, dein Fleisch und Gemüse und da-da-da ...«

Wie er seine Stimme ausblendete, erinnerte sie an die alten Schlager, in denen sich die Sänger am Ende wie abwesend vom Mikrofon entfernten. »Sieht sie hinter uns her?« flüsterte er. »Schauen Sie mal nach. Aber nicht so auffällig.«

Delia blinzelte hinüber, heuchelte brennendes Interesse für den vorgekochten Reis im Sonderangebot. Beide, die Ehefrau und der Freund, kehrten ihr den Rücken zu, doch die Pose wirkte unecht. Kein Mensch konnte Rosé-Kartoffeln derartig viel Faszination abgewinnen. »Also, *mental* guckt sie«, sagte Delia leise. Sie drehte sich um und stellte fest, daß sich ihr Einkaufswagen mit Pasta füllte. Eiernudeln, Rotini, Linguine – Adrian warf die Packungen wahllos hinein. »Also, entschuldigen Sie ...« sagte sie.

»Oh, Verzeihung«, erschrak er. Er stopfte seine Hände in die Hosentaschen und ging mit großen Schritten davon. Delia folgte, schob ihren Wagen sehr langsam; vielleicht wollte er jetzt, daß sie jeder wieder ihrer Wege gingen. Doch am Ende des Gangs machte er halt und begutachtete, bis sie ihn einholte, eine Reihe Raviolibüchsen. »Der Freund heißt Skipper«, sagte er. »Er ist ihr Steuerberater.«

»Steuerberater!« sagte Delia. So sah er nicht aus.

»Ein Halbdutzendmal wenigstens ist er bei uns zu Hause gewesen. Hat in unserem ureigenen Wohnzimmer gesessen und ihre

Steuern durchgekaut. Rosemary hat einen Party Service: ›Feine Gesellschaft.‹ Haha. ›Sündhaft delikate Feinkost für jeden Anlaß.‹ Kaum, daß ich es begriffen hatte, ist sie zu ihm gezogen. Sie rief an, sie brauche nur ein paar Wochen für sich, doch ich habe ganz genau gehört, wie er im Hintergrund soufflierte.«

»Oh, wie schrecklich«, sagte Delia.

Eine Frau mit einem Baby im Einkaufswagen schob sich zwischen sie und angelte nach einer Dose Käsemakkaroni. Delia machte ihr einen Schritt Platz.

»Wenn es Ihnen nicht zu lästig ist«, sagte Adrian, als die Frau fort war, »bleibe ich einfach bei Ihnen und Sie kaufen weiter ein. Es ist doch verdächtig, wenn ich jetzt allein hinausgehe. Hoffentlich macht Ihnen das nichts aus.«

Ausmachen? Es war das Interessanteste, das ihr seit Jahren passiert war. »Kein bißchen«, antwortete sie. Sie schob den Wagen nach Gang vier. Adrian spazierte neben ihr.

»Übrigens, ich heiße Adrian Bly-Brice«, sagte er. »Es wäre schon besser, wenn ich Ihren Namen auch wüßte.«

»Ich heiße Delia Grinstead«, sagte sie zu ihm. Sie griff ein Glas getrockneter Minze aus dem Gewürzregal.

»Ich glaube, eine Delia ist mir noch nie über den Weg gelaufen.«

»*Cor*delia, eigentlich. Mein Vater hat mich so genannt.«

»Sind Sie eine?«

»Eine was?«

»Sind Sie Vaters Cordelia?«

»Ich weiß nicht«, sagte sie. »Er ist tot.«

»Oh, das tut mir leid.«

»Letzten Winter ist er gestorben«, sagte sie.

Lächerlich, ihr kamen die Tränen. Diese Unterhaltung lief irgendwie in die falsche Richtung. Sie reckte sich und schob den Wagen den Gang hinunter, steuerte ihn um ein älteres Ehepaar herum, das sich nicht einigen konnte, welchen Salzersatz es kaufen sollte. »Jedenfalls«, sagte sie, »wurde sofort Delia daraus. Wie in dem Lied.«

»Welchem Lied?«

»Oh ... ach, Delia is gone, one more round ... über die Delia, die auf und davon geht. Mein Vater hat mich damit oft in den Schlaf gesungen.«

»Nie gehört«, sagte Adrian.

Der Lautsprecher spielte »By the Time I Get to Phoenix«, wetteiferte mit dem väterlichen Brummbaß in ihrem Kopf, der »Delias's Gone« sang. »Jedenfalls!« sagte sie noch einmal beherzt.

Sie nahmen den nächsten Gang in Angriff: links Müsli, Popcorn und Süßigkeiten rechts. Delia brauchte Cornflakes, doch Cornflakes sahen gleich so nach Familie aus, also ließ sie es. (Woraus bestand ein Flammeri?) Adrian sah gedankenverloren auf Karameltüten und Rumkugeln. Seine Haut war leicht gebräunt, wie manchmal bei hellhaarigen Männern, und fast porenlos. Sicher rasierte er sich höchstens jeden zweiten Tag.

»Ich heiße nach einem Onkel«, sagte er. »Der reiche Onkel Adrian Brice. Wahrscheinlich aber ganz umsonst. Er ist mir böse, weil ich mit der Heirat meinen Namen geändert habe.«

»Sie haben mit der Heirat Ihren Namen geändert?«

»Ich war Adrian Brice der Zweite, aber dann habe ich Rosemary Bly geheiratet, und jetzt heißen wir beide Bly-Brice.«

»Oh, mit Bindestrich«, sagte Delia. Darauf war sie nicht gekommen.

»Es war allein ihre Idee, glauben Sie mir.«

Wie wenn man vom Teufel spricht, erschien Rosemary am anderen Ende des Ganges. Sie warf etwas in den roten Plastikkorb, der an Skippers Arm baumelte. Frauen wie Rosemary kauften nie Lebensmittel fuhrenweise.

»Wenn wir ins Kino gehen, verpassen wir aber das Konzert«, sagte Adrian prompt, »und du weißt doch, wie ich mich auf das Konzert freue.«

»Das habe ich ganz vergessen«, sagte Delia. »Das Konzert! Sie spielen ...«

Doch kein einziger Komponist fiel ihr ein. (Und vielleicht meinte er auch ein anderes Konzert – ein Rockkonzert etwa. Schließlich war er noch jung.) Rosemary sah ungerührt Delia und Adrian näherkommen. Delia hielt dem Blick nicht stand. »Wir heben uns das Kino für morgen auf«, sagte Adrian. Er lenkte ihren

Wagen leicht nach links. Plötzlich fühlte Delia sich kümmerlich klein – nicht zart und zierlich, sondern zu kurz geraten, farblos, unscheinbar. Sie reichte Adrian gerade bis unter die Achseln. Sie beschleunigte ihren Schritt, eilte sich, diesem Aspekt ihrer Person zu entkommen. »Sonntags gibt es sicher eine Matinée?« fragte Adrian gerade.

»Aber natürlich«, bestätigte sie eine Spur zu nachdrücklich. »Wir gehen in die Vorstellung um zwei, gleich nach unserem Champagnerfrühstück.«

Schon rauschte sie durch den nächsten Gang. Adrian mußte große Schritte machen, um mitzukommen. Beinah wären sie mit einem Mann zusammengestoßen, auf dessen Einkaufswagen sich riesige Pamperspackungen türmten.

In Gang sieben schwirrten sie durch die Feinkostabteilung – Anchovispaste, geräucherte Austern – und kamen zur Babynahrung, wo Delia einfiel: sie brauchte passierten Spinat. Sie machte halt und studierte die aufgereihten Gläschen. »Die nicht!« zischte Adrian. Sie rasten weiter, ließen Gang sieben hinter sich und kurvten zu acht. »Tut mir leid«, sagte er. »Ich dachte nur, wenn Rosemary sieht, daß Sie Babynahrung kaufen ...«

Sähe sie, daß sie Babynahrung kaufte, hätte sie Delia nur für eine Hausfrau mit Kleinkind gehalten. Ironischerweise hatte Delia schon lange keine kleinen Kinder mehr. Den Spinat brauchte sie nur für ihre Erbsensuppe mit Minze. Doch das klarzustellen, unterließ sie und wählte statt dessen eine Dose Hühnerbrühe. »Oh«, sagte Adrian. »Consommé! Die wollte ich auch kaufen.«

Er ließ eine Dose in ihren Wagen fallen – Nobelmarke mit glänzendweißem Etikett. Dann schlenderte er weiter, die Hände flach in den Gesäßtaschen. Wenn Delia genau überlegte, erinnerte er sie an ihren ersten richtigen Freund – tatsächlich ihren einzigen Freund –, ihren Ehemann nicht mitgezählt. Will Britt bewegte sich genauso kantig, damals war ihr das gleichzeitig gewandt und unbeholfen vorgekommen; und er winkelte seine Arme genauso nach hinten ab, wie knubbelige Flügelspitzen, und dann hatte er auch abstehende Ohren. Beruhigend, daß Adrian abstehende Ohren hatte. Zu hübsche Männer waren ihr nicht geheuer.

Am Gangende blickten sie nach rechts, nach links. Man konnte nie wissen, wo Rosemary mit ihrem leichten, unbeschwerten Einkaufskorb wieder auftauchte. Doch die Luft war rein, und Delia steuerte auf die Papierwaren zu. »Was?« fragte Adrian. »Noch mehr?«

Eigentlich ja. Sie hatte kaum die Hälfte erledigt. Aber sie verstand seine Bedenken. Je länger sie sich hier herumtrieben, desto größer die Wahrscheinlichkeit, sich wieder über den Weg zu laufen. »Wir gehen«, beschloß sie. Sie steuerte die nächste Schlange an, doch Adrian griff ins Wagengitter und zog zur Expreß-Kasse. »Eins, zwei, drei ...« zählte sie laut, was im Wagen lag. »Da können wir nicht hin! Ich habe sechzehn, siebzehn ...«

Er zog den Wagen an die 15-Teile-Kasse, hinter eine alte Frau, die nur eine Packung Hundefutter kaufte. Er warf die Nudelpakkungen aufs Rollband. Na gut. Delia kramte nach ihren Schecks. Die alte Frau vor ihnen zählte inzwischen Münze für Münze in die Hand der Kassiererin. Sie reichte einen Penny, dann den nächsten. Am dritten klebte etwas, das sie umständlich abkratzte. Adrian stöhnte verzweifelt. »Ich habe das Katzenfutter vergessen«, sagte Delia. Nicht, daß sie hoffte, er schaffe es herbei; sie dachte, vielleicht beruhigte Reden ihn. »Bei dem Hundefutter ist mir eingefallen, daß wir kaum noch etwas haben«, sagte sie. »Ach, macht nichts. Ich schicke Ramsay später.«

Die alte Frau suchte den vierten Penny. Sie wußte genau: irgendwo steckte er.

»Ramsey!« wiederholte Adrian. Er stöhnte schon wieder oder nein, diesmal lachte er. »Ich wette, Sie wohnen in Roland Park«, sagte er zu Delia.

»Richtig.«

»Habe ich's doch gewußt! Jeder in Roland Park hat einen Nachnamen als Vornamen.«

»So?« sagte sie gekränkt. »Was ist daran schlecht?«

»Oh, nichts.«

»Es ist nicht einmal wahr«, sagte sie. »Ich kenne jede Menge Leute, die ...«

»Nehmen Sie's nicht persönlich! Ich wohne auch in Roland

Park«, sagte er. »Es war reines Glück, daß sie mich nicht ... Bennington oder McKinney genannt haben; McKinney war der Mädchenname meiner Mutter. Ich wette, Ihre Schwiegermutter ... und wenn wir den Flammeri heute abend nicht essen, können wir das immer noch morgen tun, was meinst du?«

Eine Sekunde war sie verdattert, bis sie begriff, Rosemary war wieder in Hörweite. Genau: der kleine Einkaufskorb mit Inhalt tauchte hinter ihren Lebensmitteln auf. Mittlerweile war die alte Frau weitergegangen, schwankte unter der Last des Hundefutters, und die Kassiererin fragte: »Plastiktüte oder Papier?«

»Plastik, bitte«, sagte Adrian.

Delia öffnete den Mund, wollte widersprechen (eigentlich nahm sie immer Papier), doch vor seiner Frau widersprach sie Adrian besser nicht.

Adrian sagte: »Delia, ich glaube, du kennst meine ...«

Delia drehte sich um, verzog ihr Gesicht zu einer freudig überraschten, lächelnden Maske.

»Meine, äh, Rosemary«, sagte Adrian, »und ihr, äh, Skipper. Darf ich euch Delia Grinstead vorstellen.«

Rosemary lächelte überhaupt nicht; Delia kam sich albern vor, aber Skipper nickte ihr freundlich zu. Er hielt die Arme über der Brust verschränkt – kurze, muskulöse Arme, dicht behaart, quollen aus dem Ärmel seines Polohemds. »Verwandt mit Dr. Grinstead?« fragte er sie.

»Ja! Das ist mein ... das war mein ... das ist mein Mann«, sagte sie. Wie erklären, daß sie verheiratet war, in dieser Situation?

Aber Skipper nahm es problemlos hin. Er erklärte Rosemary: »Dr. Grinstead ist der Hausarzt meiner Mutter. Behandelt sie schon ewig. Stimmt's?« fragte er Delia.

»Stimmt«, sagte sie, obwohl sie keine Ahnung hatte. Rosemary musterte sie inzwischen kühl. Sie hielt den Kopf schräg, so kam der asymmetrische Haarschnitt mit seiner dramatischen Kinnsträhne besser zur Geltung. Es ging Delia natürlich nichts an, aber insgeheim fand sie, Adrian verdiente eine liebenswertere Frau. Sie fand, selbst Skipper verdiente das. Schade, daß sie heute morgen keine hohen Absätze trug, kein hübscheres Kleid.

»Dr. Grinstead ist so ziemlich der letzte Arzt in Baltimore, der Hausbesuche macht«, erklärte Skipper Rosemary.

»Nur, wenn es wirklich nicht anders geht«, sagte Delia. Ein Reflex: nie hörte sie auf, ihren Mann vor seinen Patienten zu schützen.

Hinter ihr sagte der elektronische Preisscanner piep ... piep ... piep, erfaßte ihre Lebensmittel. Die Musik spielte nicht mehr, das Rückspulen dauerte einige Minuten; Delia fiel jetzt erst auf, wie gedämpft und bedrohlich die Stimmen der Käufer überall im Laden klangen.

»Dreiunddreißig vierzig«, verkündete die Kassiererin.

Delia wollte einen Scheck ausfüllen, doch Adrian reichte schon das Geld. »Oh!« sagte sie, bereit zu widersprechen. Doch dann begriff sie, daß Rosemary zuhörte.

Adrian schenkte ihr ein breites, süßes Lächeln und nahm sein Wechselgeld in Empfang. »Schön, euch zu treffen«, erklärte er dem anderen Paar. Er schob den Wagen weiter hinaus, Delia hinter ihm her.

Es hatte seit Tagen immer wieder geregnet, doch heute früh hatte es aufgeklart, und der Parkplatz lag wie gewaschen, frisch und säuberlich in zitronengelbem Sonnenlicht. Adrian machte mit dem Einkaufswagen am Bordstein halt und hob zwei der Einkaufstüten heraus, überließ Delia die dritte. Welcher Wagen, das war jetzt die Frage! Er war schon auf dem Weg zu seinem eigenen, den er vor der Reinigung geparkt hatte, doch sie unterbrach ihn. »Warten Sie«, sagte sie. »Ich stehe hier.«

»Was, wenn sie uns sehen? Wir können doch nicht in zwei verschiedenen Wagen davonfahren!«

»Ich habe auch noch etwas anderes vor«, fuhr Delia ihn an. Die ganze Geschichte reichte jetzt, fand sie. Sie hatte kein Spinatgläschen gekauft, keine Cornflakes und unzählige andere Sachen auch nicht; alles einem wildfremden Mann zuliebe. Mit Schwung öffnete sie den Kofferraum ihres Plymouth.

»Oh, schon gut«, sagte Adrian. »Was wir tun, ist, wir laden diese Lebensmittel sehr, sehr langsam ein, und bis dahin sind sie weg. Sie hatten an der Kasse nicht viel: zwei Steaks, zwei Kartoffeln, einen Kopf Salat und eine Schachtel Dinnermints. Das dauert nicht lange.«

Delia staunte über seine Beobachtungsgabe. Sie beobachtete, wie er die Tüten in ihrem Kofferraum verstaute, und dann war er fast eine Minute damit beschäftigt, ein kleines Päckchen herumzurücken. Orzo stand darauf – komische, winzige Nudeln, die sie im Regal schon oft gesehen, aber noch nie gekauft hatte. Sie sahen wie Reis aus, warum dann nicht gleich Reis, nahrhafter war der sicher auch? Sie reichte ihm die Tüte, die sie getragen hatte, und er schob sie mit größter Sorgfalt zwischen die beiden anderen. »Sind sie immer noch nicht draußen?« fragte er.

»Nein«, sagte sie und schaute an ihm vorbei zum Supermarkt. »Hören Sie, Sie bekommen noch Geld von mir.«

»Ein Geschenk des Hauses.«

»Nein, wirklich, ich möchte es Ihnen unbedingt zurückgeben. Nur, ich hätte per Scheck bezahlt, weil ich kein Bargeld dabeihabe. Nehmen Sie einen Scheck? Ich kann Ihnen meinen Führerschein zeigen«, sagte sie.

Er lachte.

»Im Ernst«, sagte sie. »Wenn es Ihnen nichts ausmacht, einen –«

Dann tauchten Rosemary und Skipper aus dem Supermarkt auf. Skipper trug eine einzelne große Packpapiertüte. Rosemary trug lediglich ein sandwich-großes Täschchen an einer glitzernden Goldkette.

»Sind sie da?« fragte Adrian.

»Ja.«

Er beugte sich tief über den Kofferraum und schob die eingekauften Lebensmittel hin und her. »Sagen Sie Bescheid, wenn sie weg sind«, sagte er.

Das Paar ging zu einem flachen roten Sportwagen. Rosemary war mindestens so groß wie Skipper, wenn nicht größer, und sie hatte den lässigen, achtlosen Gang eines Fotomodells auf dem Laufsteg. Wäre sie vor die Wand gelaufen, hätte sie sich zuerst die Hüften gerammt.

»Sehen sie in unsere Richtung?« fragte Adrian.

»Ich glaube nicht, daß sie uns sehen.«

Skipper öffnete die Tür an der Beifahrerseite, und Rosemary machte sich klein und ward nicht mehr gesehen. Er reichte ihr die Tüte mit den Lebensmitteln und schloß die Tür, schritt zur Fahrerseite, wand sich in den Wagen und ließ den Motor an. Erst dann schlug er seine Tür zu. Der kleine Wagen fauchte laut auf, kreiselte beinah und sauste davon.

»Weg sind sie«, sagte Delia.

Adrian schloß den Kofferraum. Er schien jetzt älter. Zum erstenmal bemerkte Delia die spröden Linien um seine Mundwinkel.

»Na ja«, sagte sie traurig.

Es schien unpassend, jetzt wieder das Thema Geld anzuschneiden, doch sie mußte es sagen: »Übrigens, der Scheck ...«

»Bitte. Das bin ich Ihnen schuldig«, sagte er. »Eigentlich schulde ich Ihnen viel mehr. Danke, daß Sie das mit mir durchgestanden haben.«

»Das war doch gar nichts«, erklärte sie. »Ich wünschte nur, Sie hätten, oh, jemand Passenderes getroffen.«

»Passenderes?«

»Jemanden ... verstehen Sie«, sagte sie, »der so attraktiv wie Ihre Frau ist.«

»Wie bitte?« fragte er. »Sie sind doch so hübsch! Sie haben so ein kleines Gesicht, wie eine Blume.«

Sie spürte, wie sie rot wurde. Sicher glaubte er, sie wäre hinter Komplimenten her. »Jedenfalls, ich bin froh, daß ich aushelfen konnte«, sagte sie. Sie machte einen Schritt zurück und öffnete die Wagentür. »Also, Wiedersehen.«

»Auf Wiedersehen und nochmals vielen Dank.«

Als wäre er ihr Gastgeber, stand er da, als sie den Wagen aus der Parklücke rangierte. Natürlich brauchte sie endlos, weil er zusah. Sie schlug das Lenkrad zu scharf ein, und der Keilriemen quietschte unangebracht. Aber schließlich war das Auto aus der Lücke, und sie rollte davon. Ihr Rückspiegel zeigte Adrian, wie er die Hand zum Abschied hob und erst senkte, als sie an der Ampel nach Süden abbog.

Auf halbem Wege fiel ihr ein: Sie hätte ihm seinen Einkauf geben sollen. Du meine Güte, die vielen Nudeln, die kleinen Orzodinger, und jetzt fiel ihr auch die Brühe wieder ein. Consommé Madrilene; sie wußte nicht einmal, wie das richtig ausgesprochen wurde. Sie fuhr mit Dingen auf und davon, die jemand anderem gehörten, und eigentlich sollte sie sich schämen, wie begeistert sie darüber war, und wie glücklich, wie zufrieden.

2

Das Dumme an Plastiktüten war, daß sie praktische Henkel hatten, was dazu verführte, zu viele Tüten auf einmal zu tragen. Delia hatte das vergessen. Auf halbem Weg im Vorgarten fiel es ihr ein, als ihr die Finger vom Krümmen weh taten. Sie hatte nicht hinterm Haus parken können, weil irgendein Kombi die Einfahrt versperrte. Es gab zwar ein rostiges Blechschild am Stamm der dicksten Eiche, das die Patienten zum Parken auf der Straße aufforderte, doch das wurde gern übersehen.

Sie ging vorn an der Veranda vorbei und bahnte sich seitlich einen Weg durch das Gestrüpp aus verblühten Forsythien. Das Haus war groß, aber schäbig, sein braunes Holz stockfleckig, und die Fensterläden klafften, wo die Riegel im Laufe der Jahre abgefallen waren. Delia hatte nie woanders gewohnt. Ihr Vater übrigens auch nicht. Ihre Mutter, die eigentlich von der Chesapeake-Bay-Küste stammte, war an einem Nierenleiden gestorben, als Delia noch zu klein war, um sich daran zu erinnern. So wuchs sie unter der Obhut ihres Vaters und ihrer beiden älteren Schwestern auf. Delia hatte auf dem Tafelparkett im Flur Hüpfstein gespielt, wenn ihr Vater in der verglasten Veranda neben der Küche seine Patienten versorgte, und sie hatte seinen Assistenzarzt unter dem ausladenden Messingkronleuchter geheiratet, einem Monstrum, das sie bis zum heutigen Tage an eine große Spinne erinnerte. Selbst nach der Hochzeit war sie nicht weggezogen, sondern hatte ihren Mann einfach in ihrem Jungmädchenzimmer untergebracht, und als sie dann Kinder hatte, war es an der Tagesordnung, daß ein Patient aus dem Wartezimmer spazierte und rief: »Delia? Wo bist du, Schätzchen? Ich wollte nur mal sehen, wie es den süßen Kleinen geht.«

Der Kater hockte auf der Hintertreppe und maunzte sie vorwurfsvoll an. Sein kurzes graues Fell klebte an manchen Stellen feucht. »Habe ich es nicht gesagt?« Delia schimpfte und ließ ihn hinein. »Habe ich dich nicht gewarnt, das Gras ist noch naß?« Ihre Schuhe waren vom Gang über die Wiese durchweicht, die dünnen Sohlen kalt und pappig. Sie zog sie gleich in der Küche aus. »Na, hallo!« begrüßte sie ihren Sohn. Er räkelte sich im Schlafanzug am Tisch und strich Butter auf einen Toast. Sie stellte ihre Tüten auf die Arbeitsplatte und sagte: »Ich staune, du bist ja schon wach!«

»Mir blieb auch nichts anderes übrig«, erklärte er schlecht gelaunt.

Er war der Jüngste, und sie hatte immer gefunden, daß er ihr am stärksten glich (mit hellbraunem Haar wie Drahtwolle, seinem blassen Sommersprossen-Gesicht und den violetten Augenschatten), doch im vergangenen Monat war er fünfzehn geworden, und mit einemmal sah sie in ihm Sam. Er war fast einsfünfundachtzig, und sein spitzes Kinn war plötzlich kantig; seine muskulösen Hände wirkten beängstigend zupackend. Selbst wie er das Messer hielt, strahlte neue Autorität aus.

Auch seine Stimme war die Sams: tief, aber klar, nicht brüchig und kieksig wie die seines Bruders früher. »Hoffentlich hast du Cornflakes gekauft«, meinte er.

»Wieso, nein, ich –«

»Ach, Mutter!«

»Wart's ab, bis du weißt, warum nicht«, sagte sie. »Das Komischste, was ich je erlebt habe, Carroll! Ein echtes Abenteuer. Ich stehe in der Gemüseabteilung, vollkommen in Gedanken –«

»In diesem Haus gibt's kein einziges bißchen Anständiges zu essen.«

»Also eigentlich frühstückst du samstags nie.«

Er sah sie finster an. »Erzähl das mal Ramsay«, sagte er.

»Ramsay?«

»Er hat mich schließlich geweckt. Poltert am hellichten Tag ins Zimmer, die ganze Nacht mit seiner Freundin unterwegs. Danach hab ich kein Auge mehr zugekriegt.«

Delia begutachtete die Einkaufstüten. (Sie wußte, worauf dieses

Gespräch hinausführte.) Sie begann darin herumzustöbern, als könnten die Cornflakes schließlich doch noch zum Vorschein kommen. »Laß dir lieber von meinem Abenteuer berichten«, sagte sie über die Schulter. »Aus heiterem Himmel steht dieser Mann neben mir ... gutaussehend? Er sah aus wie mein allererster Freund, Will Britt. Ich glaube, von Will habe ich dir noch nie erzählt.«

»Ma«, sagte Carroll. »Wann darf ich endlich in das Zimmer gegenüber ziehen?«

»Oh, Carroll.«

»Kein Mensch, den ich kenne, muß mit seinem Bruder in einem Zimmer wohnen.«

»Nun mach aber einen Punkt. Jede Menge Leute auf der Welt wohnen mit ganzen Familien in einem Zimmer«, erklärte sie.

»Aber nicht mit einem saufenden Collegetypen von Bruder. Nicht wenn gegenüber im gleichen Stockwerk noch ein Zimmer vollkommen leer steht.«

Delia legte die Packung Orzo hin und sah ihm direkt ins Gesicht. Sie fand, er mußte zum Friseur, aber dies war nicht der Zeitpunkt, ihn daran zu erinnern.

»Carroll, es tut mir leid«, sagte sie. »Aber ich bin einfach noch nicht soweit.«

»Tante Eliza ist soweit! Wieso du dann nicht? Tante Eliza war auch Opas Tochter, und sie sagt, natürlich kann ich das Zimmer haben. Sie begreift nicht, was dagegen spricht.«

»Oh, wenn uns jemand hören würde!« sagte Delia aufgekratzt. »Müssen wir uns wirklich so einen schönen Tag verderben und streiten. Wo ist dein Vater? Ist er Patienten besuchen?«

Carroll antwortete nicht. Er hatte seinen Toast auf den Teller fallen lassen und wippte trotzig mit dem Stuhl, sicher machte er noch mehr Dellen ins Linoleum. Delia seufzte.

»Ach, Junge«, sagte sie. »Ich weiß, wie dir zumute ist. Und du bekommst auch bald das Zimmer, ich verspreche es. Aber noch nicht sofort! Nicht jetzt! Es riecht jetzt immer noch nach seinem Pfeifentabak.«

»Das gibt sich, wenn ich drin wohne«, sagte Carroll.

»Das befürchte ich ja.«

»Egal, dann gewöhne ich mir eben das Rauchen an.«

Mit einem gequälten Lachen wischte sie seine Worte vom Tisch. »Also«, sagte sie, »ist dein Vater bei seinen Patienten?«

»Nee.«

»Wo ist er?«

»Er ist laufen.«

»Er ist was?«

Carroll nahm sich den Toast und verspeiste ihn geräuschvoll.

»Er tut was?«

»Er läuft, Mama.«

»Hast du ihm nicht wenigstens angeboten, mitzumachen?«

»Er läuft nur auf der Gilman-Bahn, mein Gott.«

»Ich habe euch Kinder darum gebeten; angefleht habe ich euch, ihn nicht allein gehen zu lassen. Was, wenn etwas passiert und keiner ist dabei?«

»Hohe Wahrscheinlichkeit, besonders auf der Gilman-Bahn«, sagte Carroll.

»Eigentlich soll er überhaupt nicht laufen. Er soll spazierengehen.«

»Laufen tut ihm gut«, sagte Carroll. »Hör mal. Er selbst hat keine Bedenken. Sein Arzt hat keine Bedenken. Also wo liegt das Problem, Ma?«

Delia hätte einiges darauf antworten können, doch statt dessen hielt sie ihre Hand gegen die Stirn.

Das waren die Tatsachen, die sie dem jungen Mann im Supermarkt mitzuteilen unterlassen hatte: Sie war eine traurige, müde, ängstliche vierzigjährige Frau, die seit Jahrzehnten keinen Champagner mehr zum Frühstück getrunken hatte. Und ihr Mann war noch älter, gute fünfzehn Jahre älter als sie, und hatte gerade vergangenen Februar beinah einen Herzanfall gehabt. Angina pectoris, hatte der Notarzt gesagt. Und jetzt hatte sie jedesmal, wenn er allein ausging, panische Angst, haßte es, wenn er Auto fuhr, und erfand Ausreden, nicht mit ihm zu schlafen, aus lauter Furcht, er könne davon sterben, und nachts, wenn er schlief, lag sie angespannt wach, horchte, wie er lang und tief atmete.

Und außerdem waren ihre Kinder nicht mehr klein, sie waren Riesen. Sie waren große, dreiste, unverschämte Geschöpfe ohne Benehmen – Susie war im letzten Jahr auf der Goucher High-School und von einer geradezu atemberaubenden Sportbegeisterung; Ramsay, Erstsemester an der Hopkins-Universität und kurz davor, wegen der achtundzwanzigjährigen alleinerziehenden Mutter, die er sich als Freundin zugelegt hatte, sein Studium abzubrechen. (Und beide, Susie und Ramsay, waren unglaublich pikiert, daß die Familienfinanzen sie zwangen, zu Hause zu wohnen.) Und Delias Baby, ihr süßer, reizender Carroll, hatte sich in diesen halbwüchsigen Rüpel verwandelt, der die Flucht ergriff, wenn seine Mutter ihn umarmen wollte, der ihre Kleider kritisierte und jedes Wort aus ihrem Mund mit entsetztem Augenrollen bedachte.

Wie zum Beispiel jetzt. Entschlossen, sich nicht beirren zu lassen, reckte sie sich selbstbewußt und fragte: »Hat jemand angerufen, als ich nicht da war?« und er erwiderte: »Wieso soll ich für *die Erwachsenen* ans Telefon gehen«, – eine Feststellung, keine Frage.

Weil die Erwachsenen den Sellerie für deine liebste Erbsen-mit-Minze-Suppe kaufen, hätte sie ihn aufklären können, doch im jahrelangen Umgang mit Jugendlichen war sie Pazifistin geworden, und so marschierte sie auf Strümpfen aus der Küche und quer durch den Flur ins Arbeitszimmer, wo Sams Anrufbeantworter stand.

Sie nannten diesen Raum Arbeitszimmer, und tatsächlich waren an den Wänden ringsum bis zur Decke Bücherregale, doch hauptsächlich war es ein Fernsehzimmer. Die Samtvorhänge blieben ständig zugezogen, das Licht schien wie in einem altmodischen Kinosaal staubig dunkelrot. Limonadenbüchsen und leere Salzbrezeltüten, Stapel ausgeliehener Videofilme lagen kreuz und quer auf dem niedrigen Tisch, und auf dem Sofa räkelte sich Susie, sah mit ihrem Freund Driscoll Avery die allsamstagmorgendliche Cartoonshow. Die beiden waren schon so lange miteinander befreundet, sie wirkten wie Geschwister, hatten beide die gleiche glatte beige Haut und stämmige taillenlose Figuren, trugen identische ausgebeulte Trainingsanzüge. Driscoll blinzelte kaum merklich, als Delia das Zimmer betrat, Susie tat nicht einmal das, wechselte gerade per Fernbedienung das Programm.

»Morgen, ihr zwei«, sagte Delia. »Hat jemand angerufen?«

Susie zuckte die Achseln und hüpfte auf einen anderen Kanal. Driscoll gähnte lauthals. Nur deshalb entschuldigte sich Delia nicht, als sie vor den beiden her zum Anrufbeantworter ging. Sie beugte sich, drückte den Message-Knopf, aber nichts geschah. Elektronische Geräte blieben ihr immer ein Rätsel. »Wie mache ich –?« sagte sie, und schon füllte eine spröde Altmännerstimme den Raum. »Dr. Grinstead, können Sie gleich zurückrufen? Hier ist Grayson Knowles, und ich habe wegen der Tabletten mit dem Apotheker gesprochen, aber er läßt fragen, ob –«

Was immer der Apotheker fragen ließ, wurde von einem Schwall Bugs-Bunny-Musik übertönt. Offenbar hatte Susie den Fernseher lauter gestellt. »Piep«, sagte die Maschine, und dann war Delias Schwester zu hören. »Dee, ich bin's, Eliza. Ich brauche eine Adresse. Kannst du mich bitte auf der Arbeit anrufen?«

»Arbeitet sie jetzt auch samstags?« fragte Delia, bekam aber keine Antwort.

Piep. »Hier ist Myrtle Allingham«, sagte eine alte Frau geradeheraus.

»Oh, Gott«, sagte Susie zu Driscoll.

»Marshall und ich meinen, vielleicht habt ihr alle Lust, am Sonntagabend bei uns zu essen. Nichts Aufregendes! Nur wir! Und Miss Susie soll auch ihren lieben Driscoll mitbringen. Sagen wir, sieben Uhr?«

Piep piep piep piep piep. Ende.

»Wir sind schon letztes Mal mitgegangen«, sagte Susie und drückte sich noch tiefer ins Sofa. »Uns kannst du vergessen.«

»Also, ich weiß nicht«, sagte Driscoll. »Ihr Krabbendip ist nicht der schlechteste.«

»Wir gehen nicht hin, Driscoll, schlag's dir aus dem Kopf.«

»Sie ist einsam, sonst nichts«, sagte Delia. »Sitzt zu Hause mit ihrer Hüfte, kommt nicht vor die Tür –«

Über ihnen hämmerte es.

»Was ist das denn?« fragte sie.

Wieder Hämmern. Oder eher Scheppern. *Schepper! Schepper*! in regelmäßigen Abständen, geradezu planmäßig.

»Klempner?« schätzte Driscoll.
»Welcher Klempner?«
»Klempner oben im Badezimmer?«
»Ich habe keinen Klempner bestellt.«
»Vielleicht Dr. Grinstead?«
Delia sah Susie an. Susie sah höflich zurück.
»Ich weiß nicht, was in diesen Mann gefahren ist«, sagte Delia. »Er re ... re ... na, renommiert, ach« – sie war sich voll bewußt, daß ihr niemand zuhörte – »ich meine, er re ... renoviert dieses Haus, bis es keiner wiedererkennt. Wenn das die Decke ist, dann finde ich doch ...«
Sie ging die Treppe hinauf, traf auf halbem Weg die Katze, die ihr verstört in die Quere rannte. Vernon haßte Lärm. »Hallo?« rief Delia und steckte den Kopf zur Badezimmertür hinein. Ein Mann mit Pferdeschwanz hockte neben den gußeisernen Löwentatzen der Badewanne, untersuchte die Rohre. »Guten Tag«, sagte sie.
Er drehte sich um und sah sie an. »Oh, hallo«, sagte er.
»Wo liegt das Problem?«
»Kann ich noch nicht sagen«, erklärte er. Er hantierte weiter an den Rohren.
Sie wartete einen Augenblick, ob er dem etwas hinzufügte, doch eigentlich wußte sie gleich, er zählte zu jenen Handwerkern, die nur mit den Herren des Hauses verkehrten.
In ihrem Schlafzimmer setzte sie sich auf Sams Bettseite und wählte Elizas Arbeitsstelle. »Pratt Bibliothek«, sagte eine Frauenstimme.
»Ich möchte Eliza Felson sprechen.«
»Einen Augenblick.«
Delia schob sich ein Kissen in den Rücken, hob mit Schwung ihre Beine auf die rosafarbene Rüschendecke. Der Klempner war in das Badezimmer zwischen ihrem Zimmer und dem ihres Vaters vorgedrungen. Sie sah ihn nicht, aber sie hörte ihn hämmern. Welche Informationen entlockte er den Rohren, indem er darauf herumhaute?
»Tut mir leid«, sagte die Frauenstimme, »aber Miss Felson scheint nicht da zu sein. Sind Sie sicher, daß sie heute arbeitet?«

»Eigentlich ja; sie hat mich gebeten, sie im Dienst anzurufen.«

»Tut mir leid.«

»Vielen Dank jedenfalls.«

Sie legte den Hörer auf. Der Klempner pfiff »Clementine«. Während Delia Mrs. Allinghams Nummer wählte, kam er gemächlich ins Schlafzimmer, pfiff immer noch, und sie zog sittsam ihren Rock über die Knie. Er hockte vor dem Türchen, das die Rohre in der Wand verdeckte. Er pfiff *Thou art lost and gone forever*, oh mein Darling, Clementine; Delia sang im Geiste mit. Er zog einmal am hölzernen Türgriff, und schon hatte er ihn in der Hand. Das hätte sie ihm gleich sagen können. Sie beobachtete mit gewisser Befriedigung, wie er leise fluchte und eine Flachzange aus der Gürtelschlaufe zog.

Siebenmal Läuten. Achtmal. Sie gab nicht auf. Mrs. Allingham hinkte und brauchte zum Telefon endlos.

Neunmal. »Hallo?«

»Mrs. Allingham, ich bin's, Delia.«

»Delia, du Liebe! Wie geht es dir?«

»Danke gut, und Ihnen?«

»Oh, uns geht's gut, ganz gut. Wir freuen uns über das schöne Frühlingswetter! Hatten schon fast vergessen, wie Sonnenschein aussieht, bis heute.«

»Ich auch«, sagte Delia. Sie empfand plötzlich so etwas wie einen Anflug von Heimweh; Mrs. Allinghams ein wenig spröde Zwitscherstimme erinnerte sie an alle Frauen hier in dieser Straße, in der sie aufgewachsen war. »Mrs. Allingham«, sagte sie, »Sam und ich kommen gern morgen abend zum Essen, aber die Kinder können wir leider nicht mitbringen.«

»Oh!« sagte Mrs. Allingham.

»Sie haben augenblicklich soviel zu tun. Sie wissen, wie das ist.«

»Ja, natürlich«, sagte Mrs. Allingham schwach.

»Aber vielleicht ein andermal! Sie freuen sich immer so auf Sie.«

»Ja, sicher, und wir auch auf sie.«

»Also, dann bis morgen um sieben«, sagte Delia schnell, denn unten hörte sie Sam, und sie hatte noch tausend Dinge zu erledigen. »Auf Wiedersehen bis dann.«

Inzwischen hatte der Klempner das Türchen geöffnet und untersuchte das Wandinnere, doch klug wie sie war, fragte sie ihn nicht, was er gefunden hatte.

In der Küche lehnte Sam gegen einen der Schränke und zog seine lehmigen Laufschuhe aus. Er unterhielt sich mit Carroll: »... der Rutscheffekt, wenn du auf Zedernholzstückchen trittst ...«

»Sam, wie konntest du allein weggehen?« fragte Delia. »Du wußtest doch, daß ich mir Sorgen mache.«

»Hallo, Dee«, sagte er.

Sein T-Shirt war vor Schweiß durchsichtig, sein kantiges Gesicht glänzte, und seine Brille war beschlagen. Sein Haar – schwer zu sagen, ob grau oder blond, so unmerklich hatte die Farbe sich verändert – stand ihm in feuchten Strähnen vom Kopf ab. »Sieh dich an«, schimpfte Delia. »Du hast geschwitzt. Du bist einfach allein laufen gegangen und bist ganz durchgeschwitzt, obwohl der Arzt dir ein dutzendmal –«

»Wem gehört der Wagen in der Einfahrt?«

»Wagen?«

»Der Kombi, der in der Einfahrt parkt?«

»Gehört er keinem Patienten? Nein, wahrscheinlich nicht.«

»Klempner«, sagte Carroll hinter seinem Glas Orangensaft.

»Oh, gut«, sagte Sam, »der Klempner ist da.«

Er stellte seine Schuhe auf die Fußmatte und wollte die Küche verlassen, unbestritten in freudiger Erwartung eines kernigen Gesprächs von Mann zu Mann, über Ventile, Schweißnähte und Dichtungen. »Sam, warte«, sagte Delia, denn sie hatte noch etwas auf dem Herzen. »Bevor ich es vergesse –«

Er drehte sich um, schon in Deckung.

»Mr. Knowles hat angerufen, irgend etwas ist mit seinen Tabletten«, sagte sie.

»Ich dachte, das hätte er geklärt.«

»Und außerdem, hm, Mrs. Allingham. Sie möchte wissen, ob wir zum –«

Er stöhnte. »Nein«, sagte er, »nein.«

»Aber du hast ja noch gar nicht zugehört! Ein leichtes Abendessen am Sonntag, sagte sie, und ich habe ihr –«

»*Ich* gehe bestimmt nicht hin«, unterbrach Carroll sie.

»Nein, das habe ich schon gesagt; ich habe gesagt, daß ihr Kinder beschäftigt seid. Aber du und ich, Sam, nur zum –«

»Wir können nicht«, sagte Sam schroff.

»Aber ich habe schon zugesagt.«

Eigentlich war er im Begriff gewesen zu gehen, doch jetzt blieb er stehen und sah sie an.

»Ich weiß, ich hätte dich erst fragen sollen, aber ich habe sie aus Versehen gleich angerufen und zugesagt.«

»Na, dann«, sagte er, »rufst du sie am besten noch einmal an und sagst wieder ab.«

»Aber Sam!«

Er ging aus der Küche.

Sie sah zu Carroll hinüber. »Wie kann er so gemein sein?« fragte sie, aber Carroll hob nur eine Augenbraue, weltmännisch, seine neueste Masche; wahrscheinlich übte er das vor dem Spiegel.

Manchmal kam sie sich vor wie eine winzige Mücke, die die Macken ihrer Familie umschwirrte.

Das Linoleum unter ihren Füßen war glatt und eiskalt, und eigentlich wäre sie nach oben gegangen, ihre Hausschuhe zu holen, doch oben waren Sam und der Klempner. Also beschäftigte sie sich wieder mit den Einkaufstüten und packte weitere Pastapakete aus. Vielleicht konnte sie Mrs. Allingham erzählen, Sam sei krank geworden. Doch das war immer riskant; sie wohnten in derselben Straße, und es ließ sich leicht feststellen, daß er morgens gesund und munter auf der Schwelle erschien, um die Zeitung hereinzuholen. Sie seufzte und schloß eine Küchenschranktür. »Wann hat das mit mir alles angefangen?« fragte sie Carroll.

»Höh?«

»Wann hat sich Lieb-und-Nett in Doof-und-Dämlich verwandelt?«

Er hatte dazu keine Meinung.

Da erschien ihre Schwester in der Tür, krempelte sich die Ärmel hoch. »Morgen, allerseits!« verkündete sie.

»Eliza?«

Es gab Tage, an denen Eliza wie ein Zwerg aussah, und dies war einer. Sie trug ihre Gartenkluft – eine Art Tropenhelm, der ihre glatte schwarze Ponyfrisur verdeckte, dazu ein Khakihemd und eine stabile braune Hose, braune solide Jungenschuhe mit extra dicken Sohlen, die sie größer machen sollten. (Sie war die kleinste der drei Felson-Schwestern.) Das Horngestell ihrer Brille überwältigte ihr kleines, bleiches, ungeschminktes Gesicht. »Ich dachte, besser, ich pflanze die Kräuter um, bevor der Boden austrocknet«, erklärte sie Delia.

»Aber ich dachte, du arbeitest.«

»Arbeiten? Es ist Samstag.«

»Du hast doch aus dem Dienst angerufen, dachte ich.«

Eliza sah zu Carroll. Er zog schon wieder diese Augenbraue hoch.

»Du hast angerufen und auf den Anrufbeantworter gesprochen«, sagte Delia, »du wolltest eine Adresse von mir.«

»Das war vor zehn Tagen. Ich brauchte Jenny Coops Adresse, erinnerst du dich.«

»Wieso habe ich es dann jetzt auf dem Anrufbeantworter abgehört?«

»Mama«, sagte Carroll, »du hast sicher *alte* Anrufe abgespielt.«

»Wie das?«

»Du hast wahrscheinlich den Beantworter gar nicht eingeschaltet und dann, als du den Message-Knopf gedrückt hast –«

»Ach, du großer Gott«, sagte Delia. »Mrs. Allingham.«

»Gibt's Kaffee?« fragte Eliza.

»Nicht daß ich wüßte. Ach, du großer Gott ...«

Sie ging zum Telefon an der Wand und wählte Mrs. Allinghams Nummer. »Ich liege gemütlich im Bett«, erzählte Eliza Carroll, »denke: Fabelhaft, Samstagmorgen, ich kann bis mittags schlafen, und wer kommt von hinten durch meinen Wandschrank angekrochen – einer dieser verdammten Handwerker deines Vaters.«

»Mrs. Allingham«, sagte Delia ins Telefon. »Hier ist noch einmal Delia. Mrs. Allingham, ich komme mir völlig idiotisch vor, aber ich habe anscheinend die Anrufe durcheinandergebracht, und Sie haben uns ja vergangene Woche eingeladen. Da waren wir natürlich da, und es war auch ganz besonders schön; habe ich mich bei Ihnen schriftlich bedankt? Aber diese Woche kommen wir nicht; ich meine, ich habe begriffen, daß sie uns vergangene –«

»Aber Delia, Herzchen, wir freuen uns auch, wenn ihr diese Woche kommt! Wir freuen uns wirklich jedesmal, wenn ihr kommt, und ich habe Marshall schon mit einer Liste in den Delikatessenladen geschickt.«

»Oh, das tut mir so leid«, sagte Delia, aber da ging die Kaffeemühle los – ein ohrenbetäubendes Spektakel – und sie rief: »Jedenfalls! Zuerst müssen wir sie hierher zu uns einladen, ganz bald! Auf Wiedersehen!«

Sie legte den Hörer auf und starrte Eliza an.

»Wenn dein Kaffee so gut schmeckt, wie er riecht«, sagte Eliza gutgelaunt, als die Mühle aufhörte.

Sam kam mit dem Klempner die Treppe herab. Delia hörte den langgedehnten Ost-Baltimore-Akzent des Klempners; er gab gerade einen lyrischen Erguß über Wasser-an-sich zum besten. »Das Zeug ist unglaublich«, sagte er, »kommt an einer Stelle raus, läuft zehn Meter ein Rohr unten lang und fängt dann an zu tropfen, wo kein Mensch es erwartet. Es liegt auf der Lauer, es braucht seine Zeit, es sucht sich eine winzige Ritze, wo keiner auf die Idee kommt nachzusehen.«

Delia legte die Hände auf die Hüften und stand abwartend da. Kaum traten die beiden Männer ein, sagte sie: »Ich hoffe schwer, du bist jetzt zufrieden, Sam Grinstead.«

»Hmm?«

»Ich habe die arme Mrs. Allingham angerufen und das Abendessen abgesagt.«

»Oh, gut«, sagte Sam geistesabwesend.

»Ich habe unsere Zusage zurückgenommen. Ich habe mich aus unserer Verabredung gemogelt. Ich habe wahrscheinlich auf immer und ewig ihre Gefühle verletzt«, erklärte ihm Delia.

Doch Sam hörte nicht zu. Er fixierte den Zeigefinger des Klempners, der hoch auf einen Riß im blätternden Putz zeigte. Und Eliza tauchte den Meßlöffel in das Kaffeemehl; Carroll war der einzige, der sie beachtete. Er gönnte ihr einen Blick äußerster Verachtung.

Ratlos nahm Delia sich wieder die Einkaufstüten vor. Aus den Tiefen der einen zog sie den Stangensellerie, blaßgrün und exakt gerippt. Sie betrachtete ihn lange und eindringlich. »Sie sind ganz schön pfiffig!« hörte sie Adrian noch einmal sagen, und sie hielt sich die Worte vor, nahm sie in den Arm, zog sie an ihre Brust, dann drehte sie sich um und schenkte ihrem Sohn ein seliges Lächeln.

3 »Sie sind ganz schön pfiffig!« hatte er gesagt, und »Sie sind doch so hübsch!«, und »Sie haben so ein kleines Gesicht, wie eine Blume«. Meinte er damit, ihr Gesicht glich einer Blume, die zufällig klein war? Oder wollte er nur sagen, was für ein kleines Gesicht sie hatte? Sie bevorzugte die erste Interpretation, obwohl die zweite wahrscheinlicher war.

Außerdem hatte er ihren fabelhaften Flammeri gelobt. Natürlich war der Flammeri eigentlich aus der Luft gegriffen, trotzdem, sie war doch stolz, als ihr einfiel, wie fabelhaft er ihn gefunden hatte.

Sie betrachtete unbeobachtet ihr Gesicht im Spiegel. Ja, vielleicht glich es wirklich einer Blume. Falls er Blumen mit Sommersprossen meinte. Sie hätte immer gern dramatischer ausgesehen, geheimnisvoller, viel erwachsener. Sie fand es ausgesprochen unfair, daß sie um die Augen Falten bekam und immer noch ihr braves, so gar nicht raffiniertes, spitzes Kindergesicht hatte. Aber das hatte Adrian offensichtlich attraktiv gefunden.

Es sei denn, er hatte das nur aus Nettigkeit gesagt.

Sie suchte seinen Namen im Telefonbuch, aber seine Nummer war nicht zu finden. Sie hielt auf der Straße und in den Läden in ihrer Gegend nach ihm Ausschau. Zweimal fuhr sie in den nächsten drei Tagen wieder zum Supermarkt, trug jedesmal das Kleid mit der angekrausten Passe, in dem sie nicht so flachbusig wirkte. Doch Adrian tauchte nie auf.

Und wenn, was hätte sie gemacht? Sie war ja eigentlich nicht in ihn verliebt. Schließlich wußte sie gar nicht, was für ein Mensch er war! Und sie hatte ganz gewiß nicht vor (wie sie es nannte), »mit jemandem etwas anzufangen«. Seit sie siebzehn war, hatte sich ihr

Leben um Sam Grinstead gedreht. Seit sie ihm begegnet war, hatte sie nicht einmal einen Blick für andere Männer übrig gehabt. Selbst in ihren Wunschträumen war sie kein Typ, der untreu war.

Immerhin, wenn sie sich ausmalte, daß Adrian ihr über den Weg lief, spürte sie überdeutlich, wie leicht und natürlich sie sich bewegte und wie ihr Kleid ihren Körper umspielte. Keine Ahnung, wann zuletzt sie sich so ihrer selbst bewußt gewesen war, sich so von außen, von ferne wahrgenommen hatte.

Zu Hause bauten vier Handwerker eine Klimaanlage ein – eine von Sams plötzlichen Neuerungen. Sie schlitzten Fußböden und Wände auf; sie dröhnten mit riesigen Maschinen; sie schleppten Metallrohre und Ballen von Isoliermaterial, das wie graue Zuckerwatte aussah. Delia konnte, wenn sie abends im Bett lag, direkt über sich durch ein rechteckiges Loch in der Decke die Dachbalken sehen. Sie malte sich Fledermäuse und Schwalben aus, die sie im Schlaf umsegelten. Sie bildete sich ein, sie hörte das Haus vor Kummer stöhnen – so ein bescheidenes, freundliches Haus, gar nicht gefaßt auf Veränderungen.

Doch Sam war hingerissen. Oh, er brachte zwischen den Handwerkerterminen kaum seine Patienten unter. Elektriker, Maurer und Anstreicher überfielen sein Sprechzimmer mit Kostenvoranschlägen für die vielen geplanten Neuerungen. Ein Schreiner kam wegen der Fensterläden und ein Mann, der den Mehltau auf den Holzschindeln besprühte. Zweiundzwanzig Jahre hatte Sam hier gewohnt; hatte er dies alles die ganze Zeit schon so kritisch gesehen?

An einem Montagmorgen im Juli war er zum erstenmal ins Wartezimmer ihres Vaters gekommen, kaum drei Wochen nach ihrem High-School-Abschluß. Dermaßen gespannt, ihn kennenzulernen, hatte Delia auf ihrem gewohnten Platz am Schreibtisch gesessen; auch wenn es nicht ihre gewohnte Zeit war (meist arbeitete sie nachmittags). Sie und ihre Schwestern hatten kein anderes Thema mehr gekannt, seit Dr. Felson seine Anstellung beschlossen hatte. War dieser Mensch verheiratet? hatten sie gefragt, und wie alt war er? Und wie sah er aus? (Nein, er war nicht verheiratet, sagte ihr Vater, und er war, na, zweiunddreißig, dreiunddreißig, und er sah gut aus. Gut? Na ja, normal; vollkommen in Ordnung, sagte ihr Vater ungeduldig, denn ihm kam es darauf an, daß der Mann ihm einen Teil seiner Arbeitslast abnahm – die Hausbesuche und die Sprechstunden morgens.) Also stand Delia an jenem Sommertag früh auf und zog ihr hübschestes Sonnenkleid an, das mit dem herzförmigen Ausschnitt. Dann setzte sie sich ans väterliche Schreibpult und begann demonstrativ seine Notizen abzuschreiben. Punkt neun Uhr stand der junge Grinstead in der Tür, überm Arm einen gestärkten weißen Kittel. Die Sonne blitzte aus seiner seriösen, randlosen Brille und überzog sein noch feuchtes, strähnig gekämmtes blondes Haar wie mit einer Glasur; und Delia wußte immer noch, wie pures Verlangen ihr Innenleben schwindelerregend ins Schlingern gebracht hatte, als stände sie am Rande eines Canyons.

Sam erinnerte sich nicht einmal an dieses Treffen. Er behauptete, er hätte sie zum erstenmal beim Abendessen gesehen. Es stimmte, das Essen hatte es gegeben, am Abend desselben Tages. Eliza hatte einen Braten gemacht und Linda einen Kuchen gebacken (beide hatten ihre hausfraulichen Fähigkeiten unter Beweis gestellt), während Delia, die Kleine, zwei Monate vor ihrem achtzehnten Geburtstag und eigentlich außer Konkurrenz, im Wohnzimmer Sam und ihrem Vater gegenüber gesessen und erwachsen an einem Sherry genippt hatte. Der Sherry hatte nach flüssigen Rosinen geschmeckt und jene neue mächtige Wurzel des Verlangens genährt, die von Minute zu Minute in ihr tiefer an Boden gewann. Aber Sam behauptete, sie hätten, als er ins Zimmer kam, auf dem Sofa gesessen. Wie die drei Königstöchter im Märchen, sagte Sam, seien sie, die Älteste linksaußen, dem Alter nach aufgereiht gewesen, und wie der brave Sohn des Holzfällers hätte er die Jüngste und Hübscheste gewählt, die kleine Schüchterne rechts, die glaubte, sie hätte keine Chance.

Sollte er glauben, was er Lust hatte. Es hatte jedenfalls wie im Märchen geendet.

Außer daß es in Wirklichkeit am Ende weitergeht und sie nun hier saßen mit ihrer Klimaanlage und den Handwerkern, die den Dachboden ruinierten, und der Katze, die sich unters Bett verkroch, und Delia, die einen billigen Liebesroman auf dem Zweisitzer in Sams Wartezimmer las – dem einzigen ruhigen Ort im Haus, denn in der Praxis und im Wartezimmer war die Klimaanlage schon eingebaut. Delia hatte den Kopf auf eine der Lehnen gelegt, und ihre Füße, in rosa Plüschpantoffeln, lagen auf der anderen. Über ihr hing die Reproduktion des Norman-Rockwell-Bildes, die ihr Vater gerahmt hatte: ein freundlicher alter Arzt horcht mit seinem Stethoskop die Puppe eines kleinen Mädchens ab. Und hinter der dünnen Trennwand, die nicht ganz bis zur Decke reichte, unterhielt sich Sam mit Mrs. Harper über die Schmerzen in ihrem Ellbogen. Ihre Gelenke seien verschlissen, sagte er. Entsetztes Schweigen; selbst die Elektrosäge schwieg. Dann: »Oh, nein!« keuchte Mrs. Harper. »Du liebe Güte! Oh, um Himmels willen! Damit habe ich gar nicht gerechnet!«

Nicht gerechnet? Mrs. Harper war zweiundneunzig Jahre alt. Was erwartete sie? hätte Delia beinah gefragt. Doch Sam sagte freundlich: »Nun, ja, ich nehme an ...«, und den Rest verstand Delia nicht, weil die Säge wieder einsetzte, plötzlich, wie auf Bestellung.

Sie blätterte um. Die Heldin besichtigte den weitläufigen Besitz des Helden, bewunderte seine Güter und seine geschmackvollen »Arrangements«, was immer das hieß. In so vielen dieser Bücher waren die Helden wohlhabend, fand Delia. Bei den Frauen spielte das keine Rolle; sie waren manchmal reich und manchmal arm, aber die Männer kamen komplett mit Schloß und dienstbaren Geistern. Nie wieder mußten Frauen, verheiratet mit diesen Männern, Gedanken an die zermürbende Last des Alltags vergeuden – den feuchten Keller, den defekten Backofen, den verlorenen Autoschlüssel. Es klang wunderbar.

»Delia, Herzchen!« rief Mrs. Harper, als sie aus dem Sprechzimmer schwankte. Sie war ein todschickes, seidenverpacktes weibliches Gerippe; mit Händen wie Klauen, die Delia beschwörend entgegenfuchtelten. »Dein Mann behauptet, meine Gelenke hätten sich in Luft aufgelöst!«

»Na, na«, protestierte Sam hinter ihr. »Das habe ich nun doch nicht gesagt, Mrs. Harper.«

Delia setzte sich schuldbewußt auf und strich ihren Rock glatt. Sie warf einen peinlich berührten Blick auf ihre Hasenohrenpantoffeln und die schmachtende Schönheit auf dem Buchumschlag. »Das tut mir wirklich leid, Mrs. Harper«, sagte sie. »Soll ich Ihnen noch einen Termin geben?«

»Nein, er sagt, damit muß ich zum Spezialisten. Zu einem wildfremden Mann!«

»Kannst du ihr Petersons Telefonnummer geben, Dee?« fragte Sam.

Sie stand auf und ging zum Schreibtisch, schlurfend in ihren Pantoffeln. (Mrs. Harper trug spitze Pumps mit hohen Absätzen und setzte die Füße im rechten Winkel, um ihre schlanken Fesseln ins rechte Licht zu rücken.) Delia blätterte in der Adressenkartei, die nicht nach Namen, sondern nach Krankheiten geordnet war – Allergien, Arthritis ... Heutzutage war die Praxis eine bessere Durchgangsstation. Ihr Vater holte früher noch Kinder zur Welt und führte kleine Operationen durch, aber heute drehte sich alles nur noch um Impfungen gegen Wespenstiche im Frühjahr, gegen Grippe im Herbst; und die Geburten, ach, darüber waren diese Patienten lange hinaus. Sie hatten sie von ihrem Vater geerbt (oder sogar, wie Sam im Scherz behauptete, von ihrem Großvater, der diese Praxis 1902 eröffnet hatte; damals war Roland Park noch ländlich, und keiner fand etwas daran, daß ein Arzt seine Praxis im Privathaus abhielt).

Sie notierte Dr. Petersons Telefonnummer auf einer Karte und reichte sie Mrs. Harper, die sie mißtrauisch beäugte und dann in ihre Handtasche steckte. »Ich hoffe sehr, dieser Mensch ist kein Jüngelchen«, sagte sie zu Sam.

»Er ist garantiert über dreißig«, versicherte ihr Sam.

»Dreißig! Mein Enkel ist ja älter! Oh, bitte, kann ich statt dessen nicht weiter zu Ihnen kommen?« Aber weil sie seine Antwort schon kannte, wendete sie sich, ohne abzuwarten, an Delia. »Dein Ehemann ist ein Engel«, sagte sie. »Er ist nicht von dieser Welt. Ich hoffe, das ist dir klar.«

»Oh, ja.«

»Paß bloß auf, daß du ihn gut behandelst!«

»Ja, Mrs. Harper.«

Delia sah zu, wie Sam die alte Dame zur Tür brachte, dann ließ sie sich wieder auf das kleine Sofa fallen und griff ihr Buch. »Beatrice«, sagte der Held, »ich begehre dich mehr als das Leben«, und seine Stimme klang rauh und verzweifelt – unkontrolliert, war das Wort, das der Autor benutzte. *Unkontrolliert, und es schickte einen Schauer über ihren schlanken Rücken unter dem schmeichelnden elfenbeinfarbenen Satin ihres Negligées.*

* * *

Anstatt Adrian über den Weg zu laufen, konnte sie auch einfach dasitzen und hoffen, daß er sie ausfindig machte. Vielleicht stellte er sich gerade vor, wie sie aussah, und suchte die Straßen nach ihr ab. Oder er hatte ihre Adresse nachgeschaut; schließlich wußte er ihren Nachnamen. Er parkte in diesem Augenblick an der nächsten Ecke und hoffte, einen einzigen Blick von ihr zu erhaschen.

Von nun an trat sie mehrmals täglich vors Haus. Sie erfand tausend Gründe, sich in der Hollywoodschaukel auf der Veranda zu drapieren. Obwohl sie eigentlich ungern draußen war und gewiß ungern im Garten arbeitete, verbrachte sie eine halbe Stunde in Positur vor Elizas Heilkräuterbeet, trug dabei Ziegenlederhandschuhe. Und seit einmal das Telefon geläutet hatte und jemand auf ihr Melden hin stumm geblieben war – nur tief geatmet hatte –, sprang sie bei jedem Läuten wie ein Teenager auf. »Ich gehe ran! Ich gehe ran!« Wenn niemand anrief, versuchte sie wie ein junges Mädchen mit dem Schicksal Kuhhandel zu treiben: *Wenn ich nicht an ihn denke, läutet bestimmt das Telefon. Ich gehe aus dem Zimmer, ich tu beschäftigt, dann läutet das Telefon garantiert.* Als sie ihre Familie ins Auto verfrachtete, um Sams Mutter einen Sonntagsbesuch abzustatten, waren ihre Bewegungen fließend, sinnlich, wie die einer Schauspielerin oder Tänzerin, ständig im Rampenlicht.

Doch ein wirklicher Zuschauer, was hätte er gesehen: Delias häusliches Drunter und Drüber. Ramsay, klein und gedrungen, mit eisiger Miene, trotzig, wie er unwillig gegen einen Autoreifen kickte; Carroll und Susie, die um einen Fensterplatz stritten; Sam, der sich hinters Steuer klemmte, seine Brille auf der Nase zurechtrückte und ein ungewohntes Wollhemd trug, in dem er dünnarmig und übertrieben aussah. Und am Ziel ihrer Fahrt, die Eiserne Mama (wie Delia sie nannte) – die stabile, unattraktive Eleanor Grinstead, die selbst ihr Dach deckte und ihren Rasen mähte, mit links ihren einzigen Sohn in jenem makellosen Reihenhaus in der Calvert Street großgezogen hatte, wo sie jetzt wartete und verkniffen zuhörte, auf welche dummen Gedanken ihre Schwiegertochter wieder gekommen war.

Nein, keiner von ihnen würde den himmlischen blauen Augen des Adrian Bly-Brice standhalten.

* * *

Der Älteste der Handwerker, die die Klimaanlage einbauten – er hieß Lysander –, fragte, was mit den Heubündeln war, die von den Dachbalken baumelten. »Das sind Kräuter, die gehören meiner Schwester«, sagte Delia. Sie hoffte, die Erklärung reichte, doch ihre Schwester, auch in der Küche zugegen, putzte Bohnen fürs Abendessen und erklärte: »Ja, die brösele ich in kleine Schalen und verbrenne sie überall im Haus.«

»Sie machen Feuer damit?«

»Jedes Kraut bewirkt etwas anderes«, erklärte Eliza. »Das eine schützt vor schlechten Träumen, das andere fördert die Konzentration, und noch ein anderes klärt die Luft nach zwischenmenschlichen Zwistigkeiten.«

Lysander sah zu Delia hinüber, hob seine borstigen grauen Augenbrauen.

»Also, jedenfalls«, sagte Delia hastig. »Ist die Arbeit denn bald fertig, was meinen Sie?«

»Hier bei Ihnen? Oh, nein«, sagte er. Er ging schwerfällig zum Spülbecken; er war gekommen, um seine Thermoskanne zu füllen. Er wartete, bis das Wasser kalt aus dem Hahn kam, und sagte: »Wir brauchen noch einige Tage, mindestens.«

»Einige Tage!« verschluckte sich Delia. Sie räusperte sich. »Aber der Lärm: ist der bald vorbei? Selbst die Katze hat Kopfweh.«

»Woher wissen Sie denn das?« fragte er.

»Oh, Delia kann Katzengedanken lesen«, erklärte Eliza. »Was Katzen angeht, da hat sie uns allen was beigebracht: mit welcher Stimme wir sie ansprechen und wie wir ihnen schöne Augen machen und –«

»Eliza, ich brauche unbedingt die Bohnen«, unterbrach Delia sie.

Schon zu spät: Lysander schniefte, als er seine Thermoskanne unter den Wasserhahn hielt. »Wenn Sie mich fragen, einen Hund würde ich jederzeit nehmen«, sagte er. »Katzen sind nicht mein Ding, die sind hinterhältig.«

»Oh, Hunde mag ich natürlich auch«, sagte Delia. (In Wirklichkeit hatte sie vor Hunden ein bißchen Angst; bei denen kannte sie sich nicht aus.) »Hunde sind nur so ... plötzlich. Verstehen Sie?«

»Na, klar«, sagte Lysander. Es klang vorwurfsvoll. »Ist es in Ordnung, wenn ich ein paar Eiswürfel mopse?«

»Nur zu«, sagte Delia.

Er stand hilflos da, umklammerte den Hals der Thermoskanne, bis sie begriff, er wollte die Eiswürfel gebracht bekommen. Garantiert gehörte er zu der Sorte Männer, die keinen blassen Schimmer hatte, wo zu Hause die kleinen Löffel lagen. Sie trocknete ihre Hände ab und holte den Eiswürfelbehälter aus dem Kühlschrank.

»Wo wir zuletzt gearbeitet haben«, sagte er, »wo wir eine neue Heizungspumpe eingebaut haben, da hatte der Nachbar einen von diesen Kampfhunden. Auf Nahkampf abgerichtet. Die Dame, für die wir gearbeitet haben, hatte uns schwer gewarnt.«

Er hielt die Thermoskanne unerschütterlich fest, als Delia probierte, einen Eiswürfel hineinzustecken. Er paßte nicht. Sie schlug mit der flachen Hand darauf (Lysander zuckte nicht mit der Wimper) und schrie: »Iiih!«, denn der Eiswürfel flog durch die Luft und schlitterte dann über den Boden. Lysander sah ihm bekümmert nach.

»Warte, dich krieg' ich, du kleiner Teufel«, warnte Delia, schnappte die Thermoskanne und knallte sie ins Spülbecken. Über den nächsten Eiswürfel ließ sie Wasser laufen. »Aha«, turtelte sie und ließ ihn hineinplumpsen. Dann bearbeitete sie einen dritten.

Lysander sagte: »Also, wir laden einmal lauter Sachen vom

Lastwagen, da kommt doch der Kampfhund um die Ecke. Großes altes Vieh wie ein Wolf, gesträubte Nackenhaare und knurrt wie wild. Großer Gott, ich dachte, ich sterbe. Taucht doch die Dame auf, für die wir arbeiten, hat anscheinend nur drauf gewartet. Sagt: ›*Komm* schön‹, und faßt ihn am Halsband, brav wie ein Lamm. Bringt ihn nach nebenan und ruft: ›Herr Sowieso! Ich erschieße Ihren Köter, wenn Sie ihn nicht auf der Stelle ins Haus holen.‹ Klar und deutlich, eiskalt. Das war 'ne Frau, ich sag's Ihnen.«

Wieso erzählte er ihr das? Wollte er es Delia zeigen? Sie entledigte sich so unauffällig wie möglich des dritten Eiswürfels. Aus irgendeinem Grund stellte sie sich die Frau wie Rosemary Bly-Brice vor. Vielleicht war es Rosemary Bly-Brice gewesen. Gönnerhaft und angeödet bückte sie sich anmutig; griff mit dem kleinen Finger dem Hund ins Stachelhalsband. Delia spürte unvorhergesehene Bewunderung, als bezöge ihr Entzücken für Adrian seine Frau mit ein.

Sie drehte den Wasserhahn zu, griff die Thermoskanne und überreichte sie Lysander. »Ach du Schreck!« sagte Lysander. Aus dem Kannenboden rann Wasser. »Ach, Sie haben sie kaputtgemacht«, sagte er.

Delia entschuldigte sich nicht. Sie hielt ihm die Thermoskanne hin, hatte nur einen Wunsch: daß er sie nähme und verschwände. Im Supermarkt, kam ihr dabei in den Sinn, hatte sie von Ramsay erzählt, und Adrian hatte ihn für ihren Mann gehalten. Kein Wunder, daß er noch nicht vorbeigekommen war! Er hatte nach Ramsay Grinstead gesucht, und der stand nicht im Telefonbuch. Über kurz oder lang würde ihm sein Fehler auffallen. Sie lächelte bei dem Gedanken, hielt mit der ausgestreckten Hand die Thermoskanne, bis Eliza mißbilligend schnalzte und den Wischlappen holte.

* * *

In der Dunkelheit läutete zweimal das Telefon, und Delia schreckte hoch. Noch mit halbgeschlossenen Augen überlegte sie, wo die Kinder steckten. Alle drei lagen sicher und gesund in ihren Betten, beruhigte sie sich, dennoch schlug ihr Herz wie wild.

»Hallo?« sagte Sam. »Ja, hier Dr. Grinstead. Oh. Mr. Maxwell.«

Delia drehte sich seufzend um. Mr. Maxwell war der Prinzgemahl der Königinmutter von Hypochondria.

»Seit wann hat sie diese Beschwerden?« fragte Sam. »Aha. Also, das klingt nicht besonders ernst. Ja, sicher ist das unangenehm, aber ich bezweifle sehr, ob –«

Gedämpftes Plappern drang aus dem Hörer.

»Natürlich tut sie das«, sagte Sam. »Ich verstehe. Gut, Mr. Maxwell, wenn Sie meinen, es ist so wichtig, komme ich vorbei und sehe es mir an.«

»Oh, Sam!« zischte Delia und setzte sich auf.

Er beachtete sie nicht. »Also, bis gleich«, beruhigte er Mr. Maxwell.

Er hatte kaum den Hörer aufgelegt, als Delia sagte: »Sam Grinstead, du bist verrückt. Du weißt doch, daß nichts ist. Wieso bringt er sie nicht zur Notambulanz, wenn sie wirklich so krank ist?«

»Na, sie fahren beide nicht mehr Auto«, sagte Sam geduldig. Er stieg mit einem Schwung aus dem Bett und nahm seine Hose, die aufgefaltet über der Schaukelstuhllehne lag. Wie immer trug er schon frische Unterwäsche, und seine Sachen für den morgigen Tag lagen griffbereit.

Delia preßte eine Hand auf ihr Herz, das sich jetzt erst beruhigte. Hatte sich Sam bei seinen Herzbeschwerden so gefühlt? Sie versuchte es sich vorzustellen. Wenn sie sich ausmalte, daß er damals Auto gefahren war – unterwegs zu einem Treffen, und ihm dabei seine Symptome klargeworden waren; daß er ruhig und gefaßt (stellte sie sich vor) seine Route geändert hatte und zum Sinai-Hospital gefahren war. Sich sozusagen selbst ins Krankenhaus eingewiesen und eine Schwester gebeten hatte, Delia anzurufen, ihr die Nachricht schonend beizubringen. (»Ihr Mann möchte, daß wir Ihnen mitteilen, es wird ein bißchen später als sonst.«) Und Delia hatte inzwischen vor dem Kamin gesessen und ahnungslos *Lucinda's Lover* gelesen.

Sie knipste die Lampe an und stieg aus dem Bett. Viertel nach zwei, zeigte der Wecker. Sam blinzelte ins Licht, langte nach seiner

Brille, und nachdem er sie aufgesetzt hatte, sah er sie an. »Was hast du vor?« fragte er. Wenn er die Brille trug, wirkte sein Gesicht deutlicher konturiert, weniger verschwommen um die Augen, als sähe sie schärfer und nicht er.

Sie zog den gerüschten Morgenmantel über ihr Nachthemd, schloß vorn den Reißverschluß, bevor sie antwortete. »Ich komme mit«, sagte sie.

»Wie bitte?«

»Ich bringe dich mit meinem Wagen hin.«

»Warum, um Himmels willen, denn das?«

»Weil ich es will, darum«, sagte sie. Sie zog das Bindeband ganz fest, in der Hoffnung, der Hausmantel fiele so auf der Straße weniger auf. Als sie in ihre flachen Schuhe schlüpfte, spürte sie, wie er sie anstarrte, aber er sagte nur: »Fertig?« Sie griff ihren Schlüsselbund vom Schreibtisch.

»Delia, zweifelst du daran, daß ich fähig bin, mein eigenes Auto zu fahren?« fragte er.

»Oh, nein! Nicht die Bohne!« sagte sie. »Wo ich schon wach bin, kann ich doch mitkommen? Außerdem ist es eine schöne Frühlingsnacht.«

Er schien wenig überzeugt, aber er widersprach nicht mehr, als sie vor ihm die Treppe hinunterging.

Die Frühlingsnacht war ganz und gar nicht schön. Sie war kühl und windig; sie wünschte, kaum, daß sie das Haus durch die Hintertür verlassen hatten, sie hätte einen Pullover übergezogen. Leuchtende Wolkenberge türmten sich am tintenschwarzen Himmel. Dennoch ging sie wie selbstverständlich auf ihren Wagen zu, bezwang ihren Drang, sich gegen die Kälte zusammenzukuscheln. Die Straßenlaternen schienen so hell, sie sah ihren eigenen Schatten, ein längliches Strichmännchen wie in einer Kinderzeichnung.

»So war es früher mit Vater«, sagte sie. Sie mußte laut sprechen, denn Sam holte die schwarze Aktentasche aus seinem Buick. Hoffentlich fiel ihm nicht auf, wie ihre Stimme zitterte. »All die Hausbesuche, die ich mit Vater gemacht habe, wir beide ganz allein! Kommt mir vor wie in alten Zeiten.«

Sie glitt hinter das Lenkrad und reckte sich, um die Beifahrertür zu öffnen. Der Wagen war kalt wie ein Kühlschrank. Er roch sogar nach Kühlschrank – klamm und abgestanden.

»Vater hat mich natürlich nie fahren lassen«, sagte sie, als Sam eingestiegen war. Dann fiel ihr ein, sie brächte ihn womöglich auf einen Gedanken, und lachend fügte sie hinzu: »Du kennst ja seine Vorurteile! Frau am Steuer ...« Sie ließ den Wagen an, schaltete das Licht ein; die Scheinwerfer strahlten die beiden Flügel der Garagentür und den zerrissenen Basketballkorb darüber an. »Aber immer, wenn ich noch wach war, erlaubte er mir mitzukommen. Oh, wie viele Nächte bin ich brav mitgefahren! Eliza hatte nie Lust, und Linda stritt sich immerzu mit ihm, aber ich war immer startklar. Liebend gern bin ich mitgefahren.«

Sam hatte das natürlich alles schon einmal gehört. Er stellte seine Tasche zwischen seine Füße, während sie rückwärts aus der Einfahrt fuhr.

Auf der Roland Avenue sagte sie: »Eigentlich sollte ich öfter mitkommen, jetzt, wo die Kinder so groß sind. Findest du nicht auch?« Sie wußte, daß sie immerzu redete, dennoch sagte sie: »Vielleicht wäre es lustig! Und du mußt ja auch nicht mehr jede Nacht raus, nicht einmal jede Woche.«

»Delia, ich schwöre dir, daß ich immer noch durchaus in der Lage bin, meine gelegentlichen Hausbesuche ohne Babysitter zu machen«, erklärte Sam.

»Babysitter!«

»Ich bin stark wie ein Ochse. Sorg dich doch nicht immerzu.«

»Ich sorge mich nicht! Ich dachte nur, wie romantisch es sein könnte, wenn wir zwei etwas zusammen unternähmen!« sagte sie.

Das stimmte zwar nicht ganz, aber nachdem sie es gesagt hatte, glaubte sie es selbst und war deshalb ein bißchen verletzt. Sam saß nur zurückgelehnt da und sah aus dem Seitenfenster.

Zu dieser Stunde war draußen so gut wie kein Verkehr, die Straßen schienen ihr sehr eben und leer, schimmerten bleich im Licht der Straßenlaternen, wie unter einem gelbem Chiffonschleier. Die Bäume mit dem frischen Grün wirkten, so von unten, unordentlich, wie auf den Kopf gestellt. Da und dort waren im ersten Stock Zimmer erleuchtet, und Delia schaute sehnsuchtsvoll hinauf.

Vor dem Haus der Maxwells parkte sie. Sie schaltete das Licht aus, ließ Motor und Heizung jedoch an. »Kommst du nicht mit hinein?« fragte Sam.

»Ich warte im Wagen.«

»Du frierst!«

»Um Leute zu sehen, bin ich nicht richtig angezogen.«

»Komm mit rein, Dee. Den Maxwells ist egal, was du anhast.«

Er hatte wahrscheinlich recht. (Und die Heizung heizte noch überhaupt nicht.) Sie zog den Schlüssel aus dem Zündschloß, glitt aus dem Wagen und folgte ihm durch den Vorgarten zu dem großen, breiten Haus mit den Säulen, in dem die beiden Maxwells allein wie Würfel im Becher herumklapperten. Alle Fenster waren hell erleuchtet, und die Innentür stand sperrangelweit auf. Mr. Maxwell wartete drinnen schon, eine gebückte, massige Gestalt, fingerte an der Fliegengittertür, hakte sie aus, als sie über die Veranda kamen.

»Dr. Grinstead!« sagte er. »Vielen Dank, daß Sie gekommen sind. Und Delia auch. Hallo, meine Liebe.«

Seine Hose war voll Essenflecken, und er hatte sie mit dem Gürtel fast bis unter die Arme gehievt, dazu trug er ein T-Shirt und darüber eine abgewetzte graue Strickjacke. (Früher war er immer wie aus dem Ei gepellt gewesen.) Ohne innezuhalten, wandte er sich Sam zu und führte ihn zur Treppe. »Es bricht mir das Herz, sie so zu sehen«, sagte er, als sie gemeinsam hinaufgingen. »Wie gern würde ich mit ihr tauschen.«

Delia sah ihnen vom Flur aus nach, und als sie außer Sichtweite waren, setzte sie sich auf einen der beiden antiken Stühle, die ein Vertiko flankierten. Vorsichtig nahm sie Platz; soweit sie wußte, waren die Stühle Dekoration.

Über sich hörte sie leise Stimmen – Mrs. Maxwells dünnen Klageton, Sams Murmeln. Die alte Standuhr Delia gegenüber tickte so langsam, als wäre jedes Ticken ihr letztes. Weil Delia nichts Besseres zu tun hatte (dummerweise hatte sie ihre Handtasche zu Hause gelassen), spielte sie mit ihren Schlüsseln auf ihrem Schoß.

Wie viele Stunden hatte sie als Kind so dagesessen? Hatte auf einem Stuhl gehockt oder auf der untersten Treppenstufe, hatte die

Mückenstiche an ihren bloßen Beinen aufgekratzt oder eine Zeitschrift durchgeblättert, die ihr irgendein Erwachsener in die Hand gedrückt hatte, bevor ihr Vater nach oben geführt wurde. Und oben hatte sie die gleichen Stimmen gehört, die Worte nie ganz verständlich. Wenn ihr Vater redete, schwiegen immer alle, und sie war stolz und geschmeichelt gewesen, wie die Leute ihn verehrten.

Die Stufen knarrten, und sie schaute hoch. Mr. Maxwell kam allein herunter. »Dr. Grinstead untersucht sie gerade«, sagte er. Er ging Schritt für Schritt abwärts, klammerte sich ans Geländer; im Flur plumpste er schnaufend auf den anderen antiken Stuhl. Weil das Vertiko zwischen ihnen stand, sah sie nur seine ausgestreckten Hosenbeine und die Lederpantoffeln, sah seine kastanienbraunen Seidensocken mit den durchscheinenden Fersen. »Er glaubt, es sind leichte Verdauungsstörungen, aber ich habe ihm gesagt, in unserem Alter, habe ich gesagt ... da kann man gar nicht vorsichtig genug sein, habe ich gesagt.«

»Es geht ihr sicher bald besser«, sagte Delia.

»Dem Himmel sei Dank, daß es Dr. Grinstead gibt. Viele von den jüngeren Herren kämen um diese Tageszeit bestimmt nicht.«

»Keiner käme«, konnte sich Delia nicht verkneifen zu sagen.

»Oh, ein paar vielleicht doch.«

»Keiner, glauben Sie mir.«

Mr. Maxwell rutschte nach vorn, damit er sie sah. Sein geädertes, flammendrotes Gesicht spähte seitlich um die Möbelkante.

»Dieser Sam ist viel zu gut«, erklärte sie ihm. »Wußten Sie, daß er Angina pectoris hatte? Angina, mit fünfundfünfzig! Was das für ihn zukünftig bedeuten kann? Wenn es nach mir ginge, läge er in dieser Minute zu Hause in seinem Bett.«

»Na, glücklicherweise geht es ja nicht nach Ihnen«, sagte Mr. Maxwell ein bißchen pikiert. Er lehnte sich wieder zurück, und sie schwiegen, inzwischen hörte sie, wie Mrs. Maxwell oben ihre Meinung von sich gab, es klang wie »Nee – nee. Nee – nee.«

»Bei uns hat Dr. Grinstead seinen ersten Hausbesuch gemacht, hat er das schon mal erzählt?« fragte Mr. Maxwell. »Jawohl: seinen allerersten Hausbesuch. Dein Vater meinte: ›Denke, der Junge wird Ihnen gefallen.‹ Ich gebe zu, wir hatten unsere Befürchtungen, nachdem wir jahrelang auf deinen Vater geschworen hatten.«

Sam klang jetzt offiziell. Vermutlich war er bald fertig.

»Ich fragte Dr. Grinstead, als er zu uns kam«, schwärmte Mr. Maxwell, »ich sagte ›Na, junger Mann?‹ – Damals hatte er die Stelle erst ein paar Tage. Ich sagte: ›Na?‹ Sagte: ›Welches der Felson-Mädchen wollen Sie zum Traualtar führen?‹ – Ganz schön schlau von mir, nicht wahr?«

Delia lachte höflich und befingerte den Schlüsselbund.

»›Oh‹, sagte er; sagte: ›Ich glaube, ich habe ein Auge auf die Jüngste geworfen‹. Sagte: ›Die Älteste ist zu kurz geraten, die Mittlere zu rund, aber die Jüngste‹, sagte er, ›die ist genau richtig.‹ Also. Verstehst du? Ich wußte eher Bescheid als du.«

»Ja, wahrscheinlich«, sagte Delia; dann kam Sam die Treppe herunter, und die Instrumente in seiner Tasche klimperten gutgelaunt. Mr. Maxwell stand sofort auf, doch Delia blieb sitzen und starrte wie gebannt auf die Schlüssel. Sie schienen ungeheuer deutlich – abgegriffen, zusammengewürfelt, mit eingravierten Herstellernamen, so kurz und knapp, wie Worte in einer fremden Sprache.

»Genau wie ich …« sagte Sam, und »Nur ein Anflug von …«, und »Habe die Medikamente auf die …« Dann gab er Mr. Maxwell die Hand und sagte »Dee?«, und sie stand wortlos auf und ging durch die Tür, die Mr. Maxwell offenhielt.

Draußen war das Gras weiß vor Tau, und selbst die Luft schien weiß, als wäre bald Morgengrauen. Delia stieg in den Wagen und ließ den Motor an, bevor Sam richtig saß. »Du mußt die alten Herrschaften verstehen«, sagte er und schlug seine Tür zu. »So wie sie ganz allein alt werden, beschäftigen sie sich mit jedem Wehwehchen.«

Delia lenkte auf die Straße und fuhr ein wenig schneller als erlaubt, konzentriert, ohne zu reden. Sie waren fast zu Hause, da sagte sie: »Mr. Maxwell hat mir erzählt, daß sie dein allererster Hausbesuch waren.«

»Tatsächlich?«

»An deinem zweiten Tag hier.«

»Er sagt, er hätte damals gefragt, welches Felson-Mädchen du heiraten wolltest, und du hättest erklärt, die Jüngste.«

»Hmm«, sagte Sam und zog den Reißverschluß seiner Tasche auf. Er überprüfte den Inhalt und meinte: »Delia, kannst du mich morgen früh daran erinnern, daß ich noch –«

»›Die Älteste ist zu kurz geraten und die Mittlere zu rund‹, hättest du gesagt, ›aber die Jüngste ist gerade richtig.‹«

Sam lachte.

»Hast du das gesagt?« fragte sie.

»Oh, Süße, wie kann ich das noch wissen nach all den Jahren?«

Sie fuhr in ihre Einfahrt und stellte den Motor ab. Sam öffnete seine Tür, doch dann begriff er, daß sie sich nicht rührte, und sah sie an. Das Lämpchen an der Decke zeichnete tiefe Höhlen in sein Gesicht.

»Also hast du es gesagt«, erklärte sie. »Es klingt auch nach dir – du drückst dich gern märchenhaft aus.«

»So? Vielleicht«, sagte er. »Gott, Dee, ich habe nicht jedes Wort auf die Goldwaage gelegt. Vielleicht habe ich ›zu kurz‹ und ›zu rund‹ gesagt, aber womöglich habe ich gemeint ›zu unkonventionell‹ und zu ›frankophil‹.«

»Das meine ich nicht«, sagte Delia.

»Wieso nicht, Linda hat schließlich den halben Abend französisch gesprochen, erinnerst du dich? Und als dein Vater sie bat, wieder Englisch zu reden, hatte sie immer noch einen Akzent.«

»Du weißt nicht einmal, wogegen ich etwas habe?« fragte Delia.

»Nein«, sagte Sam, »ich weiß es nicht.«

Sie stieg aus dem Wagen und ging auf die Hintertreppe zu. Sam ging und stellte seine Tasche wieder in den Buick; sie hörte den Kofferraumdeckel zuschlagen.

»Und Eliza!« sagte er und ging hinter ihr her zum Haus. »Sie wollte unbedingt wissen, was ich von Homöopathie halte.«

»Du bist hierhergekommen und hast vom ersten Tag an vorgehabt, eines der Felson-Mädchen zu heiraten«, sagte ihm Delia ins Gesicht.

Sie hatte jetzt die Tür aufgeschlossen, trat aber nicht ein, sondern sah ihn an. Er blickte mit gerunzelter Stirn auf sie herab.

»Sicher ist mir das wahrscheinlich durch den Kopf gegangen«, sagte er. »Damals war ich gerade mit der Ausbildung fertig. Ich war alt genug zu heiraten, sozusagen. Im heiratsfähigen Alter.«

»Aber wieso dann keine Krankenschwester oder Kommilitonin, oder irgendein Mädchen, das deine Mutter kannte?«

»Meine Mutter?« sagte er. Er blinzelte.

»Du hattest ein Auge auf Vaters Praxis geworfen, darum«, erklärte sie. »Du dachtest, ich heirate einfach eine der Töchter von Dr. Felson und erbe alle seine Patienten und sein nettes altes gemütliches Haus.«

»Sicher, mein Schatz, wahrscheinlich habe ich das gedacht. Wahrscheinlich. Aber nie hätte ich eine Frau geheiratet, die ich nicht liebe. Ist es das, was du glaubst? Du glaubst, ich hätte nicht aus Liebe geheiratet?«

»Ich weiß nicht, was ich glaube«, antwortete sie.

Dann machte sie kehrt und ging wieder die Treppe hinunter.

»Dee?« rief Sam.

Sie ging, ohne ihr Tempo zu verlangsamen, am Wagen vorbei. Die meisten Frauen wären davon*gefahren,* sie ging lieber. Die Sohlen ihrer flachen Schuhe knirschten auf der asphaltierten Einfahrt; ihre gleichmäßigen Schritte klangen bedeutungsvoll, erinnerten sie an irgendeine Melodie, die sie fast, aber nur beinah, hätte nennen können. Einerseits horchte sie, was Sam unternahm (sie konnte ein Ohr nach hinten stellen, wie eine Katze), aber andererseits war sie froh, daß sie ihn los war, und zufrieden, daß sich ihre Meinung über ihn bestätigt hatte. *Sieh dir das an, er macht nicht die geringsten Anstalten, mir nachzukommen.* Sie gelangte zur Straße, bog nach rechts und ging weiter. Ihr schwachumrissener Schatten lief ihr voraus, schwenkte dann nach hinten und fiel zurück, während sie von Straßenlaterne zu Straßenlaterne zog. Ihr war nicht mehr kalt. Die Wut wärmte sie.

Jetzt verstand sie, wieso Sam nicht mehr wußte, wann er sie tatsächlich zum erstenmal gesehen hatte. Er hatte vorgehabt, die Felson-Mädchen als Geschenkpackung en gros zu begutachten, das war's. Dabei war nicht vorgesehen, ein dazugehöriges Einzelstück vorab unter die Lupe zu nehmen. Das *Ereignis* am Abend zählte, die heiratsfähigen Mädchen, eins, zwei, drei, ausgestellt, aufgereiht auf dem Wohnzimmersofa. Sie brauchte nur die richtige Perspektive, um sich die Szene zu vergegenwärtigen: die kratzigen roten Plüschpolster, ihr Sherryglas mit der pelzigen Eisschicht außen und das unruhige raumgreifende Hin und Her ihrer runden, mittleren Schwester neben ihr.

Auf einem Ast über ihr imitierte die verrückte Drossel aus der Nachbarschaft einen Einbrecheralarm. »Doi! Doi! Doi!« sang sie in höchsten Tönen, bis ein von Süden nahender Schwall Rockmusik sie verstummen ließ. Junge Leute, offensichtlich – eine Wagenladung voll. Delia hörte ihr Hupen und Lachen lauter werden. Selbst Roland Park war nicht vollkommen sicher zu dieser Tageszeit, ging ihr durch den Kopf. Außerdem würde sich niemand von ihrem Morgenmantel täuschen lassen. Sie lief im Nachthemd herum, genaugenommen. Hastig bog sie rechts in eine schmalere, dunklere Straße und hielt sich dicht an eine Buchsbaumhecke, von deren Schatten ihr Schatten verschluckt wurde.

Sam war jetzt sicher wieder im Bett, und seine Hose hing ordentlich über dem Schaukelstuhl. Und die Kinder wußten nichts von ihrer Abwesenheit. Deren Pläne waren so unüberschaubar und unterschiedlich, sie merkten es vielleicht tagelang nicht.

Was für ein Leben führte sie, wenn die Telefonate der vergangenen Woche genausogut von dieser Woche hätten sein können?

Sie ging schneller, hörte die Wagenladung Musik hinter sich verebben. Sie erreichte die Boulton Road, überquerte die Straße und bog links ein, und den Bruchteil einer Sekunde später, Bumm! stieß sie mit jemandem zusammen. Sie lief schnurstracks in etwas Langes, Großes, Knochiges, in warmen Flanell Gehülltes. »Oh!« sagte sie und wich erschrocken zurück, ihr Herz hämmerte, und irgendwie war plötzlich auch ein Hund da, ein zotteliger Jagdhund bellte in Kniehöhe.

»Butch! Sitz!« befahl der Mann. »Ist alles in Ordnung?« fragte er Delia.

Delia sagte: »Adrian?«

Im Halbdunkel schien er ohne Farbe, doch sie erkannte sein

schmales Gesicht mit den hervorspringenden Backenknochen. Sie fand seinen Mund breiter und voller, ausgeprägter, als sie sich vorgestellt hatte, und fragte sich, wie sie so etwas Wichtiges vergessen konnte. »Adrian, ich bin's, Delia«, sagte sie. Der Hund bellte immer noch. Sie sagte: »Delia Grinstead? Aus dem Supermarkt?«

»Delia«, sagte Adrian. »Meine Retterin!« Er lachte, und der Hund verstummte. »Was machen Sie denn hier?«

»Sie sagte: Oh, ich ...« und dann lachte sie auch, sah hinunter auf ihren Morgenmantel und strich ihn mit beiden Händen glatt. »Ich konnte einfach nicht schlafen«, sagte sie.

Sie war erleichtert, daß er auch nicht richtig angezogen war. Er trug einen dunklen Bademantel und einen hellen Schlafanzug. An den Füßen hatte er Sportschuhe, keine Socken. »Wohnen Sie hier in der Nähe?« fragte sie ihn.

»Gleich hier«, sagte er und deutete auf ein Dickicht wuchernder Berberitzenbüsche. Dahinter erspähte Delia ein Verandalicht und weiße Holzschindeln. »Ich bin aufgestanden, weil Butch vor die Tür mußte«, sagte er. »Das ist sein neues Hobby: weckt mich zu nachtschlafender Zeit und will raus.«

Als sein Name fiel, setzte Butch sich und grinste zu ihr hoch. Delia beugte sich vor und gab seiner Schnauze einen schüchternen Stups. Sie spürte seinen Atem warm und feucht an ihren Fingern. »Ich bin damals mit Ihren Lebensmitteln davongefahren«, sagte sie in Richtung Hund. »Ich habe mich deshalb richtig geschämt.«

»Lebensmitteln?« fragte Adrian.

»Ihr Orzo und Ihre Rotini ...« Sie richtete sich auf und sah ihn an. »Erst wollte ich Ihre Adresse ausfindig machen und sie vorbeibringen.«

»Oh ... Orzo? Na, macht nichts«, erklärte er. »Ich bin nur dankbar, daß Sie mir so geholfen haben. Sie haben sicher gedacht, ich bin ein komischer Kerl, stimmt's.«

»Nein, ganz bestimmt nicht! Es hat Spaß gemacht«, sagte sie.

»Verstehen Sie, manchmal möchte man sich einfach, na ja, vor jemandem keine Blöße geben.«

»Sicher«, sagte sie. »Ich sollte eine Firma gründen: Schein und Sein, Gesellschaft mit beschränkter Haftung.«

»Rent-a-date«, schlug Adrian vor. »Schwindelagentur.«

»Mit Blondinen als Ersatzehefrauen und Footballberühmtheiten, die Mauerblümchen zu Abschlußbällen ausführen –«

»Und wunderschönen Frauen in Schwarz, die bei Beerdigungen weinen«, sagte Adrian.

»Oh, warum gibt's so etwas noch nicht?« fragte Delia. »Nichts ist doch schlimmer als ... na; als die kalte Wut, die Wut und der verletzte Stolz, wenn jemand gekränkt oder beleidigt oder für dumm ...«

Schon gut. Sie bremste sich. Adrian betrachtete sie eigenartig eindringlich; sie überlegte erschrocken, ob sie Lockenwickler trug. Beinah hätte sie nachgefühlt, bis ihr einfiel, daß sie sich seit ihrer Schulzeit nie mehr die Haare eingedreht hatte. »Du meine Güte. Ich muß nach Hause«, sagte sie.

»Warten Sie!« sagte Adrian. »Würden Sie vielleicht ... Ich könnte Ihnen einen Kaffee anbieten?«

»Kaffee?«

»Oder Tee? Kakao? Oder etwas Alkoholisches?«

»Gut«, sagte sie, »Kakao wäre vielleicht nicht schlecht. Kakao wäre schön. Ich meine, zu dieser Tageszeit Koffein, da könnte ich wahrscheinlich ... aber ist es auch bestimmt nicht zu umständlich?«

»Überhaupt nicht umständlich«, erklärte er. »Kommen Sie mit herein.«

Er führte sie zu einer Lücke zwischen den Berberitzenbüschen. Ein gepflasterter Weg schlängelte sich zum Haus, einem jener schnörkeligen viktorianischen Holzhäuser, die heutzutage der Traum junger Paare waren. Die Haustür hatte ein Fenster aus pastellfarbenen Milchglasrhomben. Delia fühlte einen Anflug von Unbehagen. Sie wußte überhaupt nichts über diesen Mann! Und keine Menschenseele ahnte, wo sie war.

»Wenn ich um diese Zeit wach bin, dann schlafe ich nicht mehr ein«, sagte Adrian, »also mache ich mir eine Kanne –«

»Was für eine hübsche Veranda!« rief Delia. »Vielleicht sollten wir hier unseren Kakao trinken.«

»Hier?«

Er machte auf der obersten Stufe halt und sah sich um. Die Veranda sah eigentlich erbärmlich aus. Die Dielen waren schlachtschiffgrau und die Möbel bissiggrün gestrichen. »Meinen Sie nicht, daß Sie frieren?« fragte er.

»Kein bißchen«, erklärte sie, obwohl es ihr jetzt im Stehen kalt vorkam. Sie stopfte beide Fäuste in die Taschen ihres Hausmantels.

Er sah sie einen Augenblick lang an. Dann sagte er: »Aha, ich verstehe«, und sein Mund zog sich zu einem Lächeln.

»Aber wenn *Ihnen* kalt ist«, sagte sie und wurde rot.

»Ich verstehe«, sagte er. »Man kann nicht vorsichtig genug sein.«

»Oh, ganz bestimmt nicht! Großer Gott!«

»Ich mache Ihnen keinerlei Vorwürfe. Wir trinken unseren Kakao hier draußen.«

»Wirklich«, sagte sie, »ich kann doch hineinkommen?«

»Nein, Sie warten hier. Ich bringe ihn heraus.«

»Bitte«, sagte sie. »Bitte lassen Sie mich hinein.«

Und weil sie fand, das Hin und Her würde sonst ewig weitergehen, nahm sie eine Hand aus ihrer Tasche und legte sie auf seine Hand. »Ich will«, sagte sie.

Sie wollte gern hereinkommen, meinte sie. Sie meinte nur das, doch sofort, als sie die Worte gesagt hatte, begriff sie, daß sie mehr bedeuteten, und sie ließ ihre Hand sinken und machte einen Schritt zurück. »Oder vielleicht ...« sagte sie. »Ja, die ... Veranda, warum trinken wir unseren Kakao nicht auf der ...« Und sie zog sich einen Stuhl heran und setzte sich. Der ungepolsterte Sitz war eiskalt, ihr blieb einen Augenblick die Luft weg, als hätte sie eine atemberaubende Neuigkeit erfahren oder etwas wäre ihr in den Sinn gekommen, woran sie nie zuvor gedacht hatte.

4

»Ich habe Eliza schon Bescheid gesagt, als sie uns am Flughafen abgeholt hat«, sagte Linda. »Ich habe gesagt: ›Ein Gutes hat es wenigstens, daß Vater tot ist, immerhin brauche ich nicht mehr mit dir in einem Zimmer zu schlafen, Eliza.‹ In Anbetracht ihrer Schnarcherei.«

Delia sagte: »Ja, aber –«

»›Und die Zwillinge brauchen nicht bei Susie übernachten‹, habe ich gesagt. Wahrscheinlich passen sie mit mir auch noch in Vaters großes Bett. Und wie ich ins Haus komme, was sehe ich?«

»Erst wollte ich, daß du da wohnst, aber es kam mir so …, als ich das Bett beziehen wollte, kam es mir so …«

»Gut, dann beziehe ich das Bett selbst«, sagte Linda. »Eins sage ich dir: ich schlafe ganz bestimmt nicht bei Eliza, wenn hier ein ganzes Zimmer so gut wie leer steht.«

Sie standen in der offenen Tür zum Zimmer ihres Vaters, starrten auf die herzzerreißende Ordnung, die trübe Luft voll Staubteilchen, die weiße Baumwollbettdecke unnatürlich glatt über der Matratze. Linda hatte sich nach der Reise noch nicht umgezogen, strahlte immer noch Konzentration und Effizienz aus, wie manche Leute auf Reisen. Sie besichtigte, soweit Delia sah, das Zimmer ohne jegliche Gefühlsanwandlung. »Ansonsten habt ihr keine Zeit vergeudet und alles auf den Kopf gestellt«, sagte sie. »Schächte für die Klimaanlage an allen Ecken und Enden, Männer von der Baumschule, die sämtliche Büsche herausreißen, und ich weiß nicht, was noch alles.«

»Oh, ach, das ist –«

»Dies ist wohl Sams große Stunde«, sagte Linda. »Endlich kann er im Haus schalten und walten, wie er will.«

Delia erwiderte nichts. Linda warf ihr einen vielsagenden Blick zu, dann traten sie an den väterlichen Schreibtisch. Sie lehnte gegen den Spiegel darüber und fuhr sich mit den Fingern durch ihr kurzes braunes Haar. Dann legte sie ihre Schultertasche ab, die sie an ihrem Riemen quer über die Brust trug – eine weitere ihrer typisch europäischen Moden. Niemand würde sie für eine Amerikanerin halten. (Niemand käme auf die Idee, daß sie in Michigan wohnte, geschieden von einem französischen Literaturprofessor, der sie schließlich doch nicht in seine Heimatstadt Paris entführt hatte.) Ihr rundes, weiches Gesicht war hell gepudert, der einzige Farbtupfer in ihrem Make-up ein klebrig glänzender, scharlachroter Lippenstift, und obwohl ihre Kleidung nicht besonders auffiel, trug sie diese mit enormer Würde – ihre durchgelaufenen halbhohen braunen Pumps, zum Beispiel, die sie allem zum Trotz zu ihrem marineblauen Kostüm trug. »Wieso stehen wir hier noch? Keine Ahnung, was Marie-Claire und Thérèse schon wieder aushecken«, sagte sie; die Rs in den Kindernamen klangen wie gegurgelt; und als sie an Delia vorbei zur Treppe rauschte, roch sie nach Flugzeug.

In der Küche stießen sie auf Eliza, die den Kindern eine Limonade machte. In diesem Herbst würden die Zwillinge neun – ein schlaksiges, staksiges Alter –, und obwohl sie den gleichen dichten braunen Kurzhaarschnitt wie ihre Mutter trugen, glichen sie in allem anderen dem Professor. Sie hatten fast schwarze Augen, einen melancholischen Blick, pflaumenfarbene Münder. Sie halfen sich gegenseitig zu den Oberschränken mit den Glastüren hoch, die erste zog die zweite, als sie die Arbeitsplatte erreicht hatte, und um besser klettern zu können, hatten sie die Röcke ihrer altmodischen, europäisch anmutenden Schulmädchenkleider in ihre Unterhosen gestopft, wodurch sie noch langbeiniger aussahen.

»Wenn eure Kusine Susie auftaucht, fährt sie mit euch ins Schwimmbad«, sagte Eliza. Sie stand an der Spüle und preßte Zitronen aus. »Sie hat versprochen, es als allererstes zu tun, aber anscheinend ist sie mit ihrem Freund unterwegs.«

Die Erwähnung eines Freundes lenkte sie einen Augenblick ab. »Driscoll?« fragte Marie-Claire und hielt im Klettern inne. »Geht Susie noch mit Driscoll?«

»Allerdings.«

»Gehen sie zusammen tanzen? Küssen sie sich beim Gutenachtsagen?«

»Da kenne ich mich leider nicht aus«, sagte Eliza prüde und bückte sich, um einen Krug aus dem Unterschrank zu holen.

Die Zwillinge hatten ihr Ziel erreicht: ein Glas Pfefferminzbonbons ganz hoch oben. Stück für Stück schob Thérèse es durch die halbgeöffnete Schranktür. Thérèse war der Zwilling, dessen Züge nicht so wohlproportioniert waren, ihr Gesicht schien nicht ganz ebenmäßig, nicht ganz symmetrisch, wirkte dadurch ein bißchen schreckhaft. (Das war oft so bei Zwillingen, fand Delia.) Einen Augenblick schien das Glas in der Luft zu hängen, aber dann landete es heil in Marie-Claires ausgestreckten Händen. »Sind Ramsay und Carroll auch verliebt?« fragte sie.

»Ramsay schon, muß ich leider sagen.«

»Wieso leider?« fragte Thérèse, und Marie-Claire sagte: »Was ist mit seiner Freundin?« – beide so gierig nach Klatsch, daß Delia laut lachte. Thérèse schwenkte herum und sagte: »Sagst du auch: leider, Tante Delia? Bist du dagegen, daß sie dein Nest beschmutzt? Kommt sie mit ans Meer?«

»Nein«, sagte Delia und beantwortete nur die leichte Frage. »Ans Meer fährt nur die Familie.«

Sie wollten früh am nächsten Morgen, einem Sonntag, für eine Woche ans Meer fahren. Das taten sie jedes Jahr. Mitte Juni, sobald es Schulferien gab, kam Linda aus Michigan, und sie fuhren zusammen in ein Cottage, das sie an der Küste von Delaware mieteten. Schon türmten sich auf der Veranda Schlauchboote und Federballschläger; in der Kühltruhe stapelten sich Töpfe mit vorgekochtem Eintopf; und Sams Patienten kamen in Scharen, um sich in letzter Minute von ihm behandeln zu lassen, damit sie seinen Vertreter nicht behelligen mußten.

»Delia, kannst du den Zucker holen?« fragte Eliza. Sie ließ Wasser in den Krug laufen. »Und, Mädchen, ich möchte aus dem Schrank rechts fünf hohe Gläser.«

Während Delia Zucker abmaß, sah sie heimlich auf die Uhr an der Wand. Zehn vor vier. Sie warf einen Blick auf die Zwillinge und räusperte sich: »Wenn Susie noch nicht da ist und ihr eure Limonade ausgetrunken habt, kann ich euch vielleicht ins Schwimmbad fahren«, sagte sie.

Linda sagte: »Du?«, und die Zwillinge sagten im Chor: »Du haßt Schwimmen doch!«

»Oh, ich will auch nicht ins Wasser. Ich fahre euch nur hin, und Susie kann euch später abholen.«

Eliza ließ Eiswürfel in die hohen Gläser fallen. Linda setzte sich ans Kopfende des Tischs, und die Zwillinge bestanden darauf, rechts und links von ihr zu sitzen. Als Delia den Krug mit der Limonade vor sie hinstellte, schrie Marie-Claire:

»Iiih! Da ist lauter loses Zeug drin!«

»Das ist besonders gut«, sagte Linda und goß ein.

»Und dicke Kerne außerdem!«

»Die tun nichts.«

»Das behauptet *sie«,* sagte Thérèse finster zu Marie-Claire. »In Wirklichkeit schlagen sie in deinem Bauch Wurzeln, und dann wachsen dir Zitronenbäume aus den Ohren.«

»Oh, also ehrlich, Thérèse«, sagte Linda.

Ohne sie zu beachten, warfen sich die Zwillinge einen vielsagenden Blick über den Tisch zu. Schließlich erklärte Marie-Claire: »Ich glaube, eigentlich haben wir überhaupt keinen Durst.«

»Wir ziehen uns schon einmal die Badeanzüge an«, fügte Thérèse hinzu.

Sie schoben ihre Stühle zurück und rannten aus der Küche.

»Ach je«, seufzte Linda. »Tut mir leid, Lize.«

»Schon gut«, sagte Eliza steif.

Es gab Zeiten, da begriff Delia für einen Augenblick, daß Eliza verkörperte, was früher alte Jungfer hieß. Sie wirkte so verloren in ihrer exzentrischen Freizeitkluft, dem Safari-Anzug und den derben Schuhen; sie zog mit gesenktem Kopf einen Stuhl heran, die schwarzen Haarfransen fielen ihr in die Stirn und verbargen ihr Gesicht; sie setzte sich und faltete ihre kleinen Hände energisch auf dem Tisch.

»Also, *ich* habe Durst«, sagte Delia laut und setzte sich auch, langte nach einem Glas. Aus dem Flur hörten sie wiederholtes Plumpsen – ohne Zweifel zerrten die Zwillinge ihre Koffer die Treppe hinauf. Sie wollten wohl doch bei Susie schlafen, wenn sie das Dielenknarren über sich richtig interpretierte.

Draußen vor dem offenen Fenster tauchte das bärtige Gesicht eines Arbeiters auf. Er sah die Frauen, blinzelte und verschwand. Delia und Linda sahen ihn, Eliza, die mit dem Rücken zu ihm saß, jedoch nicht. »Was hat er denn vor?« fragte Linda.

Eliza sagte: »Er? Wer?«

»Der Arbeiter«, erklärte Delia.

»Nein, nicht der Arbeiter«, sagte Linda. »Ich meine Sam. Wieso läßt er sämtliche Büsche rausreißen?«

»Er findet sie alt und dürr.«

»Reicht es nicht, wenn sie zurückgeschnitten werden? Und eine Klimaanlage! Das Haus ist ungeeignet für eine Klimaanlage.«

»Wir werden sie sicher zu schätzen wissen, wenn es richtig heiß wird«, sagte Eliza. »Trink eine Limonade, Linda.«

Linda nahm ein Glas, trank aber nichts. »Ich möchte nur wissen, woher er das Geld hat«, sagte sie finster. »Zudem: das Haus ist auf unser dreier Namen eingetragen, nicht auf seinen. Vater hat es uns vererbt.«

Delia schaute zum Fenster. (Sie vermutete, daß der Arbeiter darunter hockte, wie alle Arbeiter höchst interessiert am Privatleben fremder Leute.) »Du meine Güte!« sagte sie. »Wir sollten machen, daß wir ins Schwimmbad kommen. Möchte jemand etwas von Eddie's?«

»Eddies's?« fragte Eliza.

»Ich könnte auf dem Rückweg etwas Obst holen.«

»Delia, hast du vergessen, daß Sams Mutter zum Essen kommt? Und du mußt noch die Krankenscheine durchsehen! Warum bringe ich nicht die Zwillinge und gehe hinterher bei Eddie's vorbei.«

»Nein! Bitte!« sagte Delia. »Ich habe reichlich Zeit. Und außerdem, ich möchte das Obst selbst aussuchen, weil ich noch nicht weiß, was ich –«

Sie gab viel zu viele Erklärungen ab – immer ein Fehler. Linda fiel es nicht auf, aber Eliza konnte Gedanken lesen, dachte Delia manchmal und sah Eliza abwägend an. »Also«, sagte Delia, »bis nachher, ihr beiden. Okay?« Dann stand sie auf. Sie hörte schon die Zwillinge die Treppe heruntertoben. »Kannst du mir bitte meine Handtasche reichen«, fragte sie. Eliza sah sie immer noch an, nahm aber Delias Tasche von der Arbeitsplatte und reichte sie hinüber.

Im Flur stritten sich die Zwillinge um eine Taucherbrille, die sie sich aus den Strandsachen geangelt hatten. Sie trugen die gleichen engen Trikotbadeanzüge in verschiedenen Farben – einer rot und einer blau – und an den schmalen, blassen, knochigen Füßen jeder eine rote und eine blaue Badesandale. Sie hatten beide kein Handtuch, aber die Handtücher lagen oben, deshalb erinnerte Delia sie nicht. »Also los«, sagte sie zu ihnen. »Mein Auto steht vor der Tür.« Aus der Küche rief Linda: »Tut immer schön, was euch der Bademeister sagt, Mädchen, habt ihr gehört?«

Delia folgte ihnen über die Veranda, machte einen Bogen um einen Sonnenschirmstiel. Neben der Treppe schaufelte ein junger Mann mit einem roten Taschentuch als Stirnband die Wurzeln eines Azaleenbuschs frei. Er richtete sich auf, wischte sich mit dem Unterarm übers Gesicht und grinste sie an. »Schwimmen würde ich auch gern gehen«, sagte er.

»Dann komm mit«, sagte Thérèse, doch Marie-Claire erklärte: »Dummkopf, siehst du nicht, daß er keine Badehose anhat.« Sie hüpften vor Delia den Weg entlang und sagten dabei einen Vers, den sie aus ihrer Kindheit kannte:

»That's Life!«

»Fünfzehn Cent die Nummer.«

»Ich habe nur 'nen Groschen.«

»That's Life!

»Fünfzehn Cent die Nummer.

»Ich habe nur...«

Das Wetter war perfekt, sonnig und nicht zu warm, aber Delias Wagen hatte den ganzen Tag auf dem Gehweg gestanden und war aufgeheizt. Die Mädchen quiekten beide, als sie auf den Rücksitz rutschten. »Könntest du die Klimaanlage einschalten?« fragten sie Delia.

»Ich habe keine Klimaanlage.«

»Keine Klimaanlage!«

»Macht eure Fenster auf«, riet sie ihnen und kurbelte das Vorderfenster herunter. Sie ließ den Motor an und fuhr auf die Straße. Das Lenkrad war fast zu heiß zum Anfassen.

Man merkte gleich, es war Wochenende, so viele Jogger waren unterwegs. Und in den Vorgärten wurde gearbeitet, Rasen gemäht oder die Hecke geschnitten, die Luft grün und staubig, so daß Thérèse (die allergisch war) niesen mußte.

An der Wyndhurst Avenue schaltete die Ampel auf Gelb, aber Delia hielt nicht an. Sie hatte den Eindruck, die Zeit lief ihr davon. Sie fuhr die lange Strecke den Hang hinunter, gute zehn Meilen schneller als erlaubt, und bog mit quietschenden Bremsen in die Lawndale Avenue ein, parkte auf dem erstbesten freien Platz. Die Zwillinge hatten es selbst auch eilig; sie flitzten vor ihr her zum Eingang, und bevor sie für beide bezahlt hatte, waren sie zwischen den übrigen Badegästen verschwunden.

Als sie bergan zurückfuhr, zupfte sie immerzu vorn an ihrer Bluse und pustete Kühle unter die krausen Haarsträhnen, die ihr auf der Stirn klebten. Könnte sie doch noch einmal nach Hause und sich frisch machen! Aber ein zweites Mal würde sie ihren Schwestern nicht entrinnen. Sie bog ab, gönnte Eddies Obstladen keinen einzigen Blick. Sie fuhr durch eine wunderbar kühle, schattige Allee, und auf der Boulton Road parkte sie unter einem Ahornbaum. Vor dem Aussteigen betupfte sie ihr Gesicht mit einem Papiertaschentuch aus der Handtasche. Dann durchquerte sie den Vorgarten zu Adrians Haus, stieg die Verandastufen hinauf und läutete.

Der Hund kannte sie mittlerweile, er erhob sich lediglich von seiner Matte und beschnupperte ihren Rocksaum. »Hallo, Butch«, sagte sie. Sie tätschelte ihm unangebracht die Schnauze, trat dabei einen kleinen Schritt zurück. Die Haustür öffnete sich, und Adrian sagte: »Endlich!«

»Tut mir leid«, erklärte sie und trat ein. »Ich konnte erst fort, als Linda da war, und ihr Flugzeug hatte natürlich Verspätung, und dann mußte ich dafür sorgen, daß sie und die Kinder ...«

Sie redete zuviel, aber anscheinend konnte sie nicht aufhören. Die ersten Minuten waren immer peinlich. Adrian nahm ihr die Tasche aus der Hand und legte sie auf einen Stuhl. Da schwieg Delia. Dann neigte er sich zu ihr und küßte sie. Sie schmeckte wahrscheinlich nach Salz. Sie küßten sich noch nicht lange – wenigstens nicht so, so ernst. Mit einem winzigen Hauch auf die Wange hatten sie angefangen, in aller Freundschaft; dann gehörte von Tag zu Tag immer mehr dazu – ihre Lippen, ihre geöffneten Münder, die Umarmungen, Körper, die sich aneinanderschmiegten, bis Delia (immer war es Delia) losließ und leise auflachte: »Ach!« und ihren Rock glattstrich. »Ach! Hast du viel geschafft?« fragte sie jetzt. Er sah lächelnd auf sie hinunter. Er trug khakifarbene Shorts und ein ausgeblichenes Sommerhemd, so blau wie seine Augen. Vom Sonnenschein der vergangenen Wochen waren seine Haare beinah goldblond, als strahlten sie aus sich heraus, als er im dunklen Flur stand – schon deshalb machte sie sich abrupt los und huschte ins Haus, als hätte sie dort etwas zu tun.

Adrians Haus erschien ihr immer nur spärlich bewohnt, eigentlich seltsam, denn bis vor drei Monaten war seine Frau doch hier gewesen. Wieso strahlten die Räume dann diese langfristige Gleichgültigkeit und Vernachlässigung aus? Vom Flur aus wirkte das Wohnzimmer alles andere als einladend. Seine Wände waren kahl bis auf ein einzelnes gedämpftes Stilleben über dem Kaminsims, und anstelle eines Sofas standen, wie beleidigt, drei Stühle im Winkel zueinander. Auf den Tischen befand sich nur das Nötigste – eine Lampe, ein Telefon; keinerlei Schnickschnack, der dem Zimmer seine Kühle genommen hätte.

»Ich habe die Adwater-Geschichte ausgedruckt«, sagte Adrian. »Ich dachte, vielleicht willst du sie dir ansehen, ich bin gespannt, wie du sie findest.«

Er führte sie die enge Treppe hinauf über den Flur in ein Zimmer, das früher wahrscheinlich ein Wintergarten oder die Veranda gewesen war. Jetzt war es sein Büro. Drei Wände bestanden aus trüben Fenstern, auf den Fensterbänken türmten sich Papierstapel. An der vierten Wand stand ein Einbauschreibtisch mit den verschiedenen Teilen seiner Computerausrüstung. Dort produzierte Adrian seine Broschüre. Abonnenten aus vierunddreißig Staaten bezahlten bares Geld für *Beeilung bitte*, die Zeitschrift für Zeitreisende, die viermal jährlich erschien. Das Cover war glänzend himmelblau, das Logo eine Standuhr mit Holzgehäuse auf Speichenrädern. Jede Ausgabe war eine Mischung aus Science-fiction-Geschichten und populärwissenschaftlichen Artikeln, dazu Kritiken von Romanen und Filmen über Zeitmaschinen, und gelegentlich sogar einem Comicstrip oder einem Witz. Vielleicht war das Ganze überhaupt ein Witz, oder war es ernst gemeint? Angesichts der Leserbriefe hatte Delia da ihre Zweifel. Viele der Abonnenten schrieben in vollem Ernst. Zumindest einige behaupteten aus eigener Erfahrung zu schreiben. Und geradezu anthropologisch klang ihrer Ansicht nach der Artikel, den Adrian ihr nun überreichte – ein Aufsatz eines gewissen Dr. Charles L. Adwater, der die These vertrat, daß sogenanntes »Charisma« lediglich göttlicher Glanz und Charme des Zukunftswesens sei, das einen Abstecher in die Gegenwart machte. *Bedenken Sie,* schrieb Dr. Adwater, *wie einfach Sie und ich uns in den Vierzigern durchs Leben bewegen würden, die uns aus heutiger Sicht im großen und ganzen wie eine naive Zeit vorkommen und in denen ein Bewohner unseres Jahrzehnts vermutlich mit relativ wenig Aufwand einen beachtlichen Eindruck hinterlassen kann.*

»Würdest du sagen, was vorkommt oder die vorkommen?« fragte Adrian. »Eigentlich geht beides.«

Delia antwortete nicht. Sie ging beim Lesen im Zimmer auf und ab, kaute an der Unterlippe, blinzelte auf das Gedruckte, das wie gepunktet vor ihren Augen flimmerte und bröckelig war wie Borke auf einem verheilten Dornenkratzer. »Also ...« sagte sie wie geistesabwesend, wanderte in den Flur und blätterte die zweite Seite auf.

Adrian folgte. »Meiner Meinung nach ist Adwaters Stil leicht angestaubt«, sagte er, »aber zu viele Veränderungen darf ich nicht vorschlagen, weil er eine Koryphäe auf seinem Gebiet ist.«

Wie wurde man zur Koryphäe im Zeitreisen? Delia war beeindruckt, aber nur kurz. Der Besuch in Adrians Büro war eigentlich ein Vorwand, was sogar Adrian klar sein mußte. Eigentlich war nur wichtig, daß sie oben war: im ersten Stock herumstöberte, wo die *Schlafzimmer* lagen, einen Blick in alle Zimmer warf. Adrian schlief in einem düsteren kleinen Raum; dorthin war er gezogen, als Rosemary ihn verlassen hatte, also hatte Delia, während sie Seite drei aufschlug, keine Hemmungen, ins Eheschlafzimmer zu schlendern. Sie ging und machte an einer Kommode halt – sie brauchte zum Lesen mehr Licht, und über der Kommode war ein Fenster, konnte sie sich herausreden. Hinter ihr strich Adrian ihren Kragen glatt. Seine Finger schienen zu flüstern. »Wieso trägst du immer eine Halskette?« fragte er sehr dicht an ihrem Ohr.

»Hmm?« sagte sie ganz leise. Sie blätterte weiter, blindlings.

»Du trägst immer eine Perlenkette oder einen Anhänger, und heute dieses Herzmedaillon. Immer so ordentlich um den Hals, und diese braven runden Kragen.«

»Reine Gewohnheit«, sagte sie, aber ihre Gedanken rasten. Meinte er, daß sie albern aussah, unpassend für ihr Alter?

Er hatte sie nie gefragt, wie alt sie war, und sie hätte ihn zwar nicht belogen, fand aber unnötig, selbst davon anzufangen. Hätte er ihr erzählt, er sei zweiunddreißig, hätte sie geantwortet: »Zweiunddreißig! Du könntest mein Sohn sein!«, hätte bewußt übertrieben, damit er lachte. Sie hatte nie das Alter ihrer Kinder erwähnt. Er hatte auch nicht danach gefragt, denn wie die meisten kinderlosen Leute schien er ahnungslos, wieviel Raum in ihrem Leben die Kinder beanspruchten.

Außerdem hatte er ein etwas schiefes Bild von ihrem Ehemann. Aus manchen seiner Bemerkungen ging hervor, daß er sich Sam als bulligen Athleten vorstellte (er joggte), der obendrein wahrscheinlich eifersüchtig war. Und Delia hatte ihn nicht korrigiert.

Sie brauchte die beiden Männer nur zusammenzubringen – Adrian zum Abendessen einladen, sagen wir, als Strohwitwer, der sich selbst versorgen mußte –, und die Situation hätte alle Dramatik verloren. Sam hätte gelästert und ihn »deinen Verehrer Bly-Brice« genannt; die Kinder hätten die Augen gerollt, wenn sie zu lange mit ihm telefonierte. Doch Delia machte keine Anstalten, ein solches Treffen zu arrangieren. Sie hatte vor keinem Familienmitglied auch nur seinen Namen erwähnt. Und als Adrians Hände vom Kragen auf ihre Schultern glitten, sie näherzogen, wehrte sie sich nicht, sondern schob den Kopf zurück und legte ihn an seine Brust. »Du bist so klein«, sagte er. Sie hörte die Stimme in seinem Brustkasten rumpeln. »Du bist so klein und niedlich und zierlich.«

Verglichen mit seiner Frau, vermutlich, dachte sie; und richtete sich bei der Vorstellung kerzengerade auf. Sie ließ ihn stehen und ging weiter, ordnete geschäftig die Seiten. Sie umkreiste das Bett (Rosemarys Bett! mit einer ziemlich schäbigen Satindecke) und näherte sich dem Schrank. »Was ich gern wüßte«, sagte sie nach hinten gewandt, »kannst du dich damit wirklich ernähren? So eine Zeitung wie deine hat einen begrenzten Leserkreis, oder?«

»Oh, sie deckt nicht einmal die Unkosten«, erklärte Adrian leichthin. »Ich muß sicher bald dichtmachen. Mir etwas Neues einfallen lassen. Aber daran bin ich gewöhnt. Hiervor habe ich die Computer-Baseball-Nachrichten herausgegeben.«

Der Schrank war gefüllt mit Rosemarys Sachen – Oberteile, dann Kleider, dann Hosen, ordentlich aufgereiht von kurz nach lang – und in gleichen Abständen, nicht zusammengedrückt wie in Delias Schrank. Wie Adrian erzählte, hatte Rosemary ihre gesamte Habe, als sie ging, zurückgelassen. Sie war fortgegangen, wie sie war, im schwarzen Seidenoverall, die flache schwarze Tasche unter den Arm geklemmt. Wieso fand Delia das so imponierend? Es war nicht das erste Mal, daß sie fasziniert vor Rosemarys Schrank stand.

»Und davor«, sagte Adrian, »habe ich alle drei Monate eine Zeitschrift für *M.A.S.H.*-Fans herausgegeben. Er stand wieder hinter ihr. Er streckte den Finger aus und strich über ihren Ellenbogen.

Delia sagte: »Wovon habt ihr die ganze Zeit gelebt?«

»Also, Rosemary hat ein bißchen geerbt.«

Sie schloß die Schranktür. Sie sagte: »Wußtest du das, bevor du sie geheiratet hast?«

»Wieso fragst du?«

»Ich überlege manchmal, ob Sam mich geheiratet hat, weil mein Vater die Praxis hatte.«

Sie hätte es ihm nicht erzählen sollen. Bestimmt dachte Adrian jetzt: *Ja, sie ist ganz schön bieder, und außerdem hat sie rauhe Ellenbogen.*

Doch er lächelte und sagte: »Ich an seiner Stelle hätte dich wegen deiner Sommersprossen geheiratet.«

Sie ging hinüber zum Bett, zu Rosemarys Seite. Daß es Rosemarys Seite war, wußte sie, weil ein mundgeblasener Parfumflakon neben der Lampe stand. Zuerst legte sie Dr. Adwaters Artikel auf die Nachttischplatte und dann, als wäre dies der logische nächste Schritt, öffnete sie die kleine Schublade darunter. Sie schaute versonnen in ein Sammelsurium von Nagelscheren, Feilen und Nagellackflaschen.

Was für ein passender Name, Rosemary! Wie anspruchsvoll, nicht so brav, harmlos und langweilig. Keine Sommersprossen.

Adrian tauchte hinter ihr auf. Er drehte sie zu sich und nahm sie in seine Arme, und dieses Mal zog sie sich nicht zurück, sondern legte ihre Hände um seine Taille und reckte sich, um seinen Kuß zu erwidern. Er küßte sie auf den Mund, auf die geschlossenen Augen, noch einmal auf den Mund. Er flüsterte: »Komm, leg dich mit mir hin, Delia.«

Dann läutete das Telefon.

Er schien es nicht zu hören; er hörte es nie. Und er nahm nie ab. Er sagte, das sei seine Schwiegermutter, die ihn mehr als ihre eigene Tochter liebte und immerzu versuchte, sie wieder zusammenzubringen. »Woher weißt du, daß es nicht Rosemary ist?« fragte Delia einmal, und Adrian sagte achselzuckend: »Das Telefon ist nicht Rosemarys Sache.« Jetzt zuckte er mit keiner Wimper, horchte nicht einmal auf. Das hätte Delia gespürt. Er küßte ihren Hals, seitlich über ihrer Schulter, und sie merkte, wie die Bettkante in ihren Kniekehlen drückte. Doch das Telefon läutete weiter. Zehnmal, elfmal. Sie hatte unbewußt mitgezählt. Die Feststellung versetzte sie in die Lage, sich zurückzuziehen, doch es kam ihr vor, als ginge sie schleppend gegen einen Sog an. »Oje«, sagte sie atemlos und steckte umständlich wieder ihre Bluse fest in den Rockbund. »Ich muß wirklich ... habe ich meine Handtasche unten gelassen?«

Er war auch außer Atem. Er sagte nichts. Sie sagte: »Ja, ich weiß wo! Auf dem Stuhl. Ich muß mich beeilen, Sams Mutter kommt zum Essen.«

Schon lief sie klappernd die Treppe hinunter. Der Anschluß im Wohnzimmer läutete zum vierzehnten Mal. Fünfzehn. Sie kam in den Flur unten und griff ihre Handtasche, drehte sich an der Tür um und sagte: »Du weißt, wir fahren morgen nach –«

»Nie bleibst du«, sagte er. »Kaum bist du da, läufst du wieder weg.«

»Oh, also, ich –«

»Wovor hast du Angst?«

Ich habe Angst, mich vor jemandem auszuziehen, der zweiund-

dreißig ist, aber das sagte sie nicht. Sie lächelte ihn schief an. Sie sagte: »Ich besuche dich wieder, wenn ich von der See zurück bin.«

»Kannst du dich nie für längere Zeit freimachen? Eine ganze Nacht? Kannst du ihnen nicht erzählen, daß du eine Freundin besuchst?«

»Ich habe keine Freundin«, sagte sie.

Sie hatte wirklich keine, wenn sie es genau bedachte. Als sie Sam heiratete, war sie in eine andere Generation gewechselt und hatte alle hinter sich gelassen, all die früheren Mitschüler aus der High-School. »Außer Bootsy Fisher, ehrlich gesagt«, erklärte sie. (Die Sam die Penetrante Tante nannte, ging es ihr durch den Kopf.) »Wir hatten eine Fahrgemeinschaft wegen der Kinder.«

»Kannst du nicht sagen, du bist bei Bootsy.«

»Oh, nein, ich wüßte nicht, wie ich –«

Und dann, weil sie Adrian vom Mund ablas, daß er sie wieder küssen wollte, winkte sie flatternd und lief eilig hinaus, fiel dabei beinah über Butch auf der Fußmatte.

Komisch, dachte sie, als sie sich in ihren Wagen setzte, wie oft ihr in letzter Zeit ihre High-School-Zeit in den Sinn kam. Sicher, weil sie jedesmal schwindelig, schwitzig und zerknittert von ihren geheimen Verabredungen nach Hause eilte; die Wangen verräterisch rot, die Lippen verschmiert und verquollen, wenn sie sich traute, einen Blick in den Rückspiegel zu werfen. Am Stoppschild kontrollierte sie, ob sie alle Knöpfe zugeknöpft hatte, und rückte das Medaillon wieder in die Mitte ihres Halsausschnitts. Noch einmal hörte sie Adrians Stimme: »Wieso trägst du immer eine Halskette?« Und dann: »Leg dich mit mir hin, Delia«, und genau wie damals, als sie noch zur High-School ging, erregte sie die Erinnerung mehr als der wirkliche Augenblick. Säße sie nicht schon, würden ihr vielleicht die Knie weich.

Vielleicht konnte sie *wirklich* sagen, sie ginge Bootsy besuchen. Nicht über Nacht, natürlich, aber abends. Bestimmt käme kein Mensch in ihrer Familie auf die Idee, ihr nachzuspionieren.

Sie parkte in der Einfahrt, aus der jetzt alle Wagen außer Sams verschwunden waren. Rauchschwaden drangen aus der anderen

Seite des Vorgartens. Wahrscheinlich machte er fürs Abendessen ein Grillfeuer.

Sie folgte der Rauchfahne zu dem kleinen gepflasterten Rechteck unter den Praxisfenstern. Ja, da stand er, kontrollierte mit hochgeschobener Brille das Grillthermometer. Er trug immer noch Hemd, Krawatte und Anzughose, nur den weißen Kittel nicht mehr. Er wirkte so tüchtig, daß Delia einen Augenblick Angst bekam. Wußte er nicht alles? Doch als er sich aufrichtete, seine Brille auf die Nase rückte, sagte er nur: »Hallo, Dee. Wo warst du denn?«

»Oh, ich habe ... ein paar Besorgungen gemacht«, sagte sie.

Sie konnte nicht fassen, daß er nicht nachfragte, wieso sie dann mit leeren Händen zurückkam. Er nickte nur und pochte mit dem Zeigefinger auf das Thermometer.

Als sie die Stufen zur Küchentür hinaufstieg, fühlte sie sich wie eine Frau, die aus einem tiefen, schweren Nachmittagsschlaf erwacht war. Sie ging an Eliza vorbei in den Flur. »Grillst du auch das Gemüse? Oder tust du es in den Backofen?« rief Eliza ihr nach.

Auf dem Grill war dafür kein Platz mehr. Also kam es in den Backofen, und das wollte sie Eliza sagen, vergaß es aber, die Worte entfielen ihr, und sie schwebte ins Arbeitszimmer. Es war leer, Gott sei Dank. Sie hätte es bestimmt nicht mehr ausgehalten, bis sie oben am Telefon angelangt war. Sie nahm den Hörer ab, wählte Adrians Nummer, ließ es zweimal läuten und hing dann wieder ein – so signalisierte sie, daß es nicht seine Schwiegermutter war. Sie wählte wieder, und er hob schon während des ersten Läutens ab. »Bist du das?« fragte er. Seine Stimme klang dringend und heftig. Sie sank auf den Hocker und drückte den Hörer fester ans Ohr.

»Ja«, flüsterte sie.

»Komm wieder her, Delia.«

»Wenn ich nur könnte.«

»Komm und bleib bei mir.«

»Gern. Nur zu gern.«

Sams Mutter sagte: »Delia?«

Delia warf den Hörer auf die Gabel und sprang auf. »Eleanor!«

rief sie. Sie versteckte ihre Hände zwischen den Rockfalten, um ihr Zittern zu verbergen. »Ich habe nur – ich habe nur –«

»Entschuldige, daß ich hereinplatze«, sagte Eleanor, »aber niemand ist an die Tür gekommen.« Sie trat näher und küßte die Luft neben Delias Ohr. Sie roch nach Seife; sie war eine Frau ohne Parfum und ohne Rüschen, trug praktische bügelfreie Hemdblusenkleider und an den Füßen Nikes, sie hatte ein hübsches Gesicht und ihr weißes Haar rund und mönchisch geschnitten. »Ich wollte nicht dein Gespräch unterbrechen.«

»Nein, ich war gerade dabei, mich zu verabschieden«, sagte Delia.

»Vorn auf der Veranda hat jemand diverse Freizeitartikel abgelegt.«

»Artikel?«

Vor Delias innerem Auge schwebte Dr. Adwaters Charisma-Artikel.

»Federballschläger, Schlauchboote und dergleichen, überall, jemand kann leicht darüber stolpern.«

Eleanor gehörte zu den Gästen, die es als ihre Pflicht betrachteten, auf alarmierende Mängel im Haushalt hinzuweisen. Wie lange gab die Toilette schon dieses Geräusch von sich? War ihnen schon aufgefallen, daß der Baum einen morschen Ast hatte? Delia reagierte dann, als sei sie ebenfalls zu Gast. »Tatsächlich!« antwortete sie. »Komm, ich bringe dich zu Sam. Er steht draußen am Grill.«

»Also, ich dachte, ihr wolltet euch keine Arbeit machen«, erklärte Eleanor und marschierte voran aus dem Zimmer. Statt einer Handtasche trug sie eine jener praktischen Gürtelbörsen; ihre war aus neongelbem Nylon und prangte vorn auf ihrem Bauch wie eine künstliche Schwangerschaft. So machte sie beim Gehen ein leichtes Hohlkreuz, sonst hielt sie sich gewöhnlich perfekt.

»Es gibt nur Grillhähnchen«, sagte Delia, als sie den Flur durchquerten. »Nichts Aufwendiges.«

»Dosensuppe hätte auch genügt«, sagte Eleanor. Sie beäugte einen braunen Apfelkrotzen, der mitten auf dem Treppenpfosten prangte. »Schon, weil du doch für die Reise an die See noch viel zu tun hast.«

Sollte das ein Vorwurf sein? Jedes Jahr kam Sam mit dem Vorschlag, seine Mutter mit an die See zu nehmen, und jedes Jahr redete Delia es ihm aus. Deshalb veranstalteten sie am Vorabend ihrer Abreise dieses demonstrative Familienessen. Nicht, daß Delia seine Mutter nicht mochte. Sie wußte, Eleanor war bewundernswert. Sie wußte, daß sie selbst sich in Eleanors Situation niemals so fabelhaft durchgeschlagen hätte – früh verwitwet, gezwungen, einen Sekretärinnenjob anzunehmen und so den Unterhalt für sich und ihren kleinen Sohn zu verdienen. (Und nach Sams Berichten war sein Vater sowieso keine Hilfe gewesen – ein schwächlicher, nutzloser, farbloser Mann.) Das Problem war, daß sich Delia in Eleanors Gegenwart so unzulänglich vorkam. Sie kam sich albern, verschwenderisch und chaotisch vor. Ihre Ferien waren die einzige Zeit im Jahr, in der sie dieses Gefühl für eine Weile abschütteln konnte.

Außerdem konnte sie sich die Eiserne Mama nicht ausgestreckt auf einem Strandlaken vorstellen.

»Ist Linda angekommen?« fragte Eleanor auf dem Weg in die Küche. »Sind die Zwillinge sehr gewachsen? Wo stecken sie alle?«

Es war Eliza, die am Spülstein hantierte und antwortete: »Die Zwillinge sind im Schwimmbad«, sagte sie. »Linda ist gerade mit Susie sie abholen gefahren. Wie geht's, Eleanor?«

»Oh, könnte gar nicht besser gehen. Ist das etwa Spargel? Delia, du meine Güte, weißt du nicht, wie *teuer* Spargel ist?«

»Er war im Sonderangebot«, log Delia. »Ich gare ihn im Backofen, ein neues Rezept, wirklich einfach. Überhaupt keine Arbeit«, fügte sie beschwörend hinzu.

»Also, wenn Spargel mit Grilltauben für dich einfaches Essen ist!«

»Hähnchen, wenn's recht ist.«

»Eine trockene Karotte hätte mir genügt«, sagte Eleanor.

Sie steuerte auf die Hintertür zu, Delia ihr folgsam auf den Fersen.

Im Garten seitlich war Sam am Grill beschäftigt. »Die Temperatur ist gerade richtig«, sagte er zu Delia. »Hallo, Mutter. Schön, daß du da bist.«

»Was ist denn mit den Büschen los, mein Sohn?« fragte Eleanor, den Blick an ihm vorbei gerichtet.

»Die kommen raus«, sagte er. »Wir pflanzen alles restlos neu.«

»Das kostet doch ein Vermögen! Warum nehmt ihr nicht, was ihr noch habt, du meine Güte?«

»Wir wollen es funkelnagelneu«, erklärte Sam. (*Wir?* dachte Delia.) »Die alten sind wir leid. Dee, ich glaube, es kann losgehen.«

Als Delia ins Haus ging, hörte sie Eleanor sagen: »Also, ich weiß nicht, mein Sohn, ihr scheint steinreich zu sein, wenn du mich fragst: Spargel zum Abendessen und gegrillter Fasan.«

»Hähnchen«, rief Delia zurück.

Eliza mußte es auch gehört haben, denn sie grinste in sich hinein, als Delia die Tür mit dem Fliegengitter öffnete. »Bring du es ihm«, sagte Delia zu ihr. »Ich halte es nicht mehr aus.«

»Ach, komm, du nimmst sie viel zu persönlich«, sagte Eliza, während sie zum Eisschrank ging. Eliza fand Eleanor offenbar lediglich amüsant. Aber Eliza war auch nicht Eleanors Schwiegertochter. Ihr wurde Eleanor nicht täglich als Ausbund der Sparsamkeit vorgehalten, Eleanor, mit ihrem fachmännisch bestückten Werkzeugkoffer, dem zwölfspaltigen Haushaltsbuch und den doppelt und dreifach benutzten Plastiktüten.

War Sam je aufgefallen, daß Delia sich eher seinem Vater verwandt fühlte?

Sie legte das Besteck zurecht, von jedem zehn, und ging ins Eßzimmer. Die Gartengeräusche klangen gedämpft herein, und ihre Gedanken kehrten zu Adrian zurück. Sie umrundete den Tisch und legte Messer und Gabeln aus, dachte, wie Adrians Finger über ihrem Kragen raschelten, wie warm sein Atem beim Küssen war. Aber an den Kuß konnte sie sich nicht mehr richtig erinnern, stellte sie fest. Eleanors Überfall hatte ihre Gefühle verschreckt, wie früher, wenn sie und Sam sich liebten und das Telefon läutete und sie, sozusagen, den Faden verlor, anschließend nicht mehr in das Gefühl zurückfand.

Sie kehrte in die Küche zurück, zu Eliza, die vor dem Schrank mit den Gläsern stand und überlegte. »Welche nehmen wir?« fragte Eliza. »Eistee oder Wein?«

»Wein«, antwortete Delia auf der Stelle.

Aus dem Garten schallte Eleanors beherzte Stimme: »Hast du eine Ahnung, was momentan der Spargel kostet?«

»Eher wenig, oder?« sagte Sam gleichmütig.

»Ein Vermögen«, erklärte Eleanor. »Aber wir essen ihn zum Abendbrot: Spargel mit gegrilltem Pfau.«

Nur Eliza konnte darüber lachen.

* * *

Sie aßen erst spät, aus verschiedensten Gründen. Zuerst brauchten Linda und Susie endlos, die Zwillinge vom Schwimmbad abzuholen, und dann kam Ramsay erst um sieben, obwohl er versprochen hatte, um sechs zu Hause zu sein. Und als er auftauchte, hatte er seine Freundin im Schlepptau und deren blasse, stumme sechsjährige Tochter. Das begeisterte die Zwillinge, doch Delia war wütend. Es war klar gewesen: heute abend nur Familie. Aber sie hatte nicht die Nerven, Ramsay in aller Öffentlichkeit zu maßregeln. Innerlich kochend, quetschte sie zwei zusätzliche, zusammengewürfelte Gedecke zwischen die anderen, bevor sie zu Tisch rief.

Velma, die Freundin, war eine winzige, elfenhafte junge Frau mit durchscheinendem Haarschopf und aufreizend kleinem Körper, den sie in adretten weißen Shorts gekonnt zur Geltung brachte. Delia konnte nachvollziehen, worin ihre Anziehungskraft lag. Zum einen nahm sie gleich nach Betreten des Wohnzimmers zielsicher Platz an einem der Extra-Gedecke, als sei sie eine Existenz am Rande des Geschehens gewohnt. Zum anderen war sie dermaßen quicklebendig, daß selbst Carroll – natürlich Carroll – in ihrer Gegenwart munter wurde und Sam ihr sogar das größte Stück Hähnchen servierte. (»Damit du ein bißchen Fleisch auf die Rippen kriegst«, sagte er – eigentlich ganz und gar untypisch für ihn.) Dann eroberte sie Lindas Herz, indem sie die Namen der Zwillinge bewunderte. »Ich bin völlig verrückt nach allem, was französisch klingt; das können Sie schon daran sehen, daß meine Tochter Rosalie heißt«, sagte sie. »Mist, ich möchte mal nach Frankreich. Zur Haarmodenschau nach Hagerstown – weiter bin ich im Leben nicht gekommen.«

Velma war Friseuse. Sie arbeitete in einem Damen-und Herren-Salon, und dort hatte sie Ramsay kennengelernt. Er wollte sich die Haare schneiden lassen und hatte sie prompt zum Erstsemester-Tee eingeladen. Jetzt saß er stolz an ihrer Seite, einen Arm auf ihrer Stuhllehne, und strahlte seine Familie an. Klein wie er war (er glich Delias Vater), wirkte er neben Velma männlich und imposant.

»Allerdings bin ich im vergangenen Jahr in Pittsburg auf einer Farbberater-Tagung gewesen«, erinnerte sich Velma. »Da war ich über Nacht weg und habe Rosalie bei meiner Mutter gelassen.«

Rosalie, die vor dem anderen Extra-Teller hockte, sah mit riesigen, feuchtschimmernden Augen hoch und warf Velma einen Blick zu, den Delia als schiere Verzweiflung interpretierte.

»Jeder in unserem Laden ist ausgebildet, Sie farblich zu beraten«, fuhr Velma fort. Redete sie Eleanor an, ausgerechnet? Eleanor, mit wohlwollender Miene, nickte zustimmend.

»Manche Leute sollen unbedingt kühle Farben anziehen und manche warme«, erklärte ihr Velma, »und nie, nie im Leben, sollen sie wechseln, obwohl: Sie wären entsetzt, wie viele das versuchen.«

»Hängt das vom Temperament ab, meine Liebe?« fragte Eleanor.

»Wie?«

Aber Eleanor wurde abgelenkt, denn Sam füllte gerade ihren Teller. »Oh, bitte nicht, Sam«, sagte sie, »doch nicht so eine große Portion!«

»Ich denke, du wolltest Brust.«

»Also schon, aber nur eine klitzekleine. Die ist viel zu groß für mich.«

Er angelte mit der Gabel ein anderes Stück und hielt es hoch. »Gut?«

»Oh, das ist ja riesig!«

»Es gibt nichts Kleineres, Mutter.«

»Kannst du das nicht durchschneiden? Soviel schaffe ich niemals.«

Er legte es wieder auf die Platte und halbierte es.

»Diese eine Dame«, erzählte Velma den Anwesenden, »kam

doch ganz in Rosa an, und ich gleich: ›Meine Dame, Sie machen das ja völlig völlig falsch. Kühle Farben müssen Sie tragen‹, sage ich, ›bei Ihrem Hautton.‹ Sie sagt: ›Oh, aber deshalb nehme ich doch immer warm.‹ Sagt: ›Ich finde nämlich, Gegensätze ziehen sich an.‹ Ich konnt's nicht fassen. Ich konnt's wirklich nicht fassen.«

»Sam, mein Lieber, das ist sechsmal soviel Spargel, wie ich schaffe«, sagte Eleanor.

»Das sind drei Stangen, Mutter. Weniger geht nicht.«

»Gib mir eine halbe Stange, wenn es dir nichts ausmacht.«

»Sie, zum Beispiel«, Velma drehte sich zu Eliza, »Sie sähen klasse aus in Knallrot. Mit dem pechschwarzen Haar. Dieses Rehbraun ist gar nicht günstig für Sie.«

»Ich mag aber Rehbraun«, verteidigte sich Eliza.

»Und Susie, ich wette, du hast eine Farbberatung hinter dir. Stimmt's? Türkis steht dir haarscharf.«

»Alles andere war in der Wäsche«, sagte Susie. Dennoch konnte sie ein zufriedenes Lächeln kaum unterdrücken.

»Ich ziehe Rosalie nur in Türkis an, fast nur. In jeder anderen Farbe wirkt sie wischiwaschi.«

»Sam, ich möchte dich nicht belästigen«, sagte Eleanor, »aber ich reiche dir noch einmal meinen Teller. Würdest du bitte etwas Kartoffelsalat herunternehmen und jemand anderem geben.«

»Wieso willst du ihn nicht, Mutter?«

»Aber die Portion ist viel zu groß, mein Lieber.«

»Dann iß, soviel du schaffst, und laß den Rest liegen.«

»Ach, du weißt doch, wie ungern ich Essen liegen lasse.«

»Dann schieb's dir rein, bis du platzt, Mutter!«

»Du meine Güte«, sagte Eleanor.

Das Telefon läutete.

Delia sagte: »Carroll, gehst du ran? Wenn es ein Patient ist, sag, wir essen.«

Nicht daß sie wirklich glaubte, ein Patient ließe sich so leicht abschütteln.

Carroll schlurfte in die Küche, murmelte etwas vom Erwachsenentelefon, und Delia nahm einen Bissen von ihrer Hähnchenkeule. Sie war trocken und faserig wie alte Baumrinde, weil sie zu lange im Backofen gewesen war.

Carrolls Kopf tauchte in der Tür auf: »Für dich, Mama.«

»Dann frag, wer es ist und ob ich zurückrufen kann.«

»Er sagt, es ist wegen der Zeitmaschine.«

»Oh!«

Sam sagte: »Zeitmaschine?«

»Ich bin gleich wieder da«, sagte Delia und legte ihre Serviette beiseite.

»Möchte dir jemand eine Zeitmaschine verkaufen?« fragte Sam.

»Nein! Nicht daß ich wüßte. Oder, ich weiß nicht ...« Sie sank auf ihren Platz zurück. »Sag, wir brauchen nichts«, erklärte sie Carroll.

Carrolls Kopf verschwand wieder.

Delia hatte das Gefühl, ihr wäre der Bissen auf halbem Wege im Hals steckengeblieben. Sie griff nach dem Brötchenkorb und sagte: »Thérèse? Marie-Claire? Nehmt eins und reicht den Korb bitte weiter.«

Als Carroll an den Tisch zurückkehrte, sah sie ihn nicht einmal an. Sie reichte die Butter den Brötchen hinterher, und erst dann sah sie auf und hielt Elizas Blick stand.

Vor Eliza mußte sie sich in acht nehmen. Eliza war ihr manchmal nicht geheuer.

»Dieses Geschirr gehörte unserer Urgroßmutter«, erzählte Linda den Zwillingen. »Cynthia Ramsay hieß sie. Sie war in Baltimore eine stadtbekannte Schönheit, und der ganze Ort fragte sich, wieso sie ausgerechnet diesem kleinen, dicken Niemand, Isaiah Felson, ihr Jawort gab. Aber er war Arzt, versteht ihr, und er versprach ihr, sie bekäme nie Tuberkulose, wenn sie ihn heiratete. Versteht ihr, die halbe Familie war an Tuberkulose gestorben. Also war klar, daß sie ihn heiratete und mit ihm nach Roland Park zog, wo sie ihr Leben lang gesund wie ein Pferd blieb und außerdem zwei gesunde Kinder zur Welt brachte, eins davon war euer Großvater. Ihr erinnert euch an euren Großvater?«

»Er hat uns verboten, im Haus Rollschuh zu laufen.«

»Genau. Jedenfalls hat eure Großmutter ihr Aussteuergeschirr aus Europa kommen lassen, und von den Tellern eßt ihr heute abend.«

»Außer *Rosalie*«, sagte Marie-Claire.

»Was, Herzchen?«

»*Rosalies* Teller gehört nicht zum Hochzeitsgeschirr.«

»Nein, Rosalies stammt von Woolworth«, sagte Linda und reichte Eleanor die Butter, ohne zu merken, daß Rosalies Augen noch ein wenig feuchter wurden.

»Um Himmels willen, für *mich* keine Butter«, sagte Eleanor.

Warum hatte er sie angerufen? überlegte Delia. Wie untypisch von ihm. Sicher wollte er ihr etwas Entscheidendes mitteilen. Sie hätte an den Apparat gehen sollen. Am besten, sie ginge in die Küche, holte vielleicht Wasser und rief ihn zurück.

Sie griff den Wasserkrug, stand auf, und im gleichen Augenblick läutete es an der Haustür. Sie erstarrte. Ihr Herz klopfte bis zum Hals, und ihr erster Gedanke war: Adrian. Er kam, sie zu holen; er wollte nicht länger vernünftig sein. In Windeseile lief in ihrem Kopf ein ganzer Film ab – die Familie fassungslos, während sie sich entführen ließe, die Reise mit ihm durch die Nacht (womöglich in einer Pferdekutsche) und ihre sorglose Zweisamkeit in einer sonnigen, weißgetünchten Kammer an mediterranen Gestaden. Inzwischen sagte Sam: »Ich habe ihnen hundertmal erklärt ...«, stand auf und ging in den Flur, nahm an, es sei ein Patient. Vielleicht war es einer. Delia blieb stehen, horchte. Ein Zwilling sagte: »*Rosalie* hat eine popelige Papierserviette«, und am liebsten hätte Delia ihr eins auf den Mund gegeben.

Es war eine Dame. Eine ältere, aufgebrachte Dame, die unverständlich vor sich herredete. So. Also doch, eine Patientin. Delia war unerwartet erleichtert. Sie sagte: »Nun! Möchte jemand irgend etwas aus der Küche?« Doch bevor sie sich auf den Weg machen konnte, führte Sam seinen Besuch ins Zimmer.

Gut über siebzig, ein teigiges Faltengesicht mit dickem Rouge und dunkelroten Lippen, ein schwarzgefärbter Lockenwust – die Frau näherte sich auf unsäglich winzigen, zehenfreien Schuhen, die kaum unter dem unförmigen schwarzen Kleid zum Vorschein kamen. Mit ihren fetten, beringten Händen umfaßte sie eine Beuteltasche, und von ihren Ohrläppchen baumelten Diamanttropfen. All dies nahm Delia wahr und sah gleichzeitig hinter der Frau Sams erstauntes Gesicht. »Dee?« sagte er, »diese Dame sagt –«

Die Frau fragte: »Sind Sie Mrs. Delia Grinstead?«

»Ja, wieso?«

»Ich möchte, daß Sie den Mann meiner Tochter in Ruhe lassen.«

Am Tisch herrschte plötzlich äußerste Aufmerksamkeit. Delia spürte es, auch wenn sie sich zwang, die Frau anzuschauen. Sie sagte: »Ich habe keine Ahnung, wovon Sie sprechen.«

»Sie wissen genau, was ich meine! Mein Schwiegersohn, Adrian Bly-Brice. Oder haben Sie schon den Überblick verloren? Haben Sie so viele Liebhaber, daß Sie sie nicht mehr auseinanderhalten können?«

Jemand kicherte. Ramsay. Delia empfand es, gelinde gesagt, als Beleidigung, doch sie konzentrierte sich auf das Naheliegende. Sie sagte: »Mrs. hm, also wirklich –«

Ärgerlich, daß sie wie ein kleines Mädchen klang!

»Sie zerstören eine glückliche Ehe«, wetterte die alte Dame. Sie stand ihr gegenüber am Tisch, an Sams leerem Platz. Sie betrachtete Delia aufgebracht, die Wimpern um ihre Augen waren dicht mit Maskara verkleistert und beschatteten das Gesicht wie kleine Markisen. »Sicher haben sie ihre Hochs und Tiefs, wie alle jungen Paare«, sagte sie, »aber sie versuchen, damit fertig zu werden, das sag' ich Ihnen! Sie treffen sich und gehen zusammen aus, hat er das erzählt? Zweimal sind sie wieder in dem Restaurant gewesen, wo sie sich verlobt haben. Sie glauben, vielleicht hilft ein Baby. Aber kaum werfe ich einen Blick aus meiner Haustür, was sehe ich? Ihren Wagen, gegenüber auf der Straße. Sie, wie Sie ihn vor der Haustür abküssen, können den Hals nicht voll kriegen, gehen hoch und befummeln ihn am Schlafzimmerfenster, vor versammelter Nachbarschaft.«

Delia fühlte, wie ihr die Hitze ins Gesicht stieg. Sie spürte, daß alle sie wie vom Blitz getroffen anstarrten.

Sam sagte ruhig: »Delia, weißt du irgend etwas darüber?«

»Nein! Nichts!« rief sie. »Sie hat alles erfunden! Sie verwechselt mich!«

»Und was ist das?« fragte die alte Dame und machte sich an ihrer Handtasche zu schaffen. Das Band oben an ihrem Beutel endete in einem Schieber, und sie brauchte Minuten, so schien es, um ihn aufzuschieben, während alle wie gebannt schwiegen und warteten. Delia merkte, daß sie seit einiger Zeit nicht mehr Luft geholt hatte. Sie war darauf gefaßt, daß alles, absolut alles aus dieser Handtasche zum Vorschein kommen konnte – schwül, grell, sexy, aber was? Doch was die Person am Ende zutage förderte, war ein Foto. »Sehen Sie? Sehen Sie?« fragte sie und hielt es hoch, schwenkte es hin und her.

Es war ein Polaroidfoto, dermaßen unterbelichtet: Dunkelheit im Quadrat. Doch erst als Ramsay wieder kicherte, begriff Delia, daß sie in Sicherheit war.

»Nun denn«, sagte Sam, »machen Sie sich keine Sorgen, ich bin sicher, Ihre Tochter ist *sehr* glücklich verheiratet ...« Wie ein Kavalier führte er die alte Dame zur Tür. »Darf ich Sie zu Ihrem Wagen begleiten?« fragte er.

»Oh. Also ... ja, gut, vielleicht ... ja, gut«, sagte sie. Sie war immer noch mit ihrer Handtasche zugange, ließ sich jedoch hinausbegleiten. Sie ging an seiner Seite, ein wenig benommen, unsicher; Delia empfand plötzlich Mitleid.

»Wer war *das* denn?« fragte Marie-Claire überdeutlich.

Ramsay sagte: »Oh, bloß jemand für deine Tante Delia; du weißt doch, was sie für eine Sirene ist«, und alle bewegten sich wieder und lachten.

Es war verrückt, das wußte Delia, aber den Bruchteil einer Sekunde lang überlegte sie wirklich, ob sie es beichten sollte. Nur, um es ihnen zu zeigen. Natürlich tat sie es nicht. Sie lächelte in die Runde und lehnte sich zurück, stellte den Wasserkrug links neben sich. »Wer will noch Hähnchen?« fragte sie und konterte eisern Elizas abschätzenden Blick.

* * *

An diesem Abend war Susie mit Abwaschen an der Reihe, und Eleanor bot ihre Hilfe an. Sie ließe nicht zu, daß Delia auch nur den kleinen Finger krumm machte, sagte sie, nach diesem aufwendigen Essen. Also verließ Delia die Küche, nur scheinbar widerwillig; doch anstatt mit den anderen auf die Veranda zu gehen, lief sie nach oben in ihr Schlafzimmer. Sie schloß die Tür hinter sich, setzte sich auf den Bettrand und griff nach dem Telefonhörer.

Er antwortete beinah auf der Stelle. Sie war darauf vorbereitet, das Zweimal-läuten-lassen-Theater durchzuspielen, doch er meldete sich gleich: »Hallo?«

»Adrian?«

»Oh, Gott, Delia, ist sie gekommen?«

»Sie ist gekommen.«

»Ich habe versucht, dich zu warnen. Ich habe bei dir zu Hause angerufen, und obwohl dein Mann dran war, habe ich –«

»Mein Mann? Wann?«

»War das nicht dein Mann?«

»Oh, Carroll. Mein Sohn. Zur Abendessenszeit.«

»Ja, und ich habe gehofft, du ... das war dein Sohn?«

»Ja, der jüngere. Carroll.«

»Aber er war alt.«

»Alt? Er ist nicht alt!«

»Er klang wie ein erwachsener Mann.«

»Na, das ist er nicht«, sagte Delia knapp. »Adrian, wieso hast du mich vor dem Eingang und am Fenster geküßt, wo du wußtest, deine Schwiegermutter wohnt gegenüber?«

»Also hat sie getan, was sie mir angedroht hat?«

»Sie ist gekommen und hat meiner Familie mitgeteilt, ich hätte einen Geliebten, wenn du das meinst.«

»Großer Gott, Delia, was haben sie dazu gesagt?«

»Ich glaube, sie haben sie für verrückt gehalten oder sonst was, aber ... Adrian, sie hat behauptet, ihr seid glücklich verheiratet.«

»Natürlich hat sie das. Du weißt, daß sie das glauben möchte.«

»Sie hat behauptet, du und Rosemary träft euch öfter; ihr wärt zweimal in dem Restaurant gewesen, wo ihr euch verlobt habt.«

»Das stimmt schon.«

»Wirklich?«

»Um die Lage zu besprechen; sicher. Wir haben schließlich viel gemeinsam. Viel gemeinsame Vergangenheit.«

»Aha.«

»Aber es war nicht, wie du denkst. Wir waren zum Essen verabredet! Nur um zu Abend zu essen!«

»Und ihr überlegt, ob ihr ein Kind haben wollt.«

»Hat sie das gesagt?«

»Ja.«

»Natürlich haben wir auch darüber gesprochen.«

»Natürlich?« sagte Delia laut.

»Ich meine, Rosemary wird nicht jünger.«

»Nein, bestimmt nicht, sie ist sicher schon dreißig«, sagte Delia bitter. Sie flocht die Telefonschnur um ihre Finger. Die Verbindung rauschte, als sei es ein Ferngespräch.

»Aber wahrscheinlich ist sie sowieso kein mütterlicher Typ«, sagte Adrian gutgelaunt. »Komisch, nicht wahr? Was du an einem Menschen anfangs anziehend findest, stößt dich am Ende manchmal ab. Als ich Rosemary kennengelernt habe, war sie so ... kühl, würdest du das nennen, sie benahm sich so kühl, ich war ganz hingerissen, aber jetzt begreife ich, sie ist vielleicht zu kühl, um eine gute Mutter zu sein.«

»Und ich?« fragte Delia.

»Du?«

»Was findest du bei mir anziehend, und was stößt dich ab?«

»Wieso? Nichts, Delia. Warum fragst du?«

»Nichts Anziehendes?«

»Oh! Na, vielleicht ... na, als wir uns kennengelernt haben, warst du so herzerfrischend und süß kindisch. Ich meine kindlich, weißt du? Aber als wir an dem Punkt waren, zum Beispiel, hm, wo die meisten mehr einsteigen, da warst du immer noch so süß kindlich. Warst ganz aufgeregt, wolltest immer gehen; als ob wir keine zwanzig wären.«

»Aha«, sagte Delia. Adrian sagte: »Delia. Wie alt ist dein Sohn eigentlich?«

»Uralt«, sagte sie. Aber eigentlich meinte sie sich selbst.

Sie hing ein und ging aus dem Zimmer.

Unten hörte sie in der Küche Wasserlaufen und Geschirrklappern, und Eleanor sagte: »Susie, du hast doch sicher nicht vor, das wegzuwerfen?« Delia durchquerte den Flur, stand an der Tür und sah auf die Veranda hinaus. Keine Spur von den Jungen, die seit Jahren nicht mehr blieben, um sich nach dem Essen noch ein bißchen zu unterhalten; keine Spur von Velma und Rosalie. Aber Sam und Linda saßen in der Hollywoodschaukel und stritten miteinander. »Manche der Azaleen hat unser Großvater gepflanzt«, sagte Linda, »aber das interessiert dich ja nicht«, und Sam sagte: »Und dich auch nicht, oder hast du vor, dich hier ein bißchen an der Arbeit zu beteiligen«, und Eliza im Rohrschaukelstuhl sagte: »Oh, hört doch endlich auf, ihr beiden.« Die Zwillinge wirbeln vorn über den Weg, im Schein der Laterne. Grashalme kleben ihnen an der Haut, und weiße Motten schwirren über ihren Köpfen. Sie waren so ausgelassen und überdreht, wie Kinder an Sommerabenden draußen manchmal sind, und riefen mit atemberaubender Geschwindigkeit: »That's Life!«

»Fünfzehn Cent die Nummer.«

»Ich hab nur einen Groschen.«

»That's Life!«

»Fünfzehn Cent die Nummer.«

»Ich hab nur einen Groschen.«

5

Es regnete an ihrem ersten Abend an der See, und das Cottage hatte, wie sich herausstellte, ein undichtes Dach. Es war kein besonders komfortables Cottage, keins der Ferienhäuser mit Strandblick, sondern ein kleines kompaktes Haus, das landeinwärts am Highway 1 lag. Delia malte sich aus, daß ein Verkäufer von einem der Futtermittelläden des ländlichen Delaware hier vor einer Woche ausgezogen war. Unter dem Küchenspülbecken war ein blumiger Chintzvorhang; das Linoleum im Wohnzimmer hatte blaue Sprenkel, damit es wie ein Häkelteppich aussah, und alle Betten waren zur Mitte hin durchgelegen und knarrten bei der leisesten Bewegung. Dennoch, fand Sam, eine Pfütze oben im Flur, das ging zu weit. Er rief auf der Stelle die Agentur an, wählte die Notfallnummer und bestand darauf, daß der Schaden als erstes am nächsten Morgen behoben wurde.

»Was«, fragte Linda, »brauchst du auch in den Ferien die Handwerker um dich?«

Und Eliza sagte: »Komm, wir wischen es auf, was soll's. Es regnet sicher nicht wieder, solange wir hier sind, und wenn schon, dann kriegt's der liebe Gott mit mir zu tun.«

Delia sagte nichts. Sie konnte sich nicht dazu aufraffen.

Zu Hause in Baltimore nutzten die Handwerker die Woche, um die Böden abzuschleifen und neu zu versiegeln. Sie hatten deshalb den Kater mitnehmen müssen. (Bei Fremden zu wohnen, duldete er nicht – bei dem einzigen Versuch wäre er fast vor Heimweh gestorben.) Sam behauptete, sie bekämen garantiert das Cottage gekündigt, weil Haustiere ausdrücklich verboten waren, aber das hielt Delia für unmöglich. Wer würde schon Vernon hier vermuten? Er war von der Fahrt so durcheinander, daß er sich sofort hinter einem der Küchenunterschränke verschanzte. Delia kannte ihn gut genug, sie ließ ihn höflich in Ruhe, aber die Zwillinge konnten es nicht lassen und lauerten nach dem Abendessen mit einem Teller Essensreste an der Schranktür, versuchten ihn zum Vorschein zu locken. »Komm, Vernon, *schöner* Vernon.« Seine einzige Antwort war jene entmutigende Stille, die Katzen ausstrahlen, wenn sie mit sich allein sein wollen. »Oh«, jammerte Marie-Claire, »was sollen wir denn tun? Er verhungert bestimmt.«

»Ein Problem weniger«, erklärte Sam. »Nur die Haltung lebender Haustiere ist verboten.«

Sam war den ganzen Tag irgendwie abwesend, schien es Delia.

So saßen die Erwachsenen am ersten Abend, anstatt einen Strandspaziergang zu machen oder in der Stadt Eis zu essen, im schlecht beleuchteten Wohnzimmer, wo es nach Petroleum roch, und lasen zerfledderte Zeitschriften, Hinterlassenschaften früherer Mieter, und horchten, wie der Regen gegen die Fenster trommelte. Die Zwillinge waren noch in der Küche, plagten Vernon. Susie und die Jungen hatten den Plymouth ausgeliehen und waren nach Ocean City gefahren, was Delia beunruhigte, weil ihrer Ansicht nach Ocean eine einzige riesige Autorennbahn war, wo betrunkene Collegestudenten Anrempeln spielten. Aber sie verscheuchte den Gedanken und las *American Deck* und *Patio.*

»Wenn morgen nicht die Sonne scheint«, sagte Linda, »können wir vielleicht einen kleinen Tagesausflug in die Gegend hinter Salisbury unternehmen. Ich möchte den Zwillingen zeigen, wo ihre Vorfahren herkommen.«

»Oh Linda, nicht wieder dieser verdammte Friedhof«, sagte Eliza.

»Na, wenn du meinst. Dann leiht mir den Wagen, und ich fahre allein mit ihnen hin. Das habe ich letztes Jahr auch getan, wenn ich mich recht erinnere.«

»Genau, und letztes Jahr kamen die Zwillinge heulend und nörgelig wieder, so haben sie sich gelangweilt. Was interessieren die sich für tote Carrolls und Webers?«

»Sie haben sich blendend amüsiert! Und wo Großonkel Roscoe liegt, will ich auch noch herausfinden, wenn's geht.«

»Na, dann: viel Erfolg. Der Friedhof ist mittlerweile sicher ein Parkplatz, und übrigens hat sich Mutter mit Onkel Roscoe nie verstanden.«

»Eliza, mußt du mir immer alles miesmachen?« sagte Linda vorwurfsvoll. »Warum mußt du alle meine Ideen ins Lächerliche ziehen und runtermachen.«

»Meine Damen«, sagte Sam zerstreut, während er den *Offshore Angler* durchblätterte.

Linda fiel über ihn her: »Deine Damen kannst du dir sparen, Sam Grinstead.«

»Verzeihung«, murmelte Sam.

»Die Stimme der Vernunft!«

»Ganz meinerseits.«

Sie stand beleidigt auf und ging, um nach den Zwillingen zu sehen. Eliza schloß die *Yachting World* und starrte trübsinnig aufs Titelblatt.

Linda und Eliza hatten den Zweiter-Tag-Kater, fand Delia, wie jedesmal –, waren gereizt, angespannt, typisch, nachdem der Aufruhr über Lindas Ankunft sich gelegt hatte. Einmal hatte Delia Eliza gefragt, wieso sie mit Linda nicht besser befreundet wäre, und Eliza hatte geantwortet: »Oh, wer zusammen eine unglückliche Kindheit verbracht hat, ist nie gut befreundet, habe ich festgestellt. »Delia war überrascht. War Lindas und Elizas Kindheit unglücklich? Ihre eigene war geradezu idyllisch gewesen. Aber das zu sagen, verkniff sie sich.

Linda kehrte mit den Zwillingen zurück, die sich immer noch über Vernon aufregten, und Sam legte seine Zeitung beiseite und schlug vor, Rommé zu spielen. »Hast du die Karten mitgebracht, Delia?«

Das hatte sie nicht. Sie wußte es gleich, als er sie fragte, dennoch durchstöberte sie demonstrativ die Tasche auf dem Couchtisch. Puzzle, ein Monopoly und ein Parcheesi-Brett kamen zum Vorschein, aber keine Karten. »Hm«, sagte sie.

»Schon gut«, sagte Sam, »dann spielen wir Parcheesi.« Seine Stimme klang aufreizend geduldig, was schlimmer als Schreien war.

Unten in der Tasche stieß Delia auf den Roman, den sie sich aus der Bücherei geholt hatte. *Die Gefangene von Schloß Clarion,* hieß er. Sie hatte ihn vergangene Woche angefangen und fand ihn langweilig, aber immer noch besser als Gesellschaftsspiele. Als Sam fragte: »Spielst du mit, Delia?« sagte sie: »Ich glaube, ich gehe ins Bett und lese.«

»Schon? Es ist keine neun Uhr.«

»Also, ich bin müde«, erklärte sie. Sie wünschte den übrigen eine gute Nacht, und im Hinausgehen verdeckte sie die Titelseite des Buchs, die sowieso keiner sehen wollte.

Oben schlängelte sich ein neues Rinnsal von der patschschnassen Badematte den Schornstein entlang. Sie schenkte ihm keine Beachtung und betrat das Zimmer, das sie mit Sam teilte. Es war klein und roch muffig, das einzige Fenster hatte keinen Vorhang. Vorsichtshalber zog sie sich im Dunkeln aus und machte dann Katzenwäsche im Badezimmer auf der anderen Seite des Flurs. Wieder im Schlafzimmer, knipste sie die Lampe an und richtete den schwachen gelben Strahl auf ihr Kopfkissen. Dann rutschte sie unter die Bettdecke, wackelte genüßlich mit den Zehen und schlug ihr Buch auf.

Die Heldin dieses Romans hieß Eleanora, was Delia unglückseligerweise an Eleanor erinnerte. Eleanoras lange rabenschwarze Locken und ihr ›pikantes‹ Gesicht wichen immer wieder Eleanors

Keine-Experimente-Haarschnitt und ihrem entschlossenen Eiserne-Mama-Kinn; und als Kendall, der Held, sie an sich preßte, sah Delia Eleanor einen prüfenden Blick über seine breite Schulter werfen. Kendall war Eleanoras zukünftiger Schwager, der jüngere Bruder ihres aristokratisch aalglatten Verlobten. Ungestüm entführte Kendall Eleanora prompt, als er sie das erste Mal zu Gesicht bekam, genauer gesagt, eine Viertelstunde vor ihrer Hochzeit. Den Rest des Romans brauchte Eleanora, um zu begreifen, daß sie bei ihrem Entführer tatsächlich besser dran war als bei ihrem Verlobten, und ein Grund, warum Delia die Geschichte so langweilig fand, war, daß Eleanora so lange zu einer so offenkundigen Einsicht brauchte. »Ich werde dich niemals lieben! Niemals!« rief sie aus und hämmerte mit ihren winzigen Fäusten auf seine Brust, doch Kendall ergriff ihre Handgelenke und wartete voll männlichem Selbstvertrauen, bis sie sich ergab.

Delia klappte das Buch zu, ließ einen Finger als Lesezeichen zwischen den Seiten. Sie betrachtete das sich umarmende Paar auf dem Umschlag.

Nicht ein einziges Mal seit ihrem Kennenlernen hatte Adrian sie wirklich umworben. Alles war reiner Zufall gewesen. Rein zufällig hatte er sie gebeten, seine Freundin zu spielen (wer sonst wäre in Frage gekommen? Die Frau mit dem Baby? Die alte Dame an der Kasse?), und der Zufall wollte es, daß sie sich ein paar Tage später nachts in die Arme liefen. Außerdem verriet die ganze Geschichte an sich schon, daß er seine Frau noch liebte. Er liebte sie so sehr, daß er ihr nicht einmal allein im Supermarkt gegenübertreten konnte, seit sie fort war, kriegte er im gemeinsamen Schlafzimmer kein Auge mehr zu. Aber Delia, wie ein unaufgeklärtes minderjähriges Gör, hatte es nicht sehen wollen.

Und andere Hinweise hatte sie ebenfalls übersehen – Hinweise, die auf seinen Charakter deuteten. Zum Beispiel sein Benehmen beim Kennenlernen: wie er ihre Einkaufspläne durcheinandergebracht hatte, wie herablassend er über die Namen der Leute in Roland Park geredet hatte, seine schicken Lebensmittel. Er war kein schlechter Mensch, bestimmt nicht, aber er hatte nur sich selbst im Sinn. Und er war etwas oberflächlich.

In Liebesromanen hätte diese Feststellung sie dankbar zurück in die Arme des Mannes geführt, der die ganze Zeit in den Kulissen nur auf das Stichwort zu seinem Auftritt gewartet hatte. Aber im wahren Leben schloß sie schnell die Augen, als sie Sams Schritte auf der Treppe hörte, und stellte sich schlafend. Sie spürte, daß er sie betrachtete und ihr das Buch aus den Händen nahm. Dann knipste er das Licht aus und verließ das Zimmer.

* * *

Am Morgen hatte es aufgehört zu regnen, und die Sonne stand am Himmel, strahlte um so heller in der frischgewaschenen Luft. Die ganze Familie macht sich kurz vor Mittag auf den Weg zum Strand – die Erwachsenen in Sams Ford, die jüngeren im Plymouth mit Ramsay am Steuer. Vereinzelte Pfützen spritzten unter ihren Reifen auf, als sie über den Highway 1 fuhren, vorbei an den stattlicheren Cottages, näher am Wasser. Als die Straße in einer Sackgasse endete, parkten sie, fütterten die Parkuhren mit Münzen und luden ihr tägliches Drum und Dran ab – die Thermoskannen und Badelaken, Handtücher, Styroporkühltaschen, Schlauchboote und Strandtaschen. Delia trug einen Stapel Handtücher, und ihre Strohtasche war so vollgestopft mit Utensilien für alle Notfälle, daß ihr die Riemen in die bloße Schulter schnitten. Sie trug ihren rosakarierten Badeanzug und den Rock mit der Spitze am Saum, dazu marineblaue Espadrilles, aber keinen Bademantel oder Frotteeponcho; es war ihr ganz egal, was Sam sagte, sie wollte wenigstens einen Hauch braun werden.

»Paßt auf, Mädchen«, ermahnte Linda die Zwillinge, die eine Kühltasche über den hölzernen Strandsteg schleppten. »Ihr schleift die Tasche über den Boden.«

»Das kommt, weil Thérèse nicht richtig mitträgt!«

»Stimmt nicht!«

»Stimmt doch!«

»Habe ich nicht gesagt, ihr sollt etwas Leichteres nehmen?« wetterte Linda. »Hab ich nicht gesagt, ihr sollt die Handtücher –«

Doch dann hatten sie die flache Sanddüne überwunden, und da lag das Meer, der eigentliche Grund ihrer langen Reise. Oh, jedes

Jahr vergaß Delia es fast. Der weite, schiefergraue, grenzenlose Horizont, der fruchtbare, faulige Geruch wie Hundeatem, das ständige Rauschen, hin und her, die ganze Zeit, während sie fort war und sich mit lauter Nichtigkeiten abgegeben hatte! Sie blieb stehen; ihre Augen ruhten auf den goldenen Sonnenflecken, die überm Wasser auf- und abglitten; und dann rammte Carroll ihr die Schlauchboote, die er unterm Arm trug, in den Rücken und sagte: »Mensch, Mama.«

»Oh, Entschuldigung«, sagte sie. Die Holztreppe hinab, ging sie zum Strand.

Es hatte seine Vorteile, so früh in der Saison hierher zu kommen. Es stimmte, das Wasser war noch nicht warm, doch dafür war am Strand weniger los. Badelaken wurden in erträglichen Abständen ausgebreitet, dazwischen war reichlich Platz. Nur ein paar Kinder planschten vorn in der Brandung, und Delia konnte mühelos die Köpfe zählen, die weit hinten in den Wellen auf- und abhüpften.

Sie und Eliza breiteten ein Badelaken auseinander und machten es sich darauf bequem; Sam bohrte einen Sonnenschirmstiel in den Sand. Susie und die Jungen zogen gute zehn Meter weiter, machten dann erst halt, richteten ihren eigenen Platz ein. Seit einigen Jahren schon blieben sie lieber für sich; mittlerweile verletzte es Delia nicht mehr. Dennoch war es ihr immer bewußt.

»Hört her, ihr beiden, ihr rührt euch nicht vom Fleck«, erklärte Linda den Zwillingen, »bevor ich euch nicht von oben bis unten mit Sonnenschutz eingeschmiert habe.« Sie hielt sie dicht an sich, eine nach der anderen, und verrieb Sonnenmilch auf ihren dünnen Armen und Beinen. Kaum war sie fertig, rannten die beiden auf und davon zur Jugend.

Susies Radio spielte ›Under the Boardwalk‹, Delia fand, das Lied hatte etwas Schwermütiges. ›Under the Boardwalk‹ tönte auch von anderen Radios auf anderen Strandlaken, so daß der Atlantik seine eigene melancholische Hintergrundmusik hatte.

»Ich glaube, ich laufe mal 'ne Runde«, sagte Sam zu Delia.

»Oh, Sam. Es sind doch Ferien!«

»So?«

Er streifte seine Badejacke ab und schnallte das Lederarmband seiner Uhr fest. (Die Uhr war offensichtlich Bestandteil seines neuen Übungsplans; aber in welcher Hinsicht, war Delia unklar.) Dann ging er in Richtung Brandung, machte kehrt und begann nach Norden zu laufen, eine schmächtige Gestalt in beigen Shorts und riesengroßen weißen Turnschuhen.

»Wenigstens gibt es hier überall Strandwachen, die Herz-Lungen-Massage können«, sagte Delia zu ihren beiden Schwestern. Sie faltete Sams Badejacke zusammen und steckte sie in ihre Strohtasche.

»Oh, es tut ihm sicher gut«, sagte Eliza. »Die Ärzte haben ihm geraten zu joggen.«

»Aber nicht zu übertreiben!«

»Mir kommt er völlig unverändert vor«, sagte Linda. »Falls das für dich ein gutes Zeichen ist.« Sie hob die Hand gegen die blendende Sonne in Stirnhöhe und schaute ihm nach. »Ich wäre nie auf die Idee gekommen, daß er einen Herzinfarkt hatte.«

»Es war kein Herzinfarkt! Es waren Herzbeschwerden.«

»Egal«, sagte Linda gleichgültig.

Sie trug einen einteiligen Badeanzug, von dessen Ausschnittmitte eine Kordel um den Hals lief. So hingen ihre Brüste an jeder Seite wie Augen, die vor Erschöpfung gleich zufallen. Eliza, die es absolut unnötig fand, für eine einzige Woche jährlich am Strand sich extra eine Garderobe zuzulegen, trug Jeans-Shorts und darüber ein schwarzes schulterfreies Trikotoberteil, das sie unterhalb ihres Büstenhalters hochgerollt hatte.

Delia zog ihre Schuhe aus und warf sie in ihre Tasche. Dann legte sie sich flach auf den Rücken, ließ die milde Sonnenwärme in ihre Haut sickern. Nach und nach schienen die Geräusche schwächer, wie Geräusche in der Erinnerung – die Stimmen der anderen Strandgäste nahebei, die hohen, traurigen Schreie der Möwen, die Radiomusik (nun Paul McCartney, der ›Uncle Albert‹ sang), und alles untermalend, so daß sie es beinah nicht mehr hörte, die Ozeanwellen, beständig und unveränderlich wie Meeresrauschen in einer Muschel.

Sie hatte mit Sam an diesem Strand ihre Flitterwochen verbracht. Sie hatten in einem Gasthaus in der Stadt gewohnt, das nicht mehr existierte, und jeden Morgen hatten sie hier draußen Seite an Seite gelegen, die bloßen, feinbehaarten Arme kaum einander berührend, und hatten über kurz oder lang einen solchen Zustand erreicht, daß sie sich beeilten, wieder in ihr Zimmer zu gelangen. Einmal war ihnen selbst das zu lang erschienen, und sie waren statt dessen ins Meer getaucht, hinter die hohen Wellen, und sie wußte noch, wie sie den Gegensatz empfunden hatte: seine warmen, knochigen Beine um ihre Beine im seidigkühlen Wasser – und wie sein Gesicht ganz nach Fisch roch, als sie sich küßten. Doch im nächsten Sommer kamen sie mit dem Baby (Susie, zwei Monate alt und anstrengend, anstrengend, anstrengend) und in späteren Jahren mit den Jungen. Selten hatten sie wenigstens gemeinsam am Strand gelegen, ganz abgesehen von heimlichen Abstechern zurück in ihr Cottage. Eliza war mitgekommen, und Linda, noch vor ihrer Heirat, und ihr Vater, weil er nie allein hätte zu Hause bleiben können; und Delia hatte Tage knöcheltief vorn in der Brandung verbracht, hatte die Kinder beaufsichtigt, aufgepaßt, daß sie nicht ertranken, bewundert, was sie dazugelernt hatten. »Mama, guck mal.«

»Nein, du sollst *hierher* gucken!« Früher fanden die Kinder, sie sei das Wichtigste in ihrem Leben.

Füße gingen über den Sand, knirschten wie Samt, und sie öffnete ihre Augen und setzte sich. Einen Augenblick schwindelte ihr ein wenig. »Du hast ein ganz rotes Gesicht«, sagte Eliza. »Du solltest dich einreiben.« Sie selbst saß vernünftig im Schatten des Sonnenschirms. Linda stand unten in der Brandung, trotzte den Wellen mit ausgestreckten molligen Armen und Händen, die wie Vogelflügel auf- und niederschwangen. Die Zwillinge waren zurückgekehrt und füllten neben Delia ihre Sandeimer. Feuchter Sand klebte an Marie-Claires Knien und malte zwei Kreise auf den flachen Hosenboden von Thérèses Badeanzug.

»Ist Sam vom Joggen zurück?« wollte Delia von Eliza wissen.

»Noch nicht. Hast du Lust zu schwimmen?«

Dieser Frage gönnte Delia keine Antwort. (Schließlich wußte eigentlich jedes Familienmitglied, daß es draußen glühend heiß sein mußte, der Ozean spiegelglatt und weit und breit keine Qualle in Sicht, bevor sie sich ins Wasser wagte.)

Statt dessen griff sie ihre Strandtasche. Sie förderte unter ihren Espadrilles, Sams Badejacke und ihrer Brieftasche *Die Gefangene von Schloß Clarion* zutage. Eliza räusperte sich aufreizend, als sie den Titel sah. »Dann überlasse ich dich wohl dem *Literaturstudium*«, sagte sie zu Delia. Sie stand auf und ging davon, klopfte geschäftig den Sand hinten von ihren Shorts.

»Tante Eliza, können wir mitkommen?« schrie Marie-Claire.

»Warte auf uns, Tante Liza!«

Als sie so flink und langbeinig hinter ihr herrannten, glichen sie zwei kleinen Einsiedlerkrebsen.

Eleanora begriff langsam, daß Kendall nicht das Untier war, für das sie ihn gehalten hatte. Er brachte ihr Essen in ihr Turmgefängnis und setzte sie in Kenntnis, daß er alles selbst gekocht hatte. Eleanora tat unbeeindruckt, doch später, als er gegangen war, überlegte selbst sie, wie ungereimt es war, daß so ein Muskelprotz am Herd in den Töpfen rührte.

»Puu!« sagte Sam, der zurückgekehrt war. Schweiß rann ihm von der Brust, und er wirkte nach seinem Lauf erschöpft, abgekämpft, atemlos, was Delia immer sorgte. »Sam«, sagte sie und legte ihr Buch beiseite, »du bringst dich noch um! Setz dich und ruh dich aus.«

»Nein, ich muß langsam auslaufen«, erklärte er. Er umkreiste das Badelaken, blieb ab und zu stehen, machte eine Rumpfbeuge, umfaßte seine Knie. Schweißtropfen fielen von seiner Stirn in den Sand. »Was haben wir zu trinken?« fragte er.

»Limonade, Pepsi, Eistee –«

»Eistee klingt gut.«

Sie stand auf und füllte einen Pappbecher, den sie ihm reichte. Immerhin keuchte er nicht mehr so fürchterlich. Er trank den Becher in einem Zug aus und stellte ihn auf den Deckel der Kühltasche. »Du kriegst einen Sonnenbrand auf der Nase«, sagte er zu ihr.

»Ich möchte wenigstens ein *bißchen* Bräune abbekommen.«

»Hautkrebs bekommst du.«

»Nach dem Mittagessen reibe ich mich vielleicht –«

Aber er hatte schon Lindas Sonnenlotionflasche gegriffen. »Halt still«, sagte er und drehte den Verschluß auf. Er begann die Flüssigkeit in ihrem Gesicht zu verteilen. Es roch nach matschigen Pfirsichen, ein künstlicher, billiger Duft; sie rümpfte die Nase. »Dreh dich um, dann reibe ich dir den Rücken ein«, sagte er.

Gehorsam drehte sie sich um. Sie schaute jetzt landeinwärts: die Cottage-Dächer stapelten sich wie Schiffsrümpfe hinter dem Dünenzaun. Ein Schwarm winziger schwarzer Vögel durchquerte in der Ferne den blauen Himmel, flogen im exakten Dreieck, wie mit unsichtbaren Schnüren verbunden. Die Vögel machten kehrt und fingen die Sonne auf, und plötzlich waren sie weiß, tatsächlich beinah silbern, wie ein Paillettenschleier; und dann machten sie wieder kehrt und waren wieder einfache schwarze Flecken. Sam verteilte Lotion auf Delias Schultern. Zuerst war es warm, dann jedoch kühlte es in der Brise ab, prickelte leicht.

»Delia«, sagte er. »Ich mußte gerade an die alte Dame denken, die Samstagabend bei uns vorbeikam.«

Sie versteifte sich unter seiner Handfläche, innerlich jedoch vibrierte jeder ihrer Nerven wie eine hartangeschlagene Saite.

»Ich weiß, sie war schon komisch«, sagte er. »Aber immerhin hatte sie ein Foto und behauptete, daß du und dieser Wie-hieß-er-Schon darauf waren.«

Sie hatte sich bereits umgewandt, wollte alles abstreiten, als er sagte: »Dieser Adrian Milchreis.«

»Bly-Brice«, sagte sie.

Denn er hatte absichtlich den Namen verdreht. Das tat er immer. Ihre Brautjungfer Missy Pringle hatte er immer Prissy Mingle genannt. Typisch, er zog alles ins Lächerliche! Sah auf ihre Freunde herab, immer dieser ironische Unterton! Ihre ganze Hochzeit lief noch einmal vor ihren Augen ab: alte Verletzungen, Demütigungen und Ärgernisse, theoretisch vergessen, doch in Situationen wie diesen tauchten sie aus der Versenkung auf.

»Er heißt Adrian! Bly! Brice!« belehrte sie ihn.

»Aha«, sagte Sam zugeknöpft.

»Aber diese Dame hat völlig unrecht. Er ist nur ein Bekannter.«
Schweigend stellte er die Flasche mit der Sonnenlotion zurück.
»Du glaubst mir nicht.«
»Das habe ich nicht behauptet.«
»Nein, aber du hast es durchblicken lassen.«
»Du kannst mir doch nicht vorwerfen, was du dir einbildest, ich hätte durchblicken lassen«, sagte Sam. »Natürlich ist er nur ein Bekannter. Du bist nicht unbedingt der Typ, der Affären hat. Aber ich frage mich, wie es auf Außenstehende wirkt, Dee. Weißt du?«
»Nein, ich weiß es nicht«, zischte sie. »Und außerdem heiße ich nicht Dee.«
»Schon gut«, sagte er. »Delia. Reg dich ab.«
Und er winkte mit beiden Händen einen langsameren Takt, als wolle er ihr Temperament drosseln, eine gönnerhafte Geste, die sie immer wütend machte; dann drehte er sich um und ging in Richtung Wasser.
Bei jeder Auseinandersetzung zwischen ihnen war er auf und davon gegangen, bevor sie etwas geklärt hatten. Er brachte sie erst richtig in Fahrt und zog sich dann erhaben zurück, so daß der Eindruck entstand, wenigstens er benähme sich wie ein Erwachsener. Erwachsener? Eher ein alter Mann. Wer sonst ging mit Schuhen in die Brandung? Wer sonst kühlte so umständlich spritzend seine Brust und Oberarme ab, bevor er ins Wasser tauchte. Und schaute, wieder aufgetaucht, auf die Uhr, großer Gott? Delia kam es vor, als messe er den Wellenrhythmus, ein ausgeklügeltes, kleinliches Ritual, das sie zornig machte.
Sie schnappte ihre Strandtasche von der Decke, machte auf dem bloßen Hacken kehrt und stapfte durch den Sand davon.
Bisher war ihr nicht aufgefallen, daß mehr Leute am Strand waren. Nur ein schmaler Pfad führte noch zwischen den Schirmen und Segeltuchstühlen, den Kinderställchen hindurch; nach einigen Metern änderte sie die Richtung; sie ging den Ozean entlang, über feuchten, festen Sand, der ihre Fußsohlen kühlte.
Dieser Teil des Strands gehörte den Spaziergängern. Meist gingen sie zu zweit, junge Paare, alte Paare, fast immer Hand in Hand

oder zumindest im Gleichschritt. Manchmal liefen ihnen kleine Kinder in den Weg. Delia stellte sich die gesamte Ostküste von Nova Scotia bis Florida vor – ein unregelmäßiger beiger Sandstreifen voll winziger Menschenpunkte, daneben, wie getuscht, der blaue Atlantik, noch spärlicher gepunktet. Sie selbst war ein gen Süden wandernder Punkt. Sie ginge so weit, bis sie vom Rand des Kontinents abstürzte, beschloß sie. Nach einiger Zeit würde Sam sich wundern: »Hat einer Delia gesehen?« würde er fragen. »Wieso, nein, wohin könnte sie schon sein?« würden die anderen antworten, sie aber bliebe in Bewegung, wie jemand, der zwischen Regentropfen lief, und keiner fände sie je wieder.

Doch schon merkte sie, wie sich ihr Tempo verlangsamte. Das erste der Sea-Colony-Apartmenthäuser ragte vor ihr in den Himmel – die häßliche Strandkolonie mit ihren teilnahmslos monochromen Hochhäusern wie eine Siedlung auf einer fremden Milchstraße. Sicher, sie konnte sie umgehen, aber das mysteriöse Summen, wie »Krieg der Sterne«, das die Häuser ausstrahlten, ließ es ihr kalt den Rücken herunterrieseln. Sie hielt an. In ihrer Kindheit waren hier Marschland und Wiesen gewesen, hier und da einfache Cottages. In ihrer Kindheit, sie war sich fast sicher, hatte sie hier mit ihrem Vater selbstgebastelte Drachen steigen lassen, wo jetzt die Gruppe oranger Plastikpyramiden Schatten auf ein modernistisches Sonnendeck warf. Einen Augenblick konnte sie die stumpfen Finger ihres Vaters fühlen, die sich um ihre Hand an der Drachenschnur legten. Sie strich sich über die Augen. Dann machte sie kehrt und begann den Rückweg.

Ein Strandwärter saß träge auf seinem Stuhl, bewachte die Badenden, undurchschaubar hinter seiner dunklen Sonnenbrille. Ein fetter Jüngling auf einer Luftmatratze landete in der Gischt, Delia zu Füßen. Sie balancierte um ihn herum, sah nach vorn, entdeckte den grünweiß gestreiften Sonnenschirm ihrer Familie und die Kinder auf der Decke gleich dahinter. Sie hatten sich aufgesetzt, und in einiger Entfernung stand Sam, immer noch glänzend naß. Von hier aus gesehen, schien keiner etwas zu sagen, denn die Kinder hatten die Gesichter zum Horizont gewandt, und Sam sah prüfend auf seine Armbanduhr.

Jäh steuerte Delia landeinwärts. Sie ließ den Ozean hinter sich und bahnte sich einen Weg zwischen Sandtunneln, -burgen und Spielzeugsammlungen. Als sie den Holzsteg zur Straße überquert hatte, machte sie halt, wischte sich den Sand von den Füßen und suchte nach den Espadrilles in ihrer Strandtasche. Sams Badejacke – ein marineblaues Stoffbündel – lag darunter, sie zögerte einen Augenblick und zog sie an, denn sie hatte mittlerweile Sonnenbrand auf den Schultern; sie glühten.

Hätte sie sich von Ramsay die Autoschlüssel geben lassen, könnte sie jetzt fahren. Auf den Fußmarsch zum Cottage war sie nicht erpicht. Sie konnte kehrtmachen und die Schlüssel noch holen. Aber dann wollte sicher irgendwer mitgehen, also verwarf sie diese Idee.

Der Ozean schien weit entfernt und lange schon fort, ein bloßes Flüstern auf der sonnigen Pflasterstraße mit ihren stillen Cottages und leeren, aufgeheizten Autos, dem regungslos aufgereihten Badezeug auf den Wäscheleinen. Sie durchquerte einen Hinterhof, der ganz sandig war, umging eine Gruppe Mülleimer, die nach Krabben rochen und auf denen glitzernd blaue Fliegen summten. Dann lag der Highway 1 vor ihr. Der Verkehr brauste so schnell vorbei, sie wartete minutenlang, bis sie auf die andere Seite gehen konnte.

Drüben waren ihre Tritte das lauteste Geräusch weit und breit – die steifen Strohsohlen klopften im Takt. Vielleicht, weil sie an ihren Vater gedacht hatte, hielt der Rhythmus Schritt mit dem Lied, das er ihr vorgesungen hatte, als sie klein war. Sie stakte an verglasten Veranden vorbei, und ihre Schuhe schlugen den Takt zu »Delia is Gone«; fragten, wo sie so lange geblieben war, sagten, der Sänger könne nicht schlafen, weil er die ganze Nacht die kleine Delia barfuß umhergeistern gehört hatte. Die letzte Zeile mochte sie besonders. Aber war die andere Delia nicht tot? Ja, offensichtlich: in der allerersten Zeile hieß es doch, die kleine Delia war tot und nicht mehr da. Doch sie malte sich lieber aus, Delia wäre davongelaufen. So war es befriedigender.

Ihr Gesicht klebte, und ihre Schulter schmerzte, wo die Taschenhenkel gegen ihre sonnenverbrannte Haut scheuerten. Sie wechselte die Tasche auf die andere Seite. Sie war sowieso gleich da. Sie würde sich auf der Stelle ein großes Glas Eistee machen, und anschließend ein kühles Bad und ein kleines Tête-à-tête mit der Katze. Zeit, Vernon unter ihrem Bett hervorzulocken, wo er irgendwann vergangene Nacht Stellung bezogen hatte. Vielleicht sollte sie das zuerst erledigen.

Sie lächelte einer Frau zu, die mit einem Koffer aus dem Nachbarcottage kam. »Ideales Badewetter!« rief die Frau. »Fahre höchst ungern weg!«

»Wirklich perfekt«, sagte Delia, umrundete einen Transporter in der Einfahrt und stieg die Stufen zum Haus hinauf.

Drinnen im Halbdunkel war sie einen Augenblick wie blind. Sie spähte ins Treppenhaus und rief: »Vernon?«

»Was ist?«

Sie hielt die Luft an.

»Hat wer gerufen?« fragte eine Männerstimme.

Er holperte die Treppe hinab – ein rundlicher junger Mann mit einem Notizbrett in der Hand, in Jeans und rotkariertem Hemd. Sein Mondgesicht, die rosig runden Wangen und die Knubbelnase, sein Knopflochmund beruhigten sie einigermaßen, dennoch war sie fast zu atemlos, ihn zu fragen: »Wer –?«

»Ich heiße Vernon, haben Sie nicht meinen Namen gerufen? Ich bin wegen dem Dach hier.«

»Oh«, sagte sie. Sie lachte unsicher und drückte ihre Strandtasche an die Brust. »Ich hatte eigentlich meine Katze gerufen«, erklärte sie.

»Also, eine Katze habe ich hier nirgends gesehen. Tut mir leid, wenn ich Sie erschreckt habe.«

»Sie haben mich nicht erschreckt!«

Er warf ihr einen zweifelnden Blick zu. Die weiche Haut unter seinen Augen glitzerte verschwitzt; er wirkte ernst und jung. »Jedenfalls«, sagte er. »Es sieht so aus, als müßte ich das Blech um den Schornstein erneuern. Aber nicht heute; ich muß langsam nach Hause. Also, wenn die Leute vom Makler anrufen, sagen Sie, ich melde mich wieder, in Ordnung?«

»In Ordnung«, sagte Delia.

Er winkte freundschaftlich mit dem Notizbrett und ging an ihr vorbei und hinaus. Auf der Treppe drehte er sich um und fragte: »Wie gefällt Ihnen mein Wagen?«

»Wagen?«

»Ist der nicht Klasse?«

Das war er tatsächlich. Sie fragte sich, wie sie den hatte übersehen können. Groß wie ein Wohnwagen, bronzemetallic gespritzt und seitlich zum Schmuck eine Wüstenlandschaft. »Sogar 'ne Mikrowelle«, sagte Vernon gerade, »und 'nen schicken kleinen Eisschrank...«

»Heißt das, man kann darin wohnen?«

»Klar, was sonst?«

»Ich dachte, Transporter hätten nur Sitzreihen.«

»Waren Sie noch nie in einem Wohnmobil? Mensch, los, ich zeig' es Ihnen.«

»Oh, ich weiß nicht, ob –«

»Los! Das zieht Ihnen die Socken aus.«

»Na gut, ich guck mal rein«, sagte Delia, und sie folgte ihm, immer noch ihre Tasche im Arm. Ein Teil der Wüstenlandschaft entpuppte sich als Schiebetür. Vernon schob sie auf und trat beiseite, damit sie hineinschauen konnte. Sie steckte den Kopf ins Innere und stellte fest, daß die Seitenwände halbhoch mit goldbraunem Teppichboden bezogen waren; es gab Einbauschränke und hinten ein Hochbett, darunter Stauraum. Zwei Sitze mit hohen Rückenlehnen standen gegenüber der Windschutzscheibe – das einzige Anzeichen, daß es sich doch um ein Transportmittel handelte.

»Mann«, sagte Delia.

»Steigen Sie ein. Ich führe Ihnen mein Unterhaltungscenter vor.«

»Sie haben ein Unterhaltungscenter?«

»Der letzte Schrei«, erklärte er. Er stieg zuerst ein, und der Wagen wippte unter seinem Gewicht, dann reichte er ihr seine Hand, so groß wie ein Baseballhandschuh. Sie griff zu und kletterte ins Innere. Der ölige, aufregende Geruch des neuen Teppichbodens erinnerte sie an Flughäfen und Verreisen.

»Trara!« rief Vernon. Schwungvoll öffnete er einen Schrank. »Sache ist«, sagte er, »hier im Boden von diesem Fernseher ist ein Schlitz für Videos, sehen Sie? Eingebauter Videorecorder. Abends schwenke ich den Kasten raus und sehe mir vom Bett aus die neuesten Filmhits an.«

»Sie wohnen hier immer?«

»So ziemlich«, sagte er. »Also, sozusagen. Jetzt schon.« Dann hielt er den Kopf schief und warf ihr einen Blick zu. »Also ehrlich gesagt, in Wahrheit gehört der Wagen meinem Bruder.«

Er fürchtete, die Mitteilung würde sie zutiefst enttäuschen. Blauäugig betrachtete er sie besorgt und wartete, hielt die Luft an, bis sie sagte: »Oh, wirklich?«

»Ich habe wohl den Eindruck erweckt, er gehört mir«, sagte er. »Aber, verstehen Sie, mein Bruder macht seine Angeltour, er und seine Frau. Hat seinen Wagen bei Mutter in Nanticoke Landing abgestellt. Sie soll aufpassen, daß keiner damit fährt. Keiner, das bin ich. Aber er kommt erst heute nachmittag wieder, und gestern denke ich so: Verflixt, denke ich, hier steht dieses picobello Wohnmobil, die ganze Woche bei Mutter im Hof, und ich habe nicht mal die kleine Mikrowelle ausprobiert. Also habe ich letzte Nacht drin geschlafen, und heute morgen habe ich ihn genauer unter die Lupe genommen und 'ne Runde gedreht. Mutter sagt, sie will es nicht gesehen haben. Will damit absolut nichts zu tun haben. Aber was kann er schon mit mir anstellen, ehrlich? Was kann er schon mit mir anstellen, mich in den Knast bringen?«

»Vielleicht merkt er es gar nicht«, sagte Delia.

»Klar merkt er das. Der hat garantiert vorher den Kilometerstand aufgeschrieben«, sagte Vernon finster.

»Sie können doch immer sagen, Sie haben gedacht, die Batterie muß aufgeladen werden.«

»Batterie. Sicher.«

»Wohnt er hier? Im Wagen, meine ich.«

»Nöö.«

»Ich würd's sofort tun«, sagte Delia. Sie beugte sich und klappte die Polstersitzbank auf. Genau, wie sie erwartet hatte, Stauraum für seine Sachen. Sie sichtete Wollenes – Decken oder Jacken. »Ich würde ein geschlagenes Jahr durch die Gegend gondeln«, sagte sie. »Echt! Wozu ein großes altes Haus und all die überflüssigen Zimmer?«

»Tja, aber mein Bruder hat drei Kinder«, sagte Vernon.

»Kennen Sie eingebaute Kaffeemaschinen?« fragte Delia.

»Hö?«

Sie hatte angefangen, die Küche zu inspizieren. Sie war beispiellos winzig und perfekt, mit einer Spüle, so groß wie eine Salatschüssel, und einem Zweiflammen-Gasherd. Auf einer der Flammen stand eine eingepaßte Aluminiumkaffeemaschine. »Es gibt Kaffeekannen«, erklärte sie Vernon, »die kann man überm Herd fest installieren. Zum Hochklappen. Kein bißchen Platzverschwendung.«

»Tatsache?«

»Wirklich, es gibt eine ganze Serie solcher Haushaltsgeräte. Toaster, Dosenöffner ... Elektrische Dosenöffner, die untern...«

»Also mein Bruder nimmt, glaub ich, 'nen mechanischen, so einen zum Drehen.«

»Wenn's nach mir ginge, ich hätte nur Einbaugeräte.«

»Der zum Drehen nimmt doch keinem Platz weg.«

»Bei mir klappert nichts«, sagte Delia, »nichts steht im Weg, ich will jederzeit loskönnen, mich hinters Steuer setzen, und nichts wie weg. Ich reise mit dem Haus auf dem Rücken, wie eine Schnecke. Halte, wenn ich müde bin. Parke, wo ich Lust habe, egal, auf welchem Campingplatz.«

»Aber Campingplätze«, sagte Vernon. »Campingplätze, die muß man meist vorher buchen.«

»Am nächsten Morgen sag ich mir: Gut. Das war's! und weiter geht die Reise.«

»Die Gebühren sind auch ganz schön hoch, wenn der Campingplatz halbwegs ordentlich ist«, sagte Vernon. »Verflixt. Ist es schon so spät?«

Er schaute auf die Uhr über der Spüle. Delia stellte erfreut fest, wenigstens die Uhr war fest an der Wand. Ihrer Ansicht nach lag hier viel zu viel lose herum – nicht nur die Kaffeemaschine, auch die unordentlich zusammengelegten Zeitungen, Videofilme ohne

Kassetten und einzelne Kleidungsstücke. »Mir ist unerklärlich«, sagte sie, »wie man fahren kann, wenn überall alles herumrutscht. Fliegt nicht alles durch die Gegend, wenn man durch ein Schlagloch fährt?«

»Nicht daß ich wüßte«, sagte Vernon. »Aber denken Sie dran, es gehört mir nicht. Und nebenbei, mein Bruder steht gleich vor der Tür, ich sollte besser machen, daß ich wegkomme.«

»Am liebsten würde ich mitfahren«, sagte Delia.

»Tja. Genau. Also, hat Spaß gemacht, mit Ihnen zu –«

»Vielleicht könnte ich ein Stückchen mitkommen«, sagte Delia.

»Wann, jetzt?«

»Nur mal sehen, wie er sich auf der Straße verhält.«

»Also ... auf der Straße verhält er sich prima«, sagte Vernon. »Aber ich fahre landeinwärts, wissen Sie? Überhaupt nicht in Richtung Strand. Fahre die Drei Achtzig bis hinter Ashford, weit hinter Ashford bis nach –«

»Ich fahre einfach mit bis nach, hm, Ashford«, sagte Delia.

Sie wußte, daß sie ihn nervös machte. Er stand da und sah sie immerzu an, mit gerunzelter Stirn und leicht offenem Mund, sein Notizbrett baumelte vergessen in einer Hand. Egal: gleich würde sie ihn sowieso von der Angel lassen. Sie würde lachen: Ich bin schon wieder vernünftig, und ihm sagen, daß, wenn sie es genau überlegte, sie unmöglich mit nach Ashford konnte. Sie hatte schließlich Familie, und die wunderte sich bestimmt schon, wo sie blieb.

Und trotzdem, hier stand dieser Wagen, dieser wunderschöne, vollausgerüstete Wagen, mit dem sie völlig unabhängig war, mit dem sie auf und davon fahren konnte, ohne auf irgendwen Rücksicht zu nehmen. Oh, vielleicht konnte sie ihn abkaufen? Was kostete so etwas? Oder stehlen, meinetwegen – Vernon vor die Tür setzen und losbrausen, nach Westen fahren, auf Landstraßen, wo kein Mensch sie fand.

Aber: »Na ja«, sagte sie bedauernd. »Ich habe schließlich Familie.«

»Familie in Ashford? Oh, wenn das so ist«, sagte Vernon.

Sie brauchte eine Minute, um zu verstehen. Seine Stirn glättete sich, und er beugte sich vornüber an ihr vorbei, um die Tür zuzuschieben. Dann warf er sein Notizbrett auf die Bank und sagte: »Hauptsache, Sie wissen, wie Sie zurückkommen ...«

Sprachlos bahnte sich Delia einen Weg nach vorn. Sie setzte sich auf den Beifahrersitz und stellte ihre Tasche auf die Knie. Neben ihr machte es sich Vernon hinter dem Lenkrad bequem. Als er die Zündung einschaltete, erwachte der Wagen aufheulend plötzlich zu Leben; sie stellte sich vor, wie er es die ganze Zeit vor Ungeduld kaum ausgehalten hatte.

»Hören Sie das?« fragte Vernon.

Sie nickte. Wahrscheinlich lag es am vibrierenden Motor, daß ihre Zähne klapperten.

* * *

Sie fuhren den Highway 1 zur Grenze nach Maryland, vorbei an riesigen Geschäften für Strandbedarf und funkelnagelneuen viktorianisch aufgemotzten Wohnsiedlungen, dem Durcheinander von Cafés und Apartments in Fenwick Island. Delia beruhigte sich immer noch, sie fände ja allein zurück nach Hause. Es war allerdings ein langer Marsch (der jeden Augenblick länger wurde). Und als sie Ocean City erreichten, mit all den Bars, dem Glitter und Flimmer – in Ocean City gab es Busse, wenigstens das. Sie konnte einen Bus bis zur äußersten nördlichen Stadtgrenze nehmen und dann zu Fuß weitergehen. Also fuhr sie schweigend, fühlte sich beinah entspannt, während Vernon, die Unterarme aufs Lenkrad gestützt, den Wagen steuerte. Er gehörte in die Kategorie Autofahrer, die sich beim Fahren mit den übrigen Verkehrsteilnehmern unterhielten. »Laßt euch nicht hetzen, Leute«, sagte er, als ein Wagen vor ihm abrupt bremste, und er schnalzte mit der Zunge, als vier junge Männer mit ihren Surfbrettern die Straße überquerten: »Mensch, seid ihr heiße Typen«, meinte er. Delia sah ihnen nach. Der größte trug die gleichen unregelmäßig gestreiften Shorts wie Carroll – die neue Mode, weit und bis ans Knie.

Wenn der Familie auffiel, daß sie weg war, waren sicher alle ratlos. Entgeistert. Wenn sie lange genug wegbliebe, fürchteten sie sicher, ihr wäre etwas zugestoßen. »Oder hatte sie etwas Bestimmtes vor?« würde Sam schließlich die Kinder fragen. »Hat einer von euch irgendwas gesagt? Habe ich irgendwas gesagt? Wieso habe ich geglaubt, sie sei nicht der Typ, der eine Affäre hat?«

Ein Hochgefühl erfaßte sie. Sie fühlte sich innerlich auf einmal so leicht.

Dann – inzwischen würden sie sich echte Sorgen machen – riefe sie an. Aus der Telefonzelle, bevor es dunkel wurde: »Ich bin's«, würde sie sagen. »Habe nur 'ne kleine Spritztour über Land gemacht; kann jemand kommen und mich abholen?« Als wäre nichts gewesen.

Als Vernon auf den Highway 50 abbog und landeinwärts weiterfuhr (mittlerweile redete er über das ›Differentialgetriebe‹, was immer das war), sagte sie immer noch nichts von Anhalten. Die Kaffeemaschine klapperte auf dem Kocher; scheppernd fuhren sie über eine Brücke, die sie noch nie gesehen hatte, und kamen in eine dürre, ausgebleichte Gegend, die ihr völlig fremd war. Sie starrte einfach aus dem Fenster. Sie fuhren an vergilbt-weißen Häusern vorbei, die wie Pappschachteln aussahen, umgeben von gepflegtem Rasen – jeder Grashalm einzeln wie per Hand geschnitten. Sie rauschten durch flimmernden Laubwald. »Eine Sache, die er verpatzt hat, er hat keinen Sprechfunk«, sagte Vernon und meinte offensichtlich seinen Bruder. Doch Delia malte sich aus, wie gerade und schmal Sams Mund immer war, wenn er sich ärgerte. Und ihr fiel ein, daß er womöglich auch zu den Kindern sagte: »Na ja, wo sie schon mal weg ist, können wir wenigstens alles richtig in Ordnung bringen.«

»Außerdem haben Sie sicher gemerkt, daß es kein Stereo gibt«, sagte Vernon. »Das ist typisch mein Bruder: auf Musik ist er nicht scharf. Ich sage immer, wenn einer keine Musik mag, stimmt was nicht mit ihm.«

Vielleicht würde Eleanor einspringen (wenn schon von Ordnung die Rede ist). Oh, Eleanor käme mit Freuden – würde einen Speiseplan fürs nächste Jahr und einen Haushaltsplan à la Eiserne Mama aufstellen.

»Das finden Sie sicher schrecklich«, sagte Vernon. »Daß ich an meinem Bruder herummäkele.«

Delia sagte: »Nein, nein ...«

Da und dort standen finster und erhaben einzelne alte Gehöfte am Ende langer Auffahrten, umgeben von Feldern; auf den Dächern glitzerten Blitzableiter. Wenn sie dort wohnte! Es wäre sicher gesund. Delia stellte sich vor, wie sie die Hühner fütterte, ihnen Mais oder Weizen aus ihrer großen Schürze zuwarf. Aber zuerst müßte sie einen Bauern heiraten. Es mußte immer zuerst ein Mann ausfindig gemacht werden, um etwas in Bewegung zu setzen.

»Aber ehrlich«, erklärte Vernon gerade, »er und ich haben uns nie besonders nah gestanden. Er ist drei Jahre älter als ich, und das läßt er mich immer spüren. Redet immer groß, von wegen Familienoberhaupt, aber Tatsache ist, daß er von einem Monat zum nächsten unsere Familie kaum zu sehen kriegt. Ich bin schließlich derjenige, der Mutter zum Einkaufen fährt. Ich bin derjenige, der sie durch die Gegend kutschiert, zu ihren Bingo-Abenden und Potluck-Partys und wer weiß, wohin.«

Wer hatte eigentlich behauptet, Männer wären nicht mitteilsam? Delia hatte die Erfahrung gemacht, daß sie das Blaue vom Himmel redeten, Handwerker besonders. Und Sam war keine Ausnahme. Sam war ausgesprochen mitteilungsfreudig, fand Delia.

Im Vorbeifahren folgte ihr Blick einem Trailerpark. Jeder Trailer hatte Sonnensegel und Klinkerstufen und manchmal eine Veranda. Ganze Gipsmenagerien füllten die kleinen Gärten.

»Sehen Sie sich die Angeltour an: raten Sie, wer die Kinder hütet. Ich und Mutter. Natürlich hauptsächlich Mutter, aber komme ich abends von der Arbeit, ist sie dermaßen kaputt, daß ich den Rest mache. Glauben Sie bloß nicht, Vincent bedankt sich. Nein, Sir. Und wenn er Wind kriegt, daß ich mit seinem Wagen gefahren bin, macht er mich einen Kopf kürzer.«

In ihrer Strandtasche hatte Delia fünfhundert Dollar Feriengeld, teils in ihrer Brieftasche und teils in einem unscheinbaren kleinen Plastiktäschchen. Wenn sie die anderen wirklich beunruhigen wollte, konnte sie irgendwo übernachten – irgendwo in einem Motelzimmer, vielleicht sogar in einem malerischen Gasthaus. Allerdings hatte sie außer ihrem Badeanzug nichts an. Oh, Gott. Ihren

Badeanzug mit dem zerknitterten Rock, ihre Espadrilles und Sams Badejacke. Aber wenn sie die Jacke richtig zumachte... Wenn man nicht genau hinsah, sah es fast wie ein Kleid aus. Die Ärmel waren dreiviertellang; der Saum ging ihr über die Knie. Und die Hotels hier in der Gegend waren sicher spärlich bekleidete Touristen gewöhnt.

Jetzt kamen sie in eine Stadt. Vernon bremste an einer Ampel. Er erzählte von der Frau seines Bruders, Eunice. »Irgendwie tut sie mir leid, wenn Sie's wissen wollen«, sagte er. »Man stelle sich vor, verheiratet mit Vincent!«

»Wo sind wir?« fragte Delia.

»Hier? Na, Salisbury.«

Die Ampel wurde grün, und er fuhr weiter. Delia überlegte, ob sie aussteigen sollte. Vielleicht an der nächsten roten Ampel. Doch alle drauffolgenden Ampeln waren grün, und außerdem waren sie jetzt in einer Wohngegend, gutbürgerlich und gesittet. Und danach kamen wenig einladende Einkaufszentren und ein unübersichtliches Gewerbegebiet, und nichts empfand sie als besonders gastlich.

»Ich bin fest überzeugt, daß er sie schlägt«, sagte Vernon mittlerweile. »Oder wenigstens bedrängt er sie. Jedenfalls weiß ich, sie streiten viel, denn wenn sie bei uns sind, sieht sie ihn die halbe Zeit kaum an.«

Sie fuhren wieder über Land, und Delia befürchtete, sie hatte ihre letzte Chance verpaßt. Das Land war so leer, so flach wie eine Untertasse und menschenleer. Sie faßte den Türgriff und sah im Fahren einen unbebauten Acker, aus dessen Boden entwurzelte Bäume in wildem Durcheinander in die Luft staken. Vernon bremste unerwartet, bog scharf links in eine schmale Teerstraße. »Drei Achtzig«, unterrichtete er sie. Ihn schien das Scheppern der Kaffeemaschine hinter ihnen nicht zu stören. »Aber diese Angeltour soll angeblich ihre zweite Hochzeitsreise sein.«

»Hochzeitsreise!« sagte Delia. Sie schaute auf eine Weide mit Bergen von Schrottautos. Hinter der nächsten Kurve stand eine baufällige Scheune, beinah dem Erdboden gleich – der Firstbalken zerborsten, verzogene graue Planken im hüfthohen Gras versunken. Jede Minute, so sah sie es, entfernte sie sich weiter von der zivilisierten Welt.

»So hat Eunice es bei Mutter wenigstens genannt«, sagte Vernon, »sie hat gemeint, sie und Vincent seien ganz allein auf dem Boot, nur die zwei zusammen.«

Delia dachte, daß eine Reise zu zweit allein auf einem Fischerboot auch die beste Ehe strapazierte, aber sie sagte lediglich: »Na, viel Glück den beiden.«

»Das habe ich Mutter auch gesagt«, erklärte Vernon. Er überholte einen uralten Traktor, dessen Fahrer anscheinend einen Kittel trug. »›Mutter‹, habe ich gesagt, ›na, dann viel Glück, sage ich nur, mit 'nem Mann wie Vincent, dem Widerling.‹«

»Warum gibt sie ihn nicht auf«, sagte Delia, die vergessen hatte, daß diese Geschichte sie nichts anging. »Besonders, wenn er sie schlägt.«

»Oh, ich bin mir ziemlich sicher, daß er sie schlägt.«

Stand da in der Ferne ein Backsteingebäude? Ja, und eine dunkle Baumgruppe, ein kühler, entspannender Punkt, auf den sich Delias Augen konzentrierten, und dahinter ein glitzernd weißer Kirchturm. Sie war beruhigt, hier gab es bestimmt eine Übernachtungsmöglichkeit. Sie nahm ihre Tasche und strich die Badejacke über ihren Knien glatt.

»Einmal ist Eunice allein zu uns gekommen und hatte eine geschwollene Wange«, sagte Vernon. »Und als Mutter fragte, woher sie die hat, sagte sie: ›Ich bin vor die Wand gelaufen‹, also, wenn ich das wäre, hätte ich mir was Besseres einfallen lassen.«

»Sie sollte ihn verlassen«, sagte Delia, doch in Gedanken war sie bei der Stadt, die vor ihr lag. Jetzt hatten sie die Vororte erreicht – kleine weiße Häuser, ein Imbißwagen, eine Gruppe Männer standen vor einer Tankstelle und unterhielten sich. »Eine Ehe zu kitten, in der Gewalt ausgeübt wird, ist sinnlos«, sagte sie zu Vernon.

Jetzt hatten sie das Backsteingebäude erreicht, es war eine Schule. DOROTHY G. UNDERWOOD HIGH SCHOOL. Eine Straße, die direkt dort vorbeiführte, endete offensichtlich in einem Park; Delia erkannte in einiger Entfernung Grün und eine Statue. Und nun näherten sie sich der Kirche, zu der jener Turm gehörte. Vernon sagte: »Also, ich weiß nicht, vielleicht haben Sie recht. So wie ich Mutter letztens gesagt habe, ich habe gesagt –«

»Ich glaube, hier steige ich aus«, sagte Delia.

»Was?« sagte er. Er verlangsamte das Tempo.

»Hier steige ich, glaub' ich, aus.«

Er hielt an und schaute auf die Kirche. Zwei Damen mit Strohhüten zupften Unkraut im Geranienbeet unter dem Mitteilungsbrett. »Aber ich dachte, Sie wollen nach Ashford«, sagte er. »Das ist nicht Ashford.«

»Macht nichts«, sagte sie und legte sich die Riemen ihrer Strandtasche über die Schulter. Sie öffnete die Beifahrertür und sagte: »Danke fürs Mitnehmen.«

»Hoffentlich habe ich nichts gesagt, worüber Sie sich aufgeregt haben«, meinte Vernon.

»Nein, ehrlich nicht! Ich denke nur, ich –«

»War es Eunice?«

»Eunice?«

»Daß Vincent sie schlägt und so? Ich rede nicht mehr davon, wenn Sie das aufregt.«

»Nein, wirklich, unser Gespräch hat Spaß gemacht«, sagte sie zu ihm. Und dann hüpfte sie zu Boden und warf ihm, als sie die Tür zuschlug, ein strahlendes Lächeln zu. Sie ging eilig in die Richtung, aus der sie gekommen waren, und als sie zu der Straße kam, wo sie die Statue gesehen hatte, bog sie dort ein, ohne auch nur innezuhalten, als hätte sie ein bestimmtes Ziel vor Augen.

Hinter sich hörte sie den Wagen anfahren und dröhnend davonbrausen. Dann war es ganz still, so still, als hätte jemand etwas Unerhörtes gesagt. Die Stadt schien genauso verblüfft wie Delia über das, was sie unternommen hatte.

6

Wie hießen die Bäume, die hier an der Straße standen? Buchen? Wahrscheinlich; so hoch wie sie aufragten und oben ein richtiges Gewölbe bildeten. Aber Bäume Bestimmen war noch nie ihre starke Seite gewesen.

Den Namen der Stadt herauszufinden war dagegen einfach. Zuerst kam sie an einem eindrucksvollen alten Haus vorbei, in dessen Erdgeschoßfenster ein Schild stand: MIKE POTTS – »DER FREUNDLICHSTE VERSICHERUNGSAGENT IN BAY BOROUGH«. Dann die Bay-Borough-Sparkasse. Und sie befand sich auf der Bay Street, wie sie an der ersten Kreuzung feststellte. Aber Chesapeake Bay konnte es nicht sein. So weit westlich war sie noch nicht. Außerdem wirkte die Stadt nicht wie eine Stadt am Wasser. Hier roch es nur nach Asphalt.

Die Erklärung fand sie auf dem Platz. Dort, wo unter weiteren Bäumen spärliches Gras sein Terrain gegen Unkraut verteidigte, verkündete eine Plakette am Fuß der Bronzestatue:

AN DIESER STELLE TRÄUMTE IM AUGUST 1863
GEORGE PENDLE BAY, EIN SOLDAT DER UNION,
DER MIT SEINER KOMPANIE HIER STATION MACHTE,
DASS EIN MÄCHTIGER ENGEL IHM MIT DEN WORTEN ERSCHIEN:
»DU SITZEST IM SESSEL DES BARBIERS DER EWIGKEIT.«
ER DEUTETE ES ALS ANWEISUNG,
SICH VON TRUPPE UND KRIEG ZU ENTFERNEN
UND DIESE STADT ZU GRÜNDEN.

Delia blinzelte und trat einen Schritt zurück. Mr. Bay, ein Mann mit rundem Gesicht und prallem Anzug, saß tatsächlich, aber nicht in einem Friseursessel, sondern in einem gewöhnlichen, mit gezwirbelten Bronzefransen unten. Er umfaßte die Lehne mit breiten, platten Fingerspitzen; und anscheinend kaute er Nägel. Delia fand das komisch. Sie mußte lachen, und dann drehte sie sich um, ob jemand sie gehört hatte. Aber der Platz war menschenleer, keine der vier grünen Bänke besetzt. Wagen umkurvten den Platz, erst einer, dann zwei; und Fußgänger gingen in niedrigen Backstein- und Holzhäusern ein und aus, doch keiner schien sie zu bemerken.

Dennoch; sie war sich plötzlich ihrer Aufmachung bewußt, weniger der Strandjacke als des Badeanzugs darunter. Das Gefühl war unangenehm, knitterig, ausgebeult. Sie gäbe alles auf der Welt für Unterwäsche. Also überquerte sie den kleinen Platz und betrachtete die Ladenreihe auf der anderen Straßenseite. Eindeutig hatte die Gegenwart die Stadt eingeholt. Jahrhundertalte Gebäude – Backstein, so abgegriffen wie alte Radiergummis, und Fensterläden, deren Holz vom Benutzen ganz grau war – beherbergten jetzt die ›Wilde Video Welt‹, ›Patricias Haarparadies‹ und ›Duft in der Luft‹, den Duftblumenspezialisten. Allein ein Geschäft schien unverändert, das kleine Billigkaufhaus an der Ecke, mit seinem rotgoldenen Schnörkelschild und dem Fenster voll Fähnchen und Flaggen.

Sie hatte eingebläut bekommen, nur Qualitätsunterwäsche zu kaufen, egal wie sparsam sie sonst war, aber dies war ein Notfall. Sie überquerte die Straße; als sie das Kaufhaus betrat, wehten ihr Bonbon- und Billigkosmetikaduft, alter Holzbodengeruch entgegen. Kassenstraßen waren offensichtlich noch nicht eingeführt. An jeder Theke stand ein Verkäufer neben einer Registrierkasse. Ein Mädchen mit seidigem Haar kassierte klingelnd das Geld für ein Kindermalbuch; eine ältere Dame verpackte Backtrennpapier für eine junge Dame. In der Wäscheabteilung verkaufte ein Mann, dummerweise; Delia wählte hastig, was sie brauchte, und überreichte ihm die Ware, ohne ihn anzusehen. Ein schlichter weißer Nylonbüstenhalter und weiße Baumwollslips. Die Slips kamen im Dreierpack. Andere Sorten hätte sie auch einzeln kaufen können, aber sie hatte nach dem Dreierpack gegriffen. Sie ertappte sich bei dem Gedanken, *Nur für den Fall, daß ich länger als eine Nacht wegbleibe.* Dann, als sie das Geld abzählte, beruhigte sie sich: *Schließlich kann ich sie genausogut zu Hause tragen. Es bedeutet noch gar nichts.*

Jetzt besaß sie Unterwäsche, konnte sie aber nicht anziehen, denn im Billigladen hatte sie keine Damentoilette gefunden. Sie ging hinaus, stopfte das Päckchen in ihre Tasche und schaute die Straße entlang. Nebenan war ›Debbi's Modelädchen‹, Vierziger-Jahre-Schaufensterpuppen mit aufgepinselten Frisuren trugen den neuesten Chic – breitschultrige Herrenanzüge oder lose Leinenkleider, oben weit und unten schmal. Überhaupt nicht Delias Geschmack, aber drinnen gab es sicher eine Umkleidemöglichkeit. Sie rauschte mit entschlossener Miene in den Laden und griff das erstbeste Kleid von einer Stange, huschte nach hinten, wo offenbar eine Reihe Kabinen waren. »Kann ich Ihnen helfen?« rief eine Dame hinter ihr her, aber Delia sagte: »Oh, nein, danke, ich will nur ...« und verschwand hinter einem Vorhang.

Die Unterwäsche paßte, Gott sei Dank. (Sie gab sich große Mühe, leise mit ihrer Tasche zu hantieren.) Welche Erleichterung, sie war wieder wohlverpackt. Sie steckte den Badeanzug zusammengelegt ein. Dann griff sie nach Sams Jacke, doch kaum fiel ihr Blick darauf, zögerte sie. Es war mit einemmal so offensichtlich eine Badejacke. Sie betrachtete das Kleid, das sie mitgenommen hatte – ein graues, undefinierbares Strickkleid. Viel zu lang, das sah sie gleich, dennoch streifte sie es vom Bügel und zog es über den Kopf. Es roch beißend neu. Sie strich den Rock glatt, zog seitlich den Reißverschluß zu, drehte sich um und trat ihrem Spiegelbild entgegen.

Sie hätte eher angenommen, daß sie wie ein Kind aussähe, das Verkleiden spielt, denn der Saum reichte ihr fast bis an die Knöchel. Statt dessen war der Anblick völlig unerwartet: eine ein wenig müde wirkende, ernsthafte junge Frau in einem schmalen perlgrauen Schlauchkleid. Vielleicht eine Sekretärin oder Bibliothekarin, eine von diesen Chefsekretärinnen, den heimlichen Drahtzieherinnen, die einen ganzen Laden schmissen. Sie malte sich aus, wie sie entschieden sagte: »Das finden Sie in der Akte Jones, Mr. Smith«, oder »Vergessen Sie nicht, Sie haben heute Lunch mit dem Bürgermeister; sicher brauchen Sie die Unterlagen über die ...«

»Alles in Ordnung da drinnen?« rief die Verkäuferin.

»Oh, bestens.«

»Kann ich Ihnen noch etwas zum Anprobieren bringen?«

»Nein«, sagte Delia, »dies hier ist genau richtig.« Und sie stopfte Sams Badejacke in ihre Tasche, trat aus der Kabine und bat: »Würden Sie so freundlich sein und die Schilder abtrennen? Ich glaube, ich behalte es gleich an.«

Die Verkäuferin – eine künstlich gebräunte Blondine in einem Kleid mit geometrischem Schwarz-Weiß-Muster – warf einen zweifelnden Blick auf den Saum. »Wir ändern auch«, sagte sie. »Möchten Sie es ein bißchen kürzer haben?«

»Nein, danke«, erklärte Delia mit steifer Sekretärinnenstimme.

Die Verkäuferin reagierte nahtlos. »Also, es steht Ihnen«, sagte sie.

Delia hob den linken Arm, und die Frau griff eine Schere und knipste die oben am Reißverschluß baumelnden Schilder ab.

Neunundsiebzig Dollar fünfundneunzig kostete das Kleid, ohne Mehrwertsteuer. Aber Delia bezahlte, ohne mit der Wimper zu zucken, und stolzierte aus dem Laden. Bedauerlicherweise schluckte tiefbeiger Teppichboden ihre Schritte. Sonst hätten ihre Absätze geklappert, wie bei echten Chefsekretärinnen.

Ihr schwungvoller Abgang trug sie ein Stück weiter, zurück am Billigladen vorbei, über eine Kreuzung, bis zu einer Reihe kleinerer Geschäfte – Copy-Shop, Reisebüro, Blumenladen. Sie fand, ihr Gang war anders; sie hüpfte nicht mehr wie sonst, sondern ging in ihrem engen Rock ernst und gesittet. *Hier kommt die Sekretärin, Miss X, sie hat es eilig, nach der Mittagspause wieder ins Büro zu kommen. Gleich tippt sie die Briefe, die ihr der Direktor diktiert hat.*

Nur zum Spiel suchte sie sich ihr Büro aus, so wie sie sich sonst »ihr« Haus aussuchte, wenn sie durch eine feine Gegend fuhr. NICHOLS & TRIMBLE, ZAHNÄRZTE. Da mußte sie womöglich Zahnstein und Schlimmeres entfernen. GUTE SICHT – IHR OPTIKER. Hatten Optiker Sekretärinnen? EZEKIEL POMFRET, RECHTSANWALT. Wahrscheinlich außer Betrieb, nach der heruntergelassenen Jalousie zu urteilen. Und nirgendwo ein Schild AUSHILFE GESUCHT. Nicht, daß es praktisch irgendeine Rolle spielte.

An der nächsten Kreuzung bog sie links ein. Sie ging an einer Zoohandlung und einem Möchte-gern-Antiquitätenladen vorbei (die Schaufenster gefüllt mit Dreißigerjahre-Keramik und wasserblauen Plastikaschenbechern in Bumerang-Form). Eine Apotheke. Zwei Fachwerkhäuser. Ein Tante-Emma-Laden. Dann noch ein Fachwerkhaus, das so dicht an der Straße lag, daß der Verandaboden in den Gehweg überging. In dem ungeputzten Fenster vorn stand, umrahmt von schlaffen Tüllgardinen, ein Pappschild ZIMMER FREI.

Zimmer frei.

Das war sicher eine ›Pension‹. Sie sah in Gedanken die Sekretärin die weiße Bettdecke ihres altjüngferlichen Betts glattstreichen, andere Mieter in Filzpantoffeln den Flur entlangschlurfen, die steinalte Zimmerwirtin, ganz in Schwarz, den Abendbrottisch decken – dann die Gedecke fürs morgige Frühstück. In der kurzen Zeit, die Delia brauchte, die Veranda zu überqueren und an der Haustür zu läuten, war ihr die Vorstellung so zur Wirklichkeit geworden, daß sie es fast überflüssig fand, sich der Frau vorzustellen, die die Tür öffnete.

»Hallo«, sagte die Frau. »Was gibt's?«

So hatte sich Delia die Zimmerwirtin nicht vorgestellt. Sie war rundlich, um die Vierzig und stark geschminkt; ihr üppig goldengelocktes Haar war wie eine Hochzeitstorte kunstvoll getürmt, und dazu trug sie einen grell-pinkfarbenen Overall. Aber jedenfalls schien sie hier zuständig zu sein, also fragte Delia: »Ich komme wegen des Zimmers.«

»Zimmer?«

»Das freie Zimmer«, erinnerte Delia sie.

»Oh, das Zimmer«, sagte die Frau. »Also, eigentlich vermiete ich lieber an Männer.«

War das heutzutage noch erlaubt? Delia war sprachlos.

»Bis vergangenen April«, erklärte die Frau und öffnete die Tür mit dem ausgebeulten Fliegengitter, »hatte ich immer nur Männer. Es hat sich eben so ergeben. Ich vermiete nur zwei Zimmer, wissen Sie, deshalb hatte ich zwei Männer, Mr. Lamb, der während der Woche als Vertreter reist, und Larry Watts, der sich von seiner Frau getrennt hatte. Dann ist Larry zu seiner Frau zurück, im April, und ich habe sein Zimmer einer Frau gegeben. Und das bereue ich bis heute!«

Sie drehte sich um, ließ Delia in der Tür stehen und stieg die Treppe hinauf. Delia folgte unsicher. Das Haus kam ihr vor, als sei es seit langem sich selbst überlassen. Ovale helle Tapetenflecken zeigten, wo einst Bilder gehangen hatten, und auf den Dielen des Flurs oben zeichnete sich geisterhaft ein früherer Läufer ab.

»Katie O'Connell hieß sie«, sagte die Frau. Von der kurzen

Treppe war sie außer Puste. Nach Luft schnappend, tätschelte sie ihren großen pinkfarbenen Busen. »Ich glaube, sie war aus Delaware. Sie wollte hier für Zeke Pomfret arbeiten – Zekes gute alte Miss Percy war gerade gestorben – Katie brauchte eine Bleibe, und ich sagte: ›Na gut‹, sagte ich, ich hatte ja keine Ahnung; ›Gut, habe ich gesagt‹, dachte, schließlich wäre es egal, ob ich an Männer oder Frauen vermiete. War es aber nicht: ›Wo ist dies, wo ist das, gibt es keine frischen Handtücher, gibt es keine neue Seife ...‹ Also, ich bin doch kein Hotel! Ich hoffe, Sie glauben nicht, ich bin ein Hotel!«

»Natürlich nicht«, sagte Delia.

»Ich vermiete Zimmer, mehr nicht. Vor drei Jahren habe ich das Haus gekauft. Renovierungsbedürftig, hieß es damals. Ich habe es gekauft, als ich mein Maklerexamen bestanden hatte. Ich wollte es renovieren und weiterverkaufen, aber bei der Marktlage hatte ich nie Geld, also wohne ich selbst hier und vermiete zwei Zimmer. Aber kein Essen; hoffentlich wollen Sie kein Essen. Diese Katie, immerzu: ›Oh, ich stelle nur eben meine Milch in Ihren Kühlschrank‹, und kaum sagst du ja, steht sie in meiner Küche und kocht. Also, in meiner Küche koche nicht mal ich! Das Zimmer ist absolut-ohne-alles.«

Zum Beweis öffnete sie die Tür rechts an der Treppe. Delia folgte ihr in einen langen engen Raum, eine Wand einwärtsgebogen unter der Balkenlast, an jedem Ende ein Fenster. Ein Eisenbett stand unterm Vorderfenster, und an der anderen Wand eine niedrige orange-braune Kommode. Es roch nach Hornissennest – trocken, scharf und muffig, vielleicht kam der Geruch von der verblichenen Rosentapete.

»Katie hatte Vorhänge vor den Fenstern«, sagte die Frau, »aber die hat sie mitgenommen, als sie ausgezogen ist. Letzten Donnerstag mit Larry Watts; wir sind fest überzeugt, sie sind nach Hawaii.«

»Der ... Larry Watts, der sich von seiner Frau getrennt hat?« fragte Delia verwirrt.

»Oh, wußte gar nicht, daß Sie ihn kennen. Genau ... Ich hätte es mir eigentlich an fünf Fingern abzählen können: er kam, um seinen Regenmantel zu holen – den Regenmantel, den er unten an der

Garderobe vergessen hatte. Da haben sie sich kennengelernt. Danach ist nur klar, daß er wieder getürmt ist, zum zweiten Mal in zwei Jahren ist er von seiner Frau weg. Ganz abgesehen davon, daß Zeke Pomfret sich schon wieder ein neues Mädchen suchen muß, wo die arme Miss Percy kaum unter der Erde ist.«

Sie öffnete schwungvoll eine Tür in der Zimmerecke; dahinter verbarg sich der nicht besonders große, begehbare Schrank. Drei Drahtbügel bewegten sich klimpernd. »Badezimmer ist überm Flur, Badewanne und Dusche«, sagte sie, »an Wochenenden müssen Sie es mit Mr. Lamb teilen. Ich schlafe unten. Miete kostet zweiundvierzig Dollar pro Woche. Nehmen Sie's?«

Zweiundvierzig Dollar war weniger, als in den meisten Hotels eine einzige Nacht kostete. Und ein Hotel war nicht so angenehm spartanisch. Delia sagte: »Meinen Sie, es ist in Ordnung, daß ich kein Mann bin?«

Die Frau zuckte die Achseln: »*Sonst* ist noch keiner vorbeigekommen«, sagte sie.

Delia ging zum Bett hinüber, die Laken waren weiß und die weiße Wolldecke kahl vom vielen Waschen. Als sie mit der Handfläche prüfend die Matratze herunterdrückte, gab sie den gleichen blechernen Ton wie die Kleiderbügel von sich.

Sie sagte: »Ich nehme es auf alle Fälle.«

»Prima. Übrigens, ich heiße Belle Flint.«

»Delia Grinstead«, sagte Delia und überlegte dann, ob sie besser einen falschen Namen angegeben hätte. Doch Belle war beruhigenderweise wenig interessiert. Sie besah sich im Spiegel über der Kommode und schob ihre Locken zurecht.

»So«, sagte Delia, »muß ich ... einen Vertrag unterschreiben?«

»Vertrag?«

»Ich meine ...«

Es war allzu offensichtlich, daß sie noch nie ein Zimmer gemietet hatte. »Ich meine, einen ... Mietvertrag?« fragte sie.

»Großer Gott, nein, Sie zahlen im voraus, jeden Samstagmorgen«, sagte Belle und bleckte vor dem Spiegel ihre Schneidezähne. »Mal sehen, heute ist Montag ... Geben Sie mir dreißig Dollar; das reicht für die Woche. Wollen Sie lange bleiben?«

»Oh, vielleicht«, sagte Delia absichtlich unbestimmt und wühlte in ihrer Strandtasche das Unterste zuoberst. Belle streckte den Kopf vor, untersuchte ihr Doppelkinn, das wie ein fleischiges Kissen darunter klemmte. Ihr gesamtes Gesicht war wie ein Kissen; sie glich einer jener üppigen, weichen Blumen, einer Pfingstrose oder einer Iris mit großen schlappen Blüten.

»Hier, bitte«, sagte Delia, »zehn, zwanzig ...«, und erst da drehte sich Belle vom Spiegel weg. Falls sie sich über das Bargeld wunderte, ließ sie es sich nicht anmerken. Sie faltete die Scheine und steckte sie in ihre Brusttasche.

»Sie wollen sicher Ihre Sachen holen«, sagte sie, »inzwischen lege ich Ihren Schlüssel auf die Kommode, für den Fall, daß ich nicht da bin, wenn Sie wiederkommen. Um halb fünf zeige ich jemandem ein Haus. Sie bringen doch hoffentlich nicht *soviel.«*

»Nein, ich –«

»Das Zimmer hat nicht viel Stauraum, und ich hasse es, wenn alles rumliegt. Nur deshalb ist die Geschichte mit Larry und Katie passiert: sein Regenmantel landete unten an der Garderobe, natürlich hat er ihn deshalb vergessen, als er auszog.«

»Ich bringe sehr wenig«, sagte Delia.

Sie würde warten bis gegen fünf und wiederkommen, wenn Belle garantiert nicht zu Hause war. So merkte Belle nicht, daß sie in Wirklichkeit gar nichts mitzubringen hatte. Jetzt war es ... verstohlen schaute sie auf ihre Armbanduhr. Viertel vor vier. Belle klapperte auf Keilsohlen-Pantoletten aus dem Zimmer. »Eins ist absolut klar, das Erdgeschoß gehört mir«, sagte sie und blieb im Flur noch einmal stehen, »und das heißt: auch die Küche. Das Café gegenüber ist ganz in Ordnung: Rick-Rack's. In der East Street ist ein Waschsalon, und Mrs. Auburn macht freitags die Zimmer sauber. Die Haustür schließen wir nie ab, aber Ihr Zimmerschlüssel funktioniert, falls Sie ängstlich sind. Kapiert?«

»Ja, danke.«

»Und ich nehme nicht an, daß Sie Besuch bekommen«, sagte Belle. Sie warf Delia plötzlich einen abschätzenden Blick zu. »Herrenbesuch, meine ich.«

»Oh, nein, bestimmt nicht.«

»Ihr Privatleben ist mir piepegal, aber die zweiundvierzig Dollar sind für eine Person. Laken und Handtücher auch.«

»Ich kenne niemanden, den ich einladen könnte«, beruhigte Delia sie.

»Sie kommen nicht von hier, he?«

»Nein.«

»Ich auch nicht. Bis ich mit 'nem Typen hier landete, wußte ich nicht mal, daß Bay Borough existiert«, sagte Belle lachend. »Der Typ war nichts, aber hiergeblieben bin ich trotzdem.«

Delia wußte, eigentlich war sie jetzt an der Reihe, von sich zu erzählen, doch sie sagte nur: »Ich denke, ich mache mich ein bißchen frisch, bevor ich meine Sachen hole.«

»Nur zu«, sagte Belle und winkte dabei. Dann polterte sie die Treppe hinunter.

Delia wartete eine Anstandssekunde, bis sie das Badezimmer betrat. Sie war seit zehn Uhr morgens nicht mehr auf der Toilette gewesen.

Die Badezimmertapete – Seepferdchen, aus deren Mäulern Silberblasen gluckerten – rollte sich an den Rändern, die Armaturen waren alt und fleckig vor Rost, aber alles sah sauber aus. Zuerst benutzte Delia das Klo, dann betupfte sie ihr Gesicht mit kaltem Wasser und ließ es an der Luft trocknen. (Das einzige Handtuch gehörte vermutlich dem anderen Mieter.) Sie wich ihrem Spiegelbild aus; lieber hielt sie sich an das, was sie in der Umkleidekabine gesehen hatte. Jedenfalls sah sie hinunter auf ihr Kleid; war es noch so adrett? Genau richtig für eine Sekretärin? Und im Hinausgehen zog sie ihren Ehering vom Finger, ließ ihn klingelnd in ihre Tasche fallen.

Dann ging sie noch einmal kurz zu ihrem Zimmer. Sie betrat es nicht, stand lediglich in der Tür, nahm es in Besitz – schwelgte in seiner Kargheit – jetzt, wo sie es ganz für sich hatte.

* * *

Klick-klick zurück die Straße entlang, Augen geradeaus, als wüßte sie, wohin. Das wußte sie auch, mehr oder weniger. Schon gab es in der kleinen Stadt Nischen mit vertrauten Ansichten: die rotverblichene Maschine mit der sprudelnden Limonade, draußen vor dem Lebensmittelladen, die angeschlagene Keramik in Bobs Antiquitätenladen, im ›Haustierhimmel‹ die gestapelten Tüten mit Futterflocken für Hunde mit Übergewicht. An der Ecke bog sie rechts ab, und der grüne Platz in der Ferne schien so angenehm, so vertraut und leicht langweilig, als hätte sie schon als Kind zu Füßen von Mr. Bays Fransensessel gehockt.

Ezekiel Pomfret hatte immer noch die Jalousie heruntergezogen, doch als Delia sich leicht gegen die Haustür stemmte, gab diese nach. Eine Treppe führte steil hoch. Im Erdgeschoß, auf dem milchigen Riffelglasfenster einer Tür rechts, stand noch einmal Ezekiel Pomfrets Name und TESTAMENTE & GRUNDEIGENTUM, ZIVIL- UND STRAFRECHT. Auch diese Tür ließ sich öffnen, als Delia den Versuch unternahm. Sie trat in einen walnußgetäfelten Raum, in dessen Mitte ein Schreibtisch stand, die Rezeption. Niemand saß dort, stellte sie erfreut fest. Nirgends war irgendwer zu sehen; doch hinter einer anderen, kunstvoll verzierten Tür hörte sie eine Männerstimme, die innehielt, dann wieder einsetzte, dazwischen Schweigen, offenbar telefonierte jemand.

Sie trat an den Schreibtisch, auf dem nur Telefon und Schreibmaschine standen. Sie lüftete eine Ecke der grauen Plastikschutzhaube über der Maschine. Manuell, nicht einmal elektrisch. (Sie hatte befürchtet, einen Computer vorzufinden.) Sie gab dem Drehstuhl dahinter versuchsweise einen Schubs.

Guten Tag, würde sie sagen, ich möchte fragen, ob …

Nein, nicht *fragen. Fragen* war zu unentschlossen.

Sie strich sich übers Haar, das sich so bröselig wie der trockene Sand am Strand anfühlte. (Der Strand! Nein: verscheuch den Gedanken.) Sie strich ihr Kleid über den Hüften glatt und schob den Arm über die auffallende rosa Schleife, die ihre Strohtasche zierte.

Es kommt mir wie ein Wink des Schicksals vor, Mr. Pomfret, beinah wie ein Befehl von oben, daß ich gerade jetzt vom Ableben der armen Miss Percy erfahre …

Die Stimme hinter der Tür klang energischer und lauter. Mr. Pomfret kam zum Ende seiner Unterhaltung.

Als hätte der Zufall meinen Fall unterbrochen, gibt das einen

Sinn? Ich bin den ganzen, ganzen Tag gefallen, und dann bin ich, wie zufällig, an einem Haken hängengeblieben, oder an einem Felsvorsprung auf dem Weg in den Abgrund, und hier bin ich nun und möchte gern wissen …

Hörerauflegen, Drehstuhlquietschen, schwere Schritte über den Teppich. Die vertäfelte Tür schwang auf, und ein dickbauchiger Mann mittleren Alters im leichten gestreiften Sommeranzug warf ihr über seine halbe Brille einen fragenden Blick zu. »Ich hatte doch *jemanden* gehört«, sagte er.

»Mr. Pomfret, ich bin Delia Grinstead«, erklärte sie. »Ich bin Ihre neue Sekretärin.«

* * *

Um Viertel nach vier ging sie noch einmal zum Billigladen und kaufte sich ein Baumwollnachthemd, weiß, und zwei Paar Strumpfhosen. Um vier Uhr fünfundzwanzig überquerte sie den Platz, betrat das Schuhgeschäft Bassett und Co. und kaufte sich eine große schwarze Lederhandtasche. Die Tasche kostete fünfundsiebzig Dollar. Angesichts des Preises hätte sie beinah statt dessen eine Kunstledertasche ausgesucht, aber dann fand sie, für Miss Grinstead kam nur echtes Leder in Frage.

Miss Grinstead, das war Delia – die neue Delia; denn so hatte Mr. Pomfret sie während ihres Gesprächs genannt. Es erschien ihr angemessen, diesen Kompromiß zu wählen, den Titel der Unverheirateten, den Nachnamen der Verheirateten. Sicher war sie nicht mehr die gutsituierte Mrs., aber zur jungen, albernen Miss Felson gab es ebenfalls kein Zurück. Außerdem war ihre Sozialversicherungskarte auf den Namen Grinstead ausgestellt. Sie hatte sie aus ihrer Brieftasche geholt und Mr. Pomfret die Nummer vorgelesen (hatte sie in der Vergangenheit zu wenig benutzt, um die Nummer auswendig zu können). Sie hatte ihm erzählt, sie sei nach dem Tod ihrer Mutter in eine andere Stadt gezogen. Eine ganze Lebensgeschichte entfaltete sich unausgesprochen zwischen ihnen: der umständliche Frauenhaushalt, die Ergebenheit der Tochter. Sie erklärte, sie habe ihr halbes Leben in einer Arztpraxis gearbeitet. »Zweiundzwanzig Jahre«, sagte sie Mr. Pomfret, »und ich bin ungern gegangen, aber Baltimore mit all seinen Erinnerungen, da konnte ich einfach nicht bleiben.« Sie redete sogar anders, seit sie Miss Grinstead war. Sonst hätte sie niemals einen Begriff wie »einfach« benutzt, und ein Wort wie »Erinnerungen« klang so geschwollen, eigentlich untypisch für sie.

Hätte er nach ihren Zeugnissen gefragt: sie hätte behauptet, ihr Arbeitgeber sei ebenfalls kürzlich verstorben. (Heute brachte sie reihenweise Leute zur Strecke!) Aber Mr. Pomfret wollte keine Zeugnisse sehen. Er interessierte sich nur für ihren früheren Aufgabenbereich. Konnte sie Schreibmaschine schreiben, konnte sie Akten ablegen, konnte sie stenografieren? Sie antwortete wahrheitsgemäß, aber es kam ihr wie lügen vor. »Ich habe alle Rechnungen getippt und die Patientenkartei geführt«, sagte sie. Sams angestrengtes Gesicht tauchte vor ihr auf, er trug seinen geflickten Kittel und die Krawatte mit dem persischen Tüpfelmuster, die er seine »Pantoffeltier-Krawatte« nannte. Sie reckte sich auf ihrem Stuhl. »Ich habe Akten angelegt, das Telefon beantwortet und den Terminkalender geführt, aber stenografieren kann ich leider nicht.«

»Macht nichts«, sagte Mr. Pomfret. »Weder Miss Percy noch Miss Dingsda konnten Stenografie. Eine Sekretärin, die Steno kann, war zwar immer mein Traum, aber es soll wohl nicht sein.«

Etwas peinlich war, daß, als er sie nach ihrer Adresse fragte, sie keine Ahnung hatte. Doch als sie Belle Flint erwähnte, sagte er: »Oh, ja, George Street.« Während er sich eine Notiz machte, fügte er hinzu: »Belle ist 'ne echt ulkige Nudel.« Das war der Vorteil einer Kleinstadt, dachte Delia. Oder der Nachteil, je nachdem.

Er sagte, sie könne morgen mit der Arbeit anfangen, wochentags von neun bis fünf. Leider war das Gehalt an der unteren Grenze, sagte er (warf ihr einen prüfenden Blick zu, wie sie reagierte). Außerdem erwartete er, daß sie Kaffee kochte; er hoffte, auch damit hätte sie keine Probleme.

Natürlich nicht, antwortete Delia spitz, stand auf und beendete das Gespräch. Sie fand, Mr. Pomfret war ein Mann ohne besondere Qualitäten, nicht bösartig, aber nicht besonders interessant, und was sie betraf, war das in Ordnung. Eigentlich mochte sie ihn nicht besonders, auch das war in Ordnung. Für das unpersönliche neue Leben, das sie sich gerade bereitete, war Mr. Pomfret ideal.

Auf ihrer Uhr war es zwanzig vor fünf, und seit dem Frühstück hatte sie nichts gegessen. Deshalb ging sie auf dem Rückweg zu ihrem Zimmer in das Café, das Belle empfohlen hatte. Tatsächlich lag es nicht direkt gegenüber Belles Haus, sondern ein paar Häuser weiter, neben einem Eisenwarenladen. Aber innen vom Fenster aus sah sie ihre neue Behausung; also besetzte sie einen Tisch, von dem aus sie die Straße gut überblicken konnte, und paßte auf, daß Belle nicht nach Hause kam. Vielleicht hätte sie einen Koffer kaufen sollen, dann könnte sie ungeniert einziehen. Aber es war dumm, Geld zu verschwenden, nur für den Schein. Ihre fünfhundert Dollar waren schon zusammengeschmolzen, auf wieviel ...? Sie stellte im Kopf eine Rechnung auf und erschrak. Bei der Kellnerin bestellte sie lediglich Gemüsesuppe und ein Glas Milch.

Rick-Rack's glich jenen Cafés, in denen sie als Schülerin gegessen hatte – eigentlich eine Imbißstube, mit Linoleumfußboden und gekachelten Wänden, sechs bis acht Tischen in Nischen und einer Reihe Hocker entlang einer Resopaltheke. Eine kleine rothaarige Person bediente den gesamten Laden, und ein tiefschwarzer junger Mann mit gigantischen Muskeln und kahlrasiertem Kopf war der Koch. Er grillte ein Käsesandwich für den einzigen anderen Kunden, einen Jungen in Ramsays Alter. Der Bratgeruch ließ Delias Magen knurren, auch während sie schon ihre Suppe löffelte. Sie ermahnte sich, die Suppe sei vitaminreicher, und lehnte den selbstgebackenen Kuchen zum Nachtisch ab. Vorn an der Kasse bezahlte sie. Der Koch wischte seine Hände an der Schürze ab und machte wortlos die Rechnung auf. Nächstesmal brachte sie sich etwas zu lesen mit, beschloß sie. So richtig wohl hatte sie sich nicht gefühlt, wie sie ihre Salzcracker kaute und starr aus dem Fenster sah.

Zurück im Haus, von Belle keine Spur. Delia öffnete die Haustür und spürte die Stille dünn und bloß um sich. Sie stieg die Treppe hinauf, dachte, *Die Chefsekretärin kehrt von ihrem einsamen Mahl heim in die Einsamkeit ihres Zimmers.* Es war aber keine Klage. Es war Stolz. Ein Triumph.

Als sie ihre Zimmertür öffnete, schien der Hornissengeruch stärker, vielleicht weil die Nachmittagshitze durchs Dach gedrungen war. Sie stellte ihre Habe auf die Kommode und schob beide Fenster hoch. Das hintere Fenster ging auf den winzigen Hinterhof. Vom Vorderfenster sah sie aufs Verandaüberdach und die Gebäude auf der anderen Straßenseite. Delia lehnte mit der Stirn gegen die Scheibe und entdeckte das Café (B.J. »Rick« Rackley, Inh.) und das Eisenwarengeschäft und ein Haus mit braunen Holzschindeln und dem Gitter eines Kinderbetts oder Laufstalls im oberen Fenster. Die wenigen Geräusche hatten etwas Tröstliches – Autos, die gelegentlich vorbeirauschten, und Schritte auf dem Gehweg.

Belle hatte auf der Kommode einen altmodischen, langen Schlüssel hinterlassen, mit dem Delia ihre Zimmertür abschloß. Dann entfernte sie die Preisschilder von ihrer neuen Handtasche, legte ihre Brieftasche hinein und hängte die Tasche an einen Haken im Wandschrank. Ihre anderen Errungenschaften verstaute sie in der Kommode. (Die Schubladen klemmten und ließen sich schwer herausziehen; sie waren wenig solide, wie das Haus selbst.) Sie hängte Sams Badejacke auf einen Bügel. Sie legte ihre Kosmetikutensilien in eine Schublade. Ihre Strandtasche mit dem restlichen Durcheinander von Sonnenölflasche, Badeanzug und Haarbändern hievte sie auf die Ablage im Schrank. Dann schloß sie die Schranktür, ging zum Bett hinüber und setzte sich.

So.

Sie hatte sich eingerichtet.

Soweit sie sich im Zimmer umsah, entdeckte sie nicht das leiseste Anzeichen, daß jemand hier wohnte.

* * *

Es dämmerte schon, als Belle zurückkam. Delia hörte, wie draußen vor dem Haus eine Wagentür zuschlug, dann Absatzklappern auf der Veranda. Aber keine der Frauen rief ein Willkommen. Delia, die, wer weiß wie lange, ins Leere gestarrt hatte, erhob sich so leise wie möglich von ihrem Bett und ging auf Zehenspitzen zur Kommode, nahm ihre Sachen von dort und versuchte, nicht mit den Dielen zu knarren, als sie über den Flur ins Badezimmer ging.

Während sie wartete, daß die Dusche warm wurde, putzte sie sich die Zähne und weichte ihre Unterwäsche im Waschbecken ein. Ein zweites Handtuch und ein zweiter Waschlappen hingen jetzt an der anderen Handtuchstange, stellte sie fest. Sie nahm den Waschlappen und stieg hinter den Duschvorhang, der alt und brüchig und ein wenig vermodert war.

Straßenschmutz, Schweiß und Sonnenmilch liefen in Strömen an ihr hinab, bis eine ganz neue Schicht Haut erschien. Ihre Fußsohlen, die ihr vom vielen Gehen wie plattgewalzt vorkamen, schienen sich mit Wasser vollzusaugen. Sie drehte ihr Gesicht in den Strahl, bis das Haar naß war. Schließlich, leider, drehte sie das Wasser ab, trat aus der Dusche und rubbelte sich trocken. Das neue Nachthemd landete luftig auf ihren verbrannten Schultern.

Sie beschloß, ihre Zahnbürste nicht in den Halter überm Waschbecken zu stecken. Statt dessen legte sie sie wieder in ihre Kosmetiktasche und trug alles zurück in ihr Zimmer. Sie drapierte die ausgewrungene Unterwäsche im Schrank auf einem Kleiderbügel. Das bedeutete zwar, daß sie über Nacht die Schranktür geöffnet lassen mußte – was die Sterilität des Zimmers störte. Aber besser so, als ihre Wäsche im Badezimmer liegen lassen. Belles Hausordnung gefiel ihr; sie hatte nicht vor, sich ›auszubreiten‹.

Sie schlug die Bettdecke zurück und legte sich hin, bedeckte sich nur mit dem Überschlaglaken. Die Luft vom Fenster kühlte ihren feuchten Kopf, doch noch brauchte sie keine Decke.

Draußen spielten Kinder. Es war nicht einmal vollkommen dunkel. Sie lag mit offenen Augen auf dem Rücken, und in ihrem Kopf war ein Leere, wie in dem Raum über ihr. Einmal, allerdings, vielleicht Stunden später, kam ihr ein einziger Gedanke. *Oh, Gott,* dachte sie, *wie komme ich hier wieder heraus?* Aber gleich danach schloß sie die Augen, und so schlief sie ein.

7

Frau aus Baltimore verschwunden, las Delia und spürte einen plötzlichen Stoß in der Magengegend, als hätte ihr jemand einen Schlag versetzt. *Frau aus Baltimore verschwunden, während sie mit ihrer Familie Ferien machte.*

Täglich hatte sie die Zeitungen aus Baltimore kontrolliert, die Morgen- und die Spätausgaben. Weder Dienstag noch Mittwoch, noch Donnerstagmorgen hatte in diesen Zeitungen etwas gestanden. Aber in der Donnerstagspätausgabe, die rechtzeitig zur Mittagslektüre am Zeitungsstand am Platz auslag, stand eine Meldung im Lokalteil. *Die Polizei des Staates Delaware gab heute früh bekannt ...*

Sie schlug die Zeitung um, damit sie den Artikel besser lesen konnte, sah sich dabei verstohlen um. Auf der Parkbank gegenüber reichte eine junge Frau ihrem kleinen Jungen Brocken für Brocken, damit er die Tauben füttern konnte. Rechts auf der Bank blätterte ein sehr alter Mann in einer Zeitschrift. Niemand nahm von Delia Notiz.

Mrs. Grinstead wurde zuletzt am vergangenen Montag gesehen, als sie den Sandstrand in südliche Richtung zwischen ...

Wahrscheinlich machte es die Polizei zur Regel, daß jemand erst nach Ablauf einer gewissen Zeit als vermißt erklärt wurde. Deshalb war die Meldung nicht eher erschienen. (Als Delia die vorhergehenden Zeitungen durchgesucht hatte, war sie jedesmal erleichtert und verletzt zugleich gewesen. War niemandem aufgefallen, daß sie weggegangen war? Oder vielleicht war sie gar nicht weggegangen; die ganze Geschichte war sowieso wie ein Traum. Vielleicht lebte sie in Wirklichkeit noch ihr altes Leben wie immer, und die Delia hier in Bay Borough war eine eigenartige Abspaltung der eigentlichen Delia.

Als sie die Personenbeschreibung las, war sie verletzt. *Mit blonden bis hellbraunen Locken ... blaue, graue, vielleicht auch grüne Augen ...* Um Himmels willen, hatte kein Mensch in ihrer Familie sie je genau angesehen? Und lächerlich, wie Sam ihre Kleidung beschrieben hatte, wie konnte er nur! Ein »Hängerkleidchen«, na warte! Sie faltete die Zeitung geräuschvoll zu, warf wieder einen Blick in ihre Nachbarschaft. Der kleine Junge war wütend, wandte und drehte sich ohne viel Worte, stampfte mit dem Fuß auf, weil das Taubenfutter alle war. Der alte Mann leckte einen Finger an und blätterte eine Seite um. Delia haßte das. Jeden Mittag kam er mit einer Zeitschrift hierher, und bei jedem Umblättern leckte er vorher den Zeigefinger. Delia hoffte nur, daß keiner nach ihm die Zeitung lesen wollte.

Wie jemand, der täglich mit der Bahn zur Arbeit fuhr und immer auf dem gleichen Platz saß, wie ein Gast, der im Wohnzimmer immer im selben Sessel sitzt, hatte Delia in nur drei Tagen geschafft, eigene Gewohnheiten zu entwickeln. Frühstück mit der Morgenzeitung bei Rick-Rack's. Mittags am Platz – Joghurt und Obst, die sie vorher im Lebensmittelladen gekauft hatte. Immer auf der südöstlichen Parkbank, immer mit der Abendzeitung. Dann, ebenfalls in der Mittagspause, Einkäufe: Dienstag, ein Paar flache schwarze Schuhe, weil sie von den Espadrilles an der Hacke Blasen bekam. Mittwoch, eine verstellbare Leselampe. Heute wollte sie sich eigentlich einen Tauchsieder kaufen, damit sie sich morgens als erstes eine Tasse Tee kochen konnte. Aber jetzt, angesichts der Zeitungsmeldung, war sie unsicher. Mit einemmal fühlte sie sich schutzlos. Sie wollte nur noch zurück ins Büro.

Sie warf die Reste ihres Mittagessens in den drahtgeflochtenen Papierkorb und begrub die Zeitung darunter. Sonst ließ sie die Zeitung auf der Bank liegen, damit andere nach ihr sie lesen konnten, aber nicht heute.

Die Mutter versuchte, den kleinen Jungen in den Sportwagen zu bugsieren. Das Kind weigerte sich, machte sich starr und steif. Der alte Mann hatte seine Zeitschriftlektüre beendet und legte umständlich seine Brille ins Etui. Keiner der drei gönnte Delia einen Blick, als sie vorbeiging. Oder vielleicht taten sie nur so, selbst das Kind; vielleicht hatten sie Order, sich ihr gegenüber unauffällig zu benehmen. Nein. Sie gab sich einen Ruck. Reiß dich zusammen. Sie hatte doch kein Verbrechen begangen. Sie beschloß, ihre Besorgungen zu machen – wie geplant in den Billigladen zu gehen.

Komisch, wie das Leben Gegenstände um einen Menschen herum anschwemmte. Sie besaß schon eine Leselampe, weil sie bei der Deckenbeleuchtung im Bett schlecht lesen konnte; und auf der Ablage im Schrank standen ein Stapel Pappbecher und eine Schachtel Teebeutel, bis jetzt hatte sie für ihren Tee heißes Wasser aus dem Hahn im Bad benutzt; nun wurde deutlich, sie brauchte ein zweites Kleid. Gestern nacht, als es zum erstenmal richtig sommerlich heiß war, hatte sie gedacht, *Am besten kaufe ich einen Ventilator.* Dann hatte sie sich gebremst: *Halt. Halt, keine überstürzten Käufe.*

Sie betrat das Kaufhaus und hielt inne. Haushaltswaren vielleicht? Die alte Dame, die über Backpapier und Töpfe wachte, stand untätig da und spielte mit ihrer Perlenkette; Delia ging auf sie zu. »Führen Sie Tauchsieder?« fragte sie. »Die kleinen Geräte, mit denen Wasser in der Tasse heiß gemacht wird?«

»Ich weiß, was Sie meinen«, sagte die alte Dame, »ich sehe ihn haarscharf vor mir. Elektrisch, stimmt's?«

»Genau«, sagte Delia.

»Mein Enkel hat einen mit ins College genommen, können Sie sich das vorstellen. Hat nicht die Gebrauchsanleitung gelesen und damit statt Wasser Suppe heiß gemacht. Ein Gestank, sag ich Ihnen. Er sagt, Sie können sich den Gestank gar nicht vorstellen! Aber hier bei mir gibt's keine. Vielleicht drüben bei Eisenwaren.«

»Danke«, sagte Delia knapp und machte kehrt.

Natürlich gab es ihn bei Eisenwaren, aufgereiht hing er zwischen Verlängerungsschnüren und dreipoligem Kabel. Sie zahlte genau passend. Der Verkäufer – ein grauhaariger Mann mit Fliege – blinzelte ihr zu, als er ihr das Päckchen überreichte. »Schönen Tag noch, junge Dame«, sagte er. Er hielt das sicher für ein Kompliment. Delia machte keine Anstalten zu lächeln.

Sie hatte festgestellt, daß Miss Grinstead nicht besonders freundlich war. Die Leute, die ihren Alltag bevölkerten, erschienen ihr irgendwie zweidimensional, wie Abbildungen in Kinderbüchern über das Tun der Erwachsenen. Ihr Umgang war noch nicht so leicht und gutgelaunt wie früher.

Sie verließ das Kaufhaus, ging über die Bay Street, vorbei an den kleinen Läden. Die Uhr des Optikers zeigte Viertel vor zwei. Sie bemühte sich immer, ihre Mittagspause gut zu nutzen, von eins bis zwei, aber bis jetzt war es ihr noch nicht gelungen.

Und was würde sie im Winter tun, wenn es zu kalt war, draußen am Platz zu essen? Denn jetzt sah sie schon so weit voraus – diese Miss Grinstead mit ihrer endlosen, unauffälligen, gleichbleibenden Reihe von Tagen.

Aber in Bay Borough war immer Sommer. Es war die einzige Jahreszeit, die sie sich hier vorstellen konnte.

Sie öffnete die Außentür zu Mr. Pomfrets Kanzlei, dann die innere Riffelglastür. Er war schon vom Mittagessen zurück, telefonierte wie üblich in seinem Büro. Von hier aus klang es wie *Wumtata, Wumtata.* Delia schob ihre Handtasche in die untere Schreibtischschublade, glättete ihren Rock hinten und setzte sich auf den Drehstuhl. Sie hatte einen halbfertigen Brief in der Maschine, den sie jetzt weitertippte; sie hielt sich sehr gerade und ihre Hände fast waagerecht, so wie sie es in der High-School gelernt hatte.

Offizielle Stellen schließen Tod durch Ertrinken aus, hatte in der Zeitung gestanden. *Weil Mrs. Grinstead erklärtermaßen* ... Wie hatten sie sich ausgedrückt? *Eine erklärte Abneigung gegen Wasser hatte.* Oder so ähnlich. Klang wie eine Frau, die nie in die Badewanne ging. Sie knallte unnötig heftig gegen den Transportierhebel der Schreibmaschine. Und der Unfug von Eliza, sie sei eine Katze! Die Leute mußten sie beide für nicht ganz bei Trost halten.

Diese Schreibmaschine schrieb sich schwerer als die in Sams Praxis. An ihrem ersten Arbeitstag hatte sie sich zwei Fingernägel abgebrochen. Danach hatte sie ihre Nägel kurzgefeilt, was sowieso besser zu Miss Grinsteads allgemeinem Stil paßte. Außerdem hatte sie zwanzig Minuten eines Abends damit verbracht. Sie machte sich in diesen Tagen häufig Gedanken, wie sie ihre Abende verbringen sollte.

»Gut, dann tun wir's! Dann treffen wir uns und tun's endlich!« sagte Mr. Pomfret gerade, plötzlich lauter und energischer. Delia tippte den Schluß (»Esquire – Hochwohlgeboren«, nannte er sich) und drehte den Brief aus der Maschine. Mr. Pomfret platzte herein. »Miss Grinstead, wenn Mr. Miller auftaucht, brauche ich Sie in meinem Büro zum Diktat«, sagte er. »Wir schicken ... was haben Sie denn da?«

»Den Brief an Gerald Elliott?« erinnerte Delia ihn.

»Elliott! Den habe ich doch vor Ewigkeiten ...«

Sie prüfte das Datum oben auf der Seite. »Mai«, sagte sie. »Vierzehnter Mai.«

»Verdammt.«

Es hatte sich herausgestellt, daß Delias unmittelbare Vorgängerin lästigere Arbeiten einfach unter *Laufende Fälle* abgeheftet hatte. Alles, was irgendwie mit Rotstift versehen war, hatte sie bequemerweise verschwinden lassen. (Und es gab reichlich Rotstiftstellen, weil Katie O'Connell die Rechtschreibung nicht beherrschte und nichts von Absätzen hielt.) Mr. Pomfret lief lila an, als Delia ihm ihren Fund mitteilte, doch Delia freute sich insgeheim. So wirkte sie noch tüchtiger, qualifiziert und patent. (Ein bißchen kam sie sich allerdings wie eine Streberin vor.) Außerdem war es leicht, die Briefe neu zu schreiben, eine gute Übung. Schade, daß sie bald damit fertig war.

»Mr. Miller hat einen Termin um halb drei«, erklärte Mr. Pomfret. Er lehnte über ihren Schreibtisch, um den Brief zu unterschreiben. »Ich möchte, daß Sie Wort für Wort mitschreiben, was er zu sagen hat.«

»Ja, Mr. Pomfret.«

Er richtete sich auf, steckte die Kappe auf seinen Füllfederhalter, sah sie aus seinen echsenschmalen Augen plötzlich scharf an. Manchmal trieb Delia ihren Sekretärinnen-Auftritt vermutlich ein bißchen zu weit. Sie warf ihm ein falsches Lächeln zu und griff den Brief. Seine Unterschrift war groß und schwungvoll, die Bögen verschmiert. Er benutzte einen teuren deutschen Füller, der schmierte.

»Und Kaffee, Sie können ihn schon kochen«, sagte er.

»Ja, Mr. – Natürlich«, antwortete sie.

Sie holte die Glaskanne aus seinem Büro, ging damit zum Waschbecken in der Toilette. Als sie zurückkam, saß er vor der Anrichte, die kurzen Beine seitwärts verdreht, und tippte wieder unbeholfen auf seinem Computer. Denn: er besaß einen Computer. Er hatte ihn erst kürzlich erworben und war von ihm völlig fasziniert; vielleicht war das der Grund, wieso er Katies Ablagesystem nicht durchschaut hatte. Theoretisch wollte er die Geheimnisse des Geräts ergründen und dann Delia beibringen. Doch schon am ersten Morgen erkannte Delia, daß sie nichts zu fürchten hatte. Der Computer würde auf immer und ewig an seinem provisorischen Platz bleiben und Mr. Pomfret sich glücklich und zufrieden mit »Backups« und »Macros« herumschlagen. Momentan speicherte er jede Dinnerparty, die er und seine Frau je gegeben hatten – Gästeliste, Speisefolge, Getränkekarte und selbst die Sitzordnung –, alles variabel bis ins Unendliche. Delia warf einen wütenden Blick auf den Bildschirm und machte einen großen Bogen um das Gerät, steuerte auf die Kaffeemaschine am anderen Ende der Anrichte zu.

Wasser, Filtertüte, französischer Kaffee. Die Kaffeemaschine war vom Feinsten: mit eingebauter Kaffeemühle. Vermutlich stammte sie aus einem der kiloschweren Kataloge, die der Büropost erst das wahre Gewicht verliehen. Immer wenn Mr. Pomfret darin etwas nach seinem Geschmack entdeckte, ließ er Delia eine Bestellung aufgeben. (»Gern, Mr. Pomfret ...«) Sie führte Ferngespräche kreuz und quer über den Kontinent, bestellte einen sprechenden Wecker, ein elektronisches Taschenlexikon, ein schwarzes Lederetui für die Straßenkarten im Handschuhfach. Angesichts der Habsucht ihres Arbeitgebers wie seines dicken Bauchs, fand Delia sich wohlgeformt und tugendhaft. Die Bestellungen machten ihr gar nichts aus. Alles an dieser Arbeit gefiel ihr, am meisten, wie trocken sie war. In einer Anwaltskanzlei mußte sie niemandem mitteilen, daß er Krebs im fortgeschrittenen Stadium hatte. Niemand erzählte Delia, was es bedeutete, blind zu werden. Niemand erinnerte sich, wie sie als Baby ausgesehen hatte.

Sie drückte einen Knopf und setzte die Kaffeemühle in Gang. »Hilfe!« rief Mr. Pomfret bei dem Getöse. Er glotzte auf den Computerbildschirm, wo die Buchstaben nur so wackelten. Unerfindlicherweise war er nie auf die Idee gekommen, daß die Kaffeemühle daran schuld war. Delia verließ den Raum, schloß diskret die Tür hinter sich.

Sie tippte noch einen Brief, diesmal drehte es sich um die Rechtsgrundlage eines vereidigten Wirtschaftsprüferbüros. *In Bezugnahme auf unser Gespräch,* tippte sie, *fiskalische Haftung* (Katie hatte fikalische geschrieben), und *Zustimmung der Nicht-Anwesenden.* Ordnung ging ihr über Schnelligkeit, ganz im Sinne der neuen Miss Grinstead, und wenn schon Fehler, dann: vertuschen auf Original und Durchschlag.

Mr. Miller kam – ein großer, gutaussehender Mann mit bräunlicher Haut und spärlichem schwarzem Haar. Delia folgte ihm in Mr. Pomfrets Büro, schenkte Kaffee ein und hockte mit gezücktem Stift und Papier auf der Stuhlkante. Ihre Befürchtung, sie käme beim Schreiben nicht mit, erwies sich als überflüssig, denn es gab nicht viel zu schreiben. Die Frage war, wie oft Mr. Millers Exfrau den gemeinsamen Sohn sehen durfte, und Mr. Millers Antwort lautete: »Nie«, was Mr. Pomfret in »einmal pro Woche und an Sonn- und Feiertagen abwechselnd, dem zeitlichen Wunsch des Klienten entsprechend«, umwandelte. Dann kam das Gespräch auf Computer, und als es nicht wieder zum Thema zurückkehrte, räusperte sich Delia und fragte: »Wäre das alles?«

Mr. Pomfret sagte: »Wie bitte? Oh! Ja, danke, Miss Grinstead.« Im Hinausgehen hörte sie, wie er Mr. Miller erklärte: »Wir kümmern uns sofort darum. Mein Mädchen macht den Brief heute nachmittag noch fertig.«

Delia setzte sich auf den Drehstuhl, spannte Papier in die Maschine und schrieb. Hätte jemand volle Wassergläser auf ihre Handrücken gestellt, sie wären nicht ins Wanken geraten.

Der einzige Termin sonst war um vier – eine Dame mit diversen Aktien, die ihrer verstorbenen Mutter gehört hatten –, in diesem Fall waren Delias Dienste nicht erforderlich. Sie schrieb Adressen auf Umschläge, steckte die zusammengefalteten Briefe hinein, die Mr. Pomfret unterschrieben hatte. Sie klebte die Umschläge zu, klebte Briefmarken drauf. Sie beantwortete einen Anruf einer gewissen Mrs. Darnell, die einen Termin für Montag ausmachte. Mr. Pomfret ging an ihr vorbei, schob seine Arme in die Ärmel seiner Anzugsjacke. »Guten Abend, Miss Grinstead«, sagte er.

»Guten Abend, Mr. Pomfret.«

Sie sortierte die Durchschläge und legte sie ab. Sie legte die Reste der Akte »Laufende Fälle« in die Schublade. Sie beantwortete den Anruf eines Mannes, der bedauerte, daß Mr. Pomfret schon fort war, und es zu Hause versuchen wollte. Sie machte die Kaffeemaschine sauber. Um Punkt fünf zog sie die Jalousien zu, griff Briefe und Handtasche und verließ das Büro.

Mr. Pomfret hatte ihr einen eigenen Schlüssel für die Riffelglastür gegeben, und schon kannte sie seine Tücken – nur mit einem kleinen Ruck ließ er sich im Schloß drehen.

Draußen schien immer noch die Sonne, und die Luft fühlte sich nach der Klimaanlage warm und schwer an. Delia ging gemütlichen Schritts, ließ sich von anderen Fußgängern überholen – Männer in korrekten Anzügen auf dem Weg nach Hause, eilige Frauen mit Plastiktüten vom King-Supermarkt. Sie warf die Briefe in den Kasten an der Ecke, aber dann bog sie nicht links ab, sondern ging in die Bücherei – ihre nächste Station auf der neuen Alltagsgewohnheitsroute.

Mittlerweile hatte sie den Stadtgrundriß im Gefühl. Ein makelloses Raster mit dem Platz mathematisch genau zwischen drei nördlichen und drei südlichen Straßen, zwei östlichen und zwei westlichen. Blickte sie an der Kreuzung nach Westen, sah sie Weideland, manchmal sogar eine Kuh. (Morgens beim Erwachen hörte Delia in der Ferne Hähne krähen.) Die Gehwege waren holprig, und manchmal verdrängte Gras die Pflastersteine; kam ein Baum, brach das Pflaster ganz ab. Weiter vom Platz entfernt gingen die Straßen irgendwann in schäbigen Asphalt über, und Unkraut stand in den Straßengräben wie auf Landstraßen.

Die Bay-Borough-Bücherei lag in der Border Street, an der nördlichen Stadtgrenze, zwischen einer Kirche und einer Exxon-Tankstelle. Sie war kaum größer als ein Cottage, dennoch fühlte Delia sich bei jedem Besuch ernst und wichtig. Es duftete überall nach altem Papier und Klebstoff: über den vier Tischen mit den Holzstühlen, dem lackierten hohen Pult der Bibliothekarin, den vollgepferchten Regalen mit Büchern älteren Datums. Keine CDs oder Videos, keine Drehständer mit Taschenbüchern; nur einfache solide Bücher, leinengebunden mit handgeschriebenen, weiß getuschten Signaturen auf den Rücken. Delia vermutete, daß hier die Mittel knapp waren. Seit mindestens zehn Jahren hatte sich hier nicht mehr viel getan. Nirgends ein Bestseller, statt dessen reichlich Jane Austen und Edith Wharton, Biographien, die sich wissenschaftlich gaben, und Geschichtsbücher. In der Kinderecke glitzerten die zerfledderten Bilderbücher vor lauter Klebeband.

Um halb sechs wurde geschlossen, die Bibliothekarin räumte die letzten Bücher zurück. Delia legte ohne viel Worte das gestern geliehene Buch auf den Tisch; heute konnte sie sich unbeobachtet ein neues aussuchen, weil um diese Zeit wenig los war. Aber was? Wieso gab es keine Liebesromane? Dickens oder Dostojewski schaffte sie nie an einem Abend; sie hatte sich vorgenommen, jeden Abend ein Buch zu lesen. Eliot, Faulkner, Fitzgerald …

Sie suchte sich *Der Große Gatsby* aus; ein vager Bekannter aus ihrer Schulzeit. Sie legte ihn auf den hohen Tisch, und die Bibliothekarin (eine schokoladenbraune Frau um die Fünfzig) unterbrach das Einräumen, um sie abzufertigen. »Oh, *Gatsby!*« sagte sie. Delia antwortete nur »Hmm« und reichte ihr die Benutzerkarte.

Auf der Karte stand ihre neue Adresse: 14, George Street. Keine Telefonnummer. Nie zuvor war sie telefonisch nicht erreichbar gewesen.

Sie verstaute das Buch in der Handtasche, verließ die Bücherei und ging wieder in die Stadt. Der Secondhandladen, ›Der Billige Bügel‹, hatte umdekoriert, stellte sie fest. Jetzt hing ein marineblaues Strickkleid neben einem muschelrosa Frack. War es unter ihrer Würde, wenn sie ihr nächstes Kleid aus zweiter Hand kaufte? In einer Stadt dieser Größe wußte sicher jeder, wer es vorher getragen hatte.

Aber, war ihr das nicht egal? Sie versuchte nicht zu vergessen, morgen in der Mittagspause das Kleid anzuprobieren.

Als sie rechts in die George Street einbog, stieß sie auf die Mutter mit dem kleinen Jungen, der am Platz die Tauben gefüttert hatte. Die Mutter lächelte sie an, und ohne lange nachzudenken, lächelte Delia zurück. Gleich danach jedoch sah sie weg.

Nächste Station war Rick-Rack's Café. Im Vorbeigehen warf sie einen Blick auf das Haus, in dem sie jetzt wohnte. Vorn parkte niemand, stellte sie erfreut fest. Mit etwas Glück blieb Belle den ganzen Abend fort. Anscheinend hatte sie viel zu tun.

Rick-Rack's roch nach Krabbenkuchen, doch wer sie bestellt hatte, hatte schon gegessen und war weg. Die kleine rothaarige Kellnerin füllte die Salzstreuer. Der Koch kratzte den Bratrost ab. »Na, hallo«, sagte er, als Delia hereinkam.

»Hallo«, sagte sie lächelnd. (Gegen zuvorkommende Behandlung, solange sie nicht zu weit ging, hatte sie nichts einzuwenden.) Sie setzte sich an ihren üblichen Tisch. Als die Kellnerin kam, war sie schon in ihr Buch vertieft, und sie sagte nur: »Einmal Milch und die Hühnerpastete, bitte.« Dann las sie weiter.

Gestern abend hatte sie Suppe und Vollkorntoast gegessen; den Abend davor Thunfischsalat. Sie hatte sich vorgenommen, abends abwechselnd Suppe oder etwas Proteinreiches zu essen. Billiges Protein. Die Krabbenpfannkuchen konnte sie sich höchstens leisten, wenn sie ihren ersten Gehaltsscheck bekam.

Die neuen Schuhe am Montag hätte sie gern mit der Kreditkarte in ihrer Brieftasche bezahlt. Aber über die Kreditkarte war sie leicht auffindbar! Und dann war ihr ein seltsamer Gedanke gekommen. *Überhaupt unauffindbar,* hatte sie gedacht, *wäre ich, wenn ich sterbe.*

Aber natürlich hatte sie das nicht so gemeint, wie es klang ...

Ihr Buch aus der Bücherei war so groß gedruckt, sie fürchtete, diesmal reichte es nicht für den Abend. Sie versuchte, die Augen langsamer über die Seiten wandern zu lassen, und als das Essen kam, unterbrach sie ihre Lektüre. Sie ließ das Buch aber aufgeschlagen neben dem Teller liegen, falls jemand an ihren Tisch kam.

Die Kellnerin deckte fürs Abendessen Papierplatzdeckchen mit Bogenrand auf die Tische. Der Koch rührte etwas auf dem Gasbrenner. Zwei Falten zogen über seinen Nacken; seine glatte schwarze Kopfhaut war wie gestickt mit lauter kleinen Haarknoten übersät. Sicher hatte er die Hühnerpastete selbst gebacken, dachte Delia. Die Kruste zerknackte unter ihrer Gabel. Und der Kartoffelbrei dazu schien auch frisch, kein Tütenmatsch.

Sie überlegte, ob sie zu Hause daran gedacht hatten, die vorgekochten Gerichte aufzutauen, die sie eingepackt hatte.

»Wenn er auftaucht«, sagte der Koch gerade zur Kellnerin, »sieh zu, was du mit ihm machst. Ich jedenfalls mach nix.«

»Bißchen mußt du aber doch mal da sein«, sagte die Kellnerin.

»Sag ja nicht, ich bin nicht da. Sag, ich mach nix mit ihm.«

Die Kellnerin sah Delia an, bevor Delia wegsehen konnte. Sie hatte Augen, fast hahnenfußgelb, wie häufig Rothaarige, und ein rundes, unschuldiges Gesicht. »Mein Dad will uns besuchen«, erklärte sie Delia.

»Aha«, sagte Delia und griff nach ihrem Buch.

»Er war nicht so begeistert, als ich und Rick hier geheiratet haben.«

Die Kellnerin und der Koch waren verheiratet? Delia befürchtete, wenn sie jetzt zu lesen begann, fanden sie womöglich, sie wäre auch dagegen; also steckte sie einen Finger zwischen die Seiten und sagte: »Er wird es sicher irgendwann akzeptieren.«

»Oh, hat er längst! Sagt er wenigstens. Rick braucht ihn aber bloß zu sehen, prompt fällt ihm ein, wie gemein Daddy mal war.«

»Mit dem Mann kann ich nix anfangen«, sagte Rick bedauernd.

»Daddy kommt ins Zimmer und, peng! Rick schnappt ein und kriegt den Mund nicht mehr auf.«

»Dann legt Teensy los und redet wie'n Wasserfall, lauter dummes Zeug.«

Delia kannte das zu gut. Als ihre Schwester Linda den Franzosen heiratete, den ihr Vater nicht ausstehen konnte...

Doch das konnte sie keinem erzählen. Sie saß allein an diesem Tisch, unendlich allein, ohne Vater, Schwestern, Mann, Kinder als Gesprächsstoff. Sie war eine Person ohne Vergangenheit. Sie holte Luft, wollte etwas sagen, wußte nicht, was. Es war Teensy, die schließlich das Schweigen brach. »Na ja«, sagte Teensy, »wenigstens sind's noch ein paar Tage, daß wir uns dran gewöhnen können.« Und dann ging sie, bediente ein Paar, das inzwischen gekommen war.

Als Delia aus dem Café trat, fand sie die Luft leichter als gewöhnlich, dünner, transparenter – und überquerte beschwingt die Straße. Innen hinter Belles Haustür fand sie eine Ansammlung von Briefen unter dem Postschlitz, doch sie hob nichts auf, sah nicht einmal nach, für wen die Briefe waren; sie wußte mit absoluter Sicherheit, für sie war keiner dabei.

Oben vollzog sie ihr allabendliches Ritual: verstaute ihre Sachen, duschte, wusch ihre Wäsche. Währenddessen lauschte sie, ob Belle zurückkam, denn wenn jemand im Haus war, wäre sie noch leiser. Doch sie spürte, sie hatte das Haus für sich.

Als zuletzt alles fertig war, stieg sie mit ihrem Buch ins Bett. Hätte es einen Stuhl gegeben, hätte sie im Sitzen gelesen, aber sie hatte keine Wahl. Sie überlegte, ob Mr. Lambs Zimmer besser ausgestattet war. Wahrscheinlich konnte sie Belle nach einem Stuhl fragen. Aber das hieß, ein Gespräch führen, und Gespräche mied Delia soweit wie möglich. Um Himmels willen, gar nicht auszudenken, sie würden Busenfreundinnen, hielten womöglich gemütliche Schwätzchen und erzählten jeden Abend, wie die Arbeit war.

Sie stopfte das Kissen gegen das Gitter am Kopfende und lehnte sich zurück. Für den Anfang reichte das Licht draußen noch zum Lesen – schräg einfallendes warmes Gold, das sie angenehm träge machte. Im Haus gegenüber hörte sie ein Baby weinen. Eine Frau weit weg rief: »Robbie! Kenny!« es klang wie eine Glocke, bimbam, wie Mütter überall, die ihre Kinder heimriefen. Delia las weiter, das Blättern hatte etwas Friedliches. Sie fand Gatsbys Geschichte interessant, aber hingerissen war sie nicht. Ein guter abendlicher Zeitvertreib, mehr nicht.

Es dämmerte, und sie knipste die Leselampe an, die ihr von der Fensterbank über die Schulter schien. Jetzt hatten die Kinder gegenüber zu Abend gegessen und spielten, riefen sich lauthals etwas zu. Delia hörte sie eine Weile, vergaß sie allmählich, und als sie ihr wieder einfielen, stellte sie fest, sie waren wohl schlafen gegangen. Es war Nacht, und Motten stießen an das Fliegengitter vorm Fenster. Unten auf der Straße schlug eine Autotür; Absätze klapperten über die Veranda; Belle betrat das Haus, ging gleich ins Wohnzimmer, führte ein Telefongespräch. »Wissen Sie, der Wiederverkaufswert ist enorm«, hörte Delia, bis sie wieder zu lauschen vergaß. Später unterbrach sie einen Augenblick ihre Lektüre und hörte nur Stille, drinnen und draußen, vom Verkehr auf der Schnellstraße abgesehen. Es war jetzt kühler, und sie war dankbar für den kleinen warmen Lichtschein.

Sie las das Buch zu Ende, doch den letzten Satz las sie immer wieder, bis er vor ihren Augen verschwamm. Dann legte sie das Buch zu Boden und knipste das Licht aus. Sie weinte im Dunkeln – die letzte ihrer neuen täglichen Gewohnheiten.

Sie weinte ohne den geringsten Gedanken, große Schluchzer

drangen aus ihrer Brust und verzerrten ihren Mund. Alle paar Minuten putzte sie ihre Nase mit einem Stück Toilettenpapier, das sie unters Kopfkissen steckte. Am Ende, als sie sich ausgedorrt fühlte, seufzte sie tief und bebend, sagte laut: »Ach, na ja.« Dann putzte sie sich ein letztes Mal die Nase, legte sich hin und schlief.

Sie war überrascht, wie fest sie immer schlief.

* * *

Der kleine Junge hätte am liebsten, daß ihm die Tauben aus der Hand fraßen. Er hockte in ihrer Mitte, das breite Hinterteil seiner Cordhose nur Zentimeter über dem Boden, und hielt ihnen einen Brotwürfel entgegen. Doch die Tauben stolzierten mit scharfen, ausweichenden Blicken herum, bis er begriff, daß sie nie näher kämen, und plötzlich, ohne jegliche Vorwarnung, kippte er nach hinten und strampelte vor Wut in die Luft. Delia lächelte, aber nur hinter der schützenden Zeitung.

Heute wurde ihr Verschwinden nicht mehr erwähnt. Sie überlegte, ob die zuständigen Stellen sie so schnell vergessen hatten.

Sie faltete den Lokalteil um und legte ihn neben sich auf die Bank. Als sie links den Joghurtbecher nehmen wollte, bemerkte sie die Frau, die sie aus einigen Metern Entfernung beobachtete.

Ihr Herz tat einen Satz. Sie sagte: »Eliza?«

Eliza kam hastig auf sie zu, als hätte sie gerade einen Entschluß gefaßt.

Niemand ging neben ihr. Niemand ging hinter ihr.

Niemand.

Sie trug ein Kleid – ein hellbraunes gutsitzendes Hemdblusenkleid, das sie bei Stewart's gekauft hatte, einem Laden, den es in Baltimore schon lange nicht mehr gab. Eliza trug fast nie Kleider. Nur bei besonderen Anlässen, dachte Delia, und dann dachte sie: Ich bin der besondere Anlaß. Sie stand auf, immer noch den Joghurtbecher in der Hand. »Hallo, Eliza«, sagte sie.

»Hallo, Delia.«

Da standen sie und sahen sich unsicher an, Eliza, eine kantige Handtasche fest in beiden Händen, bis Delia der alte Mann auf der anderen Bank einfiel. Er schien in seine Zeitschrift vertieft, aber man konnte nie wissen. »Möchtest du vielleicht spazierengehen«, fragte sie Eliza.

»Also gut«, sagte Eliza steif.

Wahrscheinlich war sie böse. Natürlich war sie böse. Als Delia die Überreste ihrer Mittagsmahlzeit in den Papierkorb warf, kam sie sich wie ein kleines Mädchen vor, das irgendwelchen Unfug angestellt hatte. Sie spürte auch, wie sie rot wurde. Ich hasse meine dünne Haut, immer verrät sie mich! Sie streifte den Riemen ihrer Tasche über die Schulter und marschierte über den Platz, Eliza einen Schritt hinterher, wie zur Bekräftigung, daß Delia stur und rücksichtslos war. Als sie zur Straße kamen, machte Delia halt und sagte: »Du denkst bestimmt, das hätte ich nicht tun sollen.«

»Das habe ich nicht gesagt. Ich warte auf deine Erklärung.«

Delia setzte sich wieder in Bewegung. Hätte sie geahnt, daß Eliza so auftauchen würde, hätte sie sich vorher eine Erklärung zurechtgelegt. Es war lächerlich, aber sie hatte keine.

»Mr. Sudler dachte, du seist eine mißhandelte Ehefrau«, sagte Eliza.

»Wer?«

»Der Dachdecker. Vernon Sudler.«

»Oh, Vernon«, sagte Delia. Natürlich: er hatte die Zeitung gelesen.

Sie überquerten die Straße. Delia wollte eigentlich in den Secondhandladen, doch jetzt wußte sie nicht mehr, wohin.

»Er hat uns in Baltimore angerufen«, sagte Eliza. »Er fragte, ob…«

»Baltimore! Wieso wart ihr in Baltimore?«

»Na, wir haben gepackt und sind zurückgefahren, nachdem du verschwunden warst. Du hast doch nicht gedacht, wir wären am Strand geblieben.«

Doch, *das* hatte Delia gedacht. Aber jetzt begriff sie, wie komisch das ausgesehen hätte: die Familienmitglieder, Sonnenölglänzend, schmorten am Strand, pumpten eifrig ihre Schlauchboote auf, taten, als sei nichts, und die Polizei rückte mit ihren Spürhunden an, hielt ihnen womöglich Delias hinterlassene Habe unter die Nase, um sie auf die richtige Fährte zu bringen.

»Zuerst dachten wir, du seist selbst nach Baltimore gefahren«, sagte Eliza. »Du kannst dir denken, was die Fußbodenleute für ein Theater gemacht haben, als wir alle wieder dastanden. Und als wir dich da nicht gefunden haben ... na, Gott sei Dank rief Mr. Sudler an. Er rief gestern abend zu Hause an und wollte mich persönlich sprechen, und glücklicherweise war ich gerade am Apparat. Also, er sagte, er könne schwören, du seist nicht entführt worden, aber er wende sich ungern an die Polizei, weil er annahm, du hättest guten Grund, fortzulaufen. Er sagte, du seist an einer Kirche ausgestiegen, die mißhandelten Frauen mit Rat und Tat beisteht.«

»Bin ich das?«

Delia hielt vor dem Blumenladen an.

»Du hättest ihr Schild gesehen und ihn gebeten, dich rauszulassen, sagte er.«

»Schild?«

»Und euer Gespräch, sagte er, das Gespräch, das ihr zwei geführt hättet – später wäre ihm durch den Kopf gegangen ... aber wo du warst, wollte er nicht verraten, weil dein Ehemann ein gefährlicher Mensch sei. ›Gefährlich!‹ habe ich gesagt. ›Sam Grinstead ist immerhin der freundlichste Mann der Welt!‹ sagte ich. Aber Mr. Sudler ließ sich nicht von seiner Idee abbringen. Er sagte: ›Ich habe nur angerufen, um Ihnen mitzuteilen, daß es ihr gut geht, und außerdem möchte ich betonen, ich hatte keine Ahnung, daß sie weglaufen wollte. Sie wollte lediglich eine Mitfahrgelegenheit in diese Stadt‹, sagte er, ›und hat behauptet, daß sie dort Familie hat, ich habe mir nichts Böses dabei gedacht.‹ Dann sagte er noch, ich solle es nicht Sam erzählen, aber natürlich habe ich's Sam erzählt; konnte kaum ein Geheimnis draus machen. Ich habe Sam erklärt, daß ich zuerst mit dir reden und herausfinden will, was eigentlich los ist.«

Sie wartete. Jetzt sollte Delia fragen. Gut. »Und was hat Sam daraufhin gesagt?«

»Er sagte, *natürlich* soll ich fahren. Er war ganz meiner Meinung.«

»Oh.«

Pause.

»Und er hatte auch Verständnis, daß ich nicht mit der Stadt herausrücken wollte, bis wir beide miteinander geredet hätten.«

»Aha«, sagte Delia. Dann sagte sie: »Aber wie bist du auf die Stadt gekommen?«

»Na, du hast doch Mr. Sudler gesagt, daß du dort Familie hast.«

»Familie. Hm ...«

»Mutters Familie. In Bay Borough.«

»Mutters Familie kommt aus Bay Borough?«

»Früher. Vielleicht wohnt sogar noch jemand hier, aber nicht, daß ich wüßte. Das wußtest du doch. Bay Borough? Tante Henny? Und Großonkel Roscoe hatte ganz in der Nähe seine Geflügelfarm.«

»Das war in Bay Borough?«

»Wo sonst?«

»Ich hatte keine Ahnung«, sagte Delia.

»Kann ich mir nicht vorstellen. Hör mal, es gibt sogar eine Weber Street – der Mädchenname unserer Großmutter Carroll. Als ich von der Landstraße abbog, bin ich daran vorbeigefahren. Und ein paar Straßen später eine Carroll Street, wenn ich mich recht erinnere. Oder gibt es keine Carroll Street?«

»Doch«, sagte Delia, »ich dachte immer, das seien die anderen Carrolls. Die von der Unabhängigkeitserklärung.«

»Nein, mein holdes Herzchen, das sind unsere Carrolls«, sagte Eliza gönnerhaft. Daß sie recht hatte, versetzte sie in bessere Laune.

Sie gingen weiter, vorbei an Zahnarztpraxis und Optiker. »Ich glaube sogar, daß wir mit dem Menschen verwandt sind, der die Stadt gegründet hat«, sagte Eliza. »Aber nur eingeheiratet.«

»Du meinst George Bay?«

»Genau.«

»George Bay, der Deserteur?«

»Na, du hast gut reden, wenn ich das mal sagen darf.«

Delia zuckte zusammen.

»Also bin ich heute morgen hierhergefahren«, sagte Eliza, »und habe mir angesehen, wo du stecken könntest. Es gibt nur ein Gasthaus, abgesehen von dem vergammelten kleinen Motel in der

Union Street. Und als du da nicht warst, dachte ich, ich passe mal auf, ob du hier am Platz auftauchst. Der Platz sieht jedenfalls so aus, als würde jeder Einwohner der Stadt mindestens einmal am Tag hier vorbeikommen.«

Jetzt waren sie vor Mr. Pomfrets Kanzlei angelangt. Wenn er schon von seinem Mittagessen zurückgekehrt war, sah er sie sicher vorbeigehen. Miss Grinstead in Begleitung! Ins Gespräch vertieft! Hoffentlich saß er noch mit seinen Freunden im Bay Arms Hotel. In der George Street steuerte sie mit Eliza auf die linke Seite. Vorbei am ›Haustierhimmel‹, wo ein Junge neben den Futterflockensäcken Gummispieltiere für Hunde dekorierte.

»Delia«, sagte Eliza, »Mr. Sudler hat doch unrecht, oder? Ich meine, hast du ... irgendwelche Probleme, über die du mit mir reden möchtest?«

»Oh, nein«, sagte Delia.

»Aha.« Eliza sah plötzlich beinah hübsch aus. »Habe ich nicht recht? Habe ich's nicht gesagt!« rief sie. »Ich habe ihm gesagt, du brauchtest garantiert nur eine kleine Atempause. Weißt du, was die Polizei gesagt hat? Als wir sie angerufen haben, sagte der Polizist: ›Leute‹, sagte er, ›ich wette jede Summe, sie ist gesund und munter.‹ Sagte: ›Ausgerechnet in den Ferien kommen erstaunlich viele Frauen auf die glorreiche Idee, von ihrer Familie abzuhauen.‹ Wußtest du das? Ist das nicht komisch?«

»Hm«, sagte Delia. Ihre Füße schienen wie aus Blei. Sie konnte sie kaum noch voranschleifen.

»Ich nehme an, der hatte reichlich Erfahrung, wo er in Bethany Beach Dienst tut.«

»Ja, das denke ich auch«, sagte Delia.

»Sollen wir deine Sachen holen, Dee?«

»Meine Sachen«, sagte Delia. Sie blieb abrupt stehen.

»Ich parke dahinten am Platz. Hast du Gepäck?«

Delia spürte eine Härte in sich aufsteigen – wie Widerspruchsgeist, nur wilder. Sie war erschrocken, wie stark das Gefühl war. »Nein!« sagte sie. Sie schluckte. »Ich meine, ich komme nicht mit dir.«

»Wie bitte?«

»Ich will... ich brauche... ich wohne hier, ich meine, ich arbeite hier, ich habe hier eine Stelle und eine Wohnung. Verstehst du das? Da drüben wohne ich«, sagte Delia und fuchtelte mit der Hand zu Belles Haus hinüber. Die Gardinen unten in den Fenstern glichen Mullverbänden, stellte sie fest.

»Du hast ein Haus?« fragte Eliza ungläubig.

»Na ja, ein Zimmer. Komm, sieh es dir an! Komm!«

Sie faßte Eliza am Arm und zog sie in Richtung Veranda. Eliza sträubte sich, ihr Arm war so steif wie ein Brathähnchenflügel. »Es gehört einer *Maklerin*«, erklärte Delia, als sie die Tür öffnete. »Eine patente Frau, sehr nett. Die Miete ist ausgesprochen niedrig.«

»Das kann ich mir denken«, sagte Eliza, die sich prüfend umsah.

»Ich arbeite für einen Rechtsanwalt gleich um die Ecke. Er ist der einzige Rechtsanwalt hier und bearbeitet alle Fälle, Testamente, Grund und Boden ... und ich bin völlig allein für sein Büro verantwortlich. Wette, das hättest du mir nie zugetraut? Du meinst sicher, ich mache die Büroarbeiten zu Hause nur, weil ich sie früher auch für Vater gemacht habe, aber ich stelle fest...«

Sie stiegen die Treppe hinauf, Delia voran. Belle könnte eigentlich ein paar Bilder aufhängen. Oder mal tapezieren. »Praktisch gehört mir die ganze Etage«, sagte sie, »weil der andere Mieter die Woche über verreist ist. Hier, ich habe mein eigenes Badezimmer!« Sie wies mit der Hand vage den Flur entlang. Dann schloß sie ihr Zimmer auf, öffnete die Tür und ging hinein. »Mein Reich«, sagte sie und stellte ihre Handtasche auf die Kommode.

Eliza kam langsam näher.

»Ist es nicht perfekt?« fragte Delia. »Ich weiß, auf den ersten Blick wirkt es ein bißchen karg, aber –«

»Delia, heißt das, du hast vor, hier zu wohnen?«

»Ich wohne hier!«

»Aber ... für immer?«

»Ja, warum nicht?« sagte Delia.

Sie spürte, daß sie wieder schlucken mußte, doch das verdrängte sie. »Setz dich«, forderte sie Eliza auf. »Möchtest du einen Tee?«

»Oh, ich ... nein, danke.« Eliza drückte ihre Handtasche noch fester an sich. Sie wirkte in dieser Umgebung fehl am Platz – jemand von zu Hause, so dürftig und farblos, wie Leute von zu Hause immer wirken. »Daß ich dich richtig verstehe«, sagte sie.

»Ich kann im Handumdrehen heißes Wasser machen. Setz dich doch aufs Bett.«

»Willst du damit sagen, daß du uns für immer verläßt«, sagte Eliza und rührte sich nicht. »Du hast vor, weiter in Bay Borough zu bleiben. Du verläßt deinen Ehemann, und du verläßt deine drei Kinder, von denen eins noch auf der High-School ist.«

»Auf der High-School, ja, und fünfzehn Jahre alt, und blendend in der Lage, ohne mich klarzukommen«, sagte Delia. Zu ihrem Entsetzen füllten sich ihre Augen mit heißen Tränen. »Besser als mit mir, jedenfalls«, fuhr sie festentschlossen fort. »Übrigens, wie geht's den Kindern?«

»Sie sind ziemlich durcheinander; was erwartest du?« antwortete Eliza.

»Aber geht es ihnen sonst gut?«

»Kümmert dich das?«

»Natürlich kümmert mich das!«

Eliza machte einen Schritt rückwärts. Delia dachte, sie lenkte jetzt ein und setzte sich, aber, nein, sie ging ans Vorderfenster und schaute hinaus. »Sam, wie du dir denken kannst, ist wie vom Schlag getroffen«, verkündete sie mit dem Rücken zu Delia.

»Tja, jetzt denkt er sicher, hätte er statt Tochter Eins doch Tochter Zwei genommen«, sagte Delia.

Eliza wirbelte herum. Sie sagte: »Delia, was ist los mit dir? Hast du völlig den Verstand verloren? Dein fabelhafter vorbildlicher Ehemann läuft zu Hause wie ein Schatten seiner selbst herum, deine Kinder begreifen gar nichts, deine Nachbarn zerreißen sich den Mund, und im Fernsehen und in den Zeitungen werden unsere Namen durch ganz Maryland posaunt –«

»Es war im Fernsehen?«

»In jedem Programm von Baltimore! Sie haben ein großes Farbfoto von dir gebracht: Wer hat diese Frau gesehen?«

»Welches Foto haben sie genommen?« fragte Delia.

»Das von Lindas Hochzeit.«

»Das ist doch Jahre her!«

»Du warst meistens diejenige, die fotografiert hat. Wir hatten nicht viel Auswahl.«

»Aber das gräßliche Brautjungferkleid! Mit diesen Schultern, als hätte ich den Bügel verschluckt!«

»Delia«, sagte Eliza, »seit Mr. Sudlers Anruf versuche ich mir zu erklären, wieso du einfach auf und davon gegangen bist. Bis jetzt fand ich immer, du hast es so leicht gehabt. Die Jüngste in der Familie. Unsere Süße. Miss Beliebtheit in der High-School. Vaters Lieblingstochter. Stimmt, du bist ohne Mutter groß geworden, aber du schienst es gar nicht zu registrieren. Gut, du warst erst vier, als sie starb, und sie war immer bettlägerig, als du klein warst. Aber eigentlich finde ich, vier Jahre ist alt genug! Natürlich hast du es registriert! Schließlich hast du Nachmittage lang in ihrem Zimmer gespielt, du meine Güte!«

»Ich erinnere mich an nichts«, sagte Delia.

»Doch, du mußt dich erinnern. Ihr beiden hattet diese Ausschneidepuppen. Du hattest sie in einen Schuhkarton unten in ihren Wandschrank gepackt und jeden Nachmittag –«

»Ich kann mich überhaupt nicht erinnern!« sagte Delia. »Wieso reitest du darauf herum? Ich erinnere mich überhaupt nicht an sie!«

»Und Vaters Lieblingstochter zu sein war sicher kein reines Vergnügen. Er hat dir ausgeredet, aufs College zu gehen, fand selbstverständlich, daß du in der Praxis arbeitest ... kein Wunder, daß du dagegen etwas hast.«

»Ich habe nichts dagegen!« sagte Delia.

»Und dann sein Tod; natürlich hat sein Tod dich stärker getroffen als –«

»Ich weiß überhaupt nicht, warum du damit jetzt ankommst!« rief Delia.

»Noch einen Satz, bitte. Dee, du weißt, ich glaube daran, daß Menschen viele Leben haben.«

Sonst hätte Delia gestöhnt. Jetzt jedoch war sie froh, daß das Gespräch eine andere Wendung nahm.

»Jedes Leben erfüllt einen gewissen Auftrag, glaube ich«, erklärte Eliza. »Du kriegst jedesmal auf Erden eine Aufgabe zugeteilt, eine begrenzte Erfahrung, die du dir erarbeiten mußt. Selbst wenn dein Leben verworren ist, glaube ich, damit sollst du dich in diesem speziellen Durchgang beschäftigen.«

»Woher weißt du, daß Bay Borough nicht zu meinem Auftrag gehört?« fragte Delia.

Verunsichert krauste Eliza einen Augenblick die Stirn.

Delia sagte: »Eliza, hm, eine Frage...«

»Ja?« sagte Eliza erpicht.

»Kannst du mir sagen, ob sie die Katze wieder mit nach Hause genommen haben?«

Ein Fehler. Eliza schnappte ein. »Die Katze!« sagte sie. »Andere Sorgen hast du nicht?«

»Natürlich habe ich auch andere Sorgen, aber schließlich hatte er sich verkrochen, als ich wegging, und ich wußte nicht –«

»Sie haben daran gedacht«, sagte Eliza beleidigt. »Wozu, ist mir schleierhaft. Das verflixte Vieh ist so alt, es schnarcht sogar, wenn es wach ist.«

»Alt?« fragte Delia.

»Sie haben alle deine Kleider eingepackt, und deine Kochtöpfe auch«, sagte Eliza. »Die arme Susie mußte dein ganzes Zeug – Delia? Weinst du?«

»Nein«, sagte Delia mit erstickter Stimme.

»Weinst du wegen der Katze?«

»Nein, habe ich gesagt!«

Sie wußte, daß der Kater nicht mehr jung war. (Wie vergnügt er als Junges gewesen war – ein Tier, das sogar Sinn für Humor hatte, immer war er demonstrativ um die verbotenen Topfpflanzen herumgestrichen und hatte ihr dann einen verschmitzten Blick zugeworfen.) Aber sie hatte doch angenommen, er sei in den besten Katzenjahren, und erst jetzt fiel ihr ein, wie er in letzter Zeit auch vor dem kleinsten Sprung stehenblieb und sich erst sammelte. Wie sie ihn im Frühjahr vom Küchenschrank gescheucht hatte und er ungeschickt gefallen war, paddelnd, mit allen vieren, bis er wie ein Häufchen Elend dalag und dann hastig seine Flanke leckte, als sei nichts.

Ihre Augen weiteten sich, damit die Tränen nicht überliefen.

»Delia«, sagte Eliza, »gibt es etwas, das du mir verheimlichst? Hat es etwas mit diesem ... Mann zu Hause zu tun?«

Delia versuchte gar nicht erst, Ahnungslosigkeit vorzutäuschen. Sie sagte: »Nein.« Dann trat sie ans Kopfende des Betts, was Eliza veranlaßte, einen Schritt zurückzugehen. Sie holte das Klopapier unterm Kissen vor und putzte sich die Nase. »Ich glaube, ich werde verrückt«, sagte sie.

»Nein, nein! Du bist nicht verrückt! Nur ein bißchen, oh, müde, vielleicht. Nur ein bißchen abgeschafft. Weißt du, was ich denke?« fragte Eliza. »Ich denke, es hat dich mehr Kraft gekostet, als wir alle dachten, Vater während seiner letzten Krankheit zu pflegen. Wahrscheinlich bist du auch anämisch! Was du brauchst, ist schlicht und einfach Ruhe. Ferien für dich allein. Ja, es war gar keine schlechte Idee, nach Bay Borough zu fahren! Ein paar Tage, ein paar Wochen, dann kommst du wieder nach Hause, wie neugeboren.«

»Vielleicht«, sagte Delia schwankend.

»Und das erzähl' ich auch der Polizei: Sie ist nur zu unseren Verwandten zurück, weil sie absolute Ruhe braucht, werde ich sagen. Denn, Bescheid sagen muß ich, weißt du.«

»Ich weiß.«

»Und ich muß es Sam erzählen.«

»Ja.«

»Und dann nehme ich an, kommt er und will mit dir reden.«

Delia drückte das Klopapier gegen beide Augen.

»Ich bin in solchen Situationen nicht sehr gut«, sagte Eliza. Sie nahm eine Hand von ihrer Tasche und legte sie Delia auf die Schulter.

»Du bist in Ordnung«, sagte Delia zu ihr. »Es liegt nicht an dir.« Sie wurde mit einemmal traurig, weil Eliza sich die Lippen geschminkt hatte. (Ein zuckriges Pink, das grell gegen ihre dunkle Haut abstach.) Eliza benutzte sonst nie Make-up. Sie hatte sich gegen diesen Besuch wappnen müssen.

»Soll ich Sam sagen, er soll dir deine Sachen mitbringen?« fragte sie.

»Nein, danke.«

»Ein, zwei Kleider?«

»Nichts.«

Eliza ließ ihre Hand fallen.

Sie verließen das Zimmer, Eliza ging vor und als erste die Treppe hinunter. Delia fragte: »Was macht deine *Gärtnerei?«* Es klang aufgesetzt munter.

»Oh...«, sagte Eliza. Sie standen nun unten im Flur. »Du brauchst Geld«, sagte sie zu Delia.

»Nein.«

»Wenn mir klargewesen wäre, daß du nicht mit zurückkommst ... Ich habe nicht viel bei mir, aber das kannst du gern haben.«

»Ehrlich, ich will nichts«, sagte Delia. »Ich verdiene bei diesem Rechtsanwalt eine ganze Masse. Ich konnte es gar nicht glauben, als er die Summe nannte.« Sie begleitete Eliza zur Tür. »Und du weißt doch, ich habe das Feriengeld mitgenommen. Fünfhundert Dollar. Ich habe schon genug schlechtes Gewissen deswegen.«

»Oh, wir sind trotzdem zurechtgekommen«, sagte Eliza und beäugte eine schwammige Stelle im Verandafußboden.

Delia hätte sie zum Wagen bringen oder bis zur Kanzlei mitgehen können, doch sie hätte nur den Abschied verlängert. Sie hatte ihre Handtasche oben gelassen und stand mit gekreuzten Armen auf der Veranda, ihre Haltung besagte: sie wollte wieder hineingehen. »Bestimmt seid ihr zurechtgekommen«, sagte sie Eliza. »Aber das meine ich nicht. Ich habe ein schlechtes Gewissen, daß ich nicht bei Null anfange. Anfange... ich weiß nicht. Ganz unten.«

»Ganz unten?«

»Wie die Obdachlosen oder so. Ich weiß nicht«, sagte Delia, »ich weiß nicht, was ich meine!«

Eliza beugte sich vor und drückte ihre Wange gegen Delias Wange. »Es wird schon werden«, sagte sie. »Ein bißchen Ruhe wirkt manchmal Wunder, glaub mir. Und inzwischen, Dee –« Sie wollte sich umdrehen, doch dann fiel ihr noch etwas ein. »Vergiß nicht, Onkel Roscoe's Wahlspruch.«

»Wie hieß der?«

»Mach nichts fest, was du nicht lösen kannst.«

»Ich werde dran denken«, sagte Delia.

»Onkel Roscoe war zwar ein Miesepeter«, sagte Eliza, »aber ab und zu war er ganz vernünftig.«

Delia sagte: »Fahr vorsichtig.«

Sie stand da und sah Eliza nach – der kleinen, ökonomischen, energischen Gestalt –, bis sie auf dem Gehweg außer Sicht war. Dann kehrte sie ins Haus zurück und holte ihre Handtasche.

Als sie die Treppe hinaufging, dachte sie, *Aber wenn du nie etwas festmachst, was du nicht lösen kannst ...* Sie legte eine Hand auf das rauhe Holz des Geländers, dann tust du am Ende überhaupt nichts. Sie war versucht, sich auf dem Absatz umzudrehen und Eliza hinterherzulaufen, um es ihr mitzuteilen, doch einen zweiten Abschied hätte sie nicht ertragen.

8 Ihr Buch an jenem Abend war *Fiesta,* aber sie schaffte nicht, es durchzulesen, weil sie abgelenkt wurde. Es war Freitag, das Wochenende hatte begonnen. Unter ihrem Fenster klang der Verkehr lebhafter, Feierabend, und die Stimmen der Passanten waren lauter. »Huu-HII! Jetzt kommen wir!« rief ein Jugendlicher. Einen Augenblick verlor Delia beim Lesen den Faden. Gegen acht ging jemand über die Veranda – nicht Belle, sondern jemand in flachen Schuhen, langsam, müde oder traurig – und sie ließ ihr Buch sinken und horchte. Die Haustür öffnete sich, jemand trat ein, die Treppe nach oben knarrte Stufe für Stufe. Dann klapperte auf der anderen Flurseite die Türklinke, und sie dachte: Oh. Der andere Mieter.

Sie kehrte zu ihrem Buch zurück, doch ab und zu unterbrach ein Geräusch ihre Konzentration – ein hohles Husten, das Klimpern der Drahtkleiderbügel auf der Stange im Wandschrank nebenan. Als sie in der Dusche das Wasser laufen hörte, erhob sie sich und ging auf Zehenspitzen zur Tür, prüfte, ob sie verschlossen war. Dann stieg sie wieder ins Bett und las, was sie gerade gelesen hatte, noch einmal.

Etwa eine Stunde später kam Belle. Sie brachte einen Mann mit. Delia hörte ihn herzhaft und dröhnend lachen – kein Lachen, das ihr bekannt vorkam. »Mach keine Witze!« sagte Belle einmal. Der Fernseher wurde unten eingeschaltet, und die Eisschranktür schlug mit dumpfem Knall zu.

* * *

Mr. Lamb entpuppte sich als hagerer Mann um die Vierzig, mit stumpf braunem Haar, vorstehenden Zähnen und tiefliegenden Augen. Delia traf ihn oben im Flur, als sie am nächsten Morgen ihre Besorgungen machen wollte. »Hallo«, sagte sie im Vorbeigehen, denn sie hatte im voraus beschlossen, ihren Kontakt so gering wie möglich zu halten. Aber ihre Befürchtungen waren überflüssig. Mr. Lamb drückte sich flach gegen die Wand, belächelte kläglich seine Schuhe und murmelte etwas Unverständliches. Sicher war er genausowenig begeistert, daß er das Badezimmer nicht für sich hatte.

Sie suchte eine Bank, die samstags geöffnet hatte. Sie wollte ihren Gehaltsscheck vom Freitag einlösen. Der Scheck lautete auf die First Farmers' Bank, deren Gebäude am Platz lag, doch die war geschlossen, deshalb ging sie zur Bay Borough First Federal Bank. Der Tag war kühl und windig, dunkle Wolken standen am Himmel, und die Luft schien fast lila; und dieser Teil der Stadt, den sie seit dem Nachmittag ihrer Ankunft nicht mehr aufgesucht hatte, wirkte jetzt völlig anders auf sie. Irgendwie altmodisch. Die Gebäude waren so ausgeblichen, sie wirkten nicht farbig, sondern handkoloriert, wie alte Fotografien.

»Könnte ich den bei Ihnen einlösen?« fragte sie die Kassiererin am Schalter der Bay Borough Federal Bank. Die Kassiererin – eine Frau mit einer straßbesetzten Schmetterlingsbrille – warf kaum einen Blick auf die Unterschrift, bevor sie nickte. »Zeke Pomfret? Kein Problem«, sagte sie.

So reichte Delia den ersten echten Gehaltsscheck ihres Lebens ein und erhielt ein paar knisternde Scheine dafür. Sie war überrascht, wieviel die Steuern und die Nebenkosten von ihrem Lohn verschlangen.

Weber Street, East Street. Quer über den Platz. Sie trug den Kopf hoch und setzte ihre Füße exakt, einen vor den anderen. Sie fühlte sich wie eine Heldin im Theater oder im Film. Und ihr imaginäres Publikum war natürlich Sam.

Nicht, daß sie sich auf seinen Besuch freute, gewiß nicht. Ihr graute davor, Erklärungen abzugeben; sie wußte, wie schwach und widersprüchlich alle ihre Gründe für ihn klangen. Dennoch, seit gestern nachmittag schon, stellte ein Teil von ihr Berechnungen an. *Nach Baltimore sind es schätzungsweise zwei Stunden. Wenn Eliza, na, gegen halb fünf zu Hause war, kann Sam um halb sieben hier sein. Sieben vielleicht. Oder angenommen, er macht erst die Sprechstunde zu Ende, angenommen, er muß erst tanken ...* Und dann, später am Abend: *Er wartet sicher bis zum Wochenende. Das ist auch viel vernünftiger.*

Stell dir vor, er sähe sie in diesem Augenblick, auf dem Weg zur Bücherei, um sich für Samstag ein Buch zu holen. Oder auf dem Heimweg, während sie die Becher draußen vor Katys Küchenladen begutachtete. Oder während sie aus dem Secondhand kam, mit dem marineblauen Strickkleid in der Tüte. Stell dir vor, er wartete auf der Veranda ihrer Vermieterin und beobachtete, wie sie in die George Street bog. Er sähe sie um die Ecke segeln, seriös in Grau, wie selbstverständlich in dieser Stadt, in die er noch nie einen Fuß gesetzt hatte. Er dächte: *Kann es sein, ist das Delia?*

Oder stell dir vor, sie steigt die Treppe hinauf, und er wartet vor ihrer Zimmertür. »Ach, Sam«, würde sie gutgelaunt sagen und ihre Schlüssel aus der Handtasche ziehen – einen richtigen, ernstzunehmenden Schlüsselbund mit Zimmerschlüssel und Büroschlüssel an einem Chromring von Mr. Pomfret. Sie würde die Tür öffnen und ihn mit einem Kopfnicken hineinbitten. Oder er war schon im Zimmer, hatte Belle überredet, ihn hineinzulassen. Er stand an einem der Fenster. Er drehte sich um, und sie trat bepackt ein – ihr Büchereibuch, ihren Teebecher und das neue Kleid – und: »Komm, kann ich dir etwas abnehmen«, würde er sagen, und sie antwortete: »Danke, es geht schon.«

Aber er war ja nicht da, und sie stellte ihre Sachen in aller Stille aufs Bett.

* * *

Sie ging nach unten, ihre Miete zahlen. Belle war zu Hause, das wußte sie. Aus dem Zimmer hinter der selleriegelben Tür im Flur drangen Geräusche. Sie klopfte, und Belle rief: »Herein!«, dabei quietschte und surrte es. Es war ein Heimtrainer, stellte Delia beim Eintreten fest. Belle trat wie wild in die Pedale, ihr Gesicht hochrot und erhitzt; sie trug einen rosa Trainingsanzug mit Satinschleifchen. »Wow!« sagte sie, als sie Delia sah. Ihr Wohnzimmer schien, wie das restliche Haus, mit dem Sperrmüll früherer Bewohner möbliert. Ein schäbiges Plüschsofa stand vor dem Fernseher; die Platte des niedrigen Tischs zeigte ein Muster aus Wasserkränzen.

»Ich wollte nur meine Miete zahlen«, sagte Delia.

»Oh, danke«, sagte Belle und, ohne ihr Gestrampel zu verlangsamen, stopfte sie die Scheine in ihren Ärmel. »Alles in Ordnung?«

»Ja, fein.«

»Prima«, sagte Belle und beugte sich unermüdlich über den Lenker, als Delia wieder die Tür schloß.

Delia plante, als nächstes fürs Mittagessen zum Lebensmittelladen zu gehen, doch als sie das Haus verlassen wollte, stand ein junger Mann in Uniform auf der Veranda. Zuerst dachte sie, er sei Soldat; die Uniform war khakibraun, und er hatte einen Bürstenhaarschnitt. »Miss Grinstead«, sagte er gedehnt.

»Ja.«

»Ich bin Chuck Akers, Vondaplizei.«

Sie brauchte einen Augenblick, um zu verstehen.

»Kann ich Sie kurz sprechen?« fragte er.

»Klar«, sagte sie. Sie machte kehrt und führte ihn hinein, dann fiel ihr ein, daß sie gar nicht wußte, wohin mit ihm. Ihr Schlafzimmer kam nicht in Frage, und Belles Wohnzimmer konnte sie auch schlecht benutzen. Also drehte sie sich um und fragte: »Was kann ich für Sie tun?«, und so verhandelten sie schließlich mitten auf der Veranda.

»Sie sind doch Miss Cordelia F. Grinstead«, fragte er.

»Ja.«

»Ich gehe davon aus, daß Sie freiwillig hier sind.«

»Ja.«

»Niemand hat Sie entführt, Sie gezwungen...«

»Niemand hat etwas damit zu tun.«

»Es wäre angebracht gewesen, das vor Ihrem Weggang klarzustellen.«

»Tut mir leid«, sagte sie. »Nächstesmal.«

Nächstesmal.

Sie fragte sich, wann, um Himmels willen, das denn sein sollte.

* * *

Samstag, Sonntag. Kunstvolles Anfüllen leerer, weißer Stunden, Frohsein über jede noch so unbedeutende Aufgabe. Samstagabend aß sie zu Hause, kleine Behälter aus dem chinesischen Take-away, und bis spät in die Nacht las sie *Daisy Miller*. Ihr Sonntagsfrühstück bestand aus einem Rosinenbrötchen und Tee im Bett, doch zum Mittagessen ging sie aus. Sie aß im Bay-Arms-Restaurant, einer stickigen Institution mit schweren Gardinen und Teppichboden, wo alle anderen Tische mit Familien besetzt waren, die aus der Kirche kamen. Am liebsten hätte sie ihr Essen so schnell wie möglich hinter sich gebracht, doch dann bezwang sie sich und bestellte Suppe, ein Hauptgericht und Nachtisch, kämpfte sich maßvoll und gelassen durch alle Gänge, den Blick fest auf einen Punkt mittlerer Entfernung gerichtet.

Einmal, in einer besonders feministischen Phase, hatte Susie erklärt, jede Frau müsse eigentlich lernen, in einem ordentlichen Restaurant zu essen, und zwar allein und ohne Buch. Delia wünschte, Susie sähe sie jetzt.

Vielleicht würde Sam die Kinder mitbringen, wenn er kam. Vielleicht spazierten sie direkt ins Bay-Arms-Restaurant; unmöglich war es nicht, daß sie sie hier ausfindig machten. Sie trug ihr neues marineblaues Kleid aus dem Secondhandladen. Es stand ihr, fand sie. Sie bestellte noch eine Tasse Kaffee und saß eine Weile da.

Jetzt eine Zigarette, mußte sie mit einemmal denken, obwohl sie seit der zehnten Klasse nicht mehr geraucht hatte.

Als sie aus dem Restaurant kam, machte sie sich auf den Weg

zur Bücherei; sie wollte sich eine Abendlektüre aussuchen. Doch die Tür zur Bücherei war verschlossen und die Jalousien dicht. Sie hätte sich denken können, daß sonntags geschlossen war. Jetzt mußte sie sich ein Buch kaufen – dafür Geld ausgeben.

Im Drugstore auf der George Street gab es einen Ständer mit Taschenbüchern – hauptsächlich Kriminalromane, ein paar Liebesromane. Sie wählte einen Liebesroman *Der Mond über Wyndham Moor.* Auf dem Titelblatt sank eine Frau in langem Cape schmachtend dahin, mühsam gehalten von einem bärtigen Herrn, der mit der Linken ihre Taille umfaßte, mit seiner Rechten aber ein Schwert schwang. Delia versenkte das Buch, nachdem sie bezahlt hatte, in ihrer Handtasche. Dann ging sie weiter zu Belle, schritt schnell und entschlossen aus; jeder, der sie sah, sollte denken, *Diese Frau steht eindeutig fest auf eigenen Füßen.*

Doch leider sah sie niemand.

Sie erinnerte sich, daß sie sich als Kind gern im Vorgarten postierte und auf Besuch wartete. Sie erinnerte sich, daß sie einmal, als ihr Großonkel Roscoe kommen sollte, ihre Puppenwiege ins Gras gestellt und sich selbst artig daneben gesetzt hatte, bis Onkel Roscoe aus dem Auto stieg. »Na, sieh mal an!« hatte er gerufen. »Die kleine Lady Delia.« Er hatte nach Hustenbonbons gerochen, nach der bitteren Sorte. Bisher hatte sie geglaubt, sie könne sich von Onkel Roscoe kein Bild mehr machen, deshalb wunderte sie sich jetzt, daß er so plötzlich aus der Versenkung auftauchte. Er wechselte seinen kleinen Narbenlederkoffer in die andere Hand, damit er sie an der Schulter fassen und mit ihr ins Haus gehen konnte. Aber zu welchem Anlaß? Wieso war er in seinem verschossenen schwarzen Anzug zu Besuch gekommen? Eigentlich wollte sie es gar nicht so genau wissen.

»Ich habe meine Puppe in den Schlaf gesungen«, hatte sie ihm vertraulich zugeflüstert.

Sie war immer so ein falsches Kind gewesen, immer bereit, sich den Vorstellungen der Erwachsenen anzupassen.

* * *

Der Mond über Wyndham Moor war eine Enttäuschung. Das Buch war einfach nicht glaubwürdig. Delia legte es immer wieder beiseite und starrte ausdruckslos in die düsteren, fernen Zimmerecken. Sie blätterte, wieviel sie noch zu lesen hatte. Sie neigte den Kopf, horchte auf Mr. Lambs Radio. Er hatte es das ganze Wochenende eingeschaltet, aber nie so laut, daß sie verstand, was der Ansager von sich gab. Draußen auf das Verandadach fielen Regentropfen, einer nach dem anderen. Sie vermißte den Lärm der Familie gegenüber. Sie hatten wohl wegen des Wetters die Fenster geschlossen.

Würde er denn gar nicht kommen?

* * *

Am Montagmorgen gab Mr. Pomfret ihr indirekt zu verstehen, daß er die Wahrheit erfahren hatte. »Ich sehe, Sie tragen ein neues Kleid, Mrs. Grinstead«, sagte er und sah sie bedeutungsvoll an. Doch sie tat so, als verstünde sie nicht, und bis zum Mittag war er zum »Miss« zurückgekehrt. Nicht daß es ihr viel ausgemacht hätte. Sie fühlte sich heute eigenartig glanzlos. Der Regen machte das nicht besser. Sie hatte sich im Drugstore einen Schirm kaufen müssen, und während der Mittagspause ging sie ins Kaufhaus und erstand eine billige graue Synthetikstrickjacke. Miss Grinsteads Ansprüche nahmen ab, schien es. Sie schob die Hände durch die zusammenklebenden Ärmelschläuche.

Weil es regnete, konnte sie nicht wie sonst auf ihrer Parkbank essen, und den gesellschaftlichen Ansprüchen Rick-Racks oder des Bay-Arms-Restaurants fühlte sie sich nicht gewachsen; also nahm sie ihren Joghurt mit aufs Zimmer. Sie öffnete die Haustür, machte einen Schritt über die Post und ging in Richtung Treppe. Dann hielt sie inne, drehte sich um und sah sich einen der Umschläge am Boden genauer an.

Ein cremefarbener Umschlag – oder eigentlich puddingfarben. Wie gut sie diese Farbe kannte! Den Namen kannte, der, braun geprägt, in der oberen linken Ecke stand: DR. SAMUEL GRINSTEAD.

Hatte er beschlossen, ihr einfach einen Brief zu schreiben?

Sie bückte sich und hob ihn auf. Mrs. Delia Grinstead lautete die Adresse, George Street, Haus m/ niedriger Veranda neben dem Lebensmittelladen, Bay Borough, Maryland.

Sie nahm ihn mit in ihr Zimmer, dann öffnete sie ihn. Delia, schrieb er. Kein Liebe. Delia, wenn ich Eliza richtig verstanden habe ...

Er hatte die Schreibmaschine aus der Praxis benutzt, die mit dem wackeligen e, und hatte nicht einmal die Schreibbreite geändert, die sie für die Rechnungen eingestellt hatte. Der Brieftext war gerade zehn Zentimeter breit.

Delia, wenn ich Eliza recht verstehe, brauchst Du Zeit für Dich selbst auf Grund verschiedener Belastungen, den Tod Deines Vaters eingeschlossen.

Natürlich wäre mir lieber gewesen, Du hättest uns vorgewarnt. Es muß Dir doch bewußt gewesen sein, welche Angst und Sorge Du verursachst, wenn Du am Strand einfach auf und davon gehst. ~~Hast Du eine Ahnung, wie es ist~~

Obendrein ist mir unklar, was Du unter »Belastungen« verstehst. Natürlich weiß ich, wie nah Du Deinem Vater standest. Sein Tod ist aber schon viereinhalb Monate her. ~~Ehrlich gesagt finde ich~~ Vielleicht bin ich eine der Belastungen. Wenn das so ist, bedaure ich das, aber ich habe ~~immer versucht ein halbwegs brauchbarer Ehem~~ als junger Mann, geschworen, ich würde meiner Frau und meinen Kindern ein wahrer Fels an Zuverlässigkeit sein und meiner Ansicht nach habe ich diesen Schwur erfüllt ~~und ich verstehe nicht was~~ aber wenn Du mir etwas vorzuwerfen hast, bin ich bereit, es mir anzuhören.

Inzwischen versichere ich Dir, daß ich nicht in Deine Privatsphäre eindringen werde.

xxxxxxxxxxxxxxxxxxxxxxxxxxxxxxxxxxxxxxxxxxxxxxxxxxxxx-xxxxxxxxxxxxxxxxxxxxxxxxxxxxxxxxxxxxxxxxxxxxxxxxxxxxxxx-xxxxxxx

Sam

Er hatte die ersten vier Berichtigungen nur durchgestrichen – Delia konnte sie leicht entziffern –, doch die fünfte war so gründlich durchge-x-t, daß sie die nicht einmal enträtseln konnte, wenn sie den Brief gegen das Licht hielt.

Wahrscheinlich war es so am besten. Sie war sicher noch beschränkter als die übrigen Bemerkungen, und, mein Gott, die waren beschränkt genug.

Nicht in ihre Privatsphäre eindringen! Er rührte keinen Finger, gab sie einfach auf, als sei sie ein Haustier, das weggelaufen war, oder ein verlorener Penny.

Sie hätte es wissen können, überlegte sie. Es bewies nur, wie recht sie hatte zu gehen.

Ihre Zähne schlugen aufeinander, dagegen half auch die neue Wolljacke nicht. Anstatt zu Mittag zu essen, zog sie die Schuhe aus und kroch ins Bett. Sie lag zitternd unter der einen Decke, den Mund fest verschlossen gegen die Kälte, zusammengekauert, sich selbst fest in den Arm nehmend.

9

Kein Wunder, daß sie sich Bay Borough nicht im Winter vorstellen konnte! Unbewußt, war ihr nun klar, hatte sie damit gerechnet, Sam käme lange vorher und holte sie. Sie glich darin einem der vielen weggelaufenen Kinder, die eigentlich, egal wie weit sie gereist waren, nie wirklich von zu Hause fort wollten.

Also gut. Da war sie nun. Und ihr ganzes restliches Leben dehnte sich weit und leer vor ihr aus.

* * *

Sie gewöhnte sich an, abends auf dem Bett zu sitzen und in den Raum zu starren. Es ›Denken‹ zu nennen wäre übertrieben gewesen. Ihre Gedanken waren jedenfalls nicht bewußt, zumindest dachte sie nichts von Bedeutung. Oft genug schaute sie einfach nur in die Luft, wie sie es schon getan hatte, als sie klein war. Damals konnte sie stundenlang die vielfarbigen Fleckchen beobachten, die durch den Raum schwärmten. Dann klärte Linda sie auf, es seien Staubpartikel. Das minderte ihr Vergnügen. Wer macht sich schon etwas aus Staub? Jetzt aber fand sie, Linda hatte unrecht gehabt.

Sie beobachtete die Luft, unendlich viel Luft, die sich endlos neu ordnete, und je länger sie zuschaute, desto tröstlicher war ihr, heilsamer, friedlicher.

Sie lernte den Wert der Langeweile. Sie leerte ihren Kopf. Sie hatte immer gewußt, daß ihr Körper nur die Hülle war, in der sie lebte, aber jetzt begriff sie auch, daß ihr Kopf nur eine Hülle war – wer war »sie« also? Sie leerte ihren Kopf, um zu sehen, was übrigblieb. Vielleicht nichts.

Oft begann sie ihre allnächtliche Lektüre erst um neun oder halb zehn, es bedeutete, daß sie die Romane nicht mehr in einem Stück durchlesen konnte; also wechselte sie zu Kurzgeschichten. Sie las eine Geschichte, schaute eine Weile in die Luft, las dann eine andere. Sie legte den Leihzettel aus der Bücherei zwischen die Seiten und horchte auf die Geräusche draußen – das Vorbeirauschen der Wagen, das Zirpen der Insekten, Kinderstimmen im Haus gegenüber. An heißen Tagen schliefen die älteren Kinder im ersten Stock auf dem Balkon, und dann unterhielten sie sich, bis die Eltern sich einmischten. »Muß ich *nach oben* kommen?« war die schrecklichste Drohung des Vaters. Danach schwiegen sie, aber nur für eine Minute.

Delia überlegte, ob Sam wußte, daß Carroll Mitte Juli zwei Wochen Tennisunterricht hatte. Carroll selbst vergaß solche Termine gern. Und hatten sie wohl daran gedacht, daß diesen Monat der Zahnarzt fällig war? Eliza bestimmt. Ohne Eliza hätte Delia ihre Familie nie so leicht verlassen können. Sie war sich unsicher, ob dies ein echter Segen war. Tatsache war, Delia war entbehrlich. Sie war ein Extra. Sie hatte ihr gesamtes Eheleben wie ein kleines Mädchen verbracht, das mit der Puppenstube spielte, und immer hatte im Hintergrund ein Erwachsener gestanden, der eingreifen konnte – ihre Schwester, ihr Mann, ihr Vater.

Eigentlich hätte sie es tröstlich finden sollen. (Sie hatte solche Angst vorm Sterben, als ihre Kinder klein waren.) Doch statt dessen war sie eifersüchtig gewesen. Wieso war es immer Sam, zum Beispiel, an den alle sich in Krisenzeiten wandten? Immer galt er als der Vernünftige, der Zuverlässige; sie war reine Dekoration. Aber wie war es dazu gekommen? Womit war sie beschäftigt gewesen, während sich dieser Zustand entwickelte?

Sie las noch eine Geschichte mit mehreren längeren Naturbeschreibungen. Sie mochte die Natur so gern wie einen nahestehenden Menschen, aber manchmal ging es doch zu weit, fand sie.

Und wer wachte jetzt über Sams Gesundheit? Er trieb in letzter Zeit viel zuviel Sport. Aber, *es geht mich nichts an*, erinnerte Delia sich. Sein Brief hatte sie befreit. Keine Veranlassung mehr, auf seinen Cholesterinspiegel zu achten; sinnlos, festzustellen, daß es im Lebensmittelladen fettarme Mayonnaise gab.

Sie erinnerte sich, was in dem Brief gestanden hatte: *Du mußt Dir doch bewußt gewesen sein* und *obendrein ist mir unklar.* Blutleere Sätze, gefühllose Sätze. Wahrscheinlich wußte die ganze Nachbarschaft, daß er sie nicht aus Liebe geheiratet hatte.

Wieder sah sie die drei Töchter auf dem Sofa aufgereiht – eigentlich Sams Bild, aber sie hatte es übernommen. Sie sah ihren Vater im Sessel und Sam im Schaukelstuhl. Beide unterhielten sich über ein neues Arthrosemittel, während Delia an ihrem Sherry nippte und Sams Hände beobachtete, wie geschickt sie aussahen, professionell und wissend. Vielleicht war es der ungewohnte Sherry gewesen, daß ihr so schwindlig war.

Einige einzelne Augenblicke können ein ganzes Leben zusammenfassen. Nur fünf oder sechs Bilder, die wieder und wieder vorbeiflimmern, wie Tarotkarten, die immer neu gemischt, neu verteilt werden. Ein Sonnenfleck auf einem Platz am Fenster, wo jemand Großes Delias Hände mit einem Waschlappen abrubbelte. Ein Buchstabierwettbewerb in der Grundschule, wo Eliza unangekündigt auftauchte und Delia sie einen Augenblick als Fremde wahrnahm. Der Glanz auf Sams hellem Haar gegen das sirupbraune Holz des Schaukelstuhls. Ihr Vater, von zwei Kissen gestützt, der versuchte, noch etwas zu sagen. Und Delia, die am Atlantischen Ozean gen Süden ging.

Auf diesem letzten Bild trug sie ihr graues Sekretärinnenkleid. (Nicht alle diese Erinnerungen sind völlig korrekt.) Sie trug die schwarzen Lederschuhe, die sie bei Bassett und Co. gekauft hatte. Ihr Aufzug war falsch, aber der Eindruck stimmte – entschieden, entschlossen. Das war es, was ihr Halt gab.

»Ich brauche nur ›Sommer‹ zu hören«, verkündete eins der heiratsfähigen Mädchen (natürlich Eliza), »dann riecht es wie geschmolzen, irgendwie gelb und heiß und geschmolzen.« Und Linda flötete: »Ja, so ist sie eben! Eliza riecht bis hierhin, wenn Muskatnußtag in der Gewürzfabrik ist! Sie riecht auch Wut.« Und Delia lächelte in ihr Sherryglas. »Aha«, sagte Sam nachdenklich. Erriet er, was dahintersteckte? Daß Eliza versuchte, sich interessant zu machen, daß Linda versuchte, Eliza Verschrobenheit zu unterstellen; daß Delia hoffte, das Grübchen in ihrer linken Wange käme gut zur Geltung?

Der Waschlappen, mit dem ihre Hände abgerubbelt wurden, war rauh und warm wie eine Katzenzunge gewesen. Die unbeholfene, unglücklich dreinschauende junge Frau, die an Miss Sutherlands Pult trat, verwandelte sich in Delias Schwester. »Ich wünsche ...« flüsterte ihr Vater, und seine aufgesprungenen Lippen schienen beim Sprechen eher zu reißen, als sich zu teilen; dann drehte er sein Gesicht von ihr fort. Am Abend nach seinem Tod nahm sie vorm Zubettgehen eine Schlaftablette. Sie reagierte so stark auf Medikamente, eigentlich war sie schon bei Aspirin vorsichtig, dennoch nahm sie dankbar, was Sam ihr gab, und schlief die ganze Nacht. Aber es war eher ein Sich-durch-die-Nacht-Graben, mit stumpfen, untauglichen Geräten einen Tunnel bauen, und am Morgen erwachte sie verwirrt und müde, überzeugt, etwas verpaßt zu haben. Nun dachte sie, sie hatte ihre Trauer verpaßt. Wieso diese Hast zu vergessen? fragte sie sich. Wieso diese Eile, an der Trauer vorbei gleich ins Nächste zu tauchen?

Sie überlegte, was ihr Vater wohl gewünscht hatte. Damals hatte sie es nicht herausfinden können, und vielleicht hatte er geglaubt, es sei ihr egal. Tränen kamen, rollten ihr über die Wangen. Sie bemühte sich nicht, sie aufzuhalten.

Starben deine altgewordenen Eltern nicht häufig genau dann, wenn die übrigen (Ehemann, heranwachsende Kinder) ganz offensichtlich nicht mehr jene anfängliche Begeisterung über dein Dasein zeigten? Eigentlich freuten sich nur Eltern immer, wenn du kamst, hörten dir ein Leben lang liebevoll zu. Eine der vielen Ironien des Lebens.

Sie angelte nach ihrem Toilettpapiervorrat und putzte sich die Nase. Sie hatte das Gefühl, als löste sich etwas in ihrem Innern, und hoffentlich weinte sie noch die ganze Nacht.

Im Haus gegenüber rief ein Kind: »Mama, Jerry tritt mich.« Doch die Stimme klang fern, wie im Traum, und die Antwort war sanft. »Aber Jerry ...« Allmählich, so schien es, schliefen die Kinder ein. Die noch wach waren, sagten nur noch dann und wann ein Wort, sprachen schleppender, bis das Haus schließlich still war und niemand mehr redete.

* * *

Der Unabhängigkeitstag war in Bay Borough beinah unbemerkt vorbeigegangen – ohne Parade, ohne Feuerwerk, nur ein paar rot-weiß-blaue Dekorationen in den Schaufenstern. Am Bay Day jedoch sah es anders aus. Bay Day war der Feiertag zu Ehren des berühmten Traums, den George Pendle Bay geträumt hatte. Er wurde am ersten Samstag im August gefeiert und wurde mit einem Baseballspiel und einem Picknick auf dem Platz begangen. Delia wußte das alles, weil Mr. Pomfret der Vorsitzende des Festausschusses war. Er hatte ihr einen Brief diktiert, in dem er vorschlug, das Baseballspiel durch etwas nicht ganz so Raumgreifendes zu ersetzen – Hufeisenwerfen, zum Beispiel. Der Platz, so argumentierte er, sei zu klein und dort stünden zu viele Bäume. Doch Bürgermeister Frick, Sohn und Enkel früherer Bürgermeister und demnach Alleinherrscher, erwiderte, das Baseballspiel sei eine »altehrwürdige Tradition« und müsse weitergespielt werden.

»Tradition!« fluchte Mr. Pomfret. »Bill Frick hat von Tradition keinen Schimmer, und wenn sie ihn eigens in den Hintern beißen würde. Anfangs hat es immer Hufeisenwerfen gegeben. Dann kam Ab Bennet, der in der Unterliga rausgeflogen war, mit eingezogenem Schwanz wieder an, und Bill Frick Senior inszenierte ihm zum Trost ein Baseballspiel. Aber Ab spielt nicht mal mehr mit! Er ist zu alt! Er macht den Limostand.«

Delia war Bay Day egal. Sie hatte vor, morgens ihre Einkäufe zu erledigen und einen großen Bogen um den Platz zu machen. Aber einerseits stellte sie fest, daß alle Läden geschlossen waren, und andererseits lockte sie das eigenartige Wetter (Nebel, dicht und weich, der beinah wie Brei im Mund zerging); sie wollte spazierengehen, und als sie auf die Menge traf, fühlte sie sich, eingehüllt in Dunst, sicher genug, einzutauchen.

Die vier den Platz umgebenden Straßen waren abgesperrt, und überall lagen Decken fürs Picknick. Essenstände säumten die Gehwege, und fliegende Händler verkauften Fähnchen und Ballons. Doch selbst das konnte Delia nur mit Mühe erkennen, so neblig war es. Leute nahmen erst im Näherkommen Gestalt an, schienen erst im allerletzten Augenblick feste Konturen zu gewinnen. Was besonders bei den Skateboardfahrern irritierte. Begeistert von den verkehrsfreien Straßen, flitzten sie tollkühn durch die Menge, tauchten aus dem Nichts und lösten sich in Luft auf. Alle Geräusche waren gedämpft, wie in Watte gepackt, und zugleich unheimlich deutlich. Selbst Gerüche traten deutlicher hervor: zwei alte Damen standen in einer Wolke von Bergamotteduft, während sie aus einer Thermoskanne Tee ausschenkten.

»Delia!« rief jemand.

Delia drehte sich um und erkannte Belle Flint, die einen gestreiften Campingstuhl aufklappte. Sie trug einen leuchtendrosa Overall und eine Menge Armreifen, die klimperten, als sie sich setzte. Delia war sich bis dahin nie sicher gewesen, ob Belle sich an ihren Namen erinnerte; deshalb war sie überrascht. »Oh, hallo, Belle«, sagte sie, und Belle antwortete: »Kennst du Vanessa schon?«

Die Frau, auf die sie deutete, war die junge Mutter, die immer mittags zum Platz kam. Sie saß gleich hinter Belle auf einer Bettdecke in der gleichen Farbe wie der Nebel, ihren kleinen Jungen zwischen die Knie geklemmt. »Hier, komm auf meine Decke«, sagte sie zu Delia.

»Oh, danke, aber –« sagte Delia. Und dann: »Ja, warum nicht«, und ging und setzte sich neben sie.

»Nimm dir 'ne Ladung von dem Picknickkram«, forderte Belle Delia auf. »Wir essen um die Wette; eigentlich müßte es Preise geben. Was hast du mitgebracht?«

»Nichts«, sagte Delia.

»Die Frau gefällt mir«, sagte Belle, und dann neigte sie sich herüber und flüsterte: »Selma Frick hat Bambuskörbe vollgeschichtet mit vermischten Horsd'œuvres; Polly Pomfret hat Artischocken auf Currykrebs mitgebracht.

»Ich habe eher Teenie-Gelüste«, sagte Vanessa und reichte ihr einen Tierfigurenkeks. »Lieber hole ich mir was von der Bude, wenn ich Hunger kriege.«

Sie erinnerte Delia an jene Filmstars aus den vierziger Jahren, die netten Mädchen von nebenan, schlank, hübsch und dunkelhaarig, mit weißer Bluse und weiten roten Shorts, das Haar schulterlang und leuchtendroter Lippenstift. Ihr Sohn war zu feingemacht, fand Delia – typisch für erste Kinder. Er fühlte sich nicht wohl in seiner Haut, so in Cordhose und langärmeligem Hemd, und mit Recht; Delia fühlte durch die Bettdecke, wie heiß der Boden war.

»Wie alt ist dein kleiner Junge?« fragte sie Vanessa.

»Letzten Mittwoch achtzehn Monate.«

Achtzehn Monate! hätte Delia wiederholen können. Daran kann ich mich gut erinnern. Als Ramsay achtzehn Monate war, hat er auch ... und Susie, Susie hat damals ...

Eine solche Versuchung, ihr gemeinsames Wissen unter Beweis zu stellen – Wehen und Milchzähne – die Zeit, als sie noch auf den Tag genau das Alter ihrer Kinder wußte. Doch sie widerstand. Sie betrachtete lediglich lächelnd das blondschimmernde Kinderhaar und sagte: »Die Haarfarbe hat er sicher vom Vater.«

»Vermutlich«, sagte Vanessa unbekümmert.

»Vanessa ist alleinerziehend«, erklärte Belle.

»Oh!«

»Keine Ahnung, wer Greggies Vater ist«, sagte Vanessa und wischte ihrem Sohn mit einem Papiertuch den Mund ab. »Oder besser, ich habe zwar eine Ahnung, aber genau weiß ich es nicht.«

»Oh, ach so!« sagte Delia und wandte sich eilig dem Baseballspiel zu.

Nicht daß es da viel zu sehen gab, bei dem Nebel. Offensichtlich lag die Home-Base in der entgegengesetzten Ecke. Jedenfalls hörte sie dort einen Aufschlag, Plop! Aber sie konnte nur die zweite Base ausmachen, markiert durch eine Parkbank. Während sie zuschaute, lief ein Läufer zur Bank, und der Spieler, der schon dort saß, stand auf, fing aus dem Nichts einen Ball und warf ihn in den Nebel zurück. Dann setzte er sich wieder. Der Läufer neigte sich vornüber, Ellenbogen auf die Knie gestützt, und peilte angestrengt in Richtung Home-Base, obwohl Delia rätselhaft war, wie er so weit zu sehen hoffte.

»Derek Ames«, informierte Belle sie. »Gehört zu unseren besten Schlägern.«

Delia sagte: »Ich denke mal, die Statue steht im Weg.«

»Oh, George spielt Short-stop«, kicherte Belle. »Nein, im Ernst: es gibt eine Regel: Wer der Statue eins an die Birne gibt, geht zu eins. Bevor Rick Rackley mitspielte, gab es automatisch einen Lauf. Aber du kennst ja Berufssportler; die sind in allem unübertroffen. Wenn Rick dran war, hat er den alten Georgie garantiert umgelegt.«

»Rick Rackley ist Berufssportler?«

»War jedenfalls, bis sein Knie nicht mehr mitspielte. Wo hast du bisher gelebt – auf dem Mars? Natürlich, Football, aber glaub mir, die Blauen können froh sein, daß sie ihn in ihrer Mannschaft haben. Das sind die, bei denen wir zuschauen, falls du nicht Bescheid weißt: die Blauen gegen die Grauen. Die Blauen sind die Neuen in der Stadt; die Grauen sind schon immer hier. Huch! Das hört sich ja schwer nach einem Home-Run an.«

Aus der gegenüberliegenden Ecke war ein weiteres Plop hörbar. Delia peilte hoch, sah aber nur dickes Flanellweiß. Im Outfield (einem Grasdreieck hinter der zweiten Base) rief ein Spieler dem anderen zu: »Wo ist er hin?«

»Verdammt, wüßt' ich auch gern«, sagte der zweite Spieler. Dann, mit einem erschrockenen Grunzer, fing er den Ball, der vor seiner Nase auftauchte. »Hab' ihn«, rief er dem ersten zu.

»Gesehen?«

»Erwischt.«

»Schon unten?«

»Genau.«

»Bobby hat ihn!« rief der erste Spieler in Richtung Heimtor.

»Was?«

»Er hat ihn«, vermittelte jemand. »Schläger ist aus.«

»Ist was?«

»Ist aus!«

»Wo ist der Schläger?«

»Wer ist der Schläger?«

Vanessa gab ihrem Sohn noch einen Tierkeks. »Nebel am Bay Day gehört dazu«, erklärte sie Delia. »Kein Mensch hat dieses Spiel je richtig gesehen. So! Delia. Was hältst du denn von deinem Arbeitgeber Zeke Pomfret?«

»Na ja ... schon in Ordnung«, antwortete Delia. Wahrscheinlich hätte sie wissen sollen, daß allgemein bekannt war, wo sie arbeitete.

»Der ist wirklich ein feiner Rechtsanwalt. Wenn du vorhast, dich scheiden zu lassen, kannste mit Zeke gar nichts falsch machen.«

Delia blinzelte.

»Ja, bei meinem Exfreund war er schwer Klasse«, bestätigte Belle. »Und Vanessa ihren Bruder Jip, diesen Pechvogel, hat er auch aus dem Kittchen geholt.«

»An Scheidung hab' ich eigentlich nicht gedacht«, sagte Delia.

»Na klar! Bloß keine Eile! Und außerdem, bei meinem Exfreund lag die Sache total anders als bei dir.«

Was glaubten die beiden, wie Delias Sache lag? Sie verkniff es sich, nachzufragen.

Belle wühlte in ihrer großen Tasche. Sie förderte eine blaßgrüne Flasche und einen Stapel Pappbecher zutage. »Wein?« fragte sie in die Runde. »Mit popeligem Schraubverschluß. Erzähl's nicht Polly Pomfret. Nortons Fall lag ganz klar, was das angeht. Der war erst ein Jahr verheiratet. Genau, an seinem ersten Hochzeitstag haben wir uns kennengelernt. Spieler-Schnupperwochenende in Atlantic City; da war er mit seiner Frau zum Feiern. Er und ich ... klarer Fall von Schwerkraft, kannste wohl sagen.« Sie reichte Delia einen Becher Weißwein. »Und außerdem klebte seine Frau wie angelötet an den Automaten. Ich also, eins-zwei-drei, nichts wie nach Bay Borough, und wir besorgen uns zusammen 'ne kleine Wohnung und reichen bei Zeke Pomfret die Scheidung ein.«

Der Wein hatte einen metallischen Nachgeschmack, wie Büchsenpampelmusensaft. Delia umfaßte den Becher mit beiden Händen. Sie sagte: »Eigentlich habe ich noch nichts Endgültiges vor.«

»Oh, nein, natürlich nicht.«

»Irgendwie fühle ich mich momentan ... ganz leer, kennt ihr das?«

»Na klar!« antworteten beide Frauen im Chor.

Auf dem Platz war anscheinend ein Spielabschnitt vorbei. Die Spieler, die sie bisher beobachtet hatten, verschwanden, und neue Spieler tauchten auf, ein neuer Mann schwebte auf der zweiten Base ins Bild, saß als fester Körper auf der Bank.

***

Sie träumte, Sam führe einen Lastwagen durch den Vorgarten in Baltimore, und die Kinder spielten direkt auf seinem Weg Verstekken. Sie waren aber noch klein, nicht wie jetzt. Sie wollte rufen und sie warnen, aber ihre Stimme versagte, und sie wurden alle überfahren. Dann stand Ramsay wieder auf, hielt sich das Handgelenk, und Sam stieg aus dem Lastwagen und fiel hin, versuchte wieder aufzustehen, fiel, versuchte aufzustehen, und der bloße Anblick gab Delia ein Gefühl, als risse in ihrer Brust eine riesige, rauhe Wunde auf.

Als sie aufwachte, war ihr Gesicht naß. Sie hatte gedacht, sie weinte nachts nicht mehr soviel, doch ihre Augen waren voller Tränen, und so schluchzte sie herzzerreißend. Das Bild von Ramsay in seinen kleinen braunen Sandalen, deren Existenz sie völlig vergessen hatte, verfolgte sie. Sie sah ihre Kinder auf dem Rasen aufgereiht, als sie jünger waren, noch nicht so widerborstig und ruppig; die Jungen mußten sich noch nicht rasieren, und Susie hatte sich noch nicht das Tagebuch mit dem soliden Messingschloß gekauft. Das waren die Kinder, nach denen sie sich sehnte.

***

Eines Abends im September fand sie nach der Arbeit mehrere Briefe auf dem Flurfußboden, die ihren Namen trugen. Sie wußte, es waren Geburtstagskarten, denn morgen wurde sie einundvierzig – und sie kamen von ihrer Familie, weil die Adressen alle umständlich waren *(Haus m/ niedriger Veranda ...)* Auf der ersten Karte war eine Schubkarre voll Gänseblümchen. Darunter GEBURTSTAGSWUNSCH, und drinnen *Freundschaft und Glück, Gute Laune immerdar/ jetzt und auch im nächsten Jahr.* Unterschrieben einfach: *Ramsay,* wobei der Bogen des Y sich halbherzig über die Seite schlängelte.

Sie trug die restliche Post nach oben. Dem wollte sie sich nicht in aller Öffentlichkeit stellen.

Susie, stand unter der nächsten Karte. *(Viele herzlichste Glückwünsche.)* Und gar nichts von Carroll, obwohl sie zweimal alle Umschläge untersuchte. Nun gut, sie konnte sich vorstellen, was geschehen war. Die Karten waren Elizas Idee. Sie hatte die ganze Familie dazu überredet. »Tut mir den einen Gefallen«, hatte sie sicher gesagt. Oder: »Wer Geburtstag hat, soll wenigstens eine Karte bekommen ...« Aber Carroll, der Dickkopf, hatte sich glatt geweigert. Und Sam? Delia öffnete seinen Brief. Ein Farbfoto mit Rosen in einer blauweißen Vase. *Viel Glück und viel Segen ...* unterschrieben, *Sam.*

Dann ein Brief von Linda aus Michigan. *Du sollst wissen, daß ich Dir wirklich alles Gute zum Geburtstag wünsche,* schrieb sie. *Ich trage Dir nicht nach, daß Du einfach durchgebrannt bist, auch wenn es für uns hieß, daß wir unsere Ferien abbrechen mußten – für die Zwillinge die einzige Gelegenheit im Jahr zu lernen, woher sie stammen. Aber nichtsdestotrotz, einen schönen Tag.* Unter ihrer Unterschrift waren die von Marie-Claire und Thérèse – die eine: aufrecht und wie gestochen, eine Wirrwarr-Linkshänderschrift die andere.

Liebe Delia, schrieb Eliza auf einer weiteren Karte, die auch vorn ein Vers zierte,

Es geht uns allen gut, aber wir hoffen, Du kommst bald nach Hause. Ich kümmere mich zur Zeit um die Büroarbeiten in der Praxis, und alle drei Kinder gehen wieder in die Schule.

Bootsy Fisher hat mehrmals angerufen und auch mehrere von unseren Nachbarn, aber ich erzähle allen, du besuchtest zur Zeit Verwandte.

Ich hoffe, Du hast einen schönen Geburtstag. Ich erinnere mich an die Nacht, in der Du geboren wurdest, wie an letzte Woche. Daddy hatte uns erlaubt, mit den anderen Vätern im Wartezimmer zu warten, und als die Krankenschwester kam, sagte sie: »Herzlichen Glückwunsch, ihr beiden, ihr könnt jetzt ein Gesangstrio gründen und bei Arthur Godfrey im Radio auftreten«, da wußten wir, daß Du ein Mädchen bist. Ich vermisse Dich. Alles Liebe,
Eliza

Delia beschloß, diese Karte zu verwahren. Die anderen warf sie weg. Dann entschied sie, Elizas Karte auch wegzuwerfen. Dann saß sie lange auf ihrem Bett, preßte die Fingerspitzen gegen ihren Mund.

* * *

An ihrem eigentlichen Geburtstag kam ein Päckchen von Sams Mutter. Es hatte ungefähr Buchformat, zu dick für den Briefschlitz, so daß es hinter der Fliegengittertür stand, wo Delia es nach der Arbeit fand. Sie stöhnte, als sie die Handschrift erkannte. Eleanor war bekannt für ihre ausgesprochen praktischen Geschenke – ein Reisemetermaß mit Zentimetern und Inches, zum Beispiel, oder ein Aufladegerät für Batterien, immer in gebrauchtes Weihnachtspapier gewickelt. Diesmal, so stellte Delia beim Auspacken oben in ihrem Zimmer fest, war es eine winzige Leselampe, die sie um den Hals hängen konnte. Also, eigentlich ... fand sie. Wahrscheinlich war sie effektiver als die Lampe, die sie sich gekauft hatte. Sie schob sie unter ihr Kopfkissen, neben den Klopapiervorrat.

Ein Brief lag auch dabei, geschrieben auf Eleanors einfachem gelblichen Briefpapier.

Liebe Delia,
Ich schicke Dir nur eine Kleinigkeit, die Du vielleicht nützlich findest. Auf meinen wenigen Reisen war das Licht zum Lesen meist miserabel. Vielleicht machst Du die gleiche Erfahrung. Wenn nicht, spende die Lampe dem nächsten Wohltätigkeitsverein. (Mit dem

Roten Kreuz bin ich in letzter Zeit nicht mehr zufrieden, aber die Grauen Panther finde ich immer noch in Ordnung.)

Mit den besten Geburtstagswünschen,
alles Liebe, Eleanor

Delia drehte den Brief um, aber unten auf der Rückseite stand nur UMWELTPAPIER UMWELTPAPIER UMWELTPAPIER. Keine Entrüstung, kein einziger Vorwurf.

Sie erinnerte sich, wie sie, damals als sie mit Sam verlobt war, so große Hoffnungen auf Eleanor gesetzt hatte. Sie hatte gedacht, endlich bekäme sie eine richtige Mutter. Aber das war, bevor sie Eleanor kennenlernte. Dann kam sie eines Abends zum Essen zu den Felsons, direkt aus dem Mädchenerziehungsheim, wo sie zweimal die Woche ehrenamtlich Schreibmaschinenunterricht gab. Nach der allgemeinen Begrüßung gönnte sie Delia kaum noch einen Blick. Statt dessen redete sie nur noch über die, ach, so schreckliche Armut dieser Mädchen und den überwältigenden Luxus unseres Abendessens – das genaugenommen aus einem Schweinerollbraten mit Tütenzwiebelsoße und Eisbergsalat bestand. »Frage ich doch dieses arme Geschöpf«, sagte Eleanor, »mein Kind, kann dir deine Familie eine Schreibmaschine kaufen, damit du auch zu Hause arbeiten kannst, wenn du das Baby hast? Und wißt ihr, was sie antwortet: ›Miss, meine Familie ist so arm, wir können uns nicht mal Haarwaschmittel leisten.‹« Jemand reichte Eleanor den Brotkorb. Eleanor betrachtete ihn verwirrt und reichte ihn weiter. »Ich habe keine Ahnung, wieso gerade Haarwaschmittel«, sagte sie.

(Warum kamen ihr gegenwärtig so viele Stimmen in den Sinn? Manchmal, beim Einschlafen, klang es wie Geschwätz, als säßen alle, die sie kannten, um sie herum und unterhielten sich. Wie Besucher in einem Krankenzimmer. Menschen um ein Totenbett.)

Einmal hatte Eleanor ihr ein kleines elektrisches Reisebügeleisen geschenkt. Das war schon ein paar Jahre her; Delia wußte nicht mehr, was sie damit gemacht hatte. Hier in Bay Borough hätte sie es gut gebrauchen können. Sie hätte ihre Bürokleider auffrischen können, die beide vom wiederholten Waschen ein bißchen ausgebeult waren. Sie hätte jetzt kein Bügeleisen und Bügelbrett kaufen müssen. Oh, warum hatte sie es damals nicht aufgehoben? Warum hatte sie es nicht mitgenommen? Warum war sie so intolerant und undankbar gewesen?

* * *

Die Geburtstagskarten beantwortete sie nicht, aber die Höflichkeit verlangte, daß sie sich bei Eleanor bedankte. Die kleine Lampe ist ausgesprochen nützlich, schrieb sie. Viel besser als die Leselampe, die ich bis jetzt benutzt habe. Die habe ich jetzt auf die Kommode gestellt, damit ich die Deckenbeleuchtung nicht mehr anknipsen muß. Das Zimmer ist so viel gemütlicher. In diesem Stil schrieb sie eine ganze schmucklose Postkarte voll, ohne eigentlich irgend etwas Wesentliches zu sagen.

An nächsten Morgen, als sie die Karte in den Briefkasten warf, fiel ihr plötzlich ein, daß Eleanor früher auch im Büro gearbeitet hatte. Sie hatte als Sekretärin in einer High-School gearbeitet und so das College ihres Sohns finanziert – keine geringe Leistung, wie Delia jetzt nachempfinden konnte. Schade, daß sie auf der Karte nichts über ihre Arbeit geschrieben hatte. Aber vielleicht hatte Eliza etwas erzählt. »Delia hat eine Stelle bei einem Rechtsanwalt«, hatte Eliza womöglich gesagt. »Sie erledigt sämtliche Büroarbeiten für ihn. Ihr solltet sie jetzt mal sehen; ihr würdet sie nicht wiedererkennen, wenn sie euch über den Weg liefe.«

»Tatsächlich?« würde Sam fragen. (Irgendwie hatte sich ihr Gegenüber von Eleanor in Sam verwandelt.) »Erledigt alles, sagst du? Verlegt keine wichtigen Akten mehr? Hockt nicht mehr im Wartezimmer und liest ihre Kitschromane?«

Naja, sie hatte mehr als ihr halbes Leben damit verbracht, Sam zu imponieren. Unwahrscheinlich, daß sich so eine Gewohnheit über Nacht in Luft auflöste.

* * *

Der Oktober kam, und es wurde kühler. Auf dem Platz häufte sich gelbes Laub. In manchen Nächten mußte Delia das Fenster schließen. Sie kaufte sich ein Flanellnachthemd und zwei Kleider mit langen Ärmeln – ein graues mit Nadelstreifen und ein tannengrünes – und begann im Secondhandladen nach einem guten Mantel Ausschau zu halten. Für einen Mantel war es noch nicht kalt genug, doch sie wollte für jedes Wetter gewappnet sein.

An Regentagen aß sie jetzt ihr Mittagessen im Billard & Cola auf der Bay Street. Sie bestellte Kaffee und ein Sandwich und beobachtete die Spieler am einzigen Billardtisch. Oft kam auch Vanessa mit dem Buggy und leistete ihr Gesellschaft. Während Greggie wie ein bunter Brummkreisel zwischen den Stuhlbeinen kullerte, klärte Vanessa Delia auf, wer die Spieler waren. »Siehst du den Typen, der jetzt dran ist? Buck Baxter. Ist so vor acht, neun Jahren hierhergezogen. Baxter von Baxters Wach- und Schließgesellschaft, aber angeblich hat sein Vater ihn enterbt. Nein, Greggie, der Mann möchte keinen Keks. Also, die da kenn' ich nicht.« Sie meinte die winzige, dunkelhaarige junge Frau, die sich auf die Zehenspitzen reckte und über den Billardtisch lehnte, um ihr Spiel zu machen, ihre lila Segeltuchtasche immer noch über der Schulter. »Die ist nicht von hier. Laß ihn in Ruhe, Greggie. Und der Typ mit den Cowboystiefeln, das ist Belles Ex, Norton Grove. Belle hatte den Verstand verloren, als sie sich in den verknallte. Der ist so windig, da brauchste 'ne Sturmwarnung.«

Delia gewann den Eindruck, daß Bay Borough eine Stadt für Versager war. Fast jeder hier war irgendwann mal irgendwo weggelaufen oder weggejagt worden. Und eigentlich schien es nicht mehr so idyllisch. Rick und Teensy Rackley wurden von manchen älteren Bürgern naserümpfend links liegengelassen; die beiden einzigen Homosexuellen, ihres Wissens, gingen offensichtlich immer allein durch die Stadt; in der High-School sollte es schwere Drogenprobleme geben; und Mr. Pomfrets Terminkalender war vollgestopft mit Leuten, die sich ihren Besitz streitig machten oder in alkoholisiertem Zustand Auto gefahren waren.

Dennoch, hier fühlte sie sich wohl. Sie hatte ihre friedliche Routine, ihre Nische im allgemeinen Hin und Her. Sie ging von der Kanzlei in die Bücherei, von der Bücherei ins Café und erfuhr, wie ihre äußere Existenz ihren inneren Zustand bestimmte, so als stellte sie sich, um den Schlaf wirklich herbeizulocken, vorsorglich schlafend. Nicht, daß ihre Traurigkeit vergangen war, aber an der Oberfläche, ein gutes Stück über dieser Traurigkeit, funktionierte sie leicht und reibungslos. Jeden Samstag löste sie ihren Scheck ein; jeden Sonntag aß sie im Bay-Arms-Restaurant zu Mittag. Manche Leute nickten, wenn sie ihr begegneten, was soviel hieß wie: *Ach ja, Miss Grinstead, wie erwartet.*

Dennoch gab es Dinge, die ihr plötzlich einen Stich versetzten. Ein Lied, das sie aus Ramsays ›Grateful Dead‹-Zeit kannte, knock-knock-knocking on heaven's door. Oder die Mutter und das kleine Mädchen, die sich vor dem Haus gegenüber umarmten. »Sie verläßt mich!« rief die Mutter in gespielter Verzweiflung zu Delia hinüber. »Sie bleibt das erstemal über Nacht weg!«

Vielleicht konnte Delia sich einreden, sie sei in die Zeit vor ihrer Ehe zurückversetzt und vermisse ihre Kinder überhaupt nicht, weil sie noch gar nicht auf der Welt waren.

Doch rückblickend schien es ihr, sie habe sie sogar damals schon vermißt. War es möglich, daß es eine Zeit gegeben hatte, in der es ihre Kinder noch nicht gab?

* * *

Liebe Delia, schrieb Eleanor. (Diesmal lautete die Adresse George Street 14.)

Ich habe mich so über Deine Postkarte gefreut. Gut zu wissen, daß mein kleines Geschenk für Dich praktisch ist, und ich bin froh, daß Du viel liest.

Ich kann unmöglich einschlafen, wenn ich nicht vorher ein paar Seiten gelesen habe, am liebsten etwas Lehrreiches wie Biographien oder Zeitgeschichtliches. Eine Weile, nachdem Sams Vater gestorben war, habe ich im Lexikon gelesen. Kein anderes Buch hatte so kleine Abschnitte, auf die ich mich gerade noch konzentrieren konnte. Außerdem hatten die Informationen etwas Endgültiges.

Wahrscheinlich ist Sam davon geprägt, daß sein Vater starb, als er noch so klein war. Das wollte ich eigentlich schon in meinem letzten Brief sagen. Und sein Vater war keine besonders starke Persönlichkeit. Er war die Sorte Mann, die das ganze Badewasser ablaufen lassen, bevor sie aus der Wanne steigen. Vielleicht macht es einem Jungen angst, daß er als Erwachsener auch so werden könnte.

Ich hoffe, ich bin Dir nicht zu nahe getreten.

Alles Liebe, Eleanor

Delia wußte nicht, was sie davon halten sollte. Als der nächste Brief kam, zwei Wochen später, verstand sie es besser. *Bitte entschuldige, wenn ich sehr »schwiegermütterlich« klang und Du deshalb meinen Brief nicht beantwortet hast. Ich hatte nicht vor, meinen Sohn zu entschuldigen. Ich habe immer gesagt, er war schon vierzig, als er auf die Welt kam, und ich weiß, mit so jemandem ist das Zusammenleben nicht einfach.*

Delia kaufte noch eine Postkarte – diesmal eine mit Bild, ein makellos weißes Rechteck, betitelt: *Bay Day in Bay Borough*, also brauchte sie noch weniger zu schreiben. *Liebe Eleanor*, schrieb sie. *Ich bin eigentlich nicht wegen Sam hier. Ich bin hier, weil*

Dann lehnte sie sich zurück, wußte nicht, wie sie den Satz beenden sollte. Sie wollte noch einmal anfangen, aber die Postkarte hatte Geld gekostet, also entschloß sie sich, weiterzuschreiben: *ich bin hier, weil mir der Gedanke gefällt, noch einmal von vorne anzufangen.* Sie unterschrieb, Alles Liebe, Delia, und warf sie am nächsten Morgen auf dem Weg zur Arbeit in den Briefkasten.

War das letztlich nicht der wahre Grund? Wahrer, als ihr beim Schreiben bewußt gewesen war. Ihr Weggehen hatte sehr wenig mit irgendeiner speziellen Person zu tun.

Sie schloß die Tür zur Kanzlei auf und bemerkte, wie sehr sie den leeren Raum genoß. Sie zog die weißen Jalousien hoch; sie blätterte den Kalender auf eine neue Seite; sie setzte sich und spannte einen weißen Bogen in die Schreibmaschine. Soweit sie ihren bisherigen Morgen betrachtete, war daran ganz und gar nichts auszusetzen gewesen.

* * *

Mr. Pomfret beschäftigte manchmal einen Detektiv namens Pete Murphy. Es war kein Pokerface, wie Delia sich einen Detektiv vorstellte, sondern ein dickliches Kindergesicht aus Easton. Anscheinend wurde er seltener gebraucht, Leute ausfindig zu machen, als nicht ausfindig zu machen. Wann immer ein Testament oder ein Rechtsanspruch in Frage stand, kam Pete angeschlurft, pfiff tonlos zischend vor sich hin, winkte mit seinen Stummelfingern wackelnd in Delias Richtung und begab sich ins eigentliche Büro. Er sprach sie nie an und wußte wahrscheinlich nicht einmal, wie sie hieß.

Aber eines Regentags tauchte er auf, unter seiner Windjacke offensichtlich etwas Rundes, Wehriges versteckt. »Hab' ein Geschenk für Sie«, sagte er zu Delia.

»Für mich?«

»Auf der Straße gefunden.«

Er zog den Reißverschluß auf, und eine kleine, feuchte, grauschwarze Katze sprang zu Boden, flitzte unter den Heizkörper. »Oh!« sagte Delia.

Pete sagte: »Los, komm her, du kleiner Teufel.«

Unter dem Heizkörper – Mucksmäuschenstille.

»Sie kommt nie, wenn Sie kommandieren«, sagte Delia. »Sie müssen ein bißchen zurückgehen. Drehen Sie Ihr Gesicht zur Seite. Tun Sie, als sähen Sie nicht hin.«

»Na, das überlasse ich lieber Ihnen«, beschloß Pete. Er wischte sich die Katzenhaare von den Ärmeln und ging auf die Bürotür zu.

»Ich? Aber ... halt! Das geht doch nicht!« sagte Delia nun zu Mr. Pomfret gewandt, der angesichts der Aufregung vor seiner Tür sein Zimmer verlassen hatte. »Er hat eine streunende Katze mitgebracht! Ich kann hier doch keine Katze haben!«

»Langsam, langsam, Ihnen fällt schon etwas ein«, sagte Mr. Pomfret gutgelaunt. »Miss Grinstead war in ihrem vergangenen Leben nämlich eine Katze, müssen Sie wissen«, erklärte er Pete.

»Tatsächlich«, sagte Pete. Beide Männer gingen ins Büro, und Mr. Pomfret schloß die Tür.

Die nächste halbe Stunde arbeitete Delia und hielt dabei ein Auge auf den Heizkörper. Sie beobachtete, wie sich der grauschwarze Tigerschwanz hinter einer Heizungsrippe entringelte und im Trocknen bauschte. Sie fühlte sich beobachtet.

Als Pete wieder auftauchte, sagte sie: »Vielleicht gehört die Katze jemandem. Haben Sie daran schon gedacht?«

»Das bezweifle ich«, antwortete er. »Sie hat kein Halsband.« Wieder wedelte er neckisch mit seinen Fingern und verschwand. Als die Tür hinter ihm zuschlug, zuckte der Schwanz.

Delia stand auf und ging ins Büro. »Verzeihung«, sagte sie.

Mr. Pomfret sagte: »Hm?« Er hockte schon wieder vor seinem Computer. Er hatte an diesem Morgen die Funktion Search-and-Replace entdeckt, und das war offensichtlich aufregend. *Tap-tap* gingen seine Finger, während er sich vor dem Bildschirm den Hals verrenkte.

»Mr. Pomfret, diese Katze steckt immer noch unter der Heizung, und ich kann sie nirgends mitnehmen! Ich habe ja nicht einmal ein Auto!«

»Vielleicht nehmen Sie einen Karton aus dem Vorratsschrank«, sagte er. »Verdammt!« Er schlug mehrere Tasten hintereinander an. »Sie kümmern sich schon darum, Miss Grinstead? Seien Sie so nett.«

»Ich habe nur ein Zimmer!« sagte Delia.

Mr. Pomfret griff sein Computerhandbuch und blätterte. »Verdammtes Ding, wer hat bloß so etwas geschrieben?« fragte er. »Bestimmt kein menschliches Wesen. Also, Miss Grinstead, warum machen Sie nicht früher Schluß und bringen die Katze dorthin, wo Sie es für richtig halten. Ich schließe für Sie ab, wie wär' das?«

Delia seufzte und ging an den Vorratsschrank.

Das ›Haustierhimmel‹: vielleicht konnte das helfen. Sie leerte einen Karton, in dem braune Umschläge lagen, und trug ihn ins andere Zimmer. Sie kniete sich vor den Heizkörper und streckte eine Hand am Boden aus. »Tsk-tsk!« lockte sie. Sie wartete. Ein wenig später spürte sie an ihrem Mittelfinger einen kühlen Tupfer. Tsk-tsk-tsak! Die Katze blinzelte sie an, nur die Schurrhaare und die herzförmige Nase kamen zum Vorschein. Sachte legte Delia ihre Hand um den zerbrechlichen Körper und zog ihn hervor.

Es war ein ganz junges Tier, sah sie – ein magerer kleiner Kater mit großen Pfoten und spindeldürren Beinen. Sein Fell war überraschend weich. Als sie ihn streichelte, schrak er zusammen, doch er wußte wohl, daß es kein Entrinnen gab. Sie nahm ihn hoch und setzte ihn in den Karton, den sie oben zuklappte. Er miaute einmal jämmerlich, dann war er still.

Es regnete noch immer, und sie hatte keine Hand frei, um ihren Schirm aufzuspannen, also eilte sie schutzlos die Straße entlang. Der Karton schaukelte in ihren Armen, als wäre darin eine Bowlingkugel. Für so einen kleinen Kater war er ganz schön schwer.

Sie bog um die Ecke und rauschte durch die Tür in den ›Haustierhimmel‹. Eine grauhaarige Frau stand hinter der Theke und hakte eine Liste ab. »Sie wissen nicht zufällig, ob Bay Borough ein Tierheim hat?« fragte Delia.

Die Frau sah einen Augenblick hoch, richtete langsam ihre blauen Augen auf sie. Dann sagte sie: »Nein, das nächste ist in Ashford.«

»Oder sonst eine Stelle, die herrenlose Tiere aufnimmt?«

»Wie bitte?«

»Vielleicht möchten Sie eine Katze?«

»Großer Gott! Wenn ich noch eine nach Hause schleppe, bringt mein Mann mich um.«

Also gab Delia auf, wenigstens im Augenblick, kaufte eine Pakkung Katzenfutter und einen Beutel Katzenstreu, von jedem die kleinste Menge, eine Tagesration. Dann schleppte sie die Katze nach Hause.

Belle war vor ihr da, telefonierte in der Küche. Delia hörte sie lachen. Sie ging auf Zehenspitzen die Treppe hinauf, schloß ihr Zimmer auf, setzte den Karton zu Boden und schloß die Tür hinter sich. Der Spiegel zeigte ihr eine Verrückte. Nasse Haarsträhnen klebten ihr in der Stirn. Die Jacke war auf den Schultern durchgeweicht, und die Handtasche hatte Regenflecke.

Sie bückte sich über den Karton und faltete den Deckel auseinander. Innen saß der Kater zusammengerollt und sah sie erschrokken an. Delia ging zurück, hockte sich auf die Bettkante, schaute demonstrativ in eine andere Richtung. Schließlich sprang die Katze aus dem Karton. Sie beschnupperte die Fußleisten. Delia blieb, wo sie war. Die Katze kroch unter die Kommode und tauchte mit staubigem Schnurrbart wieder auf. Sie ging scheinbar unabsichtlich und ohne hinzusehen aufs Bett zu. Delia drehte sich um. Wenig später fühlte sie, wie die Matratze eine Spur nachgab, als die Katze auf dem Bett landete. Sie strich an ihr vorbei, rieb ihren Körper leicht und wie zufällig ihren Rücken entlang. Delia zuckte nicht mit der Wimper. Es war, als führten sie gemeinsam einen Tanz auf, galant, kunstvoll und würdevoll.

Aber sie konnte sie unmöglich behalten.

Dann klapperte Belle die Treppe herauf. Sonst kam Belle nie nach oben. Ausgerechnet heute. Delia warf einen Blick auf die Katze, komm, mach dich unsichtbar! Doch sie erstarrte nur und starrte mit großen Augen die Tür an. *Poch-poch.* Sie stand mitten auf dem Kopfkissen, und ihr Schwanz ragte kerzengerade in die Höhe. Sie war absolut nicht zu übersehen.

Delia griff ihr unter die daunenweichen Achseln. Sie hörte das Katzenherz hämmern. »Einen Augenblick«, rief sie. Sie nahm den Karton.

Doch Belle hatte sie überhört, denn sie stürzte herein, flötete: »Delia, hier ist ein...« Dann sagte sie: »Na so was!«

Delia richtete sich auf. »Ich suche eine Bleibe für sie«, sagte sie.

»Och. Wie niedlich!«

»Keine Angst, sie bleibt nicht.«

»Oh, wieso nicht? Hm, das heißt ... sie ist doch stubenrein, oder?«

»Alle Katzen sind stubenrein«, sagte Delia. »Du meine Güte!«

»Na, also! Unser kleines Tigertätzchen. So ein süßes Kackhänschen.« Belle beugte sich über die Katze und hielt ihr die lackierten Fingernägel zum Schnuppern hin. »Du Rotznäschen«, turtelte sie. »Du Schmuddelköpfchen, du Fusselschwänzchen.«

»Mr. Pomfrets Detektiv hat sie draußen im Regen gefunden«, sagte Delia. »Er hat sie mir einfach in den Arm gedrückt, ich konnte nichts machen. Ich meine, ich wußte, daß ich sie nicht behalten kann. Wo kann ich denn die Katzentoilette hinstellen?«

»Ins Badezimmer?« fragte Belle. Sie kraulte die Katze hinter den Ohren.

»Aber findet sie den Weg?«

»Vielleicht läßt du die Tür einen Spalt offen, damit sie rein und raus kann«, sagte Belle. »Ooh, fühl mal, wie weich! Ich weiß sowieso nicht, warum du immer abschließt. In so 'ner kleinen Stadt, wer soll dich denn da ausrauben? Wer, meinst du, schleicht sich hier ein und schändet dich?«

»Na ...«

»Glaub mir, Mr. Lamb hat den Elan nicht.«

Belle kraulte die Katze unterm Kinn, und sie lehnte selig ihren Kopf zurück. Sie schnurrte, putt-putt, wie ein alter Ford.

»Ich weiß nicht, ob ich mein Leben so umständlich machen will«, sagte Delia.

»So ein Umstandskrämerchen. So ein Unruhestifter.«

Belle hielt in der freien Hand einen Umschlag, sah Delia jetzt. Deshalb war sie nach oben gekommen. Eleanors gespreizte Schrift zierte die Vorderseite. Plötzlich war Delia alles zuviel. Soviel passierte auf einmal!

Aber als Belle fragte: »Behältst du diesen Winzling oder ich?« antwortete Delia: »Schon gut, ich behalte ihn.«

»In Ordnung. Wir nennen ihn Plüschball, wie findest du das?«

»Hmm«, sagte Delia, als überlegte sie.

In Wirklichkeit mochte sie keine niedlichen Katzennamen. Und außerdem hatte sie ihn in Gedanken schon George genannt.

***

An jenem Abend las sie Eleanors Brief erst im Bett. Er war ähnlich wie die anderen: sie bedankte sich für Delias letzte Karte, berichtete über ihre Arbeit beim Fahrbaren Mittagstisch. Dein Bedürfnis, neu anzufangen, kann ich nachvollziehen! schrieb sie. (Das vorsichtige Wort ›nachvollziehen‹ zeigte, wie sehr sie sich mühte, nichts Falsches zu sagen.)

Und es erleichtert mich, daß Du aus diesem Grund weggegangen bist. Ich hatte schon gedacht, es sei wegen Sam. Ich habe mich gefragt, ob er vielleicht sogar wollte, daß seine Frau ihn verläßt, in diesem Fall könnte man Dir gar nichts vorwerfen.

Aber wenn Dein Neuanfang zu Ende ist, kannst Du Dir dann vorstellen, Dich wieder mit der Gegenwart anzufreunden und

nach Hause zu kommen? Ich frage nur. Alles Liebe, Deine Eleanor
Eine Pelzpfote schlug aufs Papier, und Delia legte den Brief beiseite. Die Katze hatte sich neben ihr auf der Decke gemütlich eingerichtet. Sie hatte unglaublich viel gefressen und zweimal das provisorische Katzenklo im Bad benutzt. Offensichtlich fühlte sie sich schon heimisch.

Sie nahm ihr Buch – Carson McCullers – und begann ihre Lektüre, wo sie gestern abend aufgehört hatte. Sie las zwei Geschichten und fing eine dritte an. Dann merkte sie, wie müde sie war; also legte sie das Buch auf die Fensterbank und knipste ihr Leselämpchen aus, legte es oben aufs Buch. Das Licht fiel durch den Türspalt, ein gelber schmaler Schein auf den Dielen. Sie kuschelte sich tiefer in ihr Bett, ohne die Katze zu stören. Die putzte sich. Sie drückte bei jeder Bewegung wie zufällig gegen ihre Rippen, aber sie wußte genau, daß es Absicht war.

Wie eigenartig, wenn sie genauer darüber nachdachte, daß Tiere und Menschen unter einem Dach wohnten! Wenn Delia jetzt draußen in der Wildnis wäre und dort würde sich ein Tier so dicht an sie schmiegen, nicht zu fassen!

Sie gähnte und schloß die Augen, zog die Decke über die Schultern.

Eine der Geschichten, die sie heute abend gelesen hatte, hieß: »Ein Baum, ein Fels, eine Wolke.« In dieser Geschichte sagt ein Mann, die Menschen sollten anfangs etwas Einfaches lieben, bevor sie sich an andere Menschen herantrauten. Zuerst etwas weniger Kompliziertes, wie ein Baum, oder ein Fels, oder eine Wolke. Der Rhythmus der Worte schlug in ihrem Kopf einen Takt: Baum, Fels, Wolke.

Zuerst eine Zeit allein, dann ein, zwei Bekanntschaften, dann ein kleines, wenig anspruchsvolles Tier. Delia war gespannt, was danach kam und wie es ausgehen würde.

10

Am Sonntag vor Thanksgiving fing Belle Delia unten an der Treppe ab. »Sag, Dee«, meinte sie. »Hast du am Feiertag schon was vor?«

»Oh, hm...«

»Möchtest du hier bei mir was essen?«

»Liebend gern«, sagte Delia.

»Ich schmeiße mich richtig ins Zeug: Puter, Soße, Preiselbeeren...«

»Ich wußte gar nicht, daß du kochst!«

»Ich auch nicht«, sagte Belle voll Galgenhumor. »Teil meines Schlachtplans. Ich versuche den Typen, mit dem ich gehe, davon zu überzeugen, was für eine fabelhafte Hausfrau ich bin.«

Augenblicklich sah sie alles andere als nach Hausfrau aus. Der Sonntag war ein harter Arbeitstag im Maklerbüro, und sie war ausgehfein, trug den riesigen lila Mantel mit den ausladenden Schultern, die nicht nur gepolstert waren, sondern in kleinen Spitztüten endeten – Raumanzug für Außerirdische. Darunter waberten lila Hosenbeine, und der Duft ihres fruchtig schwülen Parfums hing wie eine Gewitterwolke in der Luft.

»Vanessa kommt mit Greggie«, sagte sie. »Ein Kind macht sich immer gut, findest du nicht? Und diese Leute von außerhalb, denen ich gerade ein Haus verkauft habe; da kann nichts schiefgehen...«

»Und ich darf in der Küche glänzen«, riet Delia.

»Oh, das Essen lasse ich kommen, aber verrat mich bloß nicht. Ich dachte, du kannst der Sache ein bißchen, na, sagen wir mal, Klasse geben. Dieser Mensch muß denken, ich bin die Tugend in Person. Du kannst mir den letzten Gattinnenschliff verpassen: Tischdekoration und so'n Klimbim. Da kennst du dich doch sicher noch aus? Hast du vielleicht so 'nen Korb, der wie'n Füllhorn aussieht?«

»Leider nein«, sagte Delia. »Aber ansonsten, mit größtem Vergnügen.«

»Wunderbar«, sagte Belle. Sie schubste die Katze vorsichtig beiseite – sie war Delia nachgekommen – und öffnete die Haustür. Draußen wartete ein kühler, blechfarbener Tag. »Der Mensch heißt Henry McIlwain, hab' ich das schon erzählt?« fragte sie. »Wir gehen seit ein paar Wochen zusammen, und langsam will ich mal zur Sache kommen. Sonst denkt er, ich bin nur fürs Vergnügen da. Vielleicht kannst du ein paar Bemerkungen fallenlassen. So: ›Mensch, Belle, hoffentlich hast du wieder deinen köstlichen Rosenkohl gemacht.‹«

»Es gibt Rosenkohl für ihn?«

»Leider. Das andere Gemüse vom Partyservice paßt nicht in meinen kleinen Grill.«

Delia fragte: »Wie hast du das mit dem Essen geregelt, als du mit Norton zusammengelebt hast?«

»Wir sind ausgegangen. Aber diesmal wird alles anders. Wenn Henry zuhört, kannst du mich auch nach ’nem Rezept fragen.«

»Ich bin gespannt auf deine Antwort«, lachte Delia.

»Essen gibt’s um eins, aber vielleicht kannst du etwas früher kommen und den Tisch decken? Und zieh deinen grauen Nadelstreifen an. Dein Nadelstreifen ist so … grau, weißt du?«

* * *

An Thanksgiving schlief Delia aus und vertrödelte den Morgen, trank Tee und las im Bett, die Katze neben sich zusammengerollt. Auf der anderen Seite des Flurs, in Mr. Lambs Zimmer, dröhnte ständig eine Ansagerstimme. Es war ein Fernsehsprecher, hatte Delia herausgefunden, kein Radio. Seit sie ihre Tür einen Spalt offenließ, hörte sie die Musik ohne sichtbaren Grund, einem visuellen Impuls folgend, an- und abschwellen; und heute morgen, als sie Teewasser holen ging, fing sie auch einzelne Sätze auf. »Die Bärenmutter führte ihre Jungen …«, hörte sie, und: »Das Spinnenweibchen sticht seine Opfer …«. Mr. Lamb sah also Tierprogramme.

Kurz nach zwölf stand sie auf und zog sich an. Wie schade, daß sie keine Perlenkette hatte, es sähe noch festlicher aus. Oder wenigstens einen Schal. Hatte sie nicht einen Schal mit persischem Muster und grauen Sprenkeln am Rand? Ja – in Baltimore. Er lag zusammengelegt in Großmutters Lackschachtel für Handschuhe.

Sie nahm besonders viel Lippenstift, und dann rückte sie näher an den Spiegel und kämmte sich. Ihr Haar war jetzt länger, die Locken lagen flacher, ruhiger – genau richtig für Miss Grinstead. Obwohl sie, als sie zurücktrat und einen prüfenden Blick auf den Gesamteindruck warf, eher wie Rosemary Bly-Brice aussah.

Sie drehte sich abrupt um und nahm die Vase voll Herbstblumen, die sie tags zuvor gekauft hatte.

Als sie ging, kam die Katze mit. Sie purzelte hinter ihr die Treppe hinab und strich ihr um die Füße, während sie an die Wohnzimmertür klopfte. Als niemand antwortete, versuchte sie die andere Tür, rechts, und schließlich drückte sie die Klinke herunter und steckte ihren Kopf ins Eßzimmer. »Jemand da?« fragte sie.

Du meine Güte, Belle brauchte wirklich ihre Unterstützung. Auf dem Tisch – einem langen, schmalen, der eher einer Schulbank glich – lag nicht einmal ein Tischtuch. Delia stellte die Blumen hin und ging weiter in die Küche. »Belle?« sagte sie.

Belle lehnte am Spülbecken. Sie rang die Hände über einer gewaltig gerüschten weißen Schürze, und die Tränen liefen ihr in Strömen übers Gesicht.

»Belle? Was ist passiert?« rief Delia.

»Er kommt nicht«, schluchzte Belle.

»Dein Freund?«

»Er ist wieder bei seiner Frau.«

»Seiner Frau? Das wußte ich ja gar nicht.«

»Ja.«

»Oh, das tut mir leid.«

Tatsächlich war sie entsetzt, aber sie versuchte, es sich nicht anmerken zu lassen. Kein Wunder, daß Belle so erpicht war, respektabel zu wirken! Delia tätschelte sie vorsichtig; vielleicht brauchte sie Trost? Sie brauchte ihn. Belle fiel Delia in die Arme und stieß heiße Schluchzer gegen ihre Wange aus.

»Er war der vollkommene Mann für mich!« klagte sie. »Er war genau, was ich wollte! Und dann ruft er heute morgen an und, oh, ich hätte es gleich wissen können, er hat so leise geredet, rumgenuschelt, als sei er bange, gehört zu werden –«

Sie löste sich aus Delias Umarmung und riß ein Papiertuch von der Rolle überm Spülbecken. Sie betupfte erst ein Auge, dann das andere und sagte: »›Belle‹, flüstert er, ›heute wird's nichts. Es ist etwas dazwischengekommen‹, meint er. ›Oh?‹ sage ich. ›Was ist?‹ Denke, er kriegt den Wagen nicht an oder will 'nen Freund mitbringen. ›Also, es ist so‹, sagt er, ›Clematis und ich sind wieder zusammen.‹«

»Clematis ist seine Frau«, riet Delia.

»Ja, und das Baby heißt Primula. Stell dir das vor.«

»Das Baby?«

»Ja, und nicht mal im Frühling geboren! Sondern im Oktober!«

»Du meinst ... vergangenen Oktober?«

Belle nickte und putzte sich geräuschvoll die Nase.

»Das Baby ist... einen Monat alt?«

»Sechs Wochen.«

»Ach.«

Belles Schürze war so neu, die Löcher der Stecknadeln von der Verpackung waren deutlich zu erkennen. Ihre Frisur war noch ausladender als sonst, und Delia erlebte sie zum erstenmal in einem richtigen Kleid, wenn sie es recht sah, denn die Beine, die unter der Schürze hervorkamen, waren in frostigweiße Nylonstrümpfe gehüllt, wodurch sie pflaumenlila glänzten. Das Gesicht war dagegen eine einzige Katastrophe – verschmierter Lippenstift, schwarz zerlaufene Wimperntusche und graue Tränenrinnsale. »Du mußt den anderen absagen«, erklärte sie gerade, während sie ihre Tränen wegwischte. »Ich kann jetzt unmöglich dieses Essen veranstalten.«

»Aber alles ist vorbereitet«, sagte Delia. Sie untersuchte die folienverpackten Aluschalen auf der Arbeitsplatte, die Tellerstapel und das Besteck auf dem Küchentisch, die leeren Porzellanschüsseln, die nur noch gefüllt werden mußten. Durch die Backofenscheibe sah sie den knusprig braunen Puter, obwohl es aus irgendwelchen Gründen nicht danach roch. »Der Puter sieht aus, als sei er gar«, sagte sie zu Belle.

»Er ist gar gebracht worden. Ich wärme ihn nur auf. Ich mußte ihn über Nacht in den Eisschrank packen.«

»Also, dann los! Eine kleine Feier muntert dich bestimmt auf!«

»Mich muntert nichts auf«, sagte Belle.

»Auch gut, dann bleib sitzen, und ich kümmere mich um alles.«

»Am liebsten wäre ich tot und begraben«, sagte Belle und zog einen Küchenstuhl heran. Sie ließ sich daraufsinken und nahm die Katze auf den Arm. »Ich bin zu alt, um ständig sitzengelassen zu werden! Ich bin achtunddreißig. Es macht mich *fertig*, daß ich mit jedem Mann nur einmal ausgehe.«

Delia gab keine Antwort, sie suchte ein Tischtuch. Keine Ahnung, wo Belle ihre Tischwäsche verwahrte. Die Küche war typisch fünfziger Jahre, glänzende nackte Wände und riesige weiße Elektrogeräte, rostfleckige weiße Metallschränke und Schubladen. Sie zog jede Schublade scheppernd auf. Die meisten waren leer. Schließlich entdeckte sie unter der Spüle ein textiles Chaos. »Aha!« sagte sie und schüttelte ein zerknittertes Damasttischtuch aus. Sie brachte es ins Eßzimmer und breitete es über den Tisch, stellte die Blumen zurück in die Mitte. »Ich weiß, du hast doch Kerzenleuchter«, rief sie.

»Wir haben uns im letzten Frühling kennengelernt«, sagte Belle. »Ich persönlich habe ihr Haus verkauft. Sie wollten etwas Größeres für das Baby. Und du wirst es nicht glauben, ich habe sechs Monate dazu gebraucht, so wie die Marktlage zur Zeit ist.«

Delia öffnete alle Schubladen der apfelgrünen Kommode, die im Eßzimmer als Buffet diente. In einem Wirrwarr von Verlängerungsschnüren fand sie zwei Messingkerzenständer, die sie beiderseits der Blumenvase stellte. Inzwischen, in der Küche, hatte Belle das Haus genau zwei Tage vor Primulas Geburt verkauft. »Das Datum auf dem Kaufvertrag war exakt zwei Tage vor dem errechneten Geburtstermin«, sagte sie. »Das Kind kam drei Tage später. Also bin ich natürlich mit 'ner Kleinigkeit im Krankenhaus vorbei; kann ich von der Steuer abziehen. Und da saß Henry, ganz der stolze Vater, schleppte mich den Gang runter und zeigte mir das Baby hinter dem Fenster, und redete wie ein Wasserfall: wie klug und wie niedlich und bla-bla-bla. Und plötzlich war's passiert, weißt du? Ich stand da, hörte kein Wort von seinem Gequassel, sah nur, wie sich sein Mund bewegte, und dachte plötzlich: *Wenn ich jetzt einen Schritt vorgehe und ihn küsse, was macht er wohl dann?*

»Kerzen?« fragte Delia.

»Vielleicht im Besenschrank.« Belle putzte sich posaunend die Nase, so daß die Katze von ihrem Schoß sprang. »Und eigentlich war er nicht mal mein Typ«, sagte sie. »Er war dünn! Und blaß!

Und hatte einen Computerfimmel! Aber ich stand da und dachte: *Wenn ich jetzt hier vor dem Babyfenster meine Bluse aufknöpfe und einfach seinen Mund anstarre und mir mit der Zungenspitze die Unterlippe lecke.*«

Die Kerzen lagen nicht im Besenschrank, sondern in einer vergilbt weißen Schachtel auf dem Eisschrank. Auch die Kerzen waren vergilbt, außerdem ein bißchen krumm. Delia steckte sie dennoch in die Leuchter. Dann holte sie das Geschirr und Besteck aus der Küche und deckte den Tisch. Belle war mittlerweile bei den Krämpfen des Babys, den Streitereien der jungen Eltern, ihrem unerschütterlich gurrenden Mitgefühl. »Ich legte mir einen Schlachtplan zurecht, ich lag auf der Lauer«, sagte sie. »Ich verriet ihm, meine Tür steht immer offen. Um zwei, drei, vier Uhr morgens verdrückte er sich aus dem Milchmief und Windelgestank; und ich hatte mein Spaghettiträgernachthemd aus ›Viktorias Süßem Nichts‹ an.«

Und alles hatte sich unter diesem Dach abgespielt, während Delia fest schlief! Sie untersuchte den Puter. Seine Brust wirkte eingefallen. Sie entdeckte die Aluschale mit Rosenkohl und stellte sie bei kleiner Hitze in den Grill. Es gab auch Brötchen, aber die wollte sie ganz zum Schluß aufbacken.

»Vor zwei Wochen ist Clematis zu ihrer Mutter gefahren«, sagte Belle. »Nimmt das Kind und verschwindet. Ich war im siebten Himmel. Hast du nicht gemerkt, daß ich in letzter Zeit immer so gestrahlt habe? Oh, Delia, wie hältst du das aus, ohne Liebesleben?«

Delia, die gerade ein Paket Papierservietten, bedruckt mit Pilgervätern und Mayflower, gefunden hatte, hielt inne und ließ die Frage auf sich wirken. »Na ja«, sagte sie, »daß mich keiner in den *Arm* nimmt, fehlt mir schon. Aber der ganze andere Rest, ich weiß nicht, irgendwie kann ich es gar nicht mehr nachvollziehen. Ich denke, *Warum war mir das mal so wichtig?* Aber wahrscheinlich ist das nur –«

Es läutete an der Tür.

»Oh, Gott, wir haben das Essen nicht abgesagt«, rief Belle, als hätte sie Delias Vorbereitungen nicht mitbekommen. »Verflixt!

Ich kann jetzt nicht! Sieh mal nach, wer da ist, ich kümmere mich um mein Gesicht.«

Als Delia durchs Eßzimmer in den Flur ging, kam sie sich erbärmlich und dünn und altjüngferlich vor, eine unverheiratete Tante, Mädchen für alles.

Draußen stand Vanessa. Sie hatte eine Lederjacke an und Jeans und hielt Greggie, auf eine Hüfte gestützt. Hinter ihr stiegen ein Mann und eine Frau aus einem Auto, wahrscheinlich Belles verheiratetes Paar. Delia blieb kaum Zeit, Vanessa die Neuigkeit zuzuflüstern: »Henry McIlwain ist zu seiner Frau zurück« – da tauchte das Ehepaar auf der Veranda auf. »Na so was! Wen haben wir denn da!« sagte der Mann zu Greggie. Er war jung, höchstens dreißig, aber gesetzt wie ein Mann mittleren Alters, dachte Delia, mit dem schütteren schwarzen Haar und dem langen schwarzen gediegenen Mantel. Seine Frau war flott und attraktiv, dunkelhaarig und trug ein adrettes rotes Wollkostüm, das Delia an ein Barbie-Puppenkleid erinnerte. »Ich bin Delia Grinstead«, stellte Delia sich vor, »das ist Vanessa Linley – kennt ihr euch? und Greggie.«

»Wir sind die Hawsers«, sagte der Ehemann für beide. »Donald und Melinda.«

»Kommt doch herein.«

Sie wollte sie eigentlich ins Wohnzimmer führen, doch als sie sich umdrehte, stand Belle schon in der Eßzimmertür. Sie lächelte breit und rückte den tiefen Ausschnitt ihres blumenbedruckten, durchgeknöpften Kleids zurecht. »Fröhlichen Thanksgiving!« trillerte sie. Die kosmetischen Maßnahmen, denen sie ihr Gesicht unterzogen hatte, hatten nicht viel genützt. Immer noch waren ihre Wangen grau und von Tränenspuren verklebt, ihre Augen rot und geschwollen. Dennoch zwitscherte sie: »Wie schön, daß ihr es geschafft habt! Hereinspaziert und nehmt doch Platz!«

Es gab keine anderen Sitzgelegenheiten als die Stühle um den Eßtisch. »Donald, du sitzt rechts von mir«, sagte Belle, »und Vanessa links. Greggie sitzt neben dir, Vanessa. In der Küche liegen die Telefonbücher, falls er ein bißchen Auftrieb braucht. Und Melinda sitzt neben Greggie.«

Vielleicht war es hier so üblich: daß sofort gegessen wurde.

Doch selbst Vanessa war irritiert. Und der Ehemann (immer noch im Mantel) stand wie angewurzelt da, bevor er auf seinen Platz ging. »Sind wir ... zu spät gekommen?« fragte er Belle.

»Zu spät! Überhaupt nicht!« rief sie und lachte in höchster Tonlage. »Delia, du sitzt neben –«

Sie verstummte. »Oh!« jammerte sie. »Delia! Also wirklich!«

»Was ist?« fragte Delia.

»Du hast zu viele Plätze gedeckt!«

Es stimmte. Delia hatte alles gedeckt, was sie auf dem Küchentisch vorgefunden hatte, auch das Gedeck für Henry McIlwain. Belle starrte auf den Stuhl ihr gegenüber.

»Tut mir leid«, sagte Delia. »Wir können ja –«

»Los, hol Mr. Lamb«, befahl Belle.

»Mr. Lamb? Von oben?«

»Los, beeil dich. Wir warten alle. Sag, wenn er nicht bald kommt, fangen wir ohne ihn an, aber dalli.«

Delia wußte zwar nicht, was sie anfangen wollten, denn Essen war weit und breit keines zu sehen. Aber Vanessa, die mit mehreren Telefonbüchern aus der Küche zurückkam, sagte zu Delia: »Mach ruhig, ich trage das Essen auf.«

Delia ging in den Flur, der ihr sehr still vorkam, nach der Aufregung im Wohnzimmer. Die Katze lief ihr vor die Füße, als sie die Treppe hinaufging und bei Mr. Lamb anklopfte. »Verzweifelt kämpft der Lachs gegen die Strömung«, verkündete eine ernste Stimme. Die Tür öffnete sich einen Spalt, und Mr. Lambs Jammergesicht erschien. »Ja?« sagte er, und dann: »Oh!«, denn George hatte sich durch den Spalt gewunden.

Delia sagte: »Belle schickt mich, ich soll Sie zum Thanksgiving-Essen einladen.«

»Aber Ihr Tier ist in meinem Zimmer!«

»Tut mir leid«, sagte Delia. »Komm, George.«

Sie versuchte die Katze hinauszuziehen, und Mr. Lamb öffnete die Tür unwillig noch ein Stückchen. Delia bemerkte den nussigen Geruch einmal getragener, ungewaschener Kleidung. Der eisige Schein des Fernsehers flackerte im Halbdunkel. Sie hob George hoch und trat einen Schritt zurück.

»Ich wollte schon mit Ihnen über die Katzentoilette unterm Waschbecken sprechen«, sagte Mr. Lamb.

»Die ...?«

»Kann Ihr Tier nicht rausgehen?«

»Nicht mitten in der Nacht«, sagte Delia. Sie drückte George fester an sich und fragte: »Kommen Sie nun zum Essen oder nicht?«

»Wann?«

»Hm... jetzt?«

»Na gut«, sagte Mr. Lamb.

Er sah an sich herunter – an seinem ausgeleierten T-Shirt, der durchgesessenen schwarzen Hose – und schloß dann trübsinnig die Tür vor ihrer Nase.

Delia hätte gern gewußt, wie ein Mann, der so wild auf Tierfilme war, etwas gegen eine harmlose Katze haben konnte?

Unten hatte Vanessa alles auf den Tisch gestellt – Truthahn, Rosenkohl, Preiselbeersoße, Kartoffelbrei aus Süßkartoffeln, verziert mit Marshmallows, alles noch in der ursprünglichen Verpackung. Immer noch in ihrer Lederjacke, löffelte sie die Füllung aus dem Puter. Greggie rutschte auf dem Telefonbuchstapel hin und her; Daumen im Mund, sah er mit schweren Lidern seiner Mutter hinterher. Zeit für sein Schläfchen.

Belle redete mit den Hawsers über Henry. »Was ich nicht verstehe«, sagte sie gerade, »ist, wann sich das alles abgespielt hat. Gestern abend haben wir noch in Ocean City richtig toll gegessen. Dann heute mittag – peng! Ein völlig anderer Mann.«

»Seine Frau ist sicher heute morgen wiedergekommen«, sagte Donald Hawser weise. Er hatte seinen Mantel über die Stuhllehne gehängt und zündete mit seinem silbernen Feuerzeug die krummen Kerzen an. »Heute morgen beim Aufstehen hat sie sich gesagt: Heute ist Thanksgiving, und ich bin nicht mal zu Hause. An so einem Familienfest.«

Delia ließ die Katze herunter und setzte sich neben Donald. *Ein Familienfest,* dachte sie, *und ich sitze da und esse mit wildfremden Leuten einen Puter vom Partyservice.* Sie fand sich verrückt und unternehmungslustig.

»Hier sitz' ich bei meiner Mutter anstatt bei meinem Mann, hat sie sich gesagt; da hat sie ihren Koffer gepackt und ist zu ihm zurückgekehrt, und er konnte leider erst mittags Bescheid sagen, weil – er konnte ja schlecht gleich sagen: entschuldige, ich muß mal wen anrufen, wo sie gerade wieder da war?«

»Es gibt kein Gebiet, auf dem mein Donald nicht Experte ist«, erklärte seine Frau und lachte, daß es klirrte.

Sie saß angespannt auf ihrem Stuhl, ihr Rücken berührte die Lehne nicht. Ihr langes Haar ringelte sich schwungvoll nach außen, wie Geigenklanglöcher.

»Ja, da hast du recht«, stimmte Donald ungerührt zu. »Ich kann mich in manche Dinge geradezu hineinversetzen. Verstehst du, zuerst mußte sie alle ihre Sachen auspacken. Vergiß nicht, sie hatte das Baby dabei, und eine Wickeltasche und einen Kindersitz –«

»Aber er hätte sie doch rauswerfen können!« explodierte Belle. »Er liebt sie nicht mal! Das hat er mir selbst gesagt!«

»Klar behauptet er das«, sagte Donald und lehnte sich breit zurück.

Vanessa tranchierte inzwischen den Puter. Delia reichte die Beilagen herum. Der Rosenkohl war lauwarm, stellte sie fest. Die Süßkartoffeln waren eiskalt, aber alle nahmen davon.

»Du hast recht«, sagte Belle. »Oh, wann lerne ich endlich dazu? Das passiert mir alle zwei Wochen. Norton Grove war der einzige, der sich wenigstens für mich scheiden ließ, und was ist dabei rausgekommen?«

»Was ist dabei rausgekommen?« fragte Delia.

»Er hat sich in die flotte Klempnerin verliebt, die unser verstopftes Waschbecken reparieren sollte.«

Donald nickte; auch das hätte er voraussagen können.

»Genau wie Ann Landers im Kummerkasten in der Zeitung immer sagt«, bestätigte Belle. »Die meint, ein Mann, der seine Frau verläßt, verläßt dich über kurz oder lang auch.«

»Vielleicht solltest du dir einen suchen, der *keine* Frau hat«, schlug Vanessa vor und reichte ihr ein Puterbein.

»Du hast recht, aber irgendwie fehlt mir dazu die Phantasie. Ich meine, ich kann mir einen Mann erst verheiratet vorstellen, wenn ich ihn verheiratet erlebe. Dann macht's bei mir klick, und ich denke: Das wär' kein schlechter Mann für mich!«

Die Zimmertür öffnete sich, und Mr. Lamb stand auf der Schwelle; er hatte einen speckig schwarzen Anzug an, in dem seine Haut aschfahl wirkte. »Oh, Sie haben Gäste«, sagte er.

»Ja, Mr. Lamb, und Sie sind einer davon«, sagte Belle. »Donald Hawser, Melinda Hawser ... Vanessa und Greggie haben Sie garantiert schon mal gesehen. Horace Lamb«, stellte sie ihn den Anwesenden vor. Sie deutete lässig auf den leeren Platz. »Setzen Sie sich.«

»Also, ich kann nicht lange bleiben.«

»Setzen Sie sich, Mr. Lamb.«

Als er eintrat, raschelte es, und Delia blickte suchend zu Boden. Er trug Papierschlappen an den Füßen, wie sie sonst im Krankenhaus üblich waren. »Heute nachmittag gibt's nur Sport, Sport und nochmal Sport«, erklärte er und ließ sich auf den Stuhl fallen. »Alle normalen Programme sind gestrichen. Bleibt nur noch das Dritte.«

»Heraus damit!« rief Donald. »Wofür schwärmen Sie?«

»Wie bitte? In der Woche sehe ich nachmittags die Familienserien. Oh, ich geb's ja zu. Ich gestehe, ich mache jeden Nachmittag, den Gott geschaffen hat, Pause und sehe *Mutter ist die Beste.*«

»Was arbeiten Sie, Horace? Ich darf Sie doch Horace nennen?«

»Ich verkaufe Sturmfenster«, erklärte Mr. Lamb. Er nahm die Aluform mit den Süßkartoffeln und warf einen Blick hinein. »Das sieht aber ausgesprochen fett aus«, sagte er. Seine langen Vorderzähne standen so weit vor, daß die Lippen darüber spannten. Sein ganzes Gesicht wirkte gespannt, als sei die Backenmuskulatur durcheinandergeraten. Er betrachtete Belle mit seinen tiefliegenden Augen und meinte: »Bedauerlicherweise habe ich einen empfindlichen Magen.«

»Los, aufessen, es wird Ihnen guttun«, kommandierte Belle. »Wir reden gerade über verheiratete Männer.«

»Wie bitte?«

»Das andere Problem ist, daß ich einen verheirateten Mann sehe und genau weiß, daß er mich unwiderstehlich finden muß.«

»Unwiderstehlich?«

»Ich rede nicht mit Ihnen, Mr. Lamb. Sie sollen jetzt essen. Ich sehe einen Mann und seine Frau, diese todsterbenslangweilige Maus von Frau, die nicht mal 'nen Hauch was aus sich macht, und denke, *Warum mag er mich nicht viel lieber? Bei mir ist es garantiert lustiger, und ich sehe 'nen Zacken besser aus.* Aber irgendwas haben diese Frauen, irgendeine Anziehungskraft, gegen die ich nicht ankann. Irgendein Geheimnis? Habt ihr alle ein Geheimnis – das ihr keinem weitersagt?«

Sie hatte Melinda Hawser angesprochen, aber Melinda lachte nur schallend und zerkrümelte die Brotreste auf ihrem Teller. »Hab' ich recht?«

»Oh, nein«, antwortete Delia. »Es ist eher das ... na, wie schon? Das Wort aus der Physik. Triebkraftgesetz?«

»Trägheit«, half Mr. Lamb nach.

»Genau.« Sie warf ihm einen Blick zu. »Es hängt damit zusammen, daß Leute meist da bleiben, wo sie sind.«

»Wenn's nur das ist«, sagte Belle, »wieso jettet Katie O'Conell dann mit Larry Watts ab nach Hawaii? Die weiß, wo's langgeht! Als Larry Watts hier noch zur Miete wohnte, hat er mich keines Blickes gewürdigt! Hat beinah 'nen Bogen um mich gemacht. Einmal hab' ich ihn auf 'nen Drink eingeladen, da hat er mich fast wie'n leichtes Mädchen behandelt!«

Sie verzog den Mund und hielt sich die Augen zu. Donald sagte: »Oh, nicht! He!«, und Vanessa sagte: »Ach, Belle, nicht weinen«, während Mr. Lamb heftig an seiner Nase rieb.

»Ehrlich gesagt«, meinte Melinda mit kristallklarer Stimme, »ich weiß sowieso nicht, was Sie überhaupt mit 'nem Ehemann wollen.«

Alle Gäste schwiegen, ließen sich die Frage durch den Kopf gehen.

»Wer hat die Ehe erfunden, wer wohl?« fragte Melinda Greggie. Er schäkerte mit ihr, in der Faust ein fettiges Puterbein. »Alle reden dir ein, daß es nicht ohne geht, besonders die Frauen. Deine Mutter, deine Tanten und deine Freundinnen. Dann bist du verheiratet und stellst fest, wie aufgeblasen er ist und daß er immerzu irgendwas redet, zu allem seinen Senf dazutun muß, ständig mit seinen triumphalen Arbeitserfolgen protzt. ›Das hab' ich Ihnen gesagt, und Dies hab' ich Ihnen gesagt‹, und wenn du fragst: ›Was haben sie denn dazu gesagt?‹ kriegst du zur Antwort: ›Oh, das weißt du doch, aber dann habe ich's ihnen gegeben, habe ihnen die Meinung gesagt, ihnen den Marsch geblasen‹, ich, ich und nochmal ich. Und wenn du das deiner Mutter erzählst, deinen Tanten und so weiter, sagen sie alle: ›Ja, ja, die Ehe ist eine Landplage.‹ Aber wenn ihr so denkt, möchte ich dann fragen, wieso habt ihr das nicht vorher erzählt. Wo wart ihr, als ich mich verlobt habe?«

»Haha«, sagte ihr Ehemann und sah in die Runde. »Alle denken, du meinst unsere Ehe, Schätzchen.«

Alle warteten, doch Melinda spießte nur einen Rosenkohl auf.

»Oh«, versicherte ihm Belle, »wir würden so etwas nie denken.« Sie saß jetzt kerzengerade, die Tränen auf ihren Wangen fast getrocknet. »So ein Prachtmann wie Sie. Natürlich würden wir das nicht.« Zu den übrigen gewandt, sagte sie: »Donald und Melinda sind Kunden von mir. Sie haben das frühere Haus der Meers gekauft – ein wunderbares Haus. Donald ist leitender Angestellter in der Möbelfabrik.«

Melinda kaute geräuschvoll ihren Rosenkohl, oder vielleicht schien es auch nur so, weil es sonst im Zimmer so still war.

»Mrs. Meers ist schon im Altersheim«, sagte Belle, »aber Mr. Meers wohnte noch da. Hat uns persönlich durchs Haus geführt; hat uns gezeigt, wie die Müllpresse funktioniert. Sagte: Hier in der Tiefkühltruhe liegen hundertvierundvierzig Eiweiß, die kriegen Sie gratis dazu.«

»Die Herrschaften haben immer selbst Mayonnaise gemacht«, vermutete Mr. Lamb.

Belle wollte weitererzählen, unterbrach sich und musterte ihn.

»Sie haben keinen Bedarf an Sturmfenstern?« fragte Mr. Lamb Donald.

»Nicht direkt«, sagte Donald und sah dabei seine Frau an.

»Na ja, hab's mir gleich gedacht.«

»Dem Haus fehlt wirklich gar nichts«, sagte Belle. »Die Meerses haben andauernd was dran getan. Und unser Donald, Don…«, sie lächelte ihn an, »Don hat das gleich bei der ersten Besichtigung begriffen.«

»Melinda und ich führen eine gute Ehe. Sieben Jahre verheiratet«, sagte Donald und beobachtete immer noch seine Frau. »Schon im College wußten alle, wir sind ein Pärchen. Den Ruf sind wir nicht mehr losgeworden: bumms, das Übliche.

»Ich weiß genau, was Sie meinen«, sagte Belle.

»Melinda kennt mich schon so lange, sie nennt mich noch Hawk! Hawk Hawser«, fügte er hinzu und erwiderte endlich Belles Blick. »Ich war in der Basketball-Mannschaft. Eine Lokalgröße, für einen Berufsspieler leider nicht groß genug.«

»Was Sie nicht sagen!« staunte Belle.

»Hawk Hawser«, ließ er die Worte auf der Zunge zergehen. »Ich glaube, von Ihnen hab' ich schon gehört.«

»Wenn Sie je in Illinois waren. Jerry Bingle College?«

»Jerry Bingle, hmm.«

»Mittelfeldspieler.«

»Tatsächlich!«

»Und hinteres Mittelfeld im letzten Semester –«

»Marshmallow«, kommandierte Greggie.

Er hatte nicht wie andere kleine Kinder Schwierigkeiten, das L richtig auszusprechen. Er redete sehr deutlich und manierlich. »Mama? Marshmallow!«

Delia war es schließlich, die ein Marshmallow aus der Dekoration auf dem Süßkartoffelbrei löste und ihm über den Tisch auf den Teller legte. Alle übrigen Gäste beobachteten Belle. Mit offenem Mund und atemlos, wunderbarerweise wiederhergestellt, strich Belle mit hypnotischen Kreisbewegungen über den obersten Knopf ihres Kleids und fixierte mit feuchten, langbewimperten Augen hingerissen Donalds Mund.

11

Manchmal befahl Mr. Pomfret Delia, draußen für einen Klienten die Parkuhr mit Münzen zu füttern. Manchmal schnipste er mit dem Finger, wenn er sie brauchte. Einmal warf er ihr seinen Regenmantel entgegen und verlangte, daß sie ihn in die

Schnellreinigung um die Ecke brachte. »Ja, Mr. Pomfret«, murmelte sie. Später überreichte sie ihm den Reinigungszettel so kühl und professionell wie eine Operationsschwester ein Skalpell.

Aber jetzt rebellierte doch etwas in ihr.

»Miss Grinstead, sehen Sie nicht, daß ich *speichere*?« brauste er auf, als sie ihm Briefe zur Unterschrift brachte, und sie antwortete beherrscht, zu ruhig: »Verzeihung, Mr. Pomfret«, ohne eine Miene zu verziehen. Wieder an ihrem Schreibtisch, kochte und zeterte sie in Gedanken: *Sie und Ihr dusseliger Computer! Sie und Ihr dämliches Speichern, Ihr hirnrissiges Suchen und Löschen!*

Eines Freitags Anfang Dezember tauchte unangemeldet ein gebeugter, grauhaariger Mann mit einer Baseballjacke auf. »Mein Name ist Leon Wesley«, stellte er sich Delia vor. »Es geht um meinen Sohn Juval. Ob Mr. Pomfret wohl eine Minute Zeit für mich hat?«

Die Tür zum Büro war geschlossen – es war früh am Morgen, da sah sich Mr. Pomfret die neuen Kataloge an –, doch als Delia nachfragte, sagte er: »Leon? Natürlich, Leon hat doch meine Auffahrt gepflastert. Schicken Sie ihn herein. Und wo Sie schon mal da sind, machen Sie uns eine Kanne Kaffee.«

Es war unmöglich zu überhören, aus welchem Grund Mr. Wesley gekommen war. Sein Redeschwall begann, bevor er saß, er sprach, während der Kaffee noch gemahlen wurde, und Mr. Pomfret mußte ihn bitten, seine Geschichte zu wiederholen. Juval, sagte Mr. Wesley, sollte direkt nach Weihnachten zur Marine. Eine vielversprechende Zukunft lag vor ihm; aufgrund seiner Qualifikationen war er ein besonders gesuchter Mann, weil er irgendein technisches Spezialgebiet beherrschte; was, bekam Delia nicht ganz mit. Und vergangene Nacht, aus heiterem Himmel, war er bei einem Einbruch festgenommen worden. War erwischt worden, wie er um zehn Uhr abends durch Hanffs' Eßzimmerfenster gestiegen war.

»Hanffs!« sagte Mr. Pomfret. Die Hanffs waren die Besitzer der Möbelfabrik, wie sogar Delia wußte – dem einzigen Industriebetrieb der Stadt. »Mußten es unbedingt die sein?« schlug er die Hände überm Kopf zusammen.

Delia ging an den Vorratsschrank, um Zucker zu holen, und bei ihrer Rückkehr rätselte Mr. Pomfret immer noch über die unglückselige Wahl der Opfer. »Ich meine, jeder weiß, daß Reba Hanff Schmuck eindeutig ablehnt und nicht mal 'n silbernen Löffel besitzt«, sagte er. »Beide spenden jeden Cent von ihrem Profit irgendeinem frommen Guru in Indien ... Auf welche Beute hat der Junge spekuliert, um Himmels willen?«

»Und warum, das würde ich gern wissen«, sagte Mr. Wesley. »Das ist, was ich mir nicht erklären kann. Brauchte er Geld? Für was? Er trinkt nicht, er nimmt keine Drogen. Hat nicht mal 'ne Freundin.«

»Ganz abgesehen davon, daß die Hanffs die einzige Alarmanlage in ganz Bay Borough besitzen«, sinnierte Mr. Pomfret.

»Und mit so 'ner bombensicheren Karriere vor sich!« fügte Mr. Wesley hinzu. »Wetten, die ist jetzt zum Teufel. Wieso hat er das getan und alles ruiniert, so kurz vor seinem Weggang?«

»Vielleicht gerade *deshalb*«, sagte Delia vernehmlich und stellte zwei Becher aufs Tablett.

»Wie bitte?«

»Vielleicht hat er es getan, damit er nicht weggehen muß.«

Mr. Wesley starrte sie mit offenem Mund an.

Mr. Pomfret sagte: »Sie können gehen, Miss Grinstead.«

»Ja, Mr. Pomfret.«

»Schließen Sie bitte die Tür hinter sich.«

Sie drückte die Klinke unüberhörbar deutlich herunter und zog die Tür mit übertriebener Sorgfalt ins Schloß.

Im Hinblick auf die Einrichtung eines vorgesehenen Fonds, tippte sie, und dann tauchte Mr. Pomfret aus seinem Büro auf, stopfte im Gehen die Arme in seine Mantelärmel, Mr. Wesley im Schlepptau. »Zehn-Uhr können Sie absagen«, teilte er Delia mit.

»Ja, Mr. Pomfret.«

Er öffnete die Kanzleitür, schob Mr. Wesley vor sich hinaus, schloß sie dann und kehrte an Delias Schreibtisch zurück. »Miss Grinstead«, sagte er, »ab jetzt vermeiden Sie bitte jegliche Kommentare während meiner Beratungen.«

Sie sah ihm trotzig und aufreizend harmlos mitten ins Gesicht.

»Ja, Mr. Pomfret.«

Er ging.

Sie wußte, sie hatte es verdient, dennoch empfand sie es, kaum daß er weg war, als himmelschreiende Ungerechtigkeit. Sie tippte hastig und schlecht, die Schreibmaschine schlingerte über den Schreibtisch, wenn sie den Transportierhebel bediente. Als sie den Zehn-Uhr-Termin absagte, zitterte ihr die Stimme. Und während der Mittagspause holte sie sich das Bay-Borough-*Stadtblatt*, um eine andere Stelle zu suchen.

Natürlich wollte sie nicht wirklich die Stelle wechseln. Aber sie mußte es sich wenigstens eine Weile ausmalen.

Das Wetter war rauh und unfreundlich, und sie hatte nichts zu essen mitgebracht, dennoch ging sie zum Platz; nach Billard & Cola war ihr heute nicht zumute. Die Parkbänke standen verlassen da. Die Statue wirkte vermummt und schwerfällig, wie ein Vogel, der sich gegen die Kälte aufgeplustert hatte. Sie wickelte sich fester in ihren Mantel und setzte sich auf die äußerste Kante einer feuchten, eiskalten Bank.

Welche Genugtuung, einfach zu kündigen! »Ich bedauere, Ihnen mitteilen zu müssen, Mr. Pompös ...« würde sie sagen. Er wäre hilflos. Er wußte nicht mal, wo das Kohlepapier lag.

Sie schlug das *Stadtblatt* auf und suchte nach den Kleinanzeigen. Für gewöhnlich las sie dieses Blättchen nicht, es war kaum mehr als eine Reklamebroschüre, die vor den Läden ausgelegt war – mehrere Seiten Sonderangebote und Lokalklatsch. Sie überschlug eine Annonce zum Choralsingen am Weihnachtsabend auf dem Platz, die Ankündigung eines Sonderverkaufs im Schuhgeschäft und den Zwischenbericht über eine Handschuhaktion für den Weihnachtsbasar. Auf der vorletzten Seite entdeckte sie vier Stellenangebote: Babysitter, Babysitter, Dreher und »Frau im Haus«. Arbeitsplätze schien es in dieser Stadt nicht zu geben! Danach kamen die Verkaufsanzeigen. Ein Dwayne wollte zwei Eheringe verkaufen, billig. Die *Frau-im-Haus* las sie genauer.

Alleinstehender Vater braucht Hilfe f/ lebhaften, freundlichen, einnehmenden Jungen. Muß Jungen morgens wecken können,

Frühstück machen, ihn in die Schule schicken, leichte Reinigungsarbeiten, Einkäufe erledigen, b/ Schulaufgaben helfen, zum Zahnarzt/Arzt/Großvater/Spielkameraden fahren, ihn zum Sport begleiten, seine Mannschaft unterstützen, 11-13jährige Freunde bewirten, Abendessen kochen, sich für Sport im Fernsehen/Computerspiele/Kriegsromane begeistern, nachts zur Stelle sein bei schlechten Träumen/Krankheit. Führerschein Voraussetzung. Nur Nichtraucher. Zimmer, Verpflegung, großzügiges Gehalt. Wochenenden und tagsüber oft frei, außer Ferien/Kranksein/Schnee. Anruf Mr. Miller, Underwood-High School 8–5 Mon–Fr.

Delia schnalzte mißbilligend. Der Mann hatte Nerven! Ansprüche!

Sie raschelte ungeduldig mit der Zeitung und faltete sie zusammen. Als ob sich eine Mutter einfach anheuern ließ! Das war es nämlich, was er wollte.

Sie stand auf und warf das *Stadtblatt* in den Abfalleimer. So gut, so schön.

Sie überquerte die West Street und warf einen Blick zu den Läden hinüber – Debbi's und das Kaufhaus und der Blumenladen. Eine Stelle als Verkäuferin? Nein, dazu war sie zu ruhig. Kellnerin? Sie vergaß die Nachtischwünsche ihrer Familie schon auf dem Weg in die Küche. Und sie wußte aus ihren Unterhaltungen mit Mrs. Lincoln in der Bücherei, daß die Stadt bereits Schwierigkeiten hatte, *eine* Bibliothekarin zu finanzieren.

Eigentlich, überlegte sie, als sie an den sterilweißen Rollos der Fingernägel-Klinik vorbeiging, war eine Angestellte in mancher Hinsicht besser als eine Mutter – weniger emotional verwickelt, wahrscheinlich richtete sie weniger Schaden an. Bestimmt schadete es ihr selbst weniger. Wenn das betreute Kind unglücklich war, kam die angestellte Frau-im-Haus nie auf die Idee, dafür sei sie verantwortlich.

Sie betrat die ›Gute Sicht‹ und nahm sich noch einmal ein *Stadtblatt* vom Stapel gleich hinter der Tür.

* * *

»Ich möchte nicht, daß mein Sohn denkt, er wird unter die Lupe genommen«, sagte Mr. Miller, »überprüft, ob er dem Standard entspricht. Deshalb habe ich Sie gebeten, in seiner Abwesenheit zu kommen. Wenn Sie wirklich interessiert sind, können Sie bleiben und ihn kennenlernen. Er ißt bei einem Freund zu Abend, aber in einer guten halben Stunde kommt er nach Hause.«

Er saß ihr gegenüber in einem chintzbezogenen Sessel, der durch seine Person kleiner erschien, wie auch das ganze vollgestopfte, überladene Wohnzimmer seines kleinen, im Ranch-Stil gebauten Hauses am Stadtrand kleiner erschien durch seine Gegenwart. Überraschenderweise kannte sie ihn. Joel Miller: er hatte vor einigen Monaten wegen einer Besuchsregelung Mr. Pomfrets Dienste in Anspruch genommen. Sie erinnerte sich, daß ihr seine Glatze gefallen hatte. Männer, die ihre Kahlheit nicht durch kunstvoll drapierte Haarsträhnen zu vertuschen suchten, strahlten, fand sie, eine anziehende maskuline Selbstsicherheit aus; und Mr. Miller mit dem großen, ebenmäßigen Gesicht und seiner olivbraunen Haut, dem lockeren grauen Anzug schien heiter und gelassen. Darunter aber entdeckte sie die Anspannung. Er hatte ihr dreimal versichert – im Widerspruch zum Tenor der Anzeige –, daß sein Sohn die allermeiste Zeit des Tages, eigentlich den gesamten Tag, in der Schule verbringe und daß er zu Hause eigentlich eher die bloße Anwesenheit als die tatkräftige Unterstützung einer Erwachsenen brauchte. Delia hatte den Eindruck, bisher hatte sich niemand um die Stellung beworben.

»Er ißt tatsächlich oft bei Freunden«, sagte Mr. Miller. »Und im Sommer, das habe ich wohl noch nicht erwähnt, ist er zwei Wochen im Zeltlager. Wo außerdem eine Computergruppe, ein Fußballtraining –«

»Sommer!« sagte Delia. Sie lehnte sich in ihrem chintzgepolsterten Schaukelstuhl zurück. Sommer mit seinen milden, trägen Nachmittagen, Eiswürfel-klimpernden Limonadengläsern, braungebrannten Kinderkörpern in Badeanzügen! »Oh, Mr. Miller«, sagte sie, »in Wahrheit befindet sich mein Leben gerade im Umbruch. Ich weiß nicht, ob ich mich dermaßen... engagieren möchte.«

»Und im Sommer bin ich selbst auch mehr da«, fuhr Mr. Miller fort, als hätte er ihren Einwand überhört. »Nicht den ganzen Tag – ein Schulleiter hat nicht die gleichen Freiheiten wie seine Lehrer –, aber doch ziemlich viele.«

»Ich hätte besser nicht kommen sollen«, sagte Delia. »Ein Kind im Alter ihres Sohns braucht eine dauerhafte Beziehung.«

Warum SIND *Sie dann gekommen?* hätte er mit gutem Grund fragen können, der arme Mann, statt dessen klammerte er sich an ihren letzten Satz. »Sie haben anscheinend Erfahrung«, sagte er. »Haben Sie Kinder, Miss Grinstead? Oh!« Seine Mundwinkel gingen kurz nach unten. »Entschuldigung, natürlich nicht.«

»Doch«, antwortete sie.

»Also, *Mrs.* Grinstead.«

»Miss ist mir lieber.«

»Ich verstehe.«

Er überlegte.

»Aber dann haben Sie Erfahrung«, sagte er schließlich. »Ausgezeichnet! Und kommen Sie hier aus der Gegend?«

Offensichtlich kannte er den Klatsch von Bay Borough nicht.

»Nein«, sagte sie.

Sie sah, was ihm durch den Kopf ging. Er war vielleicht verzweifelt, aber leichtsinnig war er nicht. Eine zwielichtige Gestalt wollte er nicht anstellen.

»Ich komme aus Baltimore«, erklärte sie schließlich. »Ich bin absolut vertrauenswürdig, das garantiere ich, aber diesen Abschnitt meines Lebens habe ich hinter mir gelassen.«

»Aha.«

Oh, Gott, jetzt malte er sich irgendein Drama aus. Er hielt den Kopf schräg und betrachtete sie interessiert von oben bis unten.

»Aber«, beharrte sie. »Was die Stelle angeht –«

»Ich weiß, Sie wollen sie nicht«, sagte er betrübt.

»Es hat nichts mit der Stelle zu tun. Ihr Sohn ist sicher sehr nett.«

»Oh, mehr als nett«, sagte Mr. Miller. »Wirklich, er ist so ein guter Kerl, Miss Grinstead. Er ist wunderbar! Aber ich habe überschätzt, wie gut wir allein fertig werden. Ich dachte, solange ich weiß, wie die Waschmaschine funktioniert ... Aber die Dinge sind mir über den Kopf gewachsen.«

Er holte aus und wies in die Runde, was Delia verwirrte, weil im Zimmer eine penible Ordnung zu herrschen schien. Pralle kleine Kissen mit Knöpfen in der Mitte drängten sich auf dem stoffbezogenen Sofa, jedes exakt plaziert. Glänzende Modehefte lagen wie abgemessen auf dem niedrigen Tisch. Doch Mr. Miller, der ihrem Blick folgte, sagte: »Oh, die Oberfläche bewältige ich schon. In der Küche hängt ein Plan. Jeden Tag kommt etwas anderes an die Reihe. Heute nachmittag haben wir Staub gesaugt, gestern abgestaubt. Aber die Probleme liegen woanders. Letztes Wochenende, zum Beispiel, wollte er Pfennigsuppe haben. ›Pfennigsuppe?‹ frage ich. Konnte mir nichts drunter vorstellen. Er behauptete, die hätte seine Mutter ihm gekocht, als er noch klein war. Ich ließ mir erklären, woraus sie bestand, und es stellte sich heraus, daß er schlicht und einfach Gemüsesuppe meinte. Ich glaube, sie haben sie Pfennigsuppe getauft, weil es ein billiges Essen ist. Also sage ich: ›Die kann ich auch.‹ Ich wärme den Inhalt einer Dose auf, er wirft einen einzigen Blick in den Topf, und was macht er? Fängt an zu weinen. Zwölf Jahre alt und gerät völlig außer Fassung, ein Junge, der, als er sich den Arm brach, keinen Mucks von sich gab. Ich sage: ›Was ist denn los? Was stimmt denn nicht?‹ Er sagt: ›Sie darf nicht aus der Dose sein.‹ Ich sage: ›Gütiger Gott, Noah.‹ Aber ich bin ja nicht dumm. Ich wußte, irgendwas bedeutete die Suppe ihm. Also nehme ich mir das Kochbuch vor und lege los. Aber als er mich herumhantieren sah, meinte er, ich solle mir die Mühe sparen. ›Spar dir die Mühe‹, sagte er. ›Ich habe sowieso keinen Hunger.‹ Und ging ab in sein Zimmer, und ich saß da mit meinen Möhrenwürfeln.«

»Möhrenscheibchen«, sagte Delia.

Er runzelte seine schwarzen Augenbrauen.

»Die Möhren müssen in *Scheiben* geschnitten sein«, erklärte sie ihm, »und auch die Zucchini, die Süßkartoffeln, neue Kartoffeln. Deshalb heißt sie Pfennigsuppe. Das hat mit dem Preis nichts zu tun. Unwahrscheinlich, daß Sie die im Kochbuch finden, das Rezept ist, glaub' ich, ... ein typisches Mutterrezept, wissen Sie.«

»Miss Grinstead«, sagte Mr. Miller, »darf ich Ihnen wenigstens zeigen, wo Sie wohnen, wenn Sie die Stelle annehmen?«

»Nein, wirklich, ich …«

»Sehen Sie es sich doch wenigstens an! Das Gastzimmer. Mit eigenem Bad.«

Sie erhob sich mit ihm, doch nur weil sie die Flucht ergreifen wollte. Was hatte sie sich eigentlich dabei gedacht, hierherzukommen? Sie fühlte, wie ihr die Finger juckten, das Gemüse, wie es sein sollte, in Scheiben zu schneiden, dem Jungen die Suppe vorzusetzen und zu tun (zwölf war zu alt, zu alt, um ihn noch in den Arm zu nehmen), als hätte sie seine Tränen nicht gesehen. »Das Zimmer ist sicher wunderschön«, sagte sie. »Bestimmt wird jemand es mögen! Jemand Junges vielleicht, der noch genug …«

Sie folgte Mr. Miller über einen kurzen, mit Teppichboden ausgelegten Flur, an dem die Türen offenstanden. An der letzten Tür trat Mr. Miller einen Schritt zurück, damit sie ins Zimmer schauen konnte. Es war die Art Zimmer, in dem selten jemand länger als ein oder zwei Nächte bleibt. Neben dem hohen Doppelbett war an beiden Seiten kaum ein Meter Platz. Auf dem Nachttisch lag ein gut ausgewählter Lektürevorrat (zusätzliche Zeitschriften, zwei Bücher, Sammelbände vielleicht). Auf dem gerahmten Sticktuch an der Wand stand in sechs Sprachen WILLKOMMEN.

»Großer begehbarer Wandschrank«, sagte Mr. Miller. »Eigenes Badezimmer, wie ich, glaube ich, schon gesagt habe.«

Woanders im Haus schlug eine Tür, und ein Kind rief: »Papa?«

»Aha«, sagte Mr. Miller. »Ich komme!« rief er. »Jetzt lernen Sie Noah kennen«, sagte er zu Delia gewandt.

Sie machte einen Schritt zurück.

»Nur, um Hallo zu sagen«, versicherte er ihr. »Was kann das schon schaden?«

Sie hatte keine Wahl und folgte ihm wieder durch den Flur.

In der Küche (die Schränke waren karamelbraun, die Tapete mit Butterfässern bedruckt) stand ein stämmiger kleiner Junge und zerrte an seiner roten Jacke. Er hatte einen wirren braunen Haarschopf, ein schmales, sommersprossiges Gesicht und die schmalen, dunklen Augen seines Vaters. Sie waren noch nicht eingetreten, als er schon anfing zu reden. »He, Papa, rate, was Jacks Mutter zum Abendessen gemacht hat! Also, solche Fleischbrocken, und die taucht man in ...« Dann bemerkte er Delia, warf ihr einen Blick zu und redete weiter, »... in so einen Topf und dann –«

»Noah, ich möchte dir Miss Grinstead vorstellen«, sagte sein Vater. »Sollen wir Sie Delia nennen?« fragte er sie. Sie nickte; das war jetzt auch egal. »Ich bin Joel«, sagte er, »und dies ist Noah. Mein Sohn.«

Noah sagte: »Oh, hallo.« Er hatte das wachsame, undurchdringliche Gesicht, das Kinder häufig machen, wenn sie jemand Neuen kennenlernen. »Also der Topf ist voll mit heißem Öl, glaub' ich, und jeder von uns kriegt –«

»Fondue«, unterbrach sein Vater. »Du meinst Fondue.«

»Genau, und jeder von uns kriegt eine Gabel, auf die wir unser Fleisch aufspießen und selbst braten können, alle mit anderen Tieren am Griff, damit wir auseinanderhalten können, wem seine gehört. Meine war so 'ne Giraffe, und rate, was auf der von Jacks kleiner Schwester drauf war?«

»Keine Ahnung«, sagte sein Vater. »Mein Sohn, Delia ist hier –«

»Ein Schwein!« quietschte Noah. »Seine kleine Schwester hat das Schwein gekriegt!«

»Tatsächlich!«

»Und deshalb hat sie auch geheult, aber Carrie heult ja andauernd. Dann hat es zum Nachtisch noch eine Tüte Schokomurmeln gegeben, aber meine habe ich nicht genommen. Ich war aber sehr höflich. Ich meinte zu seiner Mutter, ich meinte –«

»Sagte.«

»Hö?«

»Du *sagtest* zu seiner Mutter.«

»Genau, ich also: Vielen Dank, Mrs. Newell, aber ich bin so voll, ich glaube, ich lasse das besser.«

»Ich dachte, du magst Schokomurmeln«, sagte sein Vater.

»Mach keine Witze! Nicht seit ich Bescheid weiß.« Noah wendete sich zu Delia. »Schokomurmeln haben eine Hülle aus gemahlenen Käferpanzern.«

»Nein!« sagte sie.

»Nein«, sagte auch Mr. Miller. »Wo hast du denn das her?« fragte er seinen Sohn.

»Kenny Moss hat's mir verraten.«

»Na, dann! Wenn Kenny Moss das sagt, wie können wir dann daran zweifeln?«

»Im Ernst! Er hat es von seinem Onkel gehört, der in der Branche ist.«

»Welcher Branche, Revolverblätter?«

»Hö?«

»In Schokomurmeln sind keine Käferpanzer. Ich schwör's dir. Die Lebensmittelkontrolle würde das nie erlauben.«

»Und rate, was in Maischips drin ist«, erzählte Noah Delia. »Den gelben Maischips?«

»Möwenkacke.«

»Das hab' ich ja gar nicht gewußt!«

»Deshalb sind sie so knackig.«

»Noah –« sagte sein Vater.

»Ehrlich, Papa! Kenny Moss hat es geschworen!«

»Noah, Delia ist hier, weil wir uns darüber unterhalten haben, ob sie unsere Haushälterin werden will.«

Delia warf Mr. Miller einen Blick zu und krauste die Stirn. Er zog ein ahnungsloses, nichtssagendes Gesicht, als verstände er sie nicht. »Eigentlich«, sagte sie zu Noah gewandt, »habe ich nur mal... nachgefragt.«

»Sie überlegt es sich«, lenkte Mr. Miller ein.

Noah sagte: »Das wäre prima! Ich muß mir immer selbst mein Schulbrot machen.«

»Entsetzlich«, sagte sein Vater. »Grenzt an Kinderarbeit.«

»Na, wie fändest *du* das? Du machst deine Butterbrotdose auf: ›Mensch, so 'ne Überraschung, was habe ich mir denn da Schönes gemacht?‹«

Delia lachte. Sie sagte: »Ich muß gehen. Es war schön, dich kennenzulernen, Noah.«

»Auf Wiedersehen«, sagte Noah und streckte unvorhergesehen seine Hand aus. »Ich hoffe, du kommst.«

Seine Hand war klein, aber schwielig. Als er zu ihr hochschaute, lag ein Hauch Gold in seinen Augen, wie Sonnenschein auf braunem Wasser.

Draußen vor der Haustür sagte Delia zu Noahs Vater: »Ich dachte, er sollte nicht den Eindruck bekommen, er wird unter die Lupe genommen?«

»Ach«, sagte Mr. Miller. »Ja. Also.«

»Ich dachte, Sie wollten ihn davor verschonen! Dann erzählen Sie einfach, aus welchem Grund ich gekommen bin.«

»Ich weiß, das hätte ich nicht tun sollen«, sagte Mr. Miller. Er legte abwesend die gespreizte Hand auf seinen Kopf, wie eine Kappe. »Ich wollte nur so dringend, daß Sie zusagen.«

»Und Sie haben nicht mal irgendein Empfehlungsschreiben gesehen! Sie wissen überhaupt nichts von mir!«

»Nein, aber Ihr Englisch gefällt mir.«

»Englisch?«

»Ich werde wahnsinnig, wenn jemand schlampig spricht. »›So‹ hier und ›so‹ da und ›ich meinte‹ statt ›ich sagte‹. Das macht mich fix und fertig.«

»Na, so was«, sagte Delia. Sie wollte gehen.

»Miss Grinstead? Delia?«

»Ja?«

»Werden Sie es sich wenigstens überlegen?«

»Natürlich«, sagte sie.

Doch sie wußte, daß sie das nicht tun würde.

* * *

Vanessa sagte, Joel Miller sei der bedauernswerteste Mann, den sie kenne. »Seit seine Frau weggegangen ist, kommt der arme Kerl kaum über die Runden«, erzählte sie Delia.

»Gibt's in Bay Borough eigentlich keine einzige glückliche Ehe?« wunderte sich Delia.

»Doch, 'ne Masse«, sagte Vanessa. »Du hast nur noch keine kennengelernt.«

Sie saßen am folgenden Morgen, einem kalten sonnigen Samstag, in Vanessas Küche. Eigentlich war es die Küche ihrer Großmutter; Vanessa und ihre sämtlichen drei Brüder wohnten bei ihrer Großmutter väterlicherseits. Vanessa beschriftete mit einem alten Stahlfederhalter Etiketten. *Höchst wirksames Insektenvertreibungsmittel,* schrieb sie in haarfeiner Schrift auf elfenbeinfarbene ovale Schildchen. Das wirksame Mittel war ein altes Familienrezept. Wenn Vanessa ihre tägliche Menge Etiketten fertig hatte, klebte ihr jüngster Bruder sie auf schlanke Glasröhrchen, in denen verschiedene eingelegte Kräuter und Beeren geheimnisvoll hin und her gluckerten. Delia konnte sich schwerlich vorstellen, wie man davon leben konnte, aber offensichtlich konnten das die Linleys. Ihr Haus war groß und gemütlich, und die Großmutter leistete sich einmal im Jahr eine Reise nach Disneyland. Vanessa erklärte, das Geheimnis sei Flohkraut. »Sag es nicht weiter«, verriet sie Delia, »aber Insekten *hassen* Flohkraut. Die anderen Kräuter sind hauptsächlich Dekoration.«

Auf dem Fußboden baute Greggie einen Turm aus Flaschenkorken. Wenn Vanessa mit ihren Etiketten fertig war, wollten sie und Delia mit ihm zum Weihnachtsmann gehen. Danach wollte Delia einige Weihnachtseinkäufe machen. Oder vielleicht auch nicht; sie wußte es noch nicht. Eigentlich hatte sie Weihnachten nie gemocht; zu sehr drohte die Gefahr, den geheimen Wünschen ihrer Familie nicht gerecht zu werden, und dieses Jahr würde schlimmer denn je. Vielleicht sollte sie die ganze Geschichte einfach übergehen? Oh, warum gab es keine festen Verhaltensregeln für weggelaufene Ehefrauen?

Womit sie wieder bei Mr. Miller war. »Wieso hat seine Frau ihn verlassen, weiß man das?« fragte sie Vanessa.

»Oh, klar, alle wissen das. Eigentlich lebten sie seit Jahren nicht schlecht zusammen, süßer kleiner Junge, nettes Haus, und eines Tages, vergangenen Frühling, stellte Ellie einen Knoten in der Brust fest. Ging zum Doktor, und der meinte, ja, sieht nach Krebs aus. Also geht sie nach Hause und erklärt ihrem Mann: ›In der Zeit, die ich noch habe, möchte ich aus meinem Leben das Beste machen. Ich möchte genau das tun, wovon ich schon immer geträumt habe.‹ Und bis zum Abend hatte sie ihre Sachen gepackt und war weg. Das war ihr größter, innigster Wunsch, hast du so was schon mal gehört?«

»Wo steckt sie jetzt?«

»Oh, sie ist die Fernsehwetterfrau drüben in Kellerton«, sagte Vanessa. »Der Knoten war gar nichts; sie haben ihn mit örtlicher Betäubung rausoperiert. Jetzt können Mr. Miller und Noah sie jeden Abend im Fernsehen bewundern. Vielleicht hast du sie auch in *Neues aus der Nachbarschaft* gesehen. Vergangenen August haben sie ein Porträt von ihr gebracht. Hübsche Blondine. Haar wie das Strohzeug, mit dem wir unsere Flaschen verpacken. Hier hat das keinen vom Hocker gerissen – Frau, die ihr eigenes Kind verläßt.«

Delia sah in ihren Schoß.

»Alle Frauen in der Stadt haben versucht, Mr. Miller zu helfen«, sagte Vanessa. »Haben Lasagne herübergebracht, sein Kind nachmittags genommen. Aber ich glaube, spätestens im Sommer hat er gemerkt, daß es nicht reicht, da hat er nämlich die Anzeige ins Stadtblatt gesetzt.«

»Die Anzeige steht seit dem Sommer drin?«

»Genau, aber seine Nachbarin hat mir erzählt, daß die einzigsten Antworten nur von Teenagern aus der High-School kommen. Jedes einzelne Mädchen der Dorothy-Underwood-High-School ist verknallt in Mr. Miller. Ich auch; es gehört einfach dazu, wenn du da Schülerin bist. Ich war in der letzten Klasse, als er neu war, und ich fand, ich hatte noch nie 'nen Mann zu Gesicht bekommen, der so sexy war. Aber natürlich kann er kein x-beliebiges Mädchen anstellen, also annonciert er immerzu. Auf die Idee, daß du den Job haben möchtest, bin ich nicht gekommen.«

»Will ich auch eigentlich gar nicht«, sagte Delia. Sie beobachtete Greggie, wie er mit den Korken auf dem Linoleum Eisenbahn spielte. Seine kleinen Hände erinnerten sie an Kekse, solche mit eingestochenen Mustern obendrauf. Sie hatte vergessen, was für ein Vergnügen es war, kleinen Kindern zuzuschauen. »Ich habe nur Mr. Pomfret dermaßen satt«, sagte sie. »Meinst du, in der Möbelfabrik gibt es freie Stellen?«

»Oh, die Möbelfabrik«, sagte Vanessa und tauchte den Federhalter ein. »Die brauchen immer nur Öler. Stehen den ganzen Tag da, mit großen Handschuhen, und reiben Stuhlbeine mit Öl ein.«

»Aber sie müssen doch Stellen im Büro haben. Schreibkräfte, Buchhalter ...«

»Wieso nimmst du die Stelle bei Mr. Miller nicht?«

»Ich will nicht einfach ... so ins Leben eines kleinen Jungen eindringen, falls ich wieder weggehe«, erklärte Delia.

»Gehst du eigentlich immer wieder weg?«

Delia war sich unsicher, wie die Frage gemeint war. Sie sah Vanessa mißtrauisch an. »Nein, nicht immer«, sagte sie.

»Ich meine, du hast nie ein böses Wort über Zeke Pomfret gesagt. Und jetzt willst du kündigen.«

»Er kommandiert dermaßen herum. Dermaßen herablassend. Das Gehalt ist auch lächerlich«, sagte Delia. »Ich hatte keine Ahnung, wie lächerlich eigentlich, als ich die Stelle annahm. Und er zahlt nicht mal die Krankenversicherung! Was, wenn ich zum Arzt muß?«

Vanessa lehnte sich zurück und betrachtete sie.

»Ja«, gab Delia zu, »ja, ich glaube, ich gehe oft weg.«

Als sie das sagte, sah sie eine einsame, aufrechte Person den Strand entlanggehen. Seltsam, wie warm ums Herz ihr bei diesem Bild wurde.

* * *

Für ihre Familie, beschloß sie, kaufte sie zu Weihnachten gar nichts. Vielleicht hielt Greggies Ausflug zum Weihnachtsmann sie davon ab. Eigentlich hatte er, bevor sie losgingen, begriffen, worum es sich drehte, doch als sie dann da waren, schrie er nur, und sie mußten ihn hinaustragen. Vanessa war am Boden zerstört, selbst der Weihnachtsmann schien am Boden zerstört. Und ihr Einkaufsbummel danach war trostlos; Greggie kämpfte noch mit den Tränen und hing teilnahmslos und beleidigt in seinem Buggy. Delia meinte zu Vanessa, es sei ein hoffnungsloser Tag. »Ich muß sowieso noch in den Waschsalon«, sagte sie – eine fadenscheinige Entschuldigung.

Als sie nach Hause kam, stand Belle zur Begrüßung in der Wohnzimmertür. »Jemand hat für dich angerufen«, sagte sie.

»Wirklich?«

Ihre Knie wurden weich. Sie dachte zuerst an die Kinder, dann an Sams Herz.

Aber Belle sagte: »Mr. Miller von der High-School. Er möchte, daß du zurückrufst.«

»Oh.«

»Ich wußte gar nicht, daß du Joel Miller kennst.«

Delia hatte Belle nicht von ihm erzählt, denn wenn sie die Stelle annahm, bedeutete dies, daß sie aus diesem Haus ausziehen mußte, und wie konnte sie das je? Dieses Haus war perfekt. Selbst Mr. Pomfret hatte seine guten Seiten. Irgendwie hatte der Besuch beim Weihnachtsmann ihr das deutlich gemacht. Also nahm sie, ohne mit der Wimper zu zucken, die Nummer in Empfang, die Belle seitlich an die Speisekarte eines Take-away-Restaurants gekritzelt hatte. Je früher sie anrief, desto eher hatte sie es hinter sich. Sie hockte sich auf die Sofalehne, langte nach dem Telefon und wählte. Währenddessen wartete Belle im Hintergrund, beschäftigte sich mit der Katze. »Bist du doch ein nettes kleines Miezimiezimiez«, flötete sie. Delia horchte, wie es am anderen Ende läutete, ließ dankbar ihre Augen über die nackten weißen Wände, die bloßen Dielen wandern.

»Hallo?« sagte Noah.

Sie sagte: »Delia Grinstead.«

»Oh, hallo! Ich soll mich bei dir entschuldigen.«

»Entschuldigen? Für was?«

»Pa sagt, Männer sollen in Gesellschaft von Damen nicht von Möwenkacke reden.«

»Oh. Na ja ...«

Sie hörte einen Mann im Hintergrund etwas sagen.

»Frauen«, sagte Noah.

»Wie bitte?«

»Frauen, soll ich sagen, nicht Damen.«

Vorwände, natürlich. Mr. Miller dachte sicher nicht, sie sei beleidigt wegen der Möwenkacke. Oder einem Wort wie Damen. Reine Strategie war das. Aber Noah selbst hatte davon vermutlich keine Ahnung, und Delia beruhigte ihn: »Ist schon gut.«

»Der Onkel von Kenny Moss hat einen Imbißwagen; daher

weiß Kenny Moss von der Na-du-weißt-schon. Aber Pa behauptet, sein Onkel hat nur Witze gemacht. Pa meinte: ›Glaubst du, die Mais-Chip-Fabrik nimmt sich die Zeit, Arbeiter mit Schaufeln an den Strand zu schicken.‹«

Wieder Gemurmel im Hintergrund.

»Okay, sagte. Er *sagte*«, wiederholte Noah für Delia. »Und obendrein *sagte* er« – Betonung und bedeutungsvolle Pause – »er sagte, wieso steht das dann nicht bei den Inhaltsstoffen, wenn sie Möwenkacke verwenden? Hoppla.«

»Oh, die Listen mit den Inhaltsstoffen, die kennen wir doch«, sagte Delia. »Nur wissenschaftliche Begriffe. Die klingen so chemisch, damit können sie alles vertuschen.«

»Das geht?«

»Na, klar! Wahrscheinlich nennen sie es ›Dehydroxycxymcxylen‹ oder so ähnlich.«

Noah kicherte. »He, Papa«, sagte er, seine Stimme leicht entfernt, »Delia meint, wahrscheinlich ist es auf der Liste; wahrscheinlich als Dehydroxy –«

Belle hatte jetzt die Katze ans Fenster getragen. Sie hielt das Tier gegen die Scheibe, die fast undurchsichtig schien, so staubig war sie. Spinnweben verschleierten oben die Vorhänge, und die dürren langen Ausleger des Philodendron auf der Fensterbank waren schmuddlig. Der ganze Raum schien seiner Farbe beraubt, als wäre er Delia in Gedanken bereits entfallen.

12

Mr. Pomfret sagte: »Aha, na dann«, ohne auch nur eine Miene zu verziehen. (Als gehörte sie zur Büroausstattung.) Er bat sie nur noch, sagte er, bis zum Wochenende weiterzuarbeiten – den angefallenen Kleinkram abzuwickeln. Wozu sie sich natürlich bereit erklärte, obwohl es eigentlich nichts zu tun gab; nur das Übliche, langweiliges Briefetippen und eintönige Telefonate, dazu Mr. Pomfrets tägliche Portion Katalogbestellungen.

Gerade brauchte er dringend ein Paar Autohandschuhe aus perforiertem Leder. Eine Radioantenne im Format eines Frühstückstellers. Ein Regal aus massivem Walnußholz für seine Golfballsammlung.

Als sie ihm am Freitagnachmittag ihre Schlüssel aushändigte, erklärte er, vielleicht würde er sie erst im neuen Jahr ersetzen. »Diesmal«, sagte er, »werde ich wohl eine Computerkraft einstellen, falls ich die finde.«

Delia war einen Moment verwirrt. Sie malte sich aus, wie er eine Maschine engagierte. Versuch mal, von deiner Maschine deine Handschuhgröße zu erfahren! dachte sie. Dann begriff sie ihren Fehler. Dennoch war sie verletzt, sie schulterte jählings ihre Tasche und ging, ohne sich zu verabschieden.

* * *

Ihre gesamte Habe paßte leicht in einen Pappkarton, den sie bei Rick-Rack's Café besorgt hatte. Die Leselampe ragte allerdings über den Rand. Sie hätte es dabei belassen können (Belle fuhr sie mit dem Wagen), aber die Vorstellung, daß ihr Leben ganz genau in einen einzigen Kasten paßte, gefiel ihr; also rückte sie alles so lange zurecht, bis es gut schloß. Dann nahm sie ihren Mantel und die Tasche vom Bett, nahm den Karton auf den Arm und ging hinaus.

Ein letzter Blick war überflüssig. Jede Einzelheit war ihr in Fleisch und Blut übergegangen – jedes Nagelloch, jede Tapetennaht, und wie der Heizkörper mit den gußeisernen Löwentatzen im Zwielicht dieses bedeckten Samstagmorgens einem hockenden Tiergerippe glich.

Unten an der Treppe setzte sie das Gepäck ab und zog ihren Mantel an. In der Küche hörte sie Belle mit George sprechen. Er blieb noch ein, zwei Wochen hier, bis Delia sich eingelebt hatte. Delia fand, ihr neues Zuhause mußte erst »nach ihr riechen«; sonst liefe er immer wieder zu ihrer alten Bleibe zurück.

Mr. Miller hatte erklärt, George sei herzlich gern gesehen. Er hätte selbst schon eine Katze kaufen wollen (man beachte das Wort »kaufen«, anscheinend hatte er keine Ahnung, daß kein Tierfreund je freiwillig den Fuß in eine Zoohandlung setzen würde).

Während sie ihren Mantel zuknöpfte, ging sie durchs Eßzimmer und klopfte an die Küchentür. »Ich komme«, rief Belle. Delia ging zurück in den Flur.

Oben bei Mr. Lamb knarrten die Dielen, und sein Fernseher gab monotones, ununterbrochenes Wortgeplätscher von sich. Sie fragte sich, wann er wohl merkte, daß sie fort war. Vielleicht nie, dachte sie.

Sie konnte es sich immer noch anders überlegen.

»Ich habe George eine Büchse Thunfisch aufgemacht«, sagte Belle im Herauskommen. »Damit ist er erstmal beschäftigt.«

»Oh, Belle, du verwöhnst ihn.«

»Für mein Schnurrschätzchen nur das Beste! Hoffentlich will er am Ende gar nicht mehr weg. ›Nein, nein, Mamimaus‹«, quiekte sie. »›Ich will bei Tante Belle bleiben!‹«

Inzwischen warf sie den Spitztütenschulter-Mantel über, schüttelte ihre Lockenpracht, ließ die Autoschlüssel klingeln. »Alles fertig?« fragte sie.

»Alles fertig.«

Sie gingen hinaus zu ihrem riesengroßen, alten Ford. Delia verstaute den Karton zwischen den Maklerfirmaschildern im Kofferraum, und dann packten sie sich beide auf die grünweißen Plastikpolster mit dem eingeprägten Rohrflechtmuster. Begleitet vom beharrlichen Klingeln des Sicherheitsgurtalarms, ließ Belle den Motor an und fuhr los.

Delia war seit Monaten nicht mehr Auto gefahren. Wie rasch und reibungslos alles vorüberglitt! Sie langte nach dem Türgriff, als sie um die Ecke rauschten, und dann *flip! flip! flip*! verschwanden Zahnarzt, Kaufhaus und Duftblumenladen. In Null Komma nichts befanden sie sich in der Pendle Street und parkten in der Kiesauffahrt vor Millers Haus – sonst wäre sie bestimmt zehn Minuten gelaufen.

»Meine Eltern wohnen so«, sagte Belle. Sie betrachtete durch die Windschutzscheibe die ausgesägten Planwagen auf den Fensterläden. »In einem Vorort von York, Pennsylvania. Dee, bist du ganz sicher, daß du das hier willst?«

»Oh, ja«, sagte Delia schwach.

»Hier bist du ein Dienstbote!«

»Besser als eine Schreibmaschine«, erwiderte Delia.

»Gut, wenn du es so siehst!«

Delia stieg aus, und Belle half ihr, den Kasten aus dem Kofferraum zu bugsieren. »Danke«, sagte Delia. »Du hast meine Telefonnummer.«

»Hab' ich.«

»Ich melde mich, wenn die Katze kommen kann.«

»Oder vorher«, sagte Belle. »Oder falls du zurückkommen willst! Ich warte ein paar Tage, bis ich das Schild wieder ins Fenster stelle.«

Sie hätten endlos so weitermachen können, doch dann stürmte Noah aus der Haustür. »Delia! Hallo!« rief er.

»Für dich immer noch Miss Grinstead«, zischte Belle. Sie warnte Delia: »Laß dich bloß nicht zum Kuli machen.«

Delia umarmte sie und ging zum Haus. Wie die Millers sie behandelten, war das geringste ihrer Probleme, dachte sie. Die Frage war, wie sie *die Millers* behandelte – wie sie zu diesem Wuschelkopf von Jungen in seinen Jeans Abstand hielt. Es war so leicht, einfach in die Mutterrolle zurückzufallen! Sie lächelte ihn an, als er ihr den Karton abnahm. »Es geht schon«, sagte sie.

»Ich soll dir dein *Gepäck abnehmen*, hat Papa gesagt. Hast du nicht mehr Sachen?« fragte er. Belle setzte schon den Wagen aus der Einfahrt zurück.

»Das ist alles«, antwortete Delia.

»Pa ist noch in der Schule, ich soll dir inzwischen alles zeigen. Wir haben das Zimmer extra für dich zurechtgemacht. Wir haben sogar das Bett bezogen, obwohl die Bettwäsche noch sauber war.«

»Oh, wieso das denn?«

»Pa hat gesagt, wenn sie nicht mehr frischgewaschen riecht, denkst du vielleicht, jemand hat drin geschlafen.«

»Ganz bestimmt nicht«, versicherte sie.

Sie gingen durchs Wohnzimmer, wo die Sofakissen exakt wie vergangene Woche aufgereiht waren und die Modehefte um keinen Zentimeter verschoben lagen. Der Flurteppich war allerdings frisch gesaugt. Die Spuren auf dem Flor waren noch zu erkennen. Und als sie ins Gastzimmer kamen, stellte Noah ihren Karton auf den klappbaren Kofferständer, der vorher nicht dagewesen war. »Neu«, sagte Noah auf ihren Blick hin. »Haben wir von ›Heim & Herd‹.«

»Sehr schön.«

»Und sieh dir das an«, sagte er. Auf der Kommode stand ein winziger Fernseher. »Farbfernsehen! Auch von ›Heim und Herd‹. Papa sagt, eine Haushälterin hat immer eigenes Fernsehen.«

»Oh, ich brauch' gar keinen ...«

»Radiowecker«, sagte Noah, »Kleenexschachtel ...«

Was sie am meisten rührte, war das aufgeschlagene Bett – das bemühte weiße Lakendreieck. Sie sagte: »Das braucht ihr doch nicht.« Und das meinte sie auch, denn bei diesem Anblick fühlte sie sich irgendwie verpflichtet.

Sie folgte Noah zum Wandschrank, wo er ihr die Kleiderbügel vorführte. »Drei Dutzend gleiche Bügel, stabiles Plastik, pink. Kein einziger Drahtbügel. Es gab sie in pink, weiß oder braun.«

»Pink ist perfekt«, meinte sie.

Drei Dutzend! Sie waren bestimmt enttäuscht, wie wenig Kleider sie besaß.

»Jetzt soll ich dich allein lassen«, sagte Noah. »Aber ich bin in meinem Zimmer, wenn du irgend etwas brauchst.«

»Danke, Noah.«

»Du weißt, wo mein Zimmer ist?«

»Das finde ich schon.«

»Und du sollst auspacken und deine Sachen in die Schubladen legen.«

»Mach' ich«, versprach sie.

Im Gehen warf er ihr einen zweifelnden Blick zu, als fürchtete er, sie würde seinen Anweisungen nicht folgen.

Ihr Karton wirkte so schäbig auf der Tapisseriebespannung des Kofferständers. Sie ging hin, öffnete ihn, und der einsame, abgestandene Hornissennestgeruch des Zimmers in der George Street wehte ihr entgegen. Nun ja. Sie zog ihren Mantel aus und hängte ihn auf einen der Bügel. Drapierte den Riemen ihrer Schultertasche über einen Haken. Zog die Leselampe aus dem Kasten, aber wußte nicht, wohin damit, denn im Zimmer standen schon zwei Lampen mit steifen weißen Satinschirmen. Die Leselampe in der Hand (mit dem militärisch grünen Metallschirm und der Beule von der Katze, die die Lampe abends einmal umgekippt hatte), setzte sie sich erschöpft aufs Bett. Sie mußte die Füße fest aufsetzen, sonst wäre sie von der glatten Überdecke gerutscht. Das Bett war wie manche Hotelbetten, es federte sehr und war dennoch zu hart; keine Ahnung, wie sie sich daran je gewöhnen sollte.

Irgendwo im Haus öffnete sich eine Tür, schwere Schritte, eine Männerstimme rief etwas, und Noah antwortete. Gleich würde sie ein anderes Gesicht aufsetzen und zu ihnen gehen. Gleich. Aber jetzt saß sie noch ein bißchen da, ihre heimatlose kleine Lampe im Arm, und sammelte Mut.

* * *

Hinten im Haus, von der Küche nur durch eine Anrichte getrennt, lag, was die Millers das Familienzimmer nannten. Ein breites, niedriges Sofa stand vor einem Fernsehapparat, an der Wand ein Büroschreibtisch, und in einer Ecke drei Sessel. Dieses Zimmer wurde in den kommenden Tagen Delias Reich. (Sie hatte sich immer ein moderneres Haus gewünscht, ohne Kammern, Ecken und Winkel.) Morgens, wenn sie mit dem Saubermachen fertig war, setzte sie sich an den Schreibtisch und stellte die Einkaufsliste zusammen. Dann verließ sie das Haus für mehrere Stunden – gewöhnlich zu Fuß, obwohl es einen Wagen gab, den sie nehmen konnte. Nachmittags aber pendelte sie zwischen Familienzimmer und Küche, während Noah auf dem Sofa Hausaufgaben machte. Abends saß sie mit einem Buch in einem der Sessel, und Noah sah fern. Manchmal saß auch Mr. Miller vor dem Fernseher – oder Joel, wie sie ihn nennen sollte –, dann ging sie früh mit ihrem Buch auf ihr Zimmer. Sie war ein bißchen schüchtern, was Mr. Miller anging; Joel. Die Situation war immer heikel, formell und zugleich zwangsläufig intim. Aber meist hatte er noch Termine, oder er arbeitete abends an seiner Werkbank in der Garage. Vermutlich fand er es auch heikel. Bestimmt war er vorher nicht so aushäusig gewesen.

Sie mochten am liebsten einfaches Essen, einfach zubereitet –

Roastbeef, Brathähnchen, Hamburger. Noah haßte Gemüse, aber er mußte jeden Abend einen Löffel voll essen. Mr. Miller war vermutlich auch kein begeisterter Gemüseesser, aber er aß pflichtschuldig alles auf, und hinterher lobte er sie immer: »Das Essen war köstlich, Delia.« Wahrscheinlich würde er das immer sagen, egal, wie es schmeckte. Bei jeder Mahlzeit stellte er ein paar höfliche Fragen (hatte sie einen guten Tag? Fand sie, was sie brauchte?), aber sie spürte, daß er ihre Antworten nicht mitbekam. Er war innerlich ein todtrauriger Mann, und manchmal, selbst wenn sein eigener Sohn etwas sagte, herrschte einen Augenblick Stille, bis er sich zusammennahm und antwortete.

»Stell dir vor!« sagte Noah zum Beispiel, »Kenny Moss hat neuerdings einen abgezüchteten Golden Retriever. Papa, könnten wir auch einen Golden Retriever haben?«

Lange Pause. Geschirrklappern. Dann schließlich: »Das Wort ›abgezüchtet‹ gibt es nicht.«

»Doch, sonst hätte ich es nicht gebraucht.«

Und schon steckten die zwei in einem ihrer Wortgefechte. Delia kannte niemanden, der so genau mit Worten umging. Er haßte alle »In-Wörter« (das Wort »in« inbegriffen). Er nannte nichts »toll«, was nicht wirklich verrückt war. Er unterbrach Noah mitten in einem begeisterten Bericht mit der Bemerkung, daß niemand »auf« Eisessen stehen könne. Immerhin machte er es halbwegs humorvoll, und das war wohl der Grund, warum Noah überhaupt noch den Mund aufmachte.

An Delias Badezimmertür war ein großer Spiegel, der erste seit der Umkleidekabine vor sechs Monaten, in dem sie sich in voller Größe sehen konnte; und sie erschrak, wie dünn sie geworden war. Ihre Hüftknochen sprangen scharfkantig vor, und um den Hals war sie ganz mager. Also nahm sie sich beim Abendessen reichlich, frühstückte jeden Morgen mit Noah, und jeden Mittag bestellte sie etwas Nahrhaftes bei Rick-Rack's, sogar Krabbenkuchen; schließlich verdiente sie jetzt gut und wußte gar nicht, wie sie ihr Geld ausgeben sollte.

Bei Rick gab es auch Barbecue Sandwiches, mit Essig gewürzt, was Delia besonders mochte. »Wissen Sie«, sagte sie zu ihm, »vorher hatte ich gar keine Gelegenheit, hier richtig zu essen. *Daß* Sie gut kochen, wußte ich, aber nicht *wie* gut.«

»Und statt dessen haben Sie sonntags so lala in diesem Bay Arms gegessen!« sagte er.

Was wußte diese Stadt eigentlich nicht über sie?

Nach dem Mittagessen ging sie zu Belle gegenüber und besuchte George. Er war beleidigt, daß sie weggegangen war. Er tauchte gleich auf, als sie kam, dann aber kehrte er ihr den Rücken und stolzierte davon. »George?« lockte sie. Keine Antwort. Er marschierte ins Wohnzimmer und verschwand. Delia wartete im Flur, und bald sah sie eine Schnurrbartspitze unten am Türrahmen auftauchen. Eine Nase, ein Ohr, ein vorwurfsvolles grünes Auge. »Georgie-Boy!« sagte sie. Er glitt näher, wischte mit dem Fell gegen das staubige Holz und zögerte selbst, als er dicht genug war, um sich streicheln zu lassen.

Warum vermißten Delias Kinder sie nicht so?

* * *

Überall waren die Straßen mit silbernen Plastikflittergirlanden und roten Pappmachéglocken dekoriert. Über Mrs. Lincolns Theke in der Bücherei hing ein Kranz. Vanessa hatte eine rote Schleife an Greggies Buggy gebunden.

Der Gedanke, Weihnachten bei den Millers zu verbringen – mit dem armen Noah, der am meisten leiden würde –, füllte Delia mit Schrecken. Aber vielleicht feierten sie ja kein Weihnachten. Vielleicht waren sie jüdisch oder sonst strenggläubig und hatten für so heidnische Bräuche nichts übrig. Bis jetzt jedenfalls, eine Woche vor Weihnachten, gab es keinerlei Anzeichen, daß sie sich dieser festlichen Jahreszeit bewußt waren.

Delia ging hinaus in die Garage zu Mr. Miller. »Hm hm, Joel?« sagte sie.

Er maß an seiner Werkbank ein Brett aus, trug einen ausgefransten schwarzen Pullover und eine durchgewetzte Kordhose. Delia wartete, bis er hochsah – es dauerte minutenlang –, und dann sagte sie: »Ich wollte wegen Weihnachten fragen.«

»Weihnachten«, sagte er und schob den Zollstock zusammen.

»Feiert ihr Weihnachten?«

»Ja, doch. Eigentlich«, sagte er.

Mit »eigentlich« meinte er wohl, als seine Frau noch da war. Demnach war es ihr erstes Weihnachten ohne sie. Delia sah, wie sein Gesicht nachdenklich wurde, wie sich die Furchen seitlich um seinen Mund vertieften. Doch dann sagte er: »Also: Sie wollen sicher den Tag freihaben. Noah wird bei seiner Mutter sein, und ich bin bei Freunden in Wilmington eingeladen. Über Neujahr ist keine Schule, wenn Sie länger in Baltimore –«

»Ich fahre nicht nach Baltimore.«

Er hielt inne.

»Ich wollte nur wissen, wie Sie feiern«, erklärte sie. »Haben Sie einen Weihnachtsbaum? Soll ich mit Noah Geschenke besorgen?«

»Geschenke.«

»Vielleicht etwas für seine Mutter?«

»Oh, Gott«, sagte er und sank auf den hohen Hocker, der hinter ihm stand. Er spreizte seine Hand und griff sich an den Kopf – wie immer, wenn die Lage verzwickt war. »Ja, natürlich, für seine Mutter und auch für Nat, Ellies Vater. Er und Noah sind dicke Freunde. Und für mich, wahrscheinlich; dazu sollten wir ihn schon anhalten, oder? Und ich muß was für ihn besorgen, ach du großer Gott!«

»Ich gehe morgen mit ihm los«, sagte sie. Sie hatte eigentlich nicht vorgehabt, diesen Mann in Verzweiflung zu stürzen.

»Morgen ist Samstag. Ihr Wochenende.«

»Macht nichts.«

So auf seinem Hocker waren ihre Augenpaare auf gleicher Höhe. Einen Moment schaute er Delia an. Dann fragte er: »Haben Sie keine Familie in der Nähe? Die Sie am Wochenende besuchen können?«

»Nein.«

Es war typisch für seinen Zustand, dachte sie, daß ihm offensichtlich nichts von dem Klatsch über ihre Vergangenheit zu Ohren gekommen war. Wenn es nach ihm ging, war Delia vom Himmel gefallen. Er hätte sie sicher gern ausgefragt, doch am Ende sagte er nur: »Also, danke, Delia. Ich glaube, einen Weihnachtsbaum können wir uns schenken, wenn Noah am Weihnachtstag gar nicht da ist.«

Sie hätten sich eigentlich alles schenken können, wenn es nach Delia ginge. Doch sie sagte dazu nichts. Als sie ging, saß Mr. Miller immer noch wie ein Häufchen Elend auf seinem Hocker, sah fassungslos auf den Zollstock in seinen Händen.

* * *

Noah machte mit ihr alle seine Weihnachtseinkäufe im Eisenwarenladen – Brent's dunklem, altmodischen Eisenwarengeschäft mit dem Holzfußboden, gegenüber von Belle. Noah hatte sehr klare Geschenkideen, stellte Delia fest. Für seine Mutter wählte er einen Schraubenzieher mit unterschiedlichen Einsätzen, schließlich lebte sie jetzt allein und mußte alles selbst reparieren. Für seinen Großvater, der Schwierigkeiten beim Bücken hatte, eine lange Zange, eine Art Greifer, mit dem er gefallene Gegenstände aufheben konnte. Und für seinen Vater ein Instrument, mit dem man beim Hämmern den Nagel in Position halten konnte. »Papa haut sich immer auf den Daumen«, erklärte Noah Delia. »Eigentlich ist er kein besonders guter Handwerker.«

»Was bastelt er eigentlich die ganze Zeit?«

»Schattenboxen.«

»Schattenboxen?«

Einen Augenblick hatte sie Charlie Chaplin vor Augen, wie er in seinen ausgebeulten Hosen schattenboxend wild um sich schlug.

»Solche kleinen Boxen mit vielen Fächern. Weißt du? Die man an die Wand hängen kann?«

»Oh, ja.«

»Weil meine Mama kleine Sachen sammelt. Winzige kleine Küchensachen und Puppenstubenmöbel, und darum hat er immer Schattenboxen für sie gemacht.«

Und jetzt? Wollte Delia fragen.

Und als hätte er ihre Gedanken gelesen, sagte Noah: »Jetzt hat er schon einen Stapel hinter den Autoreifen in der Garage.«

»Aha.«

Aus Noahs Tonfall war für Delia klar, was er von der Trennung seiner Eltern hielt. Er hatte seine Mutter bisher nur beiläufig erwähnt, und der kommende Besuch war der erste seit Delias Ankunft.

»Ich muß noch eine Sache aussuchen«, sagte er zu ihr. »Geh mal raus und warte kurz.«

Also kaufte er ihr auch ein Geschenk. Lieber wäre ihr gewesen, wenn nicht. So mußte sie Begeisterung spielen, mußte, was immer es war, benutzen, und obendrein mußte sie ihm auch etwas schenken: etwas nicht mehr und nicht weniger Nützliches als sein Geschenk. Oh, wieso mußte sie das noch einmal mitmachen? Wäre sie doch bei Belle geblieben; sie hatte es ja gleich gewußt.

Aber Noah war so lustig, als er sie durch die Tür drängelte, daß sie doch lächeln mußte.

»Brauchst du Geld?« fragte sie.

»Ich habe mein Taschengeld gespart.«

Er schloß die Tür hinter ihr und vollführte hinter der Scheibe eine komische Pantomime.

Sie wartete auf dem Gehweg, beobachtete die Passanten. Es war schwer, der allgemeinen Stimmung zu widerstehen. Jedermann trug Einkaufstuten und leuchtend bunt verpackte Pakete. In der frostigen Luft duftete es nebenan aus Rick-Rack's Café einladend nach gebratenem Speck und heißen Pfannkuchen. Als Noah wieder zu ihr kam, seine Einkaufstüte im Arm, sagte sie: »Wie wär's, wenn ich dir bei Rick-Rack's was zu trinken spendiere?«

Er zögerte. »Schreibst du das auch ins Buch?« fragte er.

Er meinte das kleine Notizbuch, das Mr. Miller ihr gegeben hatte. Sie sollte darin die »zu erstattenden Ausgaben« eintragen, und Noah war in ständiger Sorge, daß sie zu wenig eintrug. (In seinen Augen zählte sie zu den *Weniger-Begüterten*, was sie sowohl amüsant als auch ein bißchen demütigend fand.) »Heute gebe ich einen aus«, erklärte sie entschlossen, und selbst als er widersprechen wollte, schob sie ihn auf das Café zu.

Rick winkte mit dem Pfannenheber in ihre Richtung. Er war am Grill beschäftigt. Teensy dagegen war völlig aus dem Häuschen. »Nein, Delia! Und Mr. Millers Junge. Sieh mal, Papa!« zwitscherte sie zu dem alten Mann gewandt, der an der Theke saß. »Das ist

Delia Grinstead! Sie hat früher gegenüber gewohnt! Mein Vater, Mr. Bragg«, stellte sie ihn Delia vor. »Er wohnt jetzt bei uns.«

Teensys Vater, erinnerte sich Delia schwach, war doch der verschrobene Mensch, der sich gegenüber seinem Schwiegersohn nicht besonders zuvorkommend verhalten hatte; sie war demnach nicht auf diese verschreckte, in sich zusammengesunkene Person gefaßt. Wie ein Kind saß er vor seinem Teller. Als sie »Hallo« sagte, brauchte er eine Zeit, bis sich in seinem Mund die Worte formten.

»Ich trinke Kakao«, war alles, was er schließlich herausbrachte.

»Wie nett!«

Ihre Stimme klang so falsch, wie Teensys geklungen hatte.

»Ihr Junge?« fragte er.

»Das ist ... Noah«, sagte sie, ohne weitere Erklärung.

»Komm, setz dich, Junge.«

»Oh, wir nehmen besser einen Tisch, wir haben so viele Sachen.« Delia deutete auf Noahs Einkaufstüte. Die Griffe der Greifzange für seinen Großvater ragten einen guten halben Meter vor.

Am Tisch hinten in der Ecke ließ Mr. Lamb den Kopf über seinem Frühstücksmüsli hängen. Zwei junge Mädchen hatten einen Tisch am Fenster besetzt – Underwood-Schülerinnen, vermutete Delia angesichts der neugierigen Blicke, die sie Noah zuwarfen. (Ein paar hatte sie schon zu Hause abgefertigt, hatte ihnen kurz, aber herzlich für ihre selbstgemachten Toffees gedankt und geflissentlich übersehen, wie sie nach Joel Ausschau hielten.) Eine rief schallend: »Hallo, du, Noah!« Noah sah Delia an und verdrehte die Augen.

»Was darf ich bringen?« fragte Teensy, ihren Tisch überragend.

»Einen Kaffee, bitte«, sagte Noah.

»Kaffee!«

»Kann ich?« sagte er zu Delia gewandt. »Bei meinem Vater darf ich manchmal, zu besonderen Anlässen.«

»Na, gut. Also zwei«, bestellte Delia bei Teensy.

»Alles klar«, sagte Teensy. Dann beugte sie sich so nah hinunter, daß Delia ihre nach Stärke duftende Schürze riechen konnte, und flüsterte: »Wenn Sie gehen, sagen Sie dann Rick auf Wiedersehen, ganz laut, damit Papa Sie auch hört?«

»Natürlich«, sagte Delia.

»Papa verhält sich manchmal so verletzend ihm gegenüber.«

»Ich hätte ihm sowieso auf Wiedersehen gesagt, das wissen Sie doch.«

»Ich weiß, aber ...« Teensy holte mit der Hand nach ihrem Vater aus. Er wirkte immer noch harmlos, das X seiner überkreuzten Hosenträger bog sich auf seinem krummen Rücken.

Noah gehörte zu den Käufern, die ihre Erwerbungen schon begutachten müssen, bevor sie sie endgültig nach Hause tragen. Er raschelte in seiner Tüte, förderte zuerst den Schraubenzieher zutage, dann grub er tief unten und beäugte verstohlen einen bestimmten Gegenstand, warf Delia einen verschmitzten Blick zu. Als sie neugierig den Hals über den Tisch reckte, lachte er begeistert und knäulte die Tüte wieder zu. Seine beiden Vorderzähne waren so neu, sie wirkten noch zu groß für seinen Mund.

Und wie ihm das Haar in die Augen fiel – wie dicht und ringelig, der feine Glanz; wie gern hätte sie einfach hineingegriffen. Und seine Stupsnase; die knubbligen Kleine-Jungen-Warzen an seinem Zeigefinger, als er den Becher anfaßte, den Teensy ihm brachte. Eine Ecke seines Jackenkragens stand schief hoch. Auf dem Strickhemd darunter waren Kugelschreiberstriche. Seine Jeans, wußte sie, hatten zerlöcherte Knie, und an den Füßen trug er hohe, übertrieben gepolsterte, raffinierte Turnschuhe; anscheinend wie geschaffen für Raumfahrtspaziergänge.

Er erzählte ihr einen Traum, den er hatte – langweilig und verworren. Sein Lehrer hatte sich in einen Hund verwandelt, der Hund kam Noah zu Hause besuchen, und das Zuhause verwandelte sich in die Schulaula – hatte Delia alles verstanden ...

Delia nickte, lächelte, lächelte und faltete fest ihre Hände, um nicht nach ihm zu greifen. Als sie gingen, sagte sie Rick so gefühlvoll auf Wiedersehen, daß ihre Stimme sich überschlug; glücklicherweise merkte es niemand.

* * *

Belle behauptete, der Kater hätte Freßstörungen. Sie brachte ihn am späten Montagmorgen in einem leeren Traube-Nuß-Schokoladenkarton, damit er sich ans Haus gewöhnen konnte, solange Delia allein war. Noch im Karton hatten sie ihn gleich in Delias Zimmer gebracht und dort abgesetzt. »Vielleicht ist es Bulimie«, meinte Belle. Sie ließ sich aufs Bett plumpsen und beobachtete, wie George schnuppernd dem Karton entstieg. »Kaum ist sein Napf halb leer, miaut er nach mehr; ich schwöre dir, ich hätte's nie für möglich gehalten, daß Katzen so berechnend sind. Und wenn, Gott bewahre, sein Napf doch mal leer ist, veranstaltet er ein regelrechtes Drama, sobald ich von der Arbeit komme. Großes Gemaunze und Gekratze; dann fülle ich seinen Napf, und er kommt auf weichen Knien angeschwankt, frißt, schlabbert eklig rum, und zehn Minuten später, wenn er fertig ist, was macht er: er kotzt in die Ecke.«

»Oh, George, was habe ich dir angetan?« fragte Delia. Er untersuchte schon das Zimmer, beschnüffelte graziös den Kofferständer.

»Und sechsmal täglich marschiert er zum Schrank, reckt sich nach seinem Katzenfutter, kontrolliert, ob der Vorrat noch reicht.«

»Mein ganzes Leben«, sagte Delia, »war ich die ideale Katzenmutter. Nie habe ich den Ort gewechselt; mein Leben spielte sich in festen Bahnen ab. Nie habe ich mich vom Fleck gerührt. Plötzlich schwirre ich durch die Gegend ... kein Wunder, daß er verunsichert ist!«

Sie bückte sich und streichelte das schwarze M auf seiner Stirn, während Belle sich umsah. »Das Zimmer ist entsetzlich klein, oder?« fragte sie. »Dein altes war um einiges größer.«

»Es geht.« Delia versuchte George ins Badezimmer zu locken. »Siehst du? Dein Katzenklo«, zeigte sie ihm. »Neugekauft; kein Pappkarton.«

»Was unternimmst du Weihnachten, Dee?« rief Belle aus dem anderen Zimmer.

»Oh, ich bleibe hier.«

»Weihnachten bei fremden Leuten?«

»Sie sind nicht da, wenigstens nicht am Weihnachtstag.«

»Das ist ja noch schlimmer«, fand Belle.

»Ich freue mich eigentlich darauf.«

George spazierte ins Katzenklo und wieder hinaus, wollte mitteilen, daß er begriffen hatte.

»Komm mit zu meiner Sippe«, sagte Belle. »Sie wären von dir begeistert.«

»Nein, vielen Dank, aber ...«

»Oder laß dich von Vanessa zu ihrer Großmutter einladen.«

»Das hat sie schon getan, aber ich habe abgesagt.«

»Na ja, da ist es auch garantiert hektisch«, sagte Belle. »Übrigens, auf Vanessa bin ich ein bißchen sauer. Weißt du, was sie mich glatt gefragt hat?« Belle stand auf und folgte Delia in den Flur; sie wollten in die Küche, den Katzennapf holen. George waberte wie ein Schatten unentschlossen hinter ihnen her. »Also: ich klage ihr meinen Liebeskummer«, sagte Belle. »Kein Mann in Sicht, der mich erretten könnte, klage ich, da fragt sie mich tatsächlich, warum ich nie an Mr. Lamb gedacht habe.«

»Mr. Lamb!«

»Stell dir das vor! Dieser trostlose Langweiler, dieser schusselige Esel! Ich sage: Vanessa, was hältst du eigentlich von mir? Glaubst du im Ernst, ich gehe mit 'nem Typen, der sein Leben in möblierten Zimmern fristet? Ich meine, denk doch mal nach: Kein Mensch nennt ihn beim Vornamen, ist dir das schon aufgefallen? Oder: Wie heißt Mr. Lamb mit Vornamen, schnell?«

»Hm ...«

»Horace«, sagte Belle finster. Sie ließ sich auf einen Küchenstuhl fallen. »Ich bin zwar alleinstehend, aber lebensmüde bin ich noch lange nicht. Was ist das da auf dem Eisschrank?«

Sie meinte Mr. Millers Haushaltslageplan. »Damit im Wohnzimmer alles so bleibt, wie Mrs. Miller es hinterlassen hat«, sagte Delia. »Er hat einen genauen Plan gezeichnet, wo sie den ganzen Kleinkram stehen hatte.«

Belle lehnte sich vor; das mußte sie genauer sehen! Auf dem Rechteck, das den Kaminsims darstellte, stand in winzigen Druckbuchstaben *blaue Vase, Tannenzapfenkerze, Sandkastenfoto, Uhr.*

»Gott, wie rührend«, sagte Belle. »Und was soll das? Meint er, das Zeug löst sich sonst in Luft auf, du lieber Himmel?«

»So würdest du nie fragen, wenn du sähest, wie er hier rumläuft«, sagte Delia. »Für jemanden, so auf Ordnung versessen, ist er eigentlich ein einziger ... chaotischer Urknall. Schlicht und einfach unfähig! Er und Noah hatten ein System, wonach sie saubermachten; sie haben mehr Durcheinander angerichtet, als sie beseitigten, habe ich festgestellt; oberflächlich alles bestens, aber hinten im Schrank standen Töpfe, so angebrannt, die kriegt keiner wieder sauber, Küchentücher mit Riesenlöchern, Blumentöpfe mit eingegangenen Begonien ...«

Belle betrachtete eingehend den Lageplan vom Couchtisch: *»Großes Paperweight, kleines Paperweight, Zeitschriften«*, deklamierte sie.

»Er verwahrt sämtliche Modehefte, die sie immer noch abonniert hat; alles über Klamotten und Cellulitis und dergleichen.«

»Ellie Miller hatte nie im Leben Cellulitis«, warf Belle ein.

»Kommt ein neues Heft, drapiert er es anstelle des alten, und das alte wirft er weg.«

»Das kommt davon, wenn man einen Menschen zu sehr anhimmelt«, sagte Belle. »Armer Mann, er hat sie auf Händen getragen! Dabei hat sie eigentlich 'ne kleine Meise, aber wie du weißt, die schlauesten Männer sind manchmal hin und weg von Frauen, die eigentlich 'ne Meise haben. Als sie weg war, habe ich ihn mal zum Picknick eingeladen, und da sagte er: ›Oh‹, hat er gesagt. ›Ich glaube, da kenne ich niemanden, aber trotzdem vielen Dank.‹ Wir reden über einen Schuldirektor, Delia! Der eigentlich die ganze Stadt kennen müßte! Aber darin war er total von Ellie abhängig. Ellie ging gern unter Leute, hat Partys gegeben, immer mit Motto: Aloah-Hawaii, Wildwest-Grillfest ... oder im Herbst den Klassenmuttertee, aber um sowas kümmert Joel sich nicht. Die Klassenmütter kriegen sich gar nicht mehr zu Gesicht, weil er nichts unternimmt, dabei ist jedes Mädchen in der Stadt wild drauf, ihm zu helfen.«

»Wenn sich ...«, begann Delia.

Wenn sich Sam Grinstead davon eine kleine Scheibe abgeschnitten hätte, wollte sie sagen. Aber sie bremste sich.

»Oh, *du* darfst ihm sicher helfen«, sagte Belle, die das mißverstand. »Immer langsam, Stückchen für Stückchen, weißt du? Dann bist du bald unersetzlich.«

»Na ja, natürlich«, stimmte Delia bei.

Das setzte sie voraus. Schon jetzt, nach zehn Tagen, hatte Mr. Miller sich wieder ›ihren‹ Hackbraten gewünscht; wortlos hatte er ein Hemd hingelegt, dem ein Knopf fehlte; hinterließ er auf dem Frühstückstisch nicht mehr die zwanghaften Auftragslisten.

Aber war es nicht eigenartig, daß sie es einfach voraussetzte? Anscheinend war sie ein anderer Mensch geworden – eine Frau, auf deren Unterstützung die Leute selbstverständlich bauten.

Die Katze strich ihr um die Füße, schnurrte. »Siehst du?« sagte Delia zu Belle. »Er hat keine Freßstörungen. Er hat ganz wenig von dem Katzenfutter gefressen, nur einen Anstandshappen.«

»Du bist unglaublich, Dee«, sagte Belle.

* * *

Belle hatte auch Delias Post mitgebracht – ein Päckchen von Eleanor und einen Brief von Eliza. In Eleanors Päckchen war eine gestrickte Bettjacke, damit sie beim Lesen im Bett nicht fror. Eliza schrieb, daß sie die Allinghams zum Weihnachtsessen eingeladen hätte. *Ich will Dich nicht drängen, aber Du weißt, daß Du auch willkommen bist*, schrieb sie, dann wechselte sie schnell das Thema und berichtete von Linda. *Sie meint, die Zwillinge kämen jetzt in das Alter, wo sie lieber zu Hause feierten, deshalb sind wir wohl nur mit den Allinghams zusammen, und Eleanor auch, natürlich* ... Das Briefpapier duftete schwach nach Nelken (für positive Gedanken), wie Elizas Schlafzimmer immer.

Noah war sehr aufgeregt wegen der Katze. Er kam an jenem Tag gleich aus der Schule nach Hause, warf seine Sachen im hohen Bogen in die Ecke und stürmte rufend durchs Haus: »George? George?« George versteckte sich natürlich. Delia mußte Noah erklären, wie Katzen sich verhalten – daß man Katzen nicht verfolgen darf, ihnen am besten nicht direkt gegenübertritt, alles lieber »schräg« tun soll, sozusagen. »Setz dich, daß du mit ihm auf gleicher Höhe bist«, riet sie, als George sich schließlich zeigte. »Sieh ihn ein bißchen von der Seite an. Sprich ganz freundlich mit ihm.«

»Sprechen? Was soll ich denn sagen?«

»Sag ihm, wie schön er ist. Katzen lieben das Wort ›schön‹. Ich glaube, sie mögen den Klang, eigentlich haben sie für Sprache nichts übrig, aber wenn du das ›Ö‹ schön dehnst, daß es weich klingt und vibriert ...«

»Schö-ö-ö-n«, sagte Noah, und natürlich kniff George seine Katzenaugen zusammen und lächelte schlau und selbstzufrieden.

* * *

Am Weihnachtsabend holte Delia Noah von der Schule ab und fuhr ihn zu seiner Mutter. Die Millers fuhren einen VW-Käfer. Versehentlich versuchte Delia Noahs Rucksack hinten zu verstauen, bis ihr einfiel, daß beim Käfer da der Motor war. Außerdem war sie die Knüppelschaltung noch nicht gewohnt, es war also eine holprige Fahrt. Noah machte netterweise keine Kommentare. Er saß vornübergebeugt und paßte auf, wo die Abfahrt nach Kellerton kam. »Meist hat Mama mich abgeholt«, sagte er, »aber ihr Wagen ist gerade in der Werkstatt. Im letzten Dreivierteljahr ist sie fünfmal mit jemandem zusammengestoßen.«

»Fünfmal!« sagte Delia.

»Sie hatte aber nie Schuld.«

»Aha.«

»Sie hat einfach, also, Pech. Das letzte Mal ist ihr ein Mann rückwärts reingefahren. Hier mußt du abbiegen.«

Delia blinkte und bog rechts ab in eine Straße mit vielen Schlaglöchern, die durch gefrorene Stoppelfelder führte. Die Landschaft war so flach, wenigstens brauchte sie nicht oft zu schalten. Sie fuhren gen Osten, Richtung Strand. Mr. Miller hatte ihr gesagt, die Fahrt dauere eine halbe Stunde.

»Du mußt heute abend um sechs WKMD gucken«, sagte Noah. »Ich bin zwar nicht zu sehen, aber du weißt wenigstens, daß ich da im Sender sitze.«

Es war sicher gespenstisch, seine weggelaufene Mutter allabendlich den Wetterbericht präsentieren zu sehen. Obwohl, soweit Delia wußte, Noah diesen Wetterbericht nie sah. Um sechs kamen die *MacNeill/Lehrer Nachrichten*, die Mr. Miller statt dessen sah.

Die Felder wichen Hamburger-Drive-Ins, Schrottplätzen und Spirituosenläden, die Stadt schien nahe, bis Delia begriff, daß dies die Stadt war – diese dahingestreuten Gebäude zwischen den Äkkern und Weiden. Noah wies auf die Fernsehstation am Fuße des Sendemastes. Er zeigte ihr, wo seine Mutter Lebensmittel einkaufte und wo sie zum Friseur ging, dann dirigierte er sie zwei Straßen südlich zu einem niedrigen Apartmenthaus aus hellen Klinkerziegeln. »Soll ich mit dir reinkommen?« fragte Delia und parkte.

»Nö, ich habe einen Schlüssel, wenn sie nicht da ist.«

Delia war enttäuscht, doch sie widersprach ihm nicht.

»Wenn du morgen aufwachst«, hatte Noah ihr erklärt, als sie den Kofferraum entriegelte, »sieh mal auf mein Regal im Wandschrank, da liegt mein Geschenk.«

»Und wenn du aufwachst, sieh mal in die Seitentasche deines Rucksacks.«

Er grinste und nahm ihr den Rucksack aus der Hand. »Also«, sagte er. »Bis bald, nehme ich an.«

»Feier schön Weihnachten.«

Anstatt ihn in den Arm zu nehmen, zerstrubbelte sie sein Haar. Das hatte sie schon immer gewollt.

Wieder zu Hause, stand Mr. Miller vorn am Fenster und wartete. Ihre Wege kreuzten sich im Eingang – Mr. Miller streckte die Hand nach den Autoschlüsseln aus, wünschte ihr frohe Weihnachten, sagte, er sei mit Noah morgen abend zurück –, und dann war er weg. Die Katze miaute verschreckt und folgte Delia bis in ihr Zimmer.

Auf ihrer Kommode stand eine Weihnachtskarte mit einem Hundert-Dollar-Scheck. *Festtagsgrüße*, stand auf der Karte, und in Mr. Millers Blockschrift: *Ein kleines Dankeschön, weil Sie unsere Leben wieder in Ordnung gebracht haben. In Dankbarkeit, Joel und Noah.*

Nett von ihm, dachte sie. Auch, daß er schleunigst das Haus verlassen hatte, bewies Takt. Es wäre anstrengend gewesen ohne Noah als Puffer.

Sie verbrachte den Nachmittag auf dem Sofa, las ein extra dickes

Buch aus der Bücherei: *Dr. Schiwago*. Der Wind trieb Laubreste gegen die großen Fenster. George schlief zusammengerollt an ihren Füßen. Es wurde langsam dunkel, und der Lampenschein bildete ein honigfarbenes Nest.

Wenige Minuten vor sechs nahm sie die Fernbedienung vom hinteren Tisch und schaltete den Fernsehapparat ein. Auf WKMD warb ein einäugiger Pirat für Seegrundstücke. In einem Zimmer versprühte eine Frau Luftverbesserer. Dann ein langer Tisch und daran aufgereiht die Nachrichtensprecher – ein Schwarzer mit Bart, ein Weißer mit rosa Gesicht und eine fabelhafte Blondine im Hosenanzug. Delia dachte erst, die Blondine sei Ellie Miller, bis der schwarze Sprecher sie Doris nannte. Doris berichtete von einem Banküberfall in Ocean City. Der Räuber war als Weihnachtsmann verkleidet, sagte sie. Sie redete, ohne mit ihren rotgeschminkten Lippen die Zähne zu berühren.

Delia war irritiert über das Tempo, mit dem alles ablief. Sie war Fernsehen nicht mehr gewöhnt. Sie fand, ihren Augen wurde viel zuviel zugemutet, und während des nächsten Werbeblocks sah sie eine Weile weg.

»Jetzt kommt Ellie mit dem Wetter«, sagte der Bärtige. »Na, Ellie, haben wir vielleicht doch weiße Weihnachten?«

»Keine Chance, Dave«, konterte Ellie in flotter Fernsehmanier, als hätten die beiden schon zusammen im Sandkasten gespielt. Ihr Gesicht paßte allerdings nicht zu ihrer Stimme. Es war zu weich, zu offen – ein hübsches Gesicht mit großem roten Mund, überraschend blauen Augen und rosig geschminkten Apfelbäckchen. Auf dem Kopf eine silberblonde Flaumwolke. Der weiße Angorapullover mit dem runden Ausschnitt verwischte ihre Körperkonturen.

Delia stand auf und stellte sich vor den Fernseher. Ellie schob die Wetterkarten auf einer Aluminiumrinne hin und her. Irgendwo hinter der gemalten Kulisse – Marschland und unmögliche Weidenkätzchen – saß Noah, doch im Augenblick dachte Delia nicht an Noah. Sie prägte sich Ellie ein, versuchte hinter ihren himmelblauen Puppenblick zu kommen.

»Weiterhin kalt ... stürmische Winde ...« Delia neigte den Kopf und horchte, die Fingerspitzen gegen ihre Wange gedrückt.

Nach dem Wetter kam Sport, und Delia drehte sich um, verließ das Familienzimmer, ging durch die Küche, den Flur entlang ins Eheschlafzimmer. Sie öffnete den Wandschrank und betrachtete die Kleidungsstücke. Mr. Millers Anzüge schlitterten die Kleiderstange entlang nach rechts, wo alles leer war. Das Regal war auf der rechten Seite ebenfalls leer. Anscheinend hatte Ellie, anders als Rosemary Bly-Brice, als sie ging, alles mitgenommen. Trotzdem zog Delia jede Schublade in Ellies Kommode auf. Sie fand lediglich einen Knopf, an dem ein blaues Fädchen hing.

Als sie wieder ins Familienzimmer kam, brachte der Fernseher gerade die nationalen Nachrichten. Es war Monate her, seit sie Nachrichten gesehen hatte, aber anscheinend hatte sie nichts verpaßt: Der Planet stürzte weiter der Katastrophe entgegen. Mitten im Satz schaltete sie ab und ging, um sich etwas zu essen zu machen.

* * *

Als sie am nächsten Morgen erwachte, schien die Sonne. Am hellen, harten Licht erkannte sie, daß es sehr kalt war. Außerdem lag George unter ihren Arm gekuschelt, was er nur bei bitterster Kälte tat.

Erst als sie ihren Tee trank, fiel ihr wieder ein, daß Weihnachten war. Weihnachten ganz allein! Die meisten Leute fänden das vermutlich tragisch, aber sie freute sich darauf. Mit Vergnügen trug sie ihre Tasse durchs stille Haus, immer noch im Nachthemd, darüber die Badejacke; sie summte »We Three Kings«, und keiner hörte sie. In Noahs Zimmer suchte sie sich in der obersten Kommodenschublade ein Paar Wollsocken, die sie als Hausschuhe anzog. Dann erinnerte sie sich an sein Geschenk und holte es sich vom obersten Regal seines Schranks. Auf dem Schildchen stand *Weil du keine richtigen Haussachen hast*, was sie nicht verstand, bis sie das Silberpapier aufriß und eine Zimmermannsschürze aus Segeltuch in Händen hielt – mit Taschen auf dem Latz. Sie lächelte und streifte sich den Halsträger über den Kopf. Bisher hatte sie eine Cocktailschürze getragen, die sie zwischen den Geschirrtüchern gefunden hatte und die ihre Kleider nur unten schützte.

Sie hatte Noah einen ›Lebensretter‹ aus Kemps Campingladen geschenkt. Das begeisterte die meisten Jungen. Eine echte Erfindung, dieses Utensil – kaum größer als eine Kreditkarte, mit stromlinienförmigem, ausklappbarem Schnickschnack, inklusive Lupe, mit der man auch Feuer machen konnte.

Sie fütterte George, dann zog sie sich an und machte es sich wieder mit *Dr. Schiwago* auf dem Sofa bequem. In regelmäßigen Abständen sah sie von ihrer Lektüre hoch und ließ den Blick durch den Raum wandern. Wintersonnenschein, gleißend, fast weiß, fiel auf den Teppich. Die Katze gönnte sich im blauen Sessel ein Sonnenbad. Alles wirkte angenehm eindimensional, wie ein Bild.

Zu Hause packten sie jetzt die Geschenke aus. Kein Vergleich zu ganz früher; damals waren sie schon aufgestanden, bevor es hell war. Jetzt kamen sie am späten Vormittag gemächlich nach unten und verteilten wohlerzogen die Geschenke, immer der Reihe nach. Zum Mittagessen gab es immer Gans, ein alljährliches Patientengeschenk. Zum Nachtisch Plumpudding mit fester Sauce, und immer hieß es, der Pudding sei zu mächtig, dennoch aßen sie ihn auf, und den restlichen Nachmittag stöhnten sie über ihr Völlegefühl und hielten sich die Bäuche.

Ab und zu nahm ihr die Tatsache, wie leicht ihre Familie sich mit ihrem Fortgehen abgefunden hatte, immer noch die Luft weg.

Wobei es, genauer betrachtet, eigentlich *logisch* war. Beinah unvermeidlich. Beinah … schicksalhaft. Rückblickend erschien ihr jedes Ereignis des vergangenen Jahres – der Tod ihres Vaters, Sams Krankheit, die Begegnung mit Adrian – wie Wellen, die nacheinander, in immer dichterer Abfolge, sie, Delia, ins Rollen brachten. Nicht auf Abwege, sondern vorwärts, denn mittlerweile empfand sie ihren Umzug zu den Millers durchaus als Fortschritt.

Eigentlich hatte sie befürchtet, ihr freier Tag würde ihr womöglich kaum reichen, doch als Joel und Noah in der Dämmerung in die Einfahrt bogen, stand sie schon am Fenster und hielt nach ihnen Ausschau. Als sie die Scheinwerfer sah, ließ sie die Gardine fallen und lief eilig zur Tür.

13 Einmal in der Woche, meist Mittwoch nachmittags, fuhr Delia Noah wenige Kilometer über den Highway 50 westwärts seinen Großvater besuchen. Der alte Herr wohnte an einem Ort namens Senior City – einem vier Stockwerke hohen, funkelnagelneuen roten Backsteinkomplex am Rande eines Golfplatzes im Marschland. Delia bog in das U der Auffahrt ein, ließ Noah aussteigen und fuhr dann weiter, umkreuzte einen Fuhrpark gigantischer Buicks und Cadillacs. Eine Stunde später kam sie wieder, dann wartete er am Haupteingang. Die Zeit war unpraktisch gewählt, eine Spur zu kurz, um inzwischen irgend etwas Sinnvolles zu erledigen, also fuhr sie gewöhnlich in ein nahegelegenes Shoppingcenter. Dort stöberte sie in einer Buchhandlung, oder sie kaufte im Feinkostladen etwas Besonderes zum Abendessen.

An einem Mittwoch Mitte Januar verkündete Noah beim Aussteigen, sie solle mitkommen. »Ich? Wozu?« fragte sie.

»Großvater möchte dich kennenlernen.«

»Aber ...«

Sie sah an sich herunter. Unter ihrem Mantel trug sie ein Hauskleid, ein dunkles Kleid aus bedruckter Baumwolle, das sie im Nach-Weihnachts-Schlußverkauf erstanden hatte. »Wie wär's mit nächster Woche?« schlug sie vor.

»Ich soll dich heute mitbringen. Ich hab's fast vergessen.«

Sie fuhr den Wagen auf den Besucherparkplatz. »Hättest du das früher gesagt, hätte ich was Schönes angezogen«, sagte sie.

»Ist doch nur Großvater.«

»Ich sehe verheerend aus! Wie heißt er?«

»Nat.«

»Ich meine mit Nachnamen«, sagte sie und stieg aus. Aus jahrelanger Erfahrung wußte sie, was Förmlichkeiten anging, war auf Kinder kein Verlaß. »Ich muß ihn doch Herrn *Sowieso* nennen.«

»Alle sagen einfach Nat.«

Sie gab auf und folgte Noah vorbei an einer Reihe Behindertenparkplätze. »Gibt es einen Grund, warum er mich sehen will?« fragte sie.

»Er sagt, er kann sich kein Bild machen, wenn ich von dir erzähle.«

Sie näherten sich der automatischen Doppeltür, die aufglitt und sie einließ. Die Halle hatte einen hartgenoppten Bodenbelag, wahrscheinlich wegen der Rollstühle. Er knirschte unter ihren Schuhen. Ihnen zur Rechten war ein verglastes Geschenkelädchen, und durch eine Tür links sah Delia eine Cafeteria, zu dieser Tageszeit menschenleer, doch sie roch immer noch unverkennbar nach gedünstetem Gemüse. Vor den Aufzügen warteten mehrere alte Damen. Eine saß in einer Motorkarre, und zwei standen auf Gehhilfen gestützt. Eine Stippvisite im Kampfgebiet – jetzt wird's ernst, dachte Delia insgeheim. Doch die Damen waren geschniegelt und gestriegelt, und als sie Noah erkannten, lächelten sie allesamt. Heldenhaft erschien Delia dieses Lächeln. Bei Alte-Leute-Leiden kannte sie sich aus, hatte schließlich jahrelange Erfahrung mit Sams Patienten.

Die Fahrstuhltür öffnete sich, und eine schmale, alte Dame mit blaugetöntem Haar im Designerkleid kam zum Vorschein. »Tut mir leid!« flötete sie. »Abwärts.«

»Du bist unten, Pooky«, sagte die Frau in der Karre. »Hier ist das Erdgeschoß.«

»Ihr könnt gern mitfahren, aber ich habe leider E gedrückt.«

»Hier ist E, Pooky.«

Die anderen ersparten sich jede Diskussion. Sie stiegen umständlich ein, die meisten, indem sie irgendwo Halt suchten. Zuletzt Noah mit Delia. Dann schloß sich die Tür hinter ihnen, und der Aufzug setzte sich in Bewegung, aufwärts. Alle Insassen strahlten Noah an – selbst Pooky, die die Welt nicht mehr verstand, weil es nicht abwärts ging. Im ersten Stock stieg eine Frau mit einer Einkaufstüte aus. Im zweiten sagte Noah: »Wir müssen raus«, und Delia und er betraten einen langen Gang. Mehrere Frauen kamen ihnen hinterher: es schepperte metallisch, Räder surrten. Nur Pooky blieb, wo sie war, schaute unerschütterlich – Augen geradeaus –, als die Aufzugtür zuglitt.

»Manchmal fährt sie so den ganzen Tag, aufwärts, abwärts«, erzählte Noah Delia.

Hier unterschied sich nichts von anderen Apartmenthäusern, außer daß an beiden Wänden Geländer angebracht waren. In regelmäßigen Abständen befanden sich helle Holztüren, jede mit einem kleinen Guckloch in Augenhöhe. Noah hielt vor der vierten Tür rechts. *Nathaniel A. Moffat, Fotograf*, stand auf einer Visitenkarte, die Adresse, eine Straße in Cambridge, war durchgestrichen. Als Noah die Klingel drückte, erklang von innen ein einziger warmer Ton.

»Ist das mein Lieblingsenkel?« rief ein Mann.

»Genau«, rief Noah zurück.

»Ich bin doch sein *einziger* Enkel«, kicherte Noah.

Die Tür öffnete sich, doch anstelle des alten Mannes, den Delia erwartet hatte, stand eine kleine, stämmige Frau vor ihnen und lächelte sie an. Sie war höchstens zwischen dreißig und vierzig. Ihr Gesicht war rund wie eine Aprikose, sie hatte rosa gefärbte Locken und trug ein oranges Pulloverkleid mit einem Schlüssellochausschnitt. Ihre Schuhe waren auch orange, Pumps mit freien Zehen, stellte Delia fest, als sie intuitiv – in Erwartung weißer Schwesternsandalen – einen Blick auf die Füße warf, um sich die Anwesenheit dieser Frau zu erklären. »Hallo! Ich bin Binky«, sagte sie zu Delia. »Hallo, Noah. Kommt rein.«

Das Wohnzimmer, in das sie eintraten, war ursprünglich sicher so modern wie das übrige Gebäude gewesen, aber Delia sah nur antikes Mobiliar, dunkel, verschnörkelt und wuchtig, ganze Berge. Viel zu viele Möbel drängten sich auf viel zu engem Raum, als hätten sie früher mehrere, viel größere Zimmer gefüllt. Einen Augenblick hatte Delia Schwierigkeiten, Noahs Großvater ausfindig zu machen. Er erhob sich aus den Tiefen eines rostbraunen Samtsessels mit Weinrankenlehnen, neben dem ein vierbeiniger Metallstock stand. Ungestützt bewegte er sich voran und reichte ihr die Hand. »Sie sind Delia«, sagte er. »Ich bin Nat.«

Er war einer jener Männer, die im Alter besser aussahen, als sie je in ihrer Jugend ausgesehen hatten – weißer gestutzter Bart, wettergegerbtes Gesicht, ein hagerer, kräftiger Körper. Er trug eine Tweedjacke und graue Hosen. Sein Händedruck war kraftvoll und energisch.

»Danke, daß Sie gekommen sind«, sagte er. »Ich wollte doch sehen, von wem mein Enkel so schwärmt.«

»Also vielen Dank für die Einladung.«

»Wollen Sie Binky nicht Ihren Mantel geben?«

Delia wollte antworten, daß sie ihn lieber anbehielte – sie konnte nur kurz bleiben; doch dann sah sie den gedeckten Tisch vor dem Sofa: eine Schale mit Kuchen, vier Gedecke, eine Teekanne, versteckt unter einem elfenbeinfarbigen Leinenwärmer.

Sie reichte Binky ihren Mantel, und Nat bot ihr einen Platz an einem Sofaende an. Dann setzte er sich wieder in seinen Stammsessel, und Noah nahm in dem kleinen Schaukelstuhl neben ihm Platz. Zurückgekehrt von der Garderobe, machte es sich Binky am anderen Sofaende bequem und nahm dann den Wärmer von der Teekanne, um einzuschenken.

»Noah mag lieber Pfefferminz- als schwarzen Tee«, meinte sie zu Delia. »Ich hoffe, Sie haben nichts dagegen.«

»Ganz und gar nicht.«

Noah trank hier jedesmal in aller Form Tee? Delia hatte angenommen, daß er, oh, vielleicht Schach spielte. Sie warf einen Blick auf seinen Großvater, der ernsthaft nickte.

»Noah und ich trinken zusammen Tee, seit er aus dem Kinderbecher trinken kann«, erklärte er. »Er ist der einzige Junge in der Familie! Wir Männer müssen zusammenhalten.«

Binky reichte Delia ihre Tasse und sagte: »Wie gefällt es Ihnen als Haushälterin bei Noahs Vater, Delia?«

»Oh, sehr«, sagte Delia.

»Joel ist ein guter Mann«, sagte Nat gelassen. »Ich mische mich nicht in die privaten Auseinandersetzungen meiner Töchter«, meinte er zu Delia. »Als sie winzige Mädchen waren, habe ich mir geschworen, daß ich jeden Ehemann akzeptiere, den sie nach Hause bringen.«

Seine Worte standen im Raum; Delia fühlte sich gedrängt, zu fragen: »Und tun Sie das?«

»Oh, absolut«, sagte er. Er lachte leicht keuchend in seinen Bart. »Ich liebe meine Schwiegersöhne über alle Maßen! Und sie finden mich alle wunderbar.«

»Du bist wunderbar«, bestätigte Binky.

Er machte eine Verbeugung. »Besten Dank, Madame.«

»Vielleicht nicht ganz so wunderbar, wie Sie annehmen, paß auf ...«

Er zog ihr eine Grimasse, und sie zwinkerte Delia gutgelaunt zu.

War Binky angestellt, ihm Gesellschaft zu leisten? War sie eine der Töchter? Aber ihr fröhliches Gesicht hatte keine Ähnlichkeit mit Nat. Und zu seinem Enkel hatte sie offenbar keinerlei Beziehung. »Nimm ein bißchen Butter«, ermunterte sie Noah, ohne zu sehen, daß er gar nichts zum Beschmieren hatte.

»Nimm ein bißchen Wenig-Cholesterin-Pflanzen-Aufstrich« berichtigte Nat sie. »Schmeckt wie Butter, ist keine Butter«, meinte er zu Delia, »und dein Haar hat diese verführerische Spannkraft.«

Delia war diese Bemerkung ein Rätsel, aber Noah kicherte. Sein Großvater sah zu ihm hinüber; es zuckte verräterisch um seinen Mund, als verkniffe er sich ein Lächeln. Dann wandte er sich wieder an Delia. »Sie sind aus Baltimore, habe ich gehört ?«

»Ja«, sagte sie.

»Haben Sie dort Verwandte?«

»Ein paar.«

Er runzelte fragend die Stirn, aber sie beließ es dabei.

»Neunzig Prozent der Leute hier im Haus kommen aus Baltimore«, sagte er schließlich.

»Aha?«

»Reiche Leute von der Ostküste, die sich zur Ruhe setzen. Aus Roland Park und Guilford.«

Delia verzog keine Miene, als hätte sie von Roland Park oder Guilford noch nie etwas gehört.

»Sie glauben doch nicht, daß all diese aufgetakelten Tanten hier aus der Gegend stammen?« sagte er. »Großer Gott, nein. Ich wäre auch nicht hier, wenn ich keine Murray geheiratet hätte. Eine Murray von Murrays Krabbengewürz. Glauben Sie, ein spottbilliger Porträtfotograf wie ich könnte von seinen Hochzeits- und Paßfotos solche Wahnsinnssummen auf den Tisch legen?«

»Die Sätze sollen im Juli wieder steigen, habe ich gehört«, meinte Binky.

Delia sah sich im Zimmer um. Als er von Fotografie redete, fielen ihr die Bilder auf, die überall hingen – große Schwarz-Weiß-

Fotos, professionell gerahmt. »Sind das Ihre Arbeiten?« fragte Delia.

»Die hier? Schön wär's.«

Er stand auf, diesmal griff er nach seinem Stock. »Das sind die Aufnahmen der großen Meister«, sagte er und tappte schwerfällig zu einem der Bilder, einer üppigen grünen Paprika. »Edward Weston, Margaret Bourke-White ...« Er drehte sich um und betrachtete das Foto zu seiner Linken – Fabrikschornsteine, einer neben dem anderen, aufgereiht wie Noten. »Ich, ich habe Bräute fotografiert«, sagte er. »Zweiundvierzig Jahre Bräute. Ein paar Goldene Hochzeiten gelegentlich, zur Abwechslung. Dann kamen meine Rückblenden, oder wie Sie das nennen wollen.« Er wies mit dem Bart nach unten. Zuerst dachte Delia, er meinte den Teppich. »Als Junge hatte ich Polio, und plötzlich holt mich die alte Geschichte wieder ein«, sagte er. »Thelma, meine Frau, war bereits verstorben, aber sie hatte uns auf die Warteliste setzen lassen, als Senior City noch in der Planung war. Keine Ahnung, warum: denn sie hat sich hartnäckig geweigert, unser großes Haus aufzugeben, auch als die Mädchen schon längst erwachsen und über alle Berge waren. Sie meinte immer: Was, wenn sie aus irgendeinem Grund zurückkommen wollen? Und sie sind zurückgekommen, darauf können Sie Gift nehmen! Alle vier tauchten bei der kleinsten Krise wieder zu Hause auf, nur weil sie ein Zuhause hatten, wo sie auftauchen konnten, wenn Sie meine ehrliche Meinung hören wollen ... ›Herr Gott, Thel‹, habe ich gesagt, ›wir können doch nicht ein Leben lang diese Mädchen auf der Pelle haben! Nimm dir ein Beispiel an den Katzen‹, habe ich gesagt, ›die füttern ihre Jungen, bis sie groß genug sind, aber wenn sie ihnen dann noch über den Weg laufen, wollen sie nichts mehr von ihnen wissen. Denkst du, Menschen sollen das anders machen?‹«

»Aber natürlich!« protestierte Binky, und sie und Delia tauschten ein Lächeln.

Doch Nat spottete in seinen Bart. »Quatsch«, sagte er zu Noah. Noah leckte sich gerade Glasur vom Daumen. »Jedenfalls«, sagte Nat, »habe ich diese Rückblenden gehabt. Manchmal hat einfach das eine Bein nicht mehr mitgespielt, meist später am Tag. Bis zu dem Punkt, wo ich kaum noch abends die Treppe raufkam; da wußte ich, dort konnte ich nicht weiter wohnen. Also habe ich hier angerufen und gesagt, ›Hört mal‹, habe ich gesagt, ›hat meine Frau uns nicht irgendwann auf eure Warteliste gesetzt?‹ Und so bin ich in Senior City gelandet. Senior City: Oh, Gott. Was für ein gräßlicher Name.«

»Es wirkt aber sehr ... gut durchorganisiert«, sagte Delia.

»Genau. Durchorganisiert. Das ist das richtige Wort!« Er drehte sich schwungvoll (seine Bewegungen, auch die schmerzhaftesten, hatten etwas Explosives, Ungezügeltes) und ging zu seinem Stuhl zurück. »Wie die Akten im Aktenschrank«, sagte er und ließ sich langsam nieder. »Wir sind vertikal durchorganisiert. Je schwächer wir werden, desto höher wohnen wir. Das Stockwerk unter uns ist für die Kerngesunden. Manche Leute dort gehen noch zur Arbeit oder schneiden ihre Coupons; spielen Golf und Ping-Pong, verreisen Weihnachten in den Süden. Dieses hier ist für die Halbkranken, hm, Halbgesunden. Für Leute, die rollstuhlgerechte Tische brauchen oder doch ein bißchen Hilfe. Im Dritten ist die Pflegestation. Krankenschwestern, Betten mit Gitter ... jeder hier hofft, daß er stirbt, bevor er im Dritten landet.«

»Oh, das stimmt nicht!« sagte Binky entrüstet. »Im Dritten ist es ganz reizend! Nimm noch ein Rosinentörtchen, Noah.«

»Ich finde das alles andere als ›reizend‹«, sagte Nat zu Delia. »Theoretisch bin ich durchaus für Senior City, verstehen Sie mich nicht falsch. Immer noch besser, als seinen Kindern zur Last zu fallen. Aber irgendwas an der ganzen Einrichtung kommt mir so ungemütlich vor, so symbolisch. Verstehen Sie, ich habe mir das Leben immer wie eine von den Leitern vorgestellt, die auf Spielplätzen die Rutsche raufführen – sozusagen eine Jahresleiter: höher und höher, und dann *huups*! geht es über den allerhöchsten Punkt, abwärts, und hinter mir rücken die anderen nach. Deshalb die Frage, ob Thelma uns nicht was mit mehr Stockwerken aussuchen konnte?«

Delia lachte, und Nat lehnte sich in seinem Sessel zurück und grinste sie an. »Naja«, sagte er, »lassen wir das. Ich freue mich, Sie endlich kennenzulernen, Delia. Noah hat erzählt, was Sie alles für die beiden getan haben.«

Sie reagierte auf ihr Stichwort. »Ich freue mich auch«, sagte sie und erhob sich.

»Wenn Sie Lust haben, kommen Sie doch wieder mit zum Tee, wenn Sie Noah das nächstemal bringen.«

»Mach' ich«, versprach sie.

Sie glitt in ihren Mantel, den Binky gebracht hatte, und Noah rangelte sich in seine Jacke. »Fahren Sie vorsichtig«, sagte Binky, als sie die Tür öffnete. Ihr Schlüssellochausschnitt gab den Blick auf weiche, rosiggepuderte Haut und ein bißchen Busen frei. War es das, oder war es Nats leicht anzügliches Grinsen, daß Delia plötzlich überlegte, ob Binky womöglich Nats Freundin war?

* * *

Joel hatte keine Ahnung, wer Binky war. Er wußte nicht einmal von ihrer Existenz. »Binky? Binky Wer?« fragte er. »Binky, was für ein Name?«

Sie aßen in der Küche zu Abend, sie zwei allein. Noah hatte sich im letzten Moment mit Kenny Moss verabredet. Zuerst war Delia beschäftigt umhergelaufen, aber schließlich sagte Joel: »Setzen Sie sich, Delia«, so freundlich, als hätte er ihre geheimsten Gedanken erraten. »Erzählen Sie, wie es Noah geht«, sagte er.

Das dauerte drei Sekunden. (Noah ging es gut.) Dann brauchten sie ein anderes Thema, also erwähnte Delia Binky.

»Wie alt ist sie, schätzen Sie?« fragte Joel.

»Oh, fünfunddreißig, sechsunddreißig ...«

»Also zu jung, um auch dort zu wohnen. Und ich bezweifle, daß Nat eine Krankenschwester nötig hat. Was hat Noah über sie gesagt?«

»Er sagt, sie ist einfach ›da‹.«

»Hmm.«

»Naja«, sagte Delia. »Eigentlich geht es mich nichts an. Ich weiß nicht, wieso ich darauf gekommen bin.«

Aber dann wußte sie es, denn nun herrschte wieder unbehagliches Schweigen.

»Seine Frau war ein Ausbund an Tugend«, sagte Joel, während er sich noch ein Brötchen nahm. »Noahs Großmutter, meine ich.«

»Oh, wirklich?«

»Wenn wahr ist, was *sie* so erzählt.«

»Oh.«

»Ich konnte diese Frau nie ausstehen. Immer hat sie sich eingemischt. Stellte immer penetrante Fragen nach der Nützlichkeit ihrer Geschenke. Braucht ihr dieses Dings-da auch? Warum sehe ich dich nie in diesem So-wie-so.«

Delia lachte.

»Also, wenn Binky seine Geliebte ist«, sagte Joel – Delia zuckte zusammen bei dem unverblümten, unumwundenen Wort –, »wünsche ich ihm noch viel Kraft. Er hat ein bißchen Glück verdient.«

»So habe ich das nicht gemeint –«

»Warum nicht? Er ist erst siebenundsechzig. Hätte er seine verdammten Rückblenden nicht, säße er sicher noch in seinem Segelboot.«

Delia hatte nicht gewußt, daß Nat Segler war, aber es war unschwer, sich vorzustellen: sein fahriger Umriß an Deck, überall zugleich.

»Sie betonte gern, sie sei immer für jeden *da*«, erinnerte sich Joel. Er war wieder bei Noahs Großmutter. »Der erste Mensch, den ich so etwas habe sagen hören, obwohl es weiß Gott gängig genug ist. Ich bin immer für meine Töchter *da*«, spottete er. »Am liebsten hätte ich gefragt: Wo eigentlich? Ich kann den Satz nicht ausstehen.«

Delia hoffte, daß sie ihn noch nicht benutzt hatte. Doch sie war sich halbwegs sicher.

»Das und ›durchmachen‹«, sagte Joel. »Also, außer im wörtlichen Sinn?«

»Heute hat einer schon etwas durchgemacht, wenn er seine Kindheit hinter sich gebracht hat.«

»Und noch ein Wort, das ich hasse …«

Wie gut, daß er so eindeutige Ansichten hatte. Delia brauchte keine Konversation mehr zu machen. Statt dessen saß sie da und beobachtete seinen Mund, diesen breiten, festen Mund mit den feinen Mundwinkeln und dem Grübchen mitten auf der Oberlippe, und überlegte, daß für jemanden, der sich immerzu mit Sprache beschäftigte, er eigentlich wenig von sich gab.

* * *

Wenn sie nun Mittwoch nachmittags ins Feinkostgeschäft ging, suchte sie zusätzlich etwas Besonderes aus – sauer eingelegte Cornichons, Paprikagelee –, kaufte es von ihrem Geld und brachte es Nat zum Tee mit. »Woher wissen Sie, daß ich solche Sachen mag?« fragte Nat. »Die meisten Besucher kommen mit Pralinen. Marmelade. Süßkram.«

Sie erzählte ihm nicht, daß ihr Vater auch so gern Süßsauer gegessen hatte, denn so alt fand Nat sich noch nicht, dazu war er zu sehr Kavalier und immer noch zum Flirten aufgelegt. Oft machte er sich über Senior City lustig, wie zum Beweis, daß er da nicht hingehörte. »Haus der lebenden Toten« nannte er es. Er behauptete, die Möwen, die über dem Gebäude kreisten, seien Geier, und die Bewohner des dritten Stocks nannte er scherzhaft »Die armen Seelen«. Und dann seine Romanze mit Binky ...

Denn Binky war seine Freundin; Delia hatte keinen Zweifel. Dreimal kam Delia zum Tee, und immer hockte sie in der Sofaecke und spielte Gastgeberin. Und das vierte Mal, als sie nicht da war, entschuldigte sie Nat, sie sei in letzter Minute fortgerufen worden. Ihr Sohn hätte sich einen Zahn angeschlagen, sagte er.

»Binky hat einen Sohn?« fragte Delia.

»Zwei, genaugenommen.«

»Das wußte ich gar nicht.«

»Also ist Noah heute unser Gastgeber.«

Delia machte es sich auf der Couch bequem, legte ihren Mantel über die Lehne. Sie betrachtete Noah, der schwankend den Tee eingoß.

»Ich wußte nicht einmal von ihrer Ehe«, sagte sie.

Sie wählte ihre Worte mit Bedacht, denn womöglich war sie noch verheiratet. Und Nats Antwort machte sie auch nicht klüger. »Oh, ja«, war alles, was er sagte. »Mit einem Zahnarzt.«

Aus einem Einfall heraus sagte sie: »Na, dann ist der angeschlagene Zahn ja kein Problem.«

»Genau«, sagte Nat. Er warf ihr unter seinen buschigen grauen Augenbrauen einen blitzenden Blick zu. Dann ließ er sich erweichen. »Solange es ihr nichts ausmacht, den Sohn in die Praxis nach Wyoming zu fahren.«

»Oh.«

»Sie sind geschieden.«

»Oh, aha.«

»In großem Unfrieden geschieden«, sagte Nat mit einigem Wohlbehagen. »Monate vor Gericht, Rechtsanwälte über Rechtsanwälte, vierzigtausend Dollar vergeudet, um fünftausend zu bekommen ... jetzt wissen Sie's.«

»Das tut mir leid.«

»Am Ende hat sie beinah ohne einen einzigen Penny dagestanden, hat die Stelle im Geschenkeladen hier in Senior City angenommen.«

»Sie arbeitet im Geschenkelädchen?«

»Im Augenblick, ja.«

Er schaute auf Noah, der eine Schale mit braunen Kuchen gefährlich schräg hielt. »Also«, sagte Nat, »Binky und ich haben vor zu heiraten.«

Noahs Schale hatte gehörig Schlagseite. Delia sagte: »Oh! Herzlichen Glückwunsch«, bückte sich und hob ein Stückchen Kuchen vom Teppich auf.

»Ehrlich?« fragte Noah seinen Großvater.

»Ehrlich. Aber erzähl es den Mädchen noch nicht, bitte? Zu allerallererst sollten es eigentlich deine Mama und die Tanten erfahren.«

»Willst du dann hier ausziehen?« fragte Noah.

»Ich fürchte, nein, mein Sohn.« Nat wandte sich an Delia. »Noah gefiel mein altes Haus besser«, sagte er.

»Beim alten gab es ein voll cooles Baumhaus hinten«, erklärte Noah ihr.

»Aber es gab keinen Aufzug. Und keinen Griff über der Badewanne. Und keinen Krankengymnastikraum für alte Knacker.«

»Du bist kein alter Knacker«, sagte Noah.

»Außerdem gibt es das Kleingedruckte in meinem Vertrag mit Senior City«, meinte Nat zu Delia. »Schönes Problem mit der Leitung, da können Sie Gift drauf nehmen. Das Apartment hat meine gesamten Rücklagen geschluckt, nur: das Mindestsalter hier ist fünfundsechzig. Binky ist achtunddreißig.«

»Und was wird aus ihren Söhnen?« fragte Delia.

»Ja, das wär' was! Rockmusik in der Cafeteria, Skateboards in den Gängen ... Aber ihre Söhne bleiben bei den Großeltern. Der eine ist schon im College, und der andere steht kurz davor. Trotzdem spielt die Leitung verrückt, und ein paar Nachbarn sind mir auch böse, weil Männer in diesen Gefilden eine Rarität sind. Geplant war doch, daß ich eine Mitbewohnerin heirate, kein leckeres Mädchen aus dem Geschenkelädchen.«

»Ich finde Ihre Wahl genau richtig«, sagte Delia. Sie meinte es ehrlich. Sie hatte Binky ins Herz geschlossen, Binky, die all ihre Gespräche mit bewundernden Ausrufen und aufmunternden Bemerkungen untermalte.

Deshalb versicherte Delia Binky beim nächsten Treffen ausdrücklich, daß Nat ein gehöriger Glückspilz war.

»Ach, vielen Dank«, strahlte Binky.

»Wissen Sie schon, wann?«

»Wir meinen, vielleicht im Juni.«

»Oder März«, schaltete Nat sich ein.

Binky verdrehte in gespielter Verzweiflung die Augen. Der März stand vor der Tür; der Februar war schon halb vorüber. »Er hat keine Ahnung, was da noch alles auf uns zukommt.«

»Oh, planen Sie eine große Hochzeit?«

»Ach, nicht so groß, aber ... Das erste Mal habe ich heimlich geheiratet. Damals war ich im ersten Semester auf dem Washington College und habe vom Hörsaal weg geheiratet. Diesmal hätte ich am liebsten das ganze Drum und Dran.«

»Ich bin Trauzeuge«, rief Noah.

»Tatsächlich!«

»Ich halte die Ringe.«

»Sie kommen auch, nicht wahr, Delia?« fragte Nat.

»Wenn ich eingeladen bin, komme ich natürlich gern.«

»Klar sind Sie eingeladen«, sagte Binky und tätschelte Delias Hand, lächelte ihr Grübchenlächeln.

Aber später, auf der Heimfahrt, erzählte Noah Delia, daß Binky, als er kam, gerade geweint hatte.

»Geweint! Warum?«

»Ich weiß nicht, aber sie hatte ganz rote Augen. Sie tat, als wäre nichts, aber ich hab's genau gesehen. Und als sie in der Küche war und das Telefon läutete, rief Großvater: ›Geh nicht ran!‹, und sie ist auch nicht rangegangen. Und er auch nicht; sie ließen es einfach läuten. Ich hab' dann endlich gefragt: ›Soll ich rangehen‹, doch er hat gemeint, ich soll mich nicht drum kümmern. Sagte: ›Wahrscheinlich ist das nur Dudi.‹«

»Wer ist Dudi?«

»Eine meiner Tanten.«

»Oh«, Delia überlegte. »Aber wieso wollte er nicht mit ihr reden?«

Er zuckte die Achseln. »Keine Ahnung«, sagte er. »Kümmere dich lieber um den Tachometer, Delia.«

»Na, vielen Dank.«

In den letzten drei Wochen hatte sie zwei Strafmandate bekommen. Es lag wahrscheinlich an diesem flachen, weiten Land. Die Geschwindigkeit kam ihr einfach entgegen, und ehe sie sich's versah, flog sie fast.

Als sie wieder nach Bay Borough kamen, war Joel schon zu Hause und wollte wissen, was es Neues gab. Er nahm Nats Heiratspläne von der heiteren Seite. »Noah wird Trauzeuge«, erzählte Delia, als sie ihren Mantel aufhing.

»Mach keine Witze!« Er drehte sich nach Noah um. »Wo feierst du denn den Herrenabend?«

»Herrenabend?«

»Hast du dir schon Trinksprüche ausgedacht?«

»Trinksprüche!«

»Hör nicht auf ihn«, sagte Delia zu Noah, der besorgt dreinsah.

Ihr wurde bewußt, daß sie bei der Hochzeit zwangsläufig Ellie sehen würde. Eigentlich ein Skandal, daß sie sich noch nicht kennengelernt hatten; Delia versorgte Ellies Sohn. Welche Mutter vertraute ihren Sohn einer Fremden an?

Vor einigen Wochen, als Delia durch Nats Schlafzimmer zur Toilette gegangen war, hatte sie auf seiner Herrenkommode das Farbfoto von seinen Töchtern gesehen. Wenigstens nahm sie an, daß es die Töchter waren – Ellie und drei andere Blondinen, lachend, Arm in Arm. Ellie war die lebhafteste, die gleich auffiel. Sie trug ein Kleid aus cremefarbenem Stoff, übersät mit Erdbeeren, die zu ihrem Erdbeermund paßten. Nur die Schuhe waren unvorteilhaft. Ballerinaschuhe, schwarz und flach, steif und klobig. Ihre Zehen wirkten gequetscht und die Knöchel ganz dick.

Warum fand Delia das insgeheim beruhigend? Sie hatte nichts gegen Ellie; sie kannte sie nicht einmal. Aber sie beugte sich einen Augenblick über das Foto und fahndete nach weiteren Unvollkommenheiten. Die sie nicht fand. Und Joel konnte sie sowieso davon nichts erzählen.

14

An einem Freitagmorgen Ende Februar – so mild und sonnig, als sei der Frühling da, hätte sie nicht gewußt, wie launisch der Winter war – betrat Delia die ›Junge Männermode‹-Boutique, um einen Schlafanzug für Noah umzutauschen. (Sie hatte ihm einen Anzug mit Baltimore-Orioles-Baseball-Emblem gekauft, ahnungslos, daß er aus unerfindlichen Gründen für das Team aus Philadelphia war.) Und dann, weil es so angenehm war, draußen ohne Mantel, nur im Pullover zu gehen, wollte sie Mrs. Lincoln in der Bücherei besuchen. Also überquerte sie den Platz und ging die West Street entlang. Am Blumengeschäft ging sie langsamer, bewunderte einen Topf Narzissen, und als sie an Mr. Pomfrets Kanzlei vorbeikam, warf sie neugierig einen Blick durchs Fenster, ob dort eine neue Sekretärin saß. Es hieß, er quäle sich mit einer Nichte seiner Frau herum, die nicht einmal mit der Schreibmaschine fertig wurde, vom Computer ganz zu schweigen. Doch die Fensterscheibe spiegelte, um hindurchzusehen hätte sie nähertreten müssen. So sah sie nur ihren eigenen Umriß und gleich dahinter einen zweiten, beide efeugemustert von der neuen Kletterpflanze, die wahrscheinlich die Nichte aufs Fensterbrett gestellt hatte. Delia beeilte sich und überquerte die George Street.

Im Schaufenster des ›Billigen Bügel‹ waren Kleider für kleine Mädchen ausgestellt; jetzt spiegelten sich die beiden Umrisse in Rosenmuster und Schottenkaro. Der zweite Umriß schien ihr lang und gelenkig, schlaksig wie ein Jugendlicher. Wie Carroll.

Sie drehte sich um, und da stand er. Er war, wenn das möglich war, noch erschrockener als sie. Er erstarrte und schnellte zurück, die Hände tief in den Windjackentaschen, die Ellenbogen abstehend.

Sie sagte: »Carroll?«

»Was?«

»Oh, *Carroll!*« rief sie, und das Gefühl, das sie mit einem Ruck ergriff, zerrte an ihr wie eine Faust tief innen; zum ersten Mal begriff sie, wie sehr sie ihn vermißt hatte. Sein Gesicht hätte ihr eigenes sein können, nicht weil er ihr glich (was er zwar tat), sondern weil ihr jede kleinste Einzelheit in den vergangenen fünfzehn Jahren in Fleisch und Blut übergegangen war – die Sternchensommersprossen auf seiner feingeschwungenen Nase, die Schatten unter seinen Augen, die in belastenden Situationen noch dunkler wurden. (Jetzt waren sie fast lila.) Er reckte trotzig sein Kinn, und deshalb legte sie im allerletzten Augenblick doch nur eine Hand auf seinen Arm, statt ihn zu küssen. Sie sagte: »Ach, wie gut, dich zu sehen! Wie bist du hierher gekommen?«

»Bin mitgefahren.«

Sie hatte vergessen, daß er im Stimmbruch war. Daran mußte sie sich erst gewöhnen. »Und was machst du hier auf der West Street?« fragte sie.

»Ich war erst in deiner Pension, aber da hat niemand aufgemacht, und dann gingst du auf einmal über den Platz.«

Offenbar hatte er keinem aus der Familie erzählt, daß er zu ihr fuhr. (Sie hatte Eliza schon vor Wochen ihre neue Adresse mitgeteilt.) Sie sagte: »Stimmt etwas nicht zu Hause? Geht es dir gut? Du hast doch Schule!«

»Alles bestens«, sagte er.

Er versuchte sich unauffällig ihrem Griff zu entwinden. Peinlich berührt, schoß er Blicke auf die Vorbeigehenden. Sie ließ ihn widerwillig los. Sie sagte: »Komm, laß uns ... hast du schon zu Mittag gegessen?«

»Mittag? Ich habe gerade erst gefrühstückt.«

Ja, es war noch Morgen, oder? Sie war wie benebelt, fühlte sich desorientiert, fast wie beschwipst. »Dann vielleicht eine Cola«, sagte sie.

»Okay.«

Sie schob ihn in Richtung Rick-Rack's Café, ein guter Grund, ihn wieder anzufassen. Wie hart sich sein Arm anfühlte! Oh, sie hätte wissen können, daß ausgerechnet Carroll schließlich zu ihr kam! (Das Kind, das letzten Endes am meisten an ihr hing – das liebste, das ihr am nächsten stand. Aber sicher hätte sie über die beiden anderen das gleiche gedacht!)

»Es gibt soviel, das du mir unbedingt erzählen mußt«, sagte sie zu ihm. »Wie ist die zehnte Klasse?«

Er zuckte die Achseln.

»Hatte dein Vater wieder seine Herzbeschwerden?«

»Nicht daß ich wüßte.«

»Geht's Ramsay und Susie gut?«

»Klar.«

Was dann? hätte sie am liebsten gefragt. Doch schon fiel sie zurück in die Verschwiegenheit, das Auf-sich-beruhen-Lassen, wie ihre halberwachsenen Kinder es erwarteten. Sie begleitete Carroll die George Street entlang, atemlos beinah. »Trifft sich Ramsay noch mit dieser geschiedenen Person? Dieser Velma?« fragte sie.

Achselzucken. Aha.

»Und was ist mit Susie?«

»Was soll sein?«

»Weiß sie inzwischen, was sie nach der High-School machen will?«

»Hö?« sagte er und sah auf das Bon-Jovi-Poster im Plattenladen.

Sein Benehmen war frustrierend wie immer, und immer noch schien er beim Reden demonstrativ ein Gähnen zu unterdrücken.

Sie zwang sich zur Geduld. Sie führte ihn an Shearsons Spirituosen vorbei, vorüber an Brents Eisenwarenladen und durch die Tür in Rick-Rack's Café.

»Dee-Baby!« begrüßte Rick sie überschwenglich und legte seine Sportzeitschrift beiseite. Allein an seinem Gruß erkannte sie: der Schwiegervater saß an der Theke. (Für Mr. Bragg übertrieb er immer.) »Wen haben Sie denn da mitgebracht?« fragte er.

»Das ist mein Sohn Carroll.« Zu Carroll sagte sie: »Das ist Rick Rackley.«

»Olàlà, Ihr Sohn!« rief Rick. »Na, so was!«

Carroll stand starr da. Delia merkte, wie sie ärgerlich wurde. Von Höflichkeit keine Spur! »Komm, wir setzen uns an einen Tisch«, sagte sie schroff.

Teensy war nirgends in Sicht. Also schnappte Delia sich zwei Speisekarten vom Stapel auf dem Hocker. Als sie saßen, reichte sie Carroll eine. »Ich weiß, es ist noch früh«, sagte sie, »aber du solltest das Barbecue-Sandwich probieren. Nord-Karolina-Stil, kein bißchen süß oder –«

»Ma«, flüsterte Carroll.

»Was?«

»Ma. Ist das *Rick*-Rack?«

»Was?«

»Rick Rackley, der Footballspieler?«

»Wieso, ja, schon.«

Carroll starrte mit offenem Mund auf Rick, der seinem Schwiegervater Kaffee in seinen Becher nachschenkte. Dann drehte er sich wieder zu Delia und flüsterte: »Du kennst Rick-Rack persönlich? Rick-Rack kennt dich?«

Das ging ja besser als erwartet. Als sei es das Natürlichste von der Welt, sagte sie: »Na, klar«, und rief wie zum Beweis: »Wo steckt denn Teensy, Rick?«

»Sie ist gegenüber im Haarparadies«, sagte er und setzte die Kaffeekanne zurück auf die Heizplatte. »Ruft, wenn ihr wißt, was ihr bestellen wollt.«

»Gibt es schon Barbecue-Sandwich? Oder ist es noch zu früh?«

»Nee, wird gemacht.«

Carroll sagte: »Ich habe eben gefrühstückt, Ma. Hab' ich doch gesagt.«

»Ja, aber das darfst du dir nicht entgehen lassen«, sagte sie. »Kein Tropfen Tomatensauce! Und köstliche Pommes frites und selbstgemachter Weißkohlsalat!«

Keine Ahnung, warum sie so ein Theater machte. Carroll hatte eindeutig keinen Hunger, er starrte immer noch Rick an. Dennoch rief sie: »Zwei Barbecues, bitte, Rick, und zwei große Cola.«

»Schon in Arbeit!«

Mr. Bragg drehte sich auf seinem Hocker, nahm sie genau aufs Korn. Mit seinem schütteren weißen Stoppelkopf wirkte er wie elektrisch aufgeladen. »Nanu!« rief er. »Was ist denn mit dem Jungen los?«

Delia sah beunruhigt zu Carroll.

»Der ist aber schnell gewachsen?« fragte Mr. Bragg. »Warum ist er plötzlich so groß?«

Sie überlegte, ob der alte Mann ihre Gedanken gelesen hatte, doch dann sagte er: »Weihnachten war er doch erst so groß«, und deutete mit der Hand in Schienbeinhöhe.

»Oh«, sagte Delia, »Nein, Sie meinen Noah.« Mittlerweile wußte die ganze Stadt, daß Mr. Bragg abgebaut hatte, Rick und Teensy ihn deshalb leider nicht mehr loswurden.

»Wer ist Noah?« fragte er als nächstes.

»Wer ist Noah?« fragte auch Carroll.

»Bloß der Junge ...« Sie war verwirrt, kam sich ertappt vor. »Bloß der Sohn meines Arbeitgebers«, sagte sie. »So! Carroll, erzähl, was gibt's zu Hause Neues? Beglücken euch die guten Feen aus der Nachbarschaft? Apfelkuchen, satt?«

»Frag mich lieber nach Tante Liza«, sagte Carroll.

»Eliza? Geht es ihr gut?«

»Na ja. Gut schon, wahrscheinlich«, sagte er.

»Was meinst du damit? Ist sie krank?«

»Nein, krank ist sie nicht.«

»Vergangene Weihnachten warst du noch ein Stöpsel«, rief Mr. Bragg. »Du und sie, ihr habt zusammen Kaffee getrunken, herumgeheimnist mit euren Geschenken.«

»Eliza führt noch den Haushalt, oder?« beharrte Delia.

Aber Mr. Bragg hatte Carroll abgelenkt. Er sagte: »Wen meint er?«

»Habe ich doch gesagt: den Sohn meines Arbeitgebers.«

»Trägst du deshalb diese Tüte mit dir rum? ›Garderobe mit Geschmack für junge Männer mit Köpfchen‹? Kaufst du für den Klamotten ein? Und was hast du bloß an, um Himmels willen?«

Delia sah an sich herunter. Sie trug nichts Außergewöhnliches – nur ihre Miss-Grinstead-Strickjacke und das einfache dunkelblaugemusterte Kleid.

»Du siehst so, na, *vermummt* aus.«

Zwei Teller tauchten vor ihnen auf, klappernd auf dem Resopal. »Jemand Ketchup?« fragte Rick.

»Nein, danke.« Zu Carroll gewandt, sagte sie: »Junge, ich –«

»Ich möchte Ketchup«, erklärte Carroll angriffslustig.

»Oh, entschuldige. Ja, bitte, Rick.«

Carroll sagte: »Hast du vergessen, daß du einen Sohn hast, der seine Pommes mit Ketchup ißt.«

»Ach, du, glaube mir doch«, sagte sie, »das vergesse ich nie. Also, vielleicht daß du Ketchup magst, aber nie, daß ...«

Rick brachte Ketchup in einer Plastikflasche, dazu hohe Pappbecher mit Cola. »Danke, Rick«, sagte sie.

Sie wartete, bis er wieder fort war, und dann langte sie über den Tisch und berührte Carrolls Hand. Seine Knöchel waren schwielig. Seine Lippen waren aufgesprungen. Alles an ihm war viel zu faßbar; sie war an den verschwommenen, weich umrissenen Carroll ihrer Tagträume gewöhnt.

»Ich vergesse nie, daß ich Kinder habe«, sagte sie zu ihm.

»Genau. Deshalb hast du am Strand die Kurve gekratzt, ohne ihnen auch nur einen Blick zu gönnen.«

Jemand sagte: »Delia?«

Sie schrak auf. Zwei junge Mädchen standen an ihrem Tisch – Kim Brewster und Marietta Sowieso. Schwartz? Schmidt? (Sie machte Karamellen, so süß: es zog einem das Hirn zusammen.) »Nanu! Hallo!« sagte Delia.

»Sie erzählen nicht Mr. Miller, daß Sie uns getroffen haben?« bat

Kim. Kim war eine von Delias Nachhilfeschülerinnen; seit einiger Zeit gab sie an der Schule freiwilligen Nachhilfeunterricht in Mathematik. »Er bringt uns um, wenn er es erfährt!«

»Wir schwänzen nämlich«, fügte Marietta hinzu. »Wir haben Sie hier drinnen gesehen und wollten Sie was fragen: Sie wissen doch, daß Mr. Miller bald Geburtstag hat?«

Delia wußte es nicht, aber sie nickte. Hauptsache, die Mädchen verschwanden.

»Wir denken uns gerade ein Geschenk aus, und wir dachten, Sie wüßten vielleicht, was wir kaufen können.«

»Oh, also ...«

»Ich meine, Sie kennen ihn am allerbesten. Er raucht nicht, oder? Die meisten Männergeschenke sind immer für Raucher.«

»Er raucht nicht, nein«, sagte Delia.

»Nicht mal Pfeife?«

»Nicht mal Pfeife.«

»Er ist immer so, wissen Sie, so vornehm und so, wir meinen, er sieht mit Pfeife bestimmt toll aus. Vielleicht kaufen wir ihm einfach eine.«

»Nein, ich glaube, das wäre überhaupt nicht sein Fall«, sagte Delia energisch. »Also! Schön euch zu sehen, ihr zwei.«

Doch Kim mit den langen seidigen Wimpern betrachtete sinnend Carroll. »Du gehst nicht in den Unterrock?« stellte sie fest.

Carroll wurde rot und sagte: »Unterrock?«

»Unsere High-School: Dorothy Underwood«, sagte sie und ließ ihr Kaugummi platzen. »Du bist woandersher.«

»Yeah.«

»Ich wußte doch, daß wir dich nicht kennen.«

Delia begann mit dem Krautsalat. Sie wußte, jetzt sah sie ihn lieber nicht an. Carroll aber griff nach der Ketchupflasche und dekorierte eingehend, einzeln und der Reihe nach, jede Pommes frites auf seinem Teller. »Also«, sagte Kim schließlich, und die beiden zogen, im Weggehen Bruchstücke von Bemerkungen hinterlassend, an einen leeren Tisch. »Trotzdem vielen Dank, Dee ...« sagten sie, und: »Wenn Ihnen noch was einfällt ...«

Delia nahm einen Schluck Cola.

»Also, wer ist der Mensch?« fragte Carroll und stellte die Ketchupflasche mit einem Knall auf den Tisch.

Erschrocken sah sie sich im Café um.

»Der Mensch mit der Pfeife, Mama. Mister Ach-so-vornehm, den du so aus-ge-sprochen-gut kennst.«

»Oh«, sagte sie und lachte ein wenig gekünstelt. »Nicht, was du denkst! Er ist mein Chef.«

»Genau.«

Er schob seinen Teller fort. »Jetzt verstehe ich«, sagte er. »Kein Wunder, daß du am Labor Day nicht nach Hause gekommen bist.«

»Labor Day?«

»Vater hatte gesagt, dann bist du wieder da, aber jetzt ist ja klar, warum nicht.«

Sie starrte ihn an. »Dein Vater hat gesagt, ich sei am Labor Day wieder da?«

»Er sagte, du brauchst Zeit für dich und kommst nach Hause, wenn der Sommer zu Ende ist. Wir haben uns fest darauf verlassen. Er hat es versprochen. Susie dachte, wir sollten dich holen, aber er meinte: ›Nein‹, meinte er, ›laßt sie in Ruhe. Ich garantiere, sie ist zum Labor-Day-Picknick wieder da‹, sagte er. Und was ist passiert: Du hast dein Wort nicht gehalten.«

»Mein Wort!« rief Delia. »Das war sein Wort! Damit hatte ich überhaupt nichts zu tun! Und woher nimmt er das Recht, möchte ich gern wissen? Wieso garantiert er, wann ich zurückkomme?«

»Komm, Ma«, sagte Carroll leise. Er sah verstohlen auf Rick. »Lassen wir das, okay? Reg dich nicht auf.«

»Ich rege mich überhaupt nicht auf!« rief sie, und gleichzeitig schoß ihr durch den Kopf, wie oft sie diesen Satz schon gesagt hatte. *Ich rege mich überhaupt nicht auf! Ich bin absolut ruhig und beherrscht.* Aber zu Sam; nicht zu Carroll. Oh, plötzlich war alles wieder da: das Gefühl, Unrecht zu haben; oberflächlich, labil und reizbar zu sein. (Und je mehr sie sich dagegen wehrte, desto reizbarer wirkte sie.) Sie legte beide Hände um die Tischkante und sagte: »Ich bin absolut ruhig und beherrscht.«

»Na, schön«, sagte Carroll. »Freut mich zu hören.« Und dann

griff er eine rotdurchweichte Pommes frites und schob sie gekonnt und übertrieben gleichgültig in seinen Mund.

Freut mich zu hören, war eine von Sams bevorzugten Antworten. Neben *Wenn du meinst, Dee,* und *Mach, was du willst.* Wonach er gutgelaunt sein Buch umblätterte oder das Thema wechselte und sich mit den Jungen unterhielt. Immer überzeugt, daß er recht hatte; und tatsächlich hatte er meist recht. Wenn er Leute kritisierte, die sie mochte, wurden ihr plötzlich deren Fehler bewußt; und wenn er Delia kritisierte, sah sie sich auf einmal als das kleine dumme Etwas, das er in ihr sah. Wie jetzt, zum Beispiel: er hatte versprochen, daß sie am Ende des Sommers reumütig zu Hause angekrochen käme, und allein die Vorstellung dieser demütigenden Rückkehr war so überzeugend – beinah dachte sie, es hätte so stattgefunden. Sie konnte nicht einmal jemanden richtig *verlassen!* Sie war nur eingeschnappt und deshalb weggelaufen! Sie würde sich schon wieder beruhigen!

Aber in Wirklichkeit war sie nicht reumütig nach Hause gekommen. Weder als der Sommer zu Ende war, noch danach. Bis heute nicht. Sie hatte statt dessen ihr Leben in beide Hände genommen, und das in einer Stadt, in der Sam nichts zu suchen hatte.

Schon deshalb stand Delia ausdrücklich auf, als Belle hereinsegelte und rief: »Hallo, Dee, ich *dachte* doch, daß du es bist«, und umarmte sie stürmisch.

»Belle!« rief sie, und Belle (ganz in Purpur, üppigweich in ihren Armen) umarmte sie ebenfalls gnädig.

»Hast du einen neuen Verehrer?« fragte sie.

»Das ist mein Sohn Carroll. Das ist Belle Flint«, sagte sie zu Carroll.

Sie behielt den Arm um Belles Taille. »Wie *geht's* dir, Belle?«

»Also, du wirst es nie erraten, nicht in einer Million Jahren.«

»Was?« fragte Delia ein bißchen zu überschwenglich.

»Schwöre, daß du es noch nicht Vanessa erzählst. Es bleibt absolut unter uns.«

Doch Carroll stahl ihnen die Schau: er stand auf und verließ ihren Tisch. »Bis bald«, stieß er mit gesenktem Kopf hervor.

»Carroll?«

Ihr Arm fiel herunter.

»Morgen abend«, sagte Belle gerade, »habe ich Horace Lamb ins Kino eingeladen.«

Horace Lamb? Delia tat in Gedanken einen überraschten Hüpfer, selbst als sie eilig Carroll nachlief. Er stürzte aus dem Café, »Carroll, Junge«, rief sie.

Auf dem Gehweg kam ihnen Teensy mit gigantischer, frischfeuerrot-getürmter Lockenpracht entgegengestöckelt. Carroll rannte sie beinah um. Teensy sagte: »Oh!« und machte einen Schritt rückwärts, griff sich ängstlich an die Frisur, damit sie nicht ins Wanken geriet. »Delia, ehrlich«, sagte sie. »Finden Sie, ich sehe albern aus?«

»Kein bißchen«, antwortete Delia. »Carroll, warte doch.«

Carroll wirbelte herum, seine Augenbrauen zuckten vor Zorn. »Komm, laß mich, bleib bei deinen feinen Freunden!« griff er sie an. »Orphan Annie und Mr. Vornehm und dein kleiner Heimlichtuer und Veranda oder wer ...«

Vanessa, hätte Delia ihn fast verbessert, während hinter ihr Teensy fragte: »Delia? Ist alles in Ordnung?« und Belle in der Tür stand und sagte: »Typisch Kinder, aber so ist das Leben.«

»Eigentlich wollte ich dir einen Gefallen tun«, sagte Carroll.

»Was, ach, Junge?«

»Ich wollte dir eigentlich nur'n Tip geben, was zu Hause los ist, aber, laß jetzt. Lassen wir das«, sagte er.

Dennoch machte er nicht kehrt, ging nicht fort. Er schien in der Schwebe, wippend auf quietschenden Turnschuhgummisohlen. Vorsichtig blieb sie auf der Stelle stehen. Sie stand zwei, drei Meter von ihm entfernt, ihr Gesicht, weich, wie erstarrt. »Was ist zu Hause los?« fragte sie ihn.

»Oh, nichts. Überhaupt nichts! Außer daß deine eigene, leibliche Schwester deinen Mann anmacht«, sagte er.

»Eliza?«

»Und Pa ist so daneben, er lacht nur, wenn wir ihn darauf aufmerksam machen. Aber wir haben es alle gemerkt, ich und Susie und Ramsay, es ist absolut klar, und wir wissen auch schon, wie es endet, wetten.«

»Das würde Eliza nie tun«, sagte Delia; doch während sie das sagte, versuchte sie es sich vorzustellen. Sie versetzte sich zurück auf das Sofa, damals, im Wohnzimmer, in die Reihe der heiratsfähigen Töchter. *Ich brauche nur ›Sommer‹ zu hören, dann riecht es wie geschmolzen.* Und diesmal warf Sam Eliza einen wachsamen, anerkennenden Blick zu, wie sonst nie im Leben. Es war nicht unmöglich, das sah Delia.

Doch zu Carroll sagte sie: »Das bildet ihr euch nur ein.«

»Oh, *dir* ist das doch egal!« platzte Carroll heraus, und blitzschnell machte er kehrt und lief auf die West Street zu.

»Carroll, geh nicht weg!«

Hastig ging sie hinter ihm her. (Wohin konnte er hier schon gehen?) Er überquerte die George Street, hielt an, weil ein Postauto vorbeikam, und verschwand dann um die Ecke. Delia ging schneller. Auf der West Street sah sie, wie er an Mr. Pomfret vorbeiging, der vor seiner Kanzlei stand und sich mit dem Paketboten unterhielt. Sie selbst rannte mit abgewandtem Gesicht an Mr. Pomfret vorüber; das letzte, was sie brauchte, waren jetzt noch mehr Bekannte, die ihren Namen riefen. Sie verlor Carroll aus den Augen, und dann entdeckte sie ihn neben dem Blumengeschäft. Er wartete federnd am Straßenrand. Offensichtlich wollte er zum Platz. Gut: da konnten sie sich zusammen auf eine Bank setzen. Luft schnappen. Alles nochmal in Ruhe durchsprechen.

Doch nachdem er die Straße überquert hatte, blieb er an einem Wagen neben den Parkuhren stehen. Einem grauen Wagen, einem Plymouth. *Ihr* Plymouth. Mit Ramsay am Steuer. Eindeutig sein Gesicht, so lieb und kräftig wie immer. Carroll öffnete die Beifahrertür und stieg ein. Der Motor heulte auf, und der Wagen schwenkte in den Verkehr.

Sie hätte ihnen immer noch nachlaufen können. Sie konnten nur langsam fahren. Doch sie blieb, wo sie war, angenagelt auf dem Gehweg, eine Hand gegen ihren Hals gepreßt.

Ramsay war hier in der Stadt gewesen. Er war die ganze Strecke gefahren, und dann hatte er sich nicht die Mühe gemacht, sie zu sehen. Susie womöglich auch, obwohl Delia nur zwei Köpfe im Plymouth erkannt hatte.

Sie hatte es verdient, natürlich. Unbestritten.

Sie drehte sich um und ging wieder zu Rick-Rack's, wie eine Schlafwandlerin.

Es war soviel geschehen, doch als sie zum Café kam, standen dort immer noch Belle und Teensy und unterhielten sich, Kim und Marietta pafften den Rauch ihrer Zigaretten in die Luft, und Rick schob ihre Rechnung unter die Ketchup-Flasche. Wie in Zeitlupe zählte sie ihr Geld ab, bezahlte und vergaß auch nicht, ein Trinkgeld auf den Tisch zu legen. Sie griff ihre Handtasche und die Tüte von ›Junge Männermode‹ und verließ das Café; Teensys Frisur roch versengt und chemisch, Belles Stimme war ein harter Singsang. »Ist dir schonmal aufgefallen«, sagte Belle gerade, »daß Horace Lamb ein klitzekleines bißchen wie Abraham Lincoln aussieht?«

Delia bog um die Ecke. Die Uhr im Schaufenster des Optikers zeigte Viertel nach elf – noch längst keine Mittagszeit, und dennoch bedauerte sie, daß sie das Barbecue-Sandwich nicht gegessen hatte. Und der Krautsalat hatte köstlich geschmeckt. Ganz cremig, mit viel Selleriesamen. Ein paar steckten ihr noch im Mund, sie zerbiß sie und schmeckte das Nußaroma. Sie ließ den Geschmack auf ihrer Zunge zergehen. Plötzlich hatte sie unglaublichen Hunger. Sie fühlte sich vollkommen hohl. Als hätte sie seit Monaten nichts gegessen.

15

Eine Zeitlang schien Carroll nach seinem Besuch an einem halben Dutzend Orte in der Stadt gegenwärtig. Das efeuberankte Fenster, wo er zuerst aufgetaucht war, der Tisch bei Rick-Rack's, wo er gesessen hatte, Belles Veranda, wo er ein paar Minuten gewartet hatte, ob jemand ihm öffnete. (War ihm aufgefallen, wie die Farbe abblätterte? Wie die Dielen unter seinen Füßen wippten?) In Delias Erinnerung schien er jetzt nicht mehr ruppig, sondern traurig, sein widerborstiges Benehmen nur ein Zeichen, wie verletzt er war. Sie hätte ihn mitnehmen sollen, damals, als sie wegging, dachte sie. Aber dann hätte sie Susie und Ramsay auch mitnehmen müssen. Sonst hätte es ausgesehen, als zöge sie eins ihrer Kinder vor. Sie sah sich wieder den Strand entlangmarschieren, die verschwitzten Hände der Jungen in ihren Händen, Susie, die Mühe hatte, mit ihnen Schritt zu halten. *Wohin gehen wir, Mama. Seid still, keine Fragen, wir laufen von zu Hause weg.*

Obwohl sie, wenigstens zum Teil, ihrer Kinder wegen weggegangen war.

Bei genauerer Überlegung schien Carroll nicht am Boden zerstört, daß sie gegangen war. Er hatte prima überlebt, und sein Bruder und seine Schwester ebenso. Und Nats Theorie ging ihr durch den Kopf: Wir sollen uns an den Katzen ein Beispiel nehmen und unsere erwachsenen Kinder so leicht vergessen wie sie. Unwillkürlich mußte sie lächeln. Vielleicht nicht ganz so leicht.

Aber war es nicht so, die Kinder waren ihr in den vergangenen Jahren ein wenig fremd geworden – zu guter Letzt sogar ihr Jüngster? Nicht nur, daß sie als Mutter nicht mehr die zentrale Rolle im Leben ihrer Kinder spielte, auch die Kinder spielten keine so überwältigende Rolle mehr für sie.

Sie saß mucksmäuschenstill, starrte in den Raum, überlegte, seit wann sie das wußte.

Nachdem sie zugesehen hatte, wie ihre Kinder sich freigeschwommen hatten, wandte sie sich dem zu, der ihr noch blieb: ihr Mann.

Falls er ihr blieb.

In Gedanken sah sie ihn am Frühstückstisch mit Eliza, die ihm Kaffee nachschenkte. Eliza trug ihr beiges Safarikleid und sogar ein bißchen Rouge. Sie war gar nicht so unansehnlich. Ihre Haut war glatt und leicht gebräunt, eigentlich ohne Altersspuren, und die dunklen Augen leuchteten durch das Rouge lebhaft. Bevor Sam sich versah, hatte sie sich bei ihm unentbehrlich gemacht, führte die Karteien, schrieb die Rechnungen, kochte ihm etwas Warmes und organisierte nahtlos den Haushalt. »Ach, danke, Eliza«, hörte sie Sam aus tiefster Seele sagen. Männer waren manchmal so leichtgläubig! Und eigentlich hatte er mit Eliza mehr gemeinsam, als auf den ersten Blick zu vermuten war. Eliza behauptete zum Beispiel, sie lebe ihr Leben so oft, bis sie es endlich richtig hinkriegte, Sam dagegen wollte auf Anhieb sein Leben richtig hinkriegen. Beide gingen fest davon aus, daß es im Leben ein »richtig« gab. Wohingegen Delia mittlerweile sich diese Mühe mehr oder weniger sparte.

Außerdem war Eliza schließlich Delias Schwester. Sie hatte Delias Statur, klein und zierlich, besaß die gleichen erstaunlich guten Zähne, fand, wie sie, Gerüche enorm wichtig, sie vertrug keinen Zucker und hatte wie Delia die Angewohnheit, ihre Sätze nicht ordentlich zu beenden. Eliza zu lieben wäre für Sam ein altvertrautes, wohlbekanntes Lied.

Fast hätte Delia sich auf der Stelle ins Auto gesetzt, wäre nach Baltimore gefahren, aber es wäre zu banal gewesen – den Mann wiederhaben zu wollen, nur weil jemand anders ihn wollte. Sie zwang sich, sitzen zu bleiben. Du hast es nicht anders gewollt, sagte sie sich.

Der angeschlagene Mann und das Kind dieser anderen Frau, das viel zu neue Haus mit den viel zu dünnen Wänden, die bei jedem Schlag wie Pappe klangen, die spärliche Stadt, wie eine Kulisse mitten in einer Landschaft, flach und blaß wie aus Papier.

* * *

Eines Morgens, bevor es hell wurde, erwachte sie mit einem Ruck, vielleicht gestört durch einen Traum, obwohl nicht einmal Bruchstücke davon übrig waren. Sie lag im Bett, und aus irgendeinem Grund erinnerte sie sich an das erste Abendessen, zu dem sie und Sam eingeladen hatten, nachdem sie verheiratet waren. Er hatte zwei alte Freunde und deren Frauen einladen wollen. Tagelang hatte sie Kochbücher gewälzt. Jede schwesterliche Hilfe hatte sie abgelehnt; sie hatte ihrer Familie das Versprechen abgerungen, sich während des Abends nicht zu zeigen. Sie wollte beweisen, daß sie erwachsen war. Und doch, gleich als das erste Paar eintraf, war es, als sänke sie in ihre Kindheit zurück. »Hallo, Grins«, hatte einer der Männer Sam begrüßt. Grins! Würde sie Sam je auch so kumpelhaft anreden? hatte sie überlegt und ihr Rockbündchen zurechtgerückt. »Na, Joe«, hatte Sam gesagt. »Delia, ich möchte dir Joe und Amy Kugels vorstellen.« Delia hatte die Freunde nicht beim Nachnamen gekannt; den Namen Kugels hatte sie im Leben noch nicht gehört. Sie fand ihn so komisch, sie mußte lachen. Sie kicherte hilflos, bis ihr die Luft wegblieb und sie nur noch quietschte; Tränen liefen ihr über die Wangen, bis ihr alles weh tat. Wie früher in der sechsten Klasse. Sie lachte, bis sie nicht mehr konnte, während das Paar sie freundlich besorgt betrachtete und Sam immer wieder fragte: »Delia? Kleine?«

»Entschuldigung«, hatte sie schließlich gesagt, als sie vor Peinlichkeit am liebsten im Erdboden versunken wäre. »Entschuldigung, ich weiß nicht, was –«

Worauf das zweite Paar auf der Bildfläche erschien. »Oh, schön, daß ihr da seid!« hatte Sam erleichtert gerufen. »Dee, dies sind meine ältesten Freunde, Frank und Mia Wauer.«

Oh, Gott!

Aber Sam hatte viel Verständnis gezeigt. Nachher hatte er sie in den Arm genommen, sein Mund hatte warm ihre Locken berührt, und er hatte gemeint, das könne jedem passieren.

Wie jung er damals war! Delia war das nicht klar gewesen. Ihr war er so fertig vorgekommen, über alle Zweifel erhaben, ein unangreifbarer, selbstbeherrschter Mann, der auf seinem weißen Roß daherkam, um sie aus ewigem Tochterdasein zu befreien. Um seine Augen zeigten sich schon die ersten Fältchen, sie waren ihr anziehend und beängstigend zugleich vorgekommen. Wenn er vor mir stirbt, möchte ich nicht weiterleben, hatte sie gedacht. Dann nehme ich Gift; vielleicht hat Vater das in seinem Arzneischrank. Damals konnte sie solche Sätze noch sagen, sie hatte die Kinder noch nicht. Damals malte sie sich alle möglichen Katastrophen aus. Später eigentlich auch, ehrlich gesagt. Oh, immer war sie ängstlich, voll Sorgen und Vorahnungen, abergläubisch. Doch was war geschehen: in der Nacht vor seinen Herzbeschwerden hatte ihr Gefühl sie kein bißchen vorgewarnt. Sie hatte zu Hause gesessen und *Lucinda's Lover* gelesen, nichts gehört und nichts gesehen. Dann läutete das Telefon.

Die Nachricht war zwar nicht überraschend gekommen, ganz gewiß nicht. Als sie die diplomatischen Sätze der Krankenschwester hörte, hatte sie nur gedacht *Ach ja, natürlich,* und innerlich war sie ganz dumpf und schwer geworden. Sie hatte es schon immer gewußt. *Zuerst Vater, und jetzt Sam.* Er starb und würde auf dem Coe-Hill-Friedhof begraben, lag dann dort, bis Delia eines Tages auch kam und neben ihm lag; wie manchmal, wenn sie abends im Fernsehen noch einen albernen Film gesehen hatte und anschließend zu ihm ins Schlafzimmer ging, lautlos ins Bett glitt und, wenn er schon schlief, leicht ihren Arm über seine Brust legte.

Sie saß aufrecht im Bett, schob die Katze beiseite und schaltete das Weckerradio ein. Um diese Zeit gab es Jazz. Viele einsame Klarinetten und Klimper-di-klick-Klaviere, und nach jedem Stück sagte der Sprecher, wo und wann das Stück aufgenommen worden war. In einer Bar in New York, an einem Augustabend 1955. Einem Hotel in Chicago, Silvester, 1949. Delia überlegte, wie Menschen es in einer Welt aushielten, in der der Lauf der Zeit so mächtig war.

* * *

Nat und Binky heirateten schließlich doch nicht im Juni. Sie verlegten die Hochzeit auf einen Samstag im März. Nat sagte, er habe sein Alter in die Waagschale geworfen. »Ihr betrachtet mich doch auch nach der Devise: Wieviel-länger-lebe-ich-denn-noch«, alberte er mit Noah und Delia. »Oder: Habt-Mitleid-mit-einem-alten-Knacker.«

Binky paßte sich gutgelaunt dem neuen Termin an. »So«, meinte sie zu Delia, »bin ich drei Monate früher Mrs. Nathaniel Moffat, mehr nicht. Was soll's, wenn alles etwas bescheidener ausfällt? Eigentlich ist es unwichtig.«

Sie standen zusammen in Nats Küche, als sie es sagte, blätterten in Kochbüchern. (Auch der Hochzeitskuchen sollte etwas bescheidener ausfallen.) »Und ich möchte richtig Mrs. Moffat heißen, kein ›Ms.‹ für mich. Er ist der erste Mann, der mich einfach, wirklich, ganz und gar liebt.« Ihre Augen schimmerten verdächtig, als weinte sie gleich, und sie steckte den Kopf schnell wieder ins Kochbuch.

»Dann solltest du ihn eigentlich sofort heiraten«, sagte Delia.

»Wenn seine Töchter nur zustimmen«, meinte Binky. »Hast du gehört, daß Dudi sich ihre Haare abgeschnitten hat?«

»Haare abgeschnitten?«

»Sie hat sich dermaßen aufgeregt, als Nat unsere Verlobung bekanntgab; sie ist in sein Badezimmer gerannt, hat sich seine kleine Bartschere geschnappt und ihr Haar abgesäbelt.«

»Du meine Güte«, sagte Delia.

»Pat und Donna weigern sich, zur Hochzeit zu erscheinen, und als ich Ellie gebeten habe, meine Brautjungfer zu sein – aus reiner Nettigkeit, ich habe schon meine Schwester und meine Nichten –, kriegte ich zu hören, sie käme vielleicht auch nicht, sie wüßte es noch nicht, deshalb sei sie lieber keine Brautjungfer. Anschließend riet sie Nat, beim Notar Gütertrennung zu vereinbaren. Sie halten mich anscheinend alle für ... eine Goldgräberbraut. Daß sie ihren Vater beleidigen, wenn sie meinen, daß keine Frau ihn um seiner selbst willen liebt, merken sie gar nicht.«

»Sie sind nur ein bißchen überrascht«, tröstete Delia sie. »Das legt sich.«

Binky schüttelte den Kopf, strich eine Kochbuchseite glatt. »Sie rufen ihn an, und als erstes fragen sie: ›Ist sie da?‹ Sie – das bin ich; sie nennen mich, wenn möglich, nicht mal beim Namen. Nie kommen sie uns besuchen. Donna sagt, weil ich immer da bin. Sie sagt, ich erlaube nicht, daß sie mit ihm allein sind, aber das stimmt nicht; nur ...«

Sie redete nicht weiter, wurde statt dessen rot, und Delia wunderte sich, bis Binky ihren Satz beendete: »– nur, weil ich hier eigentlich doch schon wohne«, sagte sie.

»Aber natürlich«, sagte Delia hastig. »Was erwarten sie?«

»Schon gut, eigentlich wollte ich dich nicht mit meinen Sorgen anöden«, sagte Binky. »Weißt du, warum ich so gern mit dir rede, Delia? Du unterbrichst niemanden mit deinen eigenen Erfahrungen. Kein Wunder, daß du so beliebt bist!«

»Ich bin beliebt?«

»Keine falsche Bescheidenheit. Noah hat uns erzählt, daß du mit halb Bay Borough befreundet bist.«

»Na so was! Dabei kenne ich kaum jemanden«, sagte Delia.

Obwohl es sie erstaunte, wie viele Freunde sie mittlerweile hatte, wenn sie es genau überlegte.

»Du vermittelst keinem das Gefühl, deine Zeit zu vergeuden«, sagte Binky. »Wippst nicht ungeduldig mit dem Fuß, bis du endlich deine *eigene* Geschichte loswerden kannst.«

»Naja, da ist auch nicht viel loszuwerden«, meinte Delia.

Vergangene Woche beim Abendessen hatte Joel gefragt, wo in Baltimore Delia herkäme. »Oh«, hatte sie geantwortet, »unterschiedliche Gegenden«, und er hatte das Thema gewechselt – dachte sie. Doch kurz darauf meinte er: »Komisch, wenn jemand nichts aus seiner Vergangenheit erzählt, geht man automatisch davon aus, daß es eine Vergangenheit gibt, ich meine, mehr als üblich: bewegt und exotisch.«

»Tatsächlich?« hatte Delia, ohne mit der Wimper zu zucken, gefragt. Eine interessante These, fand sie; sie dachte darüber nach, bis ihr die Stille auffiel und sie hochsah, bemerkte, daß er sie anschaute. »Was ist?« hatte sie gefragt.

»Oh, nichts.«

Dann hatte Noah zwischen ihnen nach dem Salzstreuer gegriffen – eine trennende Geste: den Stuhl vorgekippt, ein schwungvoller Satz –, und alles war vorüber.

* * *

Immer wieder warf Delia einen Blick in den Rückspiegel, als sie zur Hochzeit fuhren. Sie hatte vielleicht doch zuviel Make-up genommen. »Wie findest du meinen Lippenstift?« fragte sie Noah.

»Okay«, sagte er, ohne hinzusehen.

Er hatte seine eigenen Sorgen. In regelmäßigen Abständen schob er seine Finger zwischen die Knöpfe seiner Winterjacke, fühlte nach dem Ring in seiner Hemdtasche.

»Bist du sicher, daß es nicht zuviel ist?« fragte sie ihn.

»Hmm?«

»Mein Lippenstift, Noah.«

»Nee, ist okay.«

»*Du* siehst hübsch aus«, sagte sie.

»Warum mußte ich mich so in Schale werfen?«

»In Schale werfen! Ein Hemd ohne Krawatte nennst du in Schale werfen?«

»Ich sehe aus wie die Doofis im Schulchor.«

»Sei froh, daß wir dir für Nat nicht extra einen Anzug kaufen mußten«, meinte sie.

»Und was, wenn mir der Ring hinfällt? Du weißt, mir zittert garantiert die Hand. Ich lass' den Ring fallen, und er klingelt laut über den Boden und plumpst in eins dieser Gitter, *kling-klang-klung*, auf Nimmerwiedersehen.«

»Ich finde, mein Kleid könnte schicker sein«, seufzte Delia. »Ich sehe aus wie die unverheiratete Tante.« Unter ihrem Mantel trug sie das Graue mit den Nadelstreifen. »Oder wenigstens eine Kette, ein Anhänger vielleicht, oder Perlen.«

»Du siehst okay aus.«

In ihrem Schmuckkasten zu Hause in Baltimore lag eine vierreihige Perlenkette. Nicht echt, natürlich, aber zum Nadelstreifen perfekt.

Wie lange noch, bis sie ihren Sachen in Baltimore nicht mehr nachtrauerte, weil die dann sowieso aus der Mode oder unansehnlich und abgetragen waren – selbst wenn sie zu Hause geblieben wäre? Wann hielt sie ihre Sachen hier für ihre *eigentlichen* Sachen?

Sie betätigte den Blinker und rauschte auf den Highway 50.

»Hu-u-u-i-i!« quietschte Noah, hielt sich an der Türklinke fest.

»Tut mir leid.« Sie trat auf die Bremse. »So«, sagte sie. »Ich glaube, diesmal lerne ich endlich deine Mutter kennen.«

»Ja!«

»Sie hat doch zugesagt, oder?«

»Kann sein.«

Kürzlich hatte Delia das Porträt in *Neues aus der Nachbarschaft* hinten in Noahs Schrank gefunden. (Wer ist die tolle neue Wetterfrau auf WKMD?, begann der Artikel.) Aber jetzt schien kaum vorstellbar, daß Noah überhaupt einen Gedanken an seine Mutter verschwendete. Er gähnte und sah aus seinem Fenster die Reste des verrückten Schneesturms vergangene Woche. Der Wald zeichnete sich schwarz gegen weiß ab, wie eine kunstvolle Fotografie.

Schneewarnungen oder Orkanvorhersagen entscheiden manch-

mal über Leben und Tod, hatte Ellie im Interview gesagt. *Bei dem Gedanken, daß ich etwas für meine Gemeinde tun kann, fühle ich mich total gebauchpinselt ...*

Delia überlegte, wie Joel wohl ›gebauchpinselt‹ fände.

Vor ihnen wuchs der rote Backsteinklotz, Senior City. Delia blinkte und fuhr auf den Parkplatz. »Und wenn ich eine Rede halten soll?« fragte Noah.

»Trauzeugen halten keine Reden.«

»Oder wenn einer in Ohnmacht fällt oder so? Ich muß dann die Stütze sein.«

»Glaub mir«, sagte Delia, »es ist babyleicht.«

Sie stiegen aus und überquerten den Parkplatz, der nur oberflächlich freigeschaufelt war. Delia, ohne Stiefel, hing sich bei Noah ein, und sie balancierten um die vereisten Stellen. »Siehst du?« sagte sie, »du bist ja schon die Stütze!«

Sein Arm war dünn, aber mächtig stark, wie ein kleiner stählerner Bogen.

In der Eingangshalle fragten sie einen alten Mann nach dem Weg zur Kapelle. »Den Flur immer geradeaus, dann hinten am Ende links«, erklärte er. »Sie gehen sicher zur Hochzeit.«

Sie nickten.

»Ich komme auch gleich, das will ich nicht verpassen. Das ganze Haus ist eingeladen, wissen Sie.«

Delia bedankte sich, und sie gingen weiter durch den Flur. Bei den Aufzügen mit den glänzenden Metalltüren warf sie einen prüfenden Blick auf ihr Spiegelbild. Sie fand sich blaß und ungepflegt, ihr Mantel hing schlaff und reizlos an ihr, viel zu lang.

Kleider sind meine größte Schwäche, hatte Ellie *Neues aus der Nachbarschaft* anvertraut. *Aber glücklicherweise kommt bei meiner Figur alles gut zur Geltung: Mein gutes Aussehen kostet kein Vermögen.*

Am Ende des Flurs bogen sie nach links und traten durch eine Seitentür in eine kleine Kapelle mit beigem Teppichboden und eleganten beigen Kirchenbänken. Die meisten Bänke waren bereits von älteren Frauen besetzt, und dazwischen, in großen Abständen, drei oder vier Männer. Die Frauen waren alle modisch gekleidet;

einige waren im Bademantel. Die Rollstuhlfahrerinnen bildeten eine extra Reihe hinten. Delia und Noah sahen sich um, bis ein dunkelhaariger Junge im Anzug kam und Delia seinen Arm bot. »Wir setzen die Gäste, wie's kommt«, meinte er. »Wo Platz ist.«

»Also, Noah hier braucht keinen Platz. Er ist Trauzeuge.«

»Tag, Noah. Ich bin Peter, ein Sohn der Braut«, sagte der Junge. Er hatte weder Binkys zierliches Gesicht noch ihre rosige Haut: nur ihr Geschick, mit Leuten umzugehen. Zu Noah meinte er: »Du gehst durch die Tür da vorn. Dein Großvater wartet schon.«

Noah warf Delia einen letzten flehentlichen Blick zu, sie lachte ihm zu und strich ihm das Haar aus der Stirn. »Hals- und Beinbruch«, sagte sie.

Dann suchte sie sich, von Peter begleitet, einen freien Platz zwischen einer Frau in einem braunweißen Kleid und einem alten Mann, der an seinem Hörgerät herumtüftelte. Der alte Mann saß am Gang und schob seine knöchernen Knie seitwärts, um sie vorbeizulassen. Die Frau half ihr aus dem Mantel. »Ist das nicht aufregend?« fragte sie Delia. Ihr Gesicht war sommersprossig, von feinen Falten überzogen und immer noch anmutig; ihr apfelsineneisfarbenes Haar war früher sicher rot gewesen. »Unsere allererste Hochzeit in Senior City! Paul und Ginny Mellors kann man nicht mitrechnen, die sind durchgebrannt. Sie sind verwandt?«

»Nur befreundet.«

»Die Leitung steht Kopf, kann ich Ihnen sagen. Sie wollen, daß Binky mehr zahlt, weil sie das Alter nicht hat. Sonst kämen scharenweise junge Leute, behaupten sie, weil es hier angeblich so sicher und unsere medizinische Versorgung so gut ist. Übrigens, ich heiße Aileen.«

»Ich bin Delia.«

»Schön, Sie kennenzulernen, Delia. Ich sage nur, heiliger Bimbam, Binky ist so ein Goldstück, eigentlich müßten wir ihr was dazuzahlen! Für unsere Sonntagstreffen eine enorme Bereicherung.«

Genau da erschien Ellie im Seiteneingang.

Delia erkannte sie sofort – das flaumige Haar, der üppigrote Mund. Sie trug einen langen cremefarbenen Mantel, fast passend zu ihrem Hautton; sie stand aufrecht, stiller als andere Frauen, bis auch sie hereingeführt wurde. Diesmal nicht von Peter, sondern seinem Bruder, offensichtlich ähnlich dunkel, aber stämmiger. Ellie nahm seinen Arm, ging nach vorn, und ihr Mantelsaum schwang nobel hinterher. Wo fand sie jetzt noch einen Platz? Alle Reihen waren gerappelt voll; Peters Bruder machte ihr das wohl gerade klar; sie hörte zu, machte einen Schmollmund und runzelte die Stirn. Jetzt gingen sie vorn an der Kanzel vorüber. An der anderen Seite an der Wand standen mehrere Leute – Küchenpersonal in Schürzen, und Ellie bekam einen Platz in ihrer Mitte. Bedauerlich, dachte Delia, die einzige Tochter, die gekommen war, mußte stehen!

Doch nein, auch die andere Tochter war da – eine gespenstisch blasse Person, die von ihrem Platz aufstand, sich an den Sitzenden vorbei zu Ellie durchkämpfte. Das Haar der zweiten Tochter war ebenfalls hell, aber so brutal kurzgeschoren, an manchen Stellen schien es wie abrasiert. Hinter vorgehaltener Hand flüsterte sie Ellie etwas zu. Dann drehten sich beide um und sahen geradewegs zu Delia.

Schuldbewußt sah Delia zu Boden. Sie hätte hinüberlächeln sollen, statt dessen unterhielt sie sich scheinbar angeregt mit Aileen. »Mary Lou Sims spielt die Orgel«, erklärte Aileen gerade. Delia hatte nicht einmal bemerkt, daß es eine Orgel gab, doch jetzt hörte sie die schüttere Melodie von »Blessed Assurance«. Der alte Mann zu ihrer Rechten gab einen gellenden Pfeifton von sich, offensichtlich sein Hörgerät. »Oh, und da kommt Pastor Merrill«, sagte Aileen. »Ist er nicht hinreißend?«

Delia fand Pastor Merrill gar nicht so hinreißend, aber er trug seine schwarze Soutane mit Flair. Er schritt zur Kanzel, in einer Hand die Bibel schwingend. Hinter ihm folgten Nat und Noah. Nat hielt sich starr aufrecht; heute ging er ohne Stock. Noah war richtig groß geworden, bemerkte Delia. Jetzt, neben Nat, sah sie, wie er gewachsen war, allein in den wenigen Monaten, seit sie ihn kannte.

Die Orgel intonierte den »Hochzeitsmarsch«. Alle drehten sich um und sahen nach hinten.

Zuerst erschien eine rundlichere, schlichtere Version von Binky – die Brautjungfer, in einem weiten blauen Gewand mit grauem Bubikopf und breitem, freundlichem Gesicht. Dann Binky selbst in Weiß. Wunderschön sah sie aus. Sie trug einen Strauß rosa Rosen und strahlte glücklich, während sie den Gang entlang rauschte. Ihre beiden Nichten, stämmig wie die Mutter, marschierten, die Schleppe fest in den Fäusten, hinterher.

»Oh, welch ein Anblick!« sagte Aileen. »Sind sie nicht alle süß?« Delias Nebenmann versuchte mit den Zähnen eine Knisterpakkung Batterien aufzureißen. Drüben an der Wand leuchtete beständig Ellies weißes Gesicht, doch nicht in Binkys Richtung.

Der Brautzug war nun vorn, und Nat, stolz und streng, reichte Binky seinen Arm und wendete sich dem Pastor zu.

Die Zeremonie war kurz – nur Ja-Wort und Ringwechsel. Noah schaffte alles bestens. Er förderte rechtzeitig den Ring zutage und ließ ihn auch nicht fallen. Delia aber sah alles nur mit geteilter Aufmerksamkeit, ein anderer Teil von ihr – ihr angespannter, wachsamer, innerster Teil – war sich jeden Augenblick bewußt, daß Ellie Miller unverwandt zu ihr herüberstarrte.

* * *

Nachher waren alle Gäste in Nats Wohnung eingeladen – jeder, der gern wollte. Gebrechliche Gestalten drängelten sich aus der Kapelle. Delia stützte Arme, schrumpelig und weich wie tagealte Ballons. Sie verfrachtete wollige, nach Mottenpulver miefende Wesen in die Fahrstühle, und dann oben plazierte sie so viele Frauen auf Nats Sofa, wie sie nie für möglich gehalten hätte. Alle waren gespannt auf Binkys Kuchen, weil er *selbstgebacken* war, und alle waren froh, daß sie die Zeit nicht mehr gehabt hatte, jenes mehrstöckige Prachtgebilde zu bestellen, das sie sich eigentlich erträumt hatte. »Gekauften Kuchen gibt's andauernd in der Cafeteria«, meinte eine Frau zu Delia. »Kommt von Bäckerei Brinhart und schmeckt wie Heftpflaster.«

Delia hielt nach Ellie Ausschau. Es war schwer, in diesem Durcheinander die Übersicht zu behalten.

Sie bahnte sich einen Weg zu Binky, die, ihren Schleier überm

Arm, einen Blechkuchen in Stückchen schnitt. »Fandest du es gut?« fragte Binky. Ihr kleiner Kopfputz aus rosa Rosen war in Richtung Ohr verrutscht, ein Schelmenheiligenschein.

»Ich fand's perfekt«, antwortete Delia. Sie begann den Kuchen auszuteilen. Nat goß inzwischen Champagner ein, den Binkys Söhne und Nichten herumreichten. Bald gab es keine Gläser mehr, und sie behalfen sich mit Wegwerfbechern.

Als alle versorgt waren, sprach Nat einen Trinkspruch. »Meiner schönen, schönen Braut«, sagte er und hielt eine kleine Rede, daß sein Leben nicht geradlinig verlaufen war – weder abwärts noch aufwärts –, sondern unregelmäßig, Zickzack, eine Spirale und manchmal auch unleserliches Gekritzel. »Und manchmal«, sagte er, »wenn du meinst, das ist das Ende, stellst du fest, es ist ein ganz neuer Anfang.« Er hob sein Glas und stieß mit Binky an; und seine Augen schimmerten verdächtig.

Eine Frau auf dem Sofa meinte, Binkys Kuchen sei mit selbstgeriebener Zitronenschale. »Selbstgeriebene Zitronenschale schmecke ich immer raus«, sagte sie. »Kein Vergleich mit dem abgepackten braunen Zeug.« Sie leckte in aller Seelenruhe die Krümel von ihrer Gabel. Ihr Gesicht war älter als alt, es schien fast auseinanderzufallen, nirgends mehr klare Konturen. Wenn jemand alle seine Freunde überlebt hatte, überlegte Delia, ob er dann im Leben vielleicht an einen Punkt kam, wo er anfing, sich für den allerersten unsterblichen Menschen zu halten?

Sie nahm Binky das Messer aus der Hand und schnitt weiter Kuchen, reichte denen, die ein zweites Stück wollten, die Kuchenplatte. Im Schlafzimmer ließ sich eine junge Frau in einem weißen Schwesternanzug über verschiedene Krankenhäuser aus, redete von »Johannes« und »Dreifaltigkeit«, wie von alten Bekannten, während eine Schar von Zuhörern gebannt dasaß. Zwei Männer spielten in einer Ecke Schach; einer von ihnen fragte, ob er seiner Frau im dritten Stock ein Stück Kuchen mitnehmen dürfe. Aileen, Delias Banknachbarin, nickte lächelnd, als eine Frau mit Pelzstola die Hochzeiten beschrieb, die sie schon gefeiert hatte. »Und dann Lois: die *Glückliche!* Kriegt einen Mann inklusive Haushaltsgeräte, komplett mit Heizofen.«

Noah kam mit einem Glas Champagner, versuchte es zu verstecken, als er Delia sah. »Her damit«, kommandierte Delia.

»Mensch, Delia.«

Sie nahm es ihm aus der Hand und stellte es aufs Tablett. »Übrigens«, fragte sie, »wo ist deine Mutter?«

»Keine Ahnung.«

»Ist sie nicht mit nach oben gekommen?«

Er zuckte die Achseln. »Ich glaube, sie hatte noch was vor«, sagte er. Dann machte er auf dem Absatz kehrt, bevor sie etwas dazu sagen konnte – was sie sowieso nicht getan hätte.

Binkys Schwester, mit dem Tablett in beiden Händen, räusperte sich. »Ich habe gesehen, wie sie gleich nach dem Ja-Wort gegangen ist«, meinte sie. »Sie und ihre Schwester. Dudu, oder wie noch?«

»Dudi.«

»So ein Affentheater wegen *seiner* Familie! Was ist mit uns? Wir könnten auch einiges dazu sagen, glauben Sie mir: einen alten Mann zu heiraten, der genauso gut ihr Vater sein könnte.«

»Also«, sagte Delia. »Ich bin nur froh, daß sie und Nat sich gefunden haben.«

»Ja, schon«, antwortete die Schwester und seufzte.

Dann tauchte Nat dicht neben Delia auf. »Hast du meine Schwägerin schon kennengelernt?« fragte er. »Bernice, meine neue Schwägerin?« Er strahlte vor Begeisterung, seine Stimme schwankte, sein Gesicht glühte, wie das des jugendlichen Helden, der im Schultheater den alten Mann spielte. Wenn ihm der Abgang seiner Töchter aufgefallen war, dann hatte das seinem Glück keinen Abbruch getan.

* * *

Auf der Heimfahrt meinte Delia zu Noah, sie fände seine Mutter sehr hübsch. Was allerdings nicht ganz stimmte. Sie fand Ellie zu aufgetakelt, der schrille Farbkontrast kam auf dem Bildschirm besser zur Geltung als in natura. Eigentlich suchte sie nur einen Aufhänger, um über sie zu reden. Noah antwortete lediglich: »Genau«, trommelte mit den Fingern und schaute aus dem Seitenfenster.

»Und du sahst auch gewaltig gut aus«, sagte sie.

»Klar.«

»Glaubst du mir nicht? Na, warte«, zog sie ihn auf. »Die nächste Hochzeit, auf die du gehst, ist vielleicht schon deine.«

Doch er lächelte nicht einmal. »Keine Chance«, sagte er.

»Wie bitte: du willst nicht heiraten?«

»Papa und ich haben bei Frauen kein Glück«, meinte er düster. »Irgend etwas haben sie, womit wir nicht klarkommen.«

Sonst hätte sie vielleicht geschmunzelt, doch jetzt war sie gerührt. Sie warf ihm einen Blick zu. Er starrte weiter aus dem Fenster. Schließlich streckte sie die Hand aus und strich ihm übers Knie. Dann fuhren sie wortlos den Rest des Wegs.

16

»Wenn x das Alter ist, das Jenny jetzt hat, und y das Alter, das sie hatte, als sie nach Kalifornien zog …«, sagte Delia. T. J. Renfro ließ seinen Kopf auf den Küchentisch sacken.

»Komm, T. J., das ist doch nicht schwer! Sieh mal, wir wissen, daß sie drei Jahre jünger ist als ihre Freundin damals in Kalifornien, und wir wissen, daß ihre Freundin –«

»Im wirklichen Leben kann ich damit sowieso nichts anfangen«, setzte er sie mit ersterbender Stimme in Kenntnis.

Seine Haare sahen aus, als sei der Friseur nicht fertig geworden – oben mittellang, aber hinten lange, schwarze fettige Strähnen. Über seine beiden Oberarme ringelten sich Stacheldrahttätowierungen, und an seiner schwarze Lederweste gab es mehr Reißverschlüsse als an anderer Leute gesamter Garderobe. Im Gegensatz zu Delias übrigen Schülern gab sie T. J. nicht in der High-School Nachhilfeunterricht, sondern zu Hause. Er war bis zum ersten Mai vom Unterricht suspendiert und durfte das Schulgelände nicht betreten; statt dessen tauchte er jeden Donnerstag um drei an der Hintertür des Millerschen Hauses auf. Weshalb er suspendiert war, wollte Delia lieber nicht wissen.

Sie meinte: »Dabei ist das wirkliche Leben voll solcher Probleme! Die unbekannte Größe finden: das wirst du noch oft genug müssen.«

»Glauben Sie, ich mache so'n Mädchen an und frage, wie alt sie ist«, sagte T. J. und hob den Kopf, »und die antwortet: ›Also vor zehn Jahren war ich doppelt so alt wie meine dritte Kusine, die ...‹«

»Ach, du verstehst nicht, worum es geht«, sagte Delia.

»Und warum besucht diese Jenny 'n Mädchen, das drei Jahre jünger ist? Ist doch sinnlos.«

Das Telefon läutete, und Delia stand auf.

»Also wahrscheinlich hat sie nur getan, als besucht sie ihre Freundin, und ist in Wirklichkeit mit ihrem Freund im Motel gewesen«, sagte T. J.

Delia nahm den Hörer ab. »Hallo?«

Stille.

»Hallo!«

Eingehängt. »Das passiert in letzter Zeit andauernd«, meinte Delia, als sie auch einhing. Sie setzte sich wieder.

»Elektrosmog«, meinte T. J.

»Smog?«

»Wenn man die Leitung 'ne Zeitlang nicht benutzt, also, staut sich die Energie, also, und strahlt, also, unkontrolliert, und davon klingelt das Telefon.«

Delia neigte aufmerksam den Kopf zur Seite.

»Passiert bei meiner Mutter zu Hause mehrmals die Woche«, erklärte T. J.

»Hier passiert das eher mehrmals am Tag«, versetzte Delia.

Wieder läutete das Telefon. Sie sagte: »Hörst du?«

»Gehen Sie einfach nicht ran.«

»Dann werd' ich *verrückt*.«

Er lehnte seinen Stuhl zurück und betrachtete sie. Das Telefon läutete zum drittenmal, viertenmal. Dann öffnete sich die Hintertür und, mit einem Schwall frischer Luft, platzte Noah herein. Er warf seinen Schulranzen beiseite und ging ans Telefon. »Hallo?«

In der folgenden Pause beobachteten ihn T. J. und Delia konzentriert.

»Nee, das kann ich, glaub ich, nicht«, sagte Noah. Er drehte ihnen den Rücken zu. »Ich kann nicht, mehr nicht.« Pause. »Das stimmt nicht, ehrlich! Ich habe nur soviel Hausaufgaben und so. Also, ich mach' jetzt Schluß. Bye.« Er hing ein.

»Wer war das?« fragte Delia.

»Niemand.«

Er schwang den Rucksack über eine Schulter und ging hinaus in sein Zimmer.

T. J. und Delia sahen sich an.

* * *

Am nächsten Nachmittag, einem kühlen, sonnigen Freitag, ging Delia mit Vanessa zum Stricksachen-Schlußverkauf zu ›Junge Männermode‹. Der Frühling stand vor der Tür, und Noah war aus seinen sämtlichen Sachen vom letzten Frühjahr herausgewachsen. Es war ein quälend langsamer Ausflug, weil Greggie mitten in seiner Trotzphase steckte und sich weigerte, im Buggy zu sitzen. Schrittchen für Schrittchen wollte er unbedingt den ganzen Weg allein laufen. Delia hatte den Eindruck, Bay Borough noch nie so in allen Einzelheiten wahrgenommen zu haben – jeden Getränkebecherdeckel auf dem Gehweg, jeden Spatz, der in der Gosse einen Alufolienschnipsel pickte. Erst gegen drei Uhr traten sie den Rückweg an. »Oh-oh«, sagte Delia, »schon so spät! Noah ist bestimmt vor mir zu Hause.«

»Geht er heute nicht zu seiner Mutter?« fragte Vanessa.

»Diese Woche nicht.«

»Ich dachte, jeden Freitag.«

»Ich glaube, es ist irgendwas dazwischengekommen.«

Sie standen an der Ecke, wo sich ihre Wege trennten, und Delia sagte: »Bye, Greggie. Bye, Vanessa.«

»Bis bald, Dee«, sagte Vanessa. »Wir sollten Belle fragen, ob wir uns am Wochenende treffen.«

»Ich habe noch nichts vor.«

Belle hielt zur Zeit alle Wochenenden für Mr. Lamb frei, aber das blieb Delias Geheimnis.

In der Grundschule strömten die Kinder schon auf den Spielplatz. Delia mühte sich nicht, Noah ausfindig zu machen. Sie wußte, er ging lieber mit seinen Freunden nach Hause. Sie tat einen Schritt über ein herrenloses Skateboard, das ihr entgegenrollte, lächelte über ein kleines Mädchen, das sein Schreibzeug einsammelte, und übersah höflich eine Mutter, die sich neben ihrem Auto mit ihrem Sohn stritt.

Halt. Der Sohn war Noah. Die Mutter war Ellie.

Sie trug den cremefarbenen Mantel von der Hochzeit, aber sonst wirkte sie erschöpft und ungepflegt. Ellie versuchte Noah auf den Beifahrersitz zu zerren. Und Noah wehrte sich, seine Jacke war auf den Unterarm verrutscht. »Mama«, sagte er immerzu. »Mama. Hör auf.«

Delia sagte: »Noah?«

Beide warfen ihr den gleichen irritierten Blick zu und rangelten dann weiter. Ellie drückte Noahs Kopf mit Gewalt abwärts, wie Polizisten im Fernsehen, wenn sie einen Verhafteten in Handschellen in den Streifenwagen verfrachteten.

»Was ist hier los?« fragte Delia. Sie schnappte nach Ellies Handgelenk. »Lassen Sie ihn!«

Ellie schmetterte sie so heftig beiseite, daß sie Delias Gesicht traf; ihr Ring mit dem scharfkantigen Stein schrammte Delias Stirn. Noah hatte sich inzwischen freigewunden. Er stolperte ein paar Schritte zurück und zog seine Jacke zurecht. Sein Ranzen stand weit offen, und sein Schulzeug war herausgerutscht. (Dieses Schulzeug hatte das kleine Mädchen eingesammelt!) Er wischte sich mit der Faust die Nase und sagte: »Mensch, Mama.«

Ellie stand ganz aufrecht, atmete schwer und starrte ihn an.

Ehrfürchtig überreichte das kleine Mädchen Noah sein Schulzeug. Er nahm es, ohne hinzusehen. Jetzt sah Delia, daß zwei seiner Freunde dastanden – Kenny Moss und ein zweiter Junge, dessen Name ihr nicht einfiel. Sie taten, als sähen sie nichts, und stießen ihre Schuhspitzen in den Gehweg. Den anderen Kindern, die in Gruppen vorbeizogen, schien nicht bewußt, daß etwas nicht stimmte.

»Ich will nur, daß du mich besuchst! Wie immer! Wie jeden Freitag!« schrie Ellie. »Ist das zuviel verlangt?« Sie wandte sich Delia zu. »Ist das so –«

Etwas bremste sie. Ihr Mund öffnete sich.

Noah sagte: »Oje!« Er starrte auf Delias Stirn. »Delia! Igitt, du blutest ja.«

Delia betastete ihre Stirn. An ihren Fingern klebte es hellrot. Aber eigentlich tat nichts besonders weh – nur ein leichtes Stechen an der Schläfe, seitlich, wo der Puls schlägt. Sie sagte: »Oh, das macht nichts. Ich fahre nach Hause und –«

Doch Noah machte große Augen, und Kenny Moss sagte: »Mama mia!« und faßte den anderen Jungen am Ärmel, und das kleine Mädchen meinte vorsorglich: »Ich falle in Ohnmacht, wenn ich Blut sehe.«

Halb ohnmächtig sah sie schon aus – ihre Lippen waren fahl und bleich. Delia, solche Notfälle gewohnt, befahl: »Dann sieh nicht hin.« Ihr selbst war überhaupt nicht schwindlig. Anscheinend sah die Wunde schlimmer aus, als sie war. Nur um ihr Kleid sorgte sie sich. »Irgendwo hier ...« murmelte sie und kramte in ihrer Handtasche nach einem Papiertaschentuch. Die Tüte von ›Junge Männermode‹ war ihr hinderlich, und sie reichte sie Noah, hinterließ oben, wo sie angefaßt hatte, klebrig rote Fingerabdrücke. »Ich habe doch irgendwo ...«

Ein weicher geblümter Zellstoffberg schob sich unter ihr Kinn – Ellies Angebot. »Es tut mir so leid«, sagte sie. »Es war ein Unfall. Glauben Sie mir, Delia, ich wollte Sie nicht verletzen.«

»Ich weiß«, sagte Delia und nahm die Taschentücher. Sie fühlte sich seltsam geschmeichelt, daß Ellie sie beim Namen nannte. Sie drückte die Taschentücher an ihre Schläfe und fühlte ihre Ader pochen.

»Oh, Gott, wir müssen mit Ihnen zum Arzt«, sagte Ellie.

»Du meine Güte, ich brauche keinen Arzt.«

»Das können Sie gar nicht beurteilen! Sie sind nicht bei Trost«, versetzte Ellie. Obwohl es eher Ellie war, die nicht ganz richtig im Kopf schien; die Berge von Taschentüchern herüberreichte (trug sie die alle lose in ihren Taschen, oder woher stammten die?) und die anderen mit schriller Stimme kommandierte: »Los! Platz! Noah, du sitzt hinten, Delia kommt nach vorn!«

»Hier gibt es bestimmt eine Schulkrankenschwester. Wieso gehen wir nicht zu der?« fragte Delia.

Aber Ellie sagte: »Sie wollen doch keine Narbe behalten, oder? Eine häßliche, entstellende Narbe?«

Das war ein Argument; also ließ sich Delia auf den Vordersitz schieben. Noah, der den Sitz vorgeklappt hatte, um hinten einzusteigen, klappte ihn für Delia in Position. Als sie saß, beugte er sich über ihre Schulter und hielt ihr ein graues Sweatshirt aus seinem Ranzen hin. »Hier«, sagte er. »Die Tücher sind gleich durch.«

Sie wollte etwas dagegen sagen (Blutflecken gingen schlecht raus), aber er hatte recht, sie hatte die Taschentücher verbraucht. Sie preßte das Sweatshirt an die Stirn, es roch nach frischem Schweiß und Turnschuhen. Ellie rutschte hinters Lenkrad und ließ den Motor an. »Wahrscheinlich müssen Sie genäht werden«, sagte sie und glitt in den Verkehr. »Oh, neuerdings brauche ich nur etwas anzurühren, und schon nimmt die Katastrophe ihren Lauf! Und ich stehe mit offenem Mund da und kann's nicht fassen!«

»Das Gefühl kenne ich«, meinte Delia. Sie wagte einen Blick unter ihrem Sweatshirt hervor. Von nahem schien Ellie sympathischer. Ihr Lippenstift war nur noch ein matter Umriß, und ihre Augenlider wirkten schlaff.

»Zeitweise kenne ich mich selbst nicht mehr«, sagte Ellie. »Das hört man zwar andauernd, aber bisher habe ich es immer für eine Redensart gehalten. Jetzt stehe ich plötzlich neben mir, sehe mir wie einer wildfremden Person zu und frage mich: ›Was *die* sich dabei wohl denkt?‹«

Sie bogen links in die Weber Street. Delia legte das Sweatshirt neu zusammen. Jetzt begriff sie, warum rote Rosen so gern vor graue Mauern gepflanzt wurden. Die Blutflecken kamen auf dem Sweatshirtstoff erst richtig zur Geltung, sie hätte es den anderen gern gezeigt. Aber Ellie redete immer noch wie ein Wasserfall. »Ich gebe zu, ich bin aus dieser Ehe weggegangen«, sagte sie. (Delia versuchte sich an die letzten Sätze zu erinnern, überlegte, ob ihr eine wesentliche Überleitung entgangen war.) »Sie brauchen mich nicht zu erinnern! Ich malte mir immer aus, wie ich in den Himmel kam und Gott sagte: Die reine Verschwendung! Ich habe dich auf die Welt geschickt, und du hast nichts daraus gemacht; hast nur auf einem Fleck gehockt und gejammert, wie du dich langweilst.

Also bin ich abgehauen. Aber als ich Sie bei der Hochzeit sah, als ich sah, wie – also, ich hatte wohl gedacht, Sie sind älter und dicker und tragen ein Kleid mit Reißverschluß vorn. Ich weiß, ich habe mich danebenbenommen, einfach Joel anzurufen ...«

Ellie hatte Joel angerufen?

»Beim Wählen habe ich mir zugesehen und gesagt: ›So 'ne Dummheit, wer macht nur so was!‹ Aber getan habe ich's trotzdem. Und dabei wollte ich ihm die kalte Schulter zeigen. ›Ich hab' mir's überlegt, Joel‹, wollte ich sagen, ›vielleicht überläßt du mir das Sorgerecht, jetzt wo du wieder weibliche Gesellschaft hast.‹ Er hat Ihnen sicher erzählt, wie das ausgegangen ist. Kaum höre ich ihn, packt es mich wieder. ›Wie kannst du Noah das antun! Ein unschuldiges Kind in das schlüpfrige kleine Liebesnest hineinzuziehen, das du dir eingerichtet hast!‹«

Liebesnest! Delia spitzte die Ohren ...

»Und nicht genug, ich ziehe auch noch Noah mit hinein. Es tut mir leid, mein Herz!« sagte Ellie in den Rückspiegel. Noahs Reaktion wartete sie nicht ab. »Und Sie wissen ja, wie herzlos Kinder sein können. Kaum zeigst du, wie kopflos du bist, behandeln sie dich wie Luft. Starren durch dich hindurch. Erfinden tausend Ausreden, warum sie dich nicht besuchen kommen.«

»Mama«, sagte Noah.

Delia war neugierig, was jetzt kam, doch er sagte lediglich: »Mama, du bist gerade bei Dr. Norman vorbeigefahren.«

»Ich weiß«, sagte Ellie. Sie befanden sich auf der Border Street, fuhren in Richtung Highway 380. »Jeden Morgen beim Aufwachen sage ich mir: Heute packe ich's! Ich schlage es mir einfach aus dem Kopf! Ich rede mir gut zu, doch über Sie komme ich nicht weg: die Geheimnisvolle, über die keiner was weiß, genau der Typ, auf den Joel fliegt. Sie reden garantiert richtiges Englisch, oder?«

»Ach, völlig falsch«, sagte Delia, wenn auch ungern. »Es ist gar nicht, wie Sie –«

Doch Ellie bog in den Highway 380 ein, und Noah unterbrach sie: »Mama? Wohin fährst du?«

»In Easton gibt es massenhaft Ärzte«, sagte Ellie.

»Easton«, riefen Noah und Delia im Chor.

»Ihr wollt doch nicht etwa zu Dr. Norman gehen. Hier mitten in der Stadt! Jeder denkt dann, ich habe es extra getan.«

»Können wir ihm nicht sagen, daß es ein Versehen war?« fragte Delia.

»Hach! Sie kennen Bay Borough nicht. Die Leute zerreißen sich über die letzte Kleinigkeit den Mund.«

»Dann vielleicht zum Drugstore«, meinte Delia. Ihr war nicht mehr wohl in ihrer Haut. »Ich brauche doch nur einen Verband.«

»Oh, Delia, Delia, Delia«, sagte Ellie. »Sie sind so naiv. Sie können Gift drauf nehmen, der Drogist ist ein Underwood-Ehemaliger, der es gar nicht abwarten kann, herumzutelefonieren und zu tratschen: ›Stell dir vor!‹«, äffte sie nach. »Mr. Millers wahnwitzige Frau hat versucht, seine Freundin um die Ecke zu bringen.«

»Ich bin nicht seine –«

»Ich wette, Sie sagen nie ›mäßig‹.

»Mäßig?«

»Schulmäßig, haushaltsmäßig, leutemäßig. Joel standen die Haare zu Berge, wenn ich das sagte. Und dann die Macke, mich ewig mit seinem Objekt zu nerven. ›Wen oder was?‹ fragte er, oder ›Wem denn? Wo ist dein Satzende, Ellie?‹«

Delia betrachtete eine Halde voll Schrottwagen, die vorüberglitt. Noah auf dem Rücksitz schwieg.

»Komisch, Männer befürchten von vornherein, daß die Ehe sie einengt«, sagte Ellie. »Frauen verschwenden keinen Gedanken daran. Erst hinterher geht ihnen ein Licht auf! Lebenslänglich! Knast! In der Falle auf immer und ewig mit einem Mann, bei dem ich nicht mal ›Beziehungskiste‹ sagen darf.«

Sie trat auf die Bremse; sie waren an der Ampel am Highway 50 angelangt. Während sie auf Grün warteten, wühlte Ellie in ihrer Handtasche. »Haben Sie Kleingeld für die Autobahngebühr?« fragte sie Delia. »Ich will nicht mit Scheck bezahlen. Sogar in Easton bin ich ein bunter Hund.«

Sie hatte wirklich eine Meise, entschied Delia. Bis jetzt hatte sie Ellies Ansichten durchaus nachvollziehen können, sie waren ihr sogar sympathisch gewesen. Aber jetzt empfand sie leichte Panik.

Außerdem tat der Schnitt mittlerweile weh. Sie fühlte förmlich, wie er auseinanderklaffte, die Ränder zu einer dauerhaften Narbe verkrusteten.

Am besten, sie machten sich aus dem Staub, sie müßte nur Noah heil aus dem Wagen bekommen. Vielleicht beim Arzt. Wenn sie je zum Arzt kämen; denn hier saßen sie, endlos, an dieser ewigroten Ampel. »Grün, grün«, betete sie. Sie lehnte sich vor, als würde dies die Geschichte beschleunigen.

Ellie verstand es falsch, sagte: »Oh, Verzeihung«, und nahm den Fuß von der Bremse. Sie rauschten auf den Highway 50, ein Tankwagen hupte wild, umkurvte sie und schlingerte über die falsche Fahrbahnseite. Ellie schrie. Delia war zu erschrocken, um zu schreien. Sie steuerten auf den Seitenstreifen und holperten über dürres Gras, bevor sie zum Halt kamen.

»Ich dachte, Sie hätten ›grün‹ gesagt!« kreischte Ellie.

»Ich meinte nur – oh, Gott«, sagte Delia. Sie drehte sich nach Noah um.

»Ist alles in Ordnung?« fragte sie.

Er schluckte und nickte dann.

Verstohlen, in einer einzigen fließenden Bewegung, tastete Delia nach dem Türgriff. Sie drückte ihn nach unten und schob die Tür auf. Dann rief sie: »Raus, Noah! Schnell!« und sprang aus dem Wagen, klappte gleichzeitig ihre Rückenlehne vor, damit Noah folgen konnte. Was er tat. Noah hatte gute Reflexe. Er landete beinah auf ihr, weil sie im Gras in ein Loch oder eine Furche getreten war. Ihr linker Knöchel knirschte, Noah plumpste gegen ihre Schulter, und natürlich hatte sie noch das Sweatshirt um ihren verletzten Kopf gewickelt, aber immerhin waren sie in Sicherheit.

Auch Ellie hatte mittlerweile ihre Tür geöffnet, ein vorbeifahrender Lastwagen hupte warnend. Das dumpfe Hupen dröhnte in Delias Brust. Plötzlich tat ihr Herz einen Satz, als wäre die Gefahr erst jetzt zu ihm durchgedrungen. Sie waren bei Rot über die Ampel gefahren! Ohne rechts oder links zu gucken, waren sie in den Autobahnverkehr gebraust! Beim bloßen Gedanken überlief es sie eiskalt. Im Geist spürte sie den Aufprall, so haarscharf waren sie einem Zusammenstoß entkommen.

»Wir könnten tot sein!« schrie sie, und Ellie lief ihr entgegen und rief: »Ich weiß! Ein Wunder, wir leben noch!« Sie umarmte Delia und Noah stürmisch. Noah sagte: »Mama«, und befreite sich, aber Delia umarmte Ellie auch. Beide Frauen waren den Tränen nah. Ellie sagte immerzu: »Oh, Gott, oh, Gott«, und lachte und wischte sich die Augen.

»Mama«, sagte Noah, der neben ihnen stand, wieder. »Können wir nicht doch zu Dr. Norman fahren, bitte?«

»Wir erzählen ihm, ich habe mir den Kopf gestoßen«, sagte Delia. »Er wird sich überhaupt nichts dabei denken.«

»Ihr habt recht«, sagte Ellie. »Das tun wir. Los, hoffentlich traue ich mich wieder zu fahren.«

Also stiegen sie alle wieder in den Wagen, der übrigens auch ein Plymouth war, nur ein, zwei Jahre jünger als Delias Plymouth; und Ellie wartete, bis weit und breit kein anderer Wagen mehr in Sicht war, bevor sie auf die rechte Fahrspur wechselte und bis zum nächsten Wendepunkt fuhr. Erst als sie wieder auf dem Highway 380 waren, traute sie sich zu sprechen, so sehr konzentrierte sie sich aufs Fahren. Dann fragte sie Noah, was er denn seinem Vater erzählen würde.

Noah schwieg einen Moment, aber schließlich sagte er: »Das gleiche wie Dr. Norman, oder? Du hast uns von der Schule nach Hause gefahren? Delia hat sich den Kopf gestoßen?«

»Ich habe mich beim Einsteigen an der Wagentür gestoßen«, schlug Delia vor.

»Oh, gut«, sagte Ellie, und ihre Hände entkrampften sich am Lenkrad.

Wahrscheinlich hatte sie ihre Befürchtungen wegen Delia gehabt. Daß Noah sie nicht verriet, war ihr sicher klargewesen; er wahrte so beunruhigend kalt und stoisch seine Geheimnisse, wie das Kinder in schwierigen Ehen oft tun.

»Und eigentlich ist es ja auch beinah so passiert«, sagte Ellie. »Wir sind in eine dieser atmosphärischen Störungen hineingeraten, stimmt's? Habe ich recht?«

»Natürlich«, bestätigte Delia.

Ellie bremste und bog in die Border Street ein. »Ob ihr's glaubt oder nicht«, sagte sie, »eigentlich bin ich ein sehr gefestigter Mensch. Nur in letzter Zeit war ich ständig unter Druck. Oh, vor der Kamera stehen ist viel nerviger, als ich dachte! Ständig muß ich auf mein Gewicht achten, ständig aufpassen, daß ich meine acht Stunden Schlaf bekomme, auf meinen Teint achten. Seht ihr?« Obwohl sie gerade einparkte, bremste sie und griff eine Haarsträhne. »Bleichen, Packungen, Dauerwellen, Färben ...« Sie zog die Strähne straff, ließ sie wieder los. »Seht ihr, wie lang es eigentlich ist, und dann schnurrt alles zusammen, boing? Das sind keine Haare; das sind, na was – Zaubergummis. Und wenn ich nur mal so lange freihätte, daß meine Augenbrauen nachwachsen können!«

Ein Reifen des Wagens rieb am Bordstein. »Außerdem hat meine Schwester nicht mehr alle Tassen im Schrank und macht mich wahnsinnig wegen Vaters Hochzeit, von Vater selbst ganz abgesehen. Was geht in ihm vor, in dem Alter noch mal von vorn anzufangen? Er ist siebenundsechzig, und obendrein hat er ständig Schmerzen, ist Ihnen das aufgefallen? Was meinen Sie, warum Noah nur so kurz kommen darf? Sein Lieblingsenkel, aber nach einer Stunde ist Papa fertig!«

»Oh, der Ärmste«, sagte Delia. Sie öffnete die Tür und stieg aus, hielt immer noch das Sweatshirt an den Kopf. Die Dringlichkeit ihrer Erledigung schien ein wenig in Vergessenheit geraten zu sein, stellte sie fest. Sie kippte für Noah den Sitz vor, und er hüpfte nach ihr heraus. »Was habe ich geschuftet, als er dahin zog!« meinte Ellie und schlug die Tür zu. »Wie viele Kisten ich gepackt habe! Als führe er ins Zeltlager, oder so. Hast du auch das Richtige anzuziehen? Was haben denn die anderen Kinder an? Und jetzt muß er fürchten, daß sie ihn rausschmeißen.«

»Rausschmeißen!« erschrak Delia.

Sie stiegen die Stufen zu einem großen, von einer Veranda umgebenen Holzhaus hoch. Noah ging voran. Delia brauchte ein Weilchen, ihr Knöchel schmerzte. Sie rief: »Ich dachte, sie hätten zugesagt, daß er nach seiner Hochzeit bleiben könne.«

»Das war, bevor sie herausgefunden haben, daß seine Frau was Kleines erwartet«, sagte Ellie.

Delia blieb wie vom Blitz getroffen auf der Veranda stehen und starrte Ellie an. Selbst Noah starrte sie an. »Erwartet was?« fragte Delia töricht.

»Raten Sie mal, Delia! Was meinen Sie, warum sie die Hochzeit auf März vorverlegt haben?«

»Weil ... haben sie Ihnen das selbst erzählt? Oder ist es eine Vermutung?«

»Sie haben es mir, verdammt nochmal, selbst erzählt«, sagte Ellie. »Haben es an die große Glocke gehängt, letzte Woche. Papa fragt Binky: ›Engelchen? Erzählst du unsere Neuigkeiten oder ich?‹ und Binky sagt: ›Ach, mach' du's lieber, mein Goldschatz.‹ Soll das ein Witz sein? Ich finde solche Gespräche dermaßen daneben! Es ist doch die zweite Ehe! Also räuspert Papa sich und meint: ›Ellie‹, sagt er, ›Ellie, du bekommst eine Schwester.‹ Also ich kapiere nicht so schnell, sage: ›Ich habe schon 'ne Schwester. Mehrere.‹ Er: ›Ich meine, noch eine. Wir sind schwanger.‹ Genau so. Wir! So hat er sich die ersten vier Male garantiert nicht ausgedrückt!«

»Aber ... wann denn?« fragte Delia.

»September.«

»September!«

Ellie segelte majestätisch ins Haus. Delia stand mit offenem Mund auf der Veranda. Binky war immer klein und rundlich gewesen, hatte immer einen kleinen Bauch gehabt, aber ... Sie sah Noah an. »Hast du das gewußt?« fragte sie.

Er schüttelte den Kopf.

»Na dann«, sagte sie. »Dann hast du bald ein Baby als Tante! Stell dir das vor!«

Während sie durch die Tür hinkte, hörte sie Ellie humorlos vor sich hin meckern.

Delia war zum ersten Mal bei Dr. Norman, obgleich seine Telefonnummer bei den Millers neben dem Küchentelefon hing. Kaum roch sie die unverkennbare Mischung aus Bohnerwachs und Desinfektionslösung, überkam sie ein heimatliches Gefühl – als sei sie an ihren angestammten Ort zurückgekehrt; als sei jeder andere Ort ein Surrogat und nur vorübergehend, ihrer eigentlichen Natur fremd. Sie blieb wie angewurzelt im Eingang stehen (abgetretener Orientteppich, Lampe mit chinesischem Porzellanfuß), bis Ellie sie am Arm nahm und in Richtung Wartezimmer schob. »Ist er da?« fragte sie die Frau am Schreibtisch. Die Frau war viel älter als Delia und fünfzig Pfund schwerer, trotzdem konnte sich Delia in ihre Haut versetzen, wie sie da auf der Schreibmaschine mit den chromgefaßten Tasten schrieb. »Wir haben hier einen Unfall!« erklärte Ellie.

Oh, ja, der Unfall. Den hatte Delia fast vergessen. Während Ellie die näheren Umstände beschrieb (»scharfe Metallkante am ... konnte nichts tun ... wollte sie noch warnen, aber ...«), wickelte Delia das Sweatshirt von ihrer Stirn und stellte fest, daß es nicht mehr blutete. Die Blutflecken auf dem Hemd waren mittlerweile stumpf schwarzrot. Sie betrachtete die übrigen Patienten. Zwei Frauen und ein kleines Mädchen beobachteten sie neugierig, und hastig packte sie wieder das Sweatshirt an die Schläfe.

Dr. Norman beendete gerade ein Telefongespräch, als die Sprechstundenhilfe sie hineinführte. Er war ein gedrungener Mann mit weißer Löckchenkrause über den Ohren. »Was haben wir denn da?« fragte er, stand auf und verließ seinen Schreibtisch, um mit geübtem Griff das Sweatshirt abzuwickeln. Sein Atem roch nach Pfeifentabak. Am liebsten hätte Delia seine Hand gehalten und inniglich an ihre Wange gedrückt. »Hmm«, meinte er, als er die Bescherung sah. »Na, ja, sterben werden Sie nicht.«

»Behalte ich eine Narbe?« fragte Delia.

»Unwahrscheinlich. Schwer zu sagen, bevor ich es nicht ausgewaschen habe.«

»Ich habe natürlich mein Menschenmöglichstes getan«, sagte Ellie. »Habe sie gewarnt und nochmal gewarnt. ›Paß beim Einsteigen auf, Dee‹, habe ich gesagt; nicht einmal, ein halbes Dutzendmal –«

Dr. Norman meinte eine Idee ungeduldig: »Schon gut, Ellie, ich weiß«, und Ellie schwieg. »Kommen Sie mit nach nebenan«, sagte er zu Delia. Er führte sie in den Nebenraum. Ellie und Noah folgten ihnen, was vielleicht nicht der Sinn der Sache war.

In diesem zweiten Raum stand der Untersuchungstisch, der Lederbezug war rissig schwarz. Delia rutschte aufs Fußende und hielt ihre Handtasche auf dem Schoß. Während Dr. Norman eine kondensmilchweiße Metallschublade öffnete, fragte er Ellie, wie das Wetter würde; er fragte Noah nach seiner Softball-Mannschaft; Delia erzählte er, er habe gehört, daß sie eine bö – se Nachhilfelehrerin sei.

»Böse!« sagte Delia.

»Das heißt« gut. Er sah zu ihr hoch, während er sich Gummihandschuhe überstreifte. »Wenigstens bei T.J. Renfro, genau wie ›mies‹. Sie bringen einem miese Gleichungen bei, behauptet er.«

»Oh«, sagte Delia erleichtert.

Ellie, die ein Erste-Hilfe-Plakat studierte, sah zu ihr herüber. »Sie geben Nachhilfe für Underwood?« fragte sie.

»Ja.«

Sie schniefte. »Joels Traum«, sagte sie. »Mir hat er ständig damit in den Ohren gelegen.«

Dr. Norman warf Ellie einen schnellen Blick zu, den sie wahrscheinlich nicht bemerkte.

Dann sagte er zu Noah: »Verzeihung, mein Sohn«, und machte einen Schritt um ihn herum und widmete sich wieder Delias Stirn. »Das brennt jetzt ein bißchen«, sagte er und riß die Hülle eines sterilen Tupfers auf. Der durchdringende, strenge Geruch erfüllte sie mit Sehnsucht. *Ich bin nicht bloß eine Patientin. Ich kenne diese Praxis bis in den letzten Winkel! Ich weiß, daß Sie heute beim Abendessen erzählen, daß Ellie Miller, dafür, daß sie sich von ihrem Mann getrennt hat, noch ganz schön besitzergreifend ist. Ich weiß, Sie erzählen, daß Sie endlich seine Haushälterin kennengelernt haben, und je nachdem wie verschwiegen Sie sind, mutmaßen Sie sogar darüber, wie die Verletzung zustande kam. Denken Sie bloß nicht, ich bin eine von den ganz Ahnungslosen, die nicht wissen, was hinter dem weißen Kittel steckt!*

Aber natürlich sagte sie nichts dergleichen, und Dr. Norman betupfte ihre Wunde, sie spürte seine warmen, federnden Fingerspitzen auf den klaffenden Rändern. »Was Sie da haben«, sagte er, »ist eine oberflächliche Schramme über der Stirn, an der Schläfe jedoch einen ziemlich tiefen Riß. Wir brauchen nicht zu nähen, und ich glaube auch nicht, daß eine Narbe bleibt, wenn wir die

Wundränder beim Verheilen zusammenhalten.« Er drehte sich zum Schrank hin. »Wir kleben einfach ein Klipflaster drauf. Das ist was ganz Raffiniertes ...«

Delia wußte doch, was ein Klipflaster war – mehr als einmal hatte sie ihre eigenen Kinder damit verarztet. Sie schloß die Augen, als er es aufklebte. Neben sich hörte sie Noah atmen; er lehnte sich herüber, um alles sehen zu können.

»Wow!« sagte er.

»Wenn Sie wollen, verschreibe ich Ihnen ein Schmerzmittel«, bot Dr. Norman an, »aber ich glaube nicht –«

»Es tut kaum weh«, erklärte Delia und öffnete die Augen. »Ich brauche nichts.«

Er kritzelte eine Notiz für seine Sprechstundenhilfe, bevor er sie hinausbegleitete; gab Noah einen Klaps auf die Schulter und sagte: »Ellie, ich stelle mit Freuden fest, daß bei deiner Figur alles gut zur Geltung kommt.«

»Oh, komm«, sagte Ellie. Delia erklärte sie: »Alle nehmen mich auf den Arm, weil ich das in *Neues aus der Nachbarschaft* gesagt habe.«

Delia sagte nur: »Oh?«, sie wollte nicht zeigen, daß sie es auch gelesen hatte.

»Aber sie haben mich falsch zitiert!« schimpfte Ellie. »Oder wenigstens habe ich es nicht so gemeint. Ich wollte sagen, daß meine Kleider alle nicht viel kosten.«

Sie redete immer noch davon – erklärte Noah, daß ihr Rock, zum Beispiel, dreizehn fünfundneunzig bei ›Teeny Welt‹ gekostet habe –, als sie wieder am Eingang waren, wo Delia die Rechnung bezahlte. Eigentlich hätte Ellie das übernehmen können. Aber da sie das sowieso nicht zugelassen hätte, hielt sie den Mund.

Draußen auf der Veranda legte sie das Sweatshirt zusammen und stopfte es in ihre Tasche. Ellie ließ sich über das Kleidergeld einer Person namens Doris aus. Doris? Oh, ja, die Nachrichtensprecherin bei WKMD. »Was bei der schon ein Stirnband kostet«, sagte Ellie, »von den Schals ganz abgesehen, die sie trägt, weil ihr Hals so faltig ist ...«

Delia dachte, vielleicht hätte sie sich doch noch etwas verschreiben lassen sollen, nicht für ihre Stirn, sondern für ihren Knöchel. Den verstauchten Knöchel hatte sie bis dahin völlig vergessen. Sie hinkte unter Schmerzen zum Wagen und fiel mit einem Plumps auf den Beifahrersitz.

»Ich nehme an, ihr wollt nach Hause«, sagte Ellie.

»Bitte«, erklärte Delia.

Aber Ellie hatte eigentlich Noah gemeint. »Herzchen?« sagte sie und beobachtete sein Gesicht im Rückspiegel.

»Stimmt«, sagte er.

»Hast du nicht noch Lust, mich zu besuchen?«

»Ich muß für den Geschichtstest lernen.«

Ellie ließ die Schultern hängen. Sie erwiderte nicht, daß er das genausogut am Wochenende konnte.

Sie kutschierten durch die Weber Street, vorbei am Party-Service, wo Belle das Thanksgiving-Essen bestellt hatte, dem Underground, wo alle Underwood-Schüler nach dem Unterricht landeten. In Ellies Gesellschaft sah Delia Bay Borough in anderem Licht. Es wirkte nicht mehr so glücklich wie sonst. Die Frauen mit ihren Einkaufstüten auf dem Nachhauseweg wirkten ungewollt albern, wie jene plastiklächelnden Hausfrauen aus den Küchenreklamen der fünfziger Jahre. Delia schob den Gedanken beiseite und wandte sich an Ellie. »Na ja!« sagte sie, »vielleicht treffe ich Sie ja bei Ihrem Vater.«

»Wenn ich da nochmal hingehe«, meinte Ellie finster.

»Aber Sie müssen! Warum nicht? Es ist ein ausgesprochenes Vergnügen, sich mit ihm zu unterhalten.«

»Für Sie vielleicht«, versetzte Ellie. »Sie sind nicht seine Tochter.«

Sie bog in die Pendle Street, trat auf die Bremse, weil ihr ein Collie in die Quere kam, und parkte vor Millers Einfahrt. (Der hastige Blick aufs Wohnzimmerfenster hatte vielleicht gar nichts zu bedeuten.) »Bye, bye, No-No«, sagte sie und warf ihrem Sohn eine Kußhand zu. »Delia, noch einmal, Entschuldigung für alles.«

»Ist schon gut«, sagte Delia.

Während sie hinter Noah über den Gehweg hinkte, fiel ihr ein, woher ihr Ellies Satz so bekannt vorkam. »Für dich vielleicht«, hatten Delias Schwestern immer zu ihr gesagt. »Klar, du verstehst dich gut mit Vater«, sagten sie, »du bist ja auch ein Nachkömmling, deswegen. Du kannst ihm nicht soviel vorwerfen.«

Aber, was sie ihm vorwarfen, konnten sie nicht sagen. Nicht einmal, wenn sie danach fragte, und sie wettete, bei Ellie war es genauso.

* * *

Als Delia die leichteren Schuhe anziehen wollte, die sie im Haus trug, bemerkte sie, daß der Riegel ihres Pumps eine tiefe Kerbe auf ihrem rechten Spann hinterlassen hatte. Der ganze Fuß war geschwollen, als trüge sie einen Geisterpumps. Und ihr Knöchel war nur noch eine kleine Mulde. Sie bezweifelte allerdings, daß irgend etwas gebrochen war. Die Zehen ließen sich noch bewegen.

Sie füllte eine Schüssel mit kaltem Wasser, fügte ein paar Eiswürfel hinzu und setzte sich auf den Küchenstuhl, um ihren Knöchel zu kühlen. Und womit sonst konnte sie die Schwellung lindern? Immer hatte sie zugehört, wie Sam seinen Patienten Ratschläge gab; eigentlich hätte sie wissen müssen, was zu tun war. R. U. H. E. hatte er ihnen als Gedächtnisstütze mit auf den Weg gegeben. Sie sagte es laut vor sich hin. »Ruhe, Umschläge ...« Aber wofür stand das H? Heben? Halten? Sie versuchte es nochmal: »Ruhe, Umschläge ...«

»Ruhe, Umschläge, Hochlegen, Eis«, ergänzte Joel und legte seine Aktentasche auf die Anrichte. »Was ist denn mit Ihnen los? Sie sehen ja aus wie ein Waisenkind im Krieg.«

»Oh«, sagte Delia, »wissen Sie, manche Autotüren haben dermaßen scharfe Kanten ...« Dann wurde ihr klar, daß dies in keiner Weise ihren Knöchel erklärte. »Manche Tage sind eben wie verhext«, endete sie vage.

Dem ging er nicht weiter nach. Er öffnete einen der Oberschränke und suchte tastend etwas, hoch oben. »Irgendwo hier steckt ein Erste-Hilfe-Kasten«, sagte er. »Schließlich bin ich bestens ausgebildet – da ist er ja.« Er förderte einen grauen Blechkasten zutage. »Wenn Sie ihn fertig gekühlt haben, verbinde ich den Fuß.«

»Oh, bin fertig«, sagte Delia. Sie hätte sich vielleicht noch etwas Zeit nehmen sollen, aber ihr war zittrig von den Eiswürfeln. Sie hob ihren Fuß aus der Schüssel und tupfte ihn mit einem Küchentuch trocken. Joel beugte sich, um ihn zu betrachten. Er stieß einen Pfiff aus.

»Vielleicht muß er geröntgt werden«, sagte er. »Sind Sie sicher, daß nichts gebrochen ist?«

»Ziemlich. Alles funktioniert noch«, meinte Delia.

Er schob die Schüssel beiseite, kniete sich und begann eine fleischfarbene Binde abzuwickeln. Delia war sich bewußt, wie verquollen ihr Knöchel war und die Haut blauverfärbt, aber er verzog keine Miene. Er verband ihren Fuß, kreuzweise überm Spann, dann in perfekt symmetrischen Vs aufwärts. »Oh, wie toll! Wunderbar, meine ich«, sagte Delia. »Sie sind ja ein Experte.«

»Das gehört zu meinen Schulleiterpflichten«, sagte Joel. Er wikkelte ihr den letzten Rest Verband ums Schienbein. Dann befestigte er ihn mit zwei Metallklipsen, die den Pflastern auf ihrer Stirn glichen. »Wie ist das?« fragte er. Er griff prüfend ihren Fuß. »Stramm genug?«

»Oh, ja, es fühlt sich...«

Es fühlte sich wunderbar an. Nicht nur der Verband – natürlich war die Stütze eine große Erleichterung –, sondern die Hand um ihren Fuß, die große warme Handfläche, die ihre Ferse selbst durch den Verband wärmte. Am liebsten hätte sie ihren Fuß noch dichter an ihn gedrückt. Von diesem festen Griff konnte sie gar nicht genug kriegen. Ihr war bisher nie klargewesen, daß auch der Spann zu den erogenen Zonen zählte.

Als könne er Gedanken lesen, blieb er weiter knien und sah ihr ins Gesicht.

»Delia?« sagte Noah. »Kann ich –?«

Beide schraken zusammen. Joel ließ ihren Fuß fallen und stand auf. Er sagte: »Noah! Ich dachte, du bist bei deiner Mutter.«

Noah stand in der Tür und zog die Stirn kraus.

»Wir haben gerade, eh, Delias Knöchel verbunden«, erklärte Joel. »Sie hat ihn wohl verstaucht.«

Delia sagte: »Ruhe, Umschläge, Hochlegen, Eis! Ein Akri–

Akro.« Sie lachte, außer Atem. »Oh, Gott, dabei verspreche ich mich immer.«

Noah sah sie nur an. Schließlich sagte er: »Kann ich Jack zum Abendessen einladen?«

»Oh, natürlich!« sagte sie. »Ja! Gute Idee!«

Er sah sie noch einen Augenblick an, schaute zu seinem Vater, drehte sich dann um und ging hinaus.

* * *

Joel erlaubte an jenem Abend nicht, daß sie in der Küche stand. Er packte sie aufs Sofa im Familienzimmer, die Füße hochgelegt und die Katze auf dem Schoß, dann ging er eine Pizza holen. Inzwischen räkelten sich Noah und Jack am Boden vor dem Fernseher. Es gab irgendeinen Krimi. In besonders spannenden Szenen klimperte hypnotisch ein Klavier. Delia ließ George los, lehnte sich zurück und schloß die Augen.

Im Geiste sah sie die Asphaltfahrbahn des Highway 50 auf sich zurasen. Sie sah den Plymouth, der wie ein Pfeil in den strömenden Verkehr schoß und wunderbarerweise dem Zusammenstoß entging; blip, wie in einem Videospiel. Sie schreckte auf, die Augen weit aufgerissen, entsetzt, wie knapp sie davongekommen waren.

17

Die Wunde auf Delias Stirn heilte schnell, nur ein schwaches weißes Zeichen blieb, wie ein Angelhaken. Die Verstauchung dauerte länger. Wochenlang verlagerte sie ihr Gewicht auf das rechte Bein. »Eigentlich gehe ich sonst anders«, hätte sie am liebsten den übrigen Fußgängern erklärt, denn irgendwie fühlte sie sich benachteiligt – zweitrangig, minderbemittelt. Sie überlegte, wie diejenigen das aushielten, die immer gehbehindert waren, wie manche der Senior-City-Bewohner.

Senior City war der einzige Ort, wo ihr Hinken keine Aufmerksamkeit erregte. Ohne Eile bewegte sie sich auf den wartenden Fahrstuhl zu, immer gewiß, die anderen Mitfahrer hielten ihn für sie an. Drinnen schließlich unterhielt man sich angeregt, kein Anzeichen von Ungeduld, eine Mitfahrerin lehnte geistesabwesend gegen den OFFEN-Knopf, bis Delia sie darauf aufmerksam machte. Die Gebrechen der anderen fielen ihr jetzt weniger auf, auch die Falten nicht und die weißen Haare. In den letzten Monaten hatte Delia angefangen, die Dinge aus einem anderen Blickwinkel zu betrachten.

Und wie wirkte Binky dagegen! Jetzt war sie sichtbar schwanger. Im Mai trug sie Umstandskleider. Anfang Juni trug sie ihren Bauch, wenn sie sich aus dem Sessel erhob, wie eine Schürze Obst, mit beiden Händen. »Diesmal scheint es viel mehr zu sein«, meinte sie zu Delia. »Bei den Jungen sah man bis zum Schluß kaum etwas. Damals habe ich bei den Jeans den Reißverschluß nicht zugemacht und darüber die Oberhemden meines Mannes getragen. Jetzt passe ich kaum noch ins Auto und habe noch drei Monate vor mir.«

Zweifellos war dieses Kind nicht geplant. Binky erzählte, sie sei schon in der zwölften Woche gewesen, bevor es ihr dämmerte – hätte immer noch jedem, der es hören wollte, erklärt, sie feiere eine Junihochzeit. »Dann war es mir nicht mehr geheuer, und ich ging zum Arzt. Als der mir erklärte, ich sei schwanger, habe ich große Augen gemacht. Er meinte: Achtunddreißig ist heutzutage kein Problem. Viele Frauen bekommen mit achtunddreißig ein Kind. Ich sagte nur: ›Und was ist mit siebenundsechzig?‹ ›Siebenundsechzig?‹ Ich: ›So alt ist der Vater.‹ Er, erst: ›Oh.‹ Dann: ›Aha.‹ Dann: ›Hmm.‹«

»Ich sehe das so«, erklärte Nat Delia. »Wo besser als in einem Altersheim kann ein Kind zur Welt kommen? Jede Menge Ärzte und Schwestern stehen nur rum und drehen Däumchen im dritten Stock.«

Delia war entsetzt. Sie fragte: »Gehst du wirklich zum Entbinden in den dritten Stock?«

»Er macht nur Witze«, beruhigte Binky sie.

»Wir bauen die Herzabteilung zum Kreißsaal um«, alberte Nat übermütig. »Nehmen eines der Gitterbetten fürs Kind. Und Windeln haben die da oben, weiß Gott, reichlich. Stimmt's, Noah?«

Noah grinste, doch nur in seine Teetasse. Er war in jenem Alter, in dem jegliche Erwähnung von Körperfunktionen kolossal peinlich war.

»Das Beste an der Geschichte ist«, meinte Nat, »daß keine Seele in Senior City auch nur im Traum an diese Möglichkeit gedacht hat und in unseren Verträgen nur als Bedingung steht, die Antragsteller müssen beim Eintritt über fünfundsechzig sein; das Baby ist aber kein Antragsteller. Allerdings haben wir den Streit um den ersten Stock verloren. Hast du gehört, daß wir gern in den ersten Stock gezogen wären? Jetzt, wo Binky mich versorgen kann, aber das hat die Leitung abgelehnt. Betonen, so ginge das hier nicht. Es geht nur aufwärts; nicht abwärts.«

»Na ja, vielleicht ist es das beste so«, beruhigte Binky ihn. »Unsere Nachbarn hier auf Zwei wären todtraurig, wenn wir gingen, jetzt wo das Baby unterwegs ist.«

»Allerdings, über Babysittermangel können wir uns sicher nicht beklagen«, versetzte Nat trocken.

Er war davon überzeugt, sein Kind war ein Mädchen, auch wenn sie das Geschlecht nicht im voraus hatten wissen wollen. Er kannte sich nur mit Mädchen aus, behauptete er. Er versuchte, Noah davon zu überzeugen, daß alle Babys zuerst Mädchen waren und sich erst, wenn ihre Augen nachdunkelten, in Jungen verwandelten.

»Du kannst dir nicht vorstellen, wie viele alte Damen schon Babyschuhe stricken«, erzählte er Delia. »Strickpantöffelchen, Söckchen, bestickte Schuhchen ... eine Ausstattung: Imelda Marcos ist ein Waisenkind dagegen.«

Dennoch, sicher machten sich Nat und Binky auch Sorgen, dachte Delia. Bestimmt! Manchmal bekam sie eine Gänsehaut bei soviel zur Schau getragener Zuversicht – Binkys Angewohnheit, jedem zu sagen: »Wir freuen uns unbändig«, wie, um das rechte Stichwort zu geben; und Nat, selbst so zerbrechlich und leicht umzupusten wie ein Spielzeugturm, umgab sie mit seiner Fürsorge.

»Als meine erste Frau im Sterben lag«, erzählte er Delia eines Nachmittags, »habe ich an ihrem Bett gesessen und gedacht, *Dies ist ihr wahres Gesicht*. Ganz eingefallen, scharf umrissen. In ihrer

Jugend war sie sehr hübsch, aber jetzt kam mir das jüngere Gesicht nur wie eine Skizze vor. Dagegen war das Alter die Vollendung, die endgültige, vollendete Version, die sie immer angestrebt hatte. *Das Eigentliche zum Schluß!* dachte ich, und du kannst dir nicht vorstellen, wie diese Sicht die Sache von da an beeinflußt hat. Attraktive Leute auf der Straße kamen mir plötzlich so … vergänglich vor. Ich fragte mich, warum sie sich anstrengten und dermaßen aufdonnerten. Wußten sie nicht, was noch kam? Aber das will wohl keiner wissen. All die Jahre, als ich noch Kind war und es nicht erwarten konnte, endlich ›dran‹ zu sein, war mir nie in den Sinn gekommen, daß dieses ›Dran-Sein‹ nach und nach wieder vorbei wäre. Dann kam Binky. Ist es da ein Wunder, daß ich mich wie neugeboren fühle?«

Binky saß dabei, als er das sagte, sie lehnte sich vor und küßte ihn auf die Wange. »Ich auch, Liebster«, sagte sie.

Plötzlich war sich Delia bewußt, wie allein sie da saß – wie aufrecht, die Ellenbogen dicht an den Körper gedrückt, in einem Sessel, ganz für sich.

* * *

Dann war Sommer, warm und grün, voll Grillenzirpen, nach einem langen, kühlen Frühling. Die Schule ging zu Ende, und Noah schlief lange, stromerte mit seinen Freunden im Haus herum und klagte über Langeweile. Joel arbeitete in den Ferien weniger und kam nachmittags nach Hause. Im Ahornbaum draußen baute ein Spechtpaar sein Haus. Manchmal hörte Delia sie rufen – ein hohes, aufgeregtes Krähen, das sie an eine Mädchenschulklasse erinnerte, die zum ersten Mal mit Jungen feierten. Und auf dem Highway 50 eilten mehr und mehr Wagen zum Strand, Dächer voll kreiselnder Fahrradräder, Rücksitze voller Kinder, auf der Ablage hinten ein Sammelsurium aus Sandschaufeln, Schwimmflossen und UTZ-Kartoffelchipspackungen.

Ob ihre Familie diesmal allein an die See fuhr? überlegte Delia. Schließlich war Juni. Jetzt war es ein Jahr her, daß sie gegangen war, auch wenn es ihr viel länger vorkam. Inzwischen hatte sie alles wenigstens einmal getan – einen Geburtstag allein gefeiert,

Thanksgiving, Weihnachten und Neujahr. Hatte Einkommenssteuern bezahlt (verheiratet, allein veranlagt). Hatte sich zur Wahl registrieren lassen. War mit der Katze zum Tierarzt gegangen. Sie war eine brave Bürgerin von Bay Borough.

Dann kam ein Brief von Susie.

Der Umschlag war korrekt adressiert, Susie hatte also Eliza oder Eleanor befragt. Die Handschrift war so rund, das Wort Borough wirkte wie eine Reihe Ballons an einer einzigen Schnur. Beinah verstohlen löste Delia die Lasche des Kuverts, anstatt sie aufzureißen, als könne dies die Wucht des Inhalts mildern.

Hallo Mama!

Nur eine kleine Nachricht, um Dich auf dem laufenden zu halten! Wie geht's? Danke für die Karte zum Abschluß. Der Semesteranfang war voll trostlos, aber hinterher hat Tucky Pearson auf ihrer Pferdefarm zu Hause eine klasse Party gegeben!

Eigentlich gibt's nichts Besonderes, außer daß Papa gerade so-o-o-o-o schwierig ist! Ich weiß, Du verstehst mich sicher besser, kannst Du Papa vielleicht mal anrufen und mit ihm reden? Sag nicht, daß ich Dich gebeten habe – sag nur, Du hast einen Brief von mir gekriegt und findest, ihr solltet mal über meine Pläne reden. Du kannst Dir nicht vorstellen, wie gemein er ist! Oder vielleicht doch! Ehrlich Ma, manchmal verstehe ich voll, warum Du weggegangen bist! Mach's gut!

Kuß, Susie.

Delia fühlte sich plötzlich erschöpft. Sie legte den Brief zusammen und steckte ihn in den Umschlag zurück.

Nun gut.

Von zu Hause konnte sie nicht anrufen. Joel sollte das Gespräch nicht auf seiner Rechnung finden. Daß Sam die Gebühr zahlte, wollte sie auch nicht; es wirkte gleich so bedürftig. Also durchforstete sie ihre Handtasche und sämtliche Kleidertaschen nach Kleingeld, dann ging sie an die Telefonzelle Ecke Bay und Weber Street, anderthalb Blöcke weit. Sie ging, so schnell ihr Knöchel es zuließ, denn zwischen halb zwölf und zwölf war die beste Chance, Sam gleich am Apparat zu haben. Er machte dann Mittagspause. Oder in ihrer Abwesenheit hatte sich mehr geändert, als sie dachte.

In der Telefonzelle – einer dieser halbhohen Kabinen, in denen sich jeder Verkehrslärm fing – legte sie ihre Münzen der Reihe nach auf die Ablage und wählte die Nummer des Erwachsenentelefons zu Hause. Sie hatte noch nie ein Ferngespräch aus der Telefonzelle geführt und stellte beunruhigt fest, daß sie ihre Münzen einwerfen mußte und erst dann zu verstehen war. Sie hörte das Telefon am anderen Ende zweimal läuten, dann sagte Sam: »Dr. Grinstead«, und eine Geisterstimme gab Anweisungen; Delia warf ihre Geldstücke ein. *Wang! Wang!* Es war demütigend – fast so schlimm wie ein R-Gespräch, schlimmer noch, weil Sam nicht begriff, was los war. »Hallo?« rief er immer wieder. »Ist da jemand?«

Seine tiefe, gleichmäßige Stimme, seine Angewohnheit, sie am Ende, selbst bei Fragen, abfallen zu lassen.

Delia sagte: »Sam?«

»Wo steckst du?« fragte er sofort.

Er hielt es anscheinend für einen Hilferuf. Er dachte, sie gäbe sich geschlagen – rief an, um zu sagen: »Komm, hol mich.« Darauf hatte er sicher seit Monaten gewartet. Sie reckte sich. »Ich rufe wegen Susie an«, erklärte sie.

Totenstille. Dann: »Oh, Susie.«

»Hast du eine Ahnung, was sie für Probleme hat?«

»Auch wenn ich ein Schwachkopf bin, *so viel* weiß ich nun doch«, sagte er eisig. »Aber du willst mir sicher deine Meinung mitteilen.«

»Was?« Delia preßte ihre Finger gegen die Stirn. »Nein, warte, ich meine, ich frage dich wirklich! Sie hat mir geschrieben, es gäbe Probleme, aber was, hat sie nicht gesagt.«

»Oh«, sagte Sam. Wieder Schweigen. »Nun«, sagte er, »dann geht es vermutlich um ihre Hochzeit.«

»Susie will heiraten?«

»Das will sie. Ich bin dagegen.«

»Aber –« sagte Delia. Aber mir hat sie keinen Ton davon erzählt! wollte sie protestieren. Hat mich nicht einmal um meine Meinung gebeten! Das, wußte sie, war sinnlos; statt dessen sagte sie: »Driscoll ist ein sehr netter Junge. Es geht doch um Driscoll, oder?«

»Wen sonst«, sagte Sam. »Aber das steht nicht zur Debatte. Sie kann heiraten, wen sie Lust hat, aber ich habe gesagt, vorher muß sie erst einmal ein Jahr allein leben.«

»Ein Jahr! Wieso?«

»Ich bin strikt dagegen, daß sie von der Schulbank weg heiratet. Vom Haus ihres Vaters gleich ins Haus ihres Mannes.«

Haus ihres Vaters? Er war strikt dagegen? Und die Mutter? Oh, schon gut ... aber Haus ihres Vaters?

Und die größte Beleidigung überhaupt: eigentlich meinte er, er wollte nicht, daß Susie wie Delia wurde. Die vor ihrer Ehe keinen einzigen Tag allein verbracht hatte; und was dabei herauskam, war schließlich allgemein bekannt.

Das hatte er sich im Laufe dieses Jahres ausgetüftelt. Seine höchstpersönliche Theorie.

»Aber wenn sie allein lebt«, sagte Delia, »ist sie so ... schutzlos. Und sie und Driscoll machen vielleicht ... ich meine, was, wenn sie doch zusammen, hmm, schlafen?«

»Glaubst du nicht, sie schlafen schon zusammen, Delia?«

Erstaunt öffnete sie den Mund.

Die Geisterstimme sagte blechern: »Bitte werfen Sie mehr Münzen ...«

»Bleib dran, ich besorge ein R-Gespräch«, erklärte Sam.

Sie widersprach nicht. Sie versuchte ihre Gedanken zu ordnen. Gut, sie schliefen bestimmt zusammen. Das wußte sie eigentlich. Trotzdem, es kam ihr wie ein Verlust vor. Vor ihrem inneren Auge verschwanden Susie und Driscoll auf Nimmerwiedersehen in der Ferne, und sie stand winkend da.

»Du weißt doch, daß sie keine Arbeit hat«, sagte Sam, nachdem er mit dem Operator verhandelt hatte.

»Daran habe ich auch schon gedacht.«

Verblüffend, wie leicht es war, den alten Ton aufzugreifen, beinah ein Schwätzchen, der übliche Alltagsaustausch. Die *Selbstverständlichkeit* erschien ihr unwirklich.

»Sie schläft endlos«, sagte er, »und dann verschwindet sie

im Schwimmbad. Keine Einstellungsgespräche, keine Berufspläne ...«

Aber wenn sie heiratet, dachte Delia. Auch das verkniff sie sich. Sie fragte: »Was ist mit Driscoll? Arbeitet er?«

»Ja, er ist bei seinem Vater angestellt.«

Delia überlegte, was Driscolls Vater tat, aber sie kam nicht drauf. Irgendein Geschäft. Sie sagte: »Hast du mit Susie denn darüber gesprochen? Überlegt, welche Arbeit ihr Spaß machen könnte?«

»Nein«, sagte Sam.

»Und wo kann sie dann wohnen? Ich meine, wenn sie kein Geld verdient.«

»Das haben wir nicht besprochen«, sagte Sam.

»Mensch, Sam, herrje, was habt ihr denn dann besprochen?«

»Nichts«, sagte Sam. Er hüstelte. »Wir reden zur Zeit nicht miteinander.«

Delia seufzte. Sie sagte: »Und Eliza? Susie redet sicher mit ihr.«

»Nicht unbedingt«, sagte Sam.

»Was meinst du?«

»Ich glaube nicht, daß sie miteinander reden, ehrlich gesagt.«

»Haben sie sich gestritten?«

»Ich bin mir nicht sicher. Eliza ist augenblicklich verreist.«

»Verreist!«

»Sie besucht eine Zeit Linda.«

Delia schluckte. Schließlich sagte sie: »Fahrt ihr dieses Jahr nicht alle an die See?«

»Nein, Delia«, antwortete Sam, und seine Stimme hatte wieder diesen eisigen Klang. Delia verstand genau, was er damit sagen wollte: Glaubst du wirklich, daß wir nochmal an die Küste fahren? Das hast du uns ein für allemal verdorben.

Hastig sagte sie: »Also hat sich niemand Susie vorgeknöpft und ihre Pläne mit ihr durchgesprochen.«

»Ich habe keine Ahnung, wie ich etwas mit jemandem besprechen soll, der auf der Stelle das Zimmer verläßt, wenn ich es betrete«, sagte Sam.

Indem du diesem Jemand nachgehst, hätte Delia beinah gesagt. Du gehst einfach hinterher. Was ist daran so schwer? Aber sie wußte, das war für Sam undenkbar. Er war kein Mann, der einen Korb riskierte. Er bat nicht, er handelte nicht, er nahm nichts zurück; er hatte noch nie im Leben einen Fehler gemacht. (Und war das der Grund, warum die Leute um ihn herum so viele zu machen schienen?)

Ein Lieferwagen rauschte vorüber, und sie hielt ihr freies Ohr zu. »Gut«, sagte sie, »ich mache einen Vorschlag. Ich schreibe ihr, wenn sie möchte, daß du ihre Hochzeit bezahlst, muß sie deine Bedingungen akzeptieren. Und wenn ihr diese Bedingungen nicht gefallen, kann sie ihre Hochzeit selbst bezahlen. Egal wie sie sich entscheidet, du akzeptierst das.«

»Ich?«

»Du!«

»Aber dann heiratet sie ihn vielleicht morgen.«

»Und wenn schon«, sagte Delia. »Das ist ihre Sache.«

Sam schwieg. Delias Knöchel puckerte, dennoch drängte sie ihn nicht. Schließlich sagte er: »Was ist mit dem Nicht-Reden?«

»Was soll sein?«

»Könntest du ihr sagen, daß sie alles noch einmal mit mir besprechen soll?«

»Ich könnte es vorschlagen«, sagte sie.

»Danke.«

Sie fühlte sich in dieser neuen Rolle unwohl. Sie sagte: »So! Ist sonst alles in Ordnung?«

»Oh, ja.«

»Geht's den Jungen gut?«

»Prima.«

»Wer kümmert sich um die Büroarbeit in der Praxis, während Eliza weg ist?«

»Ich.«

»Vielleicht wäre das eine Arbeit für Susie.«

»Niemals«, sagte er prompt.

Noch ein Stich ins Herz. Niemals, meinte er, ließe er zu, daß seine Tochter dem traurigen Beispiel ihrer Mutter folgte. Und auch da konnte sie nicht widersprechen. Sie sagte: »Ich glaube, jetzt mache ich mal Schluß.«

»Oh. Gut. Auf Wiedersehen«, sagte er.

Nachdem sie eingehängt hatte, kam ihr die Idee, daß er andererseits vielleicht auch nur meinte, Susie wäre in der Praxis eine Katastrophe. Schließlich hatte sie wirklich ganz und gar kein Organisationstalent. Anders als Delia, deren starke Seite es war. Hatte er das womöglich gemeint?

* * *

In ihrem Brief fügte sie eine Bitte hinzu, die sie vorher bei Sam nicht erwähnt hatte. *Wenn du heiratest,* schrieb sie, *egal wie, darf ich dann kommen? Ich mache dir keine Vorwürfe, wenn nicht, aber ...*

Sie schrieb am gleichen Nachmittag, benutzte den Schreibtisch im Familienzimmer, suchte sich eine Zeit aus, in der sie das Haus für sich hatte. Doch bevor sie fertig war, kam Joel zurück. Er sagte: »Oh, da sind Sie.« Dann stand er eine Weile da, ließ die Münzen tief in seiner Tasche klimpern. Schließlich hörte sie auf zu schreiben und sah zu ihm hoch.

»Gibt's was Bestimmtes?« fragte sie.

»Nein, nein«, sagte er und ging, verzog sich in einen anderen Teil des Hauses. Doch kaum war sie mit dem Brief fertig, kam er wieder. Wahrscheinlich hatte er gehört, wie sie angefangen hatte, das Abendessen zu bereiten. Er stand in der Küchentür, ließ wieder die Münzen klimpern. »Ich habe Sie heute auf der Weber Street gesehen«, sagte er.

»Weber Street?«

»Sie haben telefoniert.«

»Ach.«

»Wissen Sie, Sie können gern unser Telefon benutzen«, sagte er.

Wie in einem Schlaglicht konnte Delia sich durch fremde Augen sehen: wie sie über den Hörer gekauert dastand, ihr Ohr mit einer Hand abschirmte. Sie mußte lachen. Die geheimnisvolle Fremde schlägt wieder zu. Sie sagte: »Oh, also, das war nur ... mir war plötzlich etwas eingefallen, mehr nicht.«

Er wartete, hoffte wohl auf mehr, doch sonst sagte sie nichts.

Manchmal fiel Delia etwas an Joel auf – wie seine Muskeln auf dem Unterarm hervortraten, oder wie lässig der Rücken seiner Anzugjacke saß –, dann fühlte sie sich innerlich so angezogen, sie mußte sich ins Gedächtnis rufen, daß sie diesen Mann kaum kannte. Eigentlich redeten sie kaum miteinander. Seit er ihren Knöchel bandagiert hatte, schienen sie schweigsam und schüchtern miteinander. Und außerdem durften sie Noah nicht vergessen.

Der aufmerksame, mißtrauische Noah! Immer lag er auf der Lauer, suchte in ihren Gesichtern Anzeichen von Schuldgefühlen. Einmal abends, als Joel und Delia von einem Essen der Nachhilfelehrer nach Hause kamen (Potluck-Party: die meisten Frauen saßen sinnend vor ihren eigenen Gerichten), stand er mit verschränkten Armen an der Haustür und wartete. »Warum wart ihr so lange weg?« wollte er wissen. »Das Essen sollte um neun zu Ende sein. Jetzt ist es Viertel vor zehn, verflixt, und die Brookses wohnen nur fünf Minuten von hier!«

Eigentlich kein Wunder: im Oktober wurde er dreizehn. Kein leichtes Alter, wie Delia nur zu gut wußte. Erste Anzeichen gab es schon. Zum Beispiel hatte er sich geweigert, die Sachen anzuziehen, die sie ihm im Frühjahr gekauft hatte. Und dann wollte er, daß sie von jetzt an seine Wäsche im Flur ließ und nicht mehr in sein Zimmer kam. Und eines Morgens fragte er: »Mußt du eigentlich immer dieses Stranddings zum Frühstück tragen? Besitzt du keinen Bademantel, wie normale Leute?«

Ja, es war klar, wohin er sich entwickelte.

»Er wird plötzlich so groß; letztens wollte ich ihm einen Kuß geben, da war sein Gesicht auf gleicher Höhe wie meins«, stellte Ellie fest. (Die beiden unterhielten sich jetzt oft am Telefon, bevor Delia Noah abholte.) »Bei jedem Wiedersehen hat er sich irgendwie verändert! Und im Autoradio hört er sich ständig diese schreckliche Musik an, Sänger, die sich anhören, als stünden sie einfach da und tratschten; reine Glücksache, daß man als Zuhörer mal ein, zwei Worte kapiert.«

»Und er meint, er gründet bald eine Rockband«, erzählte Delia. »Er und Kenny Moss.«

»Aber er spielt doch gar kein Instrument!«

»Keine Ahnung! Den Namen haben sie schon: Hat deine Mutter Kinder?«

»So soll die Band heißen?«

»Sagt er.«

»Kapier' ich nicht«, sagte Ellie.

»Soll man auch nicht! Und Sie wissen sicher, daß er nicht ins Zeltlager will!«

»Er geht doch so gern hin!«

»Er findet es babymäßig.«

»Was macht er statt dessen?«

»Oh, er geht hin, ob er will oder nicht«, meinte Delia. »Joel sagt, er muß.« Es kam ihr komisch vor, daß sie Joel vor Ellie so selbstverständlich erwähnte. Hastig erzählte sie weiter: »Er hat die Anzahlung schon überwiesen, sagte er, und außerdem kann ich nicht auf ihn aufpassen, weil ich nicht da bin. Ich mache Urlaub.«

»Tatsächlich? Wo?«

»Ocean City, zwei Wochen Mitte Juli. Belle Flint hat es arrangiert, sie hat dort eine Freundin, die ein Motel hat.«

»Da müssen wir beide uns unbedingt sehen«, meinte Ellie, »zum Essen in meinem Lieblingsrestaurant. In Ocean City bin ich andauernd!«

Offensichtlich glaubte sie nicht mehr, daß Delia Joels Freundin war. Delia fragte sich, wieso? Lag ihr Sinneswechsel daran, daß sie Delia nun näher kannte?

Ehrlich gesagt, war Delia darüber ein bißchen enttäuscht.

* * *

Sie träumte, sie traf Sam in Senior City. Er stand in seinem weißen gestärkten Kittel draußen vor der Doppeltür, die Hände in den Taschen, und sie ging auf ihn zu und sagte aufreizend munter: »Bei den Millers habe ich mir ganz allein ein richtig großes Fahrrad aus Büroklammern gebaut.«

Er sah sie nachdenklich an.

»Ein Fahrrad, das funktioniert?«

»Nein, das nicht.«

Beim Erwachen blinzelte sie noch, weil das Sonnenlicht sich in seiner Brille gespiegelt hatte. Er hatte ein Stethoskop dabei gehabt, erinnerte sie sich, locker um den Hals gelegt, wie ein kleines Handtuch. Er trug kein Stethoskop mehr um den Hals, seit der ersten Woche, als er für ihren Vater arbeitete. Typisch für junge Ärzte, und Sam war ja damals wirklich ganz neu, trotz seines Alters, denn er hatte sein langes Studium gerade erst hinter sich. Aber so streng und abschätzend hätte er sie damals beim Kennenlernen nicht angesehen.

Oder doch?

Vielleicht war er schon immer so gewesen. Vielleicht hatte Adrian recht: Was dich später am meisten stört, ist genau, was dich anfangs besonders anzieht.

* * *

Für ihre Reise ans Meer kaufte sie einen Koffer – nur einen billigen aus dem kleinen Kaufhaus, gerade groß genug, daß ihre Strandtasche hineinpaßte. Belle fuhr sie eines Samstagsfrüh. Noah war noch da, als Belle draußen hupte (gegen Mittag fuhr er ins Zeltlager), und Delia umarmte ihn schnell zum Abschied, ohne daß er sich wehren konnte. Zu Joel sagte sie: »Vergessen Sie bitte nicht, Vernon zu füttern.«

»Wer ist Vernon?«

Einen Augenblick verstand sie seine Frage nicht. Dann berichtigte sie sich: »Oh! Ich meine George.« Dumm von ihr: George und Vernon ähnelten sich überhaupt nicht. Sie sagte: »George, die Katze!«, als hätte Joel etwas verwechselt. »Also, bis bald«, sagte sie zu ihm und eilte hinaus; der Koffer schlug ihr gegen's Schienbein.

Belle trug eine überdimensionale Sonnenbrille, die irgendwie umgestülpt wirkte, weil die Bügel tief unten seitlich angesetzt waren. »Ich habe den schlimmsten Kater aller Zeiten«, eröffnete sie Delia. »Von Champagner habe ich für den Rest meines Lebens die Nase voll.«

»Du hast Champagner getrunken?«

»Allerdings. Eine ganze Flasche; Horace hat mir gestern abend einen Heiratsantrag gemacht.«

»Oh, Belle!«

»Aber nur, weil er wegen seiner Allergie nichts trinken darf«, erklärte Belle. »Hat einfach dagesessen und zugesehen, wie ich das Zeug runtergluckere, jeden Schluck hat er mit seinen Hundeaugen verfolgt. Ja, so ist das mit uns beiden. Immerhin, war doch eine nette Geste. Champagner, ein Dutzend Rosen und ein Diamant: das Übliche.« Sie hob ihre linke Hand vom Lenkrad, und ein kleines glitzerndes blinkendes Nichts kam zum Vorschein. Dann steuerte sie den Wagen auf die Straße. »Soweit ich mich erinnern kann, habe ich mein Jawort gegeben. Denk nur: Belle Lamb. Könnte aus 'nem Comic stammen, ein Geräusch: Blam!« Sie verzog keine Miene hinter den dunklen Brillengläsern, doch um ihren Mund war etwas Behagliches, Sattes. »Jetzt muß ich dann wohl«.

»Möchtest du denn nicht?«

»Na, ja. Klar.« Sie bog in die 380 ein. »Ich mag ihn. Oder liebe ihn, wahrscheinlich. Immerhin: wenn er sich beim Einsteigen in mein Auto den Kopf stößt, zieht sich jedesmal mein Magen zusammen. Meinst du, das können wir Liebe nennen?«

Delia überlegte noch, als Belle schon weiterredete. »Aber trotzdem, Dee: die meisten Leute heiraten, weil sie beschlossen haben, daß sie fällig sind. Ich meine, selbst wenn sie noch nicht wissen, wen. Dann suchen sie sich eben jemanden. Eigentlich sind diese Ehen arrangiert wie in manchen fremden Ländern – nur, daß die Braut und der Bräutigam es selbst arrangieren.«

Delia lachte. Sie sagte: »Also, ich weiß gar nicht, was ich sagen soll. Darf ich dir denn gratulieren, oder lieber nicht?«

»Na, doch, klar«, sagte Belle. »Gratuliere mir meinetwegen.« Und ihre Linke hob sich einen Augenblick vom Lenkrad nach hinten, damit sie ihren Diamant bewundern konnte.

* * *

Die ›Seejungfrau‹ entpuppte sich als verwaschen türkises Motel auf der falschen Highwayseite in einem bunt zusammengewürfelten Stadtteil zwischen einem T-Shirt-Laden und einem Spirituosengeschäft. Aber Belle hatte ihr einen guten Rabatt ausgehandelt, und Delia wollte sowieso nicht viel Zeit in ihrem Zimmer verbringen.

Jeden Morgen überquerte sie den Highway, ihre Tasche und eine Decke aus dem Motel unterm Arm, in der Hand einen Styroporbecher mit Kaffee. Am Strand mietete sie einen Sonnenschirm und machte es sich in der Menge bequem, die im Verlauf des Tages dichter wurde – quengelnde Kinder, unfaßbar hübsche Teenager, Eltern aller Gewichts- und Altersklassen und zähe, weißhaarige Großeltern. Zuerst setzte sie sich hin und trank ihren Kaffee, und wenn sie fertig war, zog sie ihr Buch aus der Tasche und las.

Hier in Ocean City las sie wieder Liebesromane, durchschnittlich einen pro Tag. Sie kamen ihr nach den Büchereibüchern übertrieben und seicht vor, und sie las fast gedankenlos, achtete mehr auf die Schreie der Möwen und Kinder, die sonnenverbrannten Füße, die an ihr vorbei durch den Sand knirschten. Eines Tages begann sie ein Buch über eine Braut, die vom Bruder ihres Verlobten entführt wird, und irgendwann mittendrin fiel ihr auf, daß es das gleiche Buch war, das sie in den Ferien im vergangenen Jahr gelesen hatte. Sie sah sich den Titel an, ja: *Die Gefangene von Schloß Clarion.* Nachdenklich sah sie aufs Meer. Eine Mutter hielt ein Windelkind so, daß die Brandung ihm nichts anhaben konnte, und alle Radios ringsum spielten »Under the Boardwalk«; Delia malte sich aus, daß sie sich selbst über den Weg lief, südwärts, entlang der Wellenschaumkante.

Man stelle sich vor, die Gefangene von Schloß Clarion hätte den Bruder geheiratet. Wie peinlich bei Familienfeiern! Der Verlobte weigerte sich entweder zu kommen, oder er saß schmollend da und war die Ungemütlichkeit in Person.

Solche Überlegungen fanden in diesen Romanen nie statt.

Gegen Mittag stand Delia auf und ging zum Mittagessen auf die Strandpromenade. Sie aß in irgendeinem x-beliebigen Café ein Sandwich oder eine Pizza – blinzelte gegen die violetten Ringe, die ihr in der plötzlichen Dunkelheit vor Augen schwammen. Dann kehrte sie zu ihrem Schirm zurück und hielt eine Weile ein Mittagsschläfchen. Später machte sie einen Strandspaziergang, nur kurz, weil ihr Knöchel immer noch wacklig war, sobald sie ihn länger belastete. Und schließlich ging sie täglich ein einziges Mal schwimmen.

Sie brauchte ewig, bis sie ganz im Wasser war, als zöge sie Ruck für Ruck ein schmerzhaftes Pflaster ab. Die Arme eigentümlich in die Luft gereckt, tief Luft geholt und den Bauch eingezogen, krebste sie zimperlich voran, bot den Wellen die geringste Angriffsfläche. Schließlich war sie im Tiefen, und ihre Frisur wurde, wenn sie es geschickt anstellte, dabei überhaupt nicht naß. Und endlich trieb sie weit hinten, zufrieden wie nach einer Heldentat, schaukelte und schaute gnädig amüsiert strandwärts den Wellen nach, die sich im Flachwasser an den kreischenden Völkerscharen brachen. Und immer wartete sie auf eine besonders zahme Welle und ließ sich landeinwärts tragen – nur manchmal verrechnete sie sich, es riß ihr doch die Beine weg, und sie schlingerte im Wasser wie eine Ladung Wäsche in der Waschmaschine.

Dann schwankte sie tropfensprühend an den Strand und wrang das Röckchen ihres Badeanzugs aus. Inzwischen war ihre Sonnenölschicht abgespült, und im Verlauf der Ferien wurde ihr Gesicht ständig rosiger und sommersprossiger. Zurück in ihrem Zimmer, galt ihr erster Blick dem Spiegel, und jeden Tag war die Person, die ihr entgegensah, ein bißchen brauner. Rollte sie ihren Badeanzug herunter, trug sie einen zweiten fischweißen Anzug. In der Dusche wurden ihre Füße obenauf purpurrot.

In Sams Strandjacke hockte sie auf dem Bett und rieb sich das Haar trocken. Feilte ihre Nägel. Sah die Fernsehnachrichten. Später, wenn ihr von der muffigen Luft der Klimaanlage fröstelte, zog sie sich an und ging abendessen – jedesmal in ein anderes Restaurant. Die Sonntage im Bay-Arms-Hotel kamen ihr dabei zugute, und sie saß gutgelaunt allein da, aß drei komplette Gänge und beobachtete das Treiben an den Nebentischen. Fand sie noch eine leere Bank, setzte sie sich ein Weilchen auf die Promenade. Das Getöse der Videospiele und Rockmusik trommelte von hinten auf sie ein; vor ihr lag der leere schwarze Ozean, weiß gesäumt, unter einem Sichelstück Mond.

An den meisten Abenden war sie um neun wieder in ihrem Zimmer. Um zehn im Bett. Sie schaltete die Klimaanlage aus und schlief nur unter einem Laken, leicht schwitzend in der warmen Luft, die durchs Fenster wehte.

Ein Tag war wolkig, Regenschauer spritzten, und so blieb sie drinnen vor dem Fernseher. Talkshows, meistens: eine ganz neue Welt. Die Leute waren im Fernsehen wirklich hemmungslos, stellte sie fest. Familienmitglieder, die seit Jahren nichts mehr miteinander zu tun gehabt hatten, redeten miteinander ausführlich vor der Kamera. Frauen weinten vor Publikum. Wenn Delia den Apparat abschaltete, schmerzte ihr Gesicht, als sei ihr zuviel Anteilnahme abverlangt worden. Sie machte einen Spaziergang und kaufte sich eine neue Lektüre, keinen Liebesroman, sondern etwas Ernsteres, einen Tatsachenbericht über Armut in Maine. Auf ihrem Gang trug sie ihre Miss-Grinstead-Strickjacke, sie klebte ihr sachte am Arm, und sie fühlte sich verwöhnt und gehegt wie ein Kind. Noah schickte sie zwei Postkarten ins Zeltlager. Schönes Wetter, schöne Wellen, schrieb sie. Und so weiter. Sie kaufte auch eine Karte für Joel, aber sie konnte sich nicht entscheiden, was sie schreiben sollte. Zuletzt schrieb sie statt dessen Belle. *Die Idee war wirklich gut. Danke, daß Du alles für mich arrangiert hast.* Belles Freundin Mineola, schwarz gefärbt, mit Radlerhosen und Stilettoabsätzen, grüßte immer freundlich und ließ sie sonst in Ruhe, was Delia zu schätzen wußte.

Ein plötzlicher gelegentlicher Sinneseindruck – ein Hauch Kokosöl, der grobe Sand in den Rändern ihres Badeanzugs, und sie dachte an die Ferien an der See mit der Familie, damals. Beim nachmittäglichen Zurückbringen ihres Sonnenschirms rief ein Kind: »Mama, Jenny soll auch etwas tragen!«, und sie fühlte sich zurückversetzt in den allabendlichen Aufbruch, wenn die Kinder bettelten, noch ein bißchen bleiben zu dürfen, und die Erwachsenen die Schlauchboote suchten, wo ist der grüne Eimer, nimmt jemand die Thermosflasche? Der Zank fiel ihr ein, und wie der achtlos hochgewirbelte Sand auf der verbrannten Haut weh tat, und die schwere, schlaffe Müdigkeit. Jede alles andere als perfekte Einzelheit fiel ihr wieder ein, und dennoch hätte sie alles in der Welt gegeben, diese Augenblicke wiederzufinden.

Wessen Schuhe sind das? Jemand hat seine Schuhe vergessen! Wehe, ihr jammert morgen, wenn die Schuhe weg sind!

Sie kaufte eine Postkarte mit einem Delphin und schrieb *Lieber*

Sam, liebe Kinder, mache ein bißchen Ferien, denke an Euch alle. Dann fiel ihr ein, sie dächten womöglich, daß sie damit das ganze vergangene Jahr meinte, nicht bloß die zwei Wochen in Ocean City; und sie wußte nicht, wie sie das klarstellen konnte. Sie zerriß die Karte und warf sie weg.

An ihrem letzten Abend war sie mit Ellie im ›Seemannstraum‹ verabredet. Eigentlich bedauerte sie, daß sie zugesagt hatte. Gespräche fand sie plötzlich anstrengend. Aber auch Absagen wäre anstrengend, also ging sie zur verabredeten Zeit zum Restaurant. Ellie stand schon unter der Markise. Sie trug ein schulterfreies Strandkleid aus weißem, mit Silberfäden durchzogenem Stoff, ein Kleid, das an Kreuzfahrten denken ließ; passend dazu eine kleine weiße Tasche, wie eine Muschel. Die Männer sahen ihr im Vorbeigehen nach. »Ach, Delia! Welche Überraschung!« rief sie. »So gesund und rosig!« Delia wußte gar nicht, wie gut es tat, erwartet und freudig begrüßt zu werden.

Der ›Seemannstraum‹ glich mit seinen prallen Lederpolstern einem Club englischer Gentlemen, aber nicht ganz. Der Teppich, zum Beispiel, roch genauso pilzig wie der in Delias Motel. Und sämtliche Ober waren tiefgebräunt.

»Erzählen Sie«, sagte Ellie, sobald sie saßen. »Haben Sie es hier schön?«

»Wunderbar«, meinte Delia.

»Machen Sie zum ersten Mal ganz allein Ferien?«

»Oh, ja«, sagte Delia. »Oder besser gesagt ...«

Sie war unsicher, ob die Reise damals nach Bay Borough schon als Ferien gelten konnte. (Und wenn ja, wann waren die Ferien zu Ende gewesen, und wann hatte der Alltag begonnen?) Sie sah Ellie ins Gesicht; Ellie schaute sie erwartungsvoll an.

»Ist es ein komisches Gefühl, allein schwimmen zu gehen?«

»Komisch? Nein.«

»Und essen? Haben Sie die ganze Zeit auf Ihrem Zimmer gegessen?«

»Großer Gott, nein! Ich bin essen gegangen.«

»Ich gehe so ungern allein essen«, sagte Ellie. »Sie können sich nicht vorstellen, wie ich Sie darum bewundere.«

Sie unterbrachen ihr Gespräch, um zu bestellen – gegrillte Garnelen für Delia, ein großer grüner Salat ohne Dressing für Ellie –, doch kaum hatte sich der Ober wieder entfernt, sagte Ellie: »Haben Sie vorher geübt? Bevor Sie von, äh, Ihrem früheren Wohnort weggegangen sind?«

»Geübt?«

»Sind Sie früher oft allein essen gegangen?«

Allmählich begriff Delia, worauf Ellie hinaus wollte: sie erhoffte sich Rat fürs Leben allein. Denn dann sagte sie: »Ich war noch nie allein essen. Ich bin mein Lebtag kaum allein auf der Straße gewesen! Hatte immer wen im Schlepptau. Als Mädchen war ich entsetzlich beliebt. Jetzt denke ich manchmal, ein bißchen weniger beliebt wäre auch nicht schlecht gewesen. Wissen Sie, wann ich zum ersten Mal überlegt habe, Joel zu verlassen? Drei Monate nach unserer Hochzeit.«

»Drei Monate!«

»Aber immer ging mir durch den Kopf: Was mache ich dann bloß allein? Dann starren mich alle an und fragen sich, ob mit mir was nicht stimmt.«

Sie rückte näher an Delia heran. Sprach leiser. »Dee«, sagte sie.

»Ja?«

»Mußten Sie weggehen?«

Delia wich leicht zurück.

»Ich meine, war Ihre Lage … unerträglich? Mußten Sie raus? Hätten Sie es keine Minute länger ausgehalten?«

»Nein, nicht direkt«, sagte Delia.

»Ich will nicht unhöflich sein! Ich will keine Geheimnisse wissen. Die Frage ist nur, wie verzweifelt eine Person sein muß, bevor sie mit Sicherheit weiß, jetzt muß sie gehen?«

»Verzweifelt? Na, ja, ich war, glaub' ich, nicht … also, sicher bin ich mir immer noch nicht, wirklich.«

»Nicht?«

»Ich meine, es war keine echte Entscheidung«, erklärte Delia.

»Nehmen Sie mich, zum Beispiel«, sagte Ellie. »Finden Sie, ich habe einen Fehler gemacht? Da sitzen Sie zu Hause mit meinem Mann; finden Sie, ich bin vorschnell gegangen?«

»Ich bin nicht mit ihm verheiratet. Das ist der Unterschied.«

»Aber Sie wissen doch mittlerweile, wie er ist. Sie wissen, wie pingelig er ist und die ... andauernde Rechthaberei und die ewige Kritisiererei.«

»Joel, kritisieren?« fragte Delia. »Belle Flint meint, er hat Sie auf Händen getragen! Alles im Haus versucht er in dem Zustand zu halten, wie Sie es verlassen haben, hat Ihnen das keiner erzählt?«

»Oh, ja, *hinterher«,* sagte Ellie. »Aber solange ich da war, hieß es ewig: ›Warum machst du das nicht lieber so, Ellie‹, und ›Warum machst du es nicht lieber anders, Ellie?‹, und ewig die kalten stummen Blicke, wenn er nicht seinen Willen kriegte.«

»Tatsächlich«, sagte Delia.

Und schon hatte sie Sam vor Augen, wie er vorm Eisschrank stand und ihnen den korrekten Umgang mit rohem Geflügel predigte. Für Sam lauerten an allen Ecken und Enden Lebensmittelvergiftungen, als lebten sie in einer Bananenrepublik, Joel war das völlig egal. Nein, Joels Sorgen waren liebenswerter – seine Haushaltspläne und Arbeitslisten. Sie entsprangen so eindeutig seinem Drang nach Beständigkeit. Er brauchte eigentlich nur Sicherheit.

Oder traf das auch auf Sam zu?

Ihr Essen kam, und der Ober schwenkte eine Pfeffermühle, so groß wie ein Treppenpfosten. Er fragte: »Möchten die Damen –?«

»Nein, nein, weg damit«, sagte Ellie und verscheuchte ihn. Kaum wieder allein, fuhr sie fort: »Drei Monate nach unserer Hochzeit«, sagte sie, »fuhr Joel auf eine Konferenz nach Richmond. Ich atmete auf: Frei! Am liebsten wäre ich durchs Haus getanzt. Ich war förmlich im siebten Himmel. Ich spielte Alleinsein, räumte alle seine Schubladen aus und packte den Inhalt in Kartons. Packte alle seine Sachen weg, die im Schrank hingen. Tat, als wohnte ich allein und ohne jemanden, der mir ständig über die Schulter sah. Er sollte erst Mittwoch wiederkommen, und Dienstag abend wollte ich alles zurück an seinen Platz legen, damit er nichts merkte. Statt dessen kam er früher nach Hause. Dienstag mittag. ›Ellie?‹ sagte er. ›Was ist das denn?‹ ›Oh‹, habe ich geantwortet, ›ich wollte nur mal ausprobieren, ob ich mehr Schubladen brauche.‹ So bin ich langsam in den Ruf gekommen, ich hätte nicht alle Tassen im Schrank. Dabei war der eigentliche Grund gar nicht so abwegig, aber wer konnte ihm den schon beibringen?«

Ihren Salat hatte sie noch nicht angerührt. Delia fischte sich ein Stückchen Garnelenschale aus dem Mund und legte es auf den Tellerrand.

»In gewissem Sinn habe ich in der Ehe sämtliche Stadien der Trauer durchgemacht«, sagte Ellie. »Verweigerung, Wut ... wirklich, *Trauer.* Auf Partys beobachtete ich die anderen Frauen; hätte gern gewußt, ob sie sich auch so fühlten? Wenn nicht, wie schafften sie das nur? Und wenn doch, vielleicht war ich einfach eine Heulsuse. Vielleicht war es ein völlig natürlicher Zustand, mit dem alle anderen sich ohne viel Wenn und Aber abfanden.

Endlich spießte sie ein Salatblatt auf. Sie knabberte es nur mit den Vorderzähnen von der Gabel, wie ein Kaninchen, fixierte dabei die ganze Zeit Delia mit hoffnungsblauen Augen.

»Das erinnert mich an Melinda Hawser«, erzählte Delia. »Eine Frau, die ich vergangenen Thanksgiving bei Belle kennengelernt habe. So wie die loslegte, dachte ich, Weihnachten ist sie geschieden! Aber ab und zu läuft sie mir in der Stadt übern Weg und ist verheiratet wie eh und je. Geht ihr offenbar ausgezeichnet.«

»Genau«, sagte Ellie. »Also überlege ich ständig, *Ginge es mir womöglich auch ausgezeichnet? Hätte ich durchhalten sollen?* Und dann fallen mir die guten Sachen ein. Wie gern er mir beim Schminken zusah, bevor wir auf Partys gingen – bewunderte mich, als könnte ich zaubern; oder als das Baby da war und wir sechs Wochen lang keinen Sex haben durften, da haben wir uns nur geküßt, was waren das für wunderbare Küsse ...« Die blauen Augen schwammen jetzt in Tränen. »Oh, Delia«, sagte sie. »Ich habe einen *Fehler* gemacht, oder?«

Delia sah taktvoll auf die Messinglampe. Sie sagte: »Den können Sie doch wieder *gutmachen.* Ab ins Auto und nach Hause.«

»Niemals«, sagte Ellie und tupfte mit der Serviette dicht unter ihre Augen. »Das hätte er wohl gern!« sagte sie.

Und was wäre aus Delia geworden, hätte Ellie anders geantwortet?

* * *

Belle erzählte Delia, sie habe in Bay Borough nicht das Geringste verpaßt. »Öde wie ein Grab«, sagte sie, als sie, eine Hand am Steuer, träge ihres Wegs fuhr. »Kleines Spektakel im Gemeinderat – Zeke Pomfret möchte am Bay Day dieses Jahr kein Baseballspiel – statt dessen Hufeisenwerfen oder sonst was, aber Bill Frick will es natürlich wie gehabt. Eigentlich auch keine Überraschung, stimmt's? Und Vanessa schwört, sie habe über mich und Horace die ganze Zeit Bescheid gewußt, aber ich glaube ihr kein Wort. Und wir haben einen Hochzeitstermin: achtzehnter Dezember.«

»Oh, Weihnachtszeit!« sagte Delia.

»Ich will unbedingt in rotem Samt heiraten«, erklärte Belle.

Sie ließen die glitzernde Strandwelt hinter sich und fuhren durch flacheres, farbloseres Gelände. Delia sah die schäbigen Cottages vorbeigleiten, dann nüchterne alte Bauernhäuser, dann ein verlassener Obst-und-Gemüse-Straßenstand, eigentlich nur noch ein morscher grauer Holzhaufen. Das erste Mal, als sie diese Straße fuhr, wäre sie nie auf die Idee gekommen, daß ihr so eine Gegend gefallen konnte.

Zu Hause bei den Millers war der Rasen im Vorgarten zu kurz gemäht, die Kanten ausgerissen, und jeder Busch stand in einem Kreis Rindenmulch. Offensichtlich hatte Joel viel Zeit gehabt. Drinnen zeigte die Katze Delia die kalte Schulter, versuchte ihr, indem sie demonstrativ lahm durch die leeren Zimmer folgte, Schuldgefühle zu machen. Das Haus war aufgeräumt, doch irgendwie deprimierend, die Junggesellenwirtschaft hatte ihre Spuren hinterlassen; ein großes, nasses Küchenhandtuch hing anstelle eines Wischlappens über dem Hahn am Spülbecken, und die Herdschalter und Schrankgriffe waren von einer dünnen Fettschicht überzogen (Männer machen nie sauber, wo man es nicht sofort sieht). Auf ihrer Kommode lag eine Nachricht: *Delia – ich hole Noah ab. Sie brauchen kein Abendessen zu machen; wir gehen nachher zusammen aus, J.* Post hatte sie auch bekommen: eine auf steifem cremefarbenen Papier handgeschriebene Einladung. *Driscoll Spence Avery und Susan Felson Grinstead heiraten und bitten um Ihre Anwesenheit am Montag, den 27. September, 11 Uhr im Hause Grinstead. R.S.V.P.*

Wieviel ließ sich aus ein paar Dutzend Worten lesen! Zum Beispiel war es Susies Handschrift (blaue Tinte, steil und rechtslastig), und Eltern wurden nicht erwähnt – wahrscheinlich ein Beweis, daß sie eigenmächtig handelte. Doch Sam hatte offenbar nachgegeben, denn die Hochzeit fand zu Hause statt. Mit dem Datum war es schon schwieriger. Warum September? Warum ein Montagmorgen? Und hatte Susie eine Stelle gefunden oder nicht?

Am liebsten hätte Delia angerufen, aber sie war sich bewußt, daß sie dazu kein Recht hatte. Sie würde brieflich antworten, wie jeder andere Gast.

Natürlich würde sie dabeisein.

Sie blickte hoch und sah ihr Gesicht im Kommodenspiegel – weit offene, betroffene Augen, scharf konturierte Sommersprossen.

Als ihr erstes Kind ein Mädchen war, war sie überglücklich gewesen. Insgeheim hatte sie sich ein Mädchen gewünscht. Sie hatte sich ausgemalt, wie sie ihr kleine gesmokte Kleider anziehen würde; doch Susie, stellte sich heraus, bestand auf Jeans, sobald sie sprechen konnte. Sie hatte sich ausgemalt, was sie zwei Frauen zusammen unternähmen (Nähen, Kuchenbacken, Kosmetik), doch Susie ging lieber zum Sport. Und statt einer großen weißen Hochzeit – Susie in einer Wolke altmodischer Spitzen und beide Eltern als Brautführer: strahlend gemeinsam (moderne Gleichberechtigung!) – stand Delia hier in einem Haus in Maryland und überlegte, wie wohl die Hochzeit vonstatten ginge, zu der ihre Tochter sie einlud.

* * *

Noah war im Zeltlager mindestens fünf Zentimeter gewachsen, und die geflochtenen Makramébändchen um beide Handgelenke betonten, wie braun und breit seine Hände waren. Außerdem hatte er eine neue Angewohnheit: »Speicherste das?« fragte er andauernd, und Joel standen die Haare zu Berge. Sie saßen bei Rick-Rack's, Joel und Noah an einer Tischseite und Delia auf der anderen, und auch wenn Noah es nicht auffiel, merkte sie, wie Joel jedesmal zusammenzuckte.

»Ich schwöre dir«, versicherte Joel ihm schließlich. »Ich habe durchaus verstanden, was du meinst; aber ich bin nicht gewillt, dir diese Tatsache im Computerjargon mitzuteilen.«

»Hö? Also jedenfalls«, sagte Noah, »mußten wir im Lager jeden Morgen fünfzig Liegestütze machen. Fünfzig, speicherste das? Ich glaube, die wollten uns umbringen und nur unser Geld einstreichen. Also sind ich und Ronald ins Krankenzimmer –«

»Ronald und ich«, unterbrach Joel.

»Genau, und haben versucht, ein Attest zu kriegen. Aber die schwachköpfige Schwester hat uns keins geschrieben. Sie meinte immer –«

»Sie sagte.«

»Sie sagte –«

Ihr Essen kam, Hamburger für Noah und Joel, ein Barbecue-Sandwich für Delia. »Danke, Teensy«, sagte Noah.

»Gern geschehen«, sagte Teensy gutgelaunt.

»Für dich: Mrs. Rackley«, verbesserte sein Vater.

Noah warf Delia einen Blick zu. Delia, die auch gerade Teensy beim Vornamen anreden wollte, schloß den Mund und lächelte ihn nur an.

»Vater läßt fragen, wo Sie in letzter Zeit gesteckt haben«, fragte Teensy Delia.

»Ich war in Ocean City.«

»Ja, das habe ich ihm auch gesagt, aber er behält es einfach nicht. Er meinte: Davon hat sie kein Wort gesagt! Ist einfach auf und davon! meinte er. Sein Gedächtnis ist ein Sieb.«

»Oh, das tut mir leid«, sagte Delia.

»Er meint, es passiert alles so schnell, er kann nichts mehr begreifen. Und dann meint Rick, nur um nett zu sein: ›Oh, ich weiß genau, was du –‹. Und Vater meint dann: ›Halt du mit deiner schwarzen Seele dich da raus!‹ und ich meine nur: ›Vater!‹ meine ich –«

Teensy unterbrach sich, warf Joel einen Blick zu. »Na ja«, sagte sie. »Ich glaube, ich mache mich wieder an die Arbeit.«

Sie strich ihre Schürze glatt und lief davon.

»Unglaublich«, sagte Joel.

Er schien ahnungslos, daß sein Anstarren sie verscheucht hatte.

»Vielleicht kann Mr. Bragg nach Senior City ziehen«, sagte Noah.

»Ich glaube nicht, daß er sich das leisten kann«, antwortete Delia.

»Vielleicht haben sie Stipendien. Oder Freiplätze, speicherste das?«

Joel rollte die Augen.

»Also jedenfalls«, sagte Noah und nahm seinen Hamburger. »Als nächstes haben ich und Ronald uns gedacht, daß wir krank spielen. Bloß nicht beide zusammen, sonst kriegen sie einen Verdacht.«

»Ihr habt das ganz falsch angefangen«, fand Joel. »Ausflüchte bringen nichts.«

»Was?«

»Ausflüchte.«

»Was ist das denn?«

Joel starrte Delia an. Er hatte dermaßen die Stirn gerunzelt, sie sah wie Kordsamt aus.

»Er meint Ausreden«, erklärte Delia. »Heimlichtuerei.«

»Oh.«

»Er meint, du hättest dich in aller Öffentlichkeit dagegen wehren sollen. Nehme ich wenigstens an.« Sie wartete auf Joels Erklärung, was genau er hatte sagen wollen, aber der war immer noch sprachlos. »Meinen Sie das?« fragte sie ihn.

»Er weiß nicht, was Ausflüchte sind«, sagte Joel.

Sie klappte ihr Sandwich auf und löffelte den Krautsalat heraus.

»Er kennt das Wort ›Ausflüchte‹ nicht! Können Sie sich das vorstellen?«

Sie antwortete nicht. Noah sagte: »Da ist doch nichts dabei! Mama mia!«

»Nichts dabei!« äffte Joel nach. »Kriegen die Kinder heutzutage in der Schule nichts mehr beigebracht? ›Ausflüchte‹ ist doch nicht besonders hochtrabend, mein Gott.«

Delia spürte, wie Noah beschloß, lieber nicht zu fragen, was ›hochtrabend‹ hieß.

»Manchmal habe ich den Eindruck, die Sprache schrumpft auf einen kleinen dürren Rest zusammen«, befand Joel. »Ansonsten nur noch Junk, die eigentlichen Worte sind längst verschwunden. Vor kurzem habe ich festgestellt, daß unser Mensapächter nicht weiß, was Besteck ist.«

»Besteck?« fragte sie.

»Anscheinend ist das Wort aus der Mode.«

»›Besteck‹ ist aus der Mode?«

»Ich wüßte keine andere Erklärung. Ich teilte ihm mit, daß wir neues Besteck bestellt haben, und er fragt: Was ist das denn?«

»Oh, dummes Zeug«, sagte Delia. »Du weißt aber, was Besteck ist«, sagte sie zu Noah gewandt.

Er nickte, wagte aber nicht, es unter Beweis zu stellen.

»Sehen Sie? Das ist doch nicht aus der Mode! Teensy«, rief Delia, »bringen Sie uns neues Besteck, bitte?«

»Kommt sofort«, antwortete Teensy, und von der Theke kam Messer- und Gabelgeklapper.

Delia schaute triumphierend zu Joel.

Noah grinste. »Zeig's ihm, Dee«, lachte er. Und schließlich lächelte auch Joel.

Delia lächelte auch und klappte ihr Sandwich mit Nachdruck zusammen. Fast unhörbar summte sie – ein leises, weiches, tonloses Summen wie das Schnurren einer Katze.

18

Binkys Baby wurde am Labor Day geboren. Nat rief am gleichen Nachmittag an; er gab die Neuigkeit mit entzückter, beinah sich überschlagender Stimme preis. »Sieben Pfund, 200 Gramm«, jauchzte er. »James Nathaniel Moffat.«

»James!« sagte Delia. »Ein Junge?«

»Ein Junge. Stell dir das vor.« Er lachte in seinen Bart. »Ich weiß gar nicht, was ich mit einem Jungen anfangen soll.«

»Du machst das schon«, beruhigte ihn Delia. »Noah ist gerade zu einem Picknick, aber er wird begeistert sein. Wie geht es Binky?«

»Allerbestens. Es ging alles wie im Schlaf, für James auch. Warte, bis du ihn siehst. Er hat ein Gesicht, kreisrund wie eine Taschenuhr, und jede Menge blondes Haar, aber Binky meint ...«

Wenn man ihn hörte, hätte man nicht gedacht, daß er dies schon viermal mitgemacht hatte.

Delia hatte übertrieben, als sie behauptete, Noah wäre begeistert. Oh, sicher, es interessierte ihn – aber in Maßen –, er wollte wissen, wem das Kind glich und was die Leitung gesagt hatte. Doch am Mittwochmorgen bat er, seinen gewohnten Besuch zu verschieben. Das neue Schuljahr hatte angefangen, und er wollte zur Probestunde in die Ringermannschaft. Delia beharrte: »Was meinst du, wir gucken uns ganz kurz das Kind an, und danach bringe ich dich zur Probestunde?«

»Geht es nicht morgen?«

»Morgen gebe ich Nachhilfe, Noah, und übermorgen ist der Tee für die Klassenmütter, und wenn du zu lange wartest, glaubt dein Großvater, du freust dich nicht. Ich rufe ihn an und sage, daß du nur ein Minütchen bleiben kannst.«

»Na, gut«, sagte er halbherzig.

Als sie ihn von der Schule abholte, versuchte er gerade Jack Foster vom Gehweg zu drängeln, und sie mußte hupen, um sich bemerkbar zu machen. Er machte sich los, riß die Beifahrertür auf und plumpste ins Auto. »Hallo«, begrüßte sie ihn, doch er rutschte nur tief in seinen Sitz und zog sein Phillies-Cap in die Stirn. Dann, auf dem Highway, erklärte er: »Ich muß langsam endlich damit aufhören.«

»Womit?«

»Ich kann nicht immer nur Leute besuchen! Mama, Großvater... Ich bin in der achten Klasse! Ich habe Wichtigeres zu tun!«

Seine Stimme kiekste bei dem Wort »Wichtigeres«, und Delia sah ihn prüfend an. Er kam in den Stimmbruch, stellte sie fest. Oh Gott, schon wieder ein pubertierender Jugendlicher!

Aber sie sagte nur: »Vielleicht verlegst du deine Besuche aufs Wochenende.«

»Am Wochenende unternehme ich etwas mit meinen Freunden. Sonst verpasse ich den ganzen Spaß!«

»Na, ich weiß nicht, Noah«, sagte sie. »Sprich darüber mit Nat und deiner Mutter.«

»Und sei doch so nett und fahr unter Hundert! Ich lebe bald nicht mehr und kann gar nichts besprechen, wenn du wie eine Irre Auto fährst.«

»Verzeihung«, sagte sie und fuhr langsamer. »Sieh dir das Geschenk für das Baby an«, schlug sie ihm vor. »Es liegt auf dem Rücksitz.«

Er warf zwar einen flüchtigen Blick nach hinten, ließ das Päckchen aber liegen. »Warum verrätst du nicht einfach, was drin ist«, sagte er.

»Ein winziges Paar Sportschuhe, kaum größer als ein Fingerhut.«

»Huch.«

Früher hätte er das Geschenk auf jeden Fall sehen wollen.

Der Tag war kühl und wolkig, Regen war vorhergesagt, doch während der Fahrt verirrten sich nur ein paar Tropfen auf ihre Windschutzscheibe. Noah hörte Autoradio, Sänger schrien Schimpfworte, während Delia in Gedanken ruhigere Lieder spielte – so hatte sie es schon bei ihren eigenen Kindern gemacht. Sie war bei »Let it be« angelangt, als sie nach Senior City einbogen.

»Es kann nicht wahr sein«, rief Noah.

Neben der Doppeltür am Eingang stand ein drei Meter hoher, aus Holz gesägter Storch im blauen Frack mit einem himmelblauen Bündel im Schnabel. Himmelblaue Luftballons schwebten über dem Vordach. Das Mitteilungsbrett in der Halle (an dem sonst die Danksagungen von Genesenen hingen oder Teilnehmerlisten für Busfahrten zu den großen Versandhäusern in York) war gespickt voll mit Babyfotos, in Farbe, und das Baby nur Minuten alt. Drei Frauen, alle mit flotten Halstüchern, wie sie hier fast obligatorisch waren, standen vor den Fotos und stritten über die Bedeutung der Handgröße bei Säuglingen. Eine Frau behauptete, große Kinderhände hieße ein großer Erwachsener, aber die andere hielt dagegen, das gelte nur für Hunde.

Im Fahrstuhl trafen sie Pooky auf einer ihrer nie endenwollenden Fahrten. Doch heute wußte sie haarscharf, sie befand sich im

Erdgeschoß; sie drückte für sie den zweiten Stock und riet: »Beeilt euch, dann kriegt ihr noch das Bäuerchen mit.«

»Oh, haben Sie ihn schon gesehen«, fragte Delia.

»Zweimal. Ich war gestern gerade in der Halle, als sie mit ihm aus dem Krankenhaus kamen. Hoffentlich sind das keine Schuhe.«

»Doch, eigentlich schon«, sagte Delia.

»Er besitzt bereits schwedische Clogs, winzige Badelatschen und klitzekleine Motorradstiefel. Ganz abgesehen von all den Schuhen, die wir gestrickt haben.«

Der Fahrstuhl hielt schwungvoll, und die Tür glitt auf. »Ich würde ja mitkommen«, rief Pooky ihnen nach, »aber ich muß in meine Wohnung und prüfen, ob alles kindersicher ist.«

Auf dem Weg zu Nats Apartment hingen Luftballons an den Geländern, und an der Tür war ein Schild: DAS BABY ... ein Messingpfeil deutete auf WIRD GEFÜTTERT. SCHLÄFT, IST WACH und IST AUSGEGANGEN waren die anderen Möglichkeiten. Delia überlegte, ob WIRD GEFÜTTERT hieß, daß sie später wiederkommen sollten, doch Noah hatte schon geläutet.

»Da seid ihr ja!« sagte Nat, als er die Tür öffnete. »Hereinspaziert, hereinspaziert!« Heute benutzte er seinen Stock, doch er ging schnell und federnd, als er sie ins Schlafzimmer führte. »James bekommt gerade eine kleine Zwischenmahlzeit«, rief er ihnen im Gehen zu.

»Sollen wir hier draußen warten?« fragte Delia.

»Nein, nein, wir sind alle ganz anständig. Bink, Herzchen, Noah und Delia sind da.«

Binky saß am Kopfende des Bettes, im Kleid, aber ohne Schuhe. Die Babydecke, die sie über ihren Busen drapiert hatte, verdeckte das Gesicht des Kindes, nur ein feuerrotes kleines Ohr und ein flaumiger Kopf waren zu sehen. »Oh, sieh ihn dir an!« flüsterte Delia. Es war immer gleich, ihr Herz fuhr Achterbahn, wenn sie ein Neugeborenes sah.

Doch Noah interessierte sich für alles, nur nicht für das Kind. Er vergrub seine Hände in den Gesäßtaschen seiner Hose und fixierte einen fernen Punkt im Schlafzimmer, bis Binky Delia zuzwinkerte und fragte: »Willst du ihn halten, Noah?«

»Ich?«

Sie nahm das Baby von der Brust, schob gleichzeitig schicklich die Decke zurecht. Das Baby hatte die Augen geschlossen und machte nostalgische kleine Schmatzgeräusche, sein kleiner Mund spitz wie eine Rosenknospe. Er hatte wirklich große Hände und hielt seine langen durchscheinenden Finger dicht unterm Kinn verschränkt. »Hier«, sagte Binky und hielt ihn Noah hin. »Stütz nur seinen Kopf ein bißchen, so.«

Noah nahm ihn ungeschickt, ein gestauchtes Bündel.

»Bis jetzt ist alles ganz einfach mit ihm«, sagte Binky, während sie ihr Kleid zuknöpfte.

»Die meiste Zeit schläft er, was ans Wunderbare grenzt, wenn man bedenkt, wie viele Leute hier angerufen haben. Deine Mutter hat angerufen, Noah; war das nicht nett? Wirklich, so nett. Die anderen drei haben sich noch nicht gemeldet, aber ich hoffe –«

»Ach, laß doch, Herzchen«, meinte Nat. »Was soll's!« Er schüttelte ärgerlich den Kopf, wie oft, wenn von seinen Töchtern die Rede war. »Kommt, wir setzen uns ins Wohnzimmer.«

Sie folgten ihm – Noah trug immer noch James, setzte vorsichtig einen Fuß vor den anderen – und machten es sich in einem ungewohnten Durcheinander von Schuhen, Teppichen und Geschenken bequem. Das Apartment roch bereits nach Babypuder, süßlich und feucht.

Binky packte die Turnschuhe aus, lachte und reichte sie Nat; brachte dann auf Delias Wunsch die kleinen Motorradstiefel. Ein Geschenk ihrer Söhne, sagte sie; die einerseits betonten, sie seien über ihre Mutter entsetzt, andererseits hatte Peter die Schule geschwänzt, um ihr das Geschenk persönlich vorbeizubringen. Dann berichtete Nat von der Fahrt ins Krankenhaus (»Ich sagte: ›Binky‹, sagte ich, ›habe ich nicht von Anfang an gesagt, wir sollten in den dritten Stock gehen?‹«), und Binky erzählte zum soundsovielten Mal, wie die Geburt verlaufen war: alles in allem, sagte sie, war es ein Kinderspiel, verglichen mit den ersten beiden. (»Eigentlich ist das nichts für Männerohren«, sagte sie, »aber seit Peters Geburt spüre ich meine Blase nicht mehr, ich gehe einfach alle paar Stunden, für alle Fälle.«)

Noah saß da und fühlte sich überhaupt nicht wohl in seiner Haut. Also stand Delia auf und nahm ihm das Kind ab – so hatte sie einen Grund, einen Augenblick das entspannte, runde Gewicht des kleinen Körpers zu fühlen –, reichte es wieder Binky. »Kann ich irgend etwas für dich tun? Einkaufen? Irgend etwas erledigen?«

»Oh, nein, Nat kümmert sich wunderbar um mich«, sagte Binky.

Nat, so wußte Delia, spürte seine Rückblenden besonders beim Autofahren, aber darauf konnte sie nicht hinweisen, wo er gerade so stolz auf sich war.

* * *

Joel war ausgesprochen nervös, weil der Nachmittag für die Klassenmütter bevorstand. Sicher wünschte er sich Ellie herbei, dachte Delia – Ellies geschickte und unterhaltsame Art, Partys unter ein Motto zu stellen. Doch als sie vorschlug, Ellie anzurufen und bei ihr Rat zu holen, sagte er: »Wieso das denn? Wir sind doch in der Lage, einen Tee zu veranstalten, um Gottes willen.«

»Ja, aber vielleicht –«

»Das einzige, was wir von Ellie brauchen, ist ihr Zitronenkuchenrezept«, sagte er.

»Zitronenkuchen. Ich frage sie.«

»Der mit dem Zuckerguß. Und ihre Gurken-Schnittchen.«

»Also, Gurken-Schnittchen kann ich auch«, versetzte Delia.

»Oh, natürlich.«

Danach erwähnte er das Thema nicht mehr – zwang sich zweifellos, es nicht mehr zu erwähnen. Aber am Freitagnachmittag lief er ihr ständig in den Weg, als sie die große Kaffeemaschine aufs Eßzimmerbuffet stellte. »Die ganze Gruppe, alles nur Frauen«, erklärte er.

»Davon bin ich ausgegangen: Klassenmütter.«

»Einen Klassenvater gibt es, aber der ist auf Geschäftsreise, also hundert Prozent Frauen.«

Sie setzte Wasser für den Tee auf. Er folgte ihr. »Sie helfen mir doch bei den Gesprächen?« fragte er.

Das hatte sie eigentlich nicht vorgehabt. Sie hatte geplant, die meiste Zeit diskret in der Küche zu verbringen wie früher Hausdamen in den Romanen des 19. Jahrhunderts. Sie hatte sich sogar darauf gefreut. Sie sagte: »Oh, hmm ...«

»Allein schaffe ich es nicht, Delia.«

»Gut, ich werd's versuchen.« Doch die Unterstützung war unnötig, stellte sie fest. Vierzehn Frauen erschienen – zwei für jede Klasse, minus der reisende Vater und eine Mutter, die arbeiten mußte. Alle kannten sich, die meisten von Kindheit an, und die gemeinsamen Themen waren ihnen so vertraut wie ein Geheimcode. »Was hat Jessie denn schließlich beschlossen?«

»Oh, genau, was wir die ganze Zeit vermutet haben.«

»Mensch!«

»Ja, aber wer weiß, vielleicht wird es wie bei dem Mädchen von Sandersons.«

»Na, ja, kann sein.«

Delia trug ihr marineblaues Strickkleid, war davon ausgegangen, daß Tee als schick galt, aber die Gäste trugen Hosen, Jeans sogar, und eine Mutter trug ein Sweatshirt KOMPOST PASSIERT. Alle waren extrem neugierig auf sie. Mehrfach wurde sie angesprochen: »Na, wie *gefällt* es Ihnen hier? Wie kommt Noah mit allem zurecht? Hat er sich daran gewöhnt?« Wenn sie antwortete, schwiegen die Stimmen in ihrer Nähe, und andere rückten näher heran. »Mensch«, sagte eine, »Mr. Miller ist sicher schrecklich froh, daß er Sie hat. Und Nachhilfe geben Sie auch! Sie unterrichten den Jüngsten von Brewsters. Sonst klagt Mr. Miller immer, daß er nicht genug Mathe-Nachhilfelehrer hat.«

Sie kam sich vor wie die Neue in der Klasse. Doch sie reagierte höflich, hörte nicht auf zu lächeln und schwenkte die Teekanne wie ihre Eintrittskarte. Ja, danke, Bay Borough gefiel ihr sehr, und Noah machte sich gut, und wahrscheinlich lernte sie von ihren Schülern mehr als die von ihr. Das Übliche. Sie kannte die Antworten im Schlaf. Joel stand inzwischen am anderen Ende des Raums und unterhielt sich mit zwei Frauen, nickte von Zeit zu Zeit nachdenklich und runzelte die Stirn. Und als sie mit einer Schale Kekse kam, lobte er: »Sie machen das fabelhaft, Delia.«

»Danke«, sagte sie lächelnd.

»Ich glaube, dies ist der beste Tee, den wir je veranstaltet haben.«

»Oh! Also der Zitronenkuchen kommt von Ellie; Ellie war so freundlich –«

Dann fragte eine der Frauen Joel, was für den Herbstbasar geplant sei, und Delia floh in die Küche.

Sie räumte auf, wischte die Arbeitsplatte ab, stellte Geschirr in die Spülmaschine. Der Kater hatte sich unterm Tisch verkrochen, und sie lockte ihn hervor, kraulte ihn und kratzte ihn hinter den Ohren. Eine Zeitlang beobachtete sie, wie der Minutenzeiger der Wanduhr vorrückte: achtzehn nach fünf, neunzehn nach fünf, zwanzig nach fünf. Zeit für die Gäste, daran zu denken, daß sie zum Abendessen nach Hause gehen mußten. Tatsächlich hörte sie, wie das Stimmengewirr anschwoll – es klang nach Abschied.

»Hatte ich keine Handtasche?«

»Hat einer meinen Schlüsselbund gesehen?«

Und dann: »Wo steckt Delia? Ich würde Delia gern auf Wiedersehen sagen.«

Sie ließ George vom Schoß und trat noch einmal in Erscheinung, begleitete alle zur Tür. (Ich habe mich auch gefreut, Sie kennenzulernen. Natürlich, das Rezept können Sie gern bekommen.) Dann kehrte sie ins Eßzimmer zurück, Joel stöpselte die Kaffeemaschine aus, während die Frau, die immer am längsten blieb (bei jeder Einladung gab es eine), umständlich die sauberen und benutzten Löffel auseinandersortierte. »Bitte«, bat Delia sie, »lassen Sie doch. Ich habe da mein System.« Wie schnell sie die alten Wendungen wieder parat hatte: *Ich habe da mein System. Lassen Sie das meine Sorge sein. Das macht doch nichts.*

Die Frau machte keine Anstalten zu gehen, stand eine Weile da, wühlte in ihrer Handtasche, als wäre dort der Hinweis versteckt, wohin als nächstes. Sie hatte Drillinge, hatte Delia mitbekommen – alles Jungen, die gerade den Führerschein machten. Verständlich, daß es sie nicht nach Hause zog. Schließlich sagte sie: »Also, danke, Ihnen beiden. Das hat mir gutgetan.« Sie strahlte Joel an und sagte zu Delia: »Ist er nicht hilfsbereit! Also, wenn ich meinen

Mann bitte abzuräumen, lacht er mich aus. Der grinst und verschwindet in der Kneipe. Bei uns läuft das nicht so idealistisch.«

Joel wartete, bis sie fort war, dann schimpfte er: »Idealistisch!« wiederholte er. »Deprimierend, finden Sie nicht auch?«

Delia verstand nicht ganz, worauf er hinauswollte. (Wenigstens, dachte sie, hatte er nicht begriffen, daß die Frau sie offensichtlich für ein Paar hielt.) Sie stapelte die Tassen und trug sie in die Küche zurück, packte sie in die Spülmaschine.

»Wissen Sie, was passieren wird?« meinte Joel. Er stellte die Kaffeemaschine auf die Arbeitsfläche. »Nach und nach sagen immer mehr Leute idealistisch anstelle von ideal, weil sie glauben, es sei die Edelausgabe des gleichen Wortes; so wie sie glauben simplistisch ist simpel, nur vornehmer. Und über kurz oder lang taucht dieser Gebrauch im Lexikon auf, und es steht nicht mal ›unüblich‹ daneben.«

»Vielleicht wollte sie wirklich idealistisch sagen«, entgegnete Delia. »Vielleicht meinte sie, daß ihr Mann kein Idealist ist.«

»Nein, nein, ich weiß, Sie meinen es gut, Delia, aber sie meinte mit Sicherheit ›ideal‹. Alles ist anders geworden«, sagte Joel. »Eines Tages kennen wir unsere eigene Sprache nicht mehr wieder.«

Sie sah zu ihm hinüber. Er wickelte das Kabel um die Kaffeemaschine, obwohl sie weder leer noch abgewaschen war. »Ja, ich weiß, das beunruhigt Sie am meisten«, bestätigte sie ihn.

»Hmm?«

»Weniger die Grammatikfehler – oder höchstens die ganz dikken: wem und wen. Das Neue stört Sie, die Veränderung. ›Speichern‹ und ›mental‹ und ›Beziehungskiste‹.«

Joel schüttelte sich angewidert. Zu spät fiel ihr ein, daß er nie im Leben das Wort ›Beziehungskiste‹ in den Mund genommen hatte – das hatte sie bei Ellie gehört. Sie redete schleunigst weiter. »Aber wenn Sie genau überlegen«, sagte sie, »war die Hälfte Ihres Vokabulars vor gar nicht langer Zeit auch neu. ›Zwanzigdollarschein‹, zum Beispiel! Sowas entsteht nicht grundlos. ›Fernbedienung.‹ ›Ganztagsschule.‹ ›Zeitschaltung.‹«

»Was ist eine Zeitschaltung?«

»Wenn man ein Fernsehprogramm aufzeichnet, um es sich später anzusehen. Mr. Pomfret hat es oft gesagt, und ich dachte: *Oh, kein schlechtes Wort. Wünschen* Sie sich nicht manchmal geradezu ein neues Wort? Ein Wort für ...«

»Sommersprossen«, sagte Joel.

»Sommersprossen?«

»Sommersprossen, die kleiner als die üblichen sind«, sagte er. »Und blasser. Wie Goldstaub.«

»Und für, hm, Tomaten«, versetzte Delia, zu hastig. »Ja, Tomaten. Es gibt richtige Tomaten, und dann gibt es die anderen, aus dem Supermarkt, die so rot sind wie die Plastikgaumen bei falschen Zähnen; die verdienen eigentlich den Namen ›Tomaten‹ nicht.«

»Und dann«, sagte Joel zu ihr, »ein Wort für die völlig neue Qualität eines Menschen, wenn man ihn plötzlich wirklich wahrnimmt.«

Dazu fiel ihr nichts ein.

»Plötzlich tritt das Gegenüber überdeutlich zutage«, sagte Joel. »Man hat das Gefühl, durch die Haut hindurch jede Ader und jeden Pulsschlag zu erkennen. Man denkt, plötzlich ist sie ganz ... aber was sagt man dazu? Spürbar, vielleicht, aber mehr visuell spürbar, eigentlich.«

Seine Augen schienen ein weicheres Braun zu haben, und der lange Mund mit den Grübchen wirkte ausgeprägter, zarter.

»Du meine Güte!« sagte sie und drehte sich schwungvoll zur Tür. »Ist das Noah?«

Doch Noah war bei Ellie und kam erst zur Schlafenszeit zurück. Und außerdem wurde er vorn, vor der Haustür abgesetzt, nicht hinten.

* * *

Manchmal, wenn Delia sich sagte: Nur noch x Tage bis zu Susies Hochzeit, fühlte sie Angst in sich aufsteigen. *Es wird bestimmt schrecklich peinlich. Wie werden ich dastehen? Solche Situationen sind wirklich nicht meine Stärke.* Andererseits dachte sie: *Pah, was ist an einer Hochzeit so kompliziert? Wir haben so viele Leute als*

Puffer um uns herum. Ich komme, und ich gehe wieder. Eigentlich nichts dabei!

Eine Zeitlang dachte sie, Susie bäte sie womöglich, früher zu kommen, sogar mehrere Tage früher, um bei den Vorbereitungen zu helfen. Wenigstens käme sie sich dann nicht wie zu Besuch vor. Jeden Morgen hoffte sie auf Post, räusperte sich, wenn das Telefon läutete, zögerte hinaus, Joel von ihrem Vorhaben zu erzählen, weil sie noch nicht wußte, wie lange sie wegbleiben würde. Doch Susie bat sie um nichts.

Und manchmal überlegte sie, ob sie gar nicht hinfahren sollte. Was nützte es schon? Keiner würde sie vermissen. Ein, zwei Tage nach der Hochzeit hieße es höchstens: »He! Wißt ihr, wer gar nicht gekommen ist? Delia! Ist mir gerade eingefallen.«

Und ein andermal phantasierte sie, daß alle es kaum erwarten konnten, bis sie kam. »Delia!« riefen sie, »Mama!« riefen sie, kamen auf die Veranda gerannt, schmetterten die Tür hinter sich zu, umarmten sie stürmisch und wild.

Nein, schlag dir das aus dem Kopf. Eher würden sie fragen: »Was bildest du dir eigentlich ein? Meinst du, du kannst hier angetanzt kommen, als sei nichts passiert?«

Also durfte sie nicht vergessen, ihre Einladung mitzubringen, falls jemand ihre Anwesenheit in Frage stellte.

Sie unterbreitete Joel die Sache beim Sonntagfrühstück, nachdem sie bis zuletzt auf ein weiteres Lebenszeichen von Susie gewartet hatte. Sonntag war sowieso günstig, weil Noah dabeisaß und einen Stapel Pfannkuchen verspeiste; also konnte das Gespräch nicht zu tiefschürfend werden. Sie sagte: »Joel, ich weiß nicht, ob ich es schon erwähnt habe oder nicht –«, eigentlich wußte sie es ganz genau, »daß ich mir morgen einen Tag freinehmen muß.«

»Oh?«, sagte er. Er ließ die Zeitung sinken.

»Ich muß nach Baltimore.«

»Baltimore«, sagte er.

»Mensch, Delia!« sagte Noah. »Ich habe unserm Ringtrainer versprochen, daß du uns morgen zum Wettkampf fährst.«

»Das geht leider nicht«, sagte sie.

»Mensch! Was machen wir denn dann?«

»Deinem Trainer wird schon etwas einfallen«, meinte Joel. »Wenn du über Delias Dienste verfügst, solltest du sie vorher fragen.« Doch dabei ließ er Delia nicht aus den Augen. »Ist es etwas Dringendes?« fragte er.

»Nein, nein, nur eine Hochzeit.«

»Aha.«

»Aber ich würde sehr gern daran teilnehmen, eine Familienfeier, wissen Sie, und da dachte ich, Sie würden nichts dagegen –«

»Natürlich, ganz und gar nicht«, sagte Joel. »Kann ich Sie zum Busbahnhof bringen?«

»Oh, danke, aber ich werde mit dem Auto mitgenommen«, sagte Delia. »Baltimore liegt auf Mr. Lambs Strecke, hat sich herausgestellt.«

Joel hatte wahrscheinlich keine Ahnung, wer Mr. Lamb war, doch er nickte langsam, sah Delia immer noch unverwandt an.

»So!« sagte sie. »Also, ich gehe davon aus, daß ich abends wieder da bin. Vielleicht zum Abendessen, aber ich bin mir nicht sicher; zurück komme ich mit dem Bus; ich habe Geflügelsalat gemacht und in den Eisschrank gestellt. Daneben steht eine Packung Krautsalat von Rick-Rack's, Kekse sind in der Brottrommel … aber bis dahin bin ich bestimmt längst wieder da.«

»Soll ich Sie vom Bus abholen?«

»Nein, das macht Belle schon. Ich rufe sie an, wenn ich in Salisbury bin.«

»Sie können genausogut mich anrufen.«

»Ach, lieber nicht, ich habe ja keine Ahnung, wann … vielleicht wird es doch spät oder so. Vielleicht komme ich auch erst am nächsten Tag; wer weiß?«

»Am nächsten Tag!« sagte er.

»Wenn die Feier sehr lange dauert.«

»Aber Sie kommen doch zurück?« fragte er.

»Ja, natürlich.«

Jetzt sah Noah sie auch an. Er schaute von seinen Pfannkuchen hoch und machte den Mund auf, sagte aber nichts.

* * *

Gegen Mittag machte sie einen Spaziergang, hatte vor, am Ende, wenn ihr Knöchel schlapp machte, im Bay-Arms-Hotel zu essen. Es hatte morgens geregnet, doch jetzt schien die Sonne, und die Luft kam ihr dick und warm vor, so daß sie eigentlich keinen Pullover brauchte. Sie zog ihn aus und schwenkte ihn leicht in der Hand. Wohin sie schaute, bekannte Gesichter. Mrs. Lincoln stand auf den Stufen der Methodisten-Episkopalkirche und winkte ihr zu, T.J. Renfro brauste auf seiner Harley Davidson vorbei und rief lauthals: »Was sagste dazu!« Auf der Carroll Street liefen ihr Vanessa und Greggie über den Weg, stolzierten beide in gelben Regenmänteln daher. »Delia, ich wollte dich gerade anrufen«, rief Vanessa. »Hast du Lust, morgen mit nach Salisbury zu fahren?«

»Oh, schade, ich kann nicht«, sagte Delia. »Ich muß nach Baltimore.«

»Was ist in Baltimore?«

»Na ja«, sagte Delia, »meine Tochter heiratet.«

Belle hatte sie es auch erzählt, aber sonst nichts dazu gesagt, doch jetzt mußte sie plötzlich ganz dringend ihr Herz ausschütten. »Sie heiratet einen Jungen, mit dem sie schon als Kind gespielt hat. Und ich bin ganz durcheinander, wie ich mich auf der Hochzeit verhalten soll, aber ich möchte wirklich unbedingt dabeisein; ihr Vater findet, sie überstürzt alles, weil sie erst zweiundzwanzig ist, und ich finde –«

»Zweiundzwanzig! Mit wieviel hast du sie denn bekommen: zwölf?«

»Neunzehn«, sagte Delia. »Ich habe praktisch von der Schulbank weg geheiratet.«

Vanessa nickte, schien nicht überrascht. Die meisten Mädchen in Bay Borough heirateten von der Schulbank weg. Und bekamen mit neunzehn ein Kind. Und irgendwann im Verlauf der Zeit kamen ihnen die Ehemänner abhanden. Vanessa wollte nur wissen: »Was für ein Hochzeitsgeschenk hast du gekauft?«

»Ich dachte, ich sehe erstmal, was sie noch nötig haben.«

»Das Klügste, was du tun kannst«, meinte Vanessa. »Greggie! Laß den Käfer krabbeln, wohin er will. Das habe ich bei meiner

Freundin auch gemacht«, bestätigte sie Delia. »Erst wollte ich ihr einen Handmixer kaufen, aber dann dachte ich, abwarten, und hinterher war ich wirklich froh, weil es in ihrer gesamten Küche keine einzige Vorratsdose gab.«

Vanessas Gesicht über dem gelben Regenmantel glühte leicht verschwitzt, und ihre Augen schienen sehr rein und klar, die Augäpfel fast bläulich-weiß. Delia wollte sie plötzlich umarmen. Sie sagte: »Oh, ich wäre wirklich gern mit dir nach Salisbury gefahren!«

»Ein andermal«, sagte Vanessa. »Da ist der Großhandel, wo wir unsere Gerste für Großmutters Ingrimm-Wässerchen kaufen.«

»Ingrimm-Wässerchen?« fragte Delia.

»Für Babys. Lindert Krämpfe, Nachmittagslaunen und Nachtgespinste.«

Delia wünschte, es gäbe das Ingrimm-Wässerchen auch für Erwachsene.

* * *

Sie träumte, sie sei in Bethany Beach, ginge den Strand entlang. Vor sich sah sie den Highway, Verdichten und Dunkelwerden des Sandstrands, bis er sich in Asphalt verwandelte, und dort stand ihr alter Plymouth und schmorte in der Sonne. Sam umfaßte ihren Oberarm und führte sie darauf zu. Er setzte sie hinein. Er schloß sachte die Fahrertür und lehnte sich durchs offene Fenster, mahnte sie, vorsichtig zu fahren. Sie erwachte und starrte in den dunklen Fleckenschwarm über ihrem Bett.

Aus Noahs Zimmer hörte sie immer wieder ein trockenes Husten; jedesmal setzte es hart und blechern ein, als hätte er eine Zeitlang versucht, es zu unterdrücken – ein zermürbender Nachthusten, der nicht weggehen wollte. Sicher lag sie eine halbe Stunde da, überlegte, ob sie aufstehen und ihm die Hustenpastillen aus dem Arzneischrank bringen sollte. Vielleicht hörte er von selbst auf. Oder vielleicht schlief er, dann würde sie ihn ungern wecken. Doch der Husten hielt an, verstummte, begann dann wieder, gerade als sie dachte: das war's. Und dann hörte sie die Dielen knarren; er schlief also nicht.

Sie stand auf und öffnete ihre Tür. »Noah«, flüsterte sie.

Fast im gleichen Augenblick stand Joel vor ihr. Sie konnte ihn weniger sehen als fühlen, so wie Blinde fühlen – ein großer, dichter, fester Umriß, der Wärme ausstrahlte, sein mondblasser Schlafanzug schemenhaft in der Dunkelheit des fensterlosen Flurs.

»Ja, Delia?« flüsterte er.

Er hatte falsch verstanden, merkte sie. »Noah« und »Joel« klangen sehr ähnlich. Manchmal passierte das auch, wenn sie einen von beiden ans Telefon rief. Sie sagte: »Ich dachte, es sei Noah.«

»Ich wollte gerade nach ihm sehen«, sagte er.

»Oh.«

»Ich bringe ihm die Hustentropfen.«

»Gut.«

Doch sie rührten sich beide nicht.

Dann tat er einen Schritt vorwärts und nahm ihren Kopf in seine Hände, und sie reckte ihm ihr Gesicht entgegen und schloß die Augen, fühlte sich zu ihm hingezogen, umhüllt, umfangen, seine Lippen fest auf ihren Lippen und seine Hände auf ihren Ohren, so daß sie nur ihren Herzschlag pochen hörte.

Das, und Noah, der plötzlich hustete.

Sie trennten sich. Delia machte einen Schritt zurück in ihr Zimmer, griff mit zitternden Händen nach der Tür und schloß sie vor sich.

19

Mr. Lamb besaß einen trübe-grünen Maverick mit einem orangefarbenen Kotflügel und einem Drahtkleiderbügel als Antenne. Innen auf dem Rücksitz stapelten sich diverse Fenstermodelle – holzgerahmt, Doppelschiebefenster, keins größer als 40 Zentimeter. Alle kleinen Mädchen aus der Nachbarschaft wollten gern damit spielen. Der Kofferraumboden war mit durchscheinenden Plastikscheiben ausgelegt; als Delia sich mit ihrem Koffer darüber beugte, schien ihr, sie stände vor einem glitzernden Gewässer. Mr. Lamb erklärte, Plastik sei fast unverwüstlich. »Schleifen Sie mal mit Ihrem Koffer drüber«, empfahl er. »Sie werden kein bißchen was sehen. Unser Produkt schlägt alles auf dem Markt. Wenn ich zu Haustierhaltern komme? Dann lege ich prompt ein Stück Rue-Ray auf den Boden und lasse den Hund oder die Katze drüberlaufen und ordentlich die Krallen drauf wetzen.«

Rue-Ray, wußte Delia, hieß nach den Firmenbesitzern, einem Ehepaar, Ruth und Raymond Swann. Sie wohnten über ihrer Werkstatt in der Union Street, und Mr. Lamb war ihr einziger Vertreter. Das hatte sie von Belle erfahren, dennoch mußte sie beinah lachen, als Mr. Lamb sich mit den beiden lallenden, rollenden Rs abquälte.

Genauso komisch fand sie, daß er plötzlich so gesprächig war. Bevor sie auf dem Highway 50 waren, war er von den Sturmfenstern (ihre Lärmschutzqualitäten) über das Hochzeitsgeschenk für Belle (neue Rue-Ray-Fenster fürs ganze Haus, komplett installiert) bei seiner Verkaufsphilosophie angelangt. »Man darf nie vergessen«, sagte er und überholte einen Trecker, »daß jeder gern logisch vorgeht. Jede Handlung läßt sich in einzelne Etappen zerlegen. Zum Beispiel gibt Ihnen die Kellnerin erst die Rechnung, und dann reichen Sie ihr die Kreditkarte. Der Autoschlosser möchte Ihnen alles über Ihre Benzinpumpe erzählen, bevor Sie ihn mit der Reparatur beauftragen. Also frage ich meine Kunden immer zuerst: ›Merken Sie, daß es hier zieht? Sind die Nordzimmer kälter als die Südzimmer?‹ Natürlich zieht es. Schließlich klappern die Fenster wie wild, während ich rede. Aber ich lasse die Leute selbst draufkommen – erzählen, wie kalt es im Kinderzimmer ist und daß das Kind nachts einen Schlafsack mit Handschuhen tragen muß –, dann haben sie das Gefühl, alles geht mit rechten Dingen zu, verstehen Sie? Das fördert den Verkauf.«

Leider gehörte er zu den Autofahrern, die ihre Beifahrer beim Reden ansehen müssen. Wie gebannt sah er mit seinen schlammbraunen, tiefliegenden Augen zu Delia hinüber, verdrehte den sehnigen Hals, während sie, wie zum Ausgleich, die Straße fixierte. Sie sah Zypressen in Reih und Glied heranrauschen, dann ein verfallenes Motel, flach und weitläufig wie ein verlassener Hühnerstall, dann, voll Nebel, einen Waldstreifen, in dessen Astgeflecht ganze Wolken wie gefangen hingen. Erst wenige Blätter zeigten sich orange, und sie konnte sich ausmalen, noch sei Sommer – vergangener Sommer, sogar, und dazwischen hätte kein Jahr gelegen.

»Keiner ahnt, woran Vertreter alles denken«, sinnierte Mr. Lamb gerade. »Vertreter sind eine ausgesprochen vorausschauende Sorte Mensch, werden Sie feststellen. Ich glaube, das kommt vom vielen Autofahren. Belle will unsere Hochzeitsreise lieber mit dem Auto machen, aber ich bin mir nicht sicher, ob ich mich dann genug auf sie konzentrieren kann, wo ich beim Fahren so gewohnt bin, meinen Gedanken nachzugehen.«

Delia sagte: »Hmm.« Dann, weil sie meinte, auch etwas zur Unterhaltung beisteuern zu müssen, fügte sie hinzu: »Ich habe meine Hochzeitsreise auch per Auto gemacht.«

»Tatsächlich?«

Sie war selbst überrascht; beinah hätte sie sich umgedreht, um nachzusehen, wer diese Bemerkung gemacht hatte. »Ich kann mich aber nicht erinnern, daß es unsere Konzentration beeinträchtigt hätte.«

Er warf ihr einen Blick zu, und sie hüstelte. Vermutlich dachte er, ihre Anspielung sei zweideutig. »Natürlich hatte mein Mann nicht soviel Fahrerfahrung wie Sie«, sagte sie.

»Ach«, nuschelte Mr. Lamb. »Nein, das haben die wenigsten.«

Sams Wagen damals hatte vorn einen durchgehenden Sitz, und Delia hatte dicht an ihn gedrängt dagesessen. Er hatte mit links das Lenkrad gehalten, die rechte Hand lag in ihrem Schoß, er hatte locker ihr Nylon-bestrumpftes Knie umfaßt, die gleichmäßige Wärme war wie ein Strom durch sie hindurchgegangen. Sie hüstelte noch einmal und schaute aus dem Fenster.

Die vorbeiziehenden Häuser wirkten wie zufällig über die Gegend verstreut, wie Monopoly-Häuschen. Je kleiner sie waren, desto mehr Vogelbäder und Gipsrehe in den Vorgärten, desto makelloser die Blumenbeete und größer die Satellitenschüsseln hinten. Ein brauner Teich glitt vorüber, erstickt von klammernden Baumstämmen. Dann wieder Wald. In Delias Jugend hatte das Wort ›Wald‹ allein schon einen unanständigen Beiklang gehabt. Zu behaupten, »So-und-so ist mit So-und-so in den Wald gegangen«, war absolut skandalös, und selbst jetzt beschwor der bloße Anblick verschlungener, überwucherter Pfade Bilder von ... na, ja.

Du meine Güte, was war bloß mit ihr *los?*

Sie konzentrierte sich mühsam wieder auf Mr. Lamb. Er war beim Thema Hunde angelangt. Nach seiner Hochzeit würden er und Belle sich vielleicht einen Hund anschaffen, meinte er und erörterte dann diverse Hunderassen. Ein Golden Retriever war zwar gutmütig, aber eigentlich dumm, erklärte er, und ein Labradorhund hatte die ungute Angewohnheit, mit seinem Schwanz ständig irgendwelche Sachen umzuwedeln, und ein Schäferhund, ach, der ...

Nach und nach nahm die Landschaft ein anderes Gesicht an. Um Easton herum tauchten Buchläden auf, und die Autohändler boten Wagen aus Europa an, beides gab es in Bay Borough nicht, und als sie Gransonville erreichten, wurde die Straße sechsspurig, im Vorbeirauschen sah sie gigantische Wohnblöcke, auffallende Läden, Yachthäfen, in denen sich die Masten drängten.

Mr. Lamb hatte sich schließlich für einen Collie entschieden. Wenn dessen Nase wirklich lang und dünn war, würde er ihn vielleicht Pinocchio nennen. Sie überquerten die Kent-Narrows-Brücke, hoch oben über marschigem Weideland. Delia konnte sich an Zeiten erinnern, da eine Fahrt über die Kent Narrows eine gute Stunde dauerte – lange genug, um auszusteigen, sich die Beine zu vertreten und, wenn man Lust hatte, eine Wassermelone zu kaufen –, aber das war in den Tagen der alten, wackligen Drehbrücke. Heutzutage war man in Null Komma nichts über die Narrows, und schon ging es in Windeseile weiter durch einen Dschungel von Versandkaufhäusern, Shoppingcentern, Reihenhäusern im Rohbau MODELLHÄUSER JETZT BESICHTIGEN! ARCHITEKTONISCH ANSPRUCHSVOLL! Und dann tauchten die wunderschönen, zerbrechlichen Zwillingsbögen der Bay-Brücke auf, schimmerten in der Ferne wie im Traum, während Mr. Lamb entschied, einmal dürfe Pinocchio Junge haben, bevor sie sterilisiert würde.

Die Landschaft schien so grün, so üppig, nach der ausgeblichenen Küste. Delia war irritiert, als sie auf den Highway 97 einbogen – nie davon gehört –, doch dann glitt sie entspannt über die brandneue Straße, die noch nicht von aufdringlichen Reklametafeln gesäumt war.

Es war, als sei sie Jahrzehnte fort gewesen.

Mr. Lamb erklärte, Belle habe vor Hunden Angst, doch er fand, die Angst steckte nur in ihrem Kopf. Wo sonst, überlegte Delia. Doch zu der Frage gab er ihr keine Gelegenheit. Delia mußte lächeln. Es war komisch, wie schnell er sein Glück selbstverständlich nahm.

Auf dem Baltimore-Washington-Parkway waren alle Spuren so dicht befahren, daß sie sich innerlich zusammennahm; als fände ihr Wagen so leichter durchs Gewirr. Sie schaute nach vorn und entdeckte die Skyline von Baltimore – hohe Schornsteine, ein Spaghettigeschlinge aus Rampen und Überführungen, monströse Speicher. Vorbei an Fabriken mit grauen Fenstern und Lagerhäusern mit Wellblechdächern. Alles sah nach Industrie aus – selbst das neue runde Parkhaus mit seinen geometrischen Verstrebungen und den durchbrochenen Lichtschächten.

»Mr. Lamb, eh, Horace«, sagte sie. »Ich weiß nicht, wohin Sie müssen, aber wenn Sie mich am Bahnhof rauslassen, da kann ich ein Taxi nehmen.«

»Oh, Belle hat gesagt, ich soll Sie bis vor die Tür fahren.«

»Aber, es ist erst ...« Sie schaute auf ihre Armbanduhr. »Kurz vor zehn«, sagte sie, »und ich muß erst um elf da sein.«

»Nein, nein, bleiben Sie schön hier sitzen. Belle würde mir nie verzeihen«, sagte er.

Sie hätte sich gewehrt, doch sie befürchtete, ihre Stimme könne versagen. Plötzlich war sie so nervös. Hätte sie doch ein anderes Kleid angezogen! Trotz des trüben Wetters war es wärmer als angenommen, und ihr Tannengrünes war zu dick. Es war auch zu ... Miss-Grinstead-isch, fand sie. Zum Glück hatte sie andere Kleider dabei. (Sie hatte lange überlegt, was schlimmer war: falsch angezogen zu sein oder einen Koffer mit zur Hochzeit zu schleppen, und wie ein unsicheres Schulmädchen hatte sie sich dafür entschieden, einen Koffer mitzunehmen.) Vielleicht gab es, wenn sie erst im Haus war, irgendwo ein leeres Zimmer, in dem sie sich umziehen konnte.

Mr. Lamb stellte gerade eine Frage. Welche Straße? Sie sagte: »Die Charles hoch«, benutzte so wenig Worte wie möglich. In ihren Lungen schien zu wenig Luft.

Wie intim die Stadt war! Wie altmodisch und verwinkelt! Nach all den Superhighways schlängelte sich die Charles Street an den hohen Gebäuden vorbei wie ein winzigschmaler Fluß durch eine Schlucht.

Sie öffnete ihre Handtasche und suchte nach Susies Einladung. Ja, da steckte sie, heil und ganz.

Mr. Lamb bewunderte mittlerweile das Gelände der Johns-Hopkins-Universität. Er erzählte, sein Vetter sei dort ein Semester gewesen. »Tatsächlich?« murmelte Delia. Er erklärte, daß er selbst leider keine Hochschulbildung besäße, obwohl er wüßte, daß sie ihm bestimmt nützlich gewesen wäre. Delia wünschte, daß er endlich aufhörte zu reden. So belangloses Zeug! Sie schluckte mehrfach, doch irgend etwas, das nicht wegging, steckte ihr im Hals.

Als sie ihm weiter den Weg wies – gleich links –, verstand er sie nicht. »He?« fragte er wie ein schwerhöriger alter Mann, wie ein lästiger, schwerhöriger alter Mann.

An der roten Ampel Ecke Roland Avenue lief ihnen eine Joggerin entgegen, eine junge Frau, das lange Haar zum Knoten hochgesteckt, die Finger ihrer rechten Hand umfaßten zierlich zwei Finger ihrer Linken. Ein Mann in einer Tweedjacke überquerte mit einem winzigen Chihuahua die Straße. (»Also, den Hund, da könnten Sie mir noch Geld dazu geben«, sagte Mr. Lamb. »Genausogut könnte ich mir 'ne Mücke halten.«) Die Luft schien grün, irisierend, als braute sich ein Sturm zusammen.

Sie zeigte ihm weiter, wohin, das Haus, vor dem er parken sollte. (So sah ihr Haus also für Fremde aus: so braun, so massiv, so abweisend?) Sie sagte: »Ich kann meine Sachen selbst herausholen, wenn Sie nur den Kofferraumriegel lösen.« Aber nein, er kletterte umständlich aus dem Wagen, ging nach hinten, brauchte ewig, um ihren Koffer zutage zu fördern. »Danke! Wiedersehen!« sagte sie, doch selbst dann konnte sie nicht einfach fortgehen. Er blieb weiter stehen, schwankte leicht auf seinen großen, abgestoßenen Schuhen und betrachtete eingehend das Haus.

»Das Runde wäre auch kein Problem«, meinte er.

»Wie bitte?«

»Das runde kleine Fenster ganz oben, über der Treppe wahrscheinlich. Rue-Ray macht ständig runde Fenster.«

»Oh, gut«, sagte sie und schüttelte ihm die Hand, nur um ihn loszuwerden. Doch dann geschah etwas Seltsames. Während sie seine Reisigbesen-Finger hielt, sein schmachtendes Biberzahnlächeln erwiderte, vermißte sie ihn schon, aus unerfindlichen Gründen. Am liebsten wäre sie wieder in seinen Wagen gestiegen und mit ihm weitergefahren.

* * *

Vier Wagen standen in der Einfahrt, ein ramponierter dunkelroter Lieferwagen, Elizas Volvo und ein kleiner roter Sportwagen. Der Maulbeerbaum warf bereits seine Blätter ab, die immer wie angekaut aussahen, und sie paßte auf, daß sie nicht auf den Eicheln ausrutschte, die im Weg lagen. Offensichtlich hatte niemand daran gedacht zu fegen.

Die Fensterläden waren repariert. Aber die neuen Riegel hatten eine andere Farbe – das Braun war blasser, stumpfer, wie ein vergessener Voranstrich. Auf der obersten Stufe der Verandatreppe lag eine neue Sisalmatte, und ein Topf mit gelben Chrysanthemen und Alufolien-Manschette stand neben der Tür.

Klopfen oder einfach hineingehen?

Sie klopfte. (Klingeln kam ihr doch übertrieben vor.) Keine Antwort. Sie klopfte fester. Schließlich drückte sie die Klinke und steckte den Kopf durch die Tür: »Hallo?«

Für ein Haus, in dem in weniger als einer Dreiviertelstunde eine Hochzeit stattfinden sollte, wirkte es nicht besonders einladend. Der Flur war menschenleer, das Eßzimmer auch, obwohl Delia (bei eingehender Besichtigung) ein weißes Tischtuch auf dem Tisch bemerkte. Sie setzte ihren Koffer ab, wollte weiter in die Küche, aber aus der tauchte mit irgend etwas Heißem in einer Henkeltasse Eliza auf. Sie achtete so sehr auf die volle Tasse, daß sie einen Augenblick brauchte, bis sie Delia sah. Dann sagte sie: »Oh!« und blieb wie angewurzelt stehen.

»Ich weiß, ich bin zu früh«, versicherte Delia.

»Oh, Delia! Dem Himmel sei Dank, daß du da bist!«

»Stimmt was nicht?« fragte Delia. Sie war natürlich erschrocken, aber auch froh, daß sie gebraucht wurde.

»Susie hat es sich anders überlegt«, rief ihr Eliza über die Schulter zu. Sie war auf dem Weg die Treppe hinauf.

Delia schnappte ihren Koffer und folgte. »Anders überlegt mit dem Heiraten?« fragte sie.

»Das behauptet sie jedenfalls.«

»Wann ist das passiert?«

»Heute morgen«, warf Eliza zurück und ging nach oben. Sie trug ein neues Kleid, A-Linie, magentarot; Delia konnte sich nicht vorstellen, daß Eliza es selbst ausgesucht hatte, dazu Lackschuhe mit hohen Absätzen, die auf den Stufen hallten. »Gestern hat sie in ihrem alten Zimmer übernachtet«, sagte sie, »und heute morgen, als wir ankamen, habe ich Sam gefragt: Wo ist Susie? Ist sie noch nicht aufgestanden? und er meint –«

Delia war durcheinander. Susies altes Zimmer? Wo war ihr neues? Und wer waren wir, und woher waren sie gekommen?

Von Sam war nichts zu sehen. Keine Spur.

Sie waren im ersten Stock angekommen, und Eliza, die Henkeltasse in beiden Händen, schob sich durch die spaltweit geöffnete Tür in Susies Zimmer. »Sieh mal, wen ich mitgebracht habe!« sagte sie. Delia setzte ihren Koffer ab und trat hinter ihr ein.

Zuerst fiel ihr das Zimmer auf. Früher war es Lindas Zimmer gewesen, voll Rüschen, Blumenmustern und Chintzvolants; jetzt war es ein nacktes Gehäuse, unwohnlich, ohne Vorhänge oder Teppiche, nur möbliert mit einem Klappbett und einer häßlichen Kommode mit abgerundeten Ecken, die auf dem Dachboden gestanden hatte. Susie saß im Schneidersitz in einem Wirrwar von Decken, trug einen gestreiften Schlafanzug. Um sie herum, ebenfalls auf dem Klappbett, saßen, alle feingemacht, manche viel zu fein – Linda, Lindas Zwillinge und eine rundliche junge Frau, auf deren Namen Delia nicht gleich kam. Sie schauten der Reihe nach gespannt auf, als Delia da stand, doch Delia schaute nur Susie an. Susie sagte: »Mama?«

»Hallo, mein liebes Herz.«

Sie beugte sich über Susie und umarmte sie, sog Susies einzigartigen Geruch in sich auf, ein Hauch von Dill. Sie ließ sie nicht los, sondern setzte sich neben sie aufs Bett.

»Mama, ich will nicht heiraten«, sagte Susie.

»Dann laß es«, erklärte Delia.

»Delia Grinstead!« zeterte Linda. »Wir versuchen ihr einen Funken Vernunft beizubringen, wenn du nichts dagegen hast!«

Linda trug eine Bifokalbrille – das war neu. Die Zwillinge waren ein gehöriges Stück gewachsen, und von ihren Kleidern – mintgrüne Spitze, die steif von ihren schmalen Körpern abstand – schloß Delia: sie waren die Brautjungfern. Wie überdeutlich sie alles wahrnahm, jede Einzelheit stach ihr unheimlich ins Auge; sie wußte nicht, warum. Sie schaute immer wieder zu Susie hin, konnte sich nicht satt sehen am ungekämmten Haar, dem weichen runden Kinn und ihrer weichen Unterlippe.

Die andere junge Frau trug auch mintgrüne Spitze. Driscolls Schwester, genau, das war sie. Spencer? Spence. Driscoll Spence, Averys Schwester: Spence Driscoll Avery. »Bei meiner Cousine war es ganz genauso«, sagte Spence gerade. »Ihr kennt doch alle meine Cousine Lydia. Sie hat in St. David geheiratet; auf dem Weg zum Altar hat sie geheult wie ein Schloßhund, aber jetzt weiß sie nicht wohin vor lauter Glück, und ihr Mann ist ein hohes Tier in Washington, D. C.«

»Was mich wahnsinnig macht«, stöhnte Susie zu Delia (es klang wie »bahnsinnig«, ganz weinerlich), »wir haben gerade einen Mietvertrag über zwei Jahre unterschrieben, für dieses Schickimicki-Apartment am Hafen. Seit gestern abend versuche ich den Makler zu erwischen, und immer ist nur der Anrufbeantworter dran. Ich will nicht verraten, warum ich anrufe, sonst ruft er womöglich nicht zurück. Ich denke, vielleicht kann ich mit ihm handeln ... Drei Nachrichten habe ich hinterlassen; ich habe ihm erklärt, daß es dringend sei; ich habe ihn gebeten, mich umgehend zurückzurufen. Aber nichts! Jetzt ist es nach zehn, und er hat immer noch nicht angerufen, und ich sitze bis in alle Ewigkeit mit dem verdammten Apartment da!«

Sie jammerte in höchsten Tönen. Ellie sagte: »Oje, oje ... trink ein Schlückchen Tee, komm«, und Linda sagte: »Großer Gott, Susie, der Makler ist jetzt doch wirklich unwichtig!«

Aber Delia beruhigte Susie: »Ich kümmere mich drum. Gib mir seine Telefonnummer, dann rufe ich ihn so lange an, bis er dran ist.«

»Machst du das?« fragte Susie. Sie sprang auf und ging an die Kommode, die Decken rutschten hinter ihr her. »Moment, gleich ... Hier. Mr. Bright heißt er. Sag ihm, es tut mir leid und ich weiß, ich habe zugesagt, aber er soll mich bitte, bitte wieder aus dem Vertrag lassen, wenn er auch nur einen Funken Anstand besitzt.«

»Vielleicht verlierst du deine Anzahlung«, sagte Delia und betrachtete die Visitenkarte, die Susie ihr gegeben hatte.

»Delia! mein Gott, ehrlich!« rief Linda. »Können wir endlich zur Sache kommen?«

»Also, ich heirate nicht, Tante Linda«, verkündete Susie, »darüber zu reden ist reine Zeitvergeudung. Hat jemand meine Jeans gesehen?«

Sie lief jetzt durchs Zimmer, stöberte unter dem Bett, förderte ein T-Shirt zutage. Wie der Boden glänzte! Das fiel Delia besonders auf. Dann erinnerte sie sich an die Fußboden-Versiegelung letztes Jahr, während sie am Meer waren, und plötzlich fühlte sie sich wie eine Außenseiterin. Sie setzte ihre Handtasche förmlich auf ihre Knie, als wollte sie so wenig Platz wie möglich einnehmen. Doch Linda forderte sie trotzdem auf: »Los, Delia, sag's ihr.«

»Was?«

»Sag ihr, alle Bräute machen das hier durch.«

Taten sie das? Delia damals nicht. Vor ihrer Hochzeit hatte sie nur eine Heidenangst gehabt, Sam könne vielleicht sterben, bevor sie seine Frau war. *Bräutigam am Polterabend tot umgefallen,* stand dann in der Zeitung, oder *Tragischer Unfall auf dem Weg zur Kirche,* und das vollkommene Glück wäre ungenutzt an Delia vorbeigegangen.

Daß es vollkommen sein würde, hatte sie keinen Augenblick bezweifelt.

Susie zog sich an, das Gesicht zur Wand, streifte sich ungeniert ihren Schlafanzug ab und hakte ihren graueingefaßten Büstenhalter zu. (Gewöhnt an Umkleideräume beim Sport, hatte sie keine Bedenken, sich vor aller Augen umzuziehen.) Ihr Rücken war wunderschön braun, wie ein Karamelbonbon, und so kräftig wie ein kleiner Baumstamm. Sie zog das T-Shirt über den Kopf, schüttelte ihr Haar, dann schlurfte sie zum Koffer, der auf dem Fußboden stand, und bückte sich, um den Inhalt unter die Lupe zu nehmen. Schließlich sagte Eliza, immer noch mit der Tasse in der Hand: »Susie hat ein sehr hübsches Brautkleid. Nicht wahr, Susie. Zeig deiner Mutter dein Brautkleid.«

»Ein blödes Kleid«, sagte Susie, machte aber kehrt, durchquerte das Zimmer und zog mit einem Ruck die Schranktür auf. Heraus platzte eine weiße Chiffonwolke. Die Zwillinge standen gleichzeitig auf, wie von unsichtbaren Fäden gezogen, und schwebten mit offenen Mündern zum Schrank. Susie knallte die Tür zu. Zwischen den Scharnieren blitzte ein durchscheinend weißes Dreieck vor.

»Und dein Schleier? Zeig ihr deinen Schleier«, drängte Eliza.

Gehorsam stapfte Susie zum Papierkorb. »Hier ist mein Schleier«, sagte sie und förderte diverse Organzafetzen zum Vorschein, dazu einen Stirnreif mit weißen Rosen, kurz und klein geschnippelt.

Die beiden Tanten hielten entsetzt die Luft an. Spence sagte: »Grundgütiger Gott!«

»Darf ich eine kleine Vorführung geben?« sagte Susie. Sie schob sich den Stirnreif um den Hals, ließ den Kopf schwungvoll zur Seite sinken, schloß betörend die Augen und streckte die Zunge raus.

»Susan Grinstead!« zeterte Linda.

»So«, sagte Susie seelenruhig und nahm den Kopfschmuck ab. »Ich und Driscoll sitzen gestern abend unten vorm Fernseher und sehen einen Film. Die Verwandtschaft hat mir die Hölle heißgemacht, ich müßte die letzten Stunden vor meiner Hochzeit im Hause meiner Ahnen verbringen.«

»Wie hätte das sonst auch ausgesehen?« entrüstete sich Linda.

Susie ließ den Kopfschmuck in den Papierkorb fallen. »Also

sitzen wir im Arbeitszimmer, wie in alten Zeiten«, sagte sie, »als das Telefon läutet. Ein Junge ist dran, einer aus der High-School wahrscheinlich; jedenfalls mußte er ganz schön viel Mut aufbringen. Er räuspert sich und meint: ›Hm, also! Guten Abend. Kann ich, bitte, Courtney sprechen?‹ Ich sage, er hat sich verwählt. Keine zehn Sekunden später das gleiche nochmal: *klingeling!* Derselbe Junge. ›Hm, guten Abend. Kann ich bitte –‹ ›Du hast falsch gewählt.‹ Kaum sitzen wir – Driscoll hat *Alptraum der Ulmenstraße* ausgeliehen, für ihn der größte Film der Neuzeit –, geht's wieder los: *klingeling!* Driscoll meint: ›Laß mich mal.‹ Er nimmt den Hörer ab. ›Yeah?‹ sagt er. Hört eine Minute zu. Sagt: ›Pech für dich, Kleiner. Courtney will mit dir absolut nichts zu tun haben.‹ Und knallt den Hörer auf die Gabel.«

»Oh! Wie gemein!« sagte Delia unwillkürlich, und Eliza schnalzte empört mit der Zunge. Dann sahen alle zu Driscolls Schwester. »Verzeihung, Spence«, meinte Delia, »aber wirklich! Der arme Junge!«

»Ja, das war echt gemein«, sagte Spence im Brustton der Überzeugung. Sie strich ihren Rock zurecht. »Aber so sind Männer, Susie. Da gibt's nichts!«

»So sind Männer überhaupt nicht«, sagte Susie. »Oder wenn ja, Grund genug, *keinen* zu heiraten. Mit Sicherheit nicht Driscoll. Und hör sofort auf, ihn zu verteidigen, Spence Avery! Für mich ist er gestorben, da kannst du sagen, was du willst.«

Thérèse sagte: »Und wenn er sich entschuldigt?«

»Entschuldigt bei wem? Doch nicht bei mir; meine Gefühle hat er nicht verletzt. Nein, mir ist endlich alles klar«, sagte Susie. In T-Shirt und Schlafanzughose wanderte sie ziellos durchs Zimmer. Vor dem Spiegel hielt sie inne, griff sich ins Haar; dann setzte sie ihren Gang fort. »Alle die Sachen, die ich die ganze Zeit nicht sehen wollte. Zum Beispiel, wir wollen ausgehen: er fragt: ›Wie sehe ich aus?‹, und ich sage: ›Prima‹, er bedankt sich, aber wie ich aussehe, davon keine Rede. Oder: ich erzähle, was ich erlebt habe, und er läßt mich nie aussprechen. Immer unterbricht er mich … verbessert mich andauernd. Zum Beispiel, ich sage: ›Heute ist ein Patient von uns in den Laden gekommen –‹, und schon geht's los:

›Halt, stopp, woher weißt du, wer bei euch Patient ist? Ist das nicht gegen das Arztgeheimnis?‹ oder: ›Halt, hat sie genau nach dieser Marke gefragt?‹ oder ›Besser, du hättest ihr dies gesagt, das gesagt . . .‹ Bis ich nur noch denke: ›Schnauze! Schnauze! Schnauze und laß mich bloß zu Ende erzählen, mir tut schon leid, daß ich überhaupt angefangen habe!‹ Und was meinen Laden angeht –«

Welchen Laden? wollte Delia fragen, wollte aber nicht wie Driscoll klingen.

»Keine Minute hat er mich dabei unterstützt. Oh, anfangs schon, weil er dachte, es sei eine fixe Idee. Er dachte, das legt sich wieder. Aber als ich mir von Eleanor Geld geliehen habe –«

Eleanor hatte Susie Geld geliehen? (Eigentlich ganz untypisch für Eleanor.) Susie merkte, wie perplex Delia war, sie erklärte: »Oh, ich habe eine kleine Firma aufgemacht. ›Haus im Kasten‹ heißt sie.«

»Ein reizendes kleines Geschäft«, flötete Linda.

»Wurde sogar im *Baltimore Anzeiger* erwähnt«, bestätigte Eliza, »ein richtig kleiner Artikel: fünf Zentimeter breit und einen lang.«

»Ich habe mir eine Wohnung gesucht«, erzählte Susie, »nach dem Streit mit Papa. Ich und Driscoll sind in die St. Paul Street gezogen. Allein konnte ich mir nichts leisten. Und nach Arbeit wollte ich auch suchen, aber erst wollte ich mich einrichten, verstehst du? Küchenzeug kaufen und so weiter. Möbel hatten wir von zu Hause, aber keinen Kleinkram, Töpfe oder so; besaß nicht mal 'nen Kochlöffel. Ich bin also rumgerannt, habe ein Vermögen ausgegeben, was mir nicht gehörte, hier was gekauft und da was . . . dachte immer nur: Wie toll, wenn es den ganzen Küchenkram irgendwo *komplett* gäbe! Alles auf einmal!‹ Und so bin ich auf die Idee gekommen. Inzwischen habe ich hinterm Jahrmarktgelände einen Ausstellungsraum; zehn Quadratmeter, aber immerhin –«

»Ganz entzückend!« sagte Linda.

»Und verkaufe komplette Kästen: Küche im Kasten, Bad im Kasten . . . kaufe massenhaft Einzelteile und stelle daraus die Kästen zusammen, verstehst du? An sämtlichen schwarzen Brettern aller Unis im Umkreis hängen meine Reklamezettel. Ich habe jeden Tag geöffnet und ackere wie ein Pferd; deshalb sollte die Hochzeit montags sein. Ich wollte mir das Wochenendgeschäft nicht entgehen lassen. Jetzt habe ich bis Freitag geschlossen, eigentlich hasse ich das. Doch Driscoll tut, als wäre das mein Hobby. Als er von Eleanors Geld gehört hat, meinte er nur: ›Übernimm dich bloß nicht!‹ Und: ›Hoffentlich hast du dich nicht verschätzt, Kind.‹ Unkt und gibt mir nur Dämpfer; denkt, ich schaffe es nicht. Hält mich nicht mal für fähig, einen simplen Duschvorhang für 'ne Studentenwohnung zu kaufen und die paar verdammten Befestigungsringe.«

»Also Susie, das ist unfair«, erklärte Spence unerschüttert. »Er will dich nur beschützen.«

»Obendrein spuckt er immer seine Obstkerne durch die Wohnung«, konterte Susie.

Eliza setzte plötzlich entschlossen die Tasse auf der Kommode ab.

»Also schalte ich *Alptraum der Ulmenstraße* aus«, sagte Susie, »gebe ihm seinen Ring wieder und fordere ihn auf, seinen Kram zu packen. Und dann habe ich den Makler angerufen, aber es war wohl schon zu spät abends. Und es tut mir leid, daß ihr alle umsonst gekommen seid, aber ich habe schon zu Papa gesagt: Was ist schlimmer, die Hochzeit absagen oder die Scheidung einreichen!«

»Wo *steckt* Sam eigentlich?« wollte Eliza wissen.

Delia war froh, daß sie selbst diese Frage nicht zu stellen brauchte.

»Er zieht sich für die Hochzeit um«, sagte Susie.

»Aber du hast ihm doch gesagt –«

»Ich habe ihm gesagt, daß ich es mir anders überlegt habe; da hat er lange die Augen geschlossen und dann erwidert, er müsse sich für die Hochzeit noch umziehen.«

Ja, das war typisch Sam.

Delia stand auf. Sie sagte: »Ich sehe mal, daß ich in die Gänge komme.«

»Was denn?« wollte Linda wissen.

»Ich rufe den Makler an.«

Sie ging zur Tür (das nächste Telefon stand in Elizas Zimmer), aber Linda fragte: »Delia, mein Schicksal! Heißt das, du sagst zu allem ja und amen?«

»Was soll ich sonst sagen?« fragte sie. »Soll ich sie an den Haaren zum Traualtar schleppen?«

»Red doch mal vernünftig mit ihr, um Gottes willen!«

»Es bedeutet doch nicht jetzt oder nie«, versetzte Delia. (Eigentlich redete sie mit Susie, die an der Kommode lehnte und sie interessiert betrachtete.) »Wenn Susie heute unsicher ist, ob sie Driscoll heiraten will, kann sie ihn immer noch morgen, nächste Woche oder nächstes Jahr heiraten. Warum diese Eile?«

»*Sie* hat gut reden«, erklärte Linda den übrigen Anwesenden. »*Sie* mußte nicht Himmel und Hölle in Bewegung setzten, um an Flugtickets zu kommen.«

Delia drückte hinter sich die Tür ins Schloß.

Gleichzeitig öffnete sich Sams Tür schräg gegenüber, und heraus trat: er. Sam zog seine Manschetten zurecht. Er sah sie und stand auf der Stelle still. Die Treppe trennte sie, das lackierte Geländer, deshalb blieb sie, wo sie war. Er sagte: »Ach, Delia.«

»Hallo, Sam.«

Er trug den schönen schwarzen Anzug, den sie zusammen einige Jahre zuvor im Ausverkauf erstanden hatten. Sein Gesicht war schmal geworden. Es schien ganz aus geraden Linien zu bestehen – gerade graue Augen, eine leichte Hakennase, ein Mund, der zu gerade wirkte, bis die Mundwinkel sich verzogen (wußte sie). Seine Brille rutschte, wie immer, und als er sie hochschieben wollte, schien er seinen Augen nicht zu trauen. Sie sagte: »Wußtest du nicht, daß ich komme?«

»Doch«, sagte er.

»Du hast sicher schon gehört, daß Susie die Hochzeit abgesagt hat.«

»Sie heiratet heute«, sagte er. Er umrundete das Treppengeländer – nein, nicht um zu ihr zu gelangen (sie war ihm bereits einen Schritt entgegengekommen); sondern um die Treppe hinunterzugehen. »Wir verfahren wie geplant«, sagte er im Hinabgehen. »Sie wird schon kommen.«

Delia schaute ihm übers Geländer nach. Sie konnte oben durch sein helles Haar die Kopfhaut schimmern sehen. *In der Menge käme er mir vor wie ein abgearbeiteter, alternder Mann,* dachte sie. Aber eigentlich glaubte sie das selbst nicht.

Sie gab sich einen Ruck, drehte sich um und verschwand in Elizas Zimmer.

Auch dort kam ihr alles anders vor. Die Möbel waren dieselben, doch auf der Kommode lag kein einziger Gegenstand, nur das altmodische schwarze Telefon stand auf dem Nachttisch. War Eliza in ein anderes Zimmer umgezogen, oder was? Dies war vom ersten Tag an ihr Zimmer gewesen.

Doch, hatte er gesagt. Wir verfahren wie geplant, hatte er gesagt.

Sinnlos, jetzt darüber nachzudenken. Delia stellte die Visitenkarte des Maklers auf den Nachttisch, hob den Hörer ab und wählte.

»Hier spricht Joe Bright«, erklärte ein Mann mit dünner Stimme. »Ich kann Ihren Anruf jetzt nicht beantworten, doch nach dem Piepton können Sie mir eine Nachricht hinterlassen.«

»Mr. Bright, hier spricht Delia Grinstead, Susan Grinsteads Mutter. Würden Sie mich bitte so bald wie möglich zurückrufen? Es ist sehr wichtig. Meine Nummer ist...«

Als sie einhängte, hörte sie unten die Türklingel. »Hallo, kommt herein«, sagte Sam, und danach hörte sie eine leiernde, rauhe Roland-Park-Damen-Stimme. Auf der Stelle löste sich ihr ganzes Selbstvertrauen in Luft auf. Sie trug nicht genug Make-up, und ihr Kleid war nicht schick genug; und in Elizas Spiegel wirkte ihr Gesicht ungeformt und kindlich.

Aber vielleicht bildete sie sich das nur ein, denn als sie die Treppe hinunterkam (die Füße fest aufsetzte und den Kopf sehr hoch hielt), sahen alle sie ausgesprochen respektvoll und aufmerksam an. Der Pfarrer, ein Mann mit wirrem Haar im Tweedanzug –, sagte: »Mrs. Grinstead! Welche Freude!«, und Driscolls Eltern unterbrachen ihr Schwätzchen mit Sam.

»Welche Freude, Sie zu sehen, Dr. Soames«, sagte sie. (Angesichts der Tatsache, daß sie nur an hohen Feiertagen die Kirche betrat, beeindruckte es sie, daß sie seinen Namen noch wußte.) »Hallo, Louise. Hallo, Malcolm.«

»Ach, Delia«, sagte Louise Avery, als hätten sie sich gestern erst gesehen. Sie war eine Frau mit wettergegerbtem Gesicht und einer goldblonden Löwenmähne, die sie aus dem Gesicht gebürstet hatte. Ihr Mann – älter, kleiner, mit Fältchen um die Augen – sagte: »Du hättest nicht ein bißchen Sonne mitbringen können?«

»Oh«, sagte Delia und schaute an ihm vorbei zur Tür. »Regnet es?« fragte sie.

»Nein, nein, es hält sich bestimmt noch«, sagte Louise. »Ich habe schon heute morgen zu Malcolm gesagt: ›Wenigstens ein Gutes, wenn man zu Hause heiratet.‹ Kannst du dir vorstellen, sie würden mit allem Drum und Dran in der Kirche heiraten? Oder draußen im Garten?«

»Nein, das kann ich mir gar nicht vorstellen«, versicherte Delia.

Sie sah zu Sam hinüber; er verstaute Dr. Soames' zusammengerollten Regenschirm und erwiderte ihren Blick nicht.

Vielleicht fände die Hochzeit ohne die Braut statt. War das, was er vorhatte?

Im Wohnzimmer waren alle verfügbaren Stühle aufgereiht. Sicher würde Dr. Soames vor dem Kamin stehen. Im Eßzimmer stellten Linda und Eliza Platten mit Gebäck bereit. In der Küche standen die Zwillinge hingerissen da und hörten Driscoll zu; er erzählte, was sie in der Flitterwoche machen würden. »Susie, habe ich gesagt, laß uns bei Obricky's 'ne Riesenportion Krabben futtern. *Das* ist dann unsere Hochzeitsreise. Das paßt zu uns. Und sie: ›Wieso bestellen wir die Krabben nicht gleich nach Hause?‹ Aber am Ende haben wir beschlossen, wir fahren drei Tage nach – Oh, Mrs. Grinstead! Halli, hallo!«

»Hallo, Driscoll«, erwiderte Delia. Sie war verwirrt, wie gutgelaunt er wirkte. Er trug einen dunkelblauen Anzug und eine weiße Rose im Knopfloch; sein Gesicht leuchtete frisch, wie abgerubbelt, ungetrübt. Sie sagte: »Ach, hast du schon ... heute morgen mit Susie gesprochen?«

»Oh, ich darf doch die Braut nicht vor der Hochzeit sehen, Mrs. Grinstead!« meinte er und drohte mit dem Finger.

»Ja, aber vielleicht solltest du mal mit ihr reden, telefonieren, meinetwegen«, riet Delia.

»Was Sie nicht sagen! Wo stecken denn die Brautführer? Noch nicht aufgetaucht?«

»Brautführer?«

»Ramsay und Carroll!«

»Also, nein, ich ... großer Gott, hoffentlich hat jemand daran gedacht, sie zu wecken«, sagte sie. Die beiden Jungen hatten immer noch die Angewohnheit, bis mittags zu schlafen.

»Vielleicht sollten Sie ihnen Bescheid sagen«, riet Driscoll. Sie schaute ihn abwesend an. Eliza, die mit einer dreistöckigen Kuchenetagere vorbeisegelte, fragte: »Wieso brauchen wir Brautführer, wir sind doch ganz in Familie und höchstens ein Dutzend...«

»Damit diese bildhübschen Brautjungfern jemanden zur Seite haben«, erklärte Driscoll und zwinkerte den Zwillingen zu. Marie-Claire kicherte, und Thérèse, die kerzengerade dastand, warf ihm einen feierlich schmachtenden Blick zu; ihr Kleid stand wie ein mintgrünes Spitzenzelt von ihr ab.

Delia gab auf und verließ die Küche. Sie ging jetzt feststellen, ob Susie nicht doch heiraten wollte. Wer weiß? (In dieser Gesellschaft war alles möglich, vielleicht richtete sie gerade ihren wundersam wiederhergestellten Schleier.) Und wenn, dann sähe Delia nach, wo die Jungen steckten, weckte sie und sah zu, daß sie sich anzogen.

Aber die Jungen waren bereits unten, standen in ihren Anzügen neben der Haustür. Sie sahen überwältigend erwachsen aus – Ramsays Kinn war männlich-eckig, beinah stattlich, Carroll, so drahtig wie eh und je, aber größer und mit ausgeprägterem Gesicht. Bei ihnen stand Ramsays Freundin, Velma; sie trug ein rosenrotes, schenkelkurzes Minikleid, das einem umgekehrten Blütenkelch glich, daneben ihre kleine Tochter (wer? oh, Rosalie) in Aquablau. Ramsay sagte: »Hallo, Ma«, und küßte Delia auf die Wange; Carroll ließ sich von ihr umarmen, und Velma meinte: »Oh, hallo! Wie war die Reise?«

»Prima«, sagte Delia.

So würden sie also mit ihr umgehen. Offenbar hatte sie in den Köpfen der Anwesenden eine bequeme Nische zugewiesen bekommen: sie war ein weiteres Exemplar jener übergeschnappten

Ehefrauen, die jahrein, jahraus irgendwo ein See-Apartment bewohnten oder auf einer Farm in Virginia Pferde züchteten, während die Männer in Baltimore ihrem Alltagstrott nachgingen. Keiner dachte sich etwas dabei.

Sie bahnte sich einen Weg durch die versammelten Gäste, lächelte, grüßte vage. Sams Onkel Robert drückte ihr schmerzhaft die Hand, hörte gleichzeitig weiter gespannt Malcolm Avery zu, der von einem Golfturnier berichtete. Sam half seiner Tante Florence aus ihrem schwarzen Gummiregenmantel, der so starr und stabil aussah, als stünde er von selbst.

»Woher wissen wir, wann es losgeht?« fragte jemand neben Delia.

Es war Eleanor, in einem grauseidenen Hemdblusenkleid. »Oh, Eleanor!« rief Delia und warf ihre Arme um die dünne Gestalt.

»Hallo, Liebes«, sagte Eleanor und tätschelte sie an der Schulter. »Wie schön, daß du extra gekommen bist.«

»Natürlich bin ich gekommen! Was denn sonst?«

»Mir ging gerade durch den Kopf, wie die Braut hereingeführt wird«, sagte Eleanor beschwichtigend. »Ist irgendeine Musik geplant? Susie war bei allen Vorbereitungen bewundernswert vernünftig, aber woher wissen wir, wann die Braut hereinkommt?«

»Eleanor, ich bin mir nicht sicher, ob es überhaupt eine Braut gibt«, sagte Delia. »Sie behauptet, sie hat es sich anders überlegt.«

»Ach. Also, dann willst du sicher zu ihr«, meinte Eleanor ungerührt. »Lauf schnell; ich komme schon zurecht, Liebes.«

»Vielleicht sollte ich das *wirklich*«, erwiderte Delia und eilte die Treppe hinauf.

Susie war jetzt allein, trug Jeans und Slippers, lag gemütlich auf dem Klappbett und las *People*. Sie schaute interessiert hoch, als Delia an den Türrahmen klopfte. »Oh, hallo«, sagt sie. »Spielen sie da unten schon verrückt?«

»Na, ja, sie wissen noch nicht ... genau, was los ist«, sagte Delia. »Susie, soll ich Driscoll mal hochschicken?«

»Driscoll ist da?«

»Im Hochzeitsanzug und wartet, daß du runterkommst und ihn heiratest.«

»Mist«, sagte Susie und ließ die Zeitung sinken. »Als hätte ich ihm nicht klipp und klar meine Meinung gesagt.«

»Und seine Eltern sind da, und Dr. Soames –«

»Hast du mit dem Makler gesprochen?« fragte Susie.

»Ich habe eine Nachricht hinterlassen.«

»Mama! Es ist wichtig, wirklich wichtig. Wenn ich den Vertrag nicht rückgängig mache, muß ich bis an mein Lebensende blechen, kapierst du das? Ich bin die, die unterschrieben hat. Und vor Driscolls Schwester wollte ich es nicht sagen, aber ich bin arm wie eine Kirchenmaus. Ich habe Schulden wegen der Hochzeit – vierhundertachtundzwanzig Dollar, alles wegen meinem reizenden Vater.«

»Wo sind denn die vierhundertachtundzwanzig Dollar geblieben?« fragte Delia neugierig.

»Mein Kleid und der Schleier und der Brautstrauß im Eisschrank. Tante Eliza zahlt den Empfang. *Bitte,* geh und rufe Mr. Bright an. Wenn er immer noch nicht da ist, sag seinem Beantworter, es ginge um Leben und Tod.«

»Na, gut«, sagte Delia. »Und soll ich dann Driscoll hochschikken?«

»Er weiß, wo ich zu finden bin.«

Susie vertiefte sich wieder in die Zeitung. Delia machte sich auf den Weg, doch in der Tür drehte sie sich um. Sie fragte: »Wieso sieht das Haus plötzlich so anders aus?«

»Anders?«

»In deinem Zimmer sind keine Möbel, und Elizas Zimmer wirkt ... so unbewohnt.«

»Na, es ist unbewohnt«, sagte Susie, während sie umblätterte. »Hier wohnt nur noch Vater.«

»Wie bitte?«

»Wußtest du das nicht?«

»Nein, das wußte ich nicht. Was ist passiert?«

»Na, ja«, sagte Susie, »warte mal. Zuerst haben Ramsay und Vater sich gestritten wegen – nein, falsch. Zuerst haben Eliza und Vater sich gestritten. Sie hat behauptet, er käme immer zu spät zum Essen, ohne ihr Bescheid zu sagen, aber in Wahrheit hat sie sich dermaßen vor ihm aufgespielt, du kannst es dir nicht vorstellen. Erbärmlich. Wir sämtlichen Kinder haben's ihr auch gesagt, aber sie immer nur: ›Hmm? Ich weiß gar nicht, was ihr habt?‹, und dann Vater, wie immer jenseits von Gut und Böse, macht seinen Kram und kriegt nichts mit. Also bricht sie eines Tages einen Streit vom Zaun, wegen nichts und wieder nichts, und rauscht dann ab und besucht Tante Linda, und am Ende verkündet sie, daß sie auszieht. Jetzt wohnt sie auf der Calvert Street; da übernachtet wegen der Hochzeit auch Linda jetzt mit den Zwillingen. Okay, *dann* kriegen sich Ramsay und Vater in die Wolle, angeblich weil der Velma aus Versehen ›Veronica‹ genannt hat, und Velma behauptet, das habe er absichtlich getan; und dann ist Carroll auch dorthin gezogen, weil er eines Abends viel zu spät nach Hause gekommen ist und Pa tigerte völlig aus der Fassung durchs Haus, weil er Angst hatte, er sei überfahren oder so ... Und ich; meine Geschichte kennst du ja. Ich bin im Juli ausgezogen, kurz vor Ramsay.«

»Ja, also ich ...« sagte Delia geistesabwesend.

»Rufst du jetzt den Makler an, Mama?«

»Oh, genau«, sagte Delia und blieb noch einmal stehen. Dann ging sie hinaus.

In Elizas altem Zimmer setzte sie sich aufs Bett, griff den Hörer und starrte ins Leere.

Man stelle sich vor, Sam, der fassungslos durchs Haus tigerte. Früher war sie das immer, und Sam hatte sie ausgelacht und gemeint, sie solle sich abregen. »Wieso läßt dich das nur so kalt?« hatte sie ihn oft gefragt. »Hast du Eiswasser in den Adern?« Und darüber mußte er dann lächeln, ein gnädiges, dummes kleines Lächeln, als hätte sie ihm ein Kompliment gemacht.

Sie wählte noch einmal die Nummer des Maklers. »Hier spricht Joe Bright«, klang es mechanisch. »Ich kann ihren Anruf jetzt nicht beantworten ...«

»Delia Grinstead, noch einmal, Mr. Bright. Ich wäre Ihnen sehr dankbar, wenn Sie sobald wie möglich zurückrufen würden«, sagte sie. Und in Susies Auftrag fügte sie hinzu: »Es geht um Leben und Tod. Auf Wiedersehen.«

Von unten drang ein Stimmengewirr hoch, als hätten die Gäste die Hochzeit aufgegeben und feierten eine Party. Doch als sie hinunterkam, verstummten die Gespräche einen Augenblick, und die Anwesenden drehten sich erwartungsvoll um. Jetzt war sie froh, daß sie das Tannengrüne trug, weil der Rock so schmeichelnd um ihre Knöchel schwang.

Sie durchquerte den Flur und ging ins Wohnzimmer, die anderen folgten ihr. Anscheinend hielten sie ihr Erscheinen für ein Signal. Carroll, der in seinem Anzug als Brautführer todschick aussah, holte sie ein, reichte ihr seinen Arm und führte sie zu einem der vorderen Plätze, und gleich darauf kam Eleanor in Ramsays Begleitung. »Setz Tante Florence auf einen Stuhl mit gerader Lehne«, zischte Ramsay Carroll zu. »Sie hat's im Rücken.« Delia hörte die üblichen Zuschauergeräusche – Husten und Kleiderrascheln. Driscolls Eltern setzten sich aufs Sofa. Dr. Soames nahm seinen Platz am Kamin ein, lächelte wohlwollend in die Runde und zog ein zusammengefaltetes Blatt Papier aus seiner Brusttasche.

»Hat die Braut das Herzflattern überstanden?« flüsterte Eleanor Delia zu.

»Nein, hm, nicht direkt.«

Velmas farbloses Kind suchte sich zum Sitzen den großen Ohrensessel aus; sie reichte mit ihren Schnallenschuhen nicht auf den Boden. Ein junger Mann, den Delia nicht kannte – sicher ein Verwandter von Driscoll –, verfrachtete Eliza auf die Sitzbank, und Linda ließ sich ohne Begleitung darauf nieder und zog verstohlen ihre Pumps aus. »Kommt sie?« mimte sie, als sie merkte, daß Delia ihr einen Blick zuwarf. Delia zuckte nur die Achseln und sah wieder nach vorn.

Jetzt stand Driscoll neben Dr. Soames, befingerte die Blume in seinem Knopfloch. Und die Brautjungfern drängelten unten an der Treppe, wo sich die Brautführer zu ihnen stellten, als der letzte Gast einen Platz angewiesen bekommen hatte.

Sam beugte sich zu Delia. »Soll ich die Platte auflegen?« fragte er.

»Welche Platte?«

»Ist sie fertig?«

»Oh«, sagte sie. »Also, nein, ich glaube nicht.«

Er richtete sich auf und starrte sie an. Er sagte: »Solltest du dann nicht etwas unternehmen?«

»Was denn?«

Er gab keine Antwort. Seine Lippen waren sehr trocken und weiß. Delia strich ihren Rock glatt und lehnte sich in Erwartung der Dinge, die da kamen, zurück.

Ihr war vorher nie aufgefallen, daß man Sorgen wie einen Gegenstand jemandem aufladen konnte. Sie hätte das vor Jahren tun sollen. Warum konnte Sam das immer so gut?

Er hantierte jetzt neben Delia am Plattenschrank aus Walnußholz. Knopfklicken, und gleich darauf tönte eine Fanfare. Delia erkannte die Titelmusik aus *Masterpiece Theatre.* Insgeheim fand sie diese Wahl ein bißchen zu dramatisch, und vermutlich ging es Eleanor genauso: sie schniefte. Alle übrigen Gäste jedoch saßen ehrfürchtig schweigend da, als Sam das Zimmer verließ. Delia hörte seine Schritte durch den Flur und beherzt die Treppe hinauf. Anscheinend sollte es wie bei ihrer Hochzeit damals ablaufen: der Brautvater führte die Braut die Treppe hinab durch die Doppeltür mitten ins Wohnzimmer, direkt unter das Ungetüm von Messingkronleuchter.

Doch angenommen, die Braut stand nicht oben im Flur und wartete?

Die Schritte waren sicher weiter gegangen, doch sie wurden von der Musik übertönt. Oder Sam hatte oben haltgemacht, wo ihn kein Gast mehr sah, war gar nicht zu Susie ins Zimmer gegangen, um mit ihr zu reden. Wahrscheinlich. Jedenfalls trompetete es lauthals weiter, während die Gäste sich zulächelten *(wie zwanglos und wie familiär war das alles,* dachten sie wohl), und dann kamen die Schritte wieder herunter. Doch für jedermann war erkennbar, daß keine Braut mit diesen schnellen, lauten Tritten Schritt hielt.

Sam kam hereinmarschiert und stellte sich direkt vor Dr. Soames. Delia überlegte einen Moment, ob er womöglich einfach, wie geplant, weitermachte – an Susies Stelle sein Jawort geben wollte. Doch er leckte sich die Lippen und sagte: »Meine Damen und Herren –«

Es war Delia, die den Plattenspieler zum Stillstand brachte. Es war das geringste, das sie tun konnte, fand sie, denn Sam gab bekannt, es täte ihm zwar leid, seine Gäste enttäuschen zu müssen, doch die Hochzeit sei ein bißchen verschoben worden.

* * *

»Verschoben« war gut gesagt, fand Delia. Doch die Gäste empfanden es wohl lediglich als minimales Koordinationsproblem des zukünftigen Paares. Linda verkündete unwirsch, sie und die Zwillinge müßten in zwei Tagen mittags ihren Rückflug antreten, sonst verfiele ihr Ticket, und sie hoffte, verdammt noch mal, Miss Susie dächte in ihren Plänen auch daran. Dr. Soames blätterte in seinem Terminkalender, nuschelte etwas über Treffen, Visiten, Baukommission ... aber in der zweiten Wochenhälfte sah es besser aus, meinte er; da sah es geradezu vielversprechend aus.

Selbst Driscolls Mutter, der alles am meisten zu Herzen ging, dachte hauptsächlich an den Empfang, den sie eigentlich nach der Flitterwoche geben wollte. »Ob sie Samstagabend schon verheiratet sind, was meinst du?« fragte sie Delia. »Könntest du Susie mal ein bißchen aushorchen? Wir haben dreiundfünfzig unserer engsten Freunde eingeladen: dich auch, wenn du dann noch da bist.«

»Vielleicht weiß Driscoll mehr, wenn sie sich ausgesprochen haben«, sagte Delia. »Ich sage ihm, er soll sich mit dir in Verbindung setzen, wenn er herunterkommt.«

Denn Driscoll war zu guter Letzt endlich nach oben gegangen, um mit Susie zu sprechen. Das hätte er gleich zu Anfang tun sollen, wenn es nach Delia gegangen wäre.

Der Regen, der den ganzen Tag gedroht hatte, hatte nun eingesetzt, und die Gäste beeilten sich, aus dem Haus und in ihre Wagen zu kommen. Zuerst ging Dr. Soames, dann gingen Sams Tante und Onkel mit Eleanor, Driscolls Schwester mit dem unbekannten Brautführer und schließlich Driscolls Eltern. Dann sagte Eliza: »Na! Ich hatte schon Angst, ich könnte nie mehr aufrecht gehen, seit ich in Spences winzigem Sportwagen mitgefahren bin!« und entschwebte mit Linda und den Zwillingen im Schlepptau. Aber Ramsay und Carroll blieben noch, hingen ihr sozusagen am Rockzipfel, während sie die kalten Platten zurück in die Küche trug; Velma und Rosalie blieben dementsprechend ebenfalls, machten sich jedoch rar und saßen im Arbeitszimmer vor dem Fernseher. Im Wohnzimmer rückte Sam inzwischen das Mobiliar wieder an seinen Platz, und Carroll erzählte Delia den gesamten Inhalt des Videofilms, den er und Ramsay sich am Vorabend ausgeliehen hatten. Dieser Mann, erzählte er, saß in einer Art Zeitgewebe fest und mußte immer wieder ein und denselben Tag durchleben. Delia fand, von den Themen, über die sie hätten sprechen können, war dieses das eigenartigste, sagte aber nur: »Mmhmm. Mmhmm«, huschte dabei durch die Küche und verpackte diverse Platten in Plastikfolie. Carroll folgte ihr so dicht auf den Fersen, daß sie nicht ohne Vorwarnung ihre Richtung ändern konnte, und Ramsay folgte ihnen beiden.

Doch dann brachte Sam das Tischtuch, ein ungeschickt aufgetürmtes Knäuel, und die Stimmung schlug abrupt um. Carroll stockte in seinem Bericht. Ramsay schloß übereifrig alle Schranktüren. Beide beobachteten Delia, selbst während sie wegsahen.

»Tischtuch«, sagte Sam. Er reichte es ihr.

Delia sagte: »Oh, gut! Danke!« Dann sagte sie: »Ich bringe es nur eben nach unten ...«, machte kehrt und ging durch die Speisekammer die Kellertreppe abwärts. Eigentlich mußte das Tischtuch überhaupt nicht gewaschen werden.

Unten an der Treppe wartete die Katze, blickte sie aufmerksam an. Vernon verkroch sich immer im Keller, wenn Gäste kamen. Sie sagte: »Ach, Vernon! Hast du mich vermißt?«, bückte sich und streichelte seinen runden, weichen Kopf. »Du hast mir auch so gefehlt, Kleiner«, flüsterte sie. Er schnurrte so übertrieben, wie Katzen schnurren, wenn sie sich einschmeicheln wollen.

In der Speisekammer waren Schritte zu hören, kamen die Treppe herunter. Delia stand auf und ging an die Waschmaschine. Vernon verzog sich wieder. Die Maschine war voll feuchter Wäsche, sie stopfte das Tischtuch einfach dazu und schüttete ohne Rücksicht auf Verluste Waschpulver oben drauf.

Hinter ihr räusperte sich Sam. Sie drehte sich um: »Oh! Hallo, Sam«, sagte sie.

»Hallo.«

Sie hantierte an der Waschmaschine, wählte den richtigen Waschgang, daß der Knopf beim Drehen sirrte. Wasser strömte; Rohre dröhnten über ihrem Kopf. Draußen vor dem verstaubten Fenster hüpften die Efeublätter unter den Regentropfen.

»Wenn Driscoll herunterkommt«, sagte sie und sah Sam an, »rufe ich ein Taxi; ich dachte nur, ich warte bis dahin, damit ich Susie auf Wiedersehen sagen kann.«

»Ein Taxi wohin?« fragte Sam.

»Zum Busbahnhof.«

»Oh«, sagte Sam. Dann fügte er hinzu: »Ein Taxi bestellen ist doch Unsinn, wenn hier so viele Wagen sind. Oder, ich meine nicht Unsinn, aber ... ich kann dich fahren. Oder Ramsay, wenn dir das lieber ist. Ramsay benutzt den Plymouth, weißt du.«

»Oh, tatsächlich?« fragte Delia. »Fährt der Wagen noch gut?«

»Doch, ja.«

»Kein Ärger mit der Elektrik mehr?«

Er sah sie einfach an.

»Also, danke«, sagte sie. »Ich glaube, ich fände es schön, wenn ich gefahren werde, wenn es nicht zu umständlich ist.«

Auf die Frage, wer sie fahren sollte, ging sie nicht ein.

Sie gingen die Treppe wieder hoch, Delia vor Sam. Sie war sich jeder Bewegung bewußt. Die Küche war jetzt leer. Der Tisch im Eßzimmer sah ganz nackt aus; Sam hatte nicht daran gedacht, den mehrarmigen Leuchter zurückzustellen, nachdem er das Tischtuch abgenommen hatte. Der Flur war auch leer, aber dort blieben sie einen Moment stehen und horchten auf die Stille über ihnen.

»Ich glaube nicht, daß er sie umstimmen kann«, sagte Delia.

»Das ist nur ein kleiner Hochzeitskoller.«

»Ich glaube, sie meint es wirklich ganz ernst.«

»Weißt du noch, wie sie war, als sie klein war?« sagte Sam. »Manchmal hatte sie einen schrecklichen Dickkopf. Weißt du noch, als sie ihren Cowboy-Schlafanzug in den Kindergarten anziehen wollte? Du hast es nicht erlaubt, und da ist sie zum Frühstück in Unterwäsche angekommen. Damals hast du das einfach übersehen, und als es Zeit war, hat sie einen Rock angezogen.«

»Einen Rock und ihr Schlafanzugoberteil, und ich habe ihr ein Halstuch umgebunden, damit man die dicken Druckknöpfe nicht sah. Es war ein Kompromiß. Da liegt der Unterschied.«

Dennoch war sie gerührt. Sie wußte nicht genau, warum. Vielleicht weil sie in dieser Geschichte so eine wichtige Rolle spielte; als hätte er sie sich damals genau gemerkt, um jetzt, Jahre später, dementsprechend zu handeln.

Sie blieb noch einen Augenblick im Flur, falls er ihr sonst noch etwas sagen wollte, aber anscheinend war das nicht der Fall. Er drehte sich um und ging ins Wohnzimmer. Delia strich sich das Kleid glatt, rückte den Gürtel zurecht (es sollte nicht so aussehen, als liefe sie ihm nach) und folgte ihm.

Im Arbeitszimmer war noch kein Licht, und alle saßen in bleiernem Grau vor dem laufenden Fernseher – Velma und die Jungen auf dem Sofa, Rosalie auf dem Boden zwischen den Füßen ihrer Mutter. Alle sahen auf Sam und Delia, als sie hereinkamen. »Was gibt's zu Mittag?« fragte Carroll.

Delia sagte: »Mittag!«

»Wir sterben vor Hunger.«

Sie sah auf die Uhr. Es war nach eins. Sie sah Sam an, was er dazu zu sagen hatte (die Küche war ja nicht mehr ihre Domäne; der Haushalt ebenfalls nicht), aber er reagierte nicht. Dann waren oben Schritte zu hören.

»Driscoll«, sagte Sam.

Rosalie betrachtete weiter mit offenem Mund die Seifenoper im Fernsehen, aber die anderen gingen in den Flur – Velma und die Jungen erhoben sich in formvollendeter Langeweile, streckten sich, bewegten sich beinah in Zeitlupe, nur um nicht überinteressiert zu erscheinen. Sie bildeten eine Gruppe unten an der Treppe und sahen zu, wie Driscoll herunterkam.

Er war ziemlich aus der Fassung. Die Haare standen ihm zu Berge, und seine Krawatte hing unordentlich gelockert. Unten angekommen, schüttelte er den Kopf.

»Keine Hochzeit?« fragte Delia.

»Keine, würde ich nicht sagen.«

»Was dann?«

»Sie sagt, sie haßt mich und ich sei kein guter Mensch und sie hat begriffen, daß sie mich sowieso nie geliebt hat.«

»Also, keine Hochzeit«, sinnierte Delia laut.

»Aber wenn ich sie umstimmen will, weiß ich, was ich zu tun habe.«

»Was hast du zu tun?«

»Ich weiß nicht«, sagte Driscoll.

Sam schnaubte und bewegte sich in Richtung Wohnzimmer.

»Blumen schicken?« schlug Velma vor. »Ein klingendes Telegramm?«

»Ich sage dir, ich weiß es nicht. Ich habe gefragt: Kannst du mir keinen Tip geben? Sie meinte: ›Dir fällt schon was ein.‹ Und wenn nicht, meinte sie, dann sollten wir nicht heiraten.«

»Schick ihr einen Luftballon mit einer aufgedruckten Botschaft!« ließ Velma nicht locker.

»Und was darauf?« fragte Driscoll.

»Driscoll«, sagte Delia, »deine Mutter möchte dich, glaube ich, sprechen.«

»Oh! Okay«, sagte er träge.

Er stand da und dachte einen Augenblick nach. Dann zuckte er mit den Achseln, öffnete die Haustür und ging – ohne Regenmantel, ohne Schirm, ohne irgend etwas. Es regnete so stark, daß die Tropfen auf dem Verandageländer hochsprangen.

»Er könnte es per Flugzeug an den Himmel schreiben lassen!« sagte Velma, nachdem er gegangen war.

»Mama«, sagte Carroll, »können wir nicht einfach essen?«

»Ich koche gleich etwas«, beruhigte sie ihn.

Warum auch nicht? Sonst würde ja doch keiner einen Finger rühren.

* * *

Delia stellte Essen für Susie auf ein Tablett, brachte es nach oben in ihr Zimmer. Sie fand sie schlafend, das Bettdeckenknäuel unter sich – eigentlich kein Wunder. Für Susie war Schlaf das Allheilmittel; in Zeiten emotionaler Krisen zog sie sich zurück und verlor damit ganze Tage. Oh, wie anders all ihre Kinder waren; es faszinierte sie immer aufs neue! Sie empfand es als ein Geschenk des Himmels – so erfuhr sie aus nächster Nähe die widersprüchlichsten Lebensgewohnheiten.

»Susie, meine Kleine«, sagte sie. Susie öffnete die Augen. »Ich dachte, vielleicht möchtest du etwas essen«, redete Delia auf sie ein.

»Danke«, sagte Susie und rappelte sich schlaftrunken hoch, bis sie saß.

Delia stellte ihr das Tablett auf den Schoß. »Dein Lieblingsessen. Ingwer-Käse-Kuchen, Jüdische-Großmutterkekse ...«

»Toll, Mama«, sagte Susie und breitete ihre Serviette aus.

»Zitronencremetörtchen, Mousse au Chocolat ...«

Susie betrachtete das Tablett.

»Alles vom Hochzeitsbuffet«, erklärte Delia. »Sonst gab es in der Küche nicht viel Eßbares.«

»Oh«, sagte Susie. Sie sagte: »Essen sie das ... unten auch alle?«

»Ja, doch.«

»Sie essen mein Hochzeitsessen auf?«

»Na, ja ... sollen sie das lieber nicht?«

»Nein, nein!« sagte sie übertrieben gönnerhaft. Sie griff ein Törtchen.

Delia war verwirrt. Sie sagte: »Hätten wir alles aufheben sollen? Wenn du vorhast, doch noch, hm, in nächster Zukunft ... dann nehme ich an...«

»Nein, habe ich gesagt! Schon gut.«

»Also, was *hast* du vor? Ich will dich nicht drängen, aber Driscoll meinte ... Ich frage nur wegen meiner Reise.«

Während Susie von einem Törtchen abbiß, schaute sie zu ihr hinüber.

»Wegen meiner Arbeit«, erklärte Delia.

»Oh, fahr doch los, wenn du es so eilig hast!« explodierte Susie.

»Das habe ich nicht –«

»Ich staune, daß du überhaupt gekommen bist! Du und deine dumme Arbeit und dein feiner Freund und deine neue Familie!«

»Ach, Susie –«

»Du hast dich am Strand aus dem Staub gemacht und Vater ganz allein gelassen: wie sein eigenes Gespenst geistert er durchs Haus, und deine Kinder ... Waisen, und ich muß meine ganze Hochzeit völlig allein auf die Beine stellen, ohne meine eigene Mutter!«

Delia starrte sie an.

»Was hat er getan, Mama?« wollte Susie wissen. »War er der Grund? Oder wir? Was war so schrecklich? Warum bist du einfach auf und davon?«

»Mädchen, niemand hat etwas getan«, sagte Delia. »Es war gar nicht so klar. Ich wollte dir nie weh tun; ich wollte dich nicht verlassen! Ich hatte nicht die Absicht ... mich von dir zu trennen, und dann habe ich anscheinend nie den Rückweg gefunden.«

Sie wußte, wie wenig überzeugend das klang. Susie hörte schweigend zu, sah sie über das Törtchen hinweg an, und der Brief, den sie geschrieben hatte – der zwanghaft muntere Ton, die vielen Ausrufezeichen, das bedacht unbekümmerte Mach's gut! und Kuß –, am liebsten hätte Delia geweint. »Mein kleines Mädchen«, sagte sie, »hätte ich geahnt, daß du bei deiner Hochzeit Hilfe wolltest, ich hätte Himmel und Hölle in Bewegung gesetzt! Himmel und Hölle!«

Doch Susie sagte nur: »Würdest du bitte noch einmal den Makler anrufen?«

»Ja, natürlich«, sagte Delia und seufzte, dann bückte sie sich, küßte Susie auf die Stirn und ging hinaus.

* * *

Tatenlos, hin- und hergerissen, was sie machen sollte (ähnlich jenem inneren Zustand, der sie damals so fern von zu Hause hatte stranden lassen), blieb Delia den Nachmittag über da, wartete, daß Susie herunterkam. Doch die Zeit verging, und als sie noch einmal hinaufging, um nach Susie zu schauen, fand sie sie wieder schlafend; das Tablett beinah unberührt auf dem Fußboden neben dem Klappbett.

Sam war in der Praxis, wahrscheinlich erledigte er – was, sie hatte keine Ahnung, denn Patienten hatte sie keine gesehen. Die übrigen saßen im Arbeitszimmer vor dem Fernseher, also machte sie es sich auf dem Sofa neben Velma bequem und tat, als schaute sie auch zu. Das Gute am Fernsehen war, daß sich zwischendurch alle unterhielten, zwanglos und selbstverständlich; sie vergaßen, daß sie dabeisaß und zuhörte. Sie erfuhr, daß Carroll dreimal ein holländisches Mädchen ausgeführt hatte; daß Ramsays Geschichtsprofessor etwas gegen ihn hatte; daß Velma Rosalie versprochen hatte, sie dürfe sich die Hände maniküren lassen, wenn sie das Nägelkauen ließ. Delia erinnerte alles an die Tage, als sie die Kinder und ihre Freunde ständig zu ihren Veranstaltungen kutschieren mußte; damals hatte sie auch den neuesten Klatsch gewußt, denn manchmal vergessen Kinder: die Fahrer haben gute Ohren.

Niemand erwähnte Susie.

Sam stand mit einemmal in der Tür, und als sie ihn ansah, fragte er, wie sie es fände, wenn er fürs Abendessen einkaufen ginge. Sie freute sich kindisch. Sie sagte: »Ja, warum nicht«, und dann wünschte sie sich alle ihre Leibgerichte – Estragon-Hähnchen, ihren Hörnchennudel-Salat. Sie ging in die Küche und schrieb eine Einkaufsliste. Sie wartete, daß Sam sie einlud mitzukommen, aber das tat er nicht.

Eliza rief an – ihr zweiter Anruf in zwei Stunden. »Also, wie steht Driscoll dazu? Sag nicht, er läßt sie einfach gewähren.«

»Es scheint nicht so«, sagte Delia. Sie hatte das Gespräch am Telefon in der Küche angenommen, brauchte also nicht leise zu sprechen. »Ich weiß nicht, was ich davon halten soll«, sagte sie. »Susie schläft fest, Driscoll ist verschwunden, und der Rest von uns sitzt einfach da und wartet auf die Dinge, die da kommen werden.«

»Ich schließe jede Wette ab«, sagte Eliza, »morgen, vor Sonnenuntergang sind sie verheiratet. Das habe ich auch Linda gesagt. Gesagt habe ich: Du brauchst deinen Flug nicht umzubuchen. Und du? Du fährst noch nicht wieder, oder?«

»Ich weiß noch nicht.«

»Laß es«, sagte Eliza. »Sonst mußt du garantiert auf dem Absatz kehrtmachen und gleich wiederkommen.«

»Vielleicht hast du recht«, sagte Delia.

Der eigentliche Grund, warum sie nicht abfahren konnte, war Susie – das traurige kleine Gesicht über dem Törtchen. Aber das sagte sie Eliza nicht.

Nachdem sie sich verabschiedet hatte, rief sie Joel an, doch das Telefon läutete und läutete. Sie waren vermutlich essen gegangen, hatten verschmäht, was sie vorgekocht hatte. Vermutlich waren sie bei Rick-Rack's. Sie wußte, was sie bestellen würden, sogar, wie sie sich unterhalten würden – Noahs überschwengliche Wortkaskaden und Joels sachliche Antworten. Seine Hände, die ihren Kopf umfaßt hatten. Sein Mund, fest, aber nicht bedrängend. Sein aufmerksamer Körper, als passe er sich mit jeder Bewegung ihrer Reaktion an.

Und nach dem Baby, sagte Ellie, haben wir uns nur geküßt, die wunderschönsten Küsse …

Delia hängte ein.

Als Sam vom Einkaufen zurückkam, fragte sie ihn (in der Hocke vor dem Eisschrank, die Frage locker über die Schulter werfend), ob er etwas dagegen hätte, wenn sie bis morgen bliebe.

»Was sollte ich dagegen haben?« sagte er.

Die Antwort war nicht besonders befriedigend. Doch bevor sie weiter darauf eingehen konnte, schauten Ramsay und Carroll herein – auf dem Weg zum Videoladen, sagten sie, wollten dort den Film von gestern abend ausleihen –, und Sam ging hinaus. Delia machte allein das Abendessen. Alles fiel ihr wieder ein: die komischen kleinen Knubbel auf den Schrankgriffen, wie der Abzug über dem Herd sirrte. Und sie selbst: In Miss Grinsteads tannengrünem Kleid mit den altjüngferlichen Riemchenschuhen.

Rechtzeitig zum Abendessen kam Susie. Sie saß, in eine Decke gemummelt, am Tisch, sah aus wie ein kleines Mädchen nach dem Mittagsschlaf. Doch über die Hochzeit sagte sie kein Wort, und die anderen schnitten das Thema auch nicht an. Danach sahen sie alle den Film – selbst Sam, seine Brille schimmerte im Dunkeln. Aber eigentlich beobachteten alle Susie. Kaum gab Susie eine halbwegs humorvolle Bemerkung von sich, lachten sich ihre Brüder kaputt, Velma kicherte zwitschernd, und Rosalie starrte sie, ohne eine Miene zu verziehen, durchdringend an.

Als der Film zu Ende war, nahmen Ramsay und Velma Rosalie und wünschten eine gute Nacht, Carroll dagegen erklärte, diesmal schliefe er hier. Delia ging nach oben und bezog sein Bett. Als sie sein Kissen aufschüttelte, hörte sie, wie Susie auch nach oben ging; also war nur noch Sam im Arbeitszimmer. Sie ging also nicht mehr hinunter. Statt dessen holte sie aus dem Wäscheschrank eine weitere Garnitur Bettwäsche und bezog das Bett in Elizas Zimmer.

Viel später, als sie im Dunkel flach auf dem Rücken dalag, hörte sie Sams Schritte auf der Treppe. Er ging durch den Flur in sein Zimmer, ohne auch nur innezuhalten, und sie hörte, wie die Tür mit einem Klick hinter ihm ins Schloß fiel.

Lächerlich, daß sie das so verletzte.

20

»Dieser Zuckerstreuer«, erklärte Linda den Zwillingen, »war ein Geschenk deiner Urgroßtante Mercy Ramsay, als ihre Schwester achtzehnhundertneunundneunzig Isaiah Felson heiratete.«

Delia hatte keine Ahnung, woher Linda das wußte. Die Zwillinge dagegen zeigten sich unbeeindruckt. Sie bewunderten eingehend Carroll, der Zucker aus dem Streuer über seine Cornflakes-Schüssel schüttete. Es war vormittags, halb zwölf, und er frühstückte jetzt. Linda und die Zwillinge hatten bereits gefrühstückt, nachdem Eliza sie auf dem Weg zur Arbeit vorbeigebracht hatte. Sam hatte sich offenbar selbst versorgt, bevor er in die Praxis gegangen war, und Susie war noch nicht wach. Es versprach einer jener Tage zu werden, an dem sich die Hungrigen in der Küche von morgens bis abends die Klinke in die Hand gaben. Delia selbst futterte einfach bei jeder Essensschicht fröhlich mit.

»Mercy Ramsay war damals das Sorgenkind ihrer Eltern, weil sie nie heiratete«, sagte Linda gerade. »Sie hatte eine Stelle als ›Schreibmaschinistin‹, wie es so schön hieß, in einer Anwaltspraxis unten am Hafen.«

Delia sah zu ihr hinüber.

Carroll schaufelte jetzt die Cornflakes in sich hinein, Marie-Claire umfaßte den Zuckerstreuer, als wollte sie ihre Hände wärmen – ehrlich gesagt, kein besonders imposanter Gegenstand: eine kleine Urne, geformt wie eine Schachfigur, verbeult, die Silberauflage angelaufen. Thérèse tupfte ihren Zeigefinger hier und da auf den Tisch, pickte Zuckerkristalle auf und beförderte sie in ihren Mund.

Linda sagte: »In unserer Familie hat es in jeder Generation ein Mädchen gegeben, das nie geheiratet hat.«

»In dieser Generation ist das Thérèse«, sagte Marie-Claire.

»Niemals«, sagte Thérèse.

»Doch.«

Das Telefon läutete.

»Wenn's einer aus der Schule ist, ich bin krank«, erklärte Carroll.

»Carroll Grinstead! Ich weigere mich, für dich zu schwindeln«, sagte Delia. Sie schubste die Katze vom Schoß und stand auf. »Hallo?«

»Delia?« sagte Noah.

Delia kehrte den übrigen den Rücken zu. »Was ist?« fragte sie so ruhig wie möglich.

»Ich bin erkältet.«

»Liegst du im Bett?«

»Ich liege auf dem Sofa. Wo *steckst* du? Warum bist du noch nicht wieder hier?«

»Ich habe gestern abend versucht, euch anzurufen, aber ihr wart nicht da«, sagte Delia. »Woher weißt du denn, wo ich bin?«

»Genau, du hast nicht mal eine Nummer dagelassen! Ich mußte Belle Flint anrufen, und sie hat gesagt, du bist bei deiner Familie, also habe ich der Information gesagt, sie soll nach ›Grinstead‹ suchen, und zuerst hatte ich eine Dame dran, die sagte: ›Oh, du willst sicher meine Schwiegertochter sprechen‹, und sie hat mir dann ... Aber gestern wolltest du wiederkommen, hast du gesagt!«

»Oder heute«, erinnerte Delia ihn. »Ich nehme bald einen Bus, oh, vielleicht schon heute nachmittag! Bald weiß ich es genauer –«

»Ist das der Makler?« rief Susie von oben.

Delia hielt den Hörer zu. »Nein!« rief sie zurück. Dann erklärte sie Noah: »Bleib schön auf dem Sofa. Ich komme bald nach Hause. Bye, bye.«

Als sie einhängte und sich umdrehte, fand sie, daß alle sie ansahen. »Nun ja!« sagte sie munter. »So!«

Sie zogen solche Gesichter – als hätten sie Delia auf frischer Tat ertappt.

Dann kam Sam in die Küche, noch im weißen Kittel. Er machte Mittagspause, und sie saßen hier beim Frühstück. Linda hatte seinen Stuhl besetzt und machte keine Anstalten, ihn zu räumen. »Da ist ja unser guter Doktor«, sagte sie bissig.

Delia fragte: »Sam, möchtest du –?« und hielt dann inne. Eigentlich war es nicht an ihr, ihm etwas zu essen anzubieten. Aber ihm schien es nichts auszumachen. Er setzte sich auf Susies Platz und sagte: »Egal was. Suppe vielleicht.«

Er hatte sich hauptsächlich von Suppe ernährt, denn etwas anderes war im Schrank kaum auffindbar – seine salzarme, fettfreie, geschmacklose Lieblingssorte mit dem tanzenden Herz auf dem Etikett. Sie öffnete eine Büchse Sojamilch-Pilzsuppe und goß sie in einen Topf.

Jetzt fragte er Carroll, wieso er nicht in der Schule war. Er machte alles falsch, so schulmeisterlich, lockte nur Carrolls Widerspruchsgeist hervor, und Carroll hing bereits angriffslustig über seiner Müslischüssel. Beide, stellte Delia fest – eigentlich alle Anwesenden –, waren ihr nicht mehr so überdeutlich bewußt wie gestern. Den äußeren Glanz des Ungewohnten hatten sie schon wieder verloren.

Sam meinte, die Fast-Hochzeit einer Schwester sei kein angemessener Grund, blauzumachen. »*Du* hast ja keine Ahnung!« griff Carroll ihn an. »Manche Typen in der Klasse nehmen sich frei, wenn die Orioles spielen, mein Gott!«

»Hüte deine Zunge, junger Mann«, warnte Sam. Delia rührte in der Suppe. Sie hatte das Gefühl, Sam schwebte und schwankte in der Luft, wie ein Drachen oder Banner, wie ein Windsack, der, wenn sich der Wind drehte, die Form änderte. Einerseits wirkte er freundlich, reserviert und wohlmeinend; andererseits war er kleinlich und humorlos. Sie mußte plötzlich daran denken, wie sie an jenem ersten Morgen ihres Kennenlernens damals von ihrem Schreibtisch zu ihm hinüber gesehen und für den Bruchteil einer Sekunde gefunden hatte, sein feingliedriges Gesicht war ein Hauch zu fein, zu sensibel; und ihre Gefühle waren ins Wanken geraten.

Doch dann hatte sie den Eindruck beiseite gewischt und für immer vergessen – oder wenigstens bis jetzt.

»Bitte, Onkel Sam«, bettelten die Zwillinge. »Kann er nicht zu Hause bleiben, nur dies eine Mal? Unseretwegen?«

Es läutete an der Haustür, bevor er antworten konnte. Alle sahen sich an, und die Katze machte einen Satz in Richtung Keller. »Ich bin nicht da«, sagte Carroll mit vollem Mund. Schließlich drehte Delia die Flamme unter der Suppe klein und sah nach, wer draußen war.

Im sonnenglänzenden Türfensterchen stand Driscoll Avery, blickte gedankenverloren seitwärts und pfiff. Pfiff, du meine Güte. Delia öffnete die Tür und sagte: »Hallo, Driscoll.«

»Halli, hallo, Mrs. G.!« sagte er und trat ein. »Superwetter.«

Das stimmte allerdings. Über Nacht war es Herbst geworden, frostig und gestochen klar; Driscolls Wangen glühten rosig. Er war herbstlich angezogen, wie fürs Wochenende, obwohl Dienstag war. Delia schloß die Tür gegen die kühle Luft. »Komm in die Küche frühstücken«, sagte sie. »Oder mittagessen, wie du willst.«

»Nein, danke. Ich muß nur ganz kurz Susie sprechen.«

»Ich nehme an, sie ist wach, aber sie war noch nicht unten«, erklärte Delia.

»Kann ich nach oben gehen?«

»Oh, ich weiß nicht, ob –«

»Bitte, Mrs. Grinstead, ich glaube, ich hab's! Ich weiß, wie sie mich heiratet!«

Delia sah ihn skeptisch an, doch er fragte: »In Ordnung?« und ohne auf ihre Erlaubnis zu warten, schlug er einen Haken und stürzte die Treppe hoch.

Sie brauchte echte Willenskraft, um nicht zu horchen.

Als sie wieder in die Küche kam, warteten alle. »Na?« fragte Linda.

»Es war Driscoll.«

»Driscoll!« sagten die Zwillinge im Chor.

»Er ist nach oben gegangen und redet mit Susie.«

Die Zwillinge schoben ihre Stühle vom Tisch zurück. Linda sagte: »Ihr bleibt, wo ihr seid!«

»Können wir nicht –«

»Sie kommen nie miteinander klar, wenn ihr zwei ihnen auch noch auf die Nerven geht.«

Delia kehrte wieder an den Herd zurück. Sie rührte in der Suppe, bis diese köchelte, und goß sie dann in eine Schüssel – eine trübgraue Flüssigkeit, die sie an Spülwasser erinnerte.

»Maulwurfsuppe«, sagte sie, als sie Sam die Schüssel vorsetzte. Das Wort gefiel ihr, und sie mußte kichern. Sam schaute sie scharf an.

»Danke, Delia«, sagte er bestimmt.

Die Zwillinge quälten Linda wegen der Brautjungfernkleider. Durften sie sie jetzt gleich anziehen? Delia legte einen Löffel neben Sams Schüssel, und er bedankte sich noch einmal. »Pack deine Bücher zusammen«, befahl er Carroll, »ein halber Schultag ist besser als kein Schultag.«

»Ich warte nur noch, was Driscoll sagt«, erklärte Carroll.

»Driscoll hat damit nichts zu tun.«

»Allerdings, wenn sie doch heiraten. Außerdem, ich habe hier keine Bücher. Sie sind bei Velma. Was sagst du nun?«

Sam begann seine Suppe zu essen, blieb aufreizend ruhig.

»Ich bin die ganze Zeit seit den Sommerferien ohne deine Kommentare in die Schule gegangen«, griff Carroll ihn an. »Kaum bin ich unter deinem Dach, werde ich wie ein Zweijähriger behandelt.«

»Du benimmst dich auch wie ein Zweijähriger«, sagte Sam.

Carroll schob sich vom Tisch. Sein Stuhl kratzte über den Boden, und fast wäre er mit Driscoll zusammengestoßen, der gleichzeitig im Durchgang zum Eßzimmer auftauchte. »Hallo, ihr alle«, sagte Driscoll.

»Driscoll!« quietschten die Zwillinge. »Was hat sie gesagt? Hat sie ja gesagt?«

Sie hätten wissen können, daß es nicht so war. Viel zu schnell war Driscoll wieder heruntergekommen, und obendrein hätten sie ihm die schlechte Nachricht vom Gesicht ablesen können, das gar nicht mehr rosig wirkte, sondern finster, breiter ums Kinn. Er seufzte tief und drehte sich um – einen Moment schien es, als wollte er gehen; aber nein, er holte einen Stuhl aus dem Eßzimmer. Er schleppte ihn in die Küche, stellte ihn neben Carroll und setzte sich schwerfällig. »Sie sagt, ich muß es allein tun«, sagte er.

»Was tun?«

»Versteht ihr, die ganze Nacht habe ich nachgedacht und nachgedacht«, sagte er. Er sprach in Delias Richtung, die wieder an ihrem Platz am Tischende saß. »Ich dachte, was will Susie nur? Und dann die Erleuchtung: Ich muß die Sache mit dem Jungen am Telefon wieder in Ordnung bringen. Aber dessen Namen kennt doch nur das Mädchen, das er anrufen wollte – Courtney. Also habe ich mir heute morgen das Telefon vorgenommen, habe alle möglichen und unmöglichen Nummernkombinationen gewählt und immer nach Courtney gefragt.«

»Der Herr erbarme sich«, sagte Linda.

»Es ist einfacher, als es sich anhört. Eigentlich mußte ich nur zwei Zahlen umstellen, mehr nicht. Beim zehnten Versuch, oder so, habe ich Courtneys Mutter dran, nehme ich mal an, und die meint, Courtney ist in der Schule.«

»Aha«, sagten beide Zwillinge.

»Ich also: ›Ich soll ihr den Geschichtshefter bringen, und wenn's recht ist, komme ich nach der Schule vorbei, okay?‹ Und ob sie mir noch mal die Straße und Hausnummer sagen kann?«

»Wow«, sagte Carroll.

Selbst Sam schien gelinde interessiert. Er hatte aufgehört, seine Suppe zu löffeln, und beobachtete Driscoll mit hochgezogenen Augenbrauen.

»Zum Glück war die Mutter ganz angetan«, sagte Driscoll. »Rückte sofort mit der Adresse raus – gleich hier um die Ecke.« Er unterbrach sich, ihm war ein Gedanke gekommen. »Carroll«, sagte er, »du kennst nicht zufällig irgendwelche Courtneys?«

»Ich kenne ungefähr sechs oder sieben Courtneys«, sagte Carroll.

»Eine auf der Deepdene Road?«

»Nicht, daß ich wüßte.«

»Na, jedenfalls«, sagte Driscoll, »muß ich sie eigentlich nur fragen, wer wohl der Anrufer war.«

»Aber wenn sie keine Ahnung hat?« warf Delia ein.

»Also, *irgendeine* Ahnung hat sie bestimmt. Vielleicht ist er in ihrer Clique, macht vielleicht Annäherungsversuche.«

Sam löffelte kopfschüttelnd weiter.

»Also, ich erzähle Susie die ganze Geschichte. Bitte sie, mit mir nach der Schule zu Courtney zu gehen. Ich kann doch nicht einfach allein bei ihr aufkreuzen. Ein wildfremder Typ, der sie ausfragen will ... Aber Susie will nicht.«

»Will nicht?« wiederholte Linda.

»Will nicht. Schickt mich gleich wieder runter. Sagt, ich muß es ohne sie schaffen. Ich soll ihr den Jungen höchstpersönlich herbringen, wenn ich will, daß sie mir vergibt.«

Wer die Hand der Prinzessin gewinnen will, dachte Delia im stillen; die Aufgabe erinnerte sie an gewisse Märchen. Mittlerweile tat ihr Driscoll ein bißchen leid; obgleich seine gute Laune schon wieder Oberhand gewonnen hatte. »Also jetzt liegt alles an Ihnen, Mrs. G.«, sagte er geradezu draufgängerisch.

»An mir!«

»Können Sie nach der Schule mit mir zu Courtney kommen?«

»Ach, Driscoll, ich –«

»Ich komme mit!« sagte Thérèse.

»Ich und Thérèse kommen mit!« sagte Marie-Claire.

Driscoll überhörte sie. Er sagte: »Mrs. Grinstead, Sie ahnen nicht, wie mir zumute ist. Mir ist, als hätte ich ... eine Wolke in der Brust! Erst denke ich, sie ist ein bißchen ausgerastet und kriegt sich schon wieder ein – und ich bin stinksauer und denke, am besten, ich übersehe das einfach ... aber dann packt es mich. Ich bin, Sie würden sicher sagen: traurig, aber auch sauer, und schließlich einfach nur *angeödet;* ich meine, es hängt mir alles zum Hals raus, es hängt mir zum Hals raus, alles immer wieder durchzukauen, ich selbst hänge mir zum Hals raus; und ich sage mir: Komm, sieh es einfach so: sei froh, daß du sie los bist. Sie ist dir immer schon auf die Nerven gegangen, sage ich mir. Aber dann sage ich: Sie soll mir wenigstens noch eine Chance geben! Ich meine, wie konnte unsere Geschichte so aus den Fugen geraten? Wann fing sie an, falsch zu laufen, ohne daß ich es überhaupt gemerkt habe?«

Sam legte seinen Löffel hin. Linda seufzte plötzlich. Delia sagte: »Nun ja, ich … also, warum komme ich nicht einfach *mit* dir? Ich bezweifle, daß ich besonders hilfreich bin, aber versuchen kann ich es immerhin.«

»Oh, Gott, danke, Mrs. G.«, sagte Driscoll.

»Ich weiß allerdings nicht, ob es etwas bringt«, meinte Delia zu ihm.

»Es bringt etwas«, sagte er und stand auf. »Wenn die Schulen hier in der Gegend um Viertel vor drei oder drei Uhr aushaben, und ich hole Sie um …«

Das war nicht, was Delia hatte sagen wollen. Sie war der Meinung, daß Susie sich verständlicherweise vielleicht weigerte, ihn zu heiraten, selbst wenn er Abbitte geleistet hatte. Doch sie schluckte es herunter. Sie sagte nicht einmal auf Wiedersehen, denn als Driscoll gehen wollte, läutete das Telefon.

Diesmal war es Joel. Er sagte: »Delia?«

»Ja«, sagte sie ruhig. Sie warf ihrer Familie einen Blick zu. Alle beobachteten sie – alle außer Sam, der anscheinend den Tisch betrachtete.

»Wo stecken Sie?« fragte er.

Die Frage war dermaßen unlogisch, daß sie darauf keine Antwort wußte. Sie sagte: »Hm …«

Wo steckst du, hatte Sam vor Monaten bei einem anderen Telefongespräch gefragt, und sie überlegte, ob er die Frage damals genauso gemeint hatte, wie Joel jetzt.

Dann sagte Joel, als hätte er sich wieder gefaßt: »Heute mittag, als ich zum Essen nach Hause kam, berichtete Noah, Sie seien immer noch in Baltimore. Ich dachte nur, hoffentlich ist alles in Ordnung.«

»Oh, ja. Bestens«, sagte sie.

Sie hoffte, die anderen würden weiterreden, was sie aber nicht taten.

»Aber Sie kommen doch wieder, oder?« fragte Joel. »Ich meine, in nächster Zeit? Denn in Ihrem Schrank … Ich wollte nicht neugierig sein, aber ich habe, rein zufällig, einen Blick in Ihren Schrank geworfen: sämtliche Kleider sind nicht mehr da.«

»Tatsächlich?« sagte sie.

»Ich dachte schon, Sie seien für immer gegangen.«

»Oh, nein, nur … es dauert alles etwas länger als erwartet«, erklärte sie.

Sam stand auf und verließ den Raum.

Von oben rief Susie: »Mama? Mama?«

»Es ist NICHT DER MAKLER!« rief Delia zurück.

Joel sagte: »Pardon?«

»Entschuldigen Sie, Joel, ich muß jetzt Schluß machen«, sagte sie. »Bis bald.«

Sie hängte ein.

»Na, wenn du nicht beliebt bist!« sagte Linda.

Delia lachte, leichthin, wie sie hoffte, und räumte den Tisch ab.

* * *

Es stimmte, stellte sie oben fest, sie hatte wirklich alle Kleider mitgebracht. Nein, nicht alle. Joel wäre beruhigt gewesen, hätte er auch einen Blick in die Kommode geworfen. Es hatte sich einfach so ergeben – die unstete Jahreszeit, ihre Unentschlossenheit, was sie auf die Hochzeit anziehen sollte – und sie hatte gepackt, als wollte sie tagelang wegbleiben. Sie malte sich aus, wie Joel vor ihrem Schrank gestanden hatte, die breite Stirn ratlos in Falten angesichts der leeren Kleiderbügel. Mit einem Ruck klappte sie ihren Koffer zu und ließ die Schlösser schnappen.

Dann ging sie durch den Flur in Sams Zimmer. Hier hatte sie vieles zurückgelassen. Komisch, daß sie bei der Überlegung, was sie zur Hochzeit anziehen sollte, nie ihre alten Kleider in Betracht gezogen hatte! Oder vielleicht gar nicht so komisch – alles nur Rüschen und kindliche Pastelltöne. Sie ging an ihre Kommode und fand in der obersten Schublade eine ramponierte blaue Haarschleife, Sicherheitsnadeln, abgerissene Eintrittskarten, alles eine Spur mit Körperpuder überstäubt. Eine Sonnenbrille, bei der ein Glas fehlte. Ein Fünfzig-Cent-Gutschein für eine Handcreme. Ein Zeitungsausschnitt von einem Fotomodell in einem steifen, schmucklosen, schwarzen Nichts von einem Kleid. Es war überhaupt nicht ihr Stil, und sie betrachtete das Foto eine Weile, bis ihr wieder einfiel, daß es das Fotomodell war, das sie beeindruckt hatte, nicht das Kleid. Die biegsame junge Schöne mit dem gleichen arroganten Harrschnitt wie Rosemary Bly-Brice.

Schritte kamen die Treppe hinauf, und sie schloß die Schublade heimlich wie ein Dieb. Als sie sich umdrehte, stand Sam in der Tür. »Oh!« sagte sie, und er sagte: »Ich wollte nur –«

Beide redeten nicht weiter.

»Ich dachte, du seist Patienten besuchen«, sagte sie.

»Nein, für heute bin ich fertig.«

Er steckte seine Hände in die Hosentaschen. Sollte sie gehen? Aber er füllte die Tür; es wäre peinlich gewesen.

»Ich habe meist nur noch morgens Sprechstunde«, sagte er. »Ich habe nicht mehr viele Patienten. Die Hälfte ist an Altersschwäche gestorben. Mrs. Harper, Mrs. Allingham ...«

»Mrs. Allingham ist gestorben?«

»Schlaganfall.«

»Oje, sie wird mir fehlen«, sagte Delia.

Sam war freundlich genug, nicht darauf hinzuweisen, daß sie seit sechzehn Monaten jeglichen Kontakt zu Mrs. Allingham aufgegeben hatte.

Sein Bett war gemacht, aber wie die meisten Männer hatte er nicht begriffen, daß die Überdecke ein Eckchen unters Kopfkissen geschoben werden mußte, damit es ordentlich aussah. Statt dessen hing das Stück Stoff in ganzer Länge trübsinnig bis zum Kopfende durch. Bloß um sich zu beschäftigen, nahm Delia sich das Bett vor. Sie schlug die Überdecke zurück und schüttelte beide Kopfkissen in Form.

»Wahrscheinlich habe ich die Praxis deines Vaters ruiniert«, meinte Sam zu ihr.

»Wie bitte?«

»Ich habe sie zu einem Schatten ihrer alten Pracht heruntergewirtschaftet, findest du das nicht?«

»Es ist nicht deine Schuld, wenn Leute alt werden und sterben«, sagte Delia.

»Es ist aber meine Schuld, wenn keine neuen Patienten nachkommen«, sagte er. »Ich bin nicht so fürsorglich wie dein Vater, ganz offensichtlich. Ich sage den Leuten vor den Kopf, sie haben schlicht und einfach Verdauungsstörungen; ich schwafle nicht von Dyspepsie. Ich war nie einer, der seinen Patienten was vormacht und ihnen Brei um den Bart schmiert.«

Delia spürte einen vertrauten Ärger in sich hochsteigen. »Dyspepsie« ist doch nun wirklich kein Brei um den Bart schmieren, hätte sie sagen können. Und ich weiß auch nicht, warum du immer so bitter und bissig über meinen Vater reden mußt. Sie stolzierte auf die andere Seite des Betts.

Aber Sam fragte: »Woher hinkst du eigentlich?«

»Hinkst?«

»Du belastest nur ein Bein.«

»Oh, das ist schon seit ein paar Monaten. Es ist fast verheilt.«

»Setz dich mal.«

Sie setzte sich auf die Bettkante, und er kam und kniete sich vor sie hin, streifte ihr den Schuh ab. Mit den Fingerspitzen tastete er ihren Fuß oben ab, mit gekonnt gezieltem Griff, den sie bis in die Leistengegend spürte.

Mit ihrer sanftesten Stimme sagte sie: »Deine Patienten haben dir das, soweit ich weiß, nie übelgenommen. Sie fanden immer, du bist ein Heiliger.«

»Das tun sie nicht mehr«, sagte er. Er sah konzentriert aus dem Fenster, während er eine Sehne nachfühlte, als wäre die Verletzung eher hör- als sichtbar. »Vor kurzem rief nachts Mrs. Maxwell wie üblich mit ihrer Magengeschichte an, und ich habe ihr gesagt: ›Wenn ich recht überlege, Mrs. Maxwell, könnte ich auch eine ziemliche Liste Wehwehchen nennen. Augenbrennen und Kopfschmerzen, und obendrein spielt mein Knie verrückt‹, sagte ich. Natürlich war sie tödlich beleidigt. Ich habe keine Geduld mehr. Oder vielleicht war ich in Wirklichkeit gar nicht geduldig. Ich habe kein sehr weites ... Herz. Was mir fehlt, könntest du sagen, ist ein gewisser Optimismus.«

Das Wort allein, in Zusammenhang mit Sam, ließ Delia lächeln, aber da er ihren Knöchel drückte, bemerkte er das nicht. »Tut das weh? Das?« fragte er.

»Ein bißchen.«

Sie dachte daran, daß Joel ihren Fuß genauso gehalten hatte. Aber Joels Griff war so fremd gewesen, so weit weg von ihr – ein bißchen unwirklich sogar, rückblickend.

»Wahrscheinlich habe ich dich deshalb geheiratet«, sagte Sam gerade. Hatte sie nicht richtig zugehört? »Du warst ausgesprochen optimistisch, als wir uns kennenlernten«, sagte er. »Oder besser gesagt ... vergnügt. Jetzt begreife ich, daß ich dich aus völlig falschen Gründen geheiratet habe.«

Sie schreckte leicht zurück.

»Da throntest du auf dem Sofa«, sagte er, »neben deinen beiden furchterregenden Schwestern. Eliza dozierte über Seetang und toxische Vitamingaben; Linda warf mit Begriffen wie ›loué‹ und ›distingué‹ um sich. Aber du warst so schüchtern und niedlich und ungeschickt, wie du in dein Sherrygläschen lächeltest. Du bewegtest dich so flatterig. Mit dir würde ich schon fertig, dachte ich, und habe mich nie gefragt, wieso ich das eigentlich nötig hatte.«

Er ließ ihren Fuß sinken und setzte sich in die Hocke. »Stell dich mal, bitte«, befahl er. »Ich nehme an, du hattest einen Bänderriß. Das heilt manchmal sehr langsam. Wie ist das passiert?«

Sie war ungeschickt und bewegte sich flatterig, aber das wollte sie nicht sagen. Er verfolgte jedenfalls weiter seinen ursprünglichen Gedankengang.

»Als du fortgingst«, sagte er, »war die Polizei anfangs voll Mitgefühl. Dann reimten sie sich zusammen, daß du aus freien Stükken gegangen warst, und ich sah, daß ihnen einiges durch den Kopf ging. Ich konnte ihnen daraus keinen Vorwurf machen. Mir ging auch einiges durch den Kopf. Ich fragte Eliza, nachdem sie dich besucht hatte: ›Lag es an mir? Spiele ich dabei eine Rolle?‹ Vielleicht hatte ich etwas Falsches über diesen Freund von dir gesagt. Oder ich habe dich wegen des Sonnenschutzmittels genervt, oder du mochtest meine grauen Haare auf der Brust nicht. Oder die Angina pectoris: ich weiß, die Angina-Geschichte muß wirklich trostlos gewesen sein.«

»Was?« sagte sie. »Also, das ist unfair!«

»Nein, nein, eine Weile war ich wirklich nicht bei Trost. Habe mir alle zwei Minuten den Puls gemessen. Ich glaube, ich hatte

Angst, wie mein Vater tot umzufallen.« Er stand auf, wischte sich sorgfältig die Knie ab, obwohl sie nicht staubig waren. »Aber Eliza sagte, daran läge es nicht. Sie sagte, du littest unter verschiedenen Belastungen, ich weiß eigentlich immer noch nicht, wie sie das meinte.«

Obendrein ist mir unklar, was du unter ›Belastungen‹ verstehst. Hätte sie bloß den Brief nicht weggeworfen! War der Ton vielleicht doch weniger kalt, als es ihr damals vorgekommen war? Das Durchgestrichene fiel ihr wieder ein; sie erinnerte sich, wie es gegen Ende häufiger geworden war und wie die Kommas gefehlt hatten, als stürzte er kopfüber seinem Schlußsatz entgegen. Den er dann so gründlich ausgestrichen hatte, daß sie ihn nicht mehr entziffern konnte.

Das Telefon auf dem Nachttisch läutete, doch keiner von ihnen nahm den Hörer ab, und schließlich hörte es auf.

»Die Sache ist«, sagte er, »du stellst dir alle möglichen Fragen – habe ich dies falsch gemacht, habe ich das falsch gemacht – am Ende glaubst du dann, du hast alles falsch gemacht. Dein ganzes verdammtes Leben. Aber jetzt, wo ich eine Ahnung vom Ende habe, läuft alles so schnell: ich kann nicht mehr anhalten und irgend etwas ändern. Ich ... schlittere einfach dem Ende zu.«

Susie rief: »Mama?«

»Wie in der Jackie-Gleason-Show früher im Fernsehen«, sagte Sam. »Die immer mit dem großen Zoom anfing: vom Hafen zur Skyline. Miami? Manhattan? Langsamer Schwenk übers spiegelglatte Wasser: so stelle ich mir Sterben vor. Kein Bremsen! Nichts haftet mehr am Boden! Keine Zeit, eine Biege zu machen!«

»Mama, Telefon!«

Delia nahm die Augen nicht von Sams Gesicht, doch Sam sagte: »Geh lieber ran.«

Sie rührte sich immer noch nicht.

»Das Telefon, Delia.«

Nach einem Moment hob sie den Hörer ab. »Hallo?« sagte sie.

»Delia?«

»Oh, Noah.«

Sams Schultern sackten herunter. Er drehte sich zum Fenster.

»Bist du immer noch nicht abgefahren?« schimpfte Noah.

»Nein«, sagte sie und sah unverwandt zu Sam. Er lehnte seine Stirn jetzt gegen die Fensterscheibe, schaute in den Garten. »Ich weiß erst heute nachmittag, was wird«, erklärte sie Noah.

»Aber jetzt ist Nachmittag, und ich bin einsam!« sagte er. Durch die Krankheit war er anscheinend wieder zu dem Kind mit dem verletzlichen Gesicht geworden, wie ganz am Anfang. »Keiner kümmert sich um mich! Großvater war da, wollte aber nicht bleiben, und jetzt sind auch noch die Hustentropfen alle.«

»Es gibt noch eine Packung im ... dein Großvater? War in Bay Borough?«

»Höchstens eine Billionstelsekunde.«

»Was wollte er?«

»Er sagte, er macht nur eine kleine Ausfahrt, und dann ist er wieder weggefahren. Ich habe ihm gesagt, daß ich krank bin, aber ihm ist das egal. Und Papa behauptet, ich habe nicht mal Fieber, und Mama kann erst nach der Arbeit kommen, und außerdem läuft der Fernseher nicht richtig.«

»Lies ein Buch«, riet sie ihm. »Ich bin bald wieder zu Hause. Entweder heute abend oder vielleicht morgen; sagst du das deinem Vater?«

Er stöhnte theatralisch, als sie sich verabschiedete.

»Entschuldigung«, sagte sie zu Sam. »Das war nur –«

Doch Sam erwiderte: »Na ja, offenbar wirst du gebraucht«, und ging in Richtung Tür.

»Sam?« sagte sie.

Er blieb stehen und drehte sich um.

»Das war nur der kleine Junge, den ich sonst versorge«, erklärte sie.

»Das habe ich vermutet«, sagte er, fast ohne seinen Mund zu bewegen.

»Er ist erkältet und krank.«

»Und du mußt wieder zu ihm nach Hause.«

Er klang so verkniffen, eng, stahlhart; in ihrem Innern zog sich alles zusammen, aber sie zwang sich, ruhig zu bleiben, und sagte: »Na, ja, schließlich wohne ich zufällig da.«

»Ich bin vielleicht nicht perfekt, Delia, aber wenigstens mache ich mir nichts vor«, sagte Sam.

»Was soll das heißen?«

»Ich laufe nicht herum und versuche, die Uhr zurückzudrehen«, sagte er. »Sehe nicht zu, daß ich meine Kinder loswerde, sobald sie schwierig werden, und werfe mich statt dessen einem neuen, einfachen, kleinen Kind an den Hals!«

Delia starrte ihn an. »Also, das ist der Gipfel!« sagte sie. »Was weißt du denn schon? Vielleicht ist er überhaupt nicht einfach! Vielleicht ist er genauso schwierig!«

»Wenn das der Fall ist, kannst du ja zusehen, daß du ihn auch wieder loswirst.«

»Ich will ihn nicht wieder loswerden!« schrie sie. »Ich bin zu Susies Hochzeit gekommen, und ich werde wieder gehen, woher ich gekommen bin – und zwar sobald wie möglich, da kannst du Gift drauf nehmen. Ich habe keineswegs vor, ihn wieder loszuwerden!«

Sam betrachtete sie teilnahmslos. »Habe ich das behauptet?«

Und während sie nach Worten rang, verließ er das Zimmer.

* * *

Wenn Delia wütend wurde, wurde sie auch weinerlich, was sie ärgerte und immer wütender machte. Da stand sie nun, laut klappernd in der Küche, kämpfte mit den Tränen, während sie das Geschirr abwusch – Linda im Schlepptau, die sie trösten wollte. »Komm, komm«, sagte sie. »Wir lieben dich doch, Dee. Deine Verwandten lieben dich. Vorsicht, das ist Großmutters allerletzte Suppenschüssel. *Wir* stehen zu dir.«

»Schon gut«, sagte Delia und betupfte ihre Augen ungeduldig mit einem Handballen. Sie ließ Wasser über einen Schwamm laufen. Er roch widerlich nach Koriander, säuerlich, als wäre er im Schrank vermodert.

»Du solltest dir das nicht von ihm gefallen lassen«, sagte Linda. »Wirf ihn raus! Sag, er soll seine Sachen packen und verschwinden. Das hier ist unser Haus, nicht Sams. Wenn hier einer wohnen sollte, dann du!«

Darüber mußte Delia lachen. »Wirklich? Von welchem Geld?« fragte sie. »Wenn Sam nicht wäre, hätten wir das Haus schon lange nicht mehr. Wer, meinst du, zahlt die Grundsteuer? Wer unterhält das Haus und zahlt die ganze Renovierung?«

»Also, wenn du das Renovieren nennst, restlos sämtliche Büsche auszureißen«, Linda schniefte. »Ich finde es anmaßend! Und weißt du, daß er vorhat, die Fensterläden rot zu streichen?«

»Rot?«

»Knallrot wie ein Feuerwehrauto, hat Eliza erzählt. Obwohl sie sagt, in letzter Zeit hat er seine Pläne zurückgesteckt. Aber stell dir das vor! Rote Fensterläden! Wie ein uralter Mann mit gefärbten Haaren! Auffällig, daß er damit erst nach seinem Herzinfarkt angefangen hat.«

»Angina pectoris«, verbesserte Delia mechanisch.

Susie marschierte herein, trug Jeans und einen dunkelblauen Pullover von Carroll. »Wann gibt's Mittagessen?« fragte sie Delia.

»Mittagessen! Also ...«

»Er ist ein Goldgräber, genau das ist er«, sagte Linda. »Kaum hatte Vater ihn angestellt, hatte er ein Auge auf dich geworfen.«

»Wer?« fragte Susie.

»Sam Grinstead, wer sonst? Er hatte sich schon in den Kopf gesetzt, deine Mutter zu heiraten, bevor er auch nur einen Blick auf sie geworfen hatte.«

»Tatsächlich?«

»Oh, Linda«, sagte Delia, »wenn du ehrlich bist, dann hatte ich mir diese Heirat genauso in den Kopf gesetzt. Ich hockte schmachtend hinter meinem Schreibtisch und hoffte, daß einer hereinkäme und mich rettete.«

»Rettete wovor?« fragte Susie.

Darauf ging Delia nicht ein. »Sieh dir unsere Großmutter an«, sagte sie zu Linda. »Die heiratete Isaiah, weil sie Angst vor Tb hatte. Und was ist mit dem braven Sohn des Holzfällers, der die Prinzessin wegen ihres Königreichs wollte!«

»Wer war Tb?« wollte Susie wissen. »Was für ein Holzfäller? Worüber redet ihr beiden eigentlich?«

Linda ging zu Susie und legte ihr plumpvertraulich den Arm um die Schulter, so daß Delia sich ausgeschlossen fühlte. »Wenn deine Mutter nur halb soviel Grips hätte wie du«, meinte sie zu Susie, »würde sie deinen Vater rauswerfen, sich eine Stelle suchen und wieder nach Baltimore ziehen.«

»Ich habe bereits eine Stelle«, sagte Delia. »Ich habe ein ganzes Leben, an einem anderen Ort!«

Und Bay Borough schwebte wie eine winzige leuchtende, dichtbevölkerte blaue Seifenblase vorbei, so verhüllt und verschwommen aus dieser Entfernung. War alles nur ein Traum gewesen?

* * *

»Ich stelle mir das so vor«, erklärte Driscoll Delia. »Wenn Courtney hört, daß jemand angerufen hat, weiß sie gleich, das muß dieser Typ sein, dem sie ihre Nummer gegeben hat. Ich meine, er hat bei euch zu Hause dreimal angerufen. Also hat er die Nummer garantiert nicht aus dem Telefonbuch; er hatte sie sich falsch aufgeschrieben. Was meinen Sie?«

»Kann schon sein«, sagte Delia. Höchstwahrscheinlich war es so, aber sie brachte die Energie nicht auf, es zu sagen. Seit einer Dreiviertelstunde standen sie hier draußen in der Kälte. Ab und zu warf sie einen sehnsuchtsvollen Blick nach hinten auf Courtneys weißgeschindeltes Zuhause; sie hatten schon an der Tür geläutet, doch niemand hatte geöffnet. »Driscoll«, sagte sie, »hast du daran gedacht, daß Courtney nach der Schule vielleicht noch Sport hat? Ich meine, Susie ist an manchen Tagen erst im Dunkeln nach Hause gekommen.«

»Dann warten wir hier, bis es dunkel ist«, sagte er.

Andere Schüler kamen vorbei – Jungen aus der Gilman-Schule in Oberhemden und Krawatten, junge Mädchen in Bryn-Mawr-Meerblau oder Roland-Park-Schul-Blau. »Wir sollten ein Schild hochhalten«, sagte Delia, »wie auf dem Flughafen.«

Driscoll sah sie beleidigt an.

»Hättest du nicht genausogut Pearce mitnehmen können?« fragte Delia.

»Wer ist Pearce?«

»Deine Schwester, um Himmels willen!«

»Meinen Sie Spence?«

»Spence. Verzeihung.«

Sie mußte lachen. Er war noch mehr beleidigt.

»Spence arbeitet«, erklärte er. »Ich bezweifle aber, ob sie mitgekommen wäre. Sie findet, ich sollte nicht heiraten.«

»Aha!«

»Ist das so eine Überraschung?« fragte er. »Sie sind nicht die einzige, die dagegen ist.«

»Habe ich gesagt, daß ich dagegen bin?«

»Jedenfalls benehmen Sie sich so. Kriegen den ganzen Weg kaum die Füße hoch und beschweren sich, ich hätte jemand anderen mitnehmen sollen.«

»Mir ist kalt, mehr nicht«, erwiderte Delia.

»Wenn Sie's genau wissen wollen, meine gesamte Familie findet, ich wäre allein besser dran.«

Das versetzte Delia einen Stich. Sie sagte: »Na, vielen Dank!«

»Oh, sie mögen Susie schon«, sagte er. »Aber, wissen Sie ... ›Warum unbedingt eine Grinstead?‹ fragt meine Mutter andauernd.«

»Passen wir Grinsteads ihr etwa nicht?«

»Doch, nein, also ...« Sein Blick verfolgte eine Gruppe Schülerinnen, die vorbeikamen. »Geben Sie's zu«, sagte er, »Sie sind alle so ... Sie machen immer alles anders. Sie verkehren nicht mit jedem, Sie machen nicht überall mit, Sie glucken beieinander; und dann behaupten Sie, das sei normal. Sie behaupten, *alles* sei ganz normal; Sie sind immer auf der Hut und schwer durchschaubar; Sie verdrängen immer alles; erklären nie etwas.«

Delia atmete tief durch. Er hätte viel schlimmere Fehler anführen können, fand sie, wenn ihr auch nicht klar war, welche. »Na, ja«, sagte sie, »für mich sind das eher gute als schlechte Eigenschaften.«

»Sehen Sie?« schimpfte Driscoll. »Genau das meine ich!«

»Faß dich an deine eigene Nase!« sagte Delia. »Du bekommst einen Korb, und dann tauchst du zur Hochzeit auf, als sei nichts geschehen! Wenn das nicht verdrängen ist!«

»Immerhin habe ich nicht so getan, als sei ich nur zu Gast«, gab Driscoll zurück. »In letzter Minute antanzen wie eine entfernte Bekannte der Braut.«

»Ich wäre bestimmt früher gekommen! Aber niemand hat mich gebeten!« erwiderte sie.

»Sehen Sie, schon wieder!«

»Was: *schon* wieder?«

Ein Wagen hielt am Bordstein, ein Kombi, drinnen drängten sich Köpfe. Ein Mädchen, den Arm voll Bücher, stieg aus. »Danke!« rief sie, und der Wagen hupte und fuhr davon.

»Courtney?« fragte Driscoll.

Das Mädchen hielt auf dem Gehweg inne. Delia war aus unerfindlichen Gründen klargewesen, daß Courtney eine Blondine sein mußte. Sie war groß und schlank, ihre Haut golden braun, und ihre Kleidung war gekonnt lässig – der Blazer maßgeschneidert, dazu rutschende Kniestrümpfe. »Ja?« sagte sie.

»Ich bin Driscoll Avery«, sagte Driscoll, »und vor ein paar Abenden habe ich einen Telefonanruf angenommen, der eigentlich für dich war.«

Courtney hielt den Kopf schräg. Ihr Bubikopf schwang hübsch seitwärts.

»Ein Junge rief an, hatte sich verwählt«, erklärte Driscoll, »und jetzt ist meine Verlobte sauer auf mich, weil ich, hm, vielleicht ein kleines bißchen gemein zu ihm war. Deshalb muß ich unbedingt von dir wissen, wer der Anrufer war.«

Courtney sah zu Delia hin.

»Ich bin die Mutter seiner Verlobten«, erklärte Delia. Unter einer ›Verlobten‹ stellte sie sich eigentlich jemanden mit einem Pillbox-Hütchen vor; alles andere als Susie. Wahrscheinlich machte sie ein dermaßen ahnungsloses, kulleräugiges Gesicht, als erzählte sie das Blaue vom Himmel. Sie erklärte: »Driscoll sagt die Wahrheit, ich schwöre es. Ein Junge hat angerufen und nach dir gefragt, und Driscoll meinte, du wolltest ihn nicht sprechen.«

»*Das* hast du gesagt?« fragte Courtney Driscoll. Sie lächelte nicht mehr. »Und wenn das jemand war, auf dessen Anruf ich schon ewig warte?«

»Wer denn?« fragte Driscoll. »Ich meine, gibt's so jemanden?«

»Michael Garter.«

»Hast du Michael Garter deine Nummer gegeben?«

»Nein, aber sie steht im Telefonbuch.«

»Meinst du, er hat dich angerufen?«

»Also, vielleicht. Schon möglich. Na, klar!« Die Vorstellung gefiel ihr offenbar. »In ein paar Wochen gibt es diesen Ball«, sagte sie zu Delia.

Delia sagte: »Aber deine Nummer hast du ihm nicht gegeben.«

»Nicht direkt.«

»Wir glauben, es war jemand, dem du sie gegeben hast.«

»Nein, aber es gibt diesen großen Ball zum Schulanfang! Und Michael Garter ist ein Junge, den ich kenne. Er ist der Zweitstärkste von seiner Schule.«

»Aber –«, begann Delia, doch Driscoll sagte gleichzeitig: »Na, toll! Los!«

»Aber hast du sie jemandem gegeben?« fragte Delia.

»Mama mia, irgendein Junge will immer meine Nummer. Verstehen Sie? Und ich gebe sie ihm, na, aus lauter Nettigkeit. Ausgehen würde ich sowieso mit keinem.«

»Gibst du ihnen manchmal auch die falsche Nummer?« beharrte Delia.

»Na, klar, wenn einer wirklich total uninteressant ist.«

»Verdrehst du dann nur ein bißchen die Zahlen, zum Beispiel?«

»Schon möglich.«

»Hast du das kürzlich getan?«

»Also, vielleicht bei dem Jungen aus der Christlichen Nächstenliebe –«

»Wie bitte?«

»Aber ich glaube, es war eher Michael Garter«, sagte Courtney.

»Der Name des Jungen in deiner Nächstenliebe-Gruppe –«

»Paul Cates. Aber der ist, also, eine totale Niete. Also wenn Sie den sähen ...«

»Ich wette, es war garantiert Michael Garter«, sagte Driscoll beruhigend.

Courtney gönnte ihm ein gnädiges Lächeln.

»Na, egal«, sagte Delia, »du erzählst Driscoll einfach alle Möglichkeiten, dann macht er den Richtigen schon ausfindig.«

»Und vielleicht könnte ich mitkommen«, sagte Courtney. »Ich könnte dir zeigen, wo Michael Garter sein Fußballtraining hat.«

Jeder halbwegs vernünftige Mensch hätte zuerst nach Paul Cates gesucht. In der Hoffnung, das deutlich zu machen, zog Delia Driscoll eine Grimasse. »Hö?« sah er sie fragend an, und dann: »Ach, also, spielt Paul Cates auch Fußball?«

»Spinnst du?« fragte Courtney. »Paul Cates? Fußball?«

Delia machte Anstalten zu gehen, rückte ihre Schultertasche zurecht. »Viel Erfolg«, sagte sie zu Driscoll.

»Was, Sie kommen nicht mit uns?«

»Das schafft ihr besser allein.«

Er öffnete den Mund, wollte widersprechen, aber Courtney meinte: »War nett, Sie kennenzulernen!«

Delia winkte und ging davon.

Sie war froh, ein bißchen Zeit für sich allein zu haben. War ihr Familienleben immer so pickepacke voll gewesen? überlegte sie. Wie hatte sie dabei bloß ihre fünf Sinne zusammengehalten? Doch dann fiel ihr ein, daß sie das auch gar nicht hatte, wenigstens nicht nach Sams Ansicht.

Als sie die Roland Avenue hinunterging, kam sie am Reisebüro, der Handelsbank, an Eddies Supermarkt vorbei. Sie hütete sich, die anderen Fußgänger anzusehen, sie hatte keine Lust auf bekannte Gesichter. Angenommen, sie fragten sie aus, wo sie all die Monate gesteckt hatte und was sie als nächstes vorhatte. Oder wenn ihr – auch eine Möglichkeit – Adrian Bly-Brice über den Weg lief.

Das Komische an der Sache war, daß sie sich, so sehr sie es versuchte, Adrians Gesicht nicht mehr vorstellen konnte.

* * *

»Delia«, flüsterte Linda an der Haustür, »da ist jemand für dich.«

»Für mich?«

Delia fühlte, wie sie rot wurde, doch Linda sagte: »Ein älterer Herr. Namens Nat?«

»Oh«, sagte Delia.

Sie folgte Linda durchs Eßzimmer und in die Küche. Nat saß mit Susie und den Zwillingen am Tisch, doch als Delia eintrat, stand er auf. »Da ist sie ja!« sagte er.

Außerhalb Senior City wirkte er älter. Sein Haar war so weiß, es glitzerte, und er stützte sich schwerfällig auf seinen Stock. Es war also einer seiner Rückblende-Tage. Sie sagte: »Nat? Ist alles in Ordnung?«

»Oh, ja«, sagte er, »ganz in Ordnung. Hallo, meine Liebe.« Er küßte ihr galant die Wange; sein Bart kitzelte. »Ich habe nur eine kleine Spritztour gemacht«, sagte er. »Dachte, ich frage mal, ob du Lust hast, mit zurückzufahren.«

»Eine Spritztour, nach Baltimore?«

»Na ja, so in der Gegend.«

Eigentlich rätselhaft, doch sie beließ es dabei. »Das ist nett von dir«, sagte sie, »aber ich weiß noch nicht, wann ich wieder fahre.« Sie warf Susie, die sie über ihren Kaffeebecher hinweg beobachtete, einen Blick zu. »Driscoll ist immer noch mit der Telefonsache beschäftigt«, sagte Delia zu ihr.

Die Zwillinge schubsten sich gegenseitig. Nat sagte: »Oh, ich bin bestens informiert! Deine Schwester hat mir die ganze Geschichte erzählt. Also, wie läuft es? Haben wir den glücklosen jungen Mann ausfindig gemacht?«

»Nun, ja, wir sind der Sache nähergekommen«, sagte Delia. »Nat, stimmt was nicht zu Hause?«

»Stimmt was nicht! Warum fragst du das die ganze Zeit?« sagte er. »Kann ein Mann heutzutage nicht mal mehr eine kleine Ausfahrt machen?«

Linda stellte einen Kaffeebecher vor ihn auf den Tisch, und mit einem Ruck rutschte er auf seinem Stuhl zurück. »Danke, meine Liebe«, sagte er. Er stellte seinen Stock ab. Er stand vorwitzig, ganz allein, auf seinen vier kleinen Beinen.

»Sahne?« fragte Linda. »Zucker?«

»Danke, einfach schwarz.« Zu Delia gewandt, sagte er: »Du hast nie erzählt, daß du eine Schwester hast. Und solch eine reizende Tochter. Und zwei großartige Nichten!«

Seine Begeisterung hatte etwas Angespanntes, doch den anderen fiel es nicht auf. »Sie hat nicht nur eine Tochter«, erklärte ihm Marie-Claire. »Sie hat außerdem zwei Jungen.«

»Zwei Jungen!« staunte Nat. »Wo hat sie die denn versteckt.«

»Also Carroll versteckt sich oben, weil er Krach mit seinem Vater hat. Und Ramsay wohnt bei seiner schäbigen Freundin, die Adresse wissen wir nicht.«

Nat warf Delia einen fragenden Blick zu. »Ja«, bestätigte sie lachend. »Du mußt uns leider entschuldigen. Hier gibt's zur Zeit diverse Personen, die nicht gut aufeinander zu sprechen sind.«

»Aber sie sprechen doch durchaus, finde ich«, entgegnete er.

»Na ja, sie reden. Aber ...«

Sie gab auf und ging sich einen Kaffee eingießen. Nat fragte weiter die Zwillinge aus. »Und wohnt ihr alle in diesem großen Haus? Ich meine, alle außer Ramsay und seiner schäbigen Freundin?«

»Oh, nein, keiner von uns wohnt hier! Nur Onkel Sam.«

»Onkel Sam! Das Haus gehört doch nicht dem Staat!«

Die Zwillinge juchzten. Thérèse sagte: »Unsinn! Onkel Sam ist Tante Delias Mann.«

Delia spürte, wie Nat in ihre Richtung sah, aber sie drehte sich nicht um, und die Zwillinge schwenkten zum Thema Eliza über. »Sie verbrennt Kräuter in kleinen Schalen«, sagte Marie-Claire. »Sie besitzt auch eine Flasche, auf der steht: ›Geduld‹, daran riecht sie, wenn sie die Nase voll hat.«

»Kann man die kaufen? Die könnte ich gut gebrauchen«, sagte Nat wehmütig.

Delia wollte einen Löffel aus der Besteckschublade holen, und mit einemmal stand Susie vor ihr, wartete, einen beturnschuhten Fuß über den anderen geschlagen. Delia ließ sich von ihrer lässigen Haltung keine Sekunde täuschen.

»So«, sagte Susie. »Driscoll hat also Courtney abgefangen, oder?«

»Ja.«

»Und eingekreist, wer der Junge war, hast du gesagt.«

»Nun ja, Courtney hat ihm mehrere Möglichkeiten genannt.«

»Also, nehme ich an, redet er jetzt mit ihnen.«

»Er bemüht sich«, sagte Delia.

Sie griff nach der Schublade, und Susie glitt den Bruchteil eines Zentimeters zur Seite. »Scheint mir, du bist also mit ihm gegangen«, sagte Susie.

»Wie du siehst, bin ich hier«, konterte Delia.

Sie ging davon aus, daß Susie Driscoll liebte; in dem Fall, also gut, sollten sie ruhig heiraten. Wie leichtgläubig Delia gewesen war, zu glauben, sie hätten ernsthaft Schluß gemacht! Und wie weise, reif und praktisch schien Susie im Vergleich dazu! Delia lächelte sie strahlend an. Susie betrachtete sie wachsam.

Es hieß immer, Mütter besäßen instinktiv die Fähigkeit, die Gedanken ihrer Kinder zu lesen, aber eigentlich war das nichts verglichen mit den Fähigkeiten der Kinder, die geheimsten Gedanken ihrer Mütter zu lesen.

Die Zwillinge beschrieben ihre Brautjungfernkleider. »Schleifen, so groß, daß sie wippen –«

»Puffärmel –«

»Genau die gleiche Farbe wie Crest-Fluor-Zahnpasta.«

»Die müssen ja toll aussehen«, bestätigte Nat. »Und wann wollt ihr sie tragen?«

»Vielleicht heute abend«, sagte Marie-Claire, während Susie ihr ins Wort fiel: »Morgen.«

Alle sahen sie an. Sie erwiderte trotzig Delias Blick. »Also, ich meine, wenn Driscoll mir diesen Jungen bringt.«

»Aber das kann schon in den nächsten fünf Minuten sein!« warf Linda ein. »Du könntest heute abend heiraten, wenn er sich beeilt.«

»Ja, aber Dr. Soames kann uns erst morgen vormittag um zehn drannehmen.«

»Das hat er dir gesagt?« fragte Delia. »Du hast mit ihm gesprochen? Wann?«

»Oh, erst vor kurzem.«

»Aber unser Rückflug ist morgen mittag«, sagte Linda, »und die Fahrt zum Flughafen dauert, na ...«

Nat meinte zu Delia: »Das hört sich nicht so an, als ob du heute abend mit mir zurückfährst.«

Er klang ausgesprochen munter, doch Delia wurde das Gefühl nicht los, irgend etwas bedrückte ihn. Sie warf einen Blick auf die restliche Familie, die den Zeitplan diskutierte, und dann sagte sie: »Nat, warum bist du hierher gekommen? Ich meine, der eigentliche Grund.«

»Nichts, habe ich doch gesagt!«

»Du bist doch nicht einfach so zwei Stunden gefahren.«

»Zweieinhalb, genauer gesagt«, erwiderte er. »Kleiner Stau an der Brücke.«

Sie schaute ihn prüfend an. »Wie geht's dem Baby?« fragte sie.

»Wächst, blüht und gedeiht.«

»Und Binky?«

»Gesund und munter.«

»Weiß sie, daß du in Baltimore bist?«

»Ich habe sie eben angerufen. Deine Schwester hat mir erlaubt, euer Telefon zu benutzen.«

»Und Noah ist erkältet, habe ich gehört«, sagte sie forschend.

»Kaum der Rede wert«, beruhigte Nat sie. »Ich habe heute morgen nach ihm gesehen. Da spielte er Tetris. Jedenfalls ganz und gar nichts Ernstes, würde ich sagen.«

»Stimmt, er klang nicht sehr krank«, sagte Delia. »Vielleicht mußte er nur mal abschalten.«

»Ja«, sagte Nat, »einen Tag mal abschalten, das können wir alle ab und zu gebrauchen.«

Etwas stieß gegen die Hintertür, und dann trat Sam mit zwei Tüten voll Lebensmitteln ein. Aus einer ragte ein langes Baguette. »Ingwer habe ich bekommen«, sagte er zu Linda, »aber Schalotten waren gerade ausverkauft.«

»Macht nichts, dann nehmen wir grüne Zwiebeln«, beruhigte ihn Linda und übernahm die Tüten. »Geht das, Delia?«

»Was geht?«

»Kannst du das chinesische Gericht auch mit grünen Zwiebeln machen?«

»Ich nehme sowieso immer grüne Zwiebeln«, antwortete Delia. »Aber –«

»Oh, gut. Wir sind dermaßen viele, weißt du, ich dachte, du

könntest ... oh, Sam, du kennst Nat noch nicht, oder? Nat Moffat, das ist Sam Grinstead. Ich hoffe, Sie haben vor, zum Essen zu bleiben, Nat. Delia bekocht mit Hingabe ganze Armeen chinesisch, glauben Sie mir.«

»Liebend gern bleibe ich zum Essen«, sagte Nat zu Delias Überraschung. Er war während des Vorstellens aufgestanden, und jetzt hielt er sich an seiner Stuhllehne fest. Sam, der wahrscheinlich keine Idee hatte, woher Nat plötzlich aufgetaucht war, sah ihn freundlich, nichtssagend an, als sie sich die Hand gaben.

»Schön, Sie kennenzulernen«, sagte er.

»Danke, gleichfalls«, erwiderte Nat. Und dann warf er Delia einen verschmitzten Blick zu und fügte hinzu: »Ich habe soviel von Ihnen gehört.«

Sam bekam davon natürlich nichts mit. Er lächelte nur höflich und fragte Linda: »Habe ich noch Zeit für einen Hausbesuch?«

»Frag Delia, die ist die Köchin«, erwiderte Linda.

Sam drehte sich zu Delia: »Ich habe Mr. Knowles versprochen, bei ihm reinzuschauen«, sagte er.

»Du hast massig Zeit«, sagte sie.

Sie redeten, ohne sich anzusehen, wie Schauspieler vor Publikum.

* * *

Niemand brauchte Delia zu erzählen, welcher Junge tatsächlich bei Courtney angerufen hatte. Daß Paul Cates es war, hatte sie gleich gewußt – ein naives niedliches Gesicht mit einem lockigen Rotschopf. Seine Jeans waren ein bißchen zu kurz, seine Turnschuhe zu kindlich, hatten ein bißchen zu dünne Sohlen; solche karierten Wolljacken trugen Jungen in der Grundschule. Er folgte Driscoll, der auf Susie zuging; die saß auf einem Hocker und schnitt Wasserkastanien in Scheiben für Delias Chinagericht. Hinterdrein kam Courtney; auch das noch! Sie stellte sich dicht hinter Driscoll und Paul, vergrub die Hände in ihren Blazertaschen und musterte Susie mit unverhohlener Neugier. Susie, die, als die anderen eintraten, wieder an ihren Platz gegangen war, hatte nur Augen für Driscoll.

»Susie«, sagte Driscoll, »das ist Paul Cates.« Dann zu Paul Cates gewandt, sagte er: »Paul, ich möchte mich entschuldigen. Als du hier neulich abends aus Versehen anriefst, habe ich so getan, als wäre Courtneys Familie dran, aber das war gar nicht wahr, überüberhaupt gar nicht wahr.«

Paul strahlte. »Schon gut«, sagte er.

In aller Form wandte sich Driscoll jetzt an Susie: »Wirst du mich jetzt heiraten?« fragte er.

Susie sagte: »Kann sein.«

Ein Zwilling sagte: »Angeberin!«, und der andere sagte: »Los, küß ihn! Küß ihn, Susie!«

Susie pflanzte einen windschiefen Kuß auf Driscolls Mund. Zu Paul sagte sie: »Nett von dir, daß du soviel Verständnis hast.«

»Oh, ich bin überhaupt nicht böse deswegen!« sagte er und warf Courtney einen langbewimperten leuchtenden Blick zu. Courtney musterte ihn kühl und sah dann wieder zu Susie.

»Und Courtney, nett, daß du mitgekommen bist«, bedankte sich Susie bei ihr.

»Keine Ursache. Im Frühjahr habe ich deinen Bruder Carroll auf einer Party kennengelernt.«

»Wirklich?«

»Meine Freundin hat ihn zu ihrer Geburtstagsparty eingeladen; als dein Verlobter deinen Namen nannte, ist mir das wieder eingefallen.«

Paul sah nicht mehr ganz so glücklich aus; deshalb unterbrach Delia das Gespräch und fragte: »Könnt ihr beiden zum Abendessen bleiben? Es gibt etwas Chinesisches, das kann ich bis ins Unendliche strecken.«

»Also, ich könnte«, sagte Courtney.

Paul sagte: »Ich muß nur meine Mutter anrufen.«

»Da drüben«, sagte Delia, hielt ihn schützend am Ellenbogen und führte ihn zum Telefon. Wie grausam und völlig verwirrend – beinah kannibalisch – mußten Mädchen den Jungen vorkommen! Das war ihr nie aufgefallen, als sie selbst ein junges Mädchen war.

»Ich möchte einen Toast aussprechen«, sagte Nat. Er hob seinen Kaffeebecher. »Auf das Brautpaar!«

Driscoll sagte: »Ach, danke –«, und hatte natürlich nicht die geringste Ahnung, wer dieser alte Mann war, reagierte aber wie üblich gutgelaunt. »Hallo, Ma?« sagte Paul ins Telefon, dann tauchte Carroll aus dem Eßzimmer auf, und im selben Augenblick erschien Eliza in der Hintertür; beide erfuhren den neusten Stand der Dinge. Eliza fragte immerzu: »Wen? Wen hat er mitgebracht?«, die Stirn entgeistert gerunzelt, die Handtasche an ihren Busen gedrückt, und Courtney schlängelte sich an Carroll heran und fragte: »Carroll Grinstead? Ich weiß nicht, ob du dich noch an mich erinnerst«, und die Zwillinge bestanden darauf, sich diesmal zur Hochzeit die Lippen zu schminken.

Delia nahm ihr Schneidebrett, verzog sich in eine weniger bevölkerte Ecke und begann den Ingwer zu schneiden. Ihr chinesisches Gericht bestand aus elf verschiedenen Zutaten, die meisten zu streichholzdünnen Scheibchen geschnitten, in Schüsseln aufgereiht, um sie schnell in der Pfanne zu braten. Bis jetzt war sie erst bei Schüssel Nummer Vier angelangt. Aber sie war dankbar, daß sie etwas zu tun hatte. Sie schnitt rhythmisch vor sich hin, ohne nachzudenken, ließ das Stimmenmeer um sich branden. *Klick-klick* landete das Messer auf dem Schneidebrett. *Klick-klick,* und sie ließ ihre Gedanken in eine Richtung gleiten, während sie die Ingwerwurzeln in die Schüssel schnitt.

* * *

Zu seiner vollen Größe ausgezogen, füllte der Tisch das ganze Eßzimmer. (»Dieses Tischtuch stammt aus der Aussteuertruhe eurer Großmutter«, erklärte Linda den Zwillingen. »Den Fleck hat eure Tante Delia mit einem Currygericht gemacht. Ihr ist das sowieso egal; sie war der Liebling eures Großvaters; sie geht mit diesen Sachen um, als kämen sie alle von Woolworth.«) Zwölf Gedecke standen auf dem Tisch – fünf an jeder Seite und zwei an den Enden. Sie hatten überlegt, ob sie Eleanor einladen sollten, aber Susie wollte kein böses Omen für ihre Hochzeit, dreizehn am Tisch; und als sie Ramsay anriefen, nahm keiner ab.

»Courtney, ich setze dich hier in die Mitte«, sagte Delia. »Dann Paul, du sitzt neben Courtney . . .«

Courtney hatte offensichtlich bereits beschlossen, neben Carroll zu sitzen, so daß Paul zwischen den Zwillingen landete; nicht daß die Zwillinge darüber nicht ausgesprochen begeistert gewesen wären. Und die übrigen standen noch, führten ihre Unterhaltung aus dem Wohnzimmer weiter – es ging um Mr. Knowles' prickeligen Arm. »Das hat schon Vater immer gesagt!« rief Eliza gerade. »Immer hat er gesagt, er hätte gern ein Schmerz-Lexikon. Die Symptome, mit denen die Patienten ankamen – ›Pepsi-Glucker-Magen‹ oder ›Quengelrücken!‹«

»Driscoll, du sitzt neben Linda«, sagte Delia, aber Driscoll tat, als lauschte er interessiert Elizas Ausführungen, und angelte sich geschickt den Stuhl neben Susie. Delia gab sich geschlagen. »Oh, setz dich, egal wohin«, forderte sie Nat auf, und Nat setzte sich prompt genau dorthin, wo Delia es vorgesehen hatte, nämlich zu ihrer Rechten. »Nimm dir vom Reis«, sagte sie und reichte ihm die Schüssel; den anderen erklärte sie: »Es wird alles kalt!«

Eliza saß Sam zur Linken, zu dem, was Sam sagte, schüttelte sie den Kopf. »Wer weiß das schon?« sagte er gerade. »Vielleicht ist es egal: ein Nagelgeschwür für den einen, Krebs für den anderen. Es kommt alles aufs gleiche raus, alles am Rande des Erträglichen.«

»Sam Grinstead, das glaubst du doch selbst nicht!« meckerte Linda. »Welch absurde Idee!«

Delia sagte: »Paul, nimm dir von dem Brot, wenn du willst, und reich es dann, bitte, weiter. Ihr Lieben! Setzt euch!«

Sehr plötzlich saßen alle. Ihr Rededrang war offenbar abgeflaut, und es gab eine Pause, in der Paul mit deutlichem Plumps ein Stück Brot auf den Tisch fallen ließ. Er bleckte lächelnd seine Zähne, hob es auf und fegte die Krümel in seine Hand.

Nat sagte: »Kennt jemand von Ihnen die Fotografien von C. R. Savage?«

Die Erwachsenen blickten höflich interessiert in seine Richtung.

»Ein Fotograf aus dem neunzehnten Jahrhundert«, sagte er. »Machte vermutlich noch Bilder mit einer großen Plattenkamera. Mir ist gerade ein Bild eingefallen, das er gegen Ende seines Lebens aufgenommen hat. Sein Eßzimmertisch ist darauf, gedeckt zum Weihnachtsessen. Savage selbst sitzt zwischen lauter leeren Stühlen und wartet auf seine Familie. Stuhl neben Stuhl neben Stuhl, das Tafelsilber ausgelegt, sogar ein Kinderhochstuhl, alles fix und fertig. Immer wenn ich dieses Foto anschaue, muß ich denken: *Das war garantiert der beste Augenblick des Tages. Von da an ging es garantiert nur noch bergab.* Die wirklichen Söhne und Töchter kamen dann und stritten im wirklichen Leben um die Puterbeine, regten sich über die Tischmanieren ihrer Kinder auf, brachten fünfzehn Jahre alte Kränkungen aufs Tapet, und das Baby jammerte, bis alle Kopfschmerzen hatten. Nur in jenem Augenblick«, sagte Nat, und seine Stimme zitterte, »als er das Bild im Sucher hatte und knipste, war noch nichts davon geschehen, verstehen Sie, und der Tisch sah so wunderschön aus, ein Traum von einem Tisch, und der alte Savage war so glücklich und so, ich komme nicht drauf, so ...«

Aber jetzt versagte seine Stimme vollständig, seine Hand zitterte, und er hielt sie vor die Augen und senkte den Kopf. »Als sähe er die Zukunft!« flüsterte er in seinen Teller, während Delia ihm hilflos über seinen Arm strich. »Entschuldigung! Entschuldigung!« sagte er. Alle saßen wie erstarrt da. Dann sagte er: »Ha!« und richtete sich auf, drückte den Rücken durch. »Kindbett-Depression, wahrscheinlich ist es das«, sagte er. Er wischte sich mit seiner Serviette die Augen.

»Nat hat ein drei Wochen altes Baby«, erklärte Delia den anderen. »Nat, möchtest du noch –?«

»Baby?« fragte Linda ungläubig.

Sam sagte: »Ich dachte, Nat sei dein Freund, Linda.«

»Nein, meiner«, sagte Delia. »Er wohnt an der Küste im Osten und hat gerade einen kleinen Jungen bekommen, einen wunderschönen Jungen, ihr müßtet mal sehen, wie –«

»Das Unverantwortlichste, das ich je im Leben angestellt habe«, sagte Nat heiser. »Was habe ich mir dabei nur gedacht? Oh, nicht daß ich es darauf angelegt hätte, aber ... warum habe ich da mitgemacht? Wahrscheinlich dachte ich, es sei meine letzte Chance, ein guter Vater zu werden. Bestimmt, denn wieso habe ich gedacht, es sei wieder ein Mädchen? Meine übrigen Kinder waren alles Mädchen, wissen Sie. Ich habe wohl angenommen, ich könnte alles noch einmal tun, diesmal richtig. Aber ich bin bei James genauso ungeduldig wie früher bei meinen Töchtern. Genauso streng und intolerant. Warum hält er keine Zeiten ein, warum muß er zu jeder möglichen und unmöglichen Stunde schreien ... Oh, für das Kind wäre es das beste, ich würde mich schleunigst in den vierten Stock verziehen.«

»In den vierten Stock? Oh«, sagte Delia. »Oh, Nat! Nicht einmal denken darfst du das!« sagte sie und strich ihm mit Nachdruck seinen Arm.

An seiner Hochzeit hätte sie wissen können, sagte sie sich, daß auf soviel Lachen Weinen folgen würde, wie bei einem überdrehten Kind, das zu lange aufbleiben durfte.

»Ja. Also«, sagte Sam und räusperte sich. »Heutzutage ist das überhaupt keine Seltenheit mehr: Eltern, die nicht mehr die Jüngsten sind. Also, erst vergangene Woche habe ich gelesen, ich, also wo habe ich denn gelesen ...«

»Sie dürfen nur nicht vergessen, dies ist Ihr besonderer Auftrag« sagte Eliza, daß es schrillte. Sie saß oben neben Sam und mußte sich vorbeugen, vorbei an einer Reihe höflich ausdrucksloser Zuhörer, um Nats Gesicht ins Visier zu nehmen. »Ich glaube fest, wir haben jeder den Auftrag, gewisse Erfahrungen zu machen«, sagte sie. »Und dann am Ende unseres Lebens –«

»Im New England Journal of Medicine!« verkündete Sam triumphierend.

Nat fragte Delia: »Könnte ich mich irgendwo hinlegen?«

»Ja, natürlich«, sagte sie, schob ihren Stuhl zurück und reichte ihm seinen Stock. »Entschuldigt uns, bitte«, bat sie.

Alle nickten verlegen. Als sie und Nat den Flur durchquerten, spürte sie, wie die übrigen sich hinter ihren Rücken verstohlene Blicke zuwarfen.

»Vorsicht, die Treppe«, warnte sie Nat. »Schaffst du das?«

»Oh, ja, wenn ich mich bei dir einhaken darf. Entschuldige, Delia. Ich weiß nicht, was in mich gefahren ist.«

»Du bist nur müde«, beruhigte sie ihn. »Hoffentlich hast du nicht vor, heute abend noch zurückzufahren.«

»Nein, lieber nicht«, sagte er. Auf jeder Stufe rappelte sein Stock leise, wie eine Handvoll Würfel. Sein Arm in der Tweedjacke war nur Haut und Knochen.

»Ich beziehe dir ein Bett«, sagte Delia, als sie im ersten Stock waren, »und dann rufst du Binky an und sagst, daß du hier übernachtest.«

»Gut«, sagte er folgsam. Er hinkte durch die Tür, die sie ihm öffnete, und sank in den Sessel mit dem losen Stoffbezug.

»Früher gehörte das Zimmer meinem Vater«, sagte Delia. Sie ging an den Schrank im Flur und kam mit einem Armvoll Bettwäsche wieder. »Am Bett steht immer noch ein Telefon, siehst du? Aus den Zeiten, als er noch seine Praxis machte. Selbst als er keine Sprechstunde mehr hatte, konnte er immer noch den Hörer abnehmen, wenn Sam einen Anruf bekam, und seine Meinung dazutun. Er haßte das Gefühl, nicht mehr alles mitzubekommen, weißt du?«

Sie plauderte wahllos, während sie mit dem Bett beschäftigt war, die Laken glattstrich und die Decken unter die Matratze schob. Nat schaute ihr kommentarlos zu. Vielleicht hörte er nicht einmal zu, denn als sie aus Sams Zimmer zurückkam, wo sie einen Schlafanzug geholt hatte, fand sie ihn, wie er die blauschwarzen Fensterscheiben anstarrte. »Tatsächlich«, sagte sie und legte den Schlafanzug auf die Kommode, »ich kann dir gar nicht sagen, wie oft ich, genau wie heute abend, dieses Bett gemacht habe, während mein Vater dort saß, wo du jetzt sitzt. Er mochte die Bettwäsche am liebsten frisch von der Wäscheleine, oh, auch noch, als wir schon lange einen elektrischen Trockner hatten. Und dann saß er in diesem Sessel und –«

»Es ist eine Zeitreise«, sagte Nat plötzlich.

»Ach, ja, ich glaube, das kann stimmen.«

Aber es war offensichtlich ein Selbstgespräch. »Bloß eine verrückte, unausgegorene Idee, rückwärts zu reisen«, sagte er, als hätte sie nicht geantwortet, »und alles noch einmal zu erleben. Leider steht Binky am Ende allein mit den Konsequenzen da. Arme Binky!«

»Binky wird es gutgehen«, sagte sie bestimmt. »Jetzt aber Schluß. Die Tür rechts geht zum Badezimmer. Neue Zahnbürsten stehen auf dem Regal über der Wanne. Brauchst du sonst noch etwas?«

»Nein, danke.«

»Ein Tablett mit ein bißchen zu essen vielleicht? Du hast dein Abendessen nicht angerührt.«

»Nein, danke.«

»Also, wenn du mich brauchst, du kannst mich immer rufen«, sagte sie.

Dann beugte sie sich zu ihm hinunter und drückte ihren Mund auf seine Stirn, so wie sie es in der Vergangenheit an vielen Abenden bei ihrem Vater getan hatte.

* * *

Delia ging als nächste zu Bett. Um halb zehn ging sie nach oben; eigentlich hatte sie schon beim Abendessen Schwierigkeiten gehabt, die Augen offen zu halten. »Ich bin fix und fertig«, erklärte sie den anderen. Sie saßen alle immer noch da – selbst Courtney; Paul war inzwischen von seiner Mutter abgeholt worden. »Es kommt mir vor, als wären seit heute morgen Urzeiten vergangen«, meinte Delia, und dann stieg sie die Treppe hinauf in Elizas Zimmer; bis zum Umfallen erschöpft, sie schleppte ihre Füße wie Zementeimer.

Einmal im Bett, konnte sie jedoch nicht einschlafen. Sie lag da und starrte an die Decke, streichelte träge die zusammengeringelte warme Katze, die sich an ihre Hüfte schmiegte. Unten stritten Sam und Linda, wie üblich. Ein Mozart-Hornkonzert spielte. Eliza sagte: »Warum *wollte* er nicht, ich bitte dich.« Wer wollte nicht? überlegte Delia. Wollte was nicht?

Dann war sie wohl eingeschlafen, doch ihr Schlaf war fahrig und flach, sie schien die ganze Zeit bei Bewußtsein, und als sie wieder aufwachte, überraschte es sie nicht, daß es dunkel im Haus war und alle Stimmen still. Sie setzte sich auf, angelte nach ihrer Armbanduhr, hielt sie in den Lichtschein vom Fenster. Soweit sie feststellen konnte, war es entweder elf oder fünf vor zwölf. Eher fünf vor zwölf, beschloß sie, so still wie es war.

Sie stopfte sich das Kissen in den Rücken und gähnte. Ihr liefen vor Übermüdung die Tränen. Wieder eine Nacht, die Wochen dauerte.

Also: wenn die Hochzeit morgen um zehn stattfand, konnte sie damit rechnen, daß um elf Uhr Schluß war. Gut, sagen wir um zwölf, vorsichtshalber. Um halb eins konnte sie am Busbahnhof sein, wenn Ramsay sie hinbrachte. Oder Sam. Sam hatte es angeboten, immerhin.

Sie sah sich auf dem Beifahrersitz, Sam am Steuer. Zwei kleine Püppchen in einem Spielzeugauto. Mannpüppchen und Fraupüppchen, Seite an Seite. Sahen auf die Straße, sahen sich nicht an; wieso eigentlich auch, über den Boden der gemeinsamen Tatsachen waren sie längst hinaus. Keine Hoffnung auf bewundernde Blicke, keine Chance unablässiger Bewunderung. Nichts mehr vorzuweisen als einfach ihr wirkliches Wesen – aber eigentlich war das viel reicher.

Wo war sie stehengeblieben? Busbahnhof. Den Bus um eins nehmen, in Salisbury um …

Die Tränen kamen anscheinend doch nicht vor lauter Übermüdung. Sie wischte sie mit dem Nachthemdärmel fort, doch sie hörten nicht auf.

Sie schlug die Decke zurück, gab auf die Katze acht, glitt aus dem Bett und ging barfuß zur Tür. Der Flur war nur durch das eine runde Fenster hoch oben beleuchtet. Sie mußte sich den Weg zu Sams Zimmer ertasten.

Glücklicherweise stand seine Tür angelehnt. Kein Geräusch verriet sie beim Eintreten. Doch er war wach, das wußte sie. Nach all den Jahren wußte sie es natürlich, es lag einfach in der Luft. Sie trat behutsam über die kühlen Dielen, dann der kratzige Teppich, dann wieder kühle Dielen – Boden, über den sie gegangen war, seit sie Laufen gelernt hatte. Sie setzte sich leicht auf die Bettseite, die früher ihre Seite gewesen war. Sie sah, er lag auf dem Rücken. Ihre Augen filterten sein weißes Gesicht aus dem wolkigen Halbdunkel. Sie flüsterte: »Sam?«

»Ja«, sagte er.

»Weißt du, der Brief, den du mir nach Bay Borough geschrieben hast.«

»Ja.«

»Was hast du damals durchgestrichen?«

Er bewegte sich unter dem Bettzeug. »Oh«, sagte er, »ich habe soviel durchgestrichen. Der Brief war ein einziges Durcheinander.«

»Ich meine die letzte Zeile. Die, die du so durchge-x-t hast, daß ich sie bestimmt nicht mehr lesen konnte.«

Zuerst antwortete er nicht. Dann sagte er: »Ich weiß nicht.«

Sie wäre beinah aufgestanden und gegangen, doch sie zwang sich zu bleiben. Sie saß bewegungslos, wartete und wartete.

»Ich glaube«, sagte er schließlich, »daß es vielleicht so etwas ... also, etwas war, was Driscoll auch überlegt hat. Ob es irgend etwas gab, das ... weißt du, das dich überzeugen konnte wiederzukommen.«

Sie sagte: »Oh, Sam, du hättest nur zu fragen brauchen.«

Dann drehte er sich zu ihr, und Delia legte sich unter die Decke, und er zog sie nah zu sich heran. Obwohl er sie eigentlich noch nicht gefragt hatte. Nicht mit vielen Worten.

* * *

Lange nachdem sie eingeschlafen waren, läutete das Telefon, und Delia kam nach und nach zu sich. So spät konnte es nur ein Patient sein. Aber Sams Atem ging weiter rhythmisch, gleichmäßig; also rückte sie Stückchen für Stückchen unter seinem Arm hervor und griff nach dem Telefon.

»Hallo?« sagte sie.

»Mrs. Grinstead?«

»Ja.«

»Hier spricht Joe Bright.«

Eine Stimme, klar, hellwach und munter zur unchristlichen Zeit von ... Sie warf einen Blick auf den Wecker. Ein Uhr zweiunddreißig.

»Hmm ...« sagte sie.

»Der Makler.« erinnerte er sie.

»Oh!«

»Sie haben mich angerufen? Sie und Ihre Tochter?«

»Oh! Ja!« sagte sie, immer noch stockend.

»Ich würde sonst nicht so spät anrufen, aber Sie meinten, es ginge um Leben und Tod, Mrs. Grinstead, und ich bin eben erst zurückgekommen. Meine Schwiegermutter ist gestorben, ganz plötzlich.«

»Oh, das tut mir leid«, sagte sie. Sie setzte sich beinah aufrecht hin. »Hm, Mr. Bright, der Grund meines Anrufs war ...« Sie schob das Telefon ans andere Ohr. »Meine Tochter wollte wissen«, sagte sie. »Ja ... ob sie Nägel in die Wände schlagen darf?«

Schweigen.

»Nur für den Fall, daß sie Bilder aufhängen, oder, vielleicht einen Spiegel ...«, sagte Delia schwächer.

»Nägel«, sagte Mr. Bright.

»Genau.«

»Sie will wissen, ob sie Nägel in die Wände schlagen darf.«

»Genau.«

»Nun«, sagte Mr. Bright. »Sicher. Nehme ich mal an. Solange sie die Löcher zukitten, wenn sie ausziehen.«

»Bestimmt!« sagte Delia. »Das verspreche ich. Danke, Mr. Bright. Gute Nacht.«

Wieder Schweigen, und dann sagte er: »Gute Nacht.«

Delia legte den Hörer auf und legte sich wieder hin. Sie hatte angenommen, daß Sam schlief, aber dann hörte sie ein kleines vergnügtes Geräusch. Sie mußte lächeln. Draußen, weit in der Stadt, fuhr ein Schnellzug vorbei. Im Haus knarrte eine Diele, und kurz darauf kam ein dumpfes Husten aus dem Zimmer, in dem Nat schlief.

»Es ist eine Zeitreise«, hatte Nat gesagt.

Sie dachte, wie sie heute nachmittag versucht hatte, sich Adrian vorzustellen. Sie hatte sich daran erinnert, daß er ihrem High-School-Freund ähnlich gesehen hatte, und erst jetzt erkannte sie: das Bild, das sie vor Augen hatte, war Sam gewesen, nicht der Freund. Ein jüngerer Sam, ernst und erwartungsvoll, an jenem Tag, als er hier ins Haus gekommen war.

Es war alles eine Zeitreise gewesen – die ganzen anderthalb Jahre. Anders als bei Nat, denn ihre Zeitreise hatte funktioniert.

Wie sollte sie es sonst sehen; sie war wieder an ihrem Ausgangspunkt angelangt, zu Hause mit Sam, für immer? Während die Menschen, die sie zurückgelassen hatte, in mancher Hinsicht weitergereist waren?

Jetzt sah sie die Szene im Juni am Strand anders. Ihre drei Kinder, sah sie, hatten zum Horizont geblickt, wachsam und gespannt, still; Entdecker am Rande des Ozeans, kurz vor der Reise. Und Delia in der Ferne, die ihre Hand schattenspendend über die Augen hielt, versuchte zu verstehen, warum sie auf und davongingen.

Warum ohne sie.

Wie auf Wiedersehen sagen.